Solitude 1
Devour the Light

F. M. Winkel schreibt Geschichten, seit sie buchstabieren kann – davor malte sie sie. Nach ihrem trinationalen Masterstudium der Literatur-, Kultur und Sprachgeschichte in Frankreich, Luxemburg und Deutschland lebte sie eine Weile in der Schweiz, ehe sie zurück in ihre Geburtsstadt München zog. Während die Fantastik seit jeher ihr Herz höherschlagen lässt, steht sie besonders für Feminismus und Mental Health Awareness ein.

Für mehr Informationen über F. M. Winkel und
ihre Bücher folgt der Autorin auf Instagram und
TikTok **@f.m.winkel**

Mehr über Loomlight und unsere Autor:innen unter:
www.thienemann.de/unsere-verlage/loomlight und
auf Instagram **@loomlightverlag** und
auf TikTok **@thienemannverlage**

Direkt zu unseren **Events und Lesungen:**
www.thienemann.de/events-lesungen

F. M. WINKEL

DEVOUR THE LIGHT

LOOMLIGHT

Liebe Leser:innen,

dieser Roman enthält potenziell triggernde Inhalte.
Auf der vorletzten Seite findest du eine Themenübersicht,
die Spoiler für die Geschichte beinhaltet.
Obwohl die Liste nach bestem Wissen angelegt wurde,
erhebt sie keinen Anspruch auf Vollständigkeit, da Auslöser
und deren Wahrnehmung vielfältig sein können.
Wir wünschen dir das bestmögliche Leseerlebnis!

F. M. Winkel und das Loomlight-Team

Für all die Frauen, die den Bären wählten.
Ihr werdet gehört. Ihr werdet gesehen.
Möge euer Weg mit Liebe und Verständnis
gepflastert sein.

PLAYLIST

Saygrace & G-Eazy – You Don't Own Me

Twenty One Pilots – Heathens

Mono Inc. – Children Of The Dark

Smash into Pieces – Six Feet Under

Bring Me The Horizon – Strangers

The Pretty Reckless – Heaven Knows

+ 44 – When Your Heart Stops Beating

Skillet – Awake And Alive

Nessa Barrett – Die First

Taylor Swift – Look What You Made Me Do

Nessa Barrett – Forgive the World

Skillet – Whispers In the Dark

Sum 41 – Screaming Bloody Murder

Nightwish – The Crow, The Owl And The Dove

Black Veil Brides – Wretched and Divine

Winters Island – You Gotta Be

Breaking Benjamin – Dance With The Devil

Neoni – Darkside

Skillet – Invincible

Avril Lavigne – I Fell In Love With The Devil

Black Veil Brides – Done For Your

Mon Inc. – Heartbeat of the Dead

Mgk, Yungblud, Travis Barker – I Think I'm Okay

Pierce The Veil – King for a Day

Imagine Dragons – Warriors[1]

scan me

[1] https://open.spotify.com/playlist/5ZzfWOYHHmN9RcIa6ONLEm?si=_wBsElheTKGpZesopm1S2A&pi=oxGT9hXzQSWmg&nd=1&dlsi=9f7c041d75614582

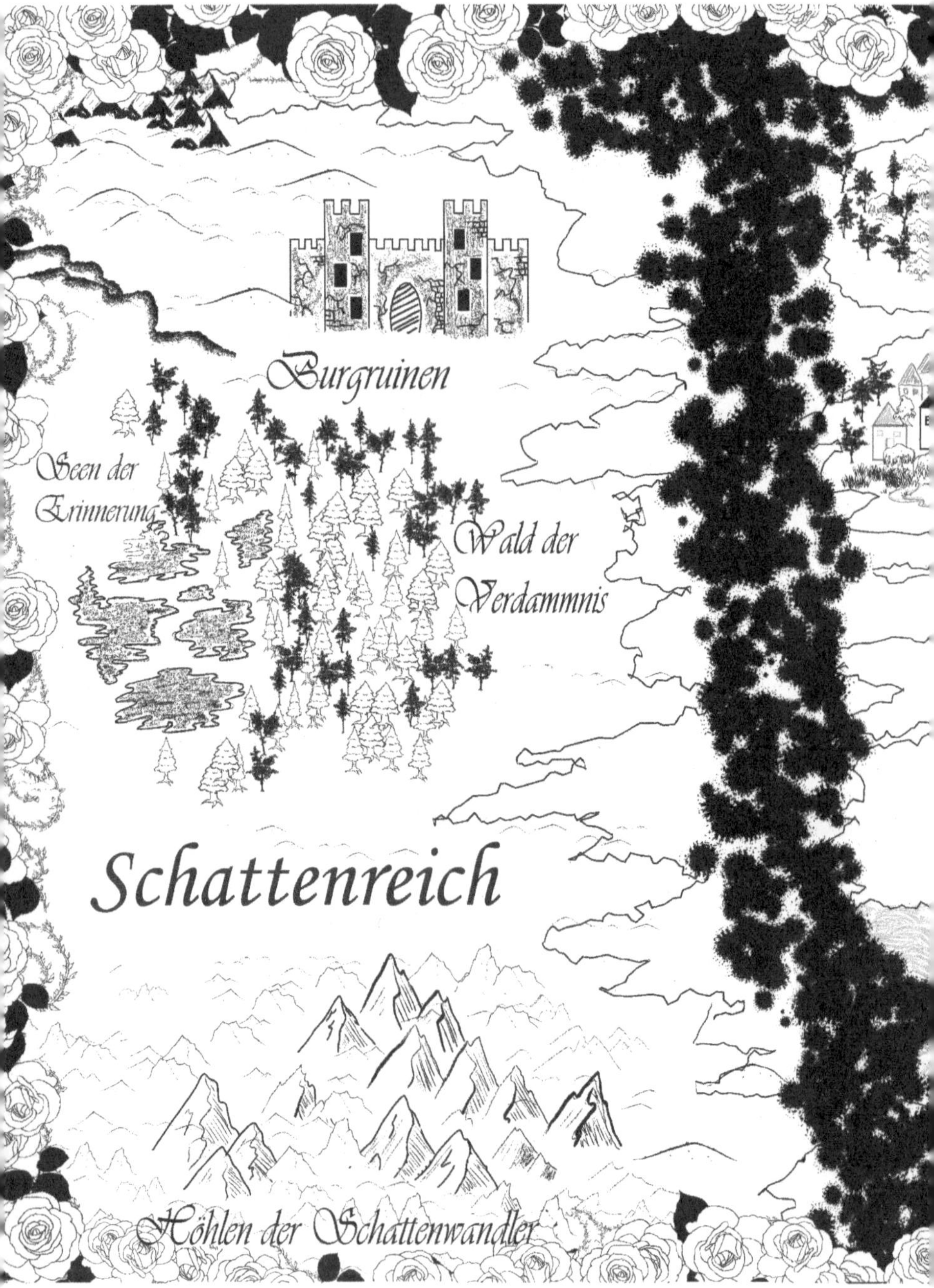
Burgruinen
Seen der Erinnerung
Wald der Verdammnis
Schattenreich
Höhlen der Schattenwandler

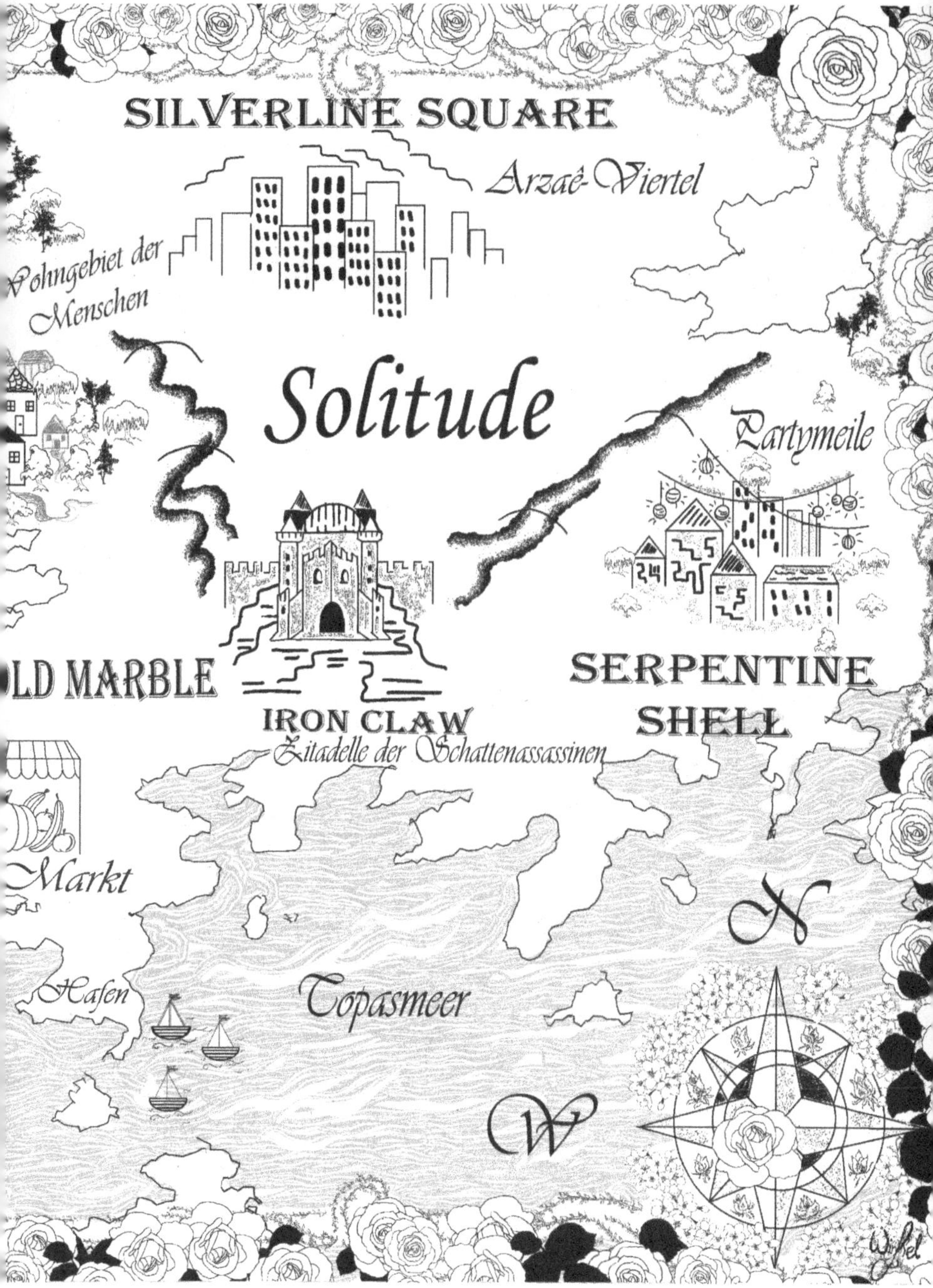
SILVERLINE SQUARE
Arzaê-Viertel
Wohngebiet der Menschen
Solitude
Partymeile
OLD MARBLE
IRON CLAW
Zitadelle der Schattenassassinen
SERPENTINE SHELL
Markt
N
Hafen
Topasmeer
W

Prolog

17 Zyklen zuvor

Ich bin vier, als ich sterbe.

Vier, als ich zum letzten Mal meine Hände nach den verschwommenen Gold- und Violetttönen der Morgenröte ausstrecke, nicht ahnend, dass ich niemals wieder einen Sonnenaufgang sehen werde. Dass ich heute das letzte Mal neben meiner Mommy im feuchten Gras lag, gebettet in den Duft ihrer geliebten Rosen, einhundert und einen Stern am Himmel zählend.

Auch wusste ich nicht, dass die Wärme der Umarmung meines Vaters schon bald zu einer Erinnerung verblassen würde, wie feuchte Tinte auf Papier. Und die Farben des Lebens mit ihr.

Ich bin vier, als ich von meinem eigenen Husten erwache, so fest umhüllt von Rauch wie am vergangenen Abend vom Wiegenlied meiner Eltern. Keuchend krieche ich aus meinem Bett, krache auf glühendes Holz. Die Spitzen scharlachroter Lederstiefel schieben sich in mein Blickfeld, der zischende Laut einer Kreatur, nicht Mensch, nicht lebendig, nicht tot. Ich schließe die Augen, presse die Lippen so fest aufeinander, bis ich Blut schmecke. Umhülle mich in Dunkelheit, damit die Monster mich nicht finden.

Doch das tun sie. Sie tun es immer.

Der Rauch raubt mir den Atem, meine Augen brennen, als ich blinzle. Jemand schreit meinen Namen.

Louve. Louve!

Später würde ich mich fragen, ob sie stattdessen rief: *Lauf. Lauf!*

In der Dunkelheit erkenne ich die Hand meiner Mutter, weiß wie Schnee. Ein Engel, dessen Flügel die Monster brachen.

Ich sehe den Leichnam meines Vaters, die sich schließenden Lider meiner Mutter. Strecke meine Finger so weit ich kann nach ihr aus. Lege jeden mir verbliebenen Funken Kraft in diese winzige Geste, schreie, schreie ihren Namen. In Gedanken. Ehe die Flammen sie holen.

Die roten Stiefel, sie kehren zurück. Doch ich kann nur meine Mommy ansehen. Und das Rot ihres Flammenhaars im Feuer.

Der Mörder meiner Eltern geht vor mir in die Hocke, grauer Dunst verbirgt sein Gesicht. Da sind nur die Stiefel, diese gottverdammten roten Stiefel, und eine behandschuhte Hand. Schwarzes Leder, eine Klinge. Ein Schnitt, der das Leben aus meiner Brust zerrt.

Ich würde alles dafür geben, ein letztes Mal umhüllt von Rosen, Lachen und den Armen der mir am wichtigsten Menschen die Sterne zu zählen.

Stattdessen schmecke ich Blut und den Tod.

Ich bin zu jung, um den Tod zu schmecken, denke ich.

Doch der Tod antwortet: *Ich kenne keine Zeit.*

Vielleicht bleibt sie deshalb stehen, zerläuft zu Zahlen ohne Wert.

Und dann kehrt sie zu mir zurück.

»Da ist sie!«

»Louve? Louve, bleib wach!« Jemand hebt meinen Kopf an, es ist dunkel, so dunkel.

»Sie stirbt«, raunt eine zweite, mir ebenso unbekannte Stimme durch den Nebel.

»Ihre Eltern hätten gewollt, dass …«

»Roswín hat uns den Rücken gekehrt. Und nun hat sie den Preis bezahlt.«

»Du musst dich entscheiden! Lass sie den Eid ablegen. Mach sie zu einer von uns.«

»Roswín hätte dem niemals zugestimmt.«

Ein Lachen. Trocken, kalt. Falsch. »Deswegen werden wir es tun.«

Tiefer und tiefer gleite ich in bodenloses Nichts, falle, falle für immer …

»Sag mir, Louve, willst du leben? Willst du dich uns anschließen, den Mörder deiner Eltern finden? Sie rächen?«

Meine aschegepuderten Lippen bewegen sich, kein Laut dringt aus meiner Schleifpapierkehle.

Ich schmecke Blut und Rauch und Einsamkeit.

»Sprich den Schwur, Louve, und du wirst eine von uns. Du wirst für deine Rache leben. Du wirst bleiben, wenn alle anderen gehen.«

Ist es das, was ich will? Bleiben?

Das Lachen meiner Mutter perlt über mein gebrochenes Herz, süße Tautropfen voller Schmerz, und einem einzigen, alles überschattenden Wunsch: Rache.

»Sprich mir nach, Louve.« Jemand hebt meinen Kopf an, rüttelt mich, hält mich wach, am Leben. »Leben für Tod, Tod für Leben. *Vive.*« Lebe.

Nur halb bei Bewusstsein realisiere ich kaum, wie mich jemand vorneüberbeugt, mein tiefrotes Haar, das Haar meiner Mutter, beiseiteschiebt, das von Blut und Rauch und Flammen verkrustete Nachthemd zerreißt, meinen Rücken freigibt.

»Sprich mir nach Louve, und du wirst leben. Für sie.«

Ich öffne die Lippen, schreie ihren Namen, schreie mir ihren Tod aus der Brust. Ich schreie, als ich den Schwur ablege, der mich zu einer von ihnen machen wird. Was das genau bedeutet, verstehe ich zu diesem Zeitpunkt noch nicht.

Gleichzeitig brennt sich etwas mit der Gewalt eines verglühenden Kometen in meinen Rücken. Wieder und wieder brülle ich den Namen meiner Mutter. Lautlos, im Stillen.

Roswín. *Melodie der Rose.*

Heißer Schmerz explodiert in meiner Brust. Ich weiß nicht, ob es mein Tod ist oder ihrer, der meine Seele, *meinen Schatten*, in demselben Feuer brennen lässt, das mir meine Eltern nahm.

Oder weshalb ich eine zeitlose Ewigkeit später neues Leben in meine Lungen sauge, verbrannte Bodenleisten unter meinen blutverschmierten Fingern ertaste. Als ich einfach so in einer Welt erwache, in der sie gestorben sind, in der die Rosensträucher meiner Mutter in Flammen aufgingen. Und mit ihnen mein eigenes Leben.

Draußen, vor den Ruinen meines Elternhauses, drängt Athaír, die erste Sonne, gen Morgenhimmel, als hätte die Welt in dieser Nacht nicht aufgehört, sich für mich zu drehen.

Ich aber erhebe mich wie ein Phönix aus der Asche eines früheren Lebens.

Nicht lebend, nicht tot.

Als eine von ihnen.

1. Kapitel

Gegenwart

Louve

Mit angehaltenem Atem spähe ich hinter dem Felsen hervor. Gut, *er* hat mich nicht gewittert. Es juckt mich in den Fingern, aus meinem Versteck zu rennen und anzugreifen. Wenn ich jedoch eines in meiner damaligen Ausbildung als Schattenassassinin gelernt habe, dann ist es die Ruhe vor dem Sturm. Dieser eine alles entscheidende Moment, wenn die Welt aufhört zu atmen und das Uhrenglas stillsteht, um mich auf meinen nächsten Zug vorzubereiten.

Ich verschmelze mit der Dunkelheit, werde eins mit dem Schleier der Nacht, als ich mich Schritt für Schritt nach vorne taste, zwischen Geröll und heruntergekommenen Ruinen bewege, unsichtbar über das verfallene Gelände husche, die Tochter des Windes mime, ein Mädchen der Lüfte, ein Kind der Sonne.

Zugegeben – der Auffassung meiner Mitmenschen nach zu urteilen habe ich alles andere als ein sonniges Gemüt. Und damit liegen sie verdammt richtig. Ich bin das Flehen der Toten, die Warnung an ihre Kinder, der Donner der Nacht. Ein freundliches Lächeln hat noch niemals einen Schattenwandler getötet.

Wenige Herzschläge später habe ich mich dem geschuppten, etwa drei Menschenlängen messenden Nachtwaran so weit genähert, dass ich seinen Gestank nach Moder, Fäulnis und Friedhofserde inhalieren kann. Ein Geruch, der mich seit meinem fünften Lebenszyklus begleitet.

Das Aussehen der Kreatur kenne ich ausschließlich von den Berichten meiner früheren Schattenkundelehrer. Ihr Geruch hingegen hat sich in mein Gedächtnis gebrannt wie eine Narbe, ein Geheimnis, das allein wir Schattenassassinen zu lüften wissen.

»Ich weisss, dasss du hier bissst«, zischt das Ungeheuer.

Ich spitze die Ohren, weiß instinktiv, dass es sich auf alle viere hinabsenkt. »Ich weisss, wer du bissst.«

Was nicht sonderlich schwierig ist. Klar, die anderen Schattenassassinen haben einen vorübergehenden Waffenstillstand mit dem Gott der Schattenwandler vereinbart (zumindest auf dem Papier). Möglicherweise handhabe ich es nicht ganz so genau mit der Unversehrtheit seiner Landsleute. Schließlich bin ich nicht nur ausgebildete Spionin, angebliche Friedensstifterin und Hüterin der Stadt, sondern die Beste meines Zyklusgangs im Nahkampf.

»Ich kann deinen Ssschatten riechen«, raunt der Nachtwaran, während sein schuppiger Leib über das Geröll schlängelt.

Seine kalkweißen Augen glotzten ziemlich sicher in meine Richtung, ich kann seine Aura sehen, den tiefschwarzen Umriss seiner ekelerregenden Präsenz. Aber ich rege mich nicht. Er kann mich nicht sehen. Ebenso wenig, wie ich ihn. Dennoch ist jede seiner Bewegungen wie meine eigene, jeder Atemzug, jedes Geräusch eindringlicher als das Brummen der Bassanlagen des *Rain 'n Sorrow*.

»Ach ja?«, rufe ich, während ich mich flink auf einen etwa zwanzig Menschenlängen breiten Tempeleingang zubewege. Ich kenne diese Welt, kenne sie in- und auswendig – jedes Staubkorn, jeden Geruch, jede ihrer Kreaturen.

»Und wonach riecht mein Schatten, wenn ich fragen darf?«

Ich erreiche die abgebröckelten Säulen, die ich schon etliche Male abgetastet habe. Es gibt keinen Winkel des Schattenreiches, der mir nicht ins Blut übergegangen ist. Selbst den Thronsaal ihres Gottes habe ich schon unter die Lupe genommen. Nicht, dass ihm das sonderlich viel ausgemacht hätte, haben ihn die unsicheren Tapser eines damals erst sieben Zyklen alten blinden Mädchens vor allem amüsiert, ehe er es zurück an die Barriere brachte.

Netter Kerl, dieser Gott der Finsternis, Ehrenwort.

»Nach Einsssamkeit.«

Autsch. Der hat gesessen.

»Ich bin nicht allein.«

Geduckt hinter einer Säule warte ich, bis meine Stimme das Ungeheuer in den Tempel lockt. Nur wenige Schritte entfernt tut sich eine thermalbadgroße Vertiefung auf, den die Echse ohne Augenlicht unmöglich bemerken kann, ich jedoch im Schlaf kartografieren könnte.

Nicht alle Schattenwandler sind blind, dieser hier allerdings ...

Er mag denken, diese Tatsache würde uns ebenbürtig machen. Wie falsch er damit liegt, erfährt er in *drei, zwei ...*

Mit einem empörten Zischen verliert das Schuppenvieh den Halt und rutscht ab. Darauf habe ich gewartet. Noch im selben Augenblick stürze ich mich auf den eiskalten Körper und zücke meinen Lieblingsdolch, den mit dem handgefertigten Griff aus Nachtmahrhorn.

Anstatt das Monster sofort zu töten, hacke ich unerbittlich mit der Schneide in die weiche Stelle zwischen zwei Schuppen, während dieses sich aufbäumt, um mich abzuwerfen. Der schrille Schrei einer im Sterben liegenden Höllenkreatur echot durch die Einöde.

»Nur ein kleines ... Souvenir. Hab dich!« Siegessicher entnehme ich die handtellergroße kalte Schuppe und verstaue sie in meinem Lederbeutel. Das wäre geschafft. Außer ...

Ich halte inne. *Was, wenn ich diesmal mehr als eine –*

Da wirft sich die Kreatur auf den Rücken und begräbt mich unter ihrem nach Schwefel und Tod stinkenden Reptilienleib. Keuchend taste ich nach meinem Dolch, bekomme ihn zu fassen und ramme ihn dem Ungetüm in jene schutzlose Stelle, von der ich mir zuvor eine Schuppe *ausgeliehen* habe.

Der Nachtwaran kreischt auf, ein Schrei, stechend wie tausend Klingen. Doch es ist bereits zu spät. Instinktiv reiße ich einen Arm vor mein Gesicht, als sich der zuckende Körper in feuchten Nebel auflöst.

Ich gönne mir keinen Augenblick des Triumphs, ehe ich aus der Vertiefung klettere und meinen Dolch an meiner Kampfmontur, einem hautengen schwarzen Lederoverall mit elastischen Blutboa-Veredelungen, abwische.

Ich habe die Schuppe noch vor Ablauf der Frist besorgt. Mein Auftraggeber, Mr Chapel, wird Augen machen! Nicht, dass die Untergrundhändler anderes von mir gewöhnt wären.

Das Geräusch von Pranken, die aufeinanderschlagen, hallt durch den steinernen Tempel. Jemand klatscht. Oder besser gesagt, *etwas.*

Verdammt. Damit habe ich offiziell meine erste Regel gebrochen: Immer aufmerksam bleiben.

»Beeindruckend.« Schritte nähern sich wie Donnerschläge. »Und beunruhigend. Extrem beunruhigend.«

Ich bin mir bis heute nicht sicher, ob er Hufe anstelle von Füßen besitzt, seine Schritte hören sich an wie die von Pferden. Ich weiß, dass er nach hinten gekrümmte Hörner hat – weil ich als Kind daran gezogen habe. Dass seine Pranken größer sind als mein Schädel und von dichtem, kratzigem Fell bedeckt – weil er damit meinen Rücken streichelte, als ich um meine Eltern weinte. Ich weiß, dass er muskulöser ist als ein Stier – weil mich seine Arme hielten, als ich den Boden unter den Füßen zu verlieren drohte. Und dass seine Haut schwarz ist wie die Finsternis, aus der er geboren wurde – weil ich diese tief in meinem Herzen fühle, seit man mir vor siebzehn Zyklen alles genommen hat.

»Ach ja?« Mit gestrafften Schultern drehe ich mich zu ihm um und hebe das Kinn. Mir ist bewusst, dass er mich um mehr als das Dreifache meiner Körpergröße überragt, trotzdem stehe ich aufrecht, stolz, unbeugsam. »Und weshalb, wenn ich fragen darf?«

»Zum einen«, erklärt Enean, Gott der Schattenwandler, Herrscher dieser trostlosen, von Toten, Schwefel und Einsamkeit besiedelten Welt, »bedeutet das, dass meine *Untertanen* nicht nur verflucht unfähig, sondern zudem bemerkenswert dämlich sind. Ich meine, versteh mich nicht falsch, du bist eine ausgezeichnete Kämpferin. Taktisch begabt, physisch gewandt. Logisch denkend. Aber der Kerl hat dich kommen hören und hätte sich denken können, dass du nicht auf ein nettes Pläuschchen vorbeischauen wolltest, sondern ihn in eine bestimmte Richtung lotsen. Letzteres finde ich persönlich übrigens ungemein schade.«

Staub wirbelt auf, bestäubt meine Lippen, als er sich an den Rand des Steinbeckens sinken lässt, an dem ich soeben einen der Seinen getötet habe. »Und außerdem – wie kann es sein, dass der Idiot nicht wusste, wo im Tempel sich das ausgetrocknete Wasserbecken befindet?« Es scheppert. Vermutlich tritt er gegen die Stelle, an der die Vertiefung ansetzt. »Mal ehrlich, soll ich etwa wöchentliche Sightseeing-Touren für meine eigenen Leute anbieten? Louve, ich bin verzweifelt.«

»Ich habe gehört, Pilates soll helfen«, erwidere ich knapp, stecke meinen Dolch weg und wende mich ab, um zu verschwinden. »Woher weißt du überhaupt, was Sightseeing ist? Hast du wieder irgendeinen armen Toten gezwungen, dir Romane aus unserer Bibliothek vorzulesen?«

Seufzend massiere ich mir die Schläfen. Noch heute werde ich die Schuppe bei Mr Chapel für eine ordentliche Summe Bàs-Münzen eintauschen. Und mir anschließend einen wohlverdienten Festschmaus im *Everest* gönnen.

Gut, Letzteres werde ich vermutlich nicht tun, weil ich so etwas wie Ladenverbot habe. Kann doch jedem passieren, dass er eine abgetrennte Schattenwandlerklaue auf dem Tresen ablegt, während er nach seinem Kleingeld kramt. Seither fürchten die Solituder das skurrile und in ihren Augen todbringende blinde Schattenmädchen. Was soll's? Ihr Verlust.

»Was ist Pilates?«, will Enean wissen. Dabei raunt seine tiefe Stimme wie ein Taifun durch die Tempelwände, was seine Frage umso komischer macht.

Ich zucke mit den Schultern. »Eine neue Cocktailsorte.«

Zwar kann ich es nicht genau sehen, doch weiß ich intuitiv, dass er anerkennend nickt.

»Schon mal daran gedacht, von hier zu verschwinden?«, fragt er nach einer Weile.

Ich kann hören, wie er seinen tonnenschweren Körper senkt, der doch aus nichts anderem besteht als aus vergessenen Träumen, der verlorenen ersten Liebe und dem Gefühl eines Kindes, das dabei zusehen muss, wie seine Mutter zum letzten Mal die Augen schließt.

Weder lehnt er sich gegen eine der den Eingang säumenden Säulen, um mir meinen Fluchtweg zu versperren, noch macht er Anstalten, seinen *Untertan* zu rächen.

Ich nicke. »Tausendmal und mehr. Aber Kreaturen wie wir …« Damit meine ich nicht Enean, sondern die Schattenassassinen – obwohl es auf den Gott ebenso zutrifft wie auf uns, die wir verdammt sind zu einem Dasein zwischen Leben und Tod. Insgeheim habe ich für uns alle, ob nun von meiner oder ihrer Art, denselben Namen: die Verdammten.

»Du könntest mir verraten, wie es dir gelingt, dieses Drecksloch zu verlassen, um nach Dall oder Solitude zu gelangen«, schlägt Enean scheinheilig vor.

Mir entfährt ein trockenes Lachen. »Und wozu? Du besitzt keinen physischen Körper. Du bestehst aus Schatten, gestohlenen Erinnerungen und dem Schmerz der ganzen Welt. Möglicherweise würdest du es so bis nach Dall schaffen, spätestens in Solitude würdest du verpuffen.«

»Vielleicht würde ich nicht … verpuffen«, überlegt Enean allen Ernstes. »Noch nie ausprobiert.«

Ich zucke mit den Schultern. »Einmal ist keinmal.«

»*Du* könntest abhauen«, murmelt er mit einer nicht überhörbaren Melancholie.

»Für wie lange? Du weißt genauso gut wie ich, dass ich seit mehr als siebzehn Zyklen tot bin.« Oder so was in der Art. »Ich gehöre den Schatten.«

Zwar bin ich dank meiner Ausbildung dazu imstande, zwischen einem physischen und immateriellen Körper zu wechseln und so zwischen den Welten zu wandeln, um die Oberwelt vor Eneans Bestien zu beschützen, doch falle ich dort durch den mich stets umgebenden Hauch des Todes auf wie ein bunter Hund in einer Minibar.

Früher achtete ich stets darauf, mich in der schillernden Hauptstadt mit ausreichend *geborgten* Kleidungsstücken zu wappnen, weshalb die Solituder mich meist mit einer Obdachlosen verwechselten und mir ein paar Münzen schenkten. (Was zugegebenermaßen nicht ganz unpraktisch war.)

Heute stehe ich zu meiner Existenz als eine der Besten meiner Branche. Als *die Beste.* Stolz schlendere ich durch die

Straßen, feiere mit den Männern, trinke mit den Frauen, lasse die Sünde Solitudes durch meine Venen rauschen. Koste ihre Angst, genieße ihre Bewunderung.

»Seit fast eintausend Zyklen befehlige ich nun Schattenwandler«, stöhnt Enean.

»Und das nicht besonders gut«, entgegne ich wahrheitsgetreu. »Ein Vibrator befolgt besser Kommandos als deine Kreaturen.«

»Was ist ein Vibrator?«, fragt er.

»Etwas zu essen«, lüge ich.

Ich lege den Kopf in den Nacken, glaube, seine schwarztriefende Silhouette nicken zu sehen. »Es ist nur so ... öde. Dein Leben ist viel spannender. Du raubst Tote aus, stiehlst, tötest, handelst mit skrupellosen Gaunern, du gehst hinauf in die Oberwelt, feierst in der Stadt, die niemals schläft.«

»Wusstest du, dass mich die Solituder meiden? Zumindest im nüchternen Zustand. Sie haben Angst vor mir.«

»Bewundernswert«, sinniert er. »Als du mit deinen gerade einmal sieben Zyklen mit dem festen Vorhaben, meine Krone zu stehlen, in meinen Palast gewatschelt kamst, habe ich mit dem Gedanken gespielt, dich bei mir aufzunehmen und als mein kleines Ungeheuer auszubilden.« Er stößt sein mir so vertrautes kehliges Lachen aus. »Dabei besitze ich noch nicht einmal eine Krone.«

»Das sagte man mir erst später«, knirsche ich. »Wie auch immer. Ich muss jetzt los. Ich nehme an, du lässt mich nicht gehen, ohne deinen Anteil zu erhalten?«

»Mein Schattenwandler, meine Schuppe, mein Anteil«, erklärt Enean mit der Ernsthaftigkeit eines Mathematikprofessors.

Wieder seufze ich. »Na schön. Was soll ich dir diesmal mitbringen?«

Der Gott muss aufgestanden sein, jedenfalls höre ich ihn nachdenklich auf und ab gehen. »Wie wäre es mit einem Plattenspieler. Ich glaube, ich habe noch diese LPs, die du mir damals ...«

»Haben sie nicht mehr«, unterbreche ich ihn.

»Ausverkauft?«

»So was in der Art. Zudem darf ich dich daran erinnern, dass es hier unten keinen Stromanschluss gibt.«

Erneut überlegt er. »Oh, ich weiß! Ich hätte gern ein großes Glas dieser süßen, nussigen Pampe, die die Menschen am Morgen auf ihre ... wie nennt man das noch gleich ... *Toaster* streichen.«

»Erdnussbutter?« Ich verkneife mir ein Grinsen. Und den Hinweis, dass niemand irgendetwas auf einen Toaster schmiert. »Von mir aus. Du bist echt eigenwillig, Enean. Hat dir das schon einmal jemand gesagt?«

Der Gott der Toten lacht sein heiseres, an das Brausen eines mittelgroßen Tornados erinnerndes Wolfsgelächter. »Niemand, der noch am Leben ist.«

Wenig beeindruckt winke ich ihm zu und mache mich auf den Weg zur Grenze. »Bis morgen, Enean.«

»Bis morgen, meine Schattenkönigin«, flüstert mein einziger Freund in die Dunkelheit.

2. Kapitel

Louve

Mit gezücktem Dolch wandle ich über vertrocknete Ebenen und morsches Holz, durch alte Baracken und trostlose Einöden. Ich weiß, dass hier und da rot glühende Augen aufblitzen, ich kann ihre Präsenz fühlen, spüre, wie sich angespannte Blicke in meinen Nacken graben. Niemand regt sich.

Enean hat nicht ganz unrecht, wenn er behauptet, nur die Einfältigsten unter seinen Schattenwandlerscharen würden nicht in Deckung gehen, sich nicht verkriechen wie modrige Kakerlaken, sobald sie mich erblicken.

Einst fanden blutige Kämpfe zwischen ihnen und meinen Leuten statt, den Schattenassassinen – durch einen gewaltsamen Tod verstorbene Menschen, die es sich zur Aufgabe gemacht haben, die Erde vor dem sogenannten Bösen zu beschützen, den Schattenwandlern. Dass ausgerechnet deren Anführer, der ach so kaltblütige und finstere Enean, eigentlich unser schlimmster Feind und Endgegner Nummer eins sein sollte, gerät zur Nebensache, wenn ich heimlich jeden dritten Sonnenlauf mit ihm lustige Spiel- und Leseabende verbringe, und wir jeden zweiten Sonnenlauf gemeinsam kochen.

Meine angebliche Familie hingegen, jene Männer und Frauen, die mich ausgebildet haben, mich aufgenommen, als die Welt dort draußen mich nicht hat haben wollen, meide ich seit dem Beenden meiner Ausbildung. Meine augenscheinlichen Sympathien für die gehörnten und schuppigen Kreaturen der Nacht sind ihnen zuwider. Dabei verstehen sie mich völlig falsch, ich kann die Schattenwandler nicht einmal ansatzweise leiden. Sie sind einfältig, unhöflich und stinken furchtbar nach Schwefel und Moder.

Enean hingegen ist ein wirklich netter Kerl, lässt man einmal außer Acht, dass er nicht alle Tassen im Schrank hat. Und, na ja, eben der Gott der Toten ist. Aber er kann zuhören. Er bringt mich zum Lachen. Und manchmal glaube ich, ist diese bizarre, finstere Kreatur das einzige Wesen dieses gottverdammten Planeten, das mich versteht.

Wie gesagt, ich kenne die Schattenwelt in- und auswendig. Obwohl ich sie niemals mit eigenen Augen erblickt habe, kann ich Dinge ertasten, riechen, Geräusche vernehmen wie niemand sonst. Nur zwei Personen wissen, dass ich die Auren sowohl von Subjekten als auch von Objekten wahrnehmen kann. Keine davon ist Enean.

Und selbstverständlich kenne ich die Geschichten, die sich die anderen erzählen. Geschichten über Tod, Schwermut und Einsamkeit, über Schmerz, Leid und Trauer. Das Schattenreich ist kein Ort, an den die Heiligen fahren. Es ist ein Ort der Verdammnis. Wir alle sind verdammt. Und es ist an uns, das Beste daraus zu machen.

Hoch über meinem Kopf kreisen schwarzbäuchige Aschegeier, die darauf lauern, mir das Fleisch von den Knochen zu fressen. Ihr Kreischen hallt durch die karge Wüstenlandschaft wie scharfkantige Hagelkörner. Sie sind alles und nichts.

Genau wie ich. Obgleich mein Körper an diesem Ort nicht vollständig manifestiert ist, kann ich sehr wohl Verletzungen davontragen, die sich auf der anderen Seite der Barriere um ein Vielfaches verstärken. Ich könnte sterben, hier und jetzt, an jedem einzelnen Sonnenlauf.

Es ist nicht so, als würde ich unter Eneans Schutz stehen, seine Untertanen wissen von unseren Kaffeekränzchen ebenso wenig wie meine Assassinen. Nicht, dass ich das nötig hätte. Und ist Angriff nicht die beste Verteidigung?

Die linke Hand fest auf den Lederbeutel gepresst, in der mein neuester Schatz steckt, schleiche ich durch die Ruinen des Schattenreichs bis zu der (zumindest auf dieser Seite), so gut wie unbewachten Barriere.

Man sagt, vor beinahe eintausend Zyklen hätte eine Gruppe Schattenassassinen ihr Leben gegeben, um die Essenz ihrer Schatten in eine Art Schutzschild zu bannen: Nicht lebend, nicht tot. Etwas dazwischen, genau wie wir. Kein Schattenwandler wagt es seither, die wolkenhohen aschgrauen Nebel zu durchqueren (zumindest in der Theorie). Und die, die so töricht sind, es zu versuchen, kehren nicht zurück.

Da wir Assassinen aus derselben Essenz bestehen wie die Barriere, lässt sie uns ohne Probleme passieren, wodurch wir auf beiden Seiten gleichermaßen für Ordnung sorgen können.

Feucht und eiskalt gleiten die Nebelschwaden über mein Gesicht. Dieser Ort ist der einzige, an dem für mich absolute Dunkelheit herrscht. Kein Licht, keine Aura, kein Leben. Reines Nichts.

Als ich klein war, habe ich mich in diesem Nichts stets verloren, musste Mal um Mal von meinem Vorgesetzten, Kommandant Pearse, zurück ins Reich der Lebenden bugsiert werden. Doch das ist lange vorbei. Heute kenne ich jeden verfluchten Stein unter meinen Stiefeln quasi mit Namen.

Die elektrisierende Energie wird schwächer, fast habe ich das Ende der Barriere erreicht, da reißt plötzlich etwas so grob an meiner Schulter, dass ich den Halt verliere und stolpere. *Verflucht.* Statt zu stürzen, nutze ich den Schwung und mache eine Drehung im Sprung, während ich gleichzeitig meinen Dolch zücke.

Albtraumhaftes Kreischen zerfetzt die Dunkelheit, etwas Heißes, Nasses spritzt mir ins Gesicht. Ein letzter Flügelschlag ertönt, ehe der Schattenwandler zu meinen Füßen aufschlägt, als ich geschmeidig lande. Ein siegessicheres Grinsen zuckt über mein Gesicht, als ich mir die Krallen der Bestie aneigne und in meine Tasche schiebe. Keinen Herzschlag später verpufft die Kreatur zu Rauch und nichts. Genau, wie es die Krallen tun würden, wenn sie nicht durch die Magie meines Lederbeutels – einem Artefakt der Assassinen – konserviert wären.

Ich verenge die Augen, horche in die Finsternis. So viel zu unserer Theorie, die Schattenwandler würden die Barriere meiden.

Ich beschließe, Enean die Sache erst einmal zu verschweigen, während ich mir mit zusammengebissenen Zähnen die Schulter einrenke. Verdammter Mist. Mein Cåraidt Wren, Kampfpartner von Kindesbeinen an, darf unter keinen Umständen herausfinden, dass ich mich wieder außerhalb des Dienstes verletzt habe. Und schon gar nicht, wobei.

Ich beschleunige meinen Schritt, um mich so schnell wie möglich aus dem Staub zu machen, da durchkämmt eine schrille Kakofonie die Atmosphäre. Im Laufen blicke ich gen Himmel, doch die Auren des Aschegeierschwarms sind verborgen vom Nebel.

Fluchend presse ich Lederbeutel und Dolch an meine Brust und renne weiter. Den diffusen Umrissen und dem Echo der Schreie nach zu urteilen, müssen es an die dutzend sein. *Bei der Barriere!* In diesem finsteren Nichts habe ich keine Chance gegen einen ganzen Schwarm. Sie würden mich ausweiden, ehe ich die Hälfte von ihnen erwischt hätte.

Noch zwanzig oder dreißig Schritte und ich bin in Sicher… –

Der erste Geier stürzt sich auf mich und hackt seinen messerscharfen Silberschnabel zwischen meine Schulterblätter, während mich ein zweiter im Sturzflug rammt und ich einem dritten einen Hieb mit meinem Dolch verpasse.

Das Kreischen nimmt zu, ohrenbetäubendes, schauriges Heulen. Eine vierte Gestalt bringt mich endgültig zu Fall. Spitzes Gestein bohrt sich in meinen Nacken, Staub wirbelt auf und dringt in meine Nase.

Auf dem Rücken liegend haue ich mit meinem Dolch um mich, treffe Federn und Flügel und Krallen. Verflucht, warum habe ich nicht meine Wurfsterne eingepackt? Ich trete aus, als ein Geier nach meinem Schienbein hackt und sich das in dem Speichel enthaltene Gift eines anderen in meine Wange ätzt. Noch spüre ich keinen Schmerz, doch sobald ich das Schattenreich verlasse und sich mein Geistkörper vollständig zurück in seine physische Form manifestiert, kann ich mich auf den Schmerz meines Lebens gefasst machen.

Ich presse die Zähne aufeinander und setze alle Kraft in einen Sprung auf die Beine. Sofort bemühen sich die Aschegeier, mich wieder zu Fall zu bringen.

»*Vive!*«, schreie ich in die Finsternis, während fast zeitgleich tosende Schatten aus meinem Rücken brechen.

Hastig taumle ich fort von dem sich binnen weniger Atemzüge abspielenden Gemetzel. Schatten kracht gegen Schatten, Dunkelheit erstickt Dunkelheit. Die Aschegeier lassen von mir ab und wenden sich meiner über drei Menschenlängen großen Geistgefährtin zu.

Kehliges Brüllen entkommt Thujas riesigem Maul, während sie mit ihren gigantischen Pranken Luft, Vögel und Nebel zerfetzt. Die Geier versuchen nach ihr zu hacken, ich höre ihr frustriertes Kreischen. Obwohl meine Grizzlybärin ebenso in der Finsternis der Barriere untergeht wie ihre Gegner, weiß ich, dass sie sie nicht zu fassen bekommen. Dass sie sich fauchend auf die Hinterpfoten stellt, heranwächst zu einer turmhohen Bestie. Schatten, noch schwärzer als die Dunkelheit der Nebel, tanzen um ihren immateriellen Körper, strecken sich in die Unendlichkeit, verleihen ihrer Aura etwas Diffuses, Surreales.

Ich haste weiter geradeaus, auf das Ende der Barriere zu, während Thuja hinter mir einen Aschegeier nach dem anderen in der Luft zerreißt, bis die Schreie nach und nach verebben.

Als ich die Grenze erreiche, herrscht gespenstische Stille. Ich bücke mich und taste nach meinem Rucksack, den ich auf dem Hinweg hinter ein paar Felsbrocken versteckt habe. Langsam wie ein Albtraum schleicht Thuja auf mich zu und senkt den Kopf. Ihre Schnauze umfasst den Durchmesser eines Wagenrades. Andächtig streiche ich darüber.

»Danke«, flüstere ich.

Thuja stößt ein kehliges Brummen aus.

Ich schenke ihr ein Lächeln. *»Morte«*, sage ich bestimmt und kann trotz Ermangelung eines Körpers fast physisch spüren, wie sich mein Grizzly in Schatten auflöst und zurück in das meinen Rücken vollständig bedeckende Mal fährt.

Nicht jeder Assassine verfügt über einen tierischen Gefährten, der ein Teil seiner Seele, seines sogenannten Schattens, ist. Das liegt daran, dass sie aus Traumata geboren werden, dem Trauma unseres gewaltsamen Todes. Sie wachsen mit uns, kämpfen mit uns. Beschützen uns. Meine Geistgefährtin ist ein gigantischer nachtschwarzer Grizzlybär. Sie ist mein Trauma. Mein Schutz. Meine Rettung. Und die stetige Erinnerung an das, was mir vor vielen Zyklen widerfuhr.

Mit einem letzten Blick über die Schulter suche ich nach weiteren Auren, vermag jedoch nach wie vor nichts zu erkennen als bodenlose Schwärze.

Was zum Nachtblitz hatten sie hier zu suchen, weshalb wagen sie sich so nah an die Grenze? Ich wünschte nur, ich könnte es mit den anderen Assassinen besprechen, ohne mich zu verraten. Eigentlich sollte ich gerade in der Bibliothek büffeln oder auf dem Trainingsplatz der Zitadelle, Iron Claw, meine Nahkampftechniken verbessern. Dass meine Ausbildung beendet ist, heißt noch lange nicht, dass ich mein Wissen und Können nicht stetig zu erweitern habe.

Doch kaum lichtet sich der Nebel und gibt einen der zahllosen Höhleneingänge der Untergrundstadt Dall preis, hält eine Stimme mich auf.

»Louve?«

Ich presse die Lippen aufeinander. Verdammter Mist. Jeder, nur nicht er ...

3. Kapitel

Louve

»Nicht jetzt.« Meine Muskeln rebellieren, als ich meine Schultern straffe, doch ich ignoriere das Ziehen.

Mir bleibt kaum Zeit, bis sich mein Körper vollständig manifestiert und der Schmerz mir die Luft abschnürt.

Weshalb hat ausgerechnet *er* Wachdienst – Ekelpaket Nummer eins unter meinen angeblichen Kameraden? *Pff.* Unter keinen Umständen werde ich jetzt den Schwanz einziehen. Darauf setzt der Mistkerl doch nur!

»He, warte mal!« Eine Hand packt meinen Unterarm, gleitet kaum noch hindurch. »Lust auf ein kleines bisschen Spaß? Habe gehört, du bist dahingehend recht … offen.«

»Nimm deine Finger weg oder du verlierst sie«, zische ich Kendric an. Was bildet sich dieser arrogante Widerling ein?

Kendric, sein Cåraidt Bash und ich haben unsere Ausbildung gemeinsam abgeschlossen. Während Bash genau wie ich gewaltsam starb, zählt Kendric zu jenen, die sich freiwillig ihr Leben nahmen, um bei den Schattenassassinen einzutreten. Er hat dabei noch nicht einmal ein Trauma davongetragen, so sehr wollte er für diese Stelle sterben. Deshalb verfügt er auch über keinen tierischen Geistgefährten.

»Warum so kratzbürstig?« Sein Lachen klingt arrogant.

Sein Ernst? Ich erinnere mich, wie er mir eine glühende Schwertspitze in den Nacken presste, während seine Leute mich festhielten, und mich der Schmerz fast ohnmächtig werden ließ. Weil ich den letzten Donut genommen hatte.

Ich war neun.

»Warum so ein Idiot?«, feuere ich zurück und drehe ihm mit einer einzigen gezielten Bewegung den Arm auf den Rücken.

Der mich um zwei Köpfe überragende Assassine stößt einen Fluch aus. »Verdammt, Louve, hör auf damit, du tust mir weh.«

»Buhuu«, jammere ich ihm ins Ohr und verpasse ihm einen Tritt in die Kniekehle, was ihn unmittelbar zu Boden bringt. Offenbar hat da jemand einmal zu oft das Nahkampftraining geschwänzt.

Bei dem Tritt brennt mein Schienbein, genau an der Stelle, an der mich einer der Aschegeier erwischt hat. Ich muss schleunigst weg.

»Was ist dein verdammtes Problem?«, fährt Kendric mich an.

»Ich würde dich ja dreimal raten lassen, aber ich fürchte, das würde deine Gehirnkapazität überschreiten.« Ich rücke meinen Rucksack zurecht und wende mich ab. »Einen Tipp habe ich dennoch für dich: Wenn eine Frau nach dir tritt und dich beschimpft, hat sie in der Regel *keinen* Spaß.«

»Ansichtssache.« Der Kerl ist so was von widerlich, ich könnte kotzen. »Was treibst du überhaupt in Dall, wenn du dich nicht mit mir vergnügen willst? Du stehst nicht im Dienstplan und Wren habe ich heute auch noch nicht in Dall gesehen. Außerdem siehst du aus, als wärst du unter eine elektrische Sense geraten.«

»Vorschlag.« Intuitiv schnellen meine Finger zu dem an meiner Taille befestigten Dolch. »Du vergisst, dass du mich gesehen hast, und im Gegenzug vergesse ich, dir die Kehle aufzuschlitzen. Na, wie klingt das?«

»Das wirst du bereuen«, knurrt er.

»Zweifelhaft.« Damit drehe ich mich um und verschwinde in Richtung des nordöstlichen Höhlenlabyrinths.

Natürlich wird Kendric mich nicht bei unseren Vorgesetzten verpfeifen, dafür hat er viel zu viel Angst vor mir, auch wenn er es niemals offen zugeben würde. Sie alle fürchten die skrupellose Schattenfreundin, die rein gar nichts zu verlieren hat. Weil alles, was ich zu verlieren hatte, längst fort ist. Meine Rachegelüste aber ticken für alle Welt sichtbar wie eine Zeitbombe auf meiner Stirn.

Die verwinkelten Gänge und Gassen glimmen in einem kaum sichtbaren Gelbton, als ich mich so schnell wie möglich durch die Untergrundlabyrinthe Dalls bewege. Aus dem Nichts rast ein brennender Schmerz über meine Wange, als stände sie in Flammen. Fluchend taste ich mit den Fingern nach der Stelle, an der mich der Speichel des Geiers verätzt hat. Mir bleibt kein Rå-Uhrenfluss lang Zeit, bis das Gift meine linke Gesichtshälfte lähmt, ehe es sich schleichend in meinem restlichen Körper ausbreiten wird.

Glücklicherweise weiß ich genau, wer mir helfen kann. Ich kann nicht zählen, wie viele Sonnen- und Mondläufe ich in der dubiosen Untergrundstadt verbracht habe. Vorwiegend dann, wenn ich genug hatte von den Schikanen meiner Mitauszubildenden, wenn mir die Versnobtheit der schillernden, oberirdischen Hauptstadt Solitudes zum Hals heraushing oder ich einfach meine gottverdammte Ruhe wollte. Denn niemand, der bei Verstand ist, kommt freiwillig nach Dall.

Wie aufs Stichwort knirscht mein Nacken, als hätte mir soeben jemand eine verpasst. Ich ertaste frisches Blut, das die ohnehin tiefroten Spitzen meines sonst schneeweißen Bobs verklebt. Die letzten Farbkleckse, die an mein Leben vor dem Tod erinnern.

Im Laufen drehe ich mich um, suche zwischen den Höhlengängen nach der silbrig schimmernden Aura einer meiner Leute. Als ich mir sicher bin, dass Kendric seinen Posten nicht verlassen hat, verschwinde ich in einer der niedrigen Steinnischen und knie mich vor meinen Rucksack auf das Geröll. Ein, zwei Herzschläge lang droht mir der Schwindel das Bewusstsein zu rauben. Ich beiße mir von innen auf die Wange.

Reiß dich zusammen, Louve. Du bist stärker als das!

Stärker als das Leben.

Kurz lausche ich in die Dunkelheit nach potenziellen Angreifern, doch da ist nichts außer dem Tropfen brühheißer unterirdischer Quellen.

Hastig ziehe ich eine mehrmals geflickte Stoffhose und einige Oberteile aus dem Rucksack, die ich übereinander tragen muss, da sie vom vielen Waschen fadenscheinig geworden sind. Darüber streife ich meinen heiß geliebten, knielangen Wollmantel, den ich vor etwa einem Zyklus aus einem Altkleidercontainer in Solitude gefischt habe. Er weist nicht nur zahllose Flicken auf, sondern zudem einige kreisrunde Brandlöcher, als hätte der Besitzer die Rettung des Kleidungsstückes aufgegeben – perfekt für einen kleinen Ausflug nach Dall. Auch deshalb, weil ich quasi darin verschwinde. Das Teil ist für meinen zierlichen Körper viel zu groß. Folglich erfüllt er seinen Zweck, mich unsichtbar zu machen, unübertrefflich.

Zuletzt greife ich mir meine Schirmmütze, dann sattle ich den Rucksack. Diesmal nicht als Assassinin, sondern als Kind des Untergrunds.

Im Laufe der vergangenen Zyklen fand ich heraus, dass die Auren nicht personenabhängig sind. Weder verraten sie mir, ob ein Mensch Gutes oder Schlechtes im Sinn hat, noch ob er besonders stark, gerissen oder dämlich ist. Stattdessen weiß ich, dass ich einen stinknormalen Menschen vor mir habe, wenn seine Aura blau leuchtet. Golden bei den arroganten, sich selbst als die Hoheiten der Welt ernannten Arzaê. Schwarz bei Schattenwandlern, silbrig bei uns. Und ein wirr flackernder Farbenbrei bei den Mæscån: Mischwesen, geboren aus artenübergreifenden Liebeleien, illegalen Heiraten oder Vergewaltigungen. Letzteres wird übrigens höher geschätzt als Ersteres, kein Scherz – auch, wenn ich nicht die geringste Ahnung habe, wie die Fortpflanzung Toter biologisch möglich ist. Über die Zyklen hinweg gelang es immer wieder einzelnen Schattenwandlern, die Barriere kurzzeitig zu übertreten und sich an unseren Frauen und Mädchen zu vergehen. Einige von Eneans Untertanen sehen der menschlichen Spezies beunruhigend ähnlich. Nur einmal hat es einer von ihnen bei mir versucht, da war ich vierzehn. Eneas hat ihm den Kopf von den Schultern gerissen, ehe dieser auch nur einen zweiten Finger nach mir hat ausstrecken können.

Während Solitude primär von Arzaê und Menschen bewohnt wird, herrscht hier unten in Dall ein bunter Mischmasch artenübergreifender Ausgestoßener. Ein unterirdisches Höhlenlabyrinth, das Träume frisst und Hoffnung begräbt. Eine Stadt unter der Stadt.

Bei Todesstrafe ist es den Dallern verboten, einen Fuß nach Solitude zu setzen, da sie *die Reinheit der Stadt beschmutzen würden.* Solitudes Motto? Es ist alles Gold, was glänzt. Und der Rest fährt per Müllabfuhr auf direktem Weg in die Untergrundstadt …

Manchmal gibt es Aufstände, Rebellionen, die schneller niedergeschlagen werden, als sie »Arzaê-Abschaum« sagen können. Um ehrlich zu sein, konnte ich mich schon immer besser mit den Verstoßenen identifizieren.

Im Grunde ist Dall nicht schwer zu erreichen, wenn es auch nicht gern gesehen wird. Klar, wir werden während unserer

Schichten an der zwischen Dall und dem Schattenreich lodernden Barriere stationiert und jagen hin und wieder einen Lichtlosen – einen Enean abhandengekommenen, verlorenen Schatten, die Seelen Verstorbener. Aber das war's auch schon. Für die meisten Solituder ist die Untergrundstadt nicht mehr als ein Ammenmärchen. Eine Schauergeschichte, die man kleinen Kindern und aufmüpfigen Jugendlichen erzählt.

Die Stadt liegt nicht nur tief unter der Erde und genießt zweifelhaftem Ruf, sondern befindet sich auch noch unmittelbar vor der von den Schattenassassinen verteidigten Schutzbarriere. Für Halbtote wie uns ist es ein Leichtes, die finstere Nebelwand zu durchschreiten. Außerdem, wie soll ich sonst Enean seine geliebte Erdnussbutter bringen? Etwas Verständnis wäre wohl angebracht.

Ich husche vorbei an verfallenen Baracken, in die Wände gemeißelten Schlafnischen und an in Lumpen gekleideten Kindern und Greisen. Halte den Atem an, wenn der beißende Geruch nach Schwefel und der penetrante Gestank nach Fäkalien, Erbrochenem und Schimmel mich würgen lässt. Hin und wieder wird die Stille durch das klägliche Weinen eines mutterlosen Babys oder den Schreien der Kranken und Sterbenden zerfetzt. Jeder von ihnen ist nicht mehr als ein diffuser Umriss für mich, eine Stimme, ein matt loderndes Licht.

Ich bleibe kein einziges Mal stehen, bis die Gerüche süßlicher, frischer, orientalisch werden. Der Schwarzmarkt ist ganz in der Nähe. Heißes Blut rinnt mir die Wirbelsäule hinab, die Wunde an meinem Bein lässt mich leicht hinken. Mit zusammengebissenen Zähnen schiebe ich mich weiter.

Als ich jünger war, verbrachte ich unzählige Rå-Uhrenflüsse damit, Medizin nach Dall zu schmuggeln und mich um die Verletzten zu kümmern. Ertrug die öffentlichen Bestrafungen, die Hiebe und Erniedrigungen meiner Vorgesetzten, wenn ich wieder einmal erwischt worden war. Heute bin ich nicht nur vorsichtiger, sondern auch cleverer. Lasse Münzen zurück statt gestohlener Medikamente, sodass die Daller sich selbst versorgen können und mir gleichzeitig nichts nachgewiesen werden kann. Einer der Gründe, aus denen ich mich auf den illegalen Handel auf dem Schwarzmarkt eingelassen habe.

Plötzlich greift jemand nach meinem Rucksack und reißt mich ohne Vorwarnung in die Dunkelheit. Gestein reibt mir den Rücken auf, während meine Hand bereits zu meinem Dolch schnellt. Ich stoße einen zischenden Laut aus. Mein Gegenüber hat kaum die Zeit, den Mund zu öffnen, da landet meine Schneide bereits an seiner Kehle.

4. Kapitel

Louve

»*Woa,* Louve!«

Fluchend ziehe ich meinen Dolch zurück. »Bist du lebensmüde, dich so an mich heranzuschleichen?« Ich verpasse Gría einen Stoß gegen die Schulter, ehe ich sie in eine feste Umarmung ziehe.

Sofort umhüllt mich ihr vertrauter Duft nach süßem Rízín. Jenen Beeren, die sie hier unten nach intensiver Forschung erfolgreich anbaut und auf dem Schwarzmarkt verscherbelt, ohne sich Gedanken darüber zu machen, dass die Dinger einem im Handumdrehen den Garaus machen.

Gría ist Giftmischerin, und zwar eine verdammt gute. Und sie ist meine beste Freundin. Ich lernte sie kennen, als ich ihre kleine Schwester Nadija vor einem tödlichen Abstecher Richtung Schutzbarriere bewahrte. Seither zählt sie neben Enean zu meinen engsten Vertrauten.

Meine Fingerspitzen ertasten den Ansatz ihrer kurz geschorenen Locken. Und dann, keine Handbreit weiter unten, den der Narben. Sie sind der Beginn unzähliger wulstiger Male, die ihren gesamten Rücken bedecken: Eine Strafe für das, was sie ist.

Ihre Aura verrät mir ihr Erbe: ein tiefes, fast ins Schwarze gehende Indigoblau, Gene zwischen Mensch und Schattenwandler. An ihrer Unterlippe trägt sie drei Ringe (einen links, zwei rechts), was ich weiß, weil wir heimlich für unseren ersten *richtigen* Kuss zusammen geübt haben, um uns später nicht zu blamieren.

Wir waren bereits seit zwei Zyklen befreundet, als sie mir im Stillen anvertraute, dass ihre Mutter Opfer eines Schattenwandlers geworden war. Als sie die Schwangerschaft bemerkte, verlor sie sich im Rausch, um die Erinnerung an den wiederholten Missbrauch zu betäuben. Sie kam niemals davon los. Später war Gría gezwungen, sich und ihre kleine Schwester allein großzuziehen.

Die Chance, dass ein Schattenwandler die Barriere überwindet, ist mehr als gering. Die Möglichkeit, in Dall einzudringen, ohne von einem Assassinen aufgehalten zu werden, noch geringer. Bis heute ist sich niemand sicher, wie es unseren Feinden gelingt. Nicht einmal Enean. Die meisten sterben bei dem Versuch. Und die, die es nicht tun, fallen später durch unsere Hand.

Diejenigen jedoch, die wir nicht rechtzeitig erwischen, nehmen sich unsere Frauen und töten unsere Männer. Und wenn unsere Leutnants auf Iron Claw Alarm schlagen, sorgen sie sich nicht um die unfreiwilligen zukünftigen Mütter, sondern das Image der Stadt.

»Übrigens siehst du furchtbar aus«, holt Gría mich zurück ins Hier und Jetzt. »Hast du dich wieder mit Enean geprügelt?«

Ohne eine Antwort abzuwarten, dreht sie mich in eine Pirouette und klopft auf das meinen Rücken vollständig bedeckende Mal, was mir ein schmerzhaftes Stöhnen entlockt. Gleichzeitig ertönt ein ungesundes Summen in meinem Kopf, als das Schattenwandlergift beginnt, seine Wirkung zu entfalten.

»Hi, Biskuit!«, begrüßt Gría meine verborgene Geistgefährtin.

Ich stöhne auf. »Erstens kann sie dich nicht hören. Und zweitens sollst du sie nicht *Biskuit* nennen«, erinnere ich sie augenrollend. »Ich habe den Namen nicht umsonst verworfen, als sich herausstellte, dass nach Gebäck benannte Grizzlybären nicht ernst genommen werden – erinnerst du dich?« Vor allem kein tollpatschiges Schattenbärenjunges.

Dass der ach so gefürchtete Schattengott selbst auf diese Schnapsidee von Namen kam, verschweige ich geflissentlich. Sowohl Enean als auch Gría sind der Meinung, die Klauen der Bärin würden auf der Einschüchterungsskala für sich sprechen. Doch brach es mir jedes Mal das Herz, wenn sich die anderen Rekruten wegen ihres Namens über sie lustig machten (auch, wenn sie dafür haufenweise Bisse und Kratzwunden kassierten). Jedenfalls hört meine Bärendame schon seit etlichen Zyklen auf Thuja, der Name einer äußerst tödlichen Giftpflanze und damit mehr als passend, wie ich finde. Enean und Gría haben sich bis heute nicht damit angefreundet.

Gría reckt die Arme über den Kopf und streckt sich. »Kommst du für krumme Geschäfte oder um mich zu besuchen?«, erkundigt sich meine beste Freundin und schlendert Hand in Hand mit mir zurück auf den breiten Hauptgang. Vorsichtig taste ich mit den freien Fingern meine linke Wange ab, die sich verflucht taub anfühlt oder besser gesagt, die sich nach *überhaupt nichts mehr* anfühlt. Verdammt.

»Schließt das eine denn das andere aus?«, versuche ich mich herauszureden.

Gría schnaubt.

»Na schön«, gebe ich schließlich zu. Hauptsächlich, weil das Summen zwischen meinen Schläfen allmählich einem schier unerträglichen Pfeifen weicht. »Ich brauche deine Hilfe. Du hast nicht zufällig eine Phiole Aschegeier-Gegengift bei dir?«

»Klar doch.« Gría klimpert mit ihrer Umhängetasche. »Lust, im Anschluss gemeinsam krumme Geschäfte abzuziehen?«

Ich grinse sie an. »Ich dachte schon, du fragst nie.«

Keinen Rå-Uhrenfluss später hat Gría nicht nur meine Wunden geheilt, sondern zudem mehr potenzielle Giftopfer auf ihrer *Töte oder getötet werden*-Liste abgehakt als ich am heutigen Sonnenlauf Schattenwandler ausgeschaltet. Ich hingegen konnte ein ansehnliches Sümmchen für die Schuppe und die Krallen herausschlagen. Mr Chapel, einer meiner besten Kunden, war über die frühzeitige Lieferung der Nachtwaran-Schuppe derart erfreut, dass er für meinen nächsten Auftrag bereits im Voraus gezahlt hat. Volltreffer!

Nachdem Gría und ich unsere »Geschäfte« abgeschlossen haben, schlendern wir noch eine Weile durch den Untergrundmarkt. Der Duft nach frittiertem Fisch, knusprigen Süßkartoffeln, klebrigen Karamelläpfeln und würzigen Likören bringt meinen Magen zum Knurren. Hastig presse ich eine Hand auf die Vorderseite meines Mantels. Ich wünschte, Gría würde sich etwas beeilen.

Diese wühlt sich soeben durch einen ganzen Tisch klirrender Gläser. »Kann es nicht auch Marmelade sein? Davon gibt es jede Menge.«

Ich stecke meine Hand in die linke Manteltasche und taste die verschiedenen Größen und Formen meiner Bàs-Münzen ab, ehe ich Gría zwei mit gerillten Rändern reiche. »Und Gefahr laufen, dass die Hälfte mit Nachtschattenbeeren gestreckt wurde? Verzichte.« Ich werfe der graublauen Aura der Verkäuferin ein entschuldigendes Lächeln zu.

»Warum muss es unbedingt Erdnussbutter sein? Die ist total schwierig zu bekommen.«

»Deal ist Deal.«

Nach einer geschlagenen Ewigkeit wird meine Freundin endlich fündig und bezahlt. »Für einen unsterblichen Gott ist der Kerl echt wählerisch.«

»Leise!«, zische ich und presse ihr meine Hand auf den Mund. Das Metall ihrer Piercings trifft kalt auf meine Haut. »Soll etwa alle Welt erfahren, dass ich mir meine Chips mit dem Schattengott teile?«

»Du wärst die coolste Person hier unten! Gleich nach mir, versteht sich«, fügt sie kichernd hinzu.

»Sie würden mich fürchten, genau wie oben in Solitude.«

Gría hakt sich bei mir unter und drückt mir einen Kuss auf die Wange. »Das hat dich noch nie gestört. Sag mal, findet heute Abend nicht eine eurer supergeheimen Versammlungen statt?«

Ich erstarre in der Bewegung. Verflucht, sie hat recht! Pearse macht mich einen Kopf kürzer, wenn ich schon wieder fehle.

»Gib mir die Erdnussbutter«, dränge ich Gría und wedle auffordernd mit den Fingern. Kaum halte ich das Glas in Händen, ziehe ich sie in eine hastige Umarmung.

Dann sprinte ich los.

»Vive!«, rufe ich, springe gegen eine der Höhlenwände, stoße mich mit aller Kraft ab und schwinge mich auf den Rücken des Grizzlys.

So viel zu meiner Tarnung.

Thujas flackernder Umriss verschwindet zwischen den Feilschenden. Die Menge teilt sich, um ihr Platz zu machen, niemals würde es sich einer von ihnen mit einem Geistgefährten verscherzen. Nicht einmal die, die nichts zu verlieren haben. Thuja würde sie mit einem einzigen Hieb zerfetzen. Sogar Wrens sagenumwobener Schattenfalke reicht nicht an Thujas Unberechenbarkeit heran, was ihm ziemlich gegen den Strich geht. Nicht, dass er das jemals zugeben würde. Als Neffe des

Kommandanten fühlt er sich quasi zu Überheblichkeit verpflichtet.

»Louve Schattenfreundin.«

Ich fahre herum. Keine zehn Schritte hinter mir flackert eine wasserblaue Aura auf. *Ein Mensch.*

Ich gebe Thuja ein Zeichen, stehen zu bleiben, und springe mit einem doppelten Salto ab. »Was willst du? Ich habe es eilig.«

Der Geruch nach Lavendelseife und frischen Orangen steigt mir in die Nase, als sich der Mann nähert. Ein Solituder? Niemand hier unten kann sich Lavendel leisten. Geschweige denn ein heißes Bad. Oder Seife.

»Ich habe einen Auftrag für Euch.«

Betont lässig streiche ich mir das kaum schulterlange weiße Haar hinter die Ohren und gebe ihm durch eine knappe Kinnbewegung zu verstehen, mir in eine der Seitengassen zu folgen. Obwohl jeder Winkel Dalls Augen und Ohren hat, beschränke ich meine Zuhörerschaft vorzugsweise auf ein Minimum.

»Ich höre.«

Der Fremde wirkt widerlich selbstzufrieden. Als befände er sich nicht gerade Auge in Auge mit einer der gefürchtetsten Assassininnen in einer finsteren Ecke der Untergrundhöhlen.

»Mein Auftraggeber lässt ausrichten, dass er Euch morgen zum höchsten Stand der zweiten Sonne in seinem Anwesen in Solitude erwartet.« Ein heller Umriss deutet an, dass er mir irgendetwas entgegenstreckt, vermutlich eine Visitenkarte. Hat der Kerl sie noch alle? Sofern das Papier nicht spricht, ist es für mich nutzlos. *Respektloser Drecksack.*

»Die Adresse sollte Euch bekannt sein. Das Penthouse liegt im vierten Distrikt des Silverline Squares und ...«

»Er *erwartet?*« Ich stoße ein spöttisches Lachen aus und wende mich zum Gehen. »Er erwartet ...«

Wer soll dieser mysteriöse Auftraggeber überhaupt sein? Und wie ist es dem Menschen gelungen, mich in Dall aufzuspüren?

Kopfschüttelnd mache ich mich daran, die Gasse zu verlassen, da wagt dieser Narr es doch tatsächlich, meinen Ellenbogen zu umfassen. Weshalb meinen heute alle, mich nach Lust und Laune antatschen zu dürfen?

»Thuja.«

Ich habe kaum Zeit, meinen Dolch zu zücken, da hallt ein tiefes Grölen durch die Gänge. Die wallenden Schatten meiner mich weit überragenden Gefährtin winden sich fast zärtlich um meine Arme und Beine, Eiseskälte küsst meine Haut wie Schneeflocken. Gleich einem Tornado aus Dunst und Finsternis brechen sie über mein Gegenüber herein. Der Mann schreit auf und reißt entsetzt an meinem Arm. Instinktiv verdrehe ich ihm das Handgelenk. »Fass mich nie wieder ungefragt an.«

Er stürzt auf die Knie, während Thujas Schatten seine Gestalt vollständig unter sich begräbt. Dummerweise fällt dabei das Erdnussbutterglas aus meinem Rucksack und zerbirst klirrend zu meinen Füßen.

Seufzend schüttle ich meine Hand aus, wende mich ab und trete aus der Dunkelheit. »Du hast den Schattengott gerade verflucht wütend gemacht.«

5. Kapitel

Louve

So schnell ich kann, durchquere ich die unterirdischen Höhlensysteme Dalls, betrete lautlos die Oberwelt, meine Heimatstadt, das schillernde, niemals schlafende Solitude. Auf meinem Weg passiere ich nachthimmelhohe Wolkenkratzer aus Buntglas, Tausende und Abertausende Lichter, die die Dunkelheit durch ihre Auren erhellen wie Glühwürmchen. Hastig schiebe ich mich durch Duftwolken aus süßlichen Fruchtcocktails und teurem Parfum, die Dekadenz der Stadt pulsiert in meinem Blut.

Mit jedem Schritt fühle ich, wie sich mein Körper in seiner Gänze entfaltet und doch niemals so beständig sein wird wie der der Lebenden. Am liebsten würde ich im nächsten Nachtclub haltmachen und mir diesen beschissenen Sonnenlauf aus den Knochen tanzen. Doch ich fürchte, daraus wird heute nichts.

Ich folge den mir vertrauten Geheimwegen und Abkürzungen geradewegs in das finster pulsierende Herz der Stadt: Iron Claw, die nachtschwarze Zitadelle der Assassinen. Dort wurde ich seit meiner Kindheit ausgebildet. Zur Bezwingerin von Eneans Schattenwandlern und Wächterin Solitudes. Der Ort, an dem mich die älteren Kinder schikanierten, mich grün und blau schlugen und sich einbildeten, mich durch Isolation zu bestrafen, anstatt mich in Wahrheit aufatmen zu lassen. Es dauerte keinen Mondlauf, bis durchsickerte, dass meine Mutter eine Abtrünnige war. Und sich der Rest der Welt einbildete, Verrat sei erblich. Was sie nicht ahnen? Rache ist es.

Meterhohe von zuckenden Schatten umgebene Mauern ragen in den Nachthimmel. Alles an diesem Ort ist finster und einsam und kalt.

Ich lege eine kurze Verschnaufpause ein, in der ich mich meiner Untergrundklamotten entledige, sodass ich abermals zur Assassinin in hautengem Schattenwandler-Leder werde. Dann laufe ich weiter.

Mein direkter Vorgesetzter und Wrens Onkel, Kommandant Pearse, weigerte sich volle zehn Zyklen, mich nicht in den Schlafkammern der Rekruten unterzubringen. Etliche Attentate und Mordanschläge sorgten letztlich dafür, mich getrennt von den anderen einzuquartieren.

Ich stopfe meine Untergrundkleidung in meinen Rucksack und schleiche mich durch eine verborgene brüchige Stelle der äußeren Mauern. Niemand bekommt mich zu Gesicht, niemand hält mich auf. Ich bin unsichtbar, weil sie mich unsichtbar gemacht haben.

Zielstrebig husche ich auf den den Südwesten der Zitadelle flankierenden Turm zu, in dem ich seit beinahe sieben Zyklen lebe.

Irgendwie absurd, dass ich sorglos durch Eneans Reich spaziere, während ich meinen eigenen Leuten gegenüber die Unnahbare mime. Auf Iron Claw herrscht keine Fairness, keine Güte, keine Kameradschaft. Dennoch gibt man genau das vor: Eine Gemeinschaft zu sein. Zusammenzuhalten. Füreinander einzustehen.

Dass ich nicht lache.

Die andere Seite der Welt hingegen hat ihre eigenen Spielregeln. Dort gilt das Recht des Stärkeren. Es ist einfach: Fressen oder gefressen werden. Keine Verurteilung, keine Diskussion, simples Überleben. Und ich bin verdammt gut darin, die Rolle der Stärkeren einzunehmen. Wenn alle anderen fallen, bin ich die, die steht. Die siegt, wenn andere zusammenbrechen. Die triumphiert, wenn ihre Gegner in die Knie gehen.

Ich bin verflucht allein. Eine Aussätzige in ihren eigenen Reihen. Wegen meiner Abstammung. Meiner Blindheit. Und weil ich es wage, eine eigene Meinung zu haben.

Mit den Fingerkuppen taste ich über das mir so vertraute Holz des Hintereingangs meiner ganz persönlichen Unterkunft, einem ehemaligen Wachturm, und drehe den eisernen Knauf. Ein kalter Luftzug bringt mich zum Frösteln. Wann habe ich das letzte Mal den Kamin eingeheizt? Achtlos lasse ich meinen Rucksack fallen und verriegle die Tür hinter mir.

Meine Hand umfasst das ihr vertraute Holzgeländer, obwohl ich es längst nicht mehr benötige. Ich kenne nicht nur die Anzahl der Stufen, sondern jede einzelne Kerbe, jede Schräge, jeden herausstehenden Nagel wie meine Westentasche.

Und so falle ich beinahe vom Glauben ab über meine eigene Leichtsinnigkeit, als ich den einzigen Raum im Turm betrete und zu spät bemerke, dass ich nicht allein bin.

»Wo bist du gewesen? Du hast mich versetzt. Schon wieder.«

Zornig recke ich das Kinn. »Was zur Schattenbarriere hast du in meinem Turm zu suchen? Wie bist du überhaupt hier reingekommen?«

»Ich bitte dich. Wir sind Schattenassassinen. Eine Familie. Was mein ist, ist dein.«

»Das mag sein«, erwidere ich scheinbar gleichgültig, obwohl ich innerlich vor Wut koche. »Aber das bedeutet noch lange nicht, dass auch dein ist, was mein ist. Und jetzt verschwinde, ich habe zu tun.«

Was bildet sich dieser Lackaffe ein? Nur, weil er Pearses

Neffe ist, heißt das noch lange nicht, dass er sich jeden Mist erlauben kann!

»Etwa in Dall? Louve, wir waren zum Training verabredet.«

»Offensichtlich. Tut mir leid, okay? Kommt nicht wieder vor«, lüge ich.

»Louve ...«

Ich spüre seine sich mir nähernde Präsenz, die Kälte eines Toten. Seinen Duft nach Stahl und aufgewühlter Erde. Erfasse das glimmende Silber seiner Aura, der Aura der Assassinen. Kalter Atem streift meinen nackten Hals, mit Schwielen übersäte Hände umfassen meine Arme. Obgleich sich alles in mir dagegen sträubt, zucke ich nicht zusammen. Stattdessen lege ich meine Finger auf seine und schiebe sie langsam beiseite.

»Ich habe gelogen«, erwidere ich mit fester Stimme. »Es wird wieder vorkommen. Ab jetzt noch viel öfter als bisher. Es liegt an dir, nicht an mir.«

Ich höre Wren mit den Zähnen knirschen. »Du brauchst das Training wie jeder andere.«

»Oh, ich trainiere. Aber nicht mit jemandem, der meine Privatsphäre missachtet, indem er in mein Schlafzimmer einbricht.«

»Warum machst du es mir so schwer? Du bist meine rechtmäßige, vor der Gemeinschaft der Assassinen ausgewählte Cåraidt. Du bist jetzt einundzwanzig, was bedeutet, vor Ablauf dieses Zyklus werden wir während dem Dòchaş unser Gelübde sprechen und uns Geist wie Lager teilen. Kannst du nicht einmal so tun, als würdest du dich darüber freuen?«

Ob ich mich darüber freuen kann, in einer öffentlichen Zeremonie per Mehrheitsbeschluss an einen größenwahnsinnigen Emporkömmling verhökert zu werden? *Rate, Wren. Rate.*

Der Kerl tickt nicht richtig, wenn er glaubt, ich würde still ausharren, bis sie mich vor den Traualtar zerren. Es kümmert mich einen feuchten Dreck, ob die physische Verbindung unsere geistige stärkt. Ich brauche keinen Mann, um stark zu sein. Und schon gar nicht brauche ich Wren.

»Ich will dich heute Abend bei der Versammlung sehen, Louve. Wir werden diesmal zusammen erscheinen. Wir sind Partner. Ein Team. Weißt du eigentlich, wie beschämend es ist, jedes Mal allein aufzutauchen?«

»Ich wusste nicht, dass Tote Scham empfinden«, entgegne ich, ohne mich vom Fleck zu bewegen. »Aber fühl dich frei, dir eine neue Cåraidt auszuwählen.«

»Louve«, sagt er in einem Ton, als würde ihn meine bloße Existenz den letzten Nerv kosten.

»Du weißt genauso gut wie ich, dass man seinen Cåraidt nicht einfach so wechseln kann. Wir sind verbunden, du und ich, wir haben einen Eid geschworen, erinnerst du dich?«

Oh, und wie ich mich erinnere. Ich zählte keine acht Zyklen, als man mich für alt genug befand, einen Treueschwur auf die Gemeinschaft der Schattenassassinen abzulegen – und auf meine *zweite Hälfte*, meinen Partner und Verbündeten im Kampf gegen den erdnussbutterliebenden Schauernovellenfan Enean. Unsere eigenen Wünsche spielten damals keine Rolle. Wie heute. Gebunden wird, wer sich im Zweikampf ebenbürtig erweist. Superromantisch. Nicht.

Wren ist ganz anders als Enean. Dass er weniger nach Blut und Schwefel riecht, macht ihn keineswegs weniger monströs. Er ist einer dieser egozentrischen Muskelpakete, für die die Mädchen in den Romanen, die Enean mir hin und wieder vorliest, dahinschmelzen.

Welche Haarfarbe Wren genau hat, weiß ich nicht (hauptsächlich deshalb, weil es mich nicht im Entferntesten juckt), nur, dass er es an seinem Nacken zu einem Knoten bindet. Zudem weiß ich aus zuverlässiger Quelle, dass er Augen hat, weil die Frauen und auch einige junge Männer aus Solitude von ihnen schwärmen. Und dass es ihm gehörig gegen den Strich geht, dass er ausgerechnet bei mir, seiner *vom Schicksal gegebenen* Cåraidt, auf Granit beißt.

Anfangs fand ich ihn ja noch halbwegs sympathisch – als wir noch Kinder waren und uns Kekse, Zitronenlimonade und Geheimnisse teilten. Und auch wenn er meine Leidenschaft für Auskundschaftungen im Schattenreich teilt, beschränken sich unsere Gesprächsthemen mehr oder weniger auf das Polieren von Waffen oder geeignetes Material für Dolchhefte und Drachenstahlrüstungen. Was zugegebenermaßen nicht übel ist, doch sind Kämpfe, so ungern ich es auch zugebe, nicht alles. Und so dauerte es nicht lange, da war der angeblich so unwiderstehliche, ach so gut aussehende Wren abgeschrieben.

Ich habe nie einen Hehl daraus gemacht.

»Wenn ich dir verspreche, dich heute Abend zu begleiten, verschwindest du dann?«, frage ich, die Höflichkeit in Person.

»Wenn es sein muss«, knirscht Wren.

»Muss es, hab noch was zu erledigen.«

»Das sagtest du bereits. Ich könnte dich nach der Versammlung begleiten. Nach Solitude, meine ich.«

Intuitiv erahne ich, dass er in diesem Augenblick abschätzend auf die Kommode am Fußende meines Bettes blickt. Darauf spekuliert, ich würde mich wie so oft in Schale werfen und bis zum Morgengrauen das Pulsieren der niemals schlafenden Stadt in mich aufsaugen. Oder ihn.

Außerhalb von Solitude gibt es kleinere Gemeinden und Dörfer, als würde die Hauptstadt an ihren Rändern auslaufen wie verschüttete Farbe. Dahinter liegen weitere, größere Provinzen. Das hochmoderne Avidity, das urbane Woe, der tiefe Urwald Envys oder die Wüstenpiraten von Coherence. Sie alle bilden das Verlorene Reich Verídha.

Doch nichts davon interessiert uns. Wir wurden als die Schattenassassinen Solitudes ausgebildet. Eine zweite Chance nach einem gewaltsamen Tod. Oder für jene wie Kendric, die sich opferten für dieses Leben.

Natürliche Nachkommen zwischen Schattenassassinen gibt es nicht. Aus dem Tod entsteht niemals Leben.

Ich wuchs in einem der Randgebiete Solitudes auf, meine Eltern mieden die Hauptstadt, vor allem aber mieden sie Iron Claw, den Sitz der Assassinen. Den Grund erfuhr ich erst lange nach ihrem Tod.

Bewusst blicke ich auf die hölzerne Kommode, lege eine falsche Fährte, falls der Mistkerl auf die Idee kommt, meine Sachen zu durchwühlen.

Da es verboten ist, die Kampfmontur außerhalb unserer Einsätze an der Barriere zwischen Dall und dem Schattenreich zu tragen und wir uns nach Dienstschluss ausschließlich innerhalb der Zitadelle aufhalten sollen, weiß er, dass ich irgendwo in diesem Raum Straßenkleidung versteckt habe. Und damit meine Freiheit.

Kleidung, in der ich mit Solitude um die Wette strahle. Kleidung, in der ich mich in der Armut Dalls unsichtbar mache.

Wenn er sich meinen neben der Wendeltreppe liegenden Rucksack schnappt, bin ich geliefert.

»Also?«

Ich schüttle den Kopf. »Nicht nötig. Wir sehen uns gleich.« Vielleicht. Vermutlich nicht.

Wren stößt einen frustrierten Laut aus, verzichtet jedoch auf die eintausendunderste Diskussion bezüglich meiner *egoistischen* Ansichten zu *meinem* Leben.

Eine Weile warte ich noch ab, bis seine Schritte auf den Treppenstufen verklungen sind. Dann erst hole ich tief Luft.

Wüsste Wren, dass ich nicht nur in Solitude feiere, sondern

mich sogar in Dall herumtreibe, würde er mich an den Haaren zurückschleifen.

Ich lache in mich hinein. Soll er es nur versuchen. Ich habe schon für weniger getötet.

Zielstrebig gehe ich neben dem Bettgestell auf die Knie, schiebe es ein Stück zur Seite und taste nach den losen Bodendielen, ehe ich sie Stück für Stück entferne. Bereit, meine mit Ruß und Asche bedeckten Erinnerungen freizulassen. Und mit ihnen die Quelle eines niemals versiegten Rachedursts.

6. Kapitel

Enean

»Vergebung?« Ich erinnere mich nicht, wann genau mein Brüllen zum Echo dieser gottverdammten Welt wurde. »Und wo genau soll ich die deiner Meinung nach herkriegen?«

Mit meinen Klauen reiße ich einen Felsen aus dem trockenen Grund und spähe darunter. »Hier ist sie nicht.«

Ich schüttle die verbrannten Äste einer Pappel, die ich irgendwann in den vergangenen Sonnenläufen in exakt einer solchen Situation halb-versehentlich habe in Flammen aufgehen lassen. »Hier drin ist sie auch nicht.«

Ich fixiere mein Gegenüber, das unter meinem Blick schrumpft. »Ich würde ja in meinen Hosentaschen nachsehen, aber ich bin der verfluchte Schattengott, *dein* Gott!« Der darüber hinaus keine Hosen trägt.

Meine ausgefahrenen Krallen kratzen über meine nachtschwarzen, muskulösen Oberschenkel, die Läufe einer Bestie. Allein dieser Anblick schürt meinen Zorn. Er erinnert mich daran, dass ich nie etwas anderes sein werde als ein Monster.

Ich schätze, wer mich vor mehr als achthundert Zyklen für den Posten des Gottes der Schattenwelt in Betracht zog, hat genau danach gesucht. Nach einem Ungeheuer.

Also tue ich ihm den Gefallen. Ihnen allen. Sie wollen eine Bestie? Können sie haben.

Schatten, so finster wie das Herz, das einst in meinem Brustkorb schlug, stoßen aus meinem Körper, bündeln sich zu einem rabenschwarzen Inferno, ehe sie in brennender Kälte erblühen.

Der Schattenwandler, eine langschwänzige Echse auf zwei Beinen, kreischt. »Vergebung!«, fleht er.

Doch es ist bereits zu spät. Meine Eisschatten haben ihn und seine unwürdige Bettelei längst verschluckt.

Der Geruch nach verkohltem Fleisch und Angst erreicht mich nicht mehr. Ich fühle nichts, als ich auf das winzige Aschehäufchen hinabblicke. Fühle nichts, als ich den Kopf hebe, den Blick über ein Heer von Hunderttausenden Schattenwandlern schweifen lasse. Kreaturen mit Flügeln, Krallen, geschuppten Schwänzen, verzerrten Fratzen, aus deren Poren das pure Böse eitert.

In Massen haben sie sich auf einem trockenen Wüstengebiet versammelt und starren mit einer Mischung aus Feindseligkeit, Furcht und Respekt hoch zu meinem Felsvorsprung.

Mittlerweile zählt das Schattenreich mehr als zweihundertfünfzig unterschiedliche Arten. Und sie mutieren weiter. Welcher Verstorbene im Laufe seines Daseins zu welcher Kreatur wird, unterliegt Regeln, die mir weder klar sind noch mich interessieren. Fakt ist: Sie kommen her als die Schatten der Toten und enden als verdorbene Mutationen.

Und sie vergessen.

Nur die Stärksten von ihnen sind in der Lage, sich an Fetzen ihres Lebens vor dem Tod zu erinnern. Zumindest so lange, bis ihre äußerliche Verwandlung vom Menschen zur Bestie abgeschlossen ist. Einerseits versiegt so rasch das Interesse für die andere Seite der Barriere. Andererseits jedoch wünsche ich ihnen in meinen dunkelsten Momenten, sie wären gezwungen, die Sünden, die sie erst hierherbrachten, wieder und wieder zu durchleben, über endlose Zyklen hinweg.

»Noch jemand, der meint, mein Wort sei nicht Gesetz?«

Schweigen, Flüstern, Furcht.

Und wieder fühle ich nichts.

Es gibt jemanden, der mich fühlen lässt. Ein kaum wahrnehmbarer Funken Licht in der Finsternis, die sich mein Leben schimpft. Aber sie gehört nicht hierher. Genauso wenig wie ihr Lächeln.

Ich warte die Antwort der Schattenwandler nicht ab. Stattdessen beordere ich fünfzig zu den Seen der Erinnerung, siebzig in die umliegenden Wälder der Verdammnis. Ziehe einen Großteil von der Barriere ab, weil es viel witziger ist, wenn die Assassinen glauben, sich unbemerkt in mein Reich zu stehlen, nur um einen Herzschlag später den Kopf zu verlieren (nun, alle bis auf eine). Gehe die todlangweiligen Schichtdienstpläne für die Folterungen kürzlich Verstorbener durch, die sich meist schnell in ihr neues Dasein als Schattenwandler fügen. Nicht, dass sie eine Wahl hätten. Die Narren ahnen meist nicht, dass sie sich so oder so mit der Zeit verwandeln werden. Oder wollen es nicht wahrhaben. *Bemitleidenswert.*

»Die Assassinen haben im vergangenen Mondlauf siebzehn unserer Leute abgeschlachtet«, knurrt ein geflügelter Panthergreif, dem das Fleisch von den Knochen fault und dessen Wirbelsäule sich in einem scharfkantigen Rundbogen auf dem buckeligen Rücken abzeichnet.

Ich knurre zurück. Nur, dass mein Knurren wesentlich lauter und Furcht einflößender ist.

Mit verschränkten Armen starre ich den Panther in Grund und Boden. Wie kann er es wagen, mir Vorwürfe zu machen. Seinem *Gott*! Ich nehme mir vor, ihn erst später in Flammen aufgehen zu lassen, da ich während dieser Versammlung bereits zwanzig meiner Leute ermordet habe. Wohlgemerkt weitaus mehr als die beklagten Opfer der Assassinen, die zum Großteil auf Louves Konto gehen.

Trotzdem werden ihre Fragen eher dümmer als vorsichtiger. Kein Wunder, dass unsere Feinde kurzen Prozess mit ihnen machen.

»Und wie viele von ihnen habt ihr getötet?«, frage ich in die Runde.

Schweigen.

»Gehe ich also recht in der Annahme, dass ihr mich für euer Versagen verantwortlich macht?«, brülle ich. Felsen splittern unter dem Donnerhall meiner Stimme, in der Ferne fliegt ein Schwarm Aschegeier auf. »Für *eure* Unterlegenheit? Schnappt euch die Assassinen, tötet sie, fresst sie, was schert es mich. Nur wagt es ja nicht, mir die Schuld an eurem Versagen zu geben!«

Die Menge zuckt zurück, offenbar rechnet jeder damit, der Nächste auf meiner In-Flammen-Aufgehen-Liste zu sein. Gut.

Etwas unangenehm ist, dass es nicht siebzehn verschiedene Schattenassassinen waren, die je einen meiner Leute erlegt haben, sondern eine einzige. Nämlich *meine* Assassinin.

Dass ein gigantischer Haufen Schattenwandler es dennoch nicht auf die Reihe bekommt, sie aufzuhalten, ist einfach nur peinlich. Seit vierzehn Zyklen spaziert die Kleine jetzt durch meine Welt und bereichert sich an den Überbleibseln ihrer Opfer aka meiner Untertanen.

Ich habe kein Mitleid.

Denn es war die beste Zeit meines Lebens.

»Bei weiteren Fragen wendet euch an euren Therapeuten.« Damit beende ich die Versammlung, hülle mich in meine eigenen Schatten. Sie sind eiskalt, tödlich. Nur nicht für mich.

Keinen Wimpernschlag später finde ich mich in meinen privaten heißen Quellen am tiefsten Punkt meines Palastes wieder. Anfangs hielt ich es für eine gute Idee, die Kerker und Folterkammern ebenfalls hier unten anzubringen. Mittlerweile hängt mir das endlose Brüllen und Gejaule meiner Gefangenen zum Hals heraus. Wie ein Tinnitus, den man einfach nicht loswird. Vor einigen Zyklen hat Louve mir eine Handvoll schwarzer Scheiben gebracht, die sie LPs nennt und aus denen Musik kommen soll, um die Schreie zu übertünchen. Allerdings haben wir es nie geschafft, ihnen Töne zu entlocken.

Seufzend lasse ich mich tiefer ins Wasser gleiten. Es ist so heiß, dass faustgroße Blasen an der Oberfläche zerplatzen. Ich spüre es kaum. Dampf hüllt mich ein und schenkt mir zumindest für ein paar ... wie nennt Louve es ... *Rå-Uhrenflüsse* die Illusion, dass das alles hier nicht mehr ist als ein schlechter Scherz des Universums.

Angeblich hat vor drei- oder vierhundert Dekaden ein Kerl namens Rå ein Chronometer erfunden, mit dessen Hilfe es ihm möglich war, die Läufe der Zwillingssonnen in dreißig gleich große Teile zu dezimieren. Seither zählen die Solituder die Zeit auf diese Weise.

Wovon ich mich mit eigenen Augen überzeugen könnte, wäre ich nicht gezwungen, bis in alle Ewigkeit in dieser Finsternis zu hocken.

Ein Gedanke genügt, um die Fackelfledermäuse zu entfachen. Hunderte faustgroße Körper werden in goldenes Feuer getaucht. Sie gehorchen mir aufs Wort. Wie jeder in dieser erbärmlichen Welt.

Es dauert eine ganze Weile, bis diese widerspenstigen Dinger vollständig verbrannt sind und sich ihre Körper neu erschaffen. Nichts hier unten stirbt endgültig. Was die Strafen für meine Untertanen relativiert. Wir sind ewig, wir alle. Monster, dazu verdammt, über Tausende Zyklen hinweg zu töten, zu foltern, zu lügen und zu betrügen, bis nichts mehr von uns übrig bleibt als die Dunkelheit, in die man uns gesteckt hat.

Und irgendwann lernt man, dass diese Dunkelheit der einzige Verbündete ist, das, was einem am nächsten steht. Die Schatten und ich, *happily ever after*, wie Louve so schön sagt.

Zumindest dachte ich das. Bis ich *sie* traf.

»Schlechte Laune?«

Ich mache mir nicht die Mühe, die Augen zu öffnen. »Verschwinde.«

»Schon einmal etwas von Gastfreundschaft gehört?«

»Nein«, knurre ich.

Obwohl das in die Felsen geschlagene Becken sicher fünfzig Menschenlängen entspricht, kann ich spüren, wie sie sich in die heiße Quelle gleiten lässt.

Ich rühre mich nicht. »Treib es nicht zu weit, Prejudice.«

Der Klagegesang der Gefolterten dringt durch die tiefschwarzen flackernden Nebel, die uns umgeben.

»Oder was?«

Missbilligend sehe ich dabei zu, wie der Rest des feucht glänzenden Schlangenleibes ins Wasser gleitet. Unbewusst von mir erschaffene, schneeweiße Eiskristalle rieseln auf uns herab und werden zu grauen Ascheflocken, als sie meinen erhitzten Körper erreichen.

Ich verziehe das Gesicht. Das letzte Mal ist mir das passiert, als Louve die Erdnussbutter vergessen hat. Was soll ich sagen? Es hat eben seine Vor- und Nachteile, wenn das eigene Bewusstsein mit der Welt, die es regiert, verbunden ist.

»Du hast heute erstaunlich viele Schattenwandler getötet.« Sie sagt es weder besorgt noch bewundernd. Letzteres geht mir an die Nieren.

»Und?«, knurre ich.

»Schlecht gelaunt?«, wiederholt sie und schlängelt auf mich zu.

Jetzt, wo ihr das Wasser bis zur Taille reicht, könnte sie glatt als Mensch durchgehen. Die braune Haut, das lange schwarze Haar, das auf der Oberfläche treibt, als wäre sie eine Nixe aus Louves Büchern, oder so ein Mist. In der Welt der Menschen würde ihr Gesicht ohne Zweifel als schön beschrieben. Die mandelförmigen, fast schwarzen Augen, die sündig vollen Lippen. Die perfekte schmale Nase.

Ich habe Perfektion schon immer verabscheut. Weil sie nicht echt ist, ein Produkt der Fantasie. Ich habe mit genug Illusionen zu kämpfen.

Weshalb ich mich noch mehr dafür verachte, dass sich bei ihrem Anblick etwas in mir regt. Es gibt nicht viele Kreaturen unter uns, die den Menschen ähneln.

Prejudice ist eine von ihnen. Zumindest noch.

Sie war nicht immer so. Um genau zu sein, war ich derjenige, der sie zu diesem Schicksal verdammt hat. Weshalb mir ihre *Dankbarkeit* noch weniger einleuchtet.

Sie war eine gewöhnliche Sterbliche, als sie zu uns kam. Eine Frau Anfang zwanzig, höchstens dreißig, vielleicht jünger. Ich erinnere mich nicht. Prejudice zählte zu jenen Menschen, welchen man ihr Alter nicht ansieht, weil sie perfekte Haut, perfektes Haar und stets wache Augen besitzen. Man hatte sie getötet, weil Arzaê-Blut durch ihre Adern floss. Nicht genug, um sie zu einem von ihnen zu machen, und doch zu viel, um sie zu den Menschen zu zählen. Ich schätze, ihre Alterslosigkeit in Kombination mit den leicht spitz zulaufenden Ohren machten sie letztlich zum perfekten Opfer.

Sie weiß nicht, ob es ein Arzaê oder ein Mensch war, der ihr erst ihre Würde und im Anschluss ihr Leben nahm. Als er mit ihr fertig war, ließ er sie in einer abgelegenen Gasse Solitudes zum Sterben zurück. Prejudice gestand mir, es hätte fast einen halben Sonnenlauf gedauert, bis die Dunkelheit sie endlich erlöste. Dass es letztlich die Scham war, die sie umbrachte, nicht die Schmerzen, nicht das viele Blut. Ihre Worte trieften vor Hass.

Ihr Schatten fuhr in mein Reich, sie legte ab, wer sie war, wählte einen neuen Namen, ein neues Selbst.

Doch sie hatte eine Bitte an mich. Und so war Prejudice die erste und einzige Verstorbene, der ich je gestattete, ihre Erinnerungen an ihr Leben vor dem Tod zu bewahren. Auf dass sie niemals vergessen sollte, wer sie war, ehe die Welt der Sterblichen ihr alles nahm.

Die meisten Schattenwandler sind triebgesteuerte Mistviecher, die besonders gern kürzlich verstorbene, äußerlich noch menschenähnliche Schatten für ihre perfiden Spielchen wählen. Meistens halte ich sie nicht auf, weil das hier nun einmal die gottverdammte Verdammnis ist, in der der Stärkere überlebt und der Schwächere fällt.

Doch nicht Prejudice. Es war Zufall, dass ich fünf Panthergreife dabei erwischte, wie sie die junge Frau in ihre Höhle zerrten.

Im Nachhinein kann ich nicht mehr sagen, was in mich fuhr. Vielleicht eine diffuse Erinnerung an mein eigenes Leben als Sterblicher. Vielleicht war es aber auch einfach nur Langeweile, die mich die Panther pulverisieren ließ.

Ich drehte mich nicht nach der jungen Frau um, ignorierte ihre Verletzungen, das Flehen in den schönen mandelförmigen Augen, das über die Zyklen hinweg bodenloser Verachtung weichen würde. Prejudice aber folgte mir. Obwohl sie humpelte und blutete und die Welt ihr alles genommen hatte, folgte sie dem Herrscher der Finsternis in seine Burg.

Ich weiß nicht, weshalb ich sie gewähren ließ. War es Einsamkeit?

Ohne um Erlaubnis zu bitten, bezog sie eines der leer stehenden Zimmer und fing an, mir gleichermaßen nervige wie hilfreiche Ratschläge zu erteilen, wie ich meine Untertanen zuverlässig im Griff behalten konnte, und wich doch nie von meiner Seite.

Damals war sie noch winzig klein gegen meine riesige Gestalt, genau wie Louve heute. Doch je mehr Zyklen ins Land zogen, desto größer wurde ihr Zorn, ihr Hass, der Rachedurst einer misshandelten Frau, der nichts geblieben war als reine, pulsierende Macht. Und mit diesem Zorn, mit dieser Stärke, wuchs ihr Körper. Ihre langen schlanken Beine verwandelten sich in einen Schlangenschwanz. Schwarze Schuppen krochen ihren gleichfarbigen Bauch hinauf, ihre Fingernägel bogen sich zu Krallen und winzige giftige Fangzähne schoben sich über ihre vollen Lippen.

Mit ihrem Körper verlor Prej die letzten Erinnerungsfetzen an ihr Leben in Solitude. Stattdessen wurde sie zur rechten Hand des Schattengottes. Und, so ungern ich es auch zugebe, zu meiner einzigen Vertrauten.

Doch unter all dem willkürlichen Morden, den Drohungen, der Machtgier und der elektrisierenden Leidenschaft lag stets dieser winzige Hauch verletzlicher Dankbarkeit. Eine Form von Verbundenheit zwischen Retter und Geretteter.

Doch das ist lange her.

Die ersten Fledermäuse zerfallen zu Staub, während Prejudice den Abstand zwischen uns auf ein Minimum reduziert. Ihre Haut wirft Brandblasen. Noch hat sich ihr Körper nicht vollständig transformiert, die Verwandlung in einen Schattenwandler kann zahllose Zyklen in Anspruch nehmen. Dennoch zuckt sie nicht einmal, als die Hitze sich in ihre Haut brennt. Sie wird sich ohnehin regenerieren.

Ihr Schlangenunterleib fährt über meine Klauen, meine Oberschenkel, ehe sie sich auf meinen Schoß sinken lässt. Wenn ich nur ihr Gesicht betrachte, ihre Augen, die Lippen, rot vom Blut ihres letzten Opfers, ihre menschlichen Arme … Vorgebe, sie wäre nicht eine von uns …

Ich lege den Kopf in den Nacken, fluche, als ihre Finger über meine Hörner gleiten. Alles in mir schreit danach, sie ihr zu brechen. Jeden einzelnen, Gelenk für Gelenk.

Weil sie nicht *sie* ist. Weil sie niemals sie sein wird. Und weil ich die, die ich haben will, nicht haben kann. Nur das hier. Ein Monster für ein Monster.

Unsere Zähne schlagen gegeneinander, ich bringe ihre Lippen zum Bluten, was sie genüsslich aufstöhnen lässt, Schmerz und Ekstase verschwimmen ineinander.

»Irgendwann in diesem Leben«, raune ich in ihr spitz zulaufendes Ohr und reiße hart an ihrem Haar, ziehe sie in einen weiteren verhassten Kuss. »Irgendwann werde ich dich töten.«

Sie lacht. Was wieder einmal beweist: Wer nichts zu verlieren hat, ist unantastbar.

»Ich weiß«, flüstert sie und presst ihren Körper fester gegen meinen, richtet ihn zu voller Größe auf. »Ich weiß …«

Mein letztes bisschen Kontrolle landet im Nirwana.

Ich habe eine Affäre mit meinem Albtraum. Und ich habe das Safeword vergessen.

7. Kapitel

Louve

Der große Versammlungsraum ist brechend voll. Hunderte Schattenassassinen drängen sich auf den der Tribüne gegenüberliegenden alten Kirchenbänken. Ein wallender Nebel aus leuchtendem Silber. Eine Einheit, die ausschließlich auf dem Papier existiert. Am Lärmpegel des Stimmengewirrs, den Rufen und dem Gelächter, dem amüsierten Kreischen und Spotten merke ich auf Anhieb, dass die Kommandanten, Leutnants und Generäle noch nicht eingetroffen sind.

Der Saal strotzt nur so vor spitz zulaufenden Rundbögen und Deckenfresken und riecht nach Holzkohle, Weihrauch und Indoktrination. Weder habe ich jemals die in die Rotglasfenster eingelassenen Kampfszenen zwischen Licht und Dunkelheit mit eigenen Augen gesehen noch die zahllosen, erst später an den Innenfassaden befestigten Skulpturen diverser Geistgefährten von geflügelten Schlangen über gehörnte Hengste bis hin zu einfachen Hornissenschwärmen.

Vor vielen Hundert Zyklen, als das hier nicht mehr war als eine einfache Gebetsstätte, und die Zitadelle selbst zur Anbetung der Göttin des Lichts genutzt wurde, wimmelte Iron Claw noch nicht von den teils deckenhohen Schwarzerz-Reliefs.

Damals hatte man tatsächlich noch felsenfest an die Existenz einer solchen Göttin, Eneans Gegenpol, geglaubt.

Obwohl ich den sektengleichen Horror nur schemenhaft zu erahnen weiß, dringt seine Kälte mir unaufhaltsam in sämtliche Glieder.

Meist warte ich ab, bis alle einen Platz gefunden haben, ehe ich mich an den Rand einer der knarzenden Kirchenbänke oder ganz in den Hintergrund stehle. Meist wird mein Eintreffen jedoch auch nicht mit Argusaugen überwacht ...

»Du bist spät dran.«

Ich grinse schief. *Absicht.*

Wrens Aura pulsiert nicht minder silbrig als die meine. Doch ich erkenne sie am Umriss des Falken, der, für aller Augen unsichtbar, auf seiner linken Schulter hockt, wartet, lauert, beobachtet. Das Bildnis hat sich in seine Brust gebrannt. Die ausgebreiteten Flügel seiner Geistgefährtin reichen bis über das Schlüsselbein, tanzen über seine Schulter, streicheln seinen Arm.

So gut wie niemand weiß, dass ich sogar durch Kleidung hindurch die Auren von Geistgefährten erkennen kann. Weil sie etwas Lebendiges, Pulsierendes sind. Ein Teil von uns. Unser Trauma, stellvertretend für jenen Lebenssplitter, der sich aus unseren Schatten löst, wenn wir einen gewaltsamen Tod sterben.

Man sagt, ohne diesen Schattenanteil seien wir nicht vollständig. Was ich nicht ganz begreife, schließlich hat keiner von uns sein Trauma je losgelassen.

»Ich habe doch gesagt, ich habe noch etwas zu erledigen.«

Dass ich im Alleingang – und nicht gerade erfolgreich – den Mörder meiner Eltern zu finden versuche, werde ich *ihm* ganz sicher nicht anvertrauen. Wren würde nur einen langweiligen Monolog darüber halten, wie leichtsinnig ich seiner (ungefragten) Meinung nach bin und dass ich mein Schicksal zu akzeptieren hätte, wie wir alle.

Nun, zumindest Letzteres tue ich, Ehrenwort. Doch nicht das *ihre*. Niemals ihres.

Eine weitere silbrige Silhouette nähert sich uns. Ich erkenne Melyn aus unserer Einheit sofort an dem Schlangenmal, das sich nicht um ihren rechten Arm windet. »Wie kommt es, dass diejenigen, die den kürzesten Weg haben, immer als Letztes aufkreuzen?«

Hmm, vielleicht, weil *diejenige* gut auf das Gestarre der anderen verzichten kann.

Ich konnte die Auren von Personen und Gegenständen nicht immer wahrnehmen. Als ich mit vier Zyklen bei meinem Tod mein Augenlicht verlor, vermochte ich die wild durcheinanderwirbelnden glimmenden Silhouetten kaum zu unterscheiden, geschweige denn als diese zu erkennen. Es hat mich viele schlaflose Nächte gekostet, bis ich mich so weit zurechtgefunden hatte, dass ich nicht mehr über die mutwillig vor mir ausgebreiteten Fallen der anderen stolperte. Und noch viele Nächte mehr, bis ich die Angst vor meiner neuen Realität verlor.

Ich winke ab. »Ach, du kennst das ja. Man hat sich gerade so gemütlich unter die Bettdecke gekuschelt und denkt sich ungefähr zwanzig Mal: Nur keine Eile, es ist ja nur ein Katzensprung zum Südtrakt.«

Wren dreht sich in meine Richtung. »Du hast geschlafen?« Jeder Silbe ist zu entnehmen, dass er mir kein Wort abkauft.

Ich verdrehe die Augen. »Ich sagte doch, ich hatte etwas zu erledigen. Allmählich fühle ich mich wie ein kaputtes Diktiergerät.«

»Zu erledigen? Im Bett? Und was wäre das, wenn ich fragen darf?«

»Darfst du nicht«, gebe ich kalt zurück.

Kichernd versetzt Melyn Wren einen Hieb in die Rippen. »Louves Bettgeschichten gehen dich erst nach eurem Dòchaş etwas an. Bis dahin kann sie machen, was sie will.« Sie rückt ein ganzes Stück zu ihm auf. »Du übrigens auch.«

Ich bin mir nie ganz sicher, ob Melyn für oder gegen mich ist. Einerseits hat sie nie selbst Hand an mich gelegt, andererseits die anderen nicht aufgehalten, als sie mir glühende Kohlen in die Badewanne gekippt haben. Manchmal bringt sie mir im Speisetrakt ein Tablett mit meinen Lieblingsgerichten. Dass ich bislang noch keiner Arsenvergiftung unterlag, werte ich als positives Zeichen.

Enean ist der Meinung, sie würde sich mein Vertrauen erschleichen, bis sie mir irgendwann aus einer Laune heraus einen köstlich duftenden und ebenso tödlichen Kîkranfrucht-Eintopf serviert. Der Schattengott allerdings wittert ohnehin an jeder Ecke Mord und Totschlag. Nicht ganz zu Unrecht, wenn ich ehrlich bin.

Melyn liebt Reptilien, die falschen Leute, superknappe Outfits, Polygamie, Pistazieneis, Gesichtsmasken und Ärger. Drei dieser Dinge sorgen dafür, dass ich ihr niemals zu einhundert Prozent über den Weg trauen werde. Dabei steht das Pistazieneis selbstredend an erster Stelle.

Nun ja, wenn sie vorhatte, mich mit ihrem Spruch zu verletzen, ist sie jedenfalls mit dem falschen Fuß aufgestanden. Ich werfe ihr mein unschuldigstes Lächeln zu. »Sehe ich genauso. Meinen Segen habt ihr.«

Melyn drückt meine Hand, aber ich entziehe sie ihr. »Das ist so lieb von dir.«

»Nicht wahr?«

»Schluss jetzt!«, fährt Wren dazwischen. »Es ist nicht gerade ehrenwert, sich so kurz vor der Zeremonie andere Liebhaber ins Bett zu holen.«

Ich lache auf. »Ehrenwert? Ich bitte dich. Wir sind Mörder, Wren. Wir haben rein gar nichts Ehrenwertes an uns.«

»Die Toten sind nur Schattenwandler«, knirscht er, obwohl es ihm überhaupt nicht darum geht. »Und sie regenerieren auf ihrer Seite der Barriere ohnehin wieder.«

Ich kann nicht fassen, dass ich diesen Mann heiraten soll. *Wie naiv kann man sein?*

»Und was ist mit den anderen? Mit all den Menschen und Mæscån aus Dall? Ich bin mir ziemlich sicher, dass du schon mal einen Arzaê getötet hast.« Letzteres sage ich so leise, dass nur er mich hören kann. »Was man nicht alles dafür tut, um ein kleines Stück des Macht-und-Ruhm-Kuchens abzubekommen, nicht wahr?«

Die Flügel von Wrens Falken Rhyn flattern angespannt auf und ab, als poche sie darauf, ihr Herr würde sie jeden Augenblick freilassen. Doch trotz meiner Spitzen und Provokationen weiß ich, dass er mir niemals etwas antun würde. Nicht seiner Cåraidt, seiner zweiten Hälfte im Kampf gegen das vermeintlich Böse mit Erdnussbutter-Tick. Der Frau, mit der er das Bündnis der Zwangsheirat eingehen wird, um zu etwas Größerem, Stärkeren, Gottgleichen aufzusteigen.

Doch wir sind keine Götter. Wir sind Sünder, durch und durch.

»Wir sorgen für Ordnung«, ist alles, was er zu meinen Anschuldigungen zu sagen hat.

Kaum zu fassen, dass ich noch vor fünf Zyklen meinen Lavakuchen mit ihm geteilt habe.

Ich verkneife mir einen Kommentar. Stattdessen folge ich ihm und Melyn zähneknirschend zu einer der vordersten Reihen. Am liebsten würde ich mich wie immer in den Hintergrund drücken, aber Wren scheint mir heute in der Stimmung, mich vor Augen aller wie einen Sack Mehl über die Schulter zu werfen und auf einen freien Platz neben sich zu bugsieren.

Natürlich entgeht mir nicht, dass die anderen flüsternd zur Seite rücken, um uns Platz zu machen. Einerseits aus Respekt vor Wren, dem Neffen eines unserer acht Kommandanten, andererseits, weil sie mich meiden wie eine ansteckende Krankheit. Manchmal wünschte ich, dem wäre so, dann könnte ich sie allesamt mit meinem Pestatem ersticken.

»Tut mir leid wegen vorhin.« Melyn schiebt sich neben mich. Ihre Locken kitzeln meine Schulter, als sie sich zu mir beugt. Instinktiv versteife ich mich. Was ist heute nur los mit ihr?

»Du brauchst dich nicht bei mir einzuschleimen, um Wren flachzulegen«, raune ich ihr zu. »Kannst ihn haben.«

Melyn schnappt nach Luft. »Der Dòchaş ist etwas Gutes, Louve. Es ist nicht so, als würdest du an den Meistbietenden verkauft.«

Ich hebe eine Braue.

»Wren und du wurdet bereits als Kinder als ebenbürtige Partner gewählt«, übergeht sie die Ironie ihrer eigenen Worte. »Eure ganze Ausbildung lang habt ihr gelernt, zusammenzuarbeiten, euch gegenseitig zu schützen und zu stärken. Keiner steht über dem anderen. Durch die Zeremonie werdet ihr nahezu unbesiegbar!«

Ich schnaube. Was für eine Ehre.

»Ich wünschte, Sâl und ich wären schon so weit. Ich kann es gar nicht erwarten, dass sich unsere Geistgefährten zu einer Einheit verbinden.«

Sâl ist Melyns Càraidt. Sie ist seit Ewigkeiten hoffnungslos in Melyn verschossen, was A jeder weiß und B niemanden interessiert. Allerdings teilt Melyn Sâls Auffassung von Monogamie nicht. Ein weiterer Grund, aus dem ich mir nie ganz sicher sein kann, dass sie Wren und mir nicht früher oder später eine polyamoröse Liebelei vorschlägt.

Vermutlich sind die beiden wieder einmal inmitten einer

ihrer berüchtigten Streitereien, an denen meist der halbe Schlaftrakt teilhat. Unfreiwillig, versteht sich.

Vor etwa fünf Sonnenläufen hat Sâl Melyns Kleiderschrank in die Luft gejagt, weil sich darin irgendein Kerl aus der sechsten Einheit versteckte. Den sie, nebenbei bemerkt, gleich mit bombardiert hat. Gerüchten zufolge hat er nach dieser Aktion der Frauenwelt ein für alle Mal abgeschworen. Nun, zumindest *unseren* Frauen.

»Wren, Sâl boykottiert unsere Einheit«, verpetzt Melyn prompt ihre Câraidt, die sich weigert, sich freiwillig zu uns zu gesellen. Ich kann es ihr nicht verübeln.

»Jeder Einzelne von euch boykottiert die verdammte Einheit!«, zischt Wren ungehalten zurück.

»Das nennt man Individualität und Selbstbestimmtheit«, erinnere ich ihn nur zu gern.

Tatsächlich entdecke ich Sâl eine Reihe vor uns – nah genug, um Melyn im Blick zu behalten und den Schein zu wahren, weit weg genug, um sich nicht mit ihr auseinandersetzen zu müssen.

Erst kürzlich hat sie sich das Haar neonpink gefärbt, was bei Wren einen ausgewachsenen Nervenzusammenbruch ausgelöst (Deckung, Tarnung, nicht auffallen *blabla*) und Sâl eine neue Packung Farbe (azurblau) gekostet hat. Sie hat ihre Fingernägel mit geschmolzenem Silber verstärkt und sich gegen Wrens Willen die Zunge piercen lassen. Was soll ich sagen? Ich mag die Frau.

Suchend sehe ich mich um. Zwar ist es erwünscht, dass sich unsere Kampfeinheiten von je sechs Assassinen zusammengruppieren, doch ist der Saal viel zu überfüllt, um den Überblick zu behalten.

»Wren, wir sind nur zu viert«, flüstere ich meinem Zwangs-Kampfpartner zu.

Er stößt ein verächtliches Schnauben aus. »Das werte ich als Triumph, Louve. Was meinst du, weshalb ich darauf dränge, dass du beim Abendappell erscheinst? Die einzige Konstante unserer Einheit bin ich.«

»Hey, ich war in den jüngsten Sonnenläufen auch schon mal da«, beschwert sich Melyn. »Also fast. Dann dachte ich mir: Melyn, sei ein Vorbild für die Gemeinschaft, und bleib im Zimmer des süßen Typen mit dem Pferdeschwanz, solange du betrunken bist.«

Wren fährt sich stöhnend mit der flachen Hand über das Gesicht. Gerade will ich zu einer Antwort ansetzen, da betreten unsere Vorgesetzten die Tribüne. Nur für mich sichtbar breitet ein gigantischer Drache seine Silberflügel aus.

Augenblicklich wird es mucksmäuschenstill.

8. Kapitel

Louve

Es ist, als hätte der Großteil von uns vergessen zu atmen. Nicht, dass uns das etwas ausmachen würde, wir können bemerkenswert lang die Luft anhalten. Eins zu null für die fast Toten, würde ich sagen.

General Irquan und Generalin Dråga erklimmen die steinerne, über der Tribüne liegende Empore. Ihre bloße Anwesenheit lässt die Temperatur sinken.

Wren greift nach meiner Hand, die ich ihm augenblicklich entziehe, was wiederum nur dazu führt, dass er sie abermals ergreift.

Ich beuge mich zu ihm, flüstere: »Aufgezwungener Körperkontakt ist ja so was von romantisch! Keine Sorge, *Babe*. Gleich morgen früh beschriften wir ein paar Karteikarten mit Verhaltensmustern und ordnen sie gemeinsam den Begriffen Recht und Unrecht zu.«

»Treib es nicht zu weit, Louve«, faucht er zwischen zusammengebissenen Zähnen.

Ich verenge die Augen. »Treib du es nicht zu weit, Wren.«

Seine Hand ist kalt und fühlt sich an wie ein Schraubstock. Ich beiße mir so fest auf die Unterlippe, dass ich Blut schmecke. Nicht einmal unter den Schattenwandlern fühle ich mich derart ausgeliefert. Was vermutlich darauf zurückzuführen ist, dass es niemanden kümmert, wenn ich *ihnen* den Kopf abreiße.

Da wir uns jeden Abend um die gleiche Zeit für unseren täglichen Appell versammeln (und ich von den letzten sieben Sonnenläufen höchstens drei bis vier geschwänzt habe – nun gut, solide fünf von sechs), ist der Ablauf für mich nichts Neues.

Die Empore über uns wird laut Wren von gigantischen nachtschwarzen Drachen- und Schlangenskulpturen gehalten, die ich nur schemenhaft erahne, im Detail aber ziemlich spektakulär sein müssen. Sie haben tannenlange Krallen aus massivem Onyx, und Zähne, an denen man uns ohne Probleme aufspießen könnte. Sie repräsentieren die Geistgefährten unserer Anführer. Keine Ahnung, ob man sie auswechseln würde, sollten Irquan und Dråga irgendwann das Zeitliche segnen.

In der Mitte der Empore stehen zwei identische Throne. Wren sagt, sie bestehen aus scharfkantigen Onyxflammen, Sâl tippt auf das Material, aus welchem die finsteren Schatten unserer Anführer gewoben sind. Keinen Schimmer, ob das stimmt. Als Kind wurde ich bei dem Versuch, sie zu ertasten, ausgepeitscht. Zwanzig Hiebe. Auf den Rücken, damit Thuja sie ebenfalls erleidet. Ich habe ihr Brüllen bis ins tiefste Innere meines Selbst gespürt. Und mir geschworen, jede einzelne dieser steinernen Flammen vor meinem endgültigen Tod zu vernichten.

Abend für Abend nehmen unsere beiden Generäle dort Platz, als wären sie unsere verfluchten Könige. Irquan und Dråga sind Geschwister, Zwillinge, eine Art platonisches Psychopathen-Team. Er ist ein Tyrann und sie ein Biest. Oder war es andersherum?

Ich kann nicht mehr zählen, wie oft ich in ihren Empfangssaal zitiert wurde, um mir diese oder jene Strafe abzuholen, mir etwaige Vorträge über Loyalität und mein *Glück* anhören zu müssen, trotz meines *Defizits* Teil der Gruppe sein zu dürfen. *Gähn.*

Links und rechts von ihnen versammeln sich unsere Leutnants: Ferrah, Clow, Zehír, Banister (Sympathiepunkte in dieser Reihenfolge). Sie sind General Irquan und Generalin Drâga direkt unterstellt. Unterhalb der Empore, auf der Tribüne, reihen sich die Kommandanten auf, darunter Wrens Onkel. Diese leiten Einheiten aus je sechs ausgebildeten Assassinen an.

Und das sind nur die etwa zweihundert Assassininnen und Assassinen, die ihre mindestens zehn Zyklen lange Ausbildung bereits abgeschlossen haben.

Die zahllosen Heranwachsenden, die noch geformt, gebogen, indoktriniert werden können, nehmen an den allabendlichen Versammlungen nicht teil. Auch sie sind in Gruppen unterteilt, die wiederum den Kommandanten zugeordnet sind.

In Solitude stirbt man leicht einen gewaltsamen Tod. Trotzdem kommen immer Kinder nach. Manchmal frage ich mich, ob sie bewusst Unschuldige töten würden, sollten ihnen die Rekruten ausgehen.

In diesem Moment erheben sich General und Generalin. Wir tun es ihnen gleich, formen mit unseren Armen ein X vor der Brust, das für Anfang und Ende, für das Geheimnisvolle, Unbekannte, und eigentlich für überhaupt nichts steht.

»Leben für Tod, Tod für Leben. Gesegnet sei die Gemeinschaft.«

Wir sprechen ihnen nach. *Sekte*, ich sag's ja.

Wren zieht mich zurück auf die Bank. Offenbar fürchtet er, ich würde wieder einmal die Hand heben, um eine in seinen Augen unangebrachte Frage zu stellen: Weshalb verteidigen wir eine Stadt, die sowieso bereits mit einem Fuß über dem Abgrund schwebt? Warum Schattenwandler töten, die sich ohnehin wieder regenerieren? Nur, dass sie dies eben nicht tun, sobald sie die Barriere überschritten haben. Löschen wir sie hier, auf unserer Seite, aus, sterben sie endgültig. Was Wren liebt, ich jedoch höchstens als notwendiges Übel betrachte. Wrens Onkel tritt vor. Ich erkenne ihn an dem Gepardenmal, das über seine linke Wade bis hinauf zum Hüftknochen verläuft. *Cheetah.* Stets auf der Lauer.

Obwohl ich es besser weiß, halte ich Thuja für stärker als Pearses Gepard. Und ich wette, mit ausreichend Training wird sie das früher oder später auch sein. Ich sollte Enean bitten, noch härter mit mir zu trainieren. Wenn jemand weiß, wie man Schattenwandler umnietet, dann er.

»In den vergangenen Sonnenläufen hat sich die Lage an der Schattenbarriere beruhigt«, spricht Pearse aus, was wir längst wissen. »Ab morgen werden wir die Wachposten dezimieren und unsere Einheiten neu positionieren. Die aktuellen Aufstellungen ...«

Ich schließe die Augen, denke wieder an den saftigen Kuchen im Speisetrakt.

Wren stößt mir den Ellbogen gegen die Schulter. »Hörst du zu?«

Ich grinse ihn an. »Nein.«

»Ist ohnehin langweilig«, ertönt es von meiner Linken. Etwas raschelt. »Gummibärchen?«, fragt Melyn.

Ich bewege meine Finger auf das Rascheln zu. »Hast du rote?«

»Sicher. Wren?«, fragt sie, erntet dafür jedoch nur empörtes Schweigen.

Spielverderber, forme ich mit den Lippen, was Melyn ein amüsiertes Kichern entlockt.

Vielleicht ist sie gar nicht so übel, wie ich dachte.

Melyn und Sâl zählen neben Bash und Würgereiz-Kendric zu Wrens und meiner Einheit. Wir stehen unter Pearses Kommando, weshalb natürlich jeder glaubt, wir würden bevorzugt behandelt. Kleiner Hinweis am Rande: Werden wir nicht. Zumindest, wenn man die regelmäßigen Dinner (vier pro Mondlauf) im *engsten Kreis der Familie* eher als Höchststrafe denn als Privileg betrachtet.

Einmal musste ich wegen dieses Unsinns sogar das Pizzabacken mit Enean unterbrechen, ehe ich auch nur einen Bissen abbekommen habe.

»Unsere Flotten am Hafen von Old Marble sind heute Morgen ausgelaufen. Sollte jemand etwas Verdächtiges bemerkt haben, hat dieser es augenblicklich zu melden«, erklärt Leutnant Ferrah uns durch die Blume, dass wir nicht per Anhalter über das Topasmeer abzuhauen haben.

Manchmal stelle ich mir vor, wie es ist, sich an Bord eines Schiffes zu stehlen und über endlose Weiten zu segeln, den Blick stets auf den Horizont gerichtet, niemals zurück.

Dann aber denke ich an Enean und meine Eltern, und das Gefühl, etwas Essenzielles zurücklassen zu müssen, hält mich fest.

Horror-Leutnant Banister tritt oben auf der Empore vor, sein Skorpion krabbelt ekelerregend über seinen breiten Hals. Er hasste mich bereits, als ich mit vier Zyklen in die Reihen der Schattenassassinen aufgenommen wurde. Gott, er hasste ein *Kleinkind.* Für ihn bin ich die Tochter einer Abtrünnigen, ein Schandfleck. Er war derjenige, der mich damals wegen der Thronsache ausgepeitscht hat. Und obwohl ich seine Miene nicht habe sehen können, würde ich meine Hand dafür ins Feuer legen, dass er dabei lächelte.

Er beschimpfte meine tote Mutter als eine »Hure der Schattenwandler« und mich als eine »Ausgeburt der Hölle«, obwohl mein Vater ein gewöhnlicher Mensch war und meine Mom gar nicht meine leibliche Mom. Wren heulte Rotz und Wasser, seine Tante Mandola versorgte meine Wunden. Ich aber vergoss keine einzige Träne, während ich mir in Gedanken bereits ausmalte, wie ich Banister irgendwann die Wirbelsäule durch den Rachen reißen und auf sein Grab spucken würde.

»Im vergangenen Mondlauf durchbrachen lediglich drei Lichtlose die Barriere«, verkündet er, als wäre das ganz allein seine Leistung.

Dass er das Bündnis mit Enean mit Füßen tritt, indem er uns immer mal wieder auf dessen Seite der Barriere stationiert und wir dadurch mehr Verluste einfahren, als wir Leben retten, interessiert ihn nicht. Wir sind die Beschützer der Stadt, *die sagenumwobenen Schattenassassinen.* Dass ich nicht lache. Serienmörder in scharfen Lederoveralls, das sind wir.

Sâl dreht sich immer wieder zu Melyn um, Melyn starrt Wren an und ich denke wieder an diesen verdammten Kuchen.

»... weshalb wir die Einheiten in Serpentine Shell verstärken müssen«, beendet Leutnant Banister aka der Skorpion seinen Vortrag über ... ähm?

»Wren«, wispere ich.

Ich kann ihn regelrecht mit den Augen rollen spüren. »Es gibt Unruhen zwischen den Arzaê und den Menschen in Serpentine Shell. Und Vermisste. Die Schattenwandler durchbrechen aktuell kaum die Grenzen. Allerdings wurden vereinzelt Lichtlose gesichtet.« Als ich nicht antworte, fügt er seufzend hinzu: »Erstere töten, Letztere einfangen und zurück ins Schattenreich schleifen. Die Vermissten ignorieren.«

Ich kräusle die Nase. »Und ...?« Beim Schattengott, muss man ihm denn alles aus der Nase ziehen?

»Und Auseinandersetzungen im Partyviertel Serpentine Shells auflösen, anstatt dich mit den Verantwortlichen volllaufen zu lassen«, resümiert Wren.

Ich seufze resigniert. Klingt nach einem Haufen unnötiger Arbeit. Weshalb können die Toten nicht auf ihrer Seite der

Barriere bleiben? So schlimm ist es dort auch wieder nicht. Ich meine, hey, sie haben Pizza.

Dummerweise lassen sich die Lichtlosen, die Schatten Verstorbener, nicht so leicht töten. Sie gehören nirgendwo hin, sind nicht mehr Teil unserer Seite, aber auch nicht Teil der anderen. Weshalb man sie nur einfangen kann. Oder sich mit ihnen eine goldene Nase verdienen ... Jedenfalls sind wir die Einzigen, die sie aufgrund unseres Status als Halb-Tote überhaupt berühren können. Sonderlich lang überleben sie auf unserer Seite ohne Körper ohnehin nicht – in diesem Zwischenstadium zerfallen sie schnell zu Staub.

»Wren«, wispere ich erneut. »Siehst du Kendric und Bash irgendwo?«

Zwar gebe ich es nicht gern zu, doch macht mich ihre Abwesenheit unruhiger, als mir lieb ist. Besonders nach meinem kleinen Zusammenstoß mit Kendric heute an der Barriere. Aufgrund meiner Sehbehinderung war ich dem ehemaligen Arzaê von Anfang an ein Dorn im Auge. Einfach nur, weil ich bin, wie ich bin: Seiner ungefragten Meinung nach nicht vollkommen. Ich hasse Typen wie ihn.

Unglücklicherweise sorgt das Fehlen eines Mals dafür, dass ich ihn, wenn er nicht spricht, kaum von den anderen Assassinen ohne Geistgefährten unterscheiden kann. Schon möglich, dass er die ganze Zeit mit gezücktem Dolch hinter mir sitzt und mich beobachtet. Ein Schauder läuft mir den Rücken hinab.

»Nein«, erwidert Wren, unser selbst ernannter Anführer, leise. »Keine Sorge, du bist nicht die Einzige aus unserer Einheit, die bei Abwesenheit von mir zur Schnecke gemacht wird.«

»Ähm, *yay?*«

Nachdem wir einen weiteren geschlagenen Rå-Uhrenfluss einen Vortrag über die gemeinen Schattenwandler und unsere wichtige Aufgabe, blablabla ... angehört haben, springe ich nach offiziellem Feierabend buchstäblich von meinem Platz und dränge mich an Melyn und den anderen auf der steinharten Bank vorbei.

»Kommst du mit zum Essen?«, ruft Wren mir nach.

Ich drehe mich nicht um, als ich rufe: »Ein andermal!«

Träum weiter, Babe. Ich habe Besseres zu tun, als mir mit dir eine gottverdammte Mousse au Chocolat zu teilen. Mit der Konkurrenz feiern, zum Beispiel. Oder herausfinden, wo in meinem Turmzimmer Kendric und Bash in ihrer Abwesenheit Tretminen versteckt haben ...

Wie aufs Stichwort schiebt sich jemand an mir vorbei, sein Atem kalt an meiner Wange. In dem dichten Gedränge kann ich auf die Schnelle nicht ausmachen, ob die Person ein Tattoo trägt oder nicht. Ich wandle in einem Silbernebel ohne Kontur. Instinktiv schnellt meine Hand zu meinem Dolch.

»Ich soll dir eine Nachricht überbringen«, wispert mir eine mir unbekannte männliche Stimme beim Vorbeigehen zu. »Wähle deinen Traum heute Nacht mit Sorgfalt. Es könnte sein, dass du nicht mehr aus ihm erwachst.«

Ich zucke zusammen, verharre einen Augenblick zu lange in Schockstarre. Hektisch laufe ich los, schiebe mich durch die Menge auf den Ausgang zu, verteile Stöße mit den Ellenbogen und kassiere nicht minder viele.

Und verliere den Sprecher dennoch in einer Masse aus pulsierendem Silber.

9. Kapitel

Louve

Mit gestrafften Schultern marschiere ich keinen Uhrenfluss später an der schier endlos langen Schlange von Arzaê, Menschen und Assassinen vorbei. Letztere ignorieren mich ebenso wie ich sie, schließlich ist es keinem von uns erlaubt, uns nach Dienstschluss in Solitude aufzuhalten. Nicht, dass uns das kümmern würde. Der Geruch von schwerem Parfüm, herbem Alkohol und süßem Qualm dringt mir in die Nase, gleichzeitig zieht mich das magische Innere des *Rain 'n Sorrow* an wie das Licht die Motte.

Ich schätze, deshalb haben sie die im Osten der Stadt liegende Partymeile auf den Namen *Serpentine Shell* getauft. Weil wir Muscheln sind, die mit vernebeltem Verstand im Zickzack schwimmen und sich im Lichtermeer treiben lassen. Bis wir in ihnen ertrinken und die Strömung unsere zerschellten Schalen ins Nirgendwo trägt.

Serpentine Shell ist ein Wirbel aus Neonfarben, pulsierenden Nächten, knappen Röcken und Partydrogen. Der einzige Ort, an dem so ziemlich jeder wegsieht, weil die, die hinsehen sollten, seit Anbeginn mitmischen. So wie wir.

»Mann, starren die uns angepisst an!«, kichert Melyn und versucht sich zum gefühlt dutzendsten Mal bei mir einzuhaken. Was soll der Mist?

Keine Ahnung, was sie hier überhaupt will. Nach der Versammlung hat sie mir vor meinem Turm aufgelauert und ist mir ungefragt ins Ostviertel gefolgt. Dabei will ich nach der Gehirnwäsche eben nur meine gottverdammte Ruhe vor *der Gemeinschaft.*

Doch keine Chance, die Frau loszuwerden – hab's nicht nur einmal versucht. Zumindest Wren konnte ich abschütteln. Melyn hingegen ... Ich werde nicht aus ihr schlau. Ich weiß, dass sie stets eine Tüte Süßigkeiten mit sich herumschleppt und heimlich drei Ratten in ihrem Zimmer hält: Caramel, Killer und Gin. Sie behauptet, Bash hätte sich erst neulich auf Killer gesetzt und ihn mit seinem knochigen Hintern ermordet. Zora aus der ersten Einheit schwört, Melyn dabei beobachtet zu haben, wie sie das Vieh an die in den Büschen nahe der Trainingsanlagen lebenden Vipern verfüttert hat. Einfach nur, weil ihr langweilig war. Ach ja: Und die vierte Ratte hat sie vor einem Zyklus in den Toaster gesteckt. Ihr Name war Louve.

Während Sâl und ich unsere Abneigung gegenüber Ekelpaket Kendric teilen, macht Melyn mit meinem Erzfeind einen auf Freundschaft. Stehen eben beide auf vorgegaukelten Status. Zwar stammt Melyn nicht von Arzaê ab, aber aus einer wohlhabenden, wenn auch menschlichen Familie. Vermutlich hat sie von klein auf gelernt, den Arzaê den Hintern zu pudern.

Im besten Fall nutzt sie meine Beziehung zum Besitzer des *Rain* aus, um sich nach dem Streit mit Sâl kostenlos volllaufen zu lassen. Im schlimmsten Fall plant sie etwas gegen mich. Und im allerschlimmsten Fall, nun ja, will sie – *urgh* – meine *Freundin* sein.

»Klar starren sie uns an«, gebe ich unbeeindruckt zurück. »Die frieren sich hier die halbe Nacht lang den Hintern ab, bis der Türsteher wieder einen Schwung Gäste reinlässt.«

Während wir anstandslos an ihnen vorbeispazieren und

uns nicht einmal die Mühe machen, vorzugeben, uns hinten anstellen zu wollen.

Das *Rain'n Sorrow* ist einer meiner Stamm-Tanzclubs Schrägstrich Lieblings-Drogenhöhle Schrägstrich bevorzugtes Abschlepp-Büffet mit Häppchen Liga elf von zehn. Der Besitzer, Crazy Mill, benannte die Bar nach seiner Frau, Rain. Den zweiten Teil der Namensgebung kann man sich an den Fingern abzählen. Die gute alte Rain ließ Mill nämlich nicht nur sitzen, sondern riss sich fast sein ganzes Vermögen unter den Nagel. Sogar sein Lieblingsfrettchen, wie man sich erzählt. Zumindest Letzteres war meiner Meinung nach absolut kein Schaden. Bissiges Drecksviech. Hat mir einmal beinahe den kleinen Finger abgerissen.

Jedenfalls drehte Mill total durch und legte sozusagen eine steile Karriere von einem einfachen Kneipenbesitzer zum Inhaber einer der am meisten besuchten und exklusivsten Diskotheken Solitudes hin. Dass sie für einen kleinen Aufpreis Schattenwandlergift in die Drinks mit dem selbsterklärenden Namen *Sin* mischen, sorgte für einen zusätzlichen Boom. Seit Dutzenden Zyklen als Droge missbraucht, macht das Zeug verflucht high, Marke *Ich kann fliiiiegen.* Zieht man sich allerdings zu viel davon rein, kann die Sache schnell unschön werden. Selbstverständlich werden weder Crazy Mill noch die Barkeeper oder Feierwütigen für die *Unfälle* verantwortlich gemacht, sondern die Schattenwandler. Schließlich ist es ihr Gift, an dem die Solituder hin und wieder, wenn auch selbst verschuldet, zugrunde gehen.

Ob mich das davon abhält, meinen Hauptabnehmer weiterhin mit dem Zeug zu versorgen? Kann ich nicht behaupten, nein.

Im Gegenteil. Als Crazy Mills beste und zuverlässigste Lieferantin habe ich hier so etwas wie einen Sonderstatus. Freier

Eintritt, kein nerviges Anstehen. Drinks aufs Haus und das Versprechen der Security, mich zuverlässig vor Messern im Rücken zu bewahren.

»Wow, war das *Rain* schon immer so hoch? Das müssen an die fünf Stockwerke sein!«, quietscht Meylin an meiner Seite.

»Sieben«, gebe ich unbeeindruckt zurück.

Über die Zyklen hinweg hat Mill Stockwerk um Stockwerk ergänzt, bis aus der ehemaligen Spelunke für Aussteiger und Loser *der* In-Schuppen Solitudes wurde. Treppe um Treppe um Treppe. Deal für Deal für Deal.

»Wusstest du, dass jedes Stockwerk ausschließlich aus Buntglaswänden in unterschiedlichen Blautönen besteht?«, staunt Meylin. »Ich glaube, ich habe die Fassaden noch nie nüchtern betrachtet.«

Ich stoße ein drohendes Knurren aus.

Ich hasse es, wenn die Leute denken, sie müssten mir alles bis ins kleinste Detail beschreiben, nur weil ich lediglich das zarte Glimmen von Objekten wahrnehmen kann, ihre Kontur. Ich meine, was kümmert es mich, ob die Wände des *Rain* blau, pink oder betoniert sind? Richtig. Gar nicht.

Was mich jedoch sehr wohl kümmert, ist das Gefühl, das ihr Verhalten in mir auslöst. Weshalb begreifen sie nicht, dass sie mich bei dem Versuch, mich zu integrieren, noch mehr ausschließen, mir geradezu unter die Nase reiben, dass ich anders bin als sie? Ihre Rücksichtnahme ist Gift für meine mentalen Narben. Nicht ich bin diejenige, die nicht sieht, was vor sich geht. Nicht ich bin die Blinde. Sie sind es. Ich muss hier weg. Tanzen, trinken, vergessen. Mit jemandem nach Hause gehen, der weder Wren noch ein anderer dieser verbitterten Assassinenkerle oder großkotzigen Arzaê ist.

»... und, mal ehrlich, drehen sich die Dinger versetzt zueinander oder habe ich zu viel Nachtbeerenwein runtergekippt, während ich auf dich gewartet habe?«, plappert Melyn munter weiter.

»Beides«, stöhne ich. »Was ich allerdings nicht wusste, ist, dass Stalking neuerdings als aufeinander Warten bezeichnet wird. Was soll die Farce?«

Meylin gibt einen Laut zwischen Kichern und Hicksen von sich. »Mach dich mal locker, Louve!« Ihr Fingernagel bohrt sich in meine Brust. »Du solltest wirklich etwas offener sein, meinst du nicht?«

Der Schattengott stehe mir bei.

»Absolut, Melyn.« Ich verschränke die Arme. »Ich bin *total offen* für Mordversuche, Mobbing und Diskriminierung. Habe erst neulich überlegt, mir ein T-Shirt zu bedrucken mit der Aufschrift *Ein Herz für Täter.*«

»Du bist so was von ...«, murmelt sie resigniert.

Offenbar gehen ihr die Argumente aus.

»Intelligent? Stark? Mutig? Grandios und unbesiegbar?«, helfe ich ihr deshalb nur zu gern auf die Sprünge.

»Anstrengend«, entgegnet sie mit einem theatralischen Seufzen, was ich mit einem siegessicheren Grinsen erwidere.

Ich liebe es.

Von anderen als anstrengend betitelt zu werden, bedeutet, etwas verdammt richtig gemacht zu haben. Es bedeutet, dass man für sich und seine Werte eingestanden hat. Dass man mehr ist als eine leicht zu händelnde Spielkonsole im Game eines korrupten Systems.

Also ja, ich will stark hoffen, die verdammt noch mal anstrengendste Frau zu sein, die dir je begegnet ist, Melyn. Denn ich bin stolz darauf.

»*Psst*, ihr da!«

Ich ignoriere die golden glimmende Arzaê-Frau vorne in der

Schlange und gehe weiter. Ihr Duft nach reifen Früchten und süßen Veilchen folgt mir. Widerlich.

»He, ich spreche mit euch!«

»He, sie spricht mit uns!«, kichert Melyn, was mich ungewollt zum Schmunzeln bringt.

»Was willst du?«, rufe ich über die Schulter, ohne anzuhalten.

»Ich brauche eure Hilfe! Meine Tochter, sie ist seit drei Sonnenläufen verschwunden. Ihr müsst …«

Ich verdrehe die Augen und packe Melyn am Ellbogen. »Kauf dir doch eine neue!«, fahre ich die Frau an und dränge nach vorn in Richtung süßer Vergessenheit.

Ich hasse Arzaê. Ich hasse sie, weil sie die restliche Bevölkerung für ihre Leibeigenen halten. Hasse sie für ihre goldgepuderten Ärsche, ihre Arroganz, ihre Verschwendungssucht. Manchmal hasse ich sie sogar, während ich mit ihnen schlafe, was mich jedoch nicht davon abhält, regelmäßig in fremden Betten aufzuwachen. Ich meine, solange sie dabei den Mund halten, kann ich irgendwie damit leben. Vorübergehend.

»Hat Banister nicht irgendwas von Unruhen in Serpentine Shell gefaselt?«, überlegt Melyn.

Unruhen, von denen ich seit unserer Ankunft nichts gehört habe. Nicht mal eine winzige Prügelei gab es, es ist fast prüde langweilig hier draußen, Level Oma im Strickladen.

Ich denke nach. »Ich schätze, irgendjemand hat … irgendetwas über irgendetwas gesagt, ja.«

»Ich meine, ich habe noch nie derart viele Vermisstenanzeigen auf einmal gesehen.«

Nun halte ich doch inne. »Wovon sprichst du?«

»Na davon, dass wir an kaum einem Gebäude oder Pfeiler vorbeigelaufen sind, an dem keine Vermisstenanzeige mit Foto hing.«

Okay, das ist … neu. »Alles unterschiedliche Personen? Oder gibt es Gemeinsamkeiten?«

»Wow, du hörst bei den Abendappellen echt noch weniger zu als ich«, lacht sie. »Jap. Menschen, Arzaê. Unabhängig von Alter und Geschlecht, bislang keine Schattenassassinen. Die Frau gerade eben war wirklich verzweifelt, Louve.«

Merkwürdig ist es schon. Klar gibt es hin und wieder Vermisstenanzeigen, wir leben in einer mit Drogen und lebenden Toten vollgepumpten Großstadt. Aber so viele auf einmal? Sind die Schattenwandler dafür verantwortlich? Oder hängt es mit den Unruhen in Serpentine Shell zusammen?

Schattenwandler, die so gut wie nie die Barriere durchstoßen. Unruhen, von denen ich bislang nichts mitbekommen habe.

Ein mulmiges Gefühl macht sich in meiner Magengegend breit.

»Wir sollten das morgen mit Wren besprechen.« Zumindest er hat vorhin ganz bestimmt zugehört.

Als wir endlich die Schlange Wartender hinter uns gelassen und den Eingang in Form eines gigantischen mit farbigen Scheinwerfern ausgestatteten Rundbogens erreicht haben, nicke ich Cazièl, dem Türsteher, kurz zu. Seine goldschimmernde Aura entlarvt ihn als Arzaê, was mich vermuten lässt, dass er nicht nur verdammt attraktiv ist, sondern unglaublich viel Macht in der Hemdtasche trägt. Keine Ahnung, ob die Gäste von seiner Identität wissen, doch deuten die tiefroten, in seiner Aura pulsierenden Äderchen auf einen Sanguê hin, die übelste Sorte Arzaê.

Typen wie er sind dazu imstande, Blut zu kontrollieren. Mit ihren Fähigkeiten können sie deine Adern zum Bersten bringen – ganz wie es ihnen in den Kram passt. In Dall erzählt man sich, sie könnten sogar das Herz ihrer Opfer anhalten, ohne auch nur einen Finger dafür krumm zu machen. Würde ich mir einen Security einstellen, würde meine Wahl definitiv auf einen von diesen Kerlen fallen.

»Hi, Louve«, grüßt Cazièl mich und tritt beiseite, um mich und meinen nervigen Anhang hineinzulassen. Er riecht nach Orangenblüten und Aftershave und aus sicherer Quelle weiß ich, dass er auch nach Ersterem schmeckt.

»He, stellt euch gefälligst hinten an!«, ruft uns von weiter hinten jemand zu, der ganz offensichtlich nicht an seinem Leben hängt.

Ich brauche nicht sehen zu können, um zu wissen, dass ein einziger Blick Cazièls die pöbelnde Meute zum Schweigen bringt. Besonders die Arzaê würden mich vermutlich gerade am liebsten in den Boden stampfen. Schließlich halten sie sich für die Elite Solitudes. Wunderschön, eine nahezu alterslose Erscheinung, unwahrscheinlich mächtig. In der Regel umfassen sie die doppelte bis dreifache Lebensspanne eines Menschen. Manche von ihnen wurden über zweihundert Zyklen alt. Und ihre Taschenspielertricks haben es auch in sich – ich würde es nicht einmal merken, wenn einer von ihnen in meinem Kopf kramte.

Ich schnaube. Und wenn schon. Sollen sie mir doch meine Erinnerungen nehmen. Ich überreiche sie ihnen liebend gern mit einer großen roten Schleife.

»Sehen wir uns später?«, ruft Cazièl mir nach, als Melyn und ich gerade dabei sind, im Erdgeschoss des *Rain 'n Sorrow* zu verschwinden.

Manchmal wünschte ich, die riesigen pulsierenden Neonschilder-, -buchstaben und -zitate wären mehr für mich als gleichfarbige helle Umrisse. Wohl wissend, dass sie ein Privileg sind, mit welchem ich nach meiner Erblindung nicht habe rechnen dürfen.

Ich will die Farben greifen, die Lichter schmecken, mich in den Bildern verlieren.

Aber ich kann nicht.

»Vielleicht«, lüge ich, ohne mich nach Caziël umzudrehen.

Seit wir vor etwa zwei Zyklen im Bett gelandet sind, ist der Sanguê verflucht anhänglich. Noch mehr seit dem zweiten Mal und das siebte Mal hat das Fass wohl schlichtweg zum Überlaufen gebracht. Was soll ich sagen? Die Ausdauer eines Arzaê hat seine Sonnen- und Schattenseiten.

Affären sind eine Sache für Schattenassassinen, aber richtige Dates oder gar eine feste Beziehung mit jemandem, der nicht der eigene Cåraidt Schrägstrich aufgezwungene Verlobte ist? Unvorstellbar. Obwohl ich nur zu gern Wren bei dem Versuch, einen Sanguê kaltzumachen, scheitern sehen würde ...

Eine Kakofonie aus Gelächter, Grölen und den Bassbeats der Stereoanlagen hüllt uns ein, kaum haben wir den kurzen Flur durchquert. Menschen und Arzaê drängen an uns vorbei, verschwitzte, feuchte Arme, erhitzte Finger, die mich streifen und mir gleichzeitig das Gefühl von *zu viel* und *viel zu wenig* vermitteln. Der fahle Geruch nach Alkohol, Erbrochenem, süßen Cocktails und Schattenwandlergift liegt in der Luft und lässt mich gleichzeitig zum ersten Mal seit langer Zeit aufatmen.

»Gehen wir nach oben«, brülle ich gegen den Lärmpegel an und streiche mir das oberschenkellange schwarze Trägerkleid glatt. Eines der Outfits, die ich neben meinem größten Schatz unter den Dielenbrettern meines Schlafzimmers vor Wren und den anderen versteckt halte. Und in dem ich, den Pfiffen und den miesen Anmachsprüchen der Partygästen nach zu urteilen, verdammt heiß aussehe.

Zwar ist mir bewusst, dass ich rein physisch betrachtet nicht dem Schönheitsideal entspreche, doch darum geht es an diesem Ort auch nicht. Wir sind hier, um wir selbst zu sein, frei, irgendwie, so gut wir eben können. Dass wir uns dafür ordentlich in Schale werfen, ist zweitrangig. Im *Rain 'n Sorrow* sind wir alle scharf und kaputt und tragen eine Sehnsucht in unseren zersplitterten Puzzleherzen, die wir gekonnt mit tonnenweise Drinks, unsere Venen zum Beben bringenden Beats und Sex, Sex, Sex füllen.

Und ich? Nun, ich bin zwar nicht besonders groß, aber dafür verdammt schnell und ... akrobatisch. Weder besitze ich eine ausladende Oberweite wie Sâl noch Melyns Kurven oder seidige Honiglocken. Ich bin einfach nur ich. Meine Worte schneidend wie meine Messer, meine pure Existenz nicht minder tödlich als süßes Gift.

Doch ich fürchte, gerade darin liegt der Reiz für die größenwahnsinnigen Arzaê, die sich nie für eine Herausforderung zu schade und der künstlichen Perfektion ihrer eigenen Leute insgeheim überdrüssig sind.

»Warst du schon mal ganz unten?«, schreit Melyn gegen das Dröhnen der Bassbeats an.

Auch sie muss ein verdammt knappes Outfit aus ihrem Versteck gefischt haben, jedenfalls spüre ich ihre hautenge Ledermontur nicht, sondern nackte Haut. Nur, dass ihre Cåraidt Sâl einen Dreck tun und ihr ihre Ausgehkleidung abnehmen würde. Was soll ich sagen? Wren ist ein Spießer, durch und durch. Sâl hingegen todfroh, wenn ihre Angebetete in High Heels durch Solitude stolziert.

Ich schüttle den Kopf. »Ist nichts für mich«, lüge ich. Zumindest nicht regelmäßig.

»Können wir dann zumindest ganz nach oben?«, fragt sie begeistert. Die gibt wohl nie auf.

Ich beiße mir auf die Unterlippe. »Nicht nüchtern. Und was meinst du überhaupt mit *wir?*«

Während die Etage unter der Erdoberfläche an ein sehr

offenherziges SM-Studio erinnert, sind sowohl das sechste Stockwerk als auch die darüberliegende Dachterrasse für die VIP-Arzaê reserviert. Crazy Mill scheffelt einen Haufen Münzen, indem er die Größenwahnsinnigsten der Größenwahnsinnigen in dem Glauben lässt, sie wären etwas Besonderes. Schattenassassinen und Menschen erhalten nur in Ausnahmefällen Zutritt, die das morgendliche Erwachen in einem Arzaê-Himmelbett implizieren.

Nur fürs Protokoll: Ich bereue nichts.

»Ich habe noch nie erlebt, dass die Luft hier nach Zuckerguss schmeckt.«

Ich ramme ihr einen Ellbogen in die Rippen. »Das sind synthetische Drogen. Du kannst sie den anderen von den Lippen küssen.«

Melyns Finger umfassen meinen Kiefer. Instinktiv trete ich ihr gegen das Schienbein. »Wag es ja nicht!«

In Wahrheit würde ich zu gern wie Melyn und die anderen das volle Ausmaß des *Rain 'n Sorrow* genießen. Durch ihre privilegierte Stellung haben die Mental-Arzaê, die Litíjr, innerhalb der vergangenen Zyklen damit begonnen, ihren Hokuspokus in die Räumlichkeit zu weben, weshalb unser Verstand uns weismacht, wir würden uns in schier endlosen Ebenen ohne Wände befinden. Na ja, zumindest die Gehirne derjenigen, die nicht die wahre Natur der Objekte alias gelblich glimmende Fassaden wahrnehmen.

Eine Ebene ist so konzipiert, dass man sich fühlen muss wie ein Arzaê auf Schattenwandlergift: unzerstörbar, hedonistisch hoch zehn und superhigh. Sie lassen die Gäste glauben, Bäche mit Honigwein würden fließen und an wolkenhohen Bäumen kandierte Früchte wachsen. Die Luft schmeckt nach Zucker und Alkohol und süßer Verheißung und lässt einen klebrigen Film auf Lippen, Fingern und Zungen zurück. Ich hörte Gespräche darüber, die Atmosphäre würde golden flimmern und der angebliche Himmel von Abertausenden fluoreszierenden Sternen funkeln.

Ich sehe nichts davon. Und weil es nicht echt ist, kann ich es auch nicht berühren.

Über die Zyklen hinweg habe ich gelernt, mich mit meinem fehlenden Augenlicht zu arrangieren. Zu tasten, zu schmecken, zu hören wie ein Luchs. Mit meinen übrigen Sinnen zu sehen. Und irgendwie war es ... in Ordnung.

Und dann gibt es wiederum Momente wie diesen. Momente, in denen das Leben mehr ist, als ich es je sein werde.

Aber so läuft es nun mal, nicht wahr? Du pulst dir das Etikett mit deinem dir von der Gesellschaft aufgedrücktem Ablaufdatum von deinem Namen und spuckst ihnen ihr *nicht gut genug* vor die Füße.

Menschen hassen es, wenn Geister ihre Stimme finden. Scheiß drauf. Schrei, so laut du kannst.

10. Kapitel

Louve

»Kommst du?«, reißt Melyn mich aus meinen trüben Gedanken.

Die dröhnenden Bassbeats schwächen meine Sinne. Das Glimmen des Treppengeländers ist so minimal, dass ich aufpassen muss, nicht zu stolpern, während wir nacheinander den Stufen hinauf ins zweite Stockwerk folgen. Wir quetschen uns vorbei an an die Wände gedrückten Pärchen und torkelnden Betrunkenen, durch eine nicht greifbare Wolke aus Technotracks und *laut, lauter, Realität.*

Melyn geht voraus. Nach wie vor traue ich der Schattenassassinin ungefähr so weit, wie meine beiden Nasenlöcher voneinander entfernt sind. Da ich an ihr jedoch nicht die Konturen von Waffen ausmachen kann und ihr einfach nur verdammt langweilig zu sein scheint, neige ich mittlerweile fast dazu, ihr zu glauben. Peinlich, ich weiß.

Meine Finger gleiten über das von Glitter und dem Zeug in der Luft klebrige Kunststoffgeländer. Wenn ich meine Pläne für heute Nacht umsetzen will, muss ich Melyn dringend loswerden. Am Ende verpfeift sie mich noch an Wren, der dann morgen früh mit einem Becher Kaffee in der einen und einem gezückten Dolch in der anderen Hand vor der Wohnungstür meines zukünftigen One-Night-Stands auflauern wird. Das weiß ich, weil es bereits das eine oder andere Mal genau so passiert ist. Kaffee inbegriffen.

Ich schließe die Augen, kippe an der Bar einen Drink nach dem anderen und gebe mich ganz und gar der Musik hin. Vergesse, wer ich bin, wer sie ist. Dass ich erschöpft bin und es nicht die Assassinen sind, die mich meiner Freiheit berauben, sondern ich selbst. Ich bin diejenige, die mich von innen heraus verfolgt, jagt, schüttelt und mir mit einem bittersüßen Flüstern ins Ohr säuselt, nicht schnell genug zu sein, nicht gut genug, zu *alles und nichts*. Die mich fesselt an ellenlangen Ketten aus Erinnerungen ohne Safeword, bis ich gar keine richtige Person mehr bin, sondern nur noch eine Vielzahl an Bildern, die waren, aber nie mehr sein werden.

Also drehe ich mich und tanze und küsse und lache und trinke und vergesse.

»Ich wusste gar nicht, dass es mit dir so lustig ist!«, flötet Melyn mir ironischerweise eine, zwei ... oder drei kleine Ewigkeiten später volltrunken ins Ohr. Zeit ist an diesem Ort nicht mehr als ein abstraktes Konstrukt.

Schnaubend schiebe ich sie von mir. »Vielleicht hättest du mich lieber kennenlernen sollen, anstatt mich mit den anderen zu piesacken«, erwidere ich sarkastisch.

Melyn wiegt die Hüften in einer nichtigen Kombination aus Tanz und Taumeln. Allmählich beschleicht mich das Gefühl, dass sie tatsächlich nur hier ist, um sich von Sâl abzulenken. Und ich war eben gerade verfügbar. Zudem hat sie mich noch nie im Alleingang angegriffen, im Gegenteil. Vielleicht bin ich zu misstrauisch. Vielleicht ist sie einfach nur verflucht einsam. So wie ... Ich schlucke.

So wie ich.

»Du benutzt doch gar kein Make-up«, witzelt sie.

Erneut schiebe ich ihre warme Hand von meiner Taille. »Aber Männer.«

Apropos. Mit vor der Brust verschränkten Armen lehne ich

mich an den Tresen und prüfe die Auren der Anwesenden. Die Musik rauscht in meinen Ohren, der Alkohol wiegt mich in süßem Nebel. Ich bin ein Raubtier, das seiner Beute mit einem siegessicheren Lächeln auflauert.

Zeit, zum amüsanten Part des Abends überzugehen.

Ich ignoriere die goldenen Schlieren der Arzaê und konzentriere mich stattdessen auf die verschiedenen Blauschattierungen. Während meiner Anfangszeit hier hat es mich frustriert, ihre Gesichter nicht erkennen zu können. Bis ich gelernt habe, mit den Händen zu sehen. Mit den Lippen, meiner Zunge. Und dabei ganz andere Seiten an Solitude entdeckte. Und an mir.

»Hey, Melyn, wie findest du den Kerl links von ...« Ich breche ab. Suchend sehe ich mich um, kann meine Begleitung und ihr Schlangentattoo allerdings nirgendwo entdecken.

Wo zum Nachtwaran ...

Sei's drum. Wenn ich Glück habe, versucht sie sich auf die Dachterrasse zu schleusen und findet Gefallen an einem spitzohrigen Arzaê. Was bedeutet, dass ich endlich freie Bahn habe. Und sie tatsächlich nur mitgekommen ist, um die Warteschlange zu umgehen. Typisch. Habe ich wirklich auch nur einen Moment geglaubt, sie hätte Interesse daran, Zeit mit mir zu verbringen?

»Wenn du deine Freundin suchst, die rennt gerade die Treppe nach oben«, ertönt eine mir unbekannte Stimme links von mir und bestätigt damit meine Vermutung. »Wenn du willst, kann ich dich dort reinbringen.«

Ich hebe eine Braue. »Ein Mensch schlägt vor, eine Schattenassassinin in die VIP-Lounge der Arzaê zu bringen? Klingt wie der Beginn eines schlechten Witzes.«

»Der Typ *ist* ein schlechter Witz.« Eine zweite Gestalt schiebt die erste grob beiseite. Etwas Kaltes streift meine Hand, intuitiv greife ich nach dem mir angebotenen Glas.

»Drink?«, fragt die Stimme eines jungen Mannes.

Unbeeindruckt mustere ich seine goldene Aura. »Den Drink behalte ich. Dich nicht.« Ich gestikuliere ihm, sich zu verziehen, und wende mich wieder an den Menschen. Einfach aus Prinzip. »Lust, von hier zu verschwinden?«

Dem Arzaê entfährt ein ungläubiges Schnauben. »Ernsthaft? Du ziehst einen Menschen einem Gott vor?«

Nun bin ich diejenige, die amüsiert auflacht. »Nein«, entgegne ich gelassen. »Ich ziehe einen Mann einem Vollidioten vor.« Ich leere das Glas in einem Zug und drücke es dem Arzaê in die Hand.

»Assassinenabschaum«, zischt er und trollt sich.

In Momenten wie diesem betrachte ich es nicht als Fluch, dass mir eben dieser erste optische Eindruck erspart bleibt. Stattdessen sehe ich es als Geschenk an, in erster Linie den Charakter einer Person kennenlernen zu dürfen, sagen Worte und Gesten doch tausendmal mehr aus als ein hübsches Lächeln.

Ich ignoriere das großspurige Getue des Arzaê und wende mich wieder dem Menschen zu. »Das mit der Dachterrasse war ein Bluff, habe ich recht?«

Die Silhouette seiner Hand gleitet hinauf zu seiner Stirn, vermutlich um sich verlegen mit den Fingern durchs Haar zu kämmen. »Na ja, es ist nicht leicht, jemanden wie dich zu beeindrucken.«

Ich schnaube amüsiert. »Eine Mörderin?«

Er zieht hörbar Luft ein, ehe er unsicher erwidert: »Eine Schönheit.«

Mein Mundwinkel zuckt, als ich nach seiner Hand greife und ihn in Richtung Ausgang ziehe. »Mal sehen, ob du mich anderweitig beeindrucken kannst.«

Seine Finger streifen über mein Handgelenk, seine Haut ist

warm, lebendig. So, wie ich es nie mehr sein werde. Plötzlich fühle ich die Kälte, die sich vor siebzehn Zyklen in mein Herz gestohlen hat, stärker denn je. Der junge Mann scheint mein Zögern zu bemerken.

»Wie wäre es mit einem Drink, bevor wir von hier verschwinden?«

Ich nicke.

»Alles klar. Gib mir einen Augenblick.«

Keinen *Augenblick*, sondern eine zeitlose Nacht, etwaige Cocktails und Tänze später stolpere ich aus dem *Rain 'n Sorrow.* Weder weiß ich, wie spät es ist, noch, wo Melyn steckt oder in wessen Armen sie sich durch die Nacht schläft.

Jemand hält meinen Arm und bewahrt mich so davor, vor den Augen aller auf dem Asphalt aufzuschlagen. Keine Ahnung, ob es derselbe Typ ist, für den ich vorhin den Arzaê habe abblitzen lassen, oder ein anderer. Und um ehrlich zu sein, kümmert es mich heute Nacht auch einen feuchten Dreck, solange er mich nur vergessen lässt.

»Alles in Ordnung, Louve?«, vernehme ich von irgendwoher Caziëls Stimme. Gut, das bedeutet, wir sind draußen.

Die Luft der Stadt, die niemals schläft, ist so drückend und schwül, als wäre das gesamte Gebiet eine gigantische alkoholschwangere Indoor-Party. Das Herz Serpentine Shells wummert in hektischen Bassbeats, lässt die Erde beben, mich schwanken.

Der Schwindel trifft mich mit unvorhersehbarer Wucht. An der frischen Luft fühle ich mich wie im freien Fall.

»Louve?«, höre ich den Türsteher erneut rufen.

Ich winke in irgendeine Richtung. »Allsss in Ord…nunk, Caz. Bisss demnäxt!«

Wieder sind da diese Arme. Sehnig, schlank, aber solide.

Das gefällt mir an den Menschen. Sie sind zerbrechlich wie Porzellan und stehen genau deshalb für das, wonach ich mich stets gesehnt habe: Leben.

Der junge Mann schlingt einen Arm um meine Taille. »Hast ganz schön viel gebechert, Süße. Soll ich dich nach Hause bringen?«

Ich schüttle den Kopf, obwohl es irgendwie niedlich ist, dass er es anbietet. Und verdammt töricht. Ein Mensch in Iron Claw? *Bitte.* Sie würden ihn zerreißen.

»Nein, esss ... es geht gleich wie-hie-der.«

Doch statt dass sich der Nebel lichtet, schwankt Solitude ein kleines bisschen mehr. Die flackernden, für mich in grellem Weißgelb pulsierenden Neonfarben vermischen sich zu einem Hexenrad aus Pink, Giftgrün und Grellgelb, das lediglich in meinem Kopf existiert. Der Boden unter meinen Füßen wird zu Treibsand, mein Kopf sticht.

Irgendetwas stimmt nicht. Normalerweise regenerieren wir Schattenassassinen überdurchschnittlich schnell, weshalb wir so gut wie immer von einem Kater verschont bleiben. Alkohol baut sich in Windeseile ab.

»Hassu mia etwass in den Dringk gemissst?«, frage ich. Alles in mir fühlt sich an wie ein klebriger, zäher Brei, ohne Anfang und Ende.

Sofort schrillen sämtliche Alarmglocken in mir. Mein Verstand brüllt meine Finger an, sich zu dem an meinem Oberschenkel befestigten Messer zu bewegen. Mein Körper aber ist taub, still, nicht länger Teil von mir. Mir wird übel.

Wieso war mein Stolz größer als Caziėls Sorge? Wie weit sind wir vom Club entfernt? Wird das Wummern der Musik, das Grölen der Feiernden, lauter oder leiser oder beides?

»Natürlich nicht«, erwidert mein Begleiter und trägt ... schleift mich halb die Gassen entlang. Ich kann meine Füße nicht spüren. Warum zum Schattengott kann ich meine Füße nicht spüren?

Die Stimmen der Passanten werden weniger, wir scheinen eine abgelegenere Ecke Serpentine Shells zu erreichen. Vielleicht haben wir es aber auch nur bis zur Rückseite des Clubs geschafft.

Ich atme auf. »Dasss is mergwürdik, denn ...«

Der Griff um meine Taille wird fester. »Ich habe dir etwas in jeden einzelnen verfluchten Drink gemischt.«

Keinen Herzschlag später gräbt sich eine Klinge zwischen meine Schulterblätter.

Das Absurde? Ich spüre keinen Schmerz. Es ist, als wäre mein Körper hier, mein Geist jedoch weit fort, wo meine Nervenbahnen ihn nicht erreichen können. Ein feuchtes Schmatzen dringt in mein Ohr, als die Klinge aus meinem Fleisch gezogen wird.

Ich taumle, versuche die Lippen zu öffnen, um Thuja zu rufen, da sticht der Täter erneut zu. Meine Knie geben nach. Wäre ich bei vollem Bewusstsein, würde ich diesen Drecksack sogar mit einer Klinge im Rücken fertigmachen. So jedoch ... Mein Verstand versucht meinen Körper zu animieren, sich zu verteidigen, zu kämpfen. Ohne Erfolg. Ich bin eine Marionette, der man die Fäden durchtrennt hat.

Was zum Galgenstrick hat der Kerl mit mir gemacht?

»Da seid ihr ja!«, höre ich ihn plötzlich schnaufen. »Ich habe getan, was ihr wolltet. Wo ist mein Geld?«

Moment. Bitte was?

Etwas klirrt, jemand lacht. »Gib das Messer her. Wir müssen ihr den Rücken zerfetzen. Sie kann ihren dämlichen Bären nicht rufen, wenn wir das Mal zerstören.«

Diese Stimme ...

»Wird sie nicht regenerieren?«

»Nicht, wenn ich mit ihr fertig bin.«

Die Stimme, ich kenne sie, doch ich kann sie nicht zuordnen.

Schritte entfernen sich, erst langsam, dann rennt er. Heiße Wut fegt durch meine Adern. Verfluchte, rückgratlose Menschen. Wenn ich den in die Finger kriege …

Meine Gedanken rasen zu Thuja. *Vive*, denke ich. *Vive!*

Doch die Worte wollen nicht über meine Lippen.

»Hey!«

Gott, ich war noch nie so froh, Melyns Stimme zu hören. Das Klackern ihrer Stilettos nähert sich.

Ich forme ihren Namen auf meinen Lippen, die Buchstaben aber schmelzen zu wässrigem Brei, ehe sie schwer in meinen Magen gleiten.

Melyn schreit irgendetwas, ehe abermals etwas aus meinem Rücken gezogen wird.

Ich will ihr zurufen, dass sie die Kerle fertigmachen soll oder abhauen, irgendetwas dazwischen. Hilfe holen. Stattdessen verliere ich für einen Herzschlag das Bewusstsein und lande mit dem Gesicht voran auf dem Asphalt.

Als ich zu mir komme, schmecke ich Blut. Spüre, wie sich jemand neben mich kniet, mir sanft das blutverschmierte Haar aus dem Gesicht streicht.

Plötzlich ist da kalter Atem an meiner Wange, Melyns Locken kitzeln meine taube Schulter. »Du hast doch nicht wirklich gedacht, dass wir beide jemals so etwas wie Freundinnen sein werden?«

Es dauert eine schiere Ewigkeit, bis ihre Worte meinen wattierten Verstand erreichen. Melyn gräbt ihre Finger in meine Kopfhaut und reißt mich grob an meinem Haar nach oben.

Die Zeit hört auf zu fließen, ein schwarzes Loch mit dem Durchmesser eines ganzen Universums saugt meinen letzten kümmerlichen Rest von Vertrauen in die Welt in sich auf. *Puff.* Und weg.

Zurück bleibt nichts als absolute Leere. Schwerelosigkeit. Und die Gewissheit, meinem eigenen Henker die Hand gereicht zu haben. Weil ich einsam war, schwach.

Ich werde nie wieder schwach sein.

Und dann kommt die Wut. Kochende Lava, die meine Adern verätzt.

Zurück bleibt die bittersüße Erkenntnis, dass ich wieder einmal recht hatte: Ich habe keine Freunde unter den Schattenassassinen. Nur Gegner.

Weshalb nur tut die Wahrheit dennoch so verdammt weh?

Melyns Verrat schneidet tiefer als *seine* Klinge.

»Gib mir das Messer, Kendric. Zeigen wir der Kleinen, was es bedeutet, es sich mit uns zu verscherzen.«

11. Kapitel

Enean

»Euer Gnaden? Herr Schattengott, Sir?«

Ich fahre mir mit der Pranke über das Gesicht. »Zum Henker, Quitt. Wie oft soll ich dir noch sagen, dass eine dieser Anreden stupider ist als die andere?«

Rauch wabert durch die stickige Höllenluft, als der Schattenwandler mit den blutroten Flügeln schlägt. Diese Nebensächlichkeit entlarvt ihn neben seinen glühend goldenen Augen sofort als einen von uns. Ach ja, und die Tatsache, dass ein gewöhnlicher Adler keine zwei Menschenlängen misst.

»Aber, Herr«, krächzt das Viech. »Ich habe soeben einen meiner Rundflüge gemacht und dabei mit Schrecken festgestellt, dass sich gleich vier Schattenassassinen über die Grenze gewagt haben!«

Ich horche auf. »Und ich dachte schon, ich würde heute vor Langeweile ein weiteres Mal sterben. Wo sind sie jetzt?«

»Sie können nicht weit gekommen sein. Ich bin auf direktem Weg zu Euch geflogen.«

Ich erhebe mich aus diesem unbequemen steinernen Riesenobjekt Schrägstrich Platzverschwendung, das meine Untertanen Thron schimpfen. Blicke gelangweilt in den heruntergekommenen Thronsaal der Burgruine. Die zerschlissenen, mottenzerfressenen Wandteppiche nehme ich längst nicht mehr wahr. Nicht die herausgebrochenen Steinbrocken, die staubigen Geröllhaufen und die zahllosen Löcher in der Fassade. Hoch oben an der Decke hängt ein schiefer Kronleuchter. Die Kerzen sind bereits vor Hunderten Zyklen geschmolzen, das einstige Gold ist schwarz angelaufen, die stählerne Kette hängt nur noch an einzelnen Gliedern, sodass es nur eine Frage der Zeit ist, bis das Teil einem von uns den Schädel zerschmettert. Nach Schwefel stinkendes Gewässer tropft von der porösen Decke und ätzt winzige Narben in den unebenen Grund.

So gut wie kein Licht dringt durch die Gemäuer. Es ist dunkel und beengend und ich hasse jeden Atemzug an diesem Ort.

Von ganz allein gleiten meine Gedanken zu Louve. Sie wird dieses Elend niemals als das erblicken, was es ist. Erleichterung paart sich mit bodenlosem Zorn. Zorn auf die Welt, die ihr das Augenlicht nahm. Zorn auf mich selbst, der seit Hunderten Mondläufen davon profitiert. Von einer Frau, die nicht das Monster sieht, das mir seit fast eintausend Zyklen in den angelaufenen Höllenspiegelscherben entgegenstarrt.

»Herr?«, krächzt der Schattenwandler und reißt mich damit aus meinen finsteren Gedanken. »Die Schattenassassinen.«

Geröll knirscht unter meinen Hufen, als ich mit erhobenem Haupt durch den Thronsaal schreite. Vier Spielzeuge auf einem Haufen? Na, wenn das keinen Spaß verspricht.

»Quitt, schieb alle Strafen, die ich heute verhängen wollte, und die Debatte um die Seen der Erinnerung auf morgen. Heute gehe ich auf Assassinenjagd.«

Voller Vorfreude reibe ich meine Pranken gegeneinander. *Tut mir leid, Louve, aber wenn deine Kumpels sich auf feindliches Gebiet wagen, sind sie dran.*

Und auch, dass ich dich soeben angelogen habe. Es tut mir nämlich definitiv nicht leid.

Keinen Atemzug später löscht nachtschwarze Finsternis

meine Präsenz im Thronsaal aus, und spuckt mich auf einem Felsvorsprung nahe der Barriere aus.

Wolkenhoch schiebt sich der wabernde Nebel gen Himmel, ein paar dämliche Wühlkrähen flattern geradewegs in ihren Tod. Hier draußen, im Osten meines Reiches, herrscht nichts als gähnende Einöde. Tristes graues Wüstengebiet, vereinzelte verkohlte Baumskelette. Der Tod.

Deshalb findet mein Blick auch sofort die Handvoll Schattenassassinen, die sich definitiv auf der falschen Seite der Grenze befinden. Grinsend lecke ich mir über die Hauer.

Bis ich genauer hinsehe.

Mir stockt der Atem. *Mir!*

Was zum ...

Sie sind zu viert. Zwei Männer, zwei Frauen.

Erstere sind direkt als Schattenassassinen zu identifizieren, weil sie ihre Uniform aus Schattenwandler-Leder tragen. Die, die für gewöhnlich wie eine zweite Haut an Louves perfektem Körper sitzt und selbst einen Schattengott in die Knie zwingen würde.

Einer ist blond, seine schneeweiße Haut bildet einen gespenstischen Kontrast zum Schwarz seiner Uniform. Der andere wirkt mit seinem dunkelbraunen Haar und der fast gleichfarbigen Haut wie sein komplettes Gegenteil, zwei Seiten einer Münze.

Ihre beiden Begleitungen hingegen sehen aus, als wären sie direkt aus einer Party gestolpert. *Schattenassassinen.* Halb lebendig, halb tot. Teil dieser Welt und doch nicht.

Eine von ihnen, die mit den vollen honigblonden Locken, trägt ein sündig kurzes Etwas (nennen wir es einmal *Kleid*) und hat noch dazu die Unverfrorenheit, in hochhackigen Schuhen ins Schattenreich zu spazieren.

Ich schnaube. Wer glaubt diese Göre, dass sie ist?

Die zweite Frau hat sich so eng an den Körper des größeren, dunkelhaarigen Mannes gepresst, dass ich ihr Gesicht nicht sehen kann.

Ich runzle die Stirn.

Ich runzle *nie* die Stirn. Ich meine, ich wusste nicht einmal, dass ich zu etwas derartig Banalem imstande bin. Ich werfe einen knappen Blick zur Seite. Hoffentlich hat niemand gesehen, wie ich ... *das* tue.

Dabei bemerke ich, dass sich meine Grenzsoldaten unseren Feinden nähern. Neun oder zehn Nachtwarane schlängeln, gut getarnt im grauen Sand, auf unsere ungeladenen Gäste zu. Über unseren Köpfen zucken Blitze über den wolkenverhangenen Nachthimmel. Genau wie in Solitude scheint auch hier ein gigantischer violetter Mond. Heute geht er ins Dunkellila über, was bedeutet, dass der Zyklus von dreiundvierzig Sonnenläufen schon bald beendet sein wird.

Wieder schweift mein Blick zu der Gruppe. Irgendetwas stört mich an ihnen. Nicht, weil sie die Frechheit besitzen, einfach so mir nichts, dir nichts in mein Reich zu stolpern. Es ist die Art, wie sie sich umsehen, als würden sie etwas Verbotenes tun.

Da plötzlich lässt der Dunkelhaarige seine in ein verflucht kurzes schwarzes Kleid gehüllte Begleiterin los. Jene junge Frau, die er bis eben noch fest an seine Brust gepresst hat. Prompt kippt sie zur Seite, als könnte sie ohne Hilfe nicht stehen, und kippt der Länge nach um. Sie rührt sich nicht, als sie auf der staubigen Erde aufschlägt.

Erst jetzt erkenne ich, dass ihr Rücken ein einziges Massaker ist. Frisches Blut läuft über ihren Nacken, das zerschlissene Kleid entlang, tropft über ihre langen Beine. Sogar das kurze weiße Haar ist blutverschmiert oder ... Moment mal. Sind das feuerrote Spitzen?

Ich erstarre.

Dann geschieht alles zugleich. Noch während ich von meinem Felsvorsprung springe und auf die Gruppe zusprinte, greifen die Schattenwandler an. Einer der Männer, der Blonde, schreit auf, als sich die scharfen Zähne des Warans in seinen linken Unterarm graben. Der andere nimmt sich allen Ernstes noch die Zeit, der reglosen Frau zu seinen Füßen hart gegen die Rippen zu treten.

Ich präge mir sein Gesicht gut ein. Der markante Kiefer. Die finsteren moosgrünen Augen. Die spitz zulaufenden Ohren. Moment mal, ein ehemaliger Arzaê? Ich lasse meine Knöchel knacken. Ein ehemaliger, zukünftig sehr toter Arzaê.

Die blonde Frau, deren *Bekleidung* mehr zeigt als verdeckt, wankt rückwärts, als zwei Warane gleichzeitig nach ihr schnappen. Sie dreht sich nicht nach ihren Gefährten um, ehe sie die High Heels von ihren Füßen kickt und so schnell sie kann das Weite sucht. Kluges Ding.

Die Schattenwandler folgen ihr, bremsen aber vor der Barriere ab und geben ein zorniges Zischen von sich, als die junge Frau im Nebel verschwindet. *Feiglinge.*

Ehe sie dazu übergehen können, die verbliebenen Assassinen anzugreifen, schnelle ich aus der Dunkelheit, hebe im Sprung meine linke Klaue und trenne dem Blonden mit einem Hieb den Kopf von den Schultern, ehe er sein bescheuertes *Vive* aussprechen kann.

Schade. Die Blutfontäne wäre auf der anderen Seite der Barriere sicher weitaus eindrucksvoller.

Der vermutlich-Arzaê, derjenige, der seinem Todesurteil in die Rippen getreten hat, stößt einen peinlichen Schrei aus und rammt dem sich vor ihm aufbauenden Nachtwaran einen Dolch ins Auge. Fataler Fehler und absolute Zeitverschwendung, da die Kerle ohnehin blind sind. Was lernen die da drüben eigentlich? Und ich dachte, ich sei mit meinen Leuten arm dran.

Der Schattenwandler zischt vor Schmerz und Zorn, die anderen preschen auf den Braunhaarigen zu. Staub wirbelt auf, himmelhoch und so dick, dass ich die Hand vor Augen nicht sehen könnte. Wenn ich nicht rein zufällig der Gebieter des Schattenreiches wäre.

Zähnefletschend schreite ich auf mein Opfer zu. »Nein«, knurre ich, als sich meine Untertanen über den armselig um sich kickenden Kerl hermachen wollen. »Der gehört mir.«

Bodenlose Furcht blickt mir aus geweiteten grünen Augen entgegen. Ich lasse sie mir wie Zuckerflocken auf der Zunge zergehen. Es ist mir schleierhaft, weshalb er nicht seinen Geistgefährten ruft. Stattdessen tastet er seine Seite ab, begreift zu langsam, dass seine einzige Waffe nach wie vor im Auge eines Schattenwandlers steckt.

Mit nichts als einem Dolch bewaffnet ins Schattenreich spazieren? Keine gute Idee. Eine bewusstlose Frau misshandeln? Fataler Fehler. *Diese* bewusstlose Frau misshandeln? Sein Todesurteil.

Ein roter Schleier vernebelt mir die Sicht, ich kann nicht mehr klar denken. Rachedurst versengt meine Adern, während der blanke Zorn mir ein Brüllen entlockt, das den Untergrund zum Beben bringt und Vögel im gesamten Ostgebiet aufscheucht.

Die Nachtwarane ziehen sich mit gesenkten Häuptern zurück. Der Assassine sinkt auf die Knie, seinen jämmerlichen Blick starr auf mich gerichtet. Sogar mein Schatten hat mehr Mumm als er. Ach, was sage ich. Sogar meine *Wimpern* haben mehr Mumm als er! Wie er es in die Reihen der Schattenassassinen geschafft hat, ist mir ein Rätsel.

Genüsslich hebe ich die Klauen über seinem widerwärtigen

Schädel. Das Blut seines Freundes tropft feucht von meinen Krallen. Als hätte er meine Gedanken gelesen, finden seine Augen den Kopf des Toten. Seine Gesichtsfarbe wechselt in rasender Geschwindigkeit von weiß zu grün, dann erbricht er sich in den Sand. Angewidert rümpfe ich die Nase. Was für ein Versager.

»Bitte ...«, säuselt er. »Mein Vater kann dich bezahlen ...«

Ich schnaube.

»Es gibt nichts, womit du dein Vergehen begleichen kannst.« Meine Stimme ein tosendes Echo, tief, rau, wie Donner.

Mit Freuden hole ich zu einem letzten Hieb aus, da regt sich etwas zu meiner Seite. Ich erstarre in der Bewegung, sofort schnellt mein Blick zu ihr.

Sie scheint zu sich zu kommen, ihre Finger graben sich in den blutbesudelten Sand. Schon will ich zu ihr laufen, da dringt ein ohrenbetäubender Schrei aus ihrer Kehle, zerschneidet die Finsternis, zerreißt mein rabenschwarzes Herz.

Ich zögere keinen Wimpernschlag, ehe ich zu ihr stürze und sie an mich reiße. »Louve? Kannst du mich hören?«, flüstere ich.

Ihr winziger Körper zuckt in meinen Armen, ihre Pupillen irren unruhig unter halb geöffneten Lidern hin und her.

»Louve, du bist in Sicherheit, ich bin hier.«

Was ist das, das in meinem Brustkorb brennt und sticht, als stände ich in Flammen? Als würde es mir sämtliche Eingeweide zugleich zerfetzen, als würde mein tiefstes Inneres gleichzeitig implodieren und explodieren.

Der junge Mann stolpert auf die Füße und auf die Barriere zu. Er wirft einen letzten Blick zurück. Nicht zu *ihr*, nicht zu seinem toten Kameraden. Er sieht mich an und ich sehe ihn an und ich weiß, dass er weiß, dass ich in diesem Leben sein Mörder sein werde. Dann dreht er sich um und verschwindet.

Ich unternehme nichts, um ihn aufzuhalten. Die Nachtwarane zischen erbost. Es könnte mir nicht gleichgültiger sein. Alles, was jetzt zählt, ist Louve. Ihr Leben zu retten.

Sie fühlt sich gleichzeitig so nah an und wie in der entferntesten Galaxie verloren. Und ich mich nicht länger wie der unantastbare, allmächtige Schattengott. Sondern winzig klein, verwundbar, und ... hilflos. Ich glaube nicht, jemals ein derartiges Gefühl empfunden zu haben. Und ich hasse es. Wenn Louve heute stirbt, wird ein Teil von mir mit ihr gehen.

Manchmal wünschte ich, ich könnte ihr alles geben, was ich bin, mich ausmacht. Nur fürchte ich, dass in diesem Moment nichts mehr davon übrig ist.

»Halte durch«, flüstere ich, während meine Schatten uns in ihre eiskalte Dunkelheit hüllen, ehe sie zu grellem Weißblau erlöschen. Fort von einem Teil meines Selbst, den ich nie wieder zurückerlangen werde.

Dann verschwinden wir.

Sie, still, viel zu still.

Ich, ihren Namen auf meinen Lippen.

Louve.

Louve.

Wieder und wieder.

Bis ich mich mit ihm auflöse.

12. Kapitel

Enean

Zwei Sonnenläufe.

Seit zwei vollen Sonnenläufen ist Louve ohne Bewusstsein.

Zwei Sonnenläufe, in denen ich wie ein Idiot vor ihrem … *meinem* Lager auf und ab tigere, nicht wage, auch nur für einen Moment den Blick von ihr abzuwenden und dadurch zu riskieren, es zu spät zu bemerken, sollte ihre Atmung aussetzen.

Zwei Sonnenläufe, in denen ich meine Pflichten als Herrscher dieser gottverdammten Welt mehr oder weniger an den Nagel gehängt habe, um bei *ihr* zu sein. Was zur Schattenwelt stimmt nur nicht mit mir?

Ihr weißes Haar bildet einen geisterhaften Kontrast zu den schwarzen Fellen, auf die ich sie gebettet habe. Ihre sonst bronzefarbene Haut wirkt fahl und blass. Ihre Wangen sind eingefallen, die Knie angezogen. Sie trinkt nicht, isst nicht. Immer, wenn sie sich im Schlaf auf den Rücken rollt und vor Schmerzen wimmert, drehe ich sie zurück auf die Seite, während etwas in mir Stück für Stück zerreißt, als bestände mein Innerstes aus verbranntem Papier.

Sie wirkt so fehl am Platz. Und doch, als würde sie hierhergehören. Als wäre sie für mich bestimmt und gleichzeitig all das, was ich niemals werde haben können.

Die Fackelfledermäuse an den feuchten Wänden brennen lichterloh, tauchen Louves schmale Gestalt in gespenstisches

Feuer. Obwohl im offenen Kamin massenhaft trockene Äste und Schattenwandler-Kadaver rösten, ist sie eiskalt. Nicht einmal der Geruch nach verbrennenden Leichen, Schwefel und Schimmel können sie wach rütteln.

Noch immer weichen die provisorisch angelegten Verbände durch. Das Schattenreich ist kein Erste Hilfe Kasten.

»Enean?« Die doppelflügelige Stahltür meines Schlafzimmers schwingt ohne Vorwarnung auf.

Knurrend fahre ich herum. »Verflucht, Prejudice! Wie oft soll ich dir noch sagen, dass du anzuklopfen hast? Ich bin dein verdammter Gott!«

»Und was glaubt mein *verdammter Gott*, was er da treibt?« Unbeeindruckt schlängelt sich der mächtige tiefschwarze Schlangenleib über die gleichfarbigen Lavasteinfliesen. »Die Nachtwarane planen eine Revolte, weil drei von vier Assassinen am Leben sind, obwohl wir deutlich in der Überzahl waren. Und die Aschegeier kapieren selbst nach Hunderten Zyklen nicht, dass sie in der Barriere krepieren!«

Brüllend werfe ich das Erstbeste, was ich zu fassen bekomme, in ihre Richtung. Prej zuckt nicht einmal, als der Helm der Ritterrüstung haarscharf an ihrem überheblichen Schädel vorbeifliegt.

»Dann bring das gefälligst in Ordnung!«, fahre ich sie an. »Wofür bezahle ich dich eigentlich?«

Eine geschwungene Braue hebt sich. »Du bezahlst mich nicht. Beim Nachtblitz, du bist ja noch mieser gelaunt als sonst. Liegt das an der Göre in deinem Nachtlager?« Sie versucht an mir vorbeizulinsen, doch ich versperre ihr mit meinem Körper die Sicht.

»Willst du mich nicht aufklären, was du mit ihr vorhast?«

»Weil ich mich seit Neuestem vor meinen Untertanen zu rechtfertigen habe? Ich bin dein ...«

»... mein verdammter Gott, schon kapiert. Du wiederholst dich.« Zwei spitze Blutsaugerzähne graben sich in ihre volle Unterlippe, als sie sich über den Daumen leckt. »Aber dein Volk stellt Fragen. Also spuck's schon aus. Weshalb ist die Assassinenhure nicht in der Folterkammmer? Willst du sie als Druckmittel verwenden? Sollen wir sie in aller Öffentlichkeit nackt an einen Felsen ketten und ihre Gedärme an die Gewitterraben verfüttern?«

Ich stöhne auf. »Ja ... etwas davon«, bluffe ich.

Nicht nur, dass zahllose Schattenwandler meinen Aussetzer gegenüber Louves Peinigern mitbekommen haben und jetzt zu Recht angefressen sind, dass wir zwei von vier (!) haben entkommen lassen – nein, sie wurden Zeuge davon, wie ich Louve *in meinen Armen* am Rande eines Nervenzusammenbruchs in meine privaten Gemächer teleportiert habe. Geht es noch erbärmlicher?

Ich kann von Glück reden, wenn sie nur *Fragen* haben und nicht den Palast stürmen, um Louve in Stücke zu reißen. Wie soll ich diesem Abschaum erklären, dass ich jedem Einzelnen von ihnen die tote Kehle zerfetzen werde, wenn sie auch nur schief in Louves Richtung sehen?

Und wann genau bin ich zu diesem besitzergreifenden Esel geworden, der nicht nur eine Frau, sondern die Mörderin zahlloser meiner Leute über alles andere stellt?

So ungern ich das Ganze auch zugebe, doch vielleicht hat Prejudice recht und meine Prioritäten liegen mehr als spiegelverkehrt.

»Hast du die Kleine in einen *Vorhang* gewickelt?« Ehe ich mich's versehe, schlüpft Prej an mir vorbei und bricht in schallendes Gelächter aus. »Ich schätze, ich schulde dir eine Entschuldigung: Du bist längst mitten in der Folter.«

Ich packe ihren Arm, als sie sich über die flach atmende

Louve beugt. »Das ist kein *Vorhang*, sondern ein Laken. Sieht man doch! Ich habe damit ihre Wunden verbunden.«

Die Schattenwandlerin starrt mich an, als hätte ich verkündet, meine Wände rosa zu streichen. »Du hast die Wunden mit mottenzerfressenem *Bettzeug* verbunden?« Sie rollt mit den schwarzen Augen. »Siehst du nicht, dass die Verletzungen immer noch nässen? Wenn du sie heilen willst, damit sie ihre Folter im Anschluss richtig mitbekommt, dann gehst du das völlig falsch an.«

Auch wenn ich Prejudices Körper sich bereits auf unzähligen Felllagern des Palastes habe rekeln sehen, unterdrücke ich einen Würgereiz, als sie auf Louve zuschlängelt und ihre Krallen nach ihr ausstreckt.

In Gedanken erwürge, ersteche und vergrabe ich die Schattenwandlerin zeitgleich. In der Realität rühre ich keine Kralle, obwohl es in mir brodelt. Wenn Prejudice und die anderen herausfinden, was Louve mir bedeutet … Schlimm genug, dass sie sie in meinem Schlafzimmer erwischt hat.

Prejudices gigantischen Schlangenleib neben Louves winzigem Menschenkörper zu sehen … Ich reibe mir die Schläfen. Ich kann mich nicht daran erinnern, in den letzten achthundert Zyklen etwas derart Lächerliches wie *Migräne* gehabt zu haben. Was macht diese Sterbliche nur mit mir?

Unglücklicherweise sind meine Pranken größer als Louves Oberkörper. Es ist, als versuchte ich einen Felsen durch ein Nadelöhr zu stopfen.

»Mann, Enean …«

Ich ziehe scharf Luft ein, als Prej Louve auf den Rücken rollt und sie auspackt wie ein Geschenk, das definitiv nicht für sie bestimmt ist.

»Das heißt *mein Schattengott.*«

»Das heißt *Größenwahn.*«

Wutentbrannt greife ich nach dem nächstbesten Gegenstand. »Du …«

Louve stöhnt auf, jeder einzelne Laut brennt sich in den kümmerlichen Rest meines steinernen Herzens. Ich halte den Atem an.

Dann aber zupft Prejudice den schwarzen Stoff von Louves Rücken. Wir wechseln einen Blick, sogar der Schattenwandlerin fehlen für einen Moment die Worte. Dann ruft sie: »Sieh dir das an! Warum sagst du nicht gleich, dass du sie im Schneckentempo sterben sehen willst? Kein Wunder, dass sie noch nicht zu sich gekommen ist. Du folterst sogar versehentlich. Respekt!«

Sie hebt ihre dunkelbraune Hand zum High Five, das sie selbstverständlich nicht bekommt. Vermutlich hat sie sich die Geste bei den Assassinen abgeschaut.

»Kannst du ihr helfen oder nicht?«, knirsche ich mit zusammengebissenen Hauern.

Prej hebt die Brauen. »*Helfen* und *Schattenassassinin* sind nicht unbedingt zwei Begriffe, die ich in einem Satz verwenden würde.«

»Dann lern es gefälligst.« Diese Frau treibt mich noch zur Weißglut.

Ich fürchte, ich bin die Sache ganz falsch angegangen. »Prejudice. Das ist ein Befehl. Versorge die Wunden der Schattenassassinin. Jetzt.«

Prej wirft mir ein spöttisches Grinsen zu und deutet einen sarkastischen Knicks an. »Wie Ihr befehlt, oh allmächtiger Gott der Finsternis.«

Ich nicke anerkennend. »Schon besser.«

Prej rollt mit den Augen, sagt aber nichts. Gut für sie. Anschließend verschwindet sie für kurze Zeit – hoffentlich, um irgendeinen *Rettet-Leben*-Kram zu besorgen. Keine Ahnung, ob wir hier so etwas haben. Wir sind eher Team Zerstörung und Todesqual. Die Seite mit dem fiesen Grinsen und der besseren Pizza.

Was soll's. Ausnahmen bestätigen die Regel.

Nachdem die Schattenwandlerin zurückgekehrt ist und einen Monolog darüber gehalten hat, sie sei weder meine Sklavin noch eine sexy Krankenschwester, außer ich würde darauf abfahren (tue ich nicht), gehorcht sie endlich. Zuerst dreht sie Louve ganz auf den Bauch, was dieser nicht mehr als ein kaum wahrnehmbares Schnaufen entlockt.

Mir wird übel. Noch übler, als ich erneut ihren Rücken erblicke. Das Fleisch hängt ihr in Fetzen von den Knochen, ihre kalkweiße Haut ist mit getrocknetem und frischem Blut bedeckt; ihr Mal, das ich noch nie in seiner Gänze gesehen habe, vollständig zerstört. Dennoch kann ich das Bild erahnen, einen aus tiefstem Schwarz geborenen Grizzlybären. Er steht auf den Hinterläufen, die an ihren Hüften rauchig auslaufen. Sein Körper bedeckt ihren Rücken fast vollständig, eine Tatze lässt ihre ausgefahrenen Krallen über ihr linkes Schlüsselbein kratzen. Die Konturen sind verschwommen.

Mir wird speiübel bei dem Gedanken, dass jemand etwas Derartiges bei einem Kleinkind ausgelöst hat. Dass der Schmerz sie kurzzeitig derart tief zerstört hat, dass sich die Dunkelheit in Form eines Geistgefährten auf ihrem Körper, in ihrem Innersten manifestiert hat.

Frisches Blut läuft über meinen Unterarm – ich habe nicht bemerkt, wie fest ich mit meinen eigenen Krallen zudrückte.

Ich bemühe mich, mich erneut auf die Verletzung zu konzentrieren. Außer dem Massaker auf ihrem Rücken weist Louve keine weiteren äußeren Wunden auf, was bedeutet, sie wollten bewusst verhindern, dass Louve Thuja ruft.

Das alles war bis ins kleinste Detail geplant. Niemals sonst wäre es ihnen gelungen, jemanden wie sie nur zu dritt zu überrumpeln.

Abermals rauscht der blanke Zorn durch meine Venen. Ich werde jeden Einzelnen von ihnen umbringen. Langsam. Ihre Qualen auskosten, ihre Schmerzensschreie auf meiner Zunge schmecken. Ich werde sie leiden lassen für das, was sie Louve angetan haben.

»Das Ding ist magisch, richtig?«, fragt Prej, während sie Louve die Überreste ihres kurzen Kleides bis zum Steißbein hinabschiebt.

Obwohl ich weiß, dass es falsch ist, kann ich nicht anders, als die Schattenassassinin anzustarren. Die Form ihrer schlanken Arme, die Biegung ihrer Taille. Und plötzlich, nach all der Zeit als Herrscher über die Ewigkeit, überkommt mich zum ersten Mal das unerklärliche Bedürfnis, ein Sterblicher sein zu wollen. Ein Mensch anstelle eines Monsters. Mit Händen, die sie berühren, Armen, die sie halten können. Lippen, die ...

Doch ich verbiete mir diese Gedanken, weil es nicht sein wird, niemals.

Louve wird immer eine Assassinin sein, in menschlicher Gestalt. Ich hingegen nicht mehr als ein gigantisches, gehörntes Monster. Der fleischgewordene Tod.

13. Kapitel

Enean

»Enean?« Prej schnippt direkt vor meinem Gesicht. *Will wohl ein paar Finger verlieren.*

»Ja«, knurre ich. »Das Mal ist magisch. Man bekommt es, wenn man den Eid ablegt, kurz bevor man stirbt. So werden Schattenassassinen geboren.«

»Das bedeutet, das Teil wird sich regenerieren, sobald sie auf der anderen Seite der Barriere ist?«

Ich zucke mit den Schultern. »Vermutlich. Nichts, was nicht hierhergehört, regeneriert auf die Schnelle.«

Ich halte inne. Das bedeutet, sie muss zurück in ihre Welt, damit sich ihr Körper richtig manifestieren und heilen kann. Im Schattenreich ist sie nicht mehr als ein teilweise körperloses Geistwesen – greifbar und doch nicht wirklich Materie. Deshalb kann sie die Barriere überbrücken, ohne zu sterben. Stets dazu verdammt, zwischen Leben und Tod zu wandeln.

In ihrem Zustand kann ich sie nicht nach Dall bringen. Zumal ich weder weiß, wer auf der anderen Seite lauert, noch die Grenze überqueren kann. Im Gegensatz zu ihr besitze ich keinen physischen Körper, der langfristig in der Welt der Sterblichen existieren kann. Meine Gestalt ist lediglich Ausdruck meines Schattens, meiner befleckten Seele, wenn man so will.

Was soll ich tun? Wie kann ich sie retten? Bleibt sie, wird sie sterben. Geht sie, wird sie ebenfalls sterben.

»Besser wird es nicht.« Mittlerweile hat Prejudice Louves Rücken gesäubert und mit etwas verbunden, das mehr Erste Hilfe als Bettwäsche schreit.

»Danke, Prej, hast was gut.«

Die Schattenwandlerin starrt mich an, als hätte ich ihr meinen letzten kümmerlichen Rest Verstand in einer Pralinenschachtel mit Schleife überreicht. »Hast du dich gerade allen Ernstes bei mir bedankt?«

»Nein.«

Sie erhebt sich und rafft das blutverschmierte Laken zusammen. »Wenn du glaubst, ich würde das waschen, bist du auf dem Holzweg. Ich bin nicht deine Haushälterin.« Damit verschwindet sie mit einem letzten misstrauischen Blick in Louves Richtung aus meinem Schlafzimmer.

Knirschend nehme ich das *provisorischer-Verband*-Laken vom Bett und lasse eine eisblaue Flamme auf meiner Handfläche entstehen, die den feinen Stoff augenblicklich zu Asche verbrennt. Dann sinke ich neben Louve auf die die Bodenfliesen bedeckenden Felle.

Die Zeit gerinnt zu einer schier unerträglichen Ewigkeit. Ich starre und warte und sterbe ein kleines bisschen mit ihr.

Und dann, ganz plötzlich ...

»E-Enean?«

Ich erstarre. Mit klopfendem Steinherzen beuge ich mich über sie. »Louve? Ich bin hier, bei dir.«

Sie verzieht das Gesicht, tastet mit zitternden Fingern über die Seidendecke, bis sie mit den Knöcheln gegen eine meiner säbellangen Krallen stößt. Doch anstatt zu erschrecken und sich zurückzuziehen, schließt sie ihre kleinen Hände um meine Klaue. Diese unbedeutende Geste erweckt etwas in meinem Inneren, das ich längst verloren geglaubt hatte.

»Wo bin ich? Was ist passiert?«

Ihre Lider flattern, als sie den Kopf vorsichtig in meine Richtung dreht. Das weiße Haar, die weißen Brauen, die weißen Wimpern. All das lässt sie wirken wie eine Tote. Jemand, der hierhergehört.

Doch das tut sie nicht. Sobald sie zurück in ihrer Welt ist, werden die Schmerzen sie übermannen. Ihre Nervenbahnen werden sich vollständig materialisieren, ihre zerfetzten Muskeln, die Haut. Vermutlich hat sie sich sogar eine oder mehrere Rippen gebrochen. All das, was in der Schattenwelt ebenso wenig real ist wie ihr Körper, wird wie ein Bumerang zu ihr zurückkehren.

Ich muss das verhindern.

»Sag du es mir.« Ich löse meine Krallen von ihrer Hand und versuche ihr das kaum schulterlange Haar aus dem Gesicht zu streichen, verursache dabei jedoch einen tiefen Kratzer, der von ihrer Schläfe bis zu ihrem Kinn führt.

Obwohl sie nicht einmal zuckt, verfluche ich mich selbst für meine Unbesonnenheit. Diesem unerklärlichen Drang nachgegangen zu sein, sie zu berühren. Es ist mir schleierhaft, wie ich auch nur für einen Moment glauben konnte ... Ich schüttle den Kopf.

»Ich ... Ich war feiern, im *Rain*. Jemand hat mir etwas in die Drinks gemischt, ich ...« Stöhnend presst sie sich den Handballen gegen die Stirn. »Wie kann ich glühen?«

Gute Frage, denn bis eben war sie kälter als Prejudices Herz.

Bei ihren nächsten Worten zucke ich zusammen. »Ich sollte tot sein.«

Ich glaube, mich verhört zu haben. »Du solltest definitiv *nicht* tot sein. Wer hingegen bald tot sein wird, ist der Mistkerl, der dir das angetan hat.«

Sie presst ein kratziges Lachen hervor. »Verstehst du es denn nicht? Sie haben mir eine Falle gestellt, Enean. Sie haben mir den Rücken zerstochen, damit ich Thuja nicht rufen kann. Ich habe ihre Schmerzensschreie bis auf den Grund meines Seins gespürt.«

Also doch.

Eine einzelne Träne löst sich aus ihrem Augenwinkel. Und zeitgleich aus meinem rabenschwarzen Steinherzen.

»Enean, sie wollten mich töten. Sie glaubten, ihr würdet die Drecksarbeit für sie erledigen. Damit ich eine von vielen Assassinen wäre, die einem Schattenwandler zum Opfer gefallen sind. Es war alles geplant!«

Fassungslos starre ich sie an. Ich nahm an, sie hätten sie hergebracht, weil sie wussten, sie würde in ihrer menschlichen Hülle in ihrem Zustand nicht überleben. Zumindest die drei, die sie nicht noch im bewusstlosen Zustand getreten haben. Dass sie einen ihrer dämlichen Trainingskämpfe hatten und Louve dabei den Kürzeren gezogen hat. Dabei hätte ich mir denken können, dass sie unter normalen Umständen *niemals* den Kürzeren zieht.

Abermals streckt sie ihre Hände nach mir aus, bekommt meinen tiefschwarzen Unterarm zu fassen und zieht sich an mir hoch. Die ganze Welt hat sie verraten, sie rang mit dem Leben und wurde von ihrer Geistgefährtin getrennt. Dennoch ist das, wonach es sie verlangt ... *ich.*

Kurzerhand hebe ich sie mitsamt einem Teil der Schattenwandlerfelle auf meinen Schoß. Wie winzig sie wirkt, wie ... vollkommen. Trotz allem, nein, wegen dem, was sie durchgestanden hat. Und ihr Licht für alle Welt sichtbar durch ihre Narben bricht.

Sie legt den Kopf in den Nacken, ihre trübblauen Augen blicken hinauf zu mir und ich zähle die blassen Sommersprossen auf ihrem Nasenrücken. Was würden diese Augen sagen, wenn sie mich sehen könnten? Mein wahres Gesicht. Meine

Hörner und Klauen, die Hufe und den geschuppten Schweif. Die tiefschwarzen Muskelstränge und die glühend roten Iriden. Den Herrscher über das Nichts, über die Schatten, den Schrecken der Finsternis.

Das Monster erstarrt, als die junge Frau ihren Kopf an seine Brust legt und die Augen schließt. Weil sie ihm vertraut. Er der Einzige ist, dem sie vertraut. Weil die Finsternis die einzige Konstante in ihren Leben ist.

»Kann ich nicht einfach hier bei dir bleiben?«, stellt sie die eine Frage, auf die ich, ohne es zu wissen, seit vielen Mondläufen warte.

Einen ganzen Herzschlag lang erlaube ich mir, mir vorzustellen, wie es wäre, sie an meiner Seite zu wissen. Hier, bei mir, für immer, als meine Schattenkönigin. Sonnenlauf für Sonnenlauf ihr Lächeln zu sehen, wenn ich versuche, winzig kleine Marshmallows auf viel zu große Äste zu spießen, um sie anschließend über Schwefelfeuer und Leichen zu rösten. Zu beobachten, wie ihre winzige rosafarbene Zungenspitze über ihre breiten Lippen leckt, auf der Suche nach letzten Schokoladenkrümeln. Wie sie mich zum Lachen bringt, wenn sie einen meiner Untertanen nur so zum Spaß in den Tod jagt, und ich auf der falschen Seite der Macht stehe, weil ich es liebe, sie strahlen zu sehen.

Ich bin ehrlich, ich habe keine Ahnung, warum *sie* diejenige ist. Fakt ist, sie war es immer. Natürlich nicht, als sie als Kind durchs Schattenreich stolperte, um ihre vermeintlichen Feinde aufzuspießen, doch später, viel später, als sie sich veränderte, zu dieser unerschrockenen, tapferen, unberechenbaren, wunderschönen jungen Frau heranwuchs. Als sich etwas zwischen uns veränderte, ohne dass einer von uns beiden es jemals in Worte gefasst hätte, weil sie zu fragil sind, Schneeflocken aus Glas. Freigelassen im falschen Moment und wir würden mit ihnen zerbrechen.

Es würde mich nicht überraschen, wäre ich dazu auserkoren, Leben um Leben nach dieser einen Person, meiner zweiten Hälfte suchen zu müssen, meiner Erlösung, meinem Licht. Als würde mein Geist nur Ruhe finden, solange *sie* existiert. In Sicherheit ist, am Leben. In derselben Welt wie ich.

Nie empfand Louve Abscheu gegenüber dem, was ich bin, eine instinktive Angst vor dem Herrscher der Schatten. Sie sah einfach nur mich. Sie sah, ohne zu sehen, und sah doch so viel mehr als jeder vor ihr, jeder, der nach ihr kommen wird.

Louve hat immer gesehen. Nur nicht so, wie die Welt es von ihr verlangt.

Sie sieht *mich.*

Weshalb es mir umso schwerer fällt, ihr ihre Bitte auszuschlagen. »Du gehörst nicht hierher, Love. Du musst zurückgehen. Und anschließend wirst du diejenigen, die dir das angetan haben, bezahlen lassen.«

Ihre Mundwinkel zucken. »Love?«

»Ist das alles, was du gehört hast?«

Obwohl ihr kalter Schweiß auf der Stirn steht, grinst sie in sich hinein. »Hast du meinen Namen versehentlich falsch ausgesprochen?«

»Ja«, lüge ich. »Hör mal ...«

Plötzlich fliegt zum zweiten Mal an diesem Sonnenlauf ohne Vorwarnung meine Schlafzimmertür auf. »Enean! Quitt hat gerade gesehen, wie ...« Prej stockt.

Sie starrt erst mich an, dann das Bündel Fell und Assassinin in meinem Arm. Und wieder mich. »Du ahnst ja nicht, wie gern ich dir jetzt einen Vortrag darüber halten möchte, dass das Ausmaß an Absurdität in diesem Schlafzimmer in diesem Moment sein Maximum erreicht hat«, erklärt die Schattenwandlerin und lässt ihre gespaltene Zunge vorwurfsvoll gegen den Gaumen schnalzen. »Aber dafür haben wir jetzt keine

Zeit. Ein ganzer Trupp Schattenassassinen hat soeben die Grenze passiert. Ich glaube, sie suchen nach deinem *Dessert.*«

Mit dem Kinn gestikuliert sie in Louves Richtung. »So ein breitschultriger Kerl mit Zopf und Falke macht an der Barriere einen auf dicke Hose. Darf ich ihn als Haustier behalten?« Sie leckt sich über die tiefroten, fast schwarzen Lippen. »Den Typen, nicht den Vogel, versteht sich.«

Louve versteift sich in meinen Armen. »Das ist Wren.«

»Was zum Galgenstrick ist ein Wren?«, will Prejudice wissen.

Louve beißt sich auf die Unterlippe. »So was wie mein Verlobter? Enean, du musst mich zurückbringen. Sofort.«

Halt. Moment, stopp. Bitte was?! Ich dachte, dieser Wren wäre ihr entbehrlicher Kampfpartner? Was zum Henkersbeil treiben die dort auf der anderen Seite der Barriere?!

»Hat sie dich gerade Enean genannt?«, wiederholt Prejudice ungläubig.

Hat sie gerade in einem Nebensatz einen gottverdammten *Verlobten* erwähnt?

»Das ist mein Name«, knirsche ich an Prej gewandt. »Den du, wenn ich dich erinnern darf, selbst hin und wieder *versehentlich* mit meinem Titel verwechselst.«

Die Schattenwandlerin rümpft ihre schmale Nase. »Will ich überhaupt wissen, was ich verpasst habe?«

»Nein«, knurre ich. »Und jetzt raus. Sofort!«

»Das wird kein gutes Ende nehmen, *mein Schattengott.*« Eingeschnappt verschwindet Prej.

»Ich könnte deine Schattengöttin sein«, scherzt Louve. »Wir beide sind doch ein ganz gutes Team, findest du nicht?«

Ob ich finde, dass sie bis in alle Ewigkeit an meiner Seite herrschen sollte? Jap, definitiv. Ob ich sie dafür einem Leben voller Gewalt, Tod und Sadismus aussetzen werde? Auf gar keinen Fall.

»Was genau meintest du damit, dein *Verlobter* würde soeben mit einem Trupp Kanonenfutter mein Reich stürmen?«, presse ich hervor. Meine Stimme hallt donnergleich durch die steinernen Wände. Letzteres hat Louve noch nie beeindruckt.

»Kendric und die anderen müssen ihm erzählt haben, ich hätte mich unbefugt auf den Weg ins Schattenreich gemacht und wäre dabei schwer verletzt worden«, sagt sie mehr zu sich selbst als zu mir. »Dieser verfluchte Mistkerl. Ich werde ihn skalpieren, und seine Knochen als Sparerips auf dem Grill ...«

»Sei bloß still, sonst glaubt Prejudice noch, eine neue beste Freundin in dir gefunden zu haben.«

Doch Louve hört gar nicht zu. Mühsam stolpert sie von meinem Schoß und presst sich das schwarze Fell an die Brust. Ihre Beine wanken, sie kann kaum stehen. »Wren muss gekommen sein, um mich zu retten.«

»Niemand muss kommen, um dich zu retten, Louve. Das kriegst du ganz allein hin«, erinnere ich sie.

»*Du* musstest kommen, um mich zu retten«, erwidert sie und sieht sich suchend um. »Ich muss zur Barriere, um Wren davon abzuhalten, meinetwegen Unschuldige zu töten. Und anschließend werde ich Rache für mich selbst nehmen.«

Ich unterdrücke ein Grinsen. Beeindruckende Frau.

»Du hast eine interessante Definition von Unschuld.«

Was ich eigentlich sagen will, ist: *Klar übergeben wir dich an diejenigen, die dich umzubringen versucht haben. Natürlich, heirate einen von deinen beinahe-Mördern.* Eine Schattengöttin, wer braucht das schon. Eine platonische beste Freundin außer Reichweite ist ja sowieso viel ... was ist noch mal das Gegenteil von weltenvernichtend?

Und doch ... Louve muss zurück. Sie muss ihren Körper manifestieren, ehe sie ihn für immer verliert. Denn überwiegt der vor siebzehn Zyklen verstorbene Teil in ihr erst einmal, gibt es kein Zurück mehr. Das wünsche ich meinem schlimmsten Feind nicht. Ihrem *Verlobten* schon eher. Aber nicht meinen Feinden. Und überhaupt – wann wurde aus ihrer Trainingspartnerschaft eine Verlobung?

Liebt sie ihn? Warum zur Streckbank sollte jemand wie sie jemanden wie ihn heiraten?

Vielleicht hat Prejudice recht und es ist Zeit, einen Schlussstrich zu ziehen. Louve hat nie hierhergehört. Ich vernachlässige ihretwegen meine Pflichten als Herrscher der Schatten. Für etwas, das A nicht funktionieren und B höllentief in die Brüche gehen würde.

Ich muss sie gehen lassen. Um ihretwillen und zum Wohle meines Reiches.

Ist der Schmerz, den ich bei diesem Gedanken empfinde, normal? So, wie die Menschen sich erzählen, sie würden mit ihren Liebsten einen Teil ihres eigenen Wesens begraben? Denn genau so fühlt es sich an. Als hätte jemand, kurz bevor ich meinen innigsten Wunsch aussprechen kann, die Kerze auf meiner Torte ausgeblasen.

»Lass uns zusehen, dass wir irgendwo etwas für dich zum Anziehen finden, das nicht schreit: Ich lag halbnackt im Bett des Schattengottes«, seufze ich.

Eine wunderschöne Röte ziert ihre Wangen, als realisiere sie erst jetzt, dass sie kaum mehr als ein Stück Schattenwandlerfell und ein zerfetztes Partykleid trägt.

Ich will meine Hände auf ihre Wangen legen, damit die Röte noch intensiver wird. Aber ich kann nicht.

»Zeit, nach Hause zu gehen, Love.«

14. Kapitel

Louve

Beim Schattengott … Sie sind überall. Um die dreißig Assassinen rasen durch die Barriere, flankiert von ihren Geistgefährten. Ich sehe die Schemen von Raubtieren durch die Aschewüste jagen, Hufe traben und gigantische silbrige Vögel am Himmel fliegen. Ein junger Mann aus einer unserer Einheiten galoppiert auf seinem Hengst, ein anderer durchkämmt die Finsternis auf dem Rücken eines gigantischen Adlers.

Wren hat ganze Arbeit geleistet. Keine Ahnung, wie er unsere Vorgesetzten davon überzeugen konnte, mehr als die Hälfte der acht Eliteeinheiten Solitudes abzuziehen. Ich meine, für gewöhnlich kommen wir nicht zurück. Für niemanden. Wenn Pearse und Wren so einen Aufwand betreiben, um mich lebend aus der Sache herauszubekommen, sitze ich tiefer in der Klemme, als ich dachte. Denn es bedeutet, sie betrachten mich als Teil ihrer Familie.

»Louve!« Wrens Rufe zerfetzen meine Gedanken, als Eneans Heer auf die Barriere zustürmt. Hunderte Schattenwandler, eine kohlrabenschwarze Masse, die mit Bashs Tod Blut geleckt hat.

Enean hat mir erzählt, was passiert ist, und dass Kendric und Melyn entkommen konnten. Wenn ich nur ihre Namen höre, vor allem Melyns, schmecke ich Galle und den Wunsch, an der Seite meiner Gegner zu kämpfen und Blut fließen zu lassen. Von Kendric habe ich nichts anderes erwartet. Von Melyn hingegen *wollte* ich etwas anderes erwarten. Und sei es auch nur für diese eine beschissene Nacht.

»Du musst vorgeben, die ganze Zeit über hier gelegen zu haben, ohne die Kraft zu finden, aufzustehen und zur Barriere zu laufen«, überlegt Enean allen Ernstes.

Trotz der Tragweite unserer Situation muss ich lachen. Was ist das denn bitte schön für ein bescheuerter Plan?

»Klar, Enean. Ich liege immer mal wieder ein paar Sonnenläufe lang im Schattenreich herum, um Dunkelheit zu tanken. Deine Leute sind total cool damit, hin und wieder bieten sie mir sogar Snacks oder einen Drink mit Schirmchen an.« Obwohl er mich um etliche Köpfe überragt, starre ich ihn nieder. »Hast du sie nicht mehr alle?!«

»Dafür, dass ich dir deinen hübschen Hintern gerettet habe, bist du ganz schön unhöflich«, raunt er mir zu und entzieht sich meinem Griff, als ich versuche, ihn trotz seines Gewichts hinter einer Felswand außer Sicht zu bringen. »Würdest du die Güte besitzen, mich nicht zu verstecken? Meine Feinde sollen ruhig sehen, wer sie ausweidet.«

Ich beiße mir auf die Unterlippe. Er würde doch nicht wirklich meine Leute ausweiden, oder? *Oder?*

Und doch ...

Er war da, als die anderen Kinder mir im Schlaf Teer ins Haar schmierten und ich gezwungen war, mir den Schädel zu rasieren. Er war da, als ich wieder und wieder nicht die Kraft fand, zurück auf die andere Seite der Barriere zu gehen, zurück in meinen Turm. Er war da, als ich unter Tränen Rache für den Mord an meinen Eltern schwor. Für den Mord an mir.

Er war immer da. *Ist* immer da, wie niemand sonst.

Über die Zyklen hinweg wurde der von aller Welt gefürchtete und gehasste Gott der Schatten zur wichtigsten Konstante in meinem Leben. Ein Dasein ohne ihn an meiner Seite kann ich mir längst nicht mehr vorstellen. Manchmal, im Stillen, wenn mich die Albträume heimsuchen und ich mit klopfendem Herzen an die Decke meines Turms starre, verfluche ich die Welt. Nicht, weil meine Eltern gestorben sind oder ich den Eid als Schattenassassinin ablegte. Sondern weil sich ein winziger Teil von mir wünscht, mit *ihm* zusammen sein zu können, ganz ohne Versteckspiel.

Aber das geht nicht. Nicht auf diese Weise. Nicht nur, weil er in der Gestalt einer mehrere Menschenlängen hohen Schattenkreatur feststeckt, sondern weil wir nicht langfristig in der Welt des jeweils anderen überleben könnten.

»Enean?« Als er schweigt, füge ich leise hinzu: »Du bist der wichtigste Mensch … Monster … was auch immer in meinem Leben. Das weißt du, oder? Es gibt niemanden, der mehr über mich weiß. Niemanden, dem ich mehr vertraue. Niemanden, an dessen Seite ich lieber den Rest meines Lebens verbringen würde.« Ich hole tief Luft. »Was ich eigentlich sagen will, ist …«

Ich presse die Lippen aufeinander, suche nach Worten und finde sie doch nicht. Warum ist das nur so schwer? »Danke«, flüstere ich, da das, was ich eigentlich ausdrücken will, nicht über meine Lippen kommen will. »Danke für alles.«

Endlich bewegt er sich hinter den Felsen. »Das klingt nach Abschied.«

Ich schiebe mir eine Strähne hinter das Ohr. Meine Beine zittern vor Anstrengung, ich kann mich kaum aufrecht halten. Sobald ich die Barriere durchquert habe, werden die Schmerzen mich in die Knie zwingen. Und Thujas Schmerz.

Und die Blamage mich umbringen. Seit dem Tod meiner Eltern habe ich mein Kinn stets hoch gehalten. Niemals hätte ich vor meinen Peinigern mit den Namensschildern meiner Kameraden eine einzige Träne vergossen. Vor niemandem, bis auf Enean, der, ohne es zu ahnen, einen wesentlichen Teil meines Herzens in seiner finsteren Brust trägt.

Doch hier und jetzt … Wie fest vermag ich die Zähne zusammenzubeißen, während mein Körper in Flammen steht? Ich werde zu dem werden, was ich in den Augen meiner Mitstreiter immer gewesen bin: ein Opfer, ein Schwächling.

Ich grabe die Schneidezähne so fest in meine Unterlippe, bis ich Blut schmecke. Lieber sterbe ich, als vor ihnen in die Knie zu gehen.

»Ich schätze, sie werden mich nicht mehr so schnell aus den Augen lassen, verstehst du?«, beantworte ich Eneans unausgesprochene Frage. »Ich meine, sobald ich geheilt bin.«

»Du findest immer einen Weg zurück.«

»Enean …«

Schweigen. Dann: »Ich denke, es ist ohnehin besser so. Verzichte auf deine Streifzüge, bis deine Peiniger gerichtet sind. Und wenn dieser Falkenjunge für deine Sicherheit sorgen kann …«

»Ich brauche ihn nicht, um mich zu schützen«, unterbreche ich ihn.

»Möglicherweise wirst du ihn brauchen. Und jetzt komm. Planwechsel: Inszenieren wir deine Entführung.«

Ehe ich mich's versehe, hebt er mich in seine starken Arme und umhüllt uns in winterkalte Finsternis, die meine Zähne klappern lässt. Instinktiv strecke ich meine Hände nach seinem Nacken aus, doch er schüttelt den Kopf. »Das soll nach Entführung aussehen, nicht nach Hochzeitsnacht.«

Sofort schnellen meine Gedanken zu Wren. Ich hätte Enean von ihm erzählen müssen. Ich meine, *alles* erzählen. Seit zahllosen Zyklen mache ich mich mit ihm über meinen Kampfpartner lustig, verspotte ihn wegen seiner Liebe zur Tradition, seiner Spießigkeit, seiner Unfähigkeit, Grenzen als solche zu erkennen. Und dabei *übersehe* ich das riesige balletttanzende Nilpferd namens *Verlobung* im Raum?

Die Wahrheit ist, ich wollte nicht, dass er es erfährt. Weil … Weil ich eine gottverdammte Heuchlerin bin. Ich wünschte nur, ich könnte –

Da materialisieren wir uns auch schon inmitten der kämpfenden Meute. Schreie, Kreischen, Brüllen gräbt sich in meine Gehörgänge, Staub wirbelt durch die Luft, bringt mich zum Würgen. Alles in mir schreit danach, zu den Waffen zu greifen und mich ins Gefecht zu stürzen, doch muss ich Enean zustimmen: Wenn Wren und die anderen denken sollen, dass der Schattengott höchstpersönlich mich in der Mangel hatte, darf ich nicht den Anschein erwecken, über ausreichend Kraft zu verfügen, dass ich jederzeit hätte durch die Barriere spazieren können.

Enean hebt mich hoch und setzt zu einem Brüllen an, das die Erde erschüttert. Ich versuche, so still wie möglich zu sein, während er seine Show abzieht. Und, Mann, ist der Kerl gut darin. Ich kann regelrecht spüren, wie er alle Blicke auf uns zieht.

»Louve!«, brüllt Wren von irgendwoher meinen Namen.

»Das wird jetzt gleich ein bisschen wehtun«, flüstert Enean mir zu, ehe er mich ohne Vorwarnung in die Richtung katapultiert, aus der ich Wrens Stimme vernommen habe. Mein Herz schlägt mir bis zum Hals, als ich an reihenweise Schattenwandlern vorbeisegle, die ihre gierigen Mäuler nach mir recken und haarscharf neben meinem Gesicht in die Luft schnappen. Wieder stößt Enean ein ohrenbetäubendes Brüllen aus, dann knalle ich in den Sand. Ein, zwei Atemzüge lang surrt es in meinem Kopf, alles dreht sich und mir wird furchtbar übel.

Etwas reißt an meinem Bein, ich will nach meinem Messer greifen, aber es ist nicht da, warum zum Nachtwaran ist es nicht da? Ach ja, weil sie es mir abgenommen haben, als sie meinen Tod inszenierten.

Beim bloßen Gedanken an Melyns Verrat schmecke ich Galle. Ich bin keine Diplomatin, ich breche Knochen, doch noch bin ich unentschlossen, ob ihre oder Kendrics zuerst bersten werden.

Ich hasse sie dafür, dass sie meine Einsamkeit ausnutzte, und noch mehr hasse ich mich selbst dafür, dass ich *wusste*, dass sie mich ausnutzt, und es zugelassen habe, aus genau diesem Grund. Die Scham über meine eigene jämmerliche Bedürftigkeit ertränkt meinen Zorn in einer bodenlosen Pfütze klebrig schwarzen *Es-ist-meine-Schuld*-Teers.

Plötzlich bohrt sich etwas Spitzes in meinen linken Fuß, eine Klaue hackt nach mir. Instinktiv zucken meine Muskeln, machen sich bereit zum Kampf. Innerlich fluchend beiße ich die Zähne zusammen.

Ich gebe Wren genau zwei Atemzüge Zeit, um sich einzubilden, mich vor unseren Feinden zu retten. Dann werde ich es selbst tun.

Doch natürlich ist auf Onkelchens Held Verlass.

»Louve!«

Irgendetwas wird von meinem Bein geschleudert, dann greifen kräftige Arme unter meinen Körper und reißen mich nach oben. Habe ich schon erwähnt, wie sehr ich es hasse, das komatöse Opfer zu spielen? Aber Enean hat recht. Alles andere würde einen Dominoeffekt an Fragen mit sich ziehen, begonnen bei: Warum bist du nicht mit Kendric und Melyn geflohen, wenn du doch so superfit bist? – Na, weil ich ein unfähiges, auf die Hilfe des starken Ritters … *Assassinen* angewiesenes Prinzesschen bin, deshalb.

Ich schmecke Galle und Hass und sämtliche Wut dieser Welt, weil Melyn mich in diese Lage gebracht hat.

Dennoch ist mir durchaus bewusst, dass ich nicht hierbleiben kann. Mit der Zeit würde sich mein Assassinenkörper an den Tod gewöhnen und ich würde sterben. Stirbt ein Wesen in unserer Welt, fährt das, was wir als seinen Schatten bezeichnen, seine Seele, wenn man so will, in Eneans Reich. Und verwandelt sich im Laufe der Zyklen, manchmal über Hunderte hinweg, in einen von ihnen, einen Schattenwandler, ohne jegliche Erinnerung an sein Leben vor dem Tod.

Aber nicht wir. Wir sind einfach ... fort. Weil wir nicht mehr richtig am Leben sind. Und keine Erlösung verdient haben.

Für einen Augenblick erlaube ich mir den närrischen Wunsch, Enean hätte *Ja* gesagt. Als ich ihn bat, an seiner Seite zu bleiben, meine ich. Ich weiß, es ist absurd und unmöglich. Und dennoch ...

Aber das hat er nicht. Weil ich eine Schattenassassinin bin. Und er ...

»Louve, halte durch, ich bringe dich hier raus!«, ruft Wren theatralisch, während er sich mit mir im Schlepptau durch die brüllende Meute kämpft.

Ich muss mich zusammenreißen, um nicht laut loszulachen, so lächerlich ist die Situation. Und ich hasse jeden Wimpernschlag davon.

»Rückzug!«, schreit er den anderen Einheiten zu. »Ich habe sie!«

Grundgütiger ...

Kurz darauf spüre ich die kalten Nebelschwaden der Barriere meine Haut benetzen. Ich bin barfuß, Enean hat mich in irgendetwas gesteckt, das früher einmal ein Hemd gewesen sein muss. Ich kann von Glück sprechen, dass er überhaupt etwas aufgetrieben hat. Ist ja nicht so, als würden sich die Schattenwandler jeden Morgen nach dem Zähneputzen erst mal ihre hübschesten Festkleider aus dem Wandschrank fischen.

Über unseren Köpfen kreist Wrens Falke Rhyn und hält uns die Aschegeier und Wühlkrähen vom Hals. Der Gestank nach Schwefel, frischem Blut, Rauch und aufgeplatzten Gedärmen betäubt meinen Geruchssinn. Das Kreischen und Brüllen unzähliger Geistgefährten und Schattenwandler vermengt sich zu einem unerträglichen Foltergesang.

Als die anderen Einheiten hinter uns die Barriere passieren und somit deutlich in der Überzahl sind, da sich kaum ein Schattenwandler bis hierher wagt, treten diese endlich den Rückzug an, sofern sie sich noch nicht aufgelöst haben.

Ich weiß nicht, wie viele von uns im Kampf fielen. Wie viele Wren für mich in den Tod geschickt hat.

Diesmal ist der Geschmack von Galle in meiner Kehle nicht auf meine Verletzungen zurückzuführen.

»Louve, kannst du mich hören?«, presst Wren gedämpft hervor. »Du musst jetzt die Zähne zusammenbeißen, okay?«

Die Zähne zusammenbeißen? Aber warum ... Uuund da ist es. Das milde Anklopfen der ersten Schmerzwellen, die schon bald in ein vernichtendes Hämmern überläuft. Je näher wir Dall und damit der Welt der Lebenden kommen, desto stärker nimmt der Druck an meinem Rücken zu. Meine durchtrennten Muskeln brennen und irgendetwas stimmt mit meinen Rippen nicht. Mir wird so übel, dass ich kurz davor bin, mich röchelnd auf meinen Verlobten zu übergeben.

Und dann sind wir draußen und die Welt bricht über mir zusammen wie ein Tsunami der grausamsten Höllenqualen, die sich Enean für seine Foltereinheiten nur hätte ausdenken können.

Ich verbrenne, ertrinke, ersticke bei lebendigem Leib. Das Blut in meinen Adern scheint zu kochen, unten ist oben und oben ist beschissen weit weg und ich schwebe dazwischen, drehe mich, falle, falle für immer.

Ich öffne die Lippen zu einem Schrei, als mich der Schmerz entzweizureißen droht. Thuja bäumt sich in meinem Inneren auf, brüllt an meiner Seite.

»Schnell, bringt ihn her!«, höre ich Wren fluchen. »Alles wird gut, Louve, gleich wird alles gut …«

Er legt mich ab, sofort krümme ich mich zusammen, ramme die Faust in den Untergrund, bis die zarte Haut an meinen Knöcheln platzt. Heißes Blut fließt und Wren packt meine Hände.

Schritte nähern sich, ein goldener Schimmer geht neben mir in die Hocke. Mein Sichtfeld verschwimmt. Ein Arzaê? In Dall? Aber …

»Macht mir Platz, los. Du auch, Kommandantenblut.«

Nein. Alles in mir zieht sich zusammen, verkrampft, kämpft. Ich kenne diese Stimme. Ich habe sie gehört, in der Nacht, bevor Melyn und die anderen mich angriffen. Im *Rain.*

»So sieht man sich wieder, meine Schöne.« Warmer Arzaê-Atem streicht meine Wange. »Ich schätze, jetzt bereust du es, mich abgewiesen zu haben und mit dem Menschenabschaum gegangen zu sein, was?«

Ich kann keinen klaren Gedanken fassen, die Schmerzen zerfetzen mein Nervensystem, jeden Funken Verstand. Mein Instinkt übernimmt die Kontrolle, versucht meinem Körper begreiflich zu machen, dass er von hier verschwinden muss.

Weshalb hat Wren diesen Arzaê geholt? Noch nie in meinem Leben habe ich mich derart ausgeliefert gefühlt, nicht einmal im Tod.

Als hätte er meine Gedanken erraten, lässt der junge Mann seine Finger über meinen Hals gleiten. Ein Gefühl absoluter Hilflosigkeit treibt mir Tränen in die Augen.

Oh, Enean, was haben wir nur getan …

»Dein kleiner Freund hat mich herbestellt, damit ich ein bisschen in deinem Verstand herumschustere, verstehst du?«

Wie bitte, Wren hat *was?!*

»Nicht das, was du denkst. Er vermutete, dass du, solltest du überlebt haben, grausame Folter erduldet haben musst. Weswegen ich die physischen Schmerzen in deinem Nervensystem blockieren soll. Wie du sicher weißt, haben unsere Vorgesetzten irgendein überbewertetes Bündnis am Laufen.«

Eine Träne entkommt meinem Lid. Ein Litíjr. Ein Mental-Arzaê.

Er stößt ein leises Lachen aus. »Allerdings bin ich ziemlich nachtragend, meine Süße. Man verschmäht keinen von uns, verstehst du?«

Ist das sein Ernst? Er will meine Gedanken rösten, weil ich ihn neulich Nacht abgewiesen habe? Minderwertigkeitskomplex lässt grüßen.

Ich wünschte nur, die Worte würden meine Lippen verlassen. Stattdessen entkommt mir nicht mehr als ein jämmerliches Winseln. Meine Zunge ist geschwollen, meine Kehle rau. Ich schmecke Galle und Asche und Verrat.

»Keine Sorge, ich werde deinem Freund den Gefallen tun. Allerdings steckt jemand, der mir zumindest auf dem Papier wichtig ist, in Schwierigkeiten, wenn du seinen winzig kleinen Fehltritt ausplauderst.«

Wovon um alles in der Welt spricht der Kerl?

Das siegreiche Brüllen der Schattenassassinen-Einheiten weicht einem schrillen Tinnitus.

»Deshalb werde ich ein kleines bisschen mehr in deinem Verstand wühlen müssen, als abgemacht war. Betrachte die Nacht, in der du mich verschmäht hast, als niemals geschehen. Zeit, deinen Erinnerungen einen kleinen Besuch abzustatten.«

Mit diesen Worten streicht er mit den Fingerspitzen über meine Schläfen. Und plötzlich explodiert das gesamte Universum in mir.

15. Kapitel

Louve

»Bist du so weit?«, ruft Wren mir sieben Sonnenläufe, drei Heiler, etliche Tinkturen und Dutzende Verbandswechsel später durch meine geschlossene Zimmertür zu.

Mit verengten Augen starre ich ihre glimmenden Konturen an. Wie erwartet, springt sie keinen Herzschlag später auf und Wren tritt ungefragt ein.

»Ich habe dich nicht hereingebeten«, erinnere ich ihn, während ich mir provisorisch mit den Fingern die Knoten aus dem Haar kämme.

»Ach, komm schon, Louve.« Mit einem Knarzen schiebt er die Tür noch weiter auf. »Du weißt genau, dass es besser war, dass du zurück in den Schlaftrakt gezogen bist.«

Ach ja, weiß ich das?

»Besser für wen?«, knirsche ich und marschiere an ihm vorbei, hinaus auf den langen Korridor mit viel zu vielen Türen, viel zu vielen Zimmern, viel zu vielen Gesichtern.

»Besser für dich«, seufzt er, als er mich eingeholt hat. »Du warst schwer verwundet, Louve. Es war notwendig, dass jemand auf dich achtgibt, nachsieht, ob du noch *atmest.* Deine Wunden versorgt und ungebetene Gäste fernhält.«

Pff. Als würde ich ihm die Füße dafür küssen, dass er all meine Sachen während meiner Genesung aus meinem Turm hat schleppen lassen und mir, ohne mich zu fragen, ein Zimmer neben seinem einrichtete. Was ihm natürlich nicht genügte, weil ich ja im Schlaf spontan verbluten könnte. Weshalb er kurzerhand einen extra Futon in mein Zimmer schleifte, damit ich nicht an einer kollabierten Lunge, sondern an meinem Verlobten ersticken muss. Reizend, wirklich.

Nicht, dass ich sonderlich viel mitzureden gehabt hätte. Ich war nächtelang nicht richtig bei Bewusstsein, während Wren als der unerschütterliche Held gefeiert wurde, der seine Cåraidt aus den Klauen des Schattengottes befreit hat. Dass ich mich viel lieber in eben diese Klauen kuscheln würde, ahnt er natürlich nicht. Nicht einmal, dass ich jetzt gerade für einen Becher Erdbeereis töten würde. So schlecht kennt mich mein *schicksalsgegebener* Cåraidt. Allerdings hat er mir nun einmal das Leben gerettet, als Melyn, Kendric, Bash und ich nach unserem Absturz im *Rain 'n Sorrow* von Schattenwandlern angegriffen wurden. Das schenkt ihm zwar eine Handvoll Joker – über deren Einsatzspektrum entscheide jedoch immer noch ich.

Wie jedes Mal, wenn ich an den Abend zurückdenke, durchzucken die imaginären Stiche Tausender glühender Nadeln meine Schläfen und bereiten mir Übelkeit.

»Alles in Ordnung?« Wren hält mir seinen Arm entgegen und ich hake mich bei ihm unter – hauptsächlich, um die anderen Schattenassassinen wissen zu lassen, dass ich Teil der Vetternwirtschaft bin. Ha!

Ich höre Flüstern, Verwünschungen, Flüche. Kann ihre Verachtung geradezu auf der Zunge schmecken, ihren Hass auf meiner bloßen Haut spüren.

Mit erhobenem Haupt durchquere ich an Wrens Seite den Flur mit den unzähligen identischen Schlafzimmern, die sich über zwei Stockwerke erstrecken. Das macht etwas mehr als einhundertzwanzig Assassininnen und Assassinen pro Etage, die mich tot sehen wollen. Darunter folgen zwei weitere Stockwerke für die jüngsten Rekruten. Die Leutnants, Kommandanten, Lehrkräfte und Trainer haben ihre Zimmer in der fünften und letzten Etage bezogen, wo auch General Irquan und Generalin Dråga *residieren.*

Die Gänge ähneln sich wie unsere Unterkünfte in ihrer Trostlosigkeit. Kahle Wände, stählerne Bodenfliesen, elektrische Wandleuchter, von denen ich bis heute nicht weiß, wie man sie betätigt.

Wir verzichten auf Namensschilder, weil wir schneller im Einsatz fallen als sich neue Gravuren anfertigen lassen. Verzichten auf Zahlen, weil wir *alle gleich sind.* Verzichten auf Privatsphäre, weil es schlichtweg keine gibt. Wir bekommen nicht einmal einen verdammten Zimmerschlüssel.

Dass ich aus dem Schlaftrakt in einen der vier Wehrtürme gezogen bin, stachelt eher zu wahnwitzigen Mutproben, denn respektvoller Distanz an. Es handelt sich um den einzigen Turm, der meist unbewacht ist, weil der Südwesten auf den Markt von Old Marble ausgerichtet ist und sich keiner von uns darum reißt, von Sonnenaufgang bis Sonnenuntergang auf Kürbisse, Gurken und bunte Baldachine zu starren. Gleichzeitig liegt er am nächsten zum streng bewachten Garten unserer Heil- und Giftpflanzen.

Zu Beginn unserer Ausbildung lernten wir in Kräuterkunde (oder wie ich es nenne: *Wie-du-Nervensägen-am-schnellsten-abmurkst*-Kunde), wie wir von welchen Vergiftungen kurieren, welche Gegenmittel es gibt und was wir schlucken sollen, wenn die nächste Solituder Stadtapotheke dummerweise ein Schattenreich entfernt liegt. Dass sie uns damit gleichzeitig beibrachten, wie wir uns gegenseitig unter Drogen setzen oder umbringen können, kümmerte sie nicht.

Ebenso wenig, wie ihnen klar ist, dass ich von meinem

Turmzimmer aus sehen kann, wann die Wachen zum Giftgarten abgelöst werden und ich für kurze Zeit Zugang habe, um meine beste Freundin Gría mit allerhand lebensgefährlichem Blödsinn zu versorgen, den sie auf dem Schwarzmarkt für haufenweise Bàs-Münzen verkaufen kann.

»Seht sie euch an. Sogar zum selbstständigen Laufen ist sie sich zu schade«, zischt eine raue Stimme zu meiner Linken.

»Dass ausgerechnet die sich den Sohn des Kommandanten unter den Nagel gerissen hat …«

»Verhext hat sie ihn. Steht doch mit den Schattenwandlern im Bunde, das sieht man ihr an.«

Mit stolzgeschwellter Brust setze ich zu einem breiten Grinsen an. *Danke auch.* Ob sie meine imaginäre Schattengöttinnen-Krone bereits funkeln sehen?

Nur mit Wren haben sie nicht ganz recht. Ich hatte keine Ahnung, wer er ist, als er mich zu Beginn unserer Ausbildung weit nach Untergang der zweiten Sonne in der Bibliothek ertappte, wo ich erfolglos versuchte, in einem von Hunderttausenden Büchern eines mit Blindenschrift zu finden. Er setzte sich zu mir, spitzte einen Bleistift an und fing an, winzige Löcher in die unbezahlbaren Werke zu stechen.

»Wir denken uns unsere eigene Blindenschrift aus«, beschloss er, weil keiner von uns beiden Ahnung von der richtigen hatte.

Und weil wir Kinder waren, waren wir seit diesem Augenblick unzertrennlich. Bis ich merkte, dass er anders war als ich, dass niemand *ihm* ein Bein stellte, niemand über ihn spottete. Und er es genoss, geachtet zu werden. Und über mir zu stehen. Letzteres verwechselt er noch heute mit *mich beschützen.*

»Ich hasse ihre Frisur«, kichert eine hohe Frauenstimme.

Mit Mühe halte ich einen bissigen Kommentar zurück. Trotzdem lodert dieses unlöschbare Lauffeuer namens Wut in meinem Inneren. Wut auf sie. Wut auf mich. Wut auf dieses ganze beschissene Leben. Ich wünschte nur, ich könnte ...

Aber ich kann nicht. Ich werde niemals frei sein von diesem Puppenhaus aus Lügen, Intrigen und Feindseligkeit, in das sie mich ungefragt verfrachtet haben. Was mir bleibt ist, das Beste aus meiner Situation zu machen. Und das impliziert nun einmal keine spontanen Mordanschläge auf meine Zimmernachbarn.

»Die anderen nehmen es mir übel, dass du ihre Leute für mich in den Tod geschickt hast«, erkläre ich Wren das Offensichtliche.

Trotz mehrerer Nachfragen bewahrte er über das Ausmaß der durch seine kleine Rettungsaktion entstandenen Verluste Stillschweigen.

Die Schuld würde mich auffressen. Zumindest in diesem Punkt sind wir uns einig.

Etliche silbrig glimmende Silhouetten halten in ihrer Bewegung inne, als wir ihre Zimmer passieren. Flüstern dringt in mein Ohr, Flüche, Verwünschungen. Scheppern, Kichern, abfällige Kommentare.

Wenn ich geglaubt habe, bislang der Staatsfeind Nummer eins für meine eigenen Leute gewesen zu sein, so wurde ich vor einigen Sonnenläufen ungefragt zum Status von Satans Braut erhoben.

Sofort schnellen meine Gedanken zu Enean. Ich habe ihn jetzt eine ganze Weile nicht mehr gesehen. Zum letzten Mal, als ich mit dem Nachtwaran kämpfte und ihm als Gegenleistung für die gestohlene Schuppe ein Glas Erdnussbutter versprach, das ich ihm jedoch nie vorbeigebracht habe. Ob er sich Sorgen macht? Um mich? Unsicher kaue ich auf meiner Unterlippe. Weshalb war er nicht da, als meine Einheit überfallen wurde?

»Mach dir keine Gedanken, Louve«, sagt Wren und trifft damit den Nagel auf den Kopf. »Die anderen werden sich wieder einkriegen. Es ist meine Aufgabe als dein Cåraidt, dich zu beschützen. Wir sind ein Team, schon vergessen?«

Ich stoße Luft zwischen den Zähnen aus.

»Niemand ist je für seinen Cåraidt zurückgekehrt, Wren, und bestimmt nicht mit einer ganzen Armee.«

»Das ist nicht ganz richtig.« Er legt einen Arm um meine Taille und dirigiert mich zur Haupttreppe, vermittelt mir wieder einmal den Eindruck, dort Hilfe zu benötigen, wo es weder notwendig noch angebracht ist.

Unwillkürlich verringert sich der Abstand zwischen uns und ich sauge seinen Duft nach Kiefernnadeln, Verrat und Familie auf. Ein Geruch, der mich bereits den Großteil meines Lebens begleitet.

Ich verdrehe die Augen. »Wenn man einen unautorisierten Hinweg mit einem Rückweg ohne Kopf auf den Schultern mitzählt, dann ja. Ich schätze …«

»Vive!«

Wren und ich reißen die Köpfe herum. Gerade rechtzeitig, um zu sehen, wie sich das Mal in Form eines kleinen Schmetterlings unterhalb des linken Ohres eines Assassinen löst.

Uh, jetzt wird's interessant. Aktionen wie diese sind nämlich innerhalb der Mauern doppelt und dreifach verboten.

»Nicht!«, brüllt Wren. Doch es ist bereits zu spät.

»Nimm das sofort zurück!«, kreischt der Schmetterlingsbesitzer – der Stimme nach zu urteilen eine junge Frau – in die uns entgegengesetzte Richtung.

In Gedanken rattere ich die mit Insekten verbundenen Namen durch. Wir haben nur eine Handvoll davon, doch diese haben es nicht leicht. Nicht nur, dass ein Schmetterling zunächst als scheinbar nutzlose Puppe beginnt und auch nach seinem Schlüpfen nicht besonders einschüchternd wirkt. Dass eine Person, die nach der Vereinigung mit ihrem Cåraidt einen Drachen oder einen Greif oder meinetwegen selbst im Alleingang einen ausgewachsenen Hengst zum Geistgefährten hat, früher oder später auf einer Insekten-Verbindung herumhacken wird, ist geradezu vorprogrammiert.

Dabei sind die Viecher gar nicht ohne. Einmal hat Gwen aus der fünften eine ganze Heuschreckenplage auf uns losgelassen – in einem verdammten Klassenzimmer! Mich schüttelt es noch heute, wenn ich an all das Gekrabbel unter meiner Uniform denke. Von Têrrans Vogelspinnen-Duo gar nicht erst zu reden.

Mein Problem mit Insekten ist nicht, dass ich sie per se nicht ausstehen kann. Sondern dass man nie genau weiß, wo sie sich herumtreiben – in deinem Zahnputzbecher, in deiner Müslischale, unter deinem BH (wahre Geschichte).

»Hör sofort auf damit!«, fährt Wren sie an, lässt von mir ab und rennt den Gang zurück zum silbrigen Glimmen der Assassinen-Silhouette.

»Du sollst das zurücknehmen!«, schreit diese noch einmal. Yaran. Ich bin mir ziemlich sicher, ihr Name ist Yaran. Aus der vierten Einheit, unter Kommandantin AnDwas Befugnis.

Zuerst glaube ich, sie spricht mit Wren, dann aber sprintet eine zweite, größere Person auf sie zu und reißt sie grob am Arm.

»Einen feuchten Dreck werde ich!«, keift die tiefe Bassstimme eines Mannes.

Wie hieß er noch gleich? Mann, ich sollte dringend an meinen sozialen Fähigkeiten arbeiten. Also, in einem anderen Leben oder so.

»In welcher Welt ist ein bescheuerter *Schmetterling* einem ausgewachsenen Alligator überlegen?«

Ha. Wie bemerkenswert vorhersehbar.

Zumindest, bis er den Kopf in den Nacken legt und aus voller Kehle brüllt: *»Vive!«*

Uff. Das habe ich nicht kommen sehen.

16. Kapitel

Louve

»Nein!«, brüllt Wren, der mittlerweile bei den beiden Streithähnen angekommen ist, erneut.

Mehrere Schlafzimmertüren öffnen sich, neugierige Köpfe werden in den Gang gereckt. Einige schließen ihre Tür sofort wieder mit einem gelangweilten Kopfschütteln, andere lehnen sich mit verschränkten Armen in die Rahmen, kurz davor, sich eine Tüte Popcorn zu schnappen.

Zunächst wirkt es nicht gerade beeindruckend, als sich der handtellergroße Schattenschmetterling aus Yarans zur Seite geneigten Hals schält. Hat eher etwas gruslig Verstörendes an sich, Exorzisten-Style.

Gleichzeitig sieht es aus, als würde ihrem männlichen Gegenüber ein drittes Bein wachsen, das größer wird, immer größer, bis sich seine komplette Silhouette verdoppelt hat, dann aber weiterwächst, immer weiter ...

»Bó! Hör sofort auf damit!« Wren packt den jungen Mann am Nacken.

Und landet keinen Herzschlag später auf seinem Hintern, als ein riesiger Alligatorschwanz nach ihm peitscht und ihn rittlings zu Boden befördert.

Ich weiß nicht, ob ich lachen oder helfen soll, entscheide mich für Ersteres, das *Vive* bereits auf den Lippen.

»Louve, stopp!«, keucht Wren. »Dein Rücken!«

Ich halte inne. Thuja brüllt in meinem Scherbenschatten, ihre Krallen kratzen von innen über meine Wirbelsäule. Sie will sich befreien, will kämpfen. Doch prickeln die frisch vernarbten Wunden auf meinem Rücken, während mir die Erinnerungen an die Torturen der Heilenden den Geschmack nach Galle in die Kehle treiben.

Unwillkürlich krampft sich etwas in mir zusammen, Thuja stößt ein leises Wimmern aus und ich kann spüren, wie sie sich nach und nach in meinem Inneren zurückzieht, sich in der Dunkelheit meines Seins verbirgt, ganz das verdrängte Trauma, das sie geboren hat.

Ich war bereits unzählige Male schwer verwundet, das setzt unsere *Tätigkeit* voraus. Doch noch nie hat eine dieser Verletzungen mir die Möglichkeit geraubt, Thuja zu rufen. Hilflosigkeit ist eine Maus im Antlitz einer Schlange und die Schlange ist das Leben und man glaubt, niemals wieder richtig atmen zu können, solange sie da ist.

Ich aber bin eine Schattenassassinin. Ich habe Dolche und Wurfsterne und kann mit meinen Waffen besser umgehen als jeder andere. Ich habe Thuja und ich habe Enean und irgendwie auch Wren, aber plötzlich hatte ich das Einzige nicht mehr, auf das es wirklich ankommt: mich selbst.

Weil ein Schattenwandler meinen Rücken zerfetzt hat. Weil er … gewusst hat, wo sich mein Mal verbirgt? Enean hatte unrecht. Sie beobachten uns. Sie wissen, wo sich die Bildnisse unserer Geistgefährten befinden, sind nicht triebgesteuert, wie Enean behauptet, sondern cleverer, als wir annahmen. Und ehe ich mich's versah, rammten die Drecksviecher mich von meinem Podest. Doch das werden sie mir büßen.

»Thuja!«, schreie ich mir jeden Funken dieser verfluchten, widerwärtigen Ohnmacht aus dem Leib.

Yarans Schmetterling vervielfältigt sich in rasender Geschwindigkeit. Zehn, zwanzig, Hunderte tiefschwarze, von den Silberfäden der Essenz ihrer Besitzerin durchwobene Insekten brechen aus ihrem Hals hervor. Es sieht aus, als würde sich ein ganzer Orkan aus Yarans Halsschlagader wühlen. Es ist grotesk und unheimlich und auf bizarre Weise verdammt eindrucksvoll.

Gleichzeitig spüre ich ein elektrisierendes Pulsieren entlang meiner Wirbelsäule. Thujas Krallen kratzen über meine frisch verheilten Wunden. Übelkeit überkommt mich und für einen Augenblick blitzen weiße Flecken hinter meinen Lidern auf. Ich habe ... Angst. Und erst diese Tatsache lässt mich richtig Angst bekommen.

»Yaran, ruf sie zurück!«, brüllt Wren, während er mit irgendetwas auf den Alligatorenleib einhackt.

Was selbstverständlich nichts nützt, weil es sich um keinen *richtigen* Alligator handelt, sondern eine Kreatur, gewoben aus Finsternis und Schmerz und dem Schatten seines Besitzers.

»Schnapp sie dir!«

Sofort lässt das Reptil von Wren ab und stößt auf Yaran zu. Diese renkt ihren Hals wieder ein, irgendetwas knackt. Mir stellen sich die Nackenhaare auf.

»Vive!« Wren kommt auf die Beine, als sich sein Falke Rhyn aus seiner Schulter erhebt und einen schrillen Schrei ausstößt, ehe er im Sturzflug auf den Alligator zuschnellt.

»Halte dich gefälligst raus, Wren!«, fährt Alligatorenbeschwörer Bó ihn an. »Du magst dich vielleicht als Anführer eurer Einheit aufspielen, aber bei uns in der vierten sind wir alle gleich.«

Gleich kaputt, ohne Zweifel. Ich bin ehrlich, keiner von uns würde einen kleinen Abstecher zum Therapeuten mit Zertifikat verlassen. Und ich weiß nicht, ob wir uns unbedingt damit brüsten sollten, doch wenigstens beschränken sich *unsere*

Mordanschläge auf Klingen und Fallen und nicht auf Geistgefährten-Attacken. Was wohl primär darauf zurückzuführen ist, dass Kendric über keinen verfügt und damit mehr oder weniger aus dem Rennen ist.

Der Alligator schnappt nach Rhyn und Rhyn schnappt nach den Schmetterlingen und Wren knallt Bó die Faust gegen den Kiefer.

Pure Vorfreude kribbelt in meinen Armen. Scheiß drauf. *»Vi…«*

Jemand presst von hinten eine Hand auf meine Lippen. Instinktiv findet mein Ellbogen eine Magengrube, mein Fuß zieht einen Knöchel beiseite. Keinen Atemzug später sitze ich auf der Brust meines Angreifers und presse ihm meinen Unterarm auf den Kehlkopf.

»Mann, Louve, was soll der Mist!«, röchelt jemand unter mir.

Ich hebe eine Braue, lasse aber nicht los. »Wer im Glashaus sitzt, Sâl.«

Ihr Kolibri-Tattoo flattert unruhig auf und ab.

»Ich wollte nicht deine Wände einreißen, sondern deine Pflanzen wässern!«

Ich verziehe das Gesicht. »Warte. Was? Ist das Dirty Talk in Blumensprache?«

»Nein, Bitch. Ich wollte nur deine dämliche Glashaus-Metapher aufgreifen.«

Grummelnd lasse ich von ihr ab und springe auf die Beine. Ein Schmetterling rast mit dem Tempo eines Blitzschlags an mir vorbei und erwischt mich dabei an der Wange. Was eindeutig Sâls Schuld ist. Mit dem Daumen streiche ich mir das Blut sofort aus dem Gesicht. Fuck, die Viecher sind wie Wurfsterne. Ob es Yaran etwas ausmacht, mir ein oder zwei zu borgen?

Immer mehr Assassinen drängen sich auf den Korridor, offenbar hat sich die Auseinandersetzung herumgesprochen.

Jemand setzt seine Abendration auf die Schlange, einer wettet dreimal Abspüldienst auf Wren, was ziemlich mutig ist dafür, dass dieser schon wieder auf dem Allerwertesten gelandet ist. Yaran würgt Wren und Wren gurgelt, dass er keine Frauen schlägt. Yaran keift, dass sie keine gewöhnliche Durchschnittsbitch, sondern eine *Koryphäe einer Schattenassassinin* (Zitat Ende) ist, woraufhin Wren sie mit einer gehörigen Kopfnuss von sich katapultiert. Der Alligator verbeißt sich in Yarans Oberschenkel, Bó schlägt nach Wrens Falken und jemand setzt *ein supersüßes Neckholdertop* auf Yaran.

Abermals bewege ich mich in Richtung Spaß. Sâl packt mich unsanft am Ellbogen.

»Louve, du wurdest gerade erst geheilt. Geh es langsam an, Süße. Allein schon aus Rücksicht Thuja gegenüber. Ihr beide habt eine Menge durchgemacht.«

Ich weiß nicht, was mich mehr ankotzt. Dass sie es wagt, sich in mein Leben einzumischen, oder dass sie mich gerade allen Ernstes *Süße* genannt hat, als wären wir *beste Freundinnen für immer und ewig und ... erschieß mich am besten einfach gleich.*

»Was soll der Mist, Sâl?«, fahre ich sie an. »Tu jetzt bloß nicht so, als würde dich mein ÜSQ auch nur im Entferntesten interessieren.«

Ich wende mich von ihr ab und laufe abermals auf Wren und die anderen zu. Sâl greift nach meiner Hand. »Warte. Dein *was?*«

»Mein Überlebens-Status-quo. Ist doch offensichtlich.« Ich rolle mit den Augen. Ist das zu fassen?

Sâl stößt ein so gar nicht nach Feindseligkeit klingendes Lachen aus. Schätze, sie weiß, dass ich sie in Wahrheit ziemlich gut leiden kann, aber ihre Verbindung zu ihrer Cåraidt Melyn, die immerzu an Kendric klebt, steht zwischen uns.

»Dein *ÜSQ*«, wiederholt sie so sarkastisch, als hätte ich das Wort gerade erst erfunden, »interessiert mich nicht *nicht*. Komm schon, Louve. Du weißt genauso gut wie ich, dass längst jemand Yarans und Bós Kommandantin Bescheid gegeben hat. Und sei es auch nur, um die Wetten zu beeinflussen.« Da ist was … dran. »Jeden Moment werden …«

»Was beim Tod des Schattengottes geht hier vor sich!« Beim Klang von Leutnant Banisters Stimme zucke ich unwillkürlich zusammen.

Sâl zerrt mich an eben dieser durch irgendeine offen stehende Schlafzimmertür. Der Raum ist leer, natürlich, sein Bewohner ist irgendwo draußen am Gaffen. Genauso wie wir, die wir uns unbemerkt an den Türrahmen schieben und mit gespitzten Ohren um die Ecke spähen.

Zwei Assassinen folgen unseren Vorgesetzten und verkrümeln sich mit einem leisen Lachen in ihre Zimmer, weil sie vermutlich soeben ihre Wette gewonnen haben. Miese kleine Petzen.

Kaum tritt Banister in den Korridor, teilt sich die schaulustige Menge. Dutzende Personen drängen sich an die Wände, verbarrikadieren sich in ihren Schlafzimmern oder schlendern ganz einfach davon, als wäre das alles gar nicht passiert und würde sie ohnehin nichts angehen. Nun ja, zumindest Letzterem würde ich nicht unbedingt widersprechen.

»Yaran. Bó. Könnt ihr mir erklären, was das soll?« AnDwa, die Kommandantin der vierten Einheit, prescht hinter Leutnant Banister hervor. »Ein solches Benehmen erwarte ich bei den jüngsten Rekruten, aber doch nicht *hier!* Nicht innerhalb unserer Eliteeinheiten.«

Sie ist kleiner als ich und dreißigtausendmal freundlicher,

aber nicht minder Respekt einflößend. AnDwa stammt nicht aus Solitude, sondern wurde vor etwa fünf Zyklen nach Iron Claw versetzt. Damals war ich sechzehn, hatte also gerade meine Ausbildung beendet und begann gemeinsam mit Wren unter Pearses Aufsicht meine zwei Zyklen im begleiteten Außendienst.

AnDwa war mit ihren fünfundzwanzig gerade einmal vier Zyklen älter, als ich es heute bin. Ich könnte sie sein, die Solitude verlässt, um sich einer anderen Stadt anzuschließen, einer anderen Zitadelle, anderen Schattenassassinen.

Um den gleichen Kram zu tun wie hier auch: trainieren, Schattenwandler jagen, Lichtlose einfangen, noch mehr trainieren, die Stadt vor imaginären Feinden beschützen, feiern, trinken, lieben, hassen, *trainieren* ... mich mit Eneans global angesiedelten Verwaltern herumschlagen – und den Schattengott nie wiedersehen. Letzteres verursacht in meiner Magengegend ein noch unangenehmeres Ziehen als Thuja, die sich weigerte, zu erscheinen.

Sei's drum. Ohnehin müsste mich Wren als mein Cåraidt entweder begleiten oder der Gemeinschaft als Abtrünniger den Rücken kehren, so wie es bei AnDwas Partner der Fall war.

Man munkelt, sie wäre deshalb gegangen. Weil sie ihn geliebt hätte, wirklich geliebt. Und er sie sitzen gelassen hat. Und mit ihr die Gemeinschaft der Schattenassassinen.

Er kann nicht gefallen sein, anderenfalls wäre sie aufgrund des Vereinigungsrituals mit ihm gestorben. Er ist irgendwo da draußen. Glücklich, unglücklich, ich weiß nicht – aber ohne sie.

Sie nahm ihre neue Stelle als Kommandantin neben Pearse und sechs weiteren Personen ein, da war die Leiche ihres Vorgängers, Quentin, noch gar nicht richtig kalt.

Ich mag sie, weil sie mich noch nie ausgepeitscht hat. Was

soll ich sagen? Meine Standards sind bemerkenswert niedrig angesetzt.

Kaum betreten Leutnant Banister und Kommandantin AnDwa das Spielfeld, huschen auch die letzten Schaulustigen wie aufgeschreckte Hühner auseinander. Fast zeitgleich folgt ein hastiges dreifaches *»Morte!«*, das Alligator, Schmetterlinge und Falken zurück in die Körper ihrer Besitzer schnellen lässt.

Banisters hünenhafte Gestalt scheint die gesamte Breite des Flurs einzunehmen.

Ehe ich mich's versehe, hat er Yaran an der Kehle gepackt. Ich schnappe nach Luft. Gurgelnd hangelt sie mit den Fingern nach seinem breiten Unterarm, ihre Füße baumeln in der Luft, ihr Schmetterling – nun wieder ein Bildnis an ihrem Hals – erstarrt.

Wren strafft die Schultern, ich kann es regelrecht in seinem Kopf rattern hören: *Liebes Zukunfts-Ich. Bin ich lieber ein guter Mensch oder ein systemtreuer Vasall? Spaaaaß.*

Natürlich kommt er Yaran nicht zu Hilfe. Banister wartet doch nur darauf, dass Wren den Mund aufmacht. Als *mein* Cåraidt steht er auf Banisters *Personen, denen ich Feuerspinnen ins Shampoo kippen würde«*-Liste ganz oben.

»Sir ...«, begeht Bó den fatalen Fehler, eine eigene Meinung zu haben.

Prompt schmettert Banister Yaran zu Boden. Mit einem heiseren Aufschrei hält diese sich die Schulter, als etwas ungesund knackt. Instinktiv trete ich einen Schritt vor, doch Sâl reißt mich zurück. Im selben Moment donnert Banister Bó seine Faust gegen die Schläfe. AnDwa sagt nichts und Wren sagt nichts, verflucht, *niemand sagt etwas.*

Manchmal schweigen wir nicht für uns selbst, sondern für die anderen. Weil jedes falsche Wort, jede vermeintlich verkehrte Ansicht einen von unseren Leuten bezahlen lassen würde.

Sâl drückt meine Hand so fest, dass ich ihr Zittern auf meinen eigenen Fingern spüren kann. Ich weiß nicht, ob Angst oder Wut die Ursache ist. Bei mir jedenfalls ist es die blanke Abscheu.

Sowohl AnDwa als auch Pearse unterliegen Leutnant Banisters Terrorregime. Pure Absicht, wenn man mich fragt. Vermutlich hat er seine Vorgesetzte, Generalin Dråga, bezirzt, von wegen *Gebt die kleine Louve nur in meine Befehlskette, unter meinem Kommando werde ich sie besonders gut im Blick behalten, muhaha, wo ich doch sooo tief mit ihrer Mutter befreundet war.* Bullshit. Wäre Mom noch am Leben, würde sie ihm in die Weichteile treten und Pingpong mit seinen Augäpfeln spielen.

Doch ebenso, wie ich mir sicher bin, dass Dråga Banister genauso wenig leiden kann wie wir anderen (außer Herzchen Kendric, selbstredend), gibt es doch eine Person, die sie noch mehr verachtet: meine Mutter, *die Verräterin.* Also schubste sie ein unschuldiges kleines Mädchen in die Arme eines Tyrannen. Wäre ich nicht in Pearses Einheit gelandet und hätte dessen Familie als Rückhalt ... Wer weiß, was aus mir geworden wäre.

»Wren, du wirst dich ebenso wie Bó und Yaran der Verantwortung stellen müssen«, hallt Banisters Bass durch den Flur.

»Natürlich, Leutnant.« Zwar bewegt sich Wrens Silhouette nur minimal, doch kenne ich jede seiner Zuckungen in- und auswendig. Er sucht nach mir, will sich vergewissern, dass ich in Sicherheit bin. Weit weg von Banister alias meinem schlimmsten Albtraum.

Irgendwann werde ich dessen verfluchte Schattenwandlerhaar-Peitsche nehmen und ihm all das heimzahlen, was er mir als Kind antat. Doch dieses *irgendwann* ist nicht heute, weshalb ich mich nicht wehre, als Sâl mich ein kleines Stück weiter in Deckung schiebt.

»Ich war auf dem Weg zu meinem Onkel, Leutnant. Zu unserem wöchentlichen Dinner«, spricht Wren mit einer Ruhe, für die ich ihn nicht nur einmal beneidet habe. »Ich bemerkte eine Auseinandersetzung und versuchte sie zu stoppen. Doch es waren bereits Geistgefährten in den Kampf verwickelt, weshalb ich meinen Falken Rhyn rief, um sie aufzuhalten.«

»Und ist dir das gelungen?«, fällt Banister ihm ins Wort.

»Nun ...«

»Antworte!«

Wren strafft die Schultern. »Nein, Sir. Ich konnte nicht vermitteln.«

Armer Kerl. Warum muss er sich auch immer einmischen? Dass ich mich selbst beinahe eingemischt hätte, und zwar nicht, um die Wogen zu glätten, sondern lediglich aus Spaß an der Sache, verschweige ich ... mir selbst gegenüber.

»Stattdessen hieltest du es für eine gute Idee, einen weiteren Geistgefährten mitten im Schlaftrakt zu rufen? Ich bin maßlos enttäuscht von dir, Wren.«

Mach dir nichts draus!, will ich Wren zurufen. *Er ist chronisch von uns allen maßlos enttäuscht. Startet vermutlich immer mit negativen Affirmationen in den Morgen, weil er keine zusammenpassenden Socken findet.*

Doch wage ich es nicht, die Aufmerksamkeit meines Endgegners auf mich zu ziehen. Nicht, dass es sonderlich viel nützen würde, außer als Ventil für Banisters unterirdischen Charakter herzuhalten.

»Abtreten«, fährt dieser Wren erneut an. »Und glaube ja nicht, dass dein Kommandant nicht informiert wird.«

»Ja, Sir.«

»Und was euch beide angeht ...«

Yaran und Bó versteifen sich, rücken aneinander, obwohl sie sich eben noch wie wild an die Gurgel gegangen sind. Eine

Prise beidseitiges Muffensausen und *schwupps*, schon wird man zum neuen besten Freund des Leidensgenossen.

»Eure Strafe wird weitaus härter ausfallen.«

Damit dreht er sich um und marschiert davon, um aus seinem *Notizbuch tausendundeiner Foltermethoden (Grausamkeitslevel aufsteigend)* bei Kaffee und Kuchen seine widerwärtigsten Fantasien gegeneinander abzuwägen.

Ich schlucke schwer. Das haben Yaran und Bó nicht verdient.

Während Kommandantin AnDwa auf die beiden einredet und die Wogen zu glätten versucht (liebe, süße, naive AnDwa), entfernt sich Wren klugerweise von der Gruppe und rauscht ebenfalls davon.

Ich drücke Sâls Hand, um ihr zu danken, ohne ihr richtig danken zu müssen, und beeile mich, Wren zu folgen, um mich einer ganz anderen Tortur zu unterziehen …

17. Kapitel

Louve

»Du solltest netter zu Sâl sein«, ist das Erste, was Wren sagt, nachdem er gerade so seinen Kopf aus der Schlinge des narzisstischen Henkers befreien konnte.

»Wir sind später verabredet, uns gegenseitig die Haare zu flechten und bei Vanilleeis über Jungs zu lästern«, erwidere ich mit einem bittersüßen Lächeln. »Keine Sorge, mein Schatz, du stehst auf der Liste ganz oben!«

Doch anstatt zu klugscheißern, dass ich überhaupt kein Vanilleeis mag, schweigt er. Oh nein. Habe ich ihn ... kaputt gemacht? Brauche ich jetzt einen neuen Wren?

Schweigend folgen wir den Treppenstufen bis in den ersten Stock, wo wir uns im rechten Winkel zum östlich liegenden Speisetrakt bewegen. Wrens Hände sind zu Fäusten geballt, seine Anspannung mit Händen zu greifen.

Je weiter wir uns von den Schlafsälen entfernen, desto ruhiger wird es. Bis wir schließlich die einzigen Silbersilhouetten im Korridor sind.

Während sich im Erdgeschoss die öffentlich zugängliche Kantine befindet, liegen eine Etage höher die Räumlichkeiten für Gäste und bestimmte Anlässe im kleinen Rahmen – kurz gesagt: die VIP-Esszimmer. Und damit jener Saal, in dem ich viermal pro Mondlauf Wrens und Pearses Monologe über traditionellen Unsinn ausgesetzt bin.

Doch dazu kommt es gar nicht erst.

Als ich gerade um die letzte Kurve biegen will, packt Wren mich plötzlich am Arm, zieht uns gegen die steinerne Wand und presst seine Lippen auf meine.

Würde ich derart langsam im Antlitz eines Schattenwandlers reagieren, wäre ich jetzt tot.

Vollkommen überrumpelt öffne ich den Mund, um zu protestieren, nur um stattdessen auf seine Zunge zu stoßen und – ich kann es selbst nicht glauben – den Kuss zu erwidern, weil ich ganz offensichtlich spontan den Verstand verloren habe.

Wrens trainierte Hüften halten mich an Ort und Stelle, eine Hand stützt er neben meinem Gesicht ab. Den anderen Arm jedoch hält er still an seiner Seite, wie um mir die Möglichkeit zu geben, nach links auszuweichen. Warum weiche ich nicht nach links aus?

»Louve …«

Er schmeckt nach Wald und Erinnerung und Kindheit und all den Werten, für die ich niemals stehen werde. Und es ist falsch und richtig und alles dazwischen, tausendundeine Schattierung zwischen gut und schlecht und *uns*. Seine Zunge fährt über meine Unterlippe und obwohl ich es nie für möglich gehalten habe, entfährt mir ein leises Keuchen, das ihn meinen Namen seufzen lässt.

Ich bin so perplex, dass ich nicht einmal darüber nachdenke, zurückzuweichen. So, wie ich nicht zurückweiche, wenn ich mich mit jemandem im *Rain 'n Sorrow* in eine Ecke verziehe, um das zu tun, was mit Fremden so viel einfacher ist als mit denjenigen, die einem am nächsten stehen.

Wrens Lippen sind genauso weich, wie ich es mir mit vierzehn ausmalte, und sein Puls hämmert wie wild unter seiner Haut, als ich seitlich an seinen Hals fasse und ihn sanft von mir löse.

Ich schlucke, weil ich ihn und seine Rechthaberei für gewöhnlich zu fünfundvierzig Prozent nicht ausstehen kann und unser Verhältnis in den vergangenen Monden von angespannt zu Feuerfunken-explosiv angewachsen ist.

Ich hebe das Kinn, spüre das aufgeregte Flattern seines Falkenmals, seine sich hektisch hebend und senkende Brust. Und atme auf, weil ich seine Augen nicht sehen kann, das Verlangen, die Hoffnung, die Furcht vor Zurückweisung, und dieses dröhnende L-Gefühl, das er sich mir gegenüber einredet, seit wir Kinder waren und perfekt füreinander, ohne *wirklich* perfekt füreinander zu sein.

Von ganz allein schnellen meine Gedanken zu Enean ins Schattenreich. Auch wir sind perfekt füreinander, ohne *wirklich* perfekt füreinander zu sein.

Und dieses Wissen ist eine der größten Tragödien der Welt.

Mit sanftem Druck gegen seine Brust schiebe ich ihn erneut von mir, diesmal bestimmter. Ich lecke mir über die Lippen, die jetzt nach Heimat schmecken und es nie wieder tun werden, weil Heimat nicht im Herzen eines anderen, sondern nur im eigenen zu finden ist.

Und, verzeih mir, Wren, aber *das hier* wird nie mein Zuhause sein, auch wenn du ein verflucht guter Küsser bist, ich dir aber nur dein Shirt und nicht das Herz zerreißen will.

»Erstens: Man drängt keine Frauen gegen Wände in verlassenen Fluren. Zweitens ...« Ich schlucke schwer, weil ich den Kuss nicht gehasst habe, obwohl ich ihn hassen will, aber es einfach nicht kann. Warum nicht?

Ich räuspere mich. »Hast du mich geküsst, weil du mich küssen wolltest, oder weil du froh bist, dass Banister mich nicht in eurer Nähe erwischt hat?«, breche ich das Schweigen. Zwischen uns schwingt ein knallrotes Fragezeichen.

»Das fragst du wirklich?«

Ich kann regelrecht spüren, wie eine unsichtbare Mauer zwischen uns emporschießt, und ich gebe mir die Schuld, weil ich Sonnenlauf für Sonnenlauf weitere Ziegelsteine aufeinanderstapele, und ich gebe Wren die Schuld, weil er nicht stark genug dagegenkickt.

»Wren …« Ich schiebe mir eine lose Strähne hinter das Ohr, löse meinen kurzen Zopf schließlich ganz und fasse ihn neu. »Wren, ich weiß, wie wichtig dir Traditionen sind. Und dass ich deine vom korrupten System ernannte Partnerin bin.«

»Das ist kein …«

»Was ich damit sagen will«, unterbreche ich ihn, »ist, dass du dich dein ganzes Leben lang darauf vorbereitet hast, an meiner Seite zu sein. Gott, Wren, wir waren *Kinder*. Niemand verlangt von dir, dass du monogam lebst oder mir treu bist oder mich *liebst*. Sie wollen aus Thuja und Rhyn eine so gut wie unbesiegbare mutierte Bestie basteln und nennen das *Verlobung*.«

»Also zunächst mal, niemand außer dir bezeichnet den Dòchaş als Hochzeit oder Verlobung.«

Ich lache auf. »Als was würdest du denn ein überholtes, pseudo-traditionelles Ritual bezeichnen, bei dem ich als Frau null Mitspracherecht habe, während ich für den Rest meines Lebens an einen von einer Sekte als Jackpot betitelten Kerl gebunden werde?«

Er fasst nach meinem Haar, dreht eine Strähne zwischen Daumen und Zeigefinger. »So ist das doch gar nicht. Musst du es mir so schwer machen?«, seufzt er.

Ich schnippe seine Finger weg. »Äh, ja?«

Wren lehnt sich neben mich an die Wand. »Siehst du, ich behaupte nicht, mich nie heimlich nach Serpentine Shell geschlichen zu haben, nie nach einer langen Nacht im *Rain 'n Sorrow* im Bett einer Fremden gelandet zu sein oder mir einzubilden, irgendetwas hier würde auf freiwilliger Basis ablaufen.«

»Ach?« Ich hebe eine Braue. »Erzähl mir mehr von diesen *langen Nächten*«, verlange ich mit einem schiefen Grinsen und deute bei den letzten beiden Worten mit den Zeigefingern Anführungszeichen an.

Wren stößt ein frustriertes Stöhnen aus. *Upps.* »Darum geht es doch jetzt nicht.«

»Sollte es aber«, necke ich ihn.

Er dreht sich in meine Richtung, die Schulter noch immer an der Wand abgestützt. Wren überragt mich um mehr als einen Kopf, ich könnte mich in der sicheren Höhle seines Körpers verkriechen, wenn ich ihn nur lieben würde, wenn er denn nicht für all das stehen würde, von dem ich fort, fort, fort will, weil es mir meine Eltern genommen hat.

Ist es das, wovor meine Mutter damals floh, als sie Iron Claw verließ, um bei meinem Vater zu sein? Tradition? Die Verbindung zu jemandem, den man lieben könnte, irgendwie, vielleicht, wenn diese Liebe nicht einer lebenslangen Fußfessel gliche. Oder lernte sie Dad erst später kennen? Ging sie, weil sie sich für sich selbst entschied? War sie eine Träumerin wie ich, eine pessimistische Idealistin? Denn Mom, verstehst du, Träumer werden stets mit einem in ihre Herzen gewobenen, zarten Band der Einsamkeit geboren. Und du warst nicht einsam, du hattest uns. Und ich bin nicht einsam, denn ich habe Wren. Und wenn wir lang genug an diese Lüge glauben, so kann sie irgendwann zu unserer Wahrheit werden.

»Sâl liebt Melyn, oder nicht? Und Mandola liebt meinen Onkel.«

Ich zucke mit der Schulter, lüge ein knappes »Schätze schon«, obwohl ich genau weiß, dass es die Wahrheit ist, mir aber ganz und gar nicht gefällt, worauf dieses Gespräch hinausläuft.

Für einen Moment schließe ich die Augen. Es wäre so einfach. Junge liebt Mädchen, Mann liebt Frau, Frau liebt Mann, und Mann und Frau heiraten und fusionieren ihre Traumata zu einem Schattenwandler bekämpfendem Monster und sie leben glücklich und zufrieden, bis einer von ihnen im Kampf fällt und der andere mit ihm stirbt. ENDE.

»Louve. Wir kennen uns fast unser ganzes Leben. Wir waren beste Freunde, haben Sonnenlauf für Sonnenlauf miteinander trainiert und unter dem aufgehenden Mond extra lang. Du klaust meine Pommes und ich esse deine Süßkartoffeln und wir sind verdammt gut zusammen.«

Ich beiße mir auf die Unterlippe, weil die Pommes-und-Süßkartoffel-Sache zwar irgendwie süß ist, aber noch lange kein *verdammt gut zusammen* ausmacht.

Ich halte den Atem an, als er mit Zeigefinger und Daumen mein Kinn umfasst – und Wren, Schätzchen, wenn du jetzt auf die Knie sinkst, dann sind die Pommes-und-Süßkartoffeln der mieseste und liebenswerteste Antrag aller Zeiten, aber Baby, am Ende ist und bleibt es einfach nur frittiertes Gemüse.

Ich will es hassen. Ich will *das hier* hassen, aber ich tue es nicht, obwohl alles in mir schreit, dass *das hier* nicht mein Weg ist.

Weshalb es mich umso mehr überrascht, als er sagt: »Ein Date.«

Verblüfft blinzle ich. »Wie bitte?«

»Ich bitte dich nicht, irgendwelche Gefühle zu heucheln, die du nicht empfindest, Louve.« Autsch. Sogar mir tut der Schmerz in seiner Stimme weh. »Ich bitte dich auch nicht, mir bis ans Ende unseres Daseins ewige Loyalität zu schwören.«

Ach, das sind ja mal ganz neue Töne.

»Alles, worum ich dich bitte, ist ein Abend. Du und ich, irgendein kleines Restaurant in Serpentine Shell oder meinetwegen ein Essensstand am Hafen von Old Marble. Keine Uniform, keine Geistgefährten, keine Tradition. Nur eine Frau und ein Mann, die zusammen essen gehen. Wie klingt das?«

Ich unterdrücke ein Schmunzeln, weil es *so* absurd ist und das exakte Gegenteil von dem, was er mir seit Zyklen predigt.

»Nur Pommes und Süßkartoffeln?«, frage ich amüsiert.

»Nur Pommes und Süßkartoffeln«, entgegnet er erleichtert, obwohl wir beide ganz genau wissen, dass es nicht um die verdammten Kartoffeln geht.

18. Kapitel

Louve

Mit einiger Verspätung und rauchenden Köpfen erreichen wir den größten der *Speisesäle, die viel zu wichtig für das Fußvolk sind.* Für gewöhnlich nehmen wir unsere pseudo-familiären Dinner in einem kleinen, privateren Raum ein. Ich habe also keine Ahnung, weshalb Pearse uns heute in den Angeber-Saal beordert hat. Nur, dass wir ziemlichen Ärger bekommen werden, weil wir wirklich spät dran sind.

Abermals lecke ich mir über die Unterlippe, auf der ich noch immer diese winzige Prise Zukunft schmecke.

Die Karten haben sich neu gemischt und irgendein Idiot im Universum hat meinem Blatt eine zu viel zugeteilt.

Heute Abend führt mich mein *plus Eins* zu seinem Onkel und dessen Frau Mandola, die zumindest in Punkto *Ehe-die-offiziell-keine-Ehe-ist* Wrens Vorbild Nummer eins sind. Mit dem Eid legen wir auch unsere Nachnamen ab, symbolisch für unsere Vergangenheit, unser Leben als Sterbliche. Eine Tätowierung am kleinen Finger markiert die Verbindung. Ein feiner schwarzer Ring, kunstvoll gefertigt aus den Anfangsbuchstaben der Partner. Auch Wren und ich werden eine solche erhalten, die uns für alle Zeit als ebenbürtige Partner im Kampf und in der Liebe brandmarken wird. (Nun gut, wohl eher im Kampf, und selbst das sei einmal dahingestellt).

»Mein Onkel möchte von dir hören, was in jener Nacht

genau passiert ist, Louve«, holt Wren mich zurück in die Realität. »Bislang hattet ihr ja keine Gelegenheit zu sprechen.«

Unpraktisch, wenn eine Partei über mehrere Sonnenläufe hinweg im Koma liegt, schon klar. »Und das möchte er vor deiner ganzen Familie tun?«, frage ich skeptisch.

Ich denke an Melyn und Kendric und *sechs-Fuß-unter-der-Erde*-Bash. Ich denke auch an das *Rain 'n Sorrow* und mir fallen Melyns Gummibärchen ein und wie sie Wren neckte und dass sie mir folgte, um sich fake-VIP-mäßig am Türsteher vorbeizuschummeln. Doch dann ist da nur noch Leere. Leere und die Migräne meines Lebens.

Mit zusammengebissenen Zähnen reibe ich mir die Schläfen. *Nicht schon wieder ...*

»*Unserer* Familie«, berichtigt er mich, obwohl er weiß, dass ich weiß, dass das absoluter Blödsinn ist. »Jetzt komm schon, Louve. Beeil dich.«

Pff. Als ob unsere Verspätung meine Schuld wäre. Doch weil ich damit beschäftigt bin, meine Kopfschmerzen zu minimieren, schweige ich.

Während die unteren Stockwerke mit Stahlfliesen und tiefschwarzem Gestein ausgekleidet sind, schreiten wir nun über teuren Teppichboden. Ich würde meine Hand dafür ins Feuer legen, dass die Wandleuchten weniger schäbig sind als in den Korridoren der Schlafsäle, und es nie nach schimmliger Feuchtigkeit, Blut, Erbrochenem und Sex riecht.

Als wir klein waren, zählte mir Wren die Namen all jener berühmten Assassinen auf, die hier oben in angeblich prachtvollen Ölgemälden auf uns hinabblicken. Ich habe keinen einzigen ihrer Namen behalten, kenne keines ihrer Gesichter. Als würde ich ihnen allein durch meine Existenz jenen Respekt verweigern, der ihnen laut Öl-Verewigung zusteht.

Manchmal gab ich vor, das Bildnis meiner Mom würde dort

oben hängen und über mich wachen. Manchmal tue ich das noch immer, auch wenn ich es niemals offen zugeben würde, nicht einmal Enean gegenüber.

Doch selbst, wenn sie keine Abtrünnige wäre, so wäre sie doch nicht mehr als eine einfache Schattenassassinin ohne Rang gewesen. Personen wie wir bekommen kein Bild. Wir bekommen einen Grabstein ohne Namen.

»Wir haben keine Geheimnisse vor der Familie«, nimmt Wren schulterzuckend die Unterhaltung wieder auf.

Es gefällt mir nicht, wie er *wir* sagt, obwohl das bizarre Süßkartoffel-am-Markstand-Date noch gar nicht stattgefunden hat. Doch so ungern ich es auch zugebe, so sind Wren, Pearse, Mandola und Vadha das, was für mich einer Familie am nächsten kommt. Das waren sie immer.

Wir passieren vier der fünf Türen, gelblich glimmende Rundbögen, die zu je einem der exquisiten *Super-wichtige-Leute-*Räume führen, und betreten schließlich den letzten, den am Ende des Ganges.

Das Essen muss bereits serviert worden sein. Es duftet herrlich nach gegrilltem Huhn, karamellisiertem Gemüse und eingelegten Früchten. Nichts im Vergleich zu dem ungenießbaren Matsch in der Cafeteria.

Manchmal blitzt der Anflug eines schlechten Gewissens in mir auf, weil Wren und ich in mancher Hinsicht eben doch privilegierter behandelt werden als der Rest von uns. Beispielsweise wäre es undenkbar, dass einer der anderen ein privates Schlafzimmer in einem der Türme erhält. Dann aber denke ich an all die Mordanschläge, die Sticheleien und *tausendundeine Möglichkeit, einem Kind das Leben zur Hölle zu machen* – und *puff*, weg ist das schlechte Gewissen.

Ich nehme mir fest vor, einige Zimtkekse für Gría und ihre kleine Schwester Nadija in Dall mitgehen zu lassen.

Gelächter erfüllt den Saal, der größer ist als zwanzig unserer Schlafzimmer zusammen. Am hinteren Ende lodern die feinen Umrisse eines Feuers, über unseren Köpfen baumelt ein Kronleuchter, nach dessen Material ich nie gefragt habe. Der einzige weitere Gegenstand ist der gigantische Tisch, an dem zu meiner Überraschung nicht drei, sondern sechs Personen sitzen.

Mein Blick schweift über Cheetah, Pearses Gepardenmal, er bildet den Kopf der Versammlung. Zu seiner Linken sitzt seine Frau, um deren Schlüsselbeine ein handtellergroßer Kolibri flattert, ähnlich dem auf Sâls Handgelenk. Neben ihr befinden sich ihre Adoptivtochter Vadha und deren Schattenkatze Kit, die sich aus ihrem Bildnis befreit und schnurrend auf dem Schoß ihrer Besitzerin zusammengerollt hat.

Doch es ist das verräterische goldene Glimmen auf der anderen Tischseite, das mich zum Stocken bringt.

Arzaê.

Und nicht nur das: Neben zwei goldenen Auren findet sich eine dritte mit tiefroten Adern durchwobene Silhouette. Ein Sanguê. Ein Blut-Arzaê.

Ich schlucke, blicke zu Wren, dessen Hand sich um meine Taille versteift. Ich kenne ihn mittlerweile gut genug, um zu wissen, dass auch er nicht die geringste Ahnung hatte.

Gläser klirren, jemand lacht.

»Wren, Louve.« Pearse kommt auf uns zu und klopft Wren kameradschaftlich auf die Schulter, ehe er mir einen Kuss auf die Wange haucht. Als wären wir nicht viel zu spät dran und müssten uns für gewöhnlich keine endlosen Monologe über Anstand und Respekt anhören.

»Setzt euch, setzt euch. Ich hoffe, ihr habt Hunger.«

Was zum Henkersbeil …

»Guten Abend, Onkel«, erwidert Wren höflich und zerrt

mich quasi auf den freien Platz neben seiner Cousine, um neben mir das andere Tischende zu besetzen. Und mir damit zu ersparen, den Abend neben der oder dem Sanguê verbringen zu müssen.

Ich kann Wrens Anspannung beinahe spüren. Anscheinend ist ihm die Situation ebenso zuwider wie mir. Ist Pearse denn nicht bewusst, dass Wrens Tischnachbar die gesamte Zitadelle binnen eines Wimpernschlags ausschalten könnte?

Mit angehaltenem Atem lege ich mir eine Stoffserviette auf den Schoß. Hauptsächlich, um etwas zu haben, mit dem ich meine nervösen Finger beschäftigen kann.

»Wren, Louve, darf ich vorstellen? Okon Roughcrest, seine Frau Donna und sein zweitältester Sohn Achĕş.«

Ich erstarre in der Bewegung, die Serviette rutscht mir aus der Hand. Ich glaube, vergessen zu haben, wie man atmet.

Das Oberhaupt der Familie Roughcrest hebt sein Glas in meine Richtung. »Louve und ich hatten bereits das Vergnügen.«

Ich sinke tiefer in meinen Stuhl. Erdboden, tu dich auf …

19. Kapitel

Louve

»Ach ja?«

Sollte das Wrens Versuch sein, unbeeindruckt zu klingen, so versagt er auf ganzer Linie.

Ich sehe beinahe die riesige Denkblase über seinem Kopf schweben. Und die unausgesprochenen Worte, die nahezu brüllen: *Du wirst mir später einiges erklären müssen, Louve.*

Ich beiße die Zähne zusammen und nicke. »Wir begegneten uns vor einer Weile … zufällig.«

Pearse kehrt zurück auf seinen Platz. »Ach?«

Ich atme auf, weil Banister Wren wegen der Aktion vorhin noch nicht verpfiffen hat, erleide jedoch gleichzeitig einen unangenehmen Hustenanfall, weil ich so was von geliefert bin, sollte Okon auspacken.

»Louve?«

Mit zusammengebissenen Zähnen nicke ich und schiebe mir das Nächstgreifbare in den Mund. Die Weintraube schmeckt nach Asche und Verrat.

Wren redet auf Pearse ein und Pearse bequatscht Okon und Mandola hält einen Monolog über den Reifegrad von Honigwein und ich hasse es, dass alle richtig schlecht versuchen, von mir abzulenken.

Eine gut konstruierte Lüge liegt im Detail und ist damit genau das, worauf ich nicht zurückgreifen kann. Ich kann Okon

Roughcrest in keiner Lokalität Solitudes begegnet sein, weil ich mich offiziell nicht dort herumtreibe. Dasselbe gilt für Dall, da wir uns *beide* offiziell nicht dort herumtreiben. Und niemals würde ich seit Zyklen in Okon Roughcrests Luxuspenthouse im nördlich gelegenen Silverline Square aka Arzaê-Viertel spazieren, um hinter dem Rücken meiner Vorgesetzten illegale Geschäfte mit dem inoffiziellen Monarchen der Stadt zu betreiben.

Kann. Gar. Nicht. Sein.

»Du siehst aus, als hätte Wren dir einen Besen in den Hintern geschoben«, kichert Vadha neben mir und stößt mir amüsiert den Ellenbogen in die Seite. »Ich habe gehört, ihr seid zusammengezogen. Noch vor dem heiligen Bund!« Sie rückt mit ihrem Stuhl näher an mich heran, Holz kratzt über Fliesen. »Skandalös.«

»Nicht wahr?«, pflichte ich ihr bei, den lila Elefanten im Raum so weit wie möglich ignorierend. »Junge Frauen sollten darin unterstützt werden, ihre Tugend zu bewahren!«

Obwohl ich es nicht sehen kann, ist mir bewusst, dass Vadha von einem Ohr zum anderen grinst. Ich liebe die Kleine wie eine Schwester. Es verbindet nun einmal, wenn einem im Kleinkindalter der Boden unter den Füßen weggerissen wird. Die Eltern. Und das eigene Leben.

Mittlerweile ist Pearses und Mandolas Adoptivtochter mit ihren siebzehn Zyklen in den Endzügen ihrer Ausbildung zur Schattenassassinin. Ich glaube, sie befindet sich bereits im begleiteten Auswärtsdienst. Ich liebe Vadha, weil sie so ziemlich jedes Unterrichtsfach hasst. Kräuterkunde findet sie langweilig, steht eher auf die Pillen aus der Drogerie. Die Geschichte der Assassinen findet sie *absolut nicht up to date* und die der Schattenwandler irrelevant für das Rollen ihrer Köpfe. Das Nahkampftraining kotzt sie an, weil sie im Anschluss jedes

Mal ausbüxen muss, um sich die Fingernägel neu machen zu lassen, und ihre Haare durch den Schweiß fettig werden und sie das dauernde Haarewaschen *total abfuckt* (ihre Worte, nicht meine). Sie steht auf die Trainingskämpfe, in welchen wir unsere Geistgefährten rufen, weil es ihrer Meinung nach etwas von einem *Zoo für mordhungrige Bestien* hat (Wo sie recht hat ...). Und sie schwänzt die Abendappelle mindestens genauso oft wie ich.

Da totes Fleisch keine Nachkommen zeugen kann, haben Pearse und Mandola Vadha adoptiert, als diese genau wie ich mit vier zu uns stieß. Für gewöhnlich werden Kinder unter sechs Zyklen nicht in die Ränge der Schattenassassinen aufgenommen. Mein Joker war, dass meine Mom eine von ihnen war. Dass ich nicht ihr Blut teile, sondern die leibliche Tochter meines überaus menschlichen Vaters bin ... *war*, ist ihnen einerlei.

»Vadha, siehst du irgendwo Zimtkekse?«, wispere ich Wrens Cousine zu.

»Klar, wie viele willst du denn?«

»Ähm, alle?« Was ist das denn für eine Frage.

Kichernd beugt sich Vadha über den halben Tisch, was ihr ein warnendes Räuspern ihrer Adoptivmutter einbringt, und schiebt mir ein Gefäß zu. Meine Finger ertasten die Kühle von Glas. Volltreffer.

»Hast du dir gerade Kekse in die Tunika gestopft?«, wispert sie. »Richtig gute Idee.«

Sie fängt an, sich ebenfalls Gebäck in die Taschen zu schieben, weshalb ich jetzt noch schneller stehlen muss, damit genug für Gría und Nadija übrig bleibt.

»Mom? Die Kekse sind alle«, ruft sie übertrieben laut und lacht noch übertrieben lauter auf, was mich trotz allem ebenfalls kichern und endlich etwas entspannen lässt.

Ich bin so stolz auf Vadha, weil sie zu diesem lebensfrohen Mädchen herangewachsen ist, stets ein Lächeln auf den Lippen, immer auf deiner Seite. Mandola färbt als Mutter ab, schätze ich.

Vadha war nicht immer so. Mandola und Pearse fanden sie in einer Gosse, nahe einem Bordell, das dafür bekannt ist, es nicht zu genau mit dem Alter seiner *Angestellten* zu nehmen. Sie war übersät von Hämatomen, ihr linker Arm war gebrochen, ihre Kleidung vollends zerfetzt, ihr Hals zeigte die blutigen Spuren von Stacheldraht. Mandola hatte sie entdeckt und ihr den Eid abgenommen, ehe Vadha ihren letzten Atemzug hatte ausstoßen können. Sie nahm sie auf und kümmerte sich um sie, als wäre Vadha ihr eigenes Kind. Vadha hat volle zwei Zyklen kein Wort gesprochen. Und dann, ganz plötzlich, aus dem Nichts, schwor sie Rache. Ich schätze, zumindest in dieser Hinsicht unterscheiden sich die wenigsten von uns.

»Kannst dich jetzt nachts nicht mehr heimlich rausstehlen, hm?«, neckt sie mich und schiebt mir etwas auf den Teller, das sich als vegetarische Pastete herausstellt. »Du weißt schon. Um *deine Tugend* zu bewahren.«

Gerade setze ich zu einer Antwort an, da kommt Pearse mir zuvor. Mit erhobenem Glas steht er auf und prostet uns zu. »Jetzt, wo wir vollständig sind, möchte ich mich noch einmal offiziell für euer Kommen bedanken. Okon, es ist uns eine Ehre, dich und deine Familie auf Iron Claw willkommen zu heißen. Auf einen gelungenen Abend, Freundschaft und Zusammenhalt.«

Würg. Da kann einem ja direkt die Pastete wieder hochkommen.

Okon erhebt sein Glas. »Ich bedanke mich im Namen meiner Familie für eure Gastfreundschaft. Ich bitte um Verzeihung, dass nur einer meiner Söhne, Achĕş, heute hier sein kann. Cirron und Decan lassen sich entschuldigen.«

»Aber das macht doch nichts«, beteuert Mandola, die Diplomatie in Person. »Wir freuen uns, dass ihr es einrichten konntet.«

Ich greife nach dem glimmenden Kelch vor mir, ohne zu wissen, was genau sich darin befindet. Misstrauisch schnuppere ich daran. Seit Melyn, Kendric, Bash und ich sturzbetrunken ins Schattenreich gestolpert sind, ist mir die Lust am Trinken vergangen. Sicher kommt sie erst in ein oder zwei Sonnenläufen zurück. Grauenhaft.

Wieder durchzuckt mich dieser Schmerz in den Schläfen und ich presse meine Hand an mein Gesicht.

»Alles in Ordnung?«, flüstert Wren neben mir.

Eigentlich habe ich damit gerechnet, dass der restliche Abend unangenehm werden würde, weil wir A in einem Geistgefährten-Bitchfight gelandet sind, B so was von zu spät kamen und C der Kuss zwischen uns hängen sollte wie eine geladene Knarre. Stattdessen ist das Wort *unangenehm* auf ein ganz neues Level angestiegen, jetzt da durch Okons Anwesenheit plötzlich *mein Leben* auf dem Spiel steht.

Mit ist schwindelig und übel, doch ich ringe mir ein Nicken ab. »Sind wohl die Nachwirkungen meiner Behandlung.«

»Ich habe gehört, die Schattenwandler haben dir übel mitgespielt«, sagt der mir gegenübersitzende Arzaê. Bislang hat er sich nur im Flüsterton mit der Sanguê, Donna, unterhalten, und uns andere (glücklicherweise) vollends ignoriert. »Eine Schande, dass sich diese Bestien nicht endgültig vernichten lassen.«

Beim Klang seiner Stimme horche ich auf. Meine Zahnräder rattern, doch jedes Mal, wenn ich nach einem losen Faden greifen will, entschlüpft er mir.

»Entschuldige, kennen wir uns?«

Ich wühle in meinem Gedächtnis, doch vermag ich mich

beim besten Willen nicht zu erinnern. Ich habe bereits zahllose Aufträge für Okon ausgeführt und auch für seinen ältesten Sohn Cirron, wenngleich ich Letzteren seit geraumer Zeit nicht mehr zu Gesicht bekommen habe. Donna hingegen war immer eher die stumme Beobachterin, wir haben nie miteinander gesprochen, kein Wort.

Donna ist Okons zweite Frau, nachdem es mit der ersten kein allzu jugendfreies Ende nahm. Aus dieser ersten missglückten Ehe entstanden drei Söhne: Der Erbe des Imperiums, Cirron, Mittelkind Achĕş, und der Jüngste, Decan. Irgendwo existiert angeblich noch ein viertes Kind.

Während ich Decan, der dem Hörensagen nach zu urteilen zumindest äußerlich nur wenig älter sein kann als ich, noch nie begegnet bin, versetzt Achĕş abermals die rostigen Zahnräder in meinem Kopf in Bewegung.

Bin ich ihm schon einmal im Penthouse über den Weg gelaufen? Oder spielt mir mein Verstand Streiche? Hatte ich vielleicht sogar auf der Dachterrasse des *Rain 'n Sorrow* einen Drink zu viel mit ihm?

»So ist es, kleine Assassinin«, pflichtet Achĕş mir prompt bei.

Er riecht nach Moschus und Duftwasser und Geld. Ein Geruch, der mir merkwürdig vertraut ist. Ehe ich weiter darüber nachdenken kann, begreife ich mit einem Schlag, was soeben passiert ist.

Vor Schreck lasse ich beinahe mein Glas fallen. »Du bist ein Litíjr?«

Und zwar ein verflucht mächtiger, wenn er meine Gedanken lesen kann. *Shit.*

Shit, Shit, Shit, Shit, Shit!

Wahllos greife ich in eine Schale, bekomme eine Handvoll klebriger Honigplätzchen zu fassen und fange an, Panik-zu-Futtern.

Achĕş stößt ein leises Lachen aus. »Komm runter, Bärenblut. Ich will keine Unruhe stiften.«

»Ach, und weshalb bist du dann hier?«, brülle ich ihn buchstäblich in Gedanken an. Ziemlich praktisch, wenn man es so sieht.

Während die Sanguê mit kaum ein Prozent vertretenen Blut-Arzaê die selbst erkorene Spitze der Schöpfung darstellen, belegen Litíjr mit etwa fünf Prozent einen soliden zweiten Platz. Dass die Roughcrests gleich zwei dieser Soziopathen ihre Familie nennt, erklärt ihr royales Getue. Keine der beiden Fähigkeiten ist erblich, sie treten willkürlich auf, als wolle die Welt uns daran erinnern, wie verdammt mickrig wir Normalsterblichen sind.

»Ich bin hier, um die Gastfreundschaft deines Kommandanten zu genießen«, erklärt Achĕş eine Spur zu ruhig.

»Und weil mein Vater etwas mit dir zu besprechen hat«, brausen die unausgesprochenen Worte des Arzaê durch meine Gedanken. *»Zumal du seinen Gesandten in Dall so schroff abgewiesen hast.«*

»Verzieh dich aus meinem Kopf!«, denke ich so fest ich kann.

Wieder ist da dieses unbeeindruckte kehlige Lachen, eine Antwort aber bleibt er mir schuldig. Oder er hält es nicht für nötig, sich einer einfachen Schattenassassinin gegenüber zu rechtfertigen.

Und überhaupt. Was meint er damit, ich hätte seinen Gesandten abgewiesen? Spricht er etwa von dem nervtötenden Kerl in Dall, der es wagte, Hand an mich zu legen?

»Bingo«, hallt es durch meinen Verstand.

Mit der Faust umklammere ich die Gabel neben meinem Teller. Ich hätte nicht übel Lust, sie ihm in die Kehle zu rammen.

»Trau dich, Bärenblut«, kommt prompt die Antwort. Es klingt, als würde eine derartige Reaktion ihm den Abend versüßen.

In den Köpfen anderer herumzukramen, sollte verboten sein. Ach, warte. Ist es!

»Verpfeif mich ruhig an deinen Schwiegerpapi«, lacht Achēş in meinem Kopf. *»Wenn wir dann schon dabei sind, die Karten auf den Tisch zu legen, verrate ich ihm auch gleich noch, dass du in jener Nacht im* Rain *deinen Mitstreitern Schattenwandlergift in die Drinks gemischt und Schuld an eurer Misere hast.«*

Scheppernd landet meine Gabel auf den Fliesen zu meinen Füßen. Sämtliche Köpfe drehen sich gleichzeitig in meine Richtung. Einzig Donna starrt weiterhin ungerührt auf ihren Teller. Bislang hat sie kein winziges Wort verloren.

»Louve?« Wren greift unter dem Tisch nach meiner Hand, die von den Honigplätzchen klebrig ist. Diesmal schiebe ich sie nicht weg.

Ich soll verantwortlich für Thujas Qualen sein? Für Bashs ... Tod? Klar, ich konnte Bash nicht wirklich leiden, er war Kendrics folgsames, wortkarges Anhängsel, aber ich wollte doch nicht ... Ich meine, ich hätte doch niemals gewollt ... Kein Wunder, dass Kendric und Melyn, dass der gesamte Schlaftrakt mich hasst!

Aber wie ... Ich meine, was ...

»Warst an dem Abend aufgeladen wie ein Feuerwerk«, spricht Achēş ungefragt weiter. *»Ich habe dich auf die Dachterrasse eingeladen, du sahst in deinem hautengen kleinen Schwarzen zum Anbeißen aus. Allerdings sagtest du, du hättest noch etwas zu erledigen. Kurz darauf bist du mit deinen Leuten in Richtung Dall abgedampft.«*

Das Kleid. Woher weiß er ... Ich meine, wenn er lügt, woher weiß er dann, was ich an dem Abend anhatte?!

Ich glaube, mir wird schlecht.

Seine Stimme wird tiefer, rauer, sündiger, als er leise hinzufügt: *»Ich stehe auf böse Mädchen, weißt du?«*

Galle bahnt sich den Weg hoch in meine Kehle und ich muss mir die Hand auf die Lippen pressen, um mich nicht an Ort und Stelle zu übergeben.

»Alles in Ordnung, Louve?«, fragt nun auch Mandola besorgt.

»Siehst ziemlich grün aus«, fügt Vadha unnötigerweise hinzu. »Wenn du kotzen musst, wäre es super, wenn du dich statt in meine in Wrens Richtung drehst.«

Meine Unterlippe zittert, ich bringe kein Wort hervor.

Ich höre, wie Wren neben mir seinen Stuhl zurückschiebt. Schon hat er seine kalte Hand an meiner Taille und zieht mich auf die Füße.

»Ich gehe kurz etwas frische Luft mit ihr schnappen«, erklärt er in die Runde. »Tut mir leid, aber wie ihr wisst, erholt sich Louve noch von einem ziemlich üblen Schattenwandlerangriff.«

»Den sie selbst zu verschulden hat«, raunt es in meinem Kopf.

Prompt geben meine Knie nach, Wren muss mich buchstäblich aus dem Raum zerren. Allmächtiger ...

»Gebt Bescheid, wenn ihr etwas braucht«, ruft Mandola uns nach.

»Einen Moment.« Plötzlich steht Okon hinter uns, fasst Wren an der Schulter und dirigiert ihn höflich, aber bestimmt zurück zu den anderen. »Ich werde die junge Dame nach draußen begleiten.«

Wrens Falkenmal zuckt unruhig auf und ab. Allerdings würde er sich nie gegen jemanden wie Okon Roughcrest auflehnen, weshalb er nur kurz zögert, dann aber mit einem knappen »Danke« spurt.

Trotz meiner Paralyse rolle ich innerlich mit den Augen. Enean hätte Okon in Grund und Boden gelacht. Manchmal wünschte ich, er wäre einer von uns. Ein Schattenassassine, an meiner Seite. Mein Cåraidt. Mein Partner. Im Kampf, im Vertrauen und ... mehr. Nicht, dass dieses *mehr* jemals eine Option wäre. Ich meine, rein physisch wäre es ein Ding der Unmöglichkeit, wenn –

»Louve?«

»Okon?«, erwidere ich formlos.

Ich habe gar nicht bemerkt, dass mich das Oberhaupt der berüchtigten Roughcrest-Dynastie in einen der heute Abend leer stehenden Speisesäle nebenan geführt hat.

»Ich will nicht um den heißen Brei herumreden, Louve.«

Ich fahre mir mit der Hand über das taube Gesicht. »Gut. Ich hasse Brei.«

Okon übergeht meinen Sarkasmus geflissentlich. »Nachdem du meinen Abgesandten zu Tode erschreckt hast, war ich gezwungen, dich selbst aufzusuchen.«

Moment. Ist er nur deshalb hier? Meinetwegen? Ich runzle die Stirn. Und was haben nur alle mit diesem Abgesandten? Ist ja nicht so, als hätte der Kerl bei seinem sinnfreien Geplapper auch nur ein einziges Mal den Namen Roughcrest fallen lassen.

»Weshalb der Aufwand?«, frage ich ehrlich interessiert und schließe die Tür hinter uns – und damit hinter den Emotionen, die mich gleich einem Tsunami aus Finsternis und Schuld zu ertränken drohen.

Falls Okon sich fragt, weshalb ich die Türklinke auf Anhieb finde, schweigt er. Vermutlich ist es ihm ohnehin einerlei. »Unser nächster Termin ist doch bereits in fünf Sonnenläufen«, füge ich verblüfft hinzu.

Ich suche Okon Roughcrest jeden ersten Abend eines Mondzyklus auf, um neue ... Bestellungen aufzunehmen. Von diversen Schattenwandler-Körperteilen über Informationen bis zu verschiedenen Giften ist alles dabei. Bei Letzterem lasse ich auch gerne einmal meine Freundin Gría mitmischen. Buchstäblich.

Für gewöhnlich hat es Okon nicht eilig mit den Lieferungen, sofern ich regelmäßig antanze. Für einen mehr als guten Preis, versteht sich. Weshalb mich seine Anwesenheit umso mehr überrascht. Okon war nie von der ungeduldigen Sorte.

»Ich habe einen Auftrag für dich, der nicht warten kann«, bestätigt er meine Vermutung.

Dass er sich hierfür extra in die Zitadelle bemüht, spricht Bände. Für gewöhnlich meiden die Arzaê uns fast so sehr wie die Menschen. Weil wir in ihren Augen mit dem Tod im Bunde stehen. Was nicht unbedingt unwahr ist, zugegeben.

Mit verschränkten Armen lehne ich mich gegen eine der mit weichem Samt verkleideten Wände. »Ich höre.«

Okon kommt näher. Obwohl er mich fast um zwei Kopflängen überragt, weiche ich nicht zurück.

»Es handelt sich um eine delikate Angelegenheit, die höchster Diskretion bedarf.«

Ich hebe das Kinn. »Tut es das nicht immer?«

»Das tut es, das tut es ...« Ihm ist anzumerken, dass ihm die Situation höchst unangenehm ist. Elektrisierende Spannung zerpflügt die Atmosphäre, seine Worte, unsere Begegnung. »Bislang ist ausschließlich der engste Kreis der Familie involviert.«

Wie es wohl ist, einen engsten Kreis der Familie zu haben? Ich habe Enean und Gría und irgendwie Wren und seine Leute. Doch nichts von all dem schreit *Zuhause.*

»Du verstehst sicher, dass es mir nicht leichtfällt, dich einzubinden«, spricht er weiter. »Doch ich fürchte, mir läuft die Zeit davon. Für mein Vorhaben benötige ich die Beste. Und Louve, meine Liebe, du *bist* die Beste.«

Wo er recht hat ...

»Die Bezahlung ist ein Vielfaches der üblichen Summe.«

»Ach?« Interessiert hebe ich den Kopf. Jetzt sprechen wir dieselbe Sprache.

»Eintausend Bàs-Münzen, wenn du die Sache innerhalb eines Sonnenlaufs erfolgreich zum Abschluss bringst.«

Ich verschlucke mich an meiner eigenen Spucke. Ist das sein Ernst? Mit diesem Geld könnte ich Solitude nicht nur verlassen, sondern mir ein ganz neues Leben aufbauen. Ein Leben ohne dubiose Untergrundgeschäfte, mörderische Kameraden und aufgezwungene Verlobte. Ich könnte ... *leben.*

»Ein kleiner Vorgeschmack.« Okon greift in seine Manteltasche und drückt mir einen klimpernden Beutel in die Hände. »Was sagst du?«

Ein diabolisches Grinsen breitet sich auf meinen Lippen aus. »Ich sage: Wen muss ich dafür töten?«

Doch zu meiner Überraschung winkt Okon ab. »Nicht töten, Louve. Sondern von den Toten zurückbringen. Ich erwarte von dir, dass du mir bis zum Untergang der zweiten Sonne den Schatten meines Sohnes Decan lieferst.«

20. Kapitel

Louve

Nachdem sich Okon, seine wortkarge, blutjunge Frau Schrägstrich Zeitbombe Donna und sein psychopathischer Sohn Achĕş nach dem Abendessen auf den Weg gemacht haben und auch Vadha zurück in den Schlaftrakt geschickt wurde, waren Wren und ich gezwungen, seinem Onkel noch etwas Gesellschaft zu leisten.

Von dem Essen selbst blieb mir nicht viel in Erinnerung. Ich war viel zu sehr damit beschäftigt, mentale Mauern gegen Achĕş' Hirn-Gestöber aufrechtzuerhalten. Nicht, dass das sonderlich viel gebracht hätte, blies er sie doch um wie ein Kartenhaus. Es ist mir einerlei, ob er sich mein Leben wie einen schlechten Film ansieht. Vielleicht bleibt er an einigen unerwarteten Plot Twists hängen wie dem Mord an meinen Eltern, meiner schiefen Laufbahn auf dem Schwarzmarkt, all den Übergriffen meiner eigenen Leute, meine zahllosen Nächte mit Frauen und Männern, deren Gesichter ich nicht einmal selbst kenne.

Plötzlich halte ich inne. Wenn ich ihre Gesichter niemals gesehen habe, kann er sie auch nicht erkannt haben, richtig?

Trotzdem kann er ihre Namen aus meinem Gedächtnis fischen. Herausfinden, wem ich was verkauft habe oder noch beschaffen soll, und diejenigen damit erpressen. Sich selbst noch mehr Macht anhäufen – sofern dies überhaupt möglich ist.

Das Allerschlimmste jedoch ist, dass er gesehen haben könnte, wie nahe ich dem Schattengott stehe. Ich meine, was wenn er nicht nur Gedanken, sondern auch Emotionen lesen kann?

Was wenn er auf die Idee kommt, meine *besondere Verbindung* zu Enean auszunutzen?

Ich grabe meine Finger in meine Oberschenkel. Nicht einmal das Kaminfeuer vor meinen Knien vermag die Kälte in meinem Inneren zu wärmen.

Achĕş könnte *alles* gesehen haben. Oder nichts.

Ich zucke so heftig zusammen, dass ich Wren das Glas Honigwein aus der Hand schlage. Klirrend zerspringt es zu seinen Füßen.

»Was zum Nachtwolf, Louve?!«, stößt Wren genervt hervor. Schätze, ich habe den Kuss-Freifahrtschein im Esszimmer liegen lassen.

Doch ich höre ihm gar nicht zu. Achĕş könnte *alles* gesehen haben. Er könnte *es* gesehen haben – *ihn!*

Achĕş Roughcrest könnte den Mörder meiner Eltern gesehen haben. *Meinen* Mörder. Tief unter den unzähligen Schichten aus Tinte und Trauma und dem weltenzerschmetternden Schmerz eines kleinen Mädchens. Ich selbst kann mich nicht an sein Gesicht erinnern, sosehr ich mir auch den Kopf darüber zerbreche. Da sind nur Flammen und Rauch und Angst. So unendlich viel Angst, gut verschnürt, versiegelt und verpackt in einer Kiste mit der Aufschrift *niemals öffnen.* Und das drachenflammenschwere Verlangen nach Rache.

Achĕş Roughcrest hingegen könnte den Mörder meiner Eltern *kennen.* Er könnte ihn wiedererkannt haben. Er könnte tiefer graben als meine Verdrängung, mein Trauma, reicht. Er könnte –

»Herrgott, Louve!« Wren schnippt vor meinem Gesicht mit

den Fingern. »Was ist nur los mit dir? Wenn ich es nicht besser wüsste, würde ich behaupten, du bist auf Schattenwandlergift.«

»W-was? Äh …« Viel zu abrupt werde ich zurück ins Hier und Jetzt katapultiert. »Tut mir leid, ich war in Gedanken woanders.«

»Das sehe ich«, murmelt Wren und bückt sich, um die Scherben einzusammeln. »Ich nehme an, du wirst mir nicht verraten, was Okon Roughcrest mit dir zu besprechen hatte?«

»Das wüsste ich auch gern.« Pearse stößt zu uns und rückt für seine Frau einen der üppigen Ledersessel in Richtung Kamin, ehe er es für sich gleichtut. »Wren, nicht. Das können die Rekruten später auffegen.«

Unbeirrt sammelt Wren die Scherben ein, die ich verursacht habe. »Louve könnte sich verletzen.«

Innerlich schlage ich mir mit der flachen Hand gegen die Stirn. Was soll das? Ich bin blind, nicht dämlich. Zumal ich Stiefel trage. Zwar weiß Wren nicht, wie oft ich wirklich gegen Schattenwandler kämpfe, doch stand er dabei über die Zyklen hinweg unzählige Male an meiner Seite und sollte mittlerweile wissen, dass ich kein zerbrechliches Ding bin.

Seit er mich beinahe verloren hat, hat sein Beschützerinstinkt ein Ausmaß erreicht, das mir auf einer Skala elf von zehn gegen den Strich geht. Er führt sich auf wie eine Bärenmutter, ein Besessener, ein … *Wren.*

Mandola gesellt sich uns zu. Ihr unverkennbarer Duft nach Magnolien und Rosenwasser kündigt sie an, noch bevor sich die Umrisse ihres Kolibris in mein Blickfeld schieben.

Mandola ist die Güte in Person. Sie backt die beste Zitterbeeren Tarte von ganz Solitude, füttert erschöpfte Bienen mit Honigwasser (kein Witz, Vadha hat es zweimal mit eigenen Augen gesehen) und liest den Jüngsten vor, bis sie einschlafen. Sie ist das Ebenbild einer perfekten Mutter, einer perfekten Ehefrau, eines perfekten Menschen, der kein Mensch mehr ist. Noch nie habe ich sie fluchen oder sich beklagen gehört. Ich habe wahnsinniges Glück, dass sie sich damals meiner angenommen hat, genau wie Vadha. Der einzige Grund, aus dem ich mich ihr nicht voll und ganz anvertraue, ist der Tatsache verschuldet, dass ich ihr gegenüber stets diese winzige Prise Scham empfinde, nicht das vorbildliche Mündel zu sein, das sie damals unter ihre Fittiche zu nehmen glaubte und das sie verdient hat.

Ihre kaum hörbaren Schritte werden von leisem Klirren begleitet und ich meine die Konturen eines kleinen Tabletts in ihren Händen zu erkennen. Vermutlich bringt sie frische Gläser.

»Ich finde, Wren hat recht. Weshalb sollte jemand anderes unseren Dreck beseitigen?«, wendet sie ein.

»Hierarchie«, ist alles, was Pearse dazu sagt, ehe er uns nachschenkt.

Du meine Güte …

Nachdem die Roughcrests uns verlassen haben, sind wir in einen der kleineren Aufenthaltsräume umgezogen. Dort ist die Atmosphäre gemütlicher, mit einem offenen Steinkamin, der eine wohlige Wärme abgibt. Riesigen, die gesamten vier Wände bedeckenden Bücherregalen mit Wälzern, die ich bis zum letzten Tintenfleck verschlungen hätte, hätte ich bei meinem Tod nicht mein Augenlicht verloren.

Als wir klein waren, verbrachten Wren und ich endlose Rå-Uhrenflüsse in der Bibliothek. Er wurde nie müde, mir vorzulesen, selbst dann nicht, wenn ich zum einhundertsten Mal die Geschichte um den sagenumwobenen Gott der Dunkelheit hören wollte. Wäre in einer dieser Geschichten nicht fälschlicherweise vermerkt gewesen, Enean würde eine prächtige Krone, gefertigt aus der Asche der Finsternis, tragen, wäre ich niemals in seinen Palast eingebrochen, um sie ihm zu stehlen. Und er wäre nicht über die Zyklen hinweg zur wichtigsten Bezugsperson in meinem Leben geworden.

Doch auch Wren war immer für mich da. Auf seine eigene, teilweise etwas fragwürdige und verdammt skurrile Weise. Dennoch hat er sein Leben riskiert, um mich zu retten.

»Wren?«

Er kippt die Scherben in den Kamin *(warum?!)* und setzt sich auf die Lehne meines Sessels. »Ja?«

Ich lächle ihn an. Vielleicht das erste Mal seit mehreren Mondläufen. »Ich glaube, ich habe mich noch nicht dafür bedankt, dass du mir das Leben gerettet hast.«

Wren nimmt meine Hand in seinen Schoß. Sie ist kalt und rau, wie unser aller Hände. Kalt vom Tod, rau von den unzähligen Kämpfen, die wir seit unserer Kindheit auszufechten haben. Und zum ersten Mal seit Langem schrecke ich bei dieser simplen Berührung nicht zurück, sondern atme auf.

Ich schiebe es auf den Wein, dass ich meine Hand nicht wegziehe. Man sagt, man muss sich stets zuerst selbst vergeben. Aber ich kann nicht. Zu lange lebe ich mit der Schuld der Überlebenden.

Selbst Wren scheint überrascht, dass ich mich ihm nicht entziehe. »Du hättest dasselbe für mich getan.«

Hätte ich.

Wren und ich haben unsere Differenzen, sind vollkommen verschieden und sehen die Welt so unterschiedlich wie zwei ungleich gepolte Magnete. Dennoch hat Melyn in einem recht: Wren ist mein Partner. Derjenige, mit dem ich diesen ganzen Mist von klein auf durchgestanden habe. Womöglich der Einzige in dieser gottverdammten Zitadelle, der noch nicht versucht hat, mir aus dem Hinterhalt einen Dolch in den Rücken zu rammen. Nun, bis auf Pearse, Mandola und Vadha. Meiner kleinen Familie, die mich nie gefragt hat, ob ich Teil von ihr sein möchte.

»Auch bei dir muss ich mich bedanken«, wende ich mich an Wrens Onkel.

Obwohl es in unseren Kreisen so gut wie unmöglich ist, sind Wren und Pearse tatsächlich blutsverwandt. Pearse starb, als Wren noch nicht auf der Welt war. Erst sehr viel später sollte Pearses Schwester einen Sohn gebären. Wren war sieben Zyklen alt, als er bei einem Attentat ums Leben kam. Man hatte Pearse als einen der vier Schattenassassinen-Kommandanten bereits unzählige Male bedroht, sozusagen ein Berufsrisiko. Da es aber schier unmöglich ist, es mit einem von uns aufzunehmen, schnappten sich die Mistkerle stattdessen Pearses menschliche Familie. Seine Schwester und seinen Schwager konnte er nicht retten. Jedoch gelang es ihm wie durch ein Wunder, dem sieben Zyklen alten Wren während seiner letzten Atemzüge den Eid abzunehmen. Ich war längst gebrochen, als er zu uns stieß.

In gewisser Weise teilen Wren und ich wie so viele andere hier ein Schicksal. Doch anstatt uns zu vernichten, hat es uns stärker gemacht. Und rachsüchtiger.

»Ich gebe zu, als Wren zu mir kam und mich bat, einen Antrag zu stellen, mehrere Einheiten auf ein Himmelfahrtskommando zu schicken, war ich zunächst skeptisch.« Pearse lässt sein Weinglas in der Hand kreisen. »Du warst seit zwei vollen Sonnenläufen verschwunden und, bei allem Respekt, Louve, das war ja nicht das erste Mal. Als dann aber der Rest deiner Einheit angekrochen kam und es uns endlich gelang, ihnen die Wahrheit zu entlocken, fürchtete ich, dass es längst zu spät sei.«

»Kendric und Melyn kamen freiwillig zu dir?«, frage ich überrascht.

»Na ja, freiwillig würde ich das nicht gerade nennen«, wirft Wren ungehalten ein. »Letztlich packten sie aus. Sie erzählten uns, dass ihr euch gemeinsam in Solitude ... betrunken habt.«

Ich runzle die Stirn. Wie jedes Mal, wenn ich mich an den Abend zu erinnern versuche, ist da nur Dunkelheit und dieser zähflüssige Schmerz zwischen meinen Schläfen. Ich kann mir beim besten Willen nicht vorstellen, mich ausgerechnet mit Kendric volllaufen zu lassen. Begegneten Melyn und ich ihm und Bash zufällig? Was danach geschah, ist verschwommen.

Wenn Achêş tatsächlich die Wahrheit sagt ...

»Zu diesem Zeitpunkt war Bash bereits tot«, verleiht Pearse meinen schlimmsten Befürchtungen Flügel. »Weshalb wir fürchteten ...«

»Doch Wren gab nicht nach«, meldet sich nun auch Mandola zu Wort. »Er beharrte darauf, du seist eine unserer besten Kämpferinnen. Er war sich sicher, dass du überlebt hast.«

»Also glaubten wir ihm«, hakt Pearse ein. »Wir würden alles für unsere Familie tun, Louve. Wir zogen mehrere Einheiten von ihren Posten ab und ließen Wren sie ins Schattenreich führen.«

Für den Bruchteil eines Wimpernschlags kommt mir der Gedanke, Pearse hätte nur eingewilligt, weil Wren ohne mich nicht das volle Potenzial seiner Kräfte entfalten kann. Eine Vereinigung zwischen unseren Gefährten. Und unserer Macht.

Dann aber nehme ich den besorgten Unterton in seiner Stimme wahr, wie nervös er mit den Fingern an sein Glas tippt. Wie Mandola ihre Hand auf seinen Arm legt, um ihn zu beruhigen. Und wie Wren die meine hält, einfach nur, um mich wissen zu lassen, dass er bei mir ist. Immer.

Ein schlechtes Gewissen macht sich in meiner Magengegend breit. Ich war derart darauf aus, meine Grenzen mit Beißen und Kratzen zu verteidigen, dass ich nicht nur meine Feinde, sondern auch alle anderen ausgesperrt habe.

»Und du erinnerst dich wirklich an nichts?«, fragt mich Pearse bestimmt schon zum dutzendsten Mal seit meiner Rückkehr nach Iron Claw.

Widerwillig schüttle ich den Kopf. »Ich erinnere mich an Serpentine Shell, an das Schattenreich ... und plötzlich waren da diese bestialischen Schmerzen in meinem Rücken, die verhinderten, dass ich Thuja rufe.«

Pearse nickt nachdenklich. »Die Bestien haben dich ganz schön mitgenommen. Als hätten sie genau gewusst, wo dein Assassinenmal ist.«

Ich beiße mir auf die Unterlippe. »Ist das nicht denkbar? Nach all der Zeit. Nach all den Kämpfen.«

Doch Pearse schüttelt den Kopf. »Sie sind nicht intelligent genug, um sich die Male jedes einzelnen Schattenassassinen zu merken. Vermutlich können sie uns nicht einmal auseinanderhalten.«

Na, wenn er wüsste ...

»Und dann hieltest du dich versteckt, nicht fähig, es zurück zur Barriere zu schaffen?«, fragt Mandola mitfühlend, obwohl sie die Antwort kennt. »Du musst Todesangst gehabt haben.«

»Ich *bin* tot«, gebe ich leise zurück.

»Noch nicht ganz.«

Wren legt einen Arm um meine Schulter und ich kann nicht anders, als hineinzusinken. Als hätte ein Teil von mir kapituliert, nachdem er gesehen hat, wie Wren Himmel und Hölle in Bewegung setzt, um mir das Leben nach dem Tod zu retten. Als würde urplötzlich dieses Weißer-Ritter-Getue ziehen, über das ich mich mein Leben lang lustig gemacht habe. Als hätte irgendetwas in meiner DNA *klick* gemacht, als er alles für mich riskiert hat.

Schande über mich.

Vielleicht werde ich nur nostalgisch, weil ich ihn in Kürze verlassen und mit Okons Geld abhauen werde. Jap, klingt eindeutig mehr nach mir.

Wieder ist da dieses grauenvolle Stechen in meinem Kopf, als ich an jene Nacht denke, und ich zucke zusammen. »Macht es euch etwas aus, wenn ich mich entschuldige?«, frage ich niemand Bestimmtes. »Die Verletzungen machen mir noch immer etwas zu schaffen, ich würde mich gern ausruhen.«

Was nur die halbe Wahrheit ist. Ehrlich gesagt spüre ich kaum noch Schmerzen in der Rückengegend und auch Thuja scheint sich erholt zu haben. Die Magie, die uns unser Dasein zwischen Leben und Tod gestattet, zeichnet das Mal zurück an seinen Platz, als wäre niemals etwas gewesen.

Einmal Schattenassassinin, immer Schattenassassinin. Bis in den Tod und darüber hinaus.

In Wahrheit läuft mir die Zeit davon. Okons Befehl nach habe ich kaum einen Sonnenlauf Zeit, seinen dritten Sohn Decan von den Toten zurückzubringen. Bislang hat die Nachricht über dessen Tod die Öffentlichkeit nicht erreicht. Ich habe keine Ahnung, was passiert ist, doch scheint es erst kürzlich geschehen, die Leiche noch frisch zu sein. Was bedeutet, ich muss seinen Schatten beschaffen, ehe sein Körper die ersten Anzeichen von Verwesung zeigt.

»Natürlich nicht, Liebes.« Mandola berührt kurz meinen Handrücken. »Ruh dich aus. Erhol dich.«

Dankend nicke ich und erhebe mich. Schwer wiegt das Säckchen Münzen in meinem linken Stiefel, bei jedem Schritt muss ich fürchten, dass das Klimpern mich verrät. Und damit, wer ich wirklich bin.

Ich würde nicht nur aus den Reihen der Schattenassassinen verbannt, sondern auf ihre Weise hingerichtet. Verstoßen ins

Schattenreich – was vollkommen in Ordnung wäre, schließlich gibt es weitaus Schlimmeres, als für den Rest meines Lebens mit meinem besten Freund abzuhängen. Doch würde ich mich im Laufe der Zeit auflösen, zu nichts verpuffen. Denn ich besitze keinen unversehrten Schatten mehr, da ich bereits einmal gestorben bin. Ich weiß nicht, wohin der Rest von mir verschwand, doch bin ich schon lange nicht mehr vollständig. Metaphorisch wie buchstäblich gesprochen. Folglich existiert kein Schatten von mir, der zu einem von Eneans hirntoten Untertanen mutieren könnte. Ein Teil von mir wird immer fort sein, mein Innerstes nie wieder ganz.

Als ich etwa elf Zyklen alt war, las mir Wren von einer zweiten Gottheit vor, der Göttin des Lichtes. Sie würde diejenigen Schatten zu sich holen, die sich aus eigener Kraft aus der Versklavung ihrer Hölle befreien. Was auch immer das heißen mag. Gesehen hat sie jedenfalls noch niemand, die meisten von uns halten ihre Existenz für ein Ammenmärchen. Mich eingeschlossen. Doch ist es ein schöner Gedanke, dass zumindest die Hoffnung besteht, weiterzuleben. Irgendwie.

»Ich begleite dich.« Wren bietet mir seinen Arm an, den ich jedoch ausschlage, weil der Kuss schon schräg genug war. Würden wir uns nach unserem Tod in Schattenwandler verwandeln, würde Wren vermutlich zu meinem Blindenhund mutieren.

»Sehen wir uns morgen, Onkel?«

Pearse nickt. »Und glaubt bloß nicht, ich wüsste nicht, dass eure Einheit so gut wie nie vollständig zu den abendlichen Versammlungen erscheint. Ändert das.«

Das war keine Bitte. Ich will ihm sagen, dass wir nie wieder vollständig erscheinen werden. Bash ist tot, er wird nicht zu uns zurückkommen. Laut den Berichten hat der Schattengott höchstpersönlich ein Exempel an ihm statuiert. Was ich mir absolut nicht erklären kann. Denn wäre Enean da gewesen, hätte er mir geholfen. Oder nicht?

Zum dutzendsten Mal an diesem Abend pulsiert mein Schädel schmerzhaft und ich muss die Zähne zusammenbeißen, um Wrens Angebot nicht doch noch anzunehmen.

»Gute Nacht, Mandola«, verabschiede ich mich mit einem schiefen Lächeln. »Grüß Vadha von mir.«

»Erhol dich gut, Liebes.« Mandola gießt sich und Pearse etwas in Gläser, während Wren und ich den Saal verlassen.

Kaum schlägt uns die kühle Luft im Treppenhaus entgegen, vermisse ich den Kamin. »Weißt du, Wren, es ist absolut nicht notwendig, dass du bei mir schläfst. Mir geht es gut, wirklich. Ich werde wohl kaum im Schlaf ersticken.«

Zumindest, sofern mir keiner der anderen ein Kissen auf Mund und Nase presst.

Nebeneinander laufen wir den leeren Korridor entlang.

»Mir wäre es lieber, ich würde noch ein paar Nächte bei dir bleiben.« Glaube ich ihm aufs Wort. »Weißt du noch damals? Wir haben uns immer ein Zimmer geteilt. Wir hatten ein Hochbett, und Kendric, Bash, Melyn und Sâl haben in den zwei anderen geschlafen.«

»Wir waren Kinder, Wren.« Anfangs habe ich mir das obere Bett erkämpft, doch da ich damals die Umrisse von Objekten noch nicht so gut als solche begreifen und einschätzen konnte wie heute, bin ich unzählige Male morgens aus dem Bett gestürzt, weil ich die Leiter nicht richtig gegriffen habe. Schließlich tauschten Wren und ich Betten, was zur Folge hatte, dass ich keine ruhige Nacht mehr hatte. Kröten unter dem Kopfkissen, Schaben in der Nase und kaltes Wasser im Gesicht rissen mich Nacht für Nacht aus dem Schlaf. Und das waren noch die unschuldigsten Streiche. Der richtige Terror folgte erst, als wir älter wurden.

Unsere Ausbildung dauert volle zehn Zyklen, wobei es darauf ankommt, in welchem Alter wir den Eid ablegen. In der Regel werden die Jüngsten mit sechs Zyklen rekrutiert, was bedeutet, mit sechzehn gelten sie bereits als vollwertige Assassinen. Es folgen zwei Zyklen im begleiteten Außendienst, dann ist die Ausbildung offiziell beendet. Im Anschluss ist man innerhalb seiner Einheit auf sich allein gestellt. Diese werden bereits im ersten Ausbildungszyklus nach Stärke und Kampfvermögen zusammengestellt. Was so viel bedeutet wie, dass ich Kendric und die anderen nicht nur den Großteil meines Lebens am Hals hatte, sondern sie auch niemals loswerde. Jedenfalls nicht lebend.

Ich begann meine Ausbildung zwei Zyklen nach meinem irdischen Tod. Pearse und Mandola nahmen sich meiner an, genau wie später Vadha. Da Wren erst mit sieben verstarb, kam er zu mir in die Anfängerkurse. Und da sind wir nun. Er und ich, bis ans Ende der Welt.

Die zweite Sonne ist bereits vor geraumer Zeit untergegangen, als Wren meine/unsere Schlafzimmertür öffnet. Doch kaum hat er einen Schritt in den Raum getan, zieht er scharf Luft ein und reißt sein Dolchduo aus der Lederhalterung an seinem Gürtel.

21. Kapitel

Louve

Für gewöhnlich trägt Wren seine Lieblingswaffe, ein Katana, auf dem Rücken. Bei einem Abendessen mit der Familie wäre das allerdings unpassend gewesen. Was mich nicht davon abhält, besonders seit dem jüngsten Angriff auf mich bis auf die Zähne bewaffnet zu sein.

Ehe Wren mich davon abhalten kann, das Zimmer zu betreten, ziehe ich meinen Dolch aus dem Stiefel und drei Wurfsterne aus meinem Dutt, die ich mir zwischen die Zähne klemme. In Angriffshaltung, die Knie leicht gebeugt, scanne ich den Raum nach potenziellen Opfern.

»Was zur Hölle, Louve ...« Der Glimmer um seine Waffe verrät mir, dass er sie sinken lässt. Warum? Werden wir etwa nicht angegriffen?

Peinlich berührt klemme ich mir die Dolche unter die Achsel, um die Wurfsterne aus dem Mund zu nehmen. »Upps.«

Wren ist nicht zum Lachen zumute. »Das Bett«, flucht er.

Ich konzentriere mich, nehme die kantigen, rechteckigen Konturen des Bettgestells neben seinem Futon wahr, das fade Schimmern der Laken. Ich muss verdammt genau hinsehen, bis ich einen weiteren Gegenstand bemerke. Jemand hat meine Decke beiseitegeschoben und ein Objekt mehr schlecht als recht unterhalb meines Kopfkissens platziert. Hätte ich mir nicht mein halbes Leben lang angewöhnt, vor dem Schlafengehen buchstäblich nach den Monstern in meinem Schlafzimmer zu suchen, hätte ich es womöglich gar nicht bemerkt. Und wäre in die Falle getappt.

Ohne ein weiteres Wort zu verlieren, wirft Wren sein Messer auf mein Bett. Mit einem metallischen Klack, der wie ein schaurig kaltes Echo durch den Raum hallt, schnappt die Falle zu.

Ich schlucke schwer, als ich mit zitternden Fingern meine Dolche umklammere. Das hätte ... mein Kopf sein können.

Auch Wren scheint paralysiert. Er stößt einen tiefen Atemzug aus, ehe er sich auf dem Absatz umdreht und mich fest an seine Brust zieht. Sein Duft nach Kiefernwald und Wildleder peitscht über mich hinweg. Selten habe ich ein totes Herz derart schnell schlagen gespürt.

Mit hängenden Armen lasse ich die Umarmung geschehen und schließe sogar einen Moment lang die Lider, während ich meine Stirn an seine Brust lehne.

Ich bin es so leid. Bin es leid, jeden Atemzug meines ewigen Daseins um mein Überleben kämpfen zu müssen. Stets angespannt, immer auf der Hut, selbst im Schlaf.

»Eine verdammte *Bärenfalle?*« Seine Stimme ist nicht mehr als ein drohendes Wispern. Ganz anders als Eneans größenwahnsinniges Gebrüll, das das halbe Schattenreich zum Einsturz bringen könnte. »Wer war das?«

»Ich weiß es nicht. Kann jeder gewesen sein.« Ich wünschte, ich wäre zumindest ein kleines bisschen überrascht.

Wren zuckt zusammen. »Was meinst du damit?«

Ich lege den Kopf in den Nacken, meine Hände an seinen Oberarmen, blicke hoch zu ihm. Das Bildnis des Falken auf seiner Schulter reißt den Kopf hin und her, als würde er am liebsten jemandem die Augen aushacken. Ich weiß genau, wie er sich fühlt.

»Da du mich ja sonst auch mit Argusaugen bewachst, ist dir sicher nicht entgangen, dass mich die halbe Belegschaft *hasst.* Und nun darf ich auch noch Bashs Tod auf die Liste meiner angeblichen Vergehen gegen die Gemeinschaft setzen.«

Wren legt eine kühle Hand in meinen Nacken, als könnte er mich durch diese simple Geste vor dem Rest der Welt beschützen. »Ich wusste von den Streichen, ja.« Okay, klar, nennen wir Mordanschläge *Streiche.* »Und auch, dass sie hin und wieder zu weit gehen. Ich kann mittlerweile gar nicht mehr zählen, wie vielen meiner eigenen Leute ich am liebsten die Kehle durchgeschnitten hätte.«

Meine Mundwinkel zucken. »Hättest du?«

»Hätte ich.« Seine schwieligen Finger fahren meinen Nacken auf und ab, Gänsehaut breitet sich meine Wirbelsäule entlang aus und Thuja regt fragend den Kopf in meinem Inneren. »Aber das hier ...«

»Mordanschläge stehen quasi auf meiner Frühstückskarte«, versuche ich mich an einem Scherz.

»Louve, warum hast du nichts gesagt? Mein Onkel könnte ...«

»Vor dem Kamin Honigwein trinken, während ich in meinem eigenen Bett einen Kopf kürzer gemacht werde?« Ich schnaube. »Was könnte er schon tun, außer ihnen auf die Finger zu klopfen und eine weitere Predigt über Gemeinschaft, Zusammenhalt und *Werte* zu halten? Ihr könnt nicht immer da sein, Wren. Und wie du siehst, habe ich die letzten Zyklen auch ohne eure Hilfe überlebt.«

Ich löse mich aus seiner Umarmung, um die nun nicht mehr aktive Falle aus meinem Bett zu zerren. Meine Finger tasten suchend über das raue Laken, ehe sie auf die harte Kälte des Mordanschlags treffen. Mit einem Klirren landet das schwere Metall auf den Holzdielen. Unbeeindruckt trete ich es unter das Bettgestell und mache mich daran, meine Habseligkeiten für eine schnelle Dusche zusammenzusuchen.

»Louve …«

Ehe ich mich's versehe, hat Wren meinen Arm gepackt und mich abermals an sich gezogen. Einer meiner Dolche fällt mir aus dem Stiefel und bohrt sich neben meinem Fuß ins Holz. Gleichzeitig umfasst Wren meinen Hinterkopf, sanft, abwartend, seine Lippen nur Zentimeter von meinen entfernt. Schon wieder. Verdammt seist du, Wren!

Zum zweiten Mal an einem Sonnenlauf von ihm überrascht, keuche ich auf. »Wren, ich … Ach, scheiß drauf.«

Ich ersticke meine eigenen Zweifel mit einem stürmischen Kuss.

Um ehrlich zu sein, habe ich nicht die geringste Ahnung, weshalb ich mich nicht von ihm löse, sondern meine Finger in sein Shirt grabe, mich an ihn schmiege und den Kuss vertiefe, bis wir rückwärts auf das nicht mehr geladene Bett krachen. Wren presst meinen Rücken in die Matratze, unsere Beine sind ineinander verkeilt, Messerschneiden stoßen mit derselben Heftigkeit wie unsere Lippen gegeneinander.

Wird es ab jetzt so sein? Wir streiten und necken und küssen uns und treiben uns gegenseitig in den Wahnsinn – und ins Bett?

»Louve …« Mit einer Hand umfasst er meine Handgelenke und schiebt sie über meinen Kopf.

Instinktiv schlinge ich die Beine um seine Hüften und ich schwöre bei der imaginären Göttin des Lichts, hätte Wren den Kuss an dieser Stelle nicht unterbrochen, hätte ich ihm, meiner einzigen Chance auf ein *beinahe-Zuhause*, die Klamotten vom Leib gerissen.

Seine linke Hand gleitet meine Taille entlang. Etwas knirscht.

Verblüfft richtet Wren den Oberkörper auf, seine Hand noch immer an meiner Taille. Er nestelt am Stoff meiner Tunika, wieder knirscht etwas.

Plötzlich sieht er seine Hand an und bricht in schallendes Gelächter aus. »Sag mir bitte nicht, dass du beim Dinner Kekse gestohlen hast.«

Oh … ups. »Habe ich nicht.«

Keuchend lasse ich meinen Kopf in das von der Bärenfalle zerfetzte Kissen fallen, Federn stieben auf, tanzen zwischen uns wie verzauberte Schneeflocken. Ich will Wrens Hand zurück auf meiner Taille und ich will, dass ich seine Hand nicht zurück auf meiner Taille will.

»Ich dachte, du hasst mich.« Seine Finger der anderen Hand lösen sich von meinen Handgelenken, reißen eine Leere in mein Inneres, die immer da war.

Langsam streiche ich mit den Fingerspitzen über seinen muskulösen Oberarm. »Nur ein bisschen«, grinse ich. »Jetzt gerade hasse ich dich nicht.«

Wren schnaubt. »Mir wäre es lieber, du würdest mich überhaupt nicht hassen. Und kein Gebäck stehlen. Ich bringe dir zehn Kisten Zimtkekse, wenn du willst.«

Natürlich würde er das.

»Und mir wäre es lieber, du würdest meine Privatsphäre nicht seit etlichen Mondläufen mit Füßen treten.«

Ich spüre, wie er unter meinen Fingern zusammenzuckt, ehe er sich langsam aufsetzt. Seufzend tue ich es ihm gleich. »Es ist nicht so, dass ich dir nicht vertraue, Wren, ganz im Gegenteil«, gebe ich zu. »Vermutlich bist du neben Pearse, Mangola und Vadha die einzige Person hier, die mich nicht tot sehen will.«

Unsicher streicht er sich durch das Haar, vermutlich haben sich bereits etliche Strähnen aus seinem Zopf gelöst. »Aber?«

Unschlüssig zupfe ich an meinem Laken. »Aber es gibt Grenzen, Wren. Du kannst nicht einfach in meinem Turmzimmer aufkreuzen, wann es dir gefällt. Oder mich umsiedeln, während ich im Koma liege. Oder einen verdammten Futon neben mein Bett legen, ohne mich zu fragen! Das ist zu viel, verstehst du?«

»Ich wollte dich beschützen«, knirscht er. »Kannst du mir das wirklich zum Vorwurf machen?«

Ja. Nein. Ich weiß es nicht.

Langsam schüttle ich den Kopf. »Natürlich nicht. Und glaub mir, ich bin dankbar, dass du auf mich achtgibst. Auch wenn ich es dir nicht immer zeige.« Oder ... nie. »Aber es wäre fantastisch, wenn du vorher mit mir sprechen würdest, ehe du handelst, in Ordnung?«

»Ja.«

Verblüfft hebe ich den Kopf. »Ja?«

»Ja. Du hast recht. Irgendwie. Vielleicht.« Er stößt ein leises Lachen aus. »Ich würde besser schlafen mit dem Wissen, dass dein hübscher Hals nicht von einer Bärenfalle zerquetscht wird.«

Ich grinse ihn schief an. »Du hältst meinen Hals für hübsch?«

»Ist das alles, was du gehört hast?«, lacht er. Dann beugt er sich abermals zu mir hinab. Sein Daumen streicht über meinen Kiefer, diesmal sanfter, ehrlicher. »Wenn du es genau wissen willst: Es ist nicht nur dein Hals, der mir gefällt.«

Ich lege meine Hand auf seine. »Ich habe gehört, meine Fingerknöchel sollen exquisit sein«, scherze ich.

Er zieht meine Hand an seine Lippen und haucht einen Kuss auf jeden einzelnen Knöchel. »Das sind sie.«

Ist er verrückt geworden? Bin *ich* verrückt geworden? Habe ich gerade gekichert? Gütige Göttin des Lichts!

Da plötzlich erhebt er sich ohne Vorwarnung und schnappt sich die Bettwäsche seines Futons. Schon glaube ich, er würde sie in mein Bett befördern, stattdessen geht er in Richtung Tür.

»Was tust du da?«, frage ich verblüfft.

»Ich respektiere deine Grenzen und bringe meine Sachen zurück in mein Zimmer.«

Na, für eine hundertachtzig-Grad-Wandlung hat er sich ja einen hervorragenden Zeitpunkt ausgesucht. Nicht.

Frustriert sinke ich zurück auf die Matratze und puste eine Feder von meiner Wange. »Kannst du meine Grenzen nicht erst bei Sonnenaufgang respektieren?«

Er lacht, als er seine Decke achtlos im Flur fallen lässt, um sich nun auch noch den Futon zu schnappen. »Ich bin direkt nebenan, wenn du etwas brauchst.«

Gerade will ich ansetzen, ihm zu sagen, was ich brauche, und dass ich es definitiv *jetzt* brauche, da kommt er mir mit einem »Schlaf gut, Louve« zuvor.

Von wegen *Pommes-und-Süßkartoffeln.*

Knurrend umfasse ich einen meiner Wurfsterne, entscheide mich dann jedoch anstandshalber dafür, ihm das Metall heute nicht entgegenzuschleudern.

Stattdessen warte ich mit angehaltenem Atem ab, bis er die Tür hinter sich geschlossen hat und seine Schritte im Gang verhallen. Dann erst erlaube ich mir, mich umzudrehen und das Gesicht in meinem Kissen zu vergraben. Ich unterdrücke einen entnervten Schrei. Warum nur müssen Männer derart frustrierend sein? Können sie nicht einfach tun, was ich will, wann ich es will – *so oft ich es will?*

Doch kaum höre ich, wie sich die Tür zu seinem eigenen Zimmer schließt, kratzt die Wahrheit mit ihren schadenfrohen Krallen über meine Brust.

Zur Schattenbarriere.

Beinahe hätte ich mit meiner Sehnsucht nach einem Zuhause geschlafen. Und wäre in den Armen meiner eigenen Lüge erwacht.

22. Kapitel

Enean

»Was meinst du damit, du hast ihn geküsst?«

Es ist mitten in der Nacht, der violette Vollmond steht hoch oben am wolkenverhangenen Firmament, durch welches kein einziger Stern zu spähen wagt.

»Warum regst du dich so auf?«, wirft Louve mir vor, nachdem sie gerade erst mit erhobenen Dolchen und verflucht wütend durch die Barriere stolziert ist. »Außerdem geht es doch überhaupt nicht um diesen Kuss. Oder den anderen. Sondern darum, dass Wren bei mir ausgezogen ist.«

Noch nie in all den achthundert Zyklen als Gott der Schatten stand ich so kurz davor, jemandem auf die Stiefel zu kotzen. »Oder den anderen«, wiederhole ich monoton. »Klar.«

Kurz spiele ich mit dem Gedanken, etwas anzuzünden. Oder jemanden. Der mit *W* anfängt und mit *ren* aufhört.

Glücklicherweise gelang es mir, Louve und mich in den Palast (*hüstl* Burgruine *hüstl*) zu schleusen, ehe die Schattenwandler auf sie aufmerksam geworden sind. Nicht auszumalen, was passiert, würden sie Louve schon wieder hier antreffen. Seit alle Welt gesehen hat, wie ich sie in meine Privatgemächer geschleppt habe, hat sich eine nie da gewesene Unruhe in meinem Reich breitgemacht. Ich gab meine Befehle und sie befolgten sie (foltern, einsperren, gefangen nehmen, patrouillieren, das übliche Fegefeuer-Einmaleins eben) – doch ihre Mienen gefielen mir nicht. Ich glaubte sogar, bei meiner letzten Ansprache das Augenlid eines Nachtwarans zucken zu sehen. Ehe es dann nie wieder gezuckt hat, versteht sich.

Zuletzt waren meine Untertanen mir gegenüber derart übel gelaunt, als General Irquan all seine Truppen zugleich schickte und ein furchtbares Gemetzel anrichtete. Louve war zu diesem Zeitpunkt noch ein Kind. Und in Sicherheit.

»*Nachdem* er dich geküsst hat«, erinnere ich sie schnaubend und gebe vor, eines meiner klauenzerfetzten Wandgemälde zu begutachten. »Was fällt ihm ein, überhaupt erst bei dir einzuziehen?«

Mit der Spitze ihres Dolches pult sie an einem Leberfleck auf dem Handrücken. »Sieh mal, manchmal wächst du mit einer Person auf und du fragst dich *hey, wie es wohl wäre, wenn wir uns küssen würden* und dann tust du es und es ist vertraut, aber vor allem merkwürdig, also kippst du einen Drink runter und vergisst den ganzen Mist und du sagst dir *irgendwann lachen wir darüber*, aber verflucht, niemand lacht! Sieh es als vorübergehende beidseitige Umnachtung.« Sie verdreht ihre wunderschönen Augen. »Die Küsse haben ohnehin nichts bedeutet.«

»Dir vielleicht nicht«, knurre ich und widme mich einem zweiten Porträt mit schwarz angelaufenem Goldrahmen.

»Herrgott, Enean!«, ruft sie entnervt aus. »Wren ist nicht in mich verliebt!«

»Ach, also küsst er dich aus *Plichtgefühl?*«, spotte ich.

»Ja«, blufft sie. »Außerdem hat er meine Kekse zerkrümelt.«

Bitte was? »Ist das eine Metapher?«

»Himmel, nein! Ich meinte nur, es war kurz nach unserem gemeinsamen Dinner mit seiner Familie und da kam eben dieses Pflicht-und-Partnerschaft-Ding durch, schätze ich.«

»Dann hast du ihn also in der Vergangenheit häufig mit anderen Frauen gesehen, vermutlich sogar erst kürzlich?«, hake ich nach.

»Ja. Also … nein!«

Ha! Wusste ich's doch. Diese kleine, berechnende Made von Assassine. Dieser Erster-Pfannkuchen-Versuch von Mann!

»Warum streiten wir jetzt überhaupt?«, fragt sie auch noch.

»Ich streite nicht, ich kommuniziere.«

»Oh. Mein. *Gott!* Hattest du einen Psychologie-Ratgeber zum Frühstück?« Louve läuft ungeduldig auf und ab, beide Hände in ihrem blassen Haar vergraben. Das Feuer des offenen Kamins lässt ihre tiefroten Haarspitzen lodern wie Flammen. »Du bist ein fast eintausend Zyklen alter, nahezu allmächtiger Gott der Finsternis – und jetzt kommst du mir allen Ernstes mit solchem Mist wie *Ich kommuniziere*?!«

Ziemlich unfair, jetzt persönlich zu werden. Ich meine …

Moment mal. »Was meinst du mit *nahezu allmächtig?* Und was ist falsch an einem offenen Gespräch? Schließlich warst du diejenige, die mir unbedingt auf die Nase binden musste, was sie nach Sonnenuntergang mit ihrem Plan B treibt.«

»Ich wollte doch nur ehrlich sein!« Louve seufzt frustriert.

Meine Mundwinkel zucken vor selbstzufriedener Überlegenheit. »Willst du damit etwa behaupten, *du kommunizierst?* Igitt.«

»Mann, Enean, kannst du dich vielleicht ein Mal benehmen wie der Furcht einflößende Schattengott, der du sein solltest, und nicht wie ein eifersüchtiger Halbstarker?«

Ich reiße die Augen auf. Das ist ja die Höhe!

»Na schön«, spucke ich ihr entgegen. »Bringe ich eben noch vor dem Frühstück zehn Assassinen pro Klaue um. Zufrieden?«

Abermals rollt sie mit den Augen, die Lippen zu einem Strich verzogen, die Hände an ihrem Dolch, als stände sie kurz davor, zuzustechen.

»Warum interessiert es dich überhaupt?«, will sie wissen.

»Tut es nicht.«

Langsam löst Louve die Hand von ihrem Dolch.

»Hast du mit ihm geschlafen?«

Keinen Wimpernschlag später rammt sie mir ihre Klinge ins Schienbein. Miststück. »Können wir uns darauf fokussieren, dass er *wegen des Kusses* ausgezogen ist und ich mich deshalb nach endlosen Sonnenläufen der Isolation endlich ausschleichen konnte?«

Mürrisch schnippe ich ihre Waffe aus meinem Muskelstrang. »Nein.«

Das alles ist so falsch. So verflucht falsch.

Ich will etwas zerstören, verbrennen, zerstückeln. Vorzugsweise die ganze verfluchte Welt. *Ihre* Welt. Und ganz besonders diesen hirnlosen, unverfrorenen, widerwärtigen ... *Verlobten.*

Das Blut rauscht mir wie kochende Lava durch die Adern, kalt lodernde Schatten entladen sich auf meiner Haut. Ich bin kurz davor zu explodieren –

Dann aber fällt mein Blick auf Louve, diese wunderschöne, starke, stolze Kriegerin, und Scham löscht den Zorn wie Regenwasser. War ich nicht derjenige, der beschlossen hat, sie gehen zu lassen? Dass es so am besten ist? Sie niemals mein sein wird, sondern die Frau dieses ... dieses ...

»Ich brauche Antworten, Enean«, drängt Louve mich. »Also hör auf zu schmollen und konzentrier dich.«

Ich verziehe das Gesicht. Ich habe Kreaturen für weniger gefoltert. Viel weniger.

»Kendric und Melyn behaupten, du hättest Bash getötet«, wechselt sie das Thema und setzt sich. »Ist das wahr?«

Moment. Was? »Wer behauptet, ich hätte wen getötet?«, frage ich verwirrt. »Ach, vergiss es. Stimmt vermutlich.«

Louve schnaubt. »Erinnerst du dich an einen Abend, als

ich … betrunken mit drei anderen Assassinen ins Schattenreich stolperte? Vor etwa sieben oder acht Sonnenläufen? Und du einen von ihnen geköpft hast?«

Wie meint sie das, ob ich mich erinnere? Wie könnte ich nicht? All die Uhrenflüsse, in denen ich wie ein Idiot um ihre komatöse Gestalt schlich, nicht wagte, sie auch nur für einen Wimpernschlag aus den Augen zu lassen. Ihre Verletzungen, der Schmerz in ihrer Miene, *der Schmerz in meiner Brust.* Und die Gewissheit, würde sie sterben, würde unweigerlich ein Teil von mir mit ihr gehen.

»Ich erinnere mich an nichts«, gesteht sie und zieht die Knie an.

Zum zweiten Mal binnen eines viertelten Mondlaufs sitzt sie auf den Fellen meines Nachtlagers. Mit dem kleinen Unterschied, dass sie diesmal nicht wirkt, als würde sie jeden Augenblick zu Tod und Asche verrauchen. Sie trägt ihre Uniform, die eng an ihrem Körper anliegt, und einen widernatürlichen Kontrast zum Milchweiß ihrer blutrotgetränkten Haare bildet.

Da plötzlich dringt die Bedeutung ihrer Worte in meinen Verstand. »Was meinst du damit, du erinnerst dich nicht? An *nichts?*«

Louve schüttelt den Kopf. »Liegt vermutlich an meinen Verletzungen, es war wirklich schlimm, Enean.« Was sie nicht sagt. »Drei Heiler haben sich regelrecht verausgabt, damit ich es schaffe. Hätte Wren mich nicht gerettet …«

Moment. Bitte was? Ich glaube, mich verhört zu haben. Nein, ich *muss* mich verhört haben.

»Warte, lass mich das kurz zusammenfassen: Dein *Verlobter* hat dir« – angeblich – »das Leben gerettet, wodurch er sich einen innigen Gute-Nacht-Kuss verdient hat und zusammengezogen seid ihr auch?« Ich fasse es nicht.

»Und, schon Nachwuchs unterwegs?«, knirsche ich erbost.

Kann sie sich denn wirklich nicht erinnern? An mich? Wie sie in meinen Armen lag, mir ihre Gefühle offenbarte, überlebte? Mich anflehte, sie zu meiner Königin zu machen?

Dass ich derjenige war, der ihr das Leben gerettet hat?

Gerade setze ich an, sie aufzuklären, halte jedoch abrupt inne. Vielleicht ist es besser so. Vielleicht ist es gut, wenn sie glaubt, dieser Wren, einer von ihren Leuten, hätte ihr geholfen.

Wem mache ich überhaupt etwas vor? Louve und ich, wir werden niemals ein *wir* sein. Nicht wie sie und diese Made Wren. Wir werden weiterhin der Schattengott und die wundervollste Schattenassassinin des ganzen verfluchten Universums sein. Jeder auf seiner Seite der Medaille, doch niemals vereint.

Ich wende mich ab, als ich einen Entschluss fasse. Louve darf niemals hierher zurückkehren. Nicht in die Burg, nicht zu mir. Sie gehört nicht hierher. Und ich ertrage es nicht länger, in ihr wunderschönes, perfektes Gesicht zu blicken, in dem Wissen, dass sie niemals mein sein wird.

Es bringt mich um. *Sie* bringt mich um.

Eine Sterbliche, eine *Assassinin*, hält mich, den allmächtigen Schattengott, Herrscher über Tod und Finsternis, in ihren winzigen Fingern wie eine Fliege. Und sie allein entscheidet, ob sie zudrückt.

»Enean, ich bin aus einem bestimmten Grund hier«, unterbricht sie mein rabenschwarzes Gedankenkarussell. »Ich brauche deine Hilfe.«

»Mhm«, grunze ich.

Louve erzählt mir von irgendeinem machtbesessenen Arzaê mit einem sehr toten Sohn. Von einem verrückten Abendessen, Telepathie und haufenweise Münzen.

»Ich werde Solitude verlassen können«, endet sie schließlich leise. »Für ... für immer.«

Sie sieht mich nicht an bei ihren letzten Worten, jedes einzelne eine Kugel in meiner Brust.

Manche Menschen haben über die Zeit hinweg ihre Signatur so tief in deine Knochen gebrannt, dass sie ein Teil von dir wurden. Die Erinnerung an sie aus deinem Wesen zu schneiden ist, als würde man einen Teil seiner selbst aus sich reißen. Und plötzlich ist deine größte Angst nicht, die Person zu vergessen, die dir die Welt bedeutet, sondern von ihr vergessen zu werden. Weil du den Teil von dir, den sie mit sich nimmt, niemals zurückbekommen wirst.

»Enean? Siehst du, deswegen spielt es gar keine Rolle, was zwischen Wren und mir vorgefallen ist. Weil ich eine Abtrünnige sein werde. Und er der Neffe unseres Kommandanten. Er und ich, wir werden uns nie wiedersehen.« Sie legt ihre Hand auf meinen Unterarm, lässt Blitze und Donner und ganze Universen unter meiner Haut entstehen, als wäre es *nichts.* »Also, was ist? Hilfst du mir?

Langsam nicke ich. »In Ordnung. Hast du einen Talisman, um seinen Schatten zu binden? Er ist erst vor Kurzem gestorben, hat sich also noch nicht verwandelt, richtig?«

Verblüfft nickt sie. »Du hilfst mir?«

Ich will sie anschreien und schütteln und küssen und für immer fortschicken und nie mehr gehen lassen. Stattdessen sage ich: »Natürlich helfe ich dir. Gib mir deine Hand. Wir gehen zu den Seen der Erinnerungen.«

Ohne zu zögern, hält sie mir ihre kleine von Narben übersäte Hand entgegen, auf deren Rücken eine Handvoll Sommersprossen-Sternenbilder prangt. Sie ist gerade einmal groß genug, um eine meiner Krallen zu umfassen.

Wenn ich doch nur …

Ich schüttle den Kopf. »Gehen wir.«

Nachtschwarze kalte Schatten umschließen unsere Körper,

verbrennen zu gleißendem Eisblau und spucken uns wenig später an der Grenze der Wälder der Verdammnis im tiefen Westen meines Reiches aus. Louves Zähne klappern. Doch bin immer noch ich derjenige, der darüber bestimmt, wen meine Kräfte das Leben kosten. Ich wünschte nur, ich könnte sie vor meiner Finsternis schützen, ohne sie zu verlieren.

Mit einem letzten Blick auf Louve sehe ich mich um.

Die zum großen Teil verbrannten, kargen Kronen tragen ihren Namen zu Recht, reißen die Wurzeln Unwissende doch schneller in gigantische unterirdische Höhlensysteme, als diese blinzeln können. Würden sie Louve kriegen, würde selbst ich Tausende Sonnenläufe benötigen, um sie wiederzufinden. Bis dahin hätten die Bäume sie längst verdaut. Sogar gegen meine Drohungen ist das Gestrüpp immun, vermag ich zwar ihre Stämme, nicht aber die unterirdischen Teile zu verbrennen. Es würde mich nicht überraschen, würden die feingliedrigen, giftigen Wurzeln bis zum Mittelpunkt der Erde reichen.

»Du hast die Wachen an der Barriere verstärkt«, spricht Louve aus, was ich längst weiß. »Ich musste zwei von ihnen töten, bis du kamst.«

Ihre Worte machen mich stolzer, als ich es angesichts meiner Position als Heerführer sein sollte. »Ich sehe schon, du bist wieder ganz die Alte.«

Louve hebt ihren rechten Daumen. »Weswegen ich noch weniger begreife, dass sie mich neulich Nacht beinahe haben töten können. Jemand hat behauptet, ich hätte den anderen aus meiner Einheit Schattenwandlergift untergejubelt. Aber warum sollte ich?« Nachdenklich kaut sie auf ihrer Unterlippe und es bringt mich um den Verstand, dass es nicht meine Zähne sind, die sich in ihr versenken. »Glaubst du, jemand hat *mir* etwas in die Drinks gemischt?«

Und wie ich das glaube.

Wie aufs Stichwort ertönt ohrenbetäubendes Gekreische in den hinter uns liegenden Wäldern, ein Schwarm Wühlkrähen fliegt auf, die Erde erbebt.

Gleichzeitig drehen Louve und ich uns um.

23. Kapitel

Enean

An die fünfzehn Schattenwandler nähern sich uns mit gebeugten Köpfen, die glühend roten Augen auf Louve gerichtet. Unter ihnen mache ich vier Panthergreife mit gebleckten Fangzähnen aus, sechs schuppige Lindwürmer und fünf Wühlkrähen mit Schnäbeln, spitzer als Pfeilspitzen.

Sofort nimmt Louve eine Angriffshaltung ein, in jeder Hand einen Krummdolch.

»Ihr bringt uns ein Spielzeug?«, faucht der größere Panther. Eine lange Narbe verunstaltet sein linkes Auge und es würde mich nicht überraschen, wären Louve oder ich dafür verantwortlich.

»Wenn ihr ein Spielzeug wollt, sucht euch euer eigenes«, knurre ich und trete einen Schritt vor. »Verschwindet. Sofort.«

Die Panther ducken sich, zwei Lindwürmer machen kehrt und graben sich in die tiefschwarze, tote Erde. Eine der Wühlkrähen will es genauer wissen. Im Sturzflug schießt er auf Louve zu. Und hat ein Messer im Hals, noch bevor ich meine Eisschatten beschwören kann. Kreischend verflüchtigt sich die Kreatur zu Rauch, ehe sie sich in einigen Rå-Uhrenflüssen erneut manifestieren wird. Doch bis dahin werden wir längst verschwunden sein.

»Ihr lasst zu, dass der Feind uns angreift?« Abgestorbenes

Fleisch formt etwas, das einst die Lefzen des Panthers gewesen sind.

Flammen lecken über meine nackte Haut, als ich mich drohend aufbaue. »Ich rechtfertige mich nicht vor dem Gesinde.«

Keinen Herzschlag später verglüht mein Gegenüber zu einem Häuflein Asche. Sein Kumpel knurrt. Ist das zu fassen? Er knurrt mich an. *Mich!* Schon hebe ich die Hand, um auch den zweiten von ihnen zu pulverisieren, da macht er widerwillig kehrt und trollt sich mit den anderen zurück auf seinen Posten.

»Uns bleibt nicht viel Zeit«, sage ich zu Louve und greife nach ihrem Zahnstocher-Dolch, der mitsamt dem schäbigen Überbleibsel der Krähe auf der Erde liegt. Meine Klauen aber sind zu groß und ich bekomme ihn nicht richtig zu fassen, weshalb sie sich hastig nach ihm bückt.

Dickbäuchige, aschfahle Gewitterwolken bauen sich über der Waldregion auf und verschlingen die blassgoldenen Lichtschlieren der ersten aufgehenden Sonne. So weit das Auge reicht, erstreckt sich in diesem Teil meines Reiches abgestorbenes, dicht an dicht stehendes Geäst. Es ist so dunkel, dass ein Sterblicher die Hand vor Augen nicht erkennen würde, würde er sich in das Dickicht wagen. Rote und gelbe Iriden starren uns aus der Dunkelheit an, verfolgen jeden unserer Schritte.

»Würden sie sich wirklich gegen dich auflehnen?«, fragt sie und wischt die Klinge am Leder ihres Ärmels ab.

»Das Reich braucht einen Herrscher«, ist alles, was ich sage. »Aber sie hätten große Freude daran, dich langsam und qualvoll zu töten.«

Louves Miene verzieht sich zu einem Grinsen. »Dito.«

»Glaub mir, Love, du willst nicht, dass ein ganzes Heer hirnloser Mutanten über dich herfällt. Komm jetzt. Suchen wir den Schatten des Arzaê und verschwinden von hier.« Sie hält in der Bewegung inne, presst sich den Handballen gegen die Stirn, als hätte sie plötzlich schreckliche Kopfschmerzen. »W-wie hast du mich gerade genannt?«

Was zum Nachtwaran ist hier eigentlich los?

»Ich ... Gehen wir einfach, okay?«

Stumm nickt sie, ihre Lippen so fest aufeinandergepresst, dass sämtliche Farbe aus ihnen weicht. Zornig wende ich den Blick ab. Wenn ich denjenigen erwische, der ihr das angetan hat, hagelt es Gliedmaßen.

Denn Fakt ist, jemand hat sie vergessen lassen. Mit voller Absicht. War es der Verlobte? Ihre Vorgesetzten? Nein, dazu ist ein Assassine nicht imstande. Also ein Arzaê? Weshalb sollte es diese goldgepuderten Würmer kümmern, was in Louves hübschen Kopf vor sich geht?

»Enean?«

»Ich komme.«

Die Seen liegen in unmittelbarer Nähe zum Wald, im Westen des Reiches, in ausreichender Entfernung von der sich im Süden erstreckenden Barriere. Mein »Palast« liegt im Norden und ist umgeben von einer trockenen Wüsten- und Gerölllandschaft, die sich bis zu der trostlosen Ebene rund um die Barriere erstreckt.

Diejenigen Schatten, die noch nicht zu grotesken Mutationen wurden, haben sich in Höhlen in himmelhohen Felswänden verschanzt. Letztlich finden sie Schattenwandler dennoch. Um sie zu quälen, zu foltern, Katz und Maus mit ihnen zu spielen, einfach nur zum Spaß.

Meine persönliche Folterkammer unter meiner Burg ist da schon exquisiter, denn sie ist ausschließlich jenen Abtrünnigen vorbehalten, die die Nerven besitzen, sich gegen mich zu stellen.

»Und wie genau läuft das jetzt ab?«, fragt Louve mich, als wir den See erreicht haben. »Ich kann nichts erkennen.«

Ich weiß, dass sie lügt. Was ich nicht weiß, ist, ob sie nur mir nicht die Wahrheit sagt, oder es ihr am besten gehütetes Geheimnis ist. Ich habe Louve beobachtet, ich beobachte sie schon länger als ihr halbes Leben. Weshalb ich ihr nicht abkaufe, wenn sie behauptet, überhaupt nichts zu sehen. Irgendetwas *muss* sie sehen. Weshalb sonst würde sie in ausreichend Abstand zum Wasser stehen bleiben? Sie war nie hier. Ich glaube, dass sie anders wahrnimmt als wir anderen, doch irgendetwas verheimlicht sie. Ich werde sie nicht drängen, sie wird es mir verraten, wenn es sich für sie richtig anfühlt.

Manchmal frage ich mich, wie sie meine Welt wahrnehmen würde, würde sie mit ihrem Augenlicht sehen. Würde es sie abschrecken?

Ich hebe den Kopf, versuche die gigantische Seenlandschaft wahrzunehmen, wie es ein Außenstehender tun würde. Vor uns erheben sich zwei aus Tausenden Knochenhänden, Pech und Tod erbaute Pranken zu einem die tiefgrauen Gewitterwolken durchstoßenden Tor. Über die Zyklen hinweg folgten zahllose weitere Puzzleteile, die aus dem kargen Grund ragen, als lauere dort unten eine erstarrte Bestie. Mehr als einhundert tiefschwarze Wasserbecken in unterschiedlichen Größen und Formen erstrecken sich dahinter bis zum Horizont. Der stechende Geruch nach Schwefel und Harz liegt in der Luft, die Wasseroberflächen schimmern wie Öl. Noch immer verschlucken dichte Gewitterwolken das Sonnenlicht, sodass alles, was vor uns liegt, getränkt ist von einer schweren, drückenden Finsternis.

»Jetzt suchen wir deinen Arzaê«, erkläre ich ihr und reiche ihr meine Klaue, um sie trotz der Gewissheit um ihre Lüge durch die schmalen, sandigen Pfade zwischen den einzelnen Seen hindurchzuführen. Schweigend folgt sie mir.

Kühl liegt ihre Haut an meiner und für einen Moment frage

ich mich, ob *er* sie so gehalten hat, als er sie küsste. Seine Verlobte. Seine *Partnerin.*

»Enean, du zerdrückst meine Hand.«

Rasch löse ich mich von ihr. »Wir sind da. Ich glaube, in diesem See hier liegen die Erinnerung der jüngsten Schatten.«

Louve streicht sich mit dem Daumen über das Nasenbein. »Was meinst du, die Erinnerungen *liegen* im See?«

Ich gehe vor dem widerwärtigen Gebräu in die Hocke und ziehe sie an der Schulter neben mich. »Die Erinnerungen der Toten sind schwer wie Stein. Sie sinken hinab, bis auf den Grund der Seen. Und färben das Wasser durch ihre eigene Dunkelheit.«

»Klingt furchtbar.« Beide Hände auf den Knien, beugt sie sich vornüber, als würde das Wasser ihr all seine Geheimnisse zuflüstern, wenn sie nur konzentriert genug hinhört. »Aber wie genau hilft es uns, Decan Roughcrest zu finden?«

Ich tauche eine Pranke ins Wasser, sodass das eiskalte Nass meine Haut umschließt. Manche der Seen sind kochend heiß, andere zugefroren. Es hängt von der Konsistenz der Erinnerungen ab, die sie tragen.

»Wenn jemand auf eurer Seite der Barriere stirbt«, erkläre ich ihr, »spaziert dessen Schatten natürlich nicht munter zu Fuß in mein Reich. Ansonsten würde es in Dall noch mehr von ihnen geben.«

Dort treiben sich nur diejenigen herum, denen es gelingt, sich vom Schattenreich aus zurück durch die Barriere in die Welt der Lebenden zu schmuggeln. Das können sie, solange sie noch nicht vollständig mutiert sind, sie befinden sich quasi in einem Schwebezustand. Den meisten gelingt es natürlich nicht, ohne von einem Schattenwandler gefasst zu werden. Doch hin und wieder bringt es einer fertig. Allerdings lebt es sich ohne Körper nicht besonders ... langfristig. In einem Wort: *Puff.*

»Soll das bedeuten, wenn eine Person stirbt, kommt ihr Schatten automatisch ... hierher? Zu diesen Seen? Warum steht das in keinem unserer Lehrbücher?«

Obwohl Louve es – zumindest offiziell – nicht sehen kann, nicke ich. »Schätze, weil Tote ohne Erinnerung nicht darüber plaudern können? Ihre Schatten erwachen auf dem Grund eines dieser Seen. Ihre Erinnerungen versuchen sie hinabzuzerren, sodass sie gezwungen sind, sich von ihnen loszusagen, um es bis an die Oberfläche zu schaffen.«

»Haben die Schattenwandler deshalb keine Erinnerung mehr an ihr Leben vor dem Tod?«

Abermals nicke ich. »Doch bleibt den kürzlich Verstorbenen so etwas wie ein ... Gefühl. Ein Drang, wenn du so willst. Etwas, das sie zurück zur Barriere zieht, zurück zu den Lebenden.« Was wir ihnen natürlich in Windeseile austreiben. Und zwar nicht gerade auf die sanfte Tour.

»Und was ist mit den schönen Erinnerungen?«, will Louve wissen. »All den guten Momenten in ihrem Leben?«

Ich schnaube. »Nichts in diesem Reich ist schön, Louve.« *Nichts, bis auf dich.* »Stell dir vor, du wachst auf, dort unten, im ewigen Nichts. Du denkst an deine Familie, deinen eigenen Tod oder vielleicht an einen zurückgelassenen Geliebten. Und prompt wirst du von bodenloser Trauer überschwemmt, einer Schwere, die dich tiefer und tiefer zieht.«

Louve stößt einen Pfiff aus. »Das heißt, so etwas wie gute Erinnerungen gibt es nicht?«

Ich lasse einen weiteren Wasserschwall durch meine Finger gleiten. »Das heißt, das da unten ist das, was die Toten aus ihnen machen.«

»Vielleicht gehen die glücklichen Erinnerungen an einen anderen Ort«, überlegt sie.

Vermutlich spielt sie dabei auf diese ominöse Göttin des

Lichts an, die weder ein Mensch noch ein Arzaê jemals zu Gesicht bekommen haben. Zumindest nicht in den achthundert Zyklen meiner Existenz.

»Warst du auch dort unten?«, überrascht sie mich. »Ich meine, als du hierherkamst.«

Meine Krallen bilden eine Faust, die die letzten Wassertropfen zerquetschen. »Genug geplaudert. Suchen wir deinen Freifahrtschein aus dieser Hölle.«

Mit gerunzelter Stirn bedenkt sie mich. Obwohl ihr tausend Fragen ins Gesicht geschrieben sind, sagt sie nichts. Ich betrachte das milchige Rauchblau ihrer Augen, die schneeweißen Strähnen, die sich aus dem Lederband an ihrem Hinterkopf gelöst haben. Diese perfekten, vollen Lippen. Die wenigen Sommersprossen auf ihrem Hals, die geradezu einladen, herauszufinden, ob sie sich unterhalb des Lederkragens fortsetzen.

Ich werde sie verlieren.

Ich werde sie verlieren und ich werde mich verlieren. Ich werde uns beide verlieren. Außer …

Plötzlich kommt mir eine Idee. Eine fatale, verdammt dumme, einfältige, naive, törichte, grauenhafte Idee.

Und ich liebe sie.

Ein zufriedenes Grinsen breitet sich auf meiner Miene aus.

»Du glaubst also, Decan Roughcrest ist irgendwo da unten?«, fragt Louve skeptisch. »Dass er am Grund des Sees darum kämpft, seine Erinnerungen loszulassen? Was er übrigens nicht sollte, wenn wir seinen Schatten intakt zurück in seinen Körper stecken wollen. Außerdem scheinst du dir nicht gerade sicher zu sein, ob er wirklich da unten steckt.«

Ich lege meine Pranke auf die Wasseroberfläche. »Zeig mir Decan Roughcrest.«

Sofort kräuselt sich das kühle Schwarz und gibt die Sicht

frei auf einen jungen Mann am Grunde des Sees. Faustdicke Ketten halten seine Arme und Beine umschlungen, und ich frage mich, wie lange er nun schon gegen seine Vergangenheit ankämpft, anstatt sie einfach loszulassen.

»Dunkelbraunes Haar, hellgraue Augen, spitze Ohren, athletischer Körperbau, etwa zwei Köpfe größer als du?«, frage ich Louve.

Sie zuckt mit der Schulter. »Was weiß ich.«

»Der See lügt nicht, er gehorcht mir. Wie alles hier. Das da unten ist Decan Roughcrests Schatten.«

Blinzelnd sieht sie mich an. »Und jetzt?«

»Jetzt tauchst du da runter und schnappst ihn dir.« Ich erhebe mich und mache ihr Platz. »Und, Louve? Gib acht, dass die anderen Schatten dich nicht zu fassen kriegen. Ansonsten bist du schneller hinüber, als du *Arzaê-Schnösel* sagen kannst.«

24. Kapitel

Louve

Wie sich herausstellt, besitzt Enean nicht die Kontrolle über *jeden* in seinem Reich. Decan Roughcrest jedenfalls kommt nicht per Finger- ... oder Klauen-Schnippen spontan aus dem See gehechtet. Weshalb ich nun, ein Messer zwischen den Zähnen, in schnellen Schwimmzügen auf den Grund des Sees zu tauchen versuche. Das Wasser ist eiskalt. Meine Haut prickelt und ich spüre meine Zehen nicht mehr. Wäre ich physisch vollständig manifestiert und würde nicht als mein eigener Schatten durch die Finsternis tauchen, wäre ich vermutlich längst an Unterkühlung krepiert.

Ich denke an Enean und Wren und den Kuss und vielleicht sollte ich ganz einfach für immer hier unten bleiben. Treiben in einem rabenschwarzen Nichts, frei von miesen Entscheidungen, Schuld und kannibalisierter Hoffnung.

Nur minimal glimmende Algensilhouetten (zumindest hoffe ich, dass es sich um Algen handelt), bewegen sich ruhig hin und her, bis ich so tief getaucht bin, dass sie mich um mehrere Menschenlängen überragen. Glücklicherweise kann ich in diesem Zustand weitaus länger die Luft anhalten als auf der anderen Seite der Barriere. Endlos ist der Sauerstoff in meinen Lungen deshalb noch lange nicht.

Je tiefer ich hinabgleite, desto besser erkenne ich die sich windenden Silhouetten der Verstorbenen. Die meisten von ihnen haben bereits die nachtschwarze Aura der Schattenwandler angenommen, bei einigen glimmt noch das leise Blau der Menschen durch. Enean hat mir versichert, dass sich hier unten lediglich ein einziger Arzaê befindet, weshalb ich zwischen all dem Schwarz nach einem letzten goldenen Flackern suche. Arzaê verfügen über mehr als die doppelte Lebensspanne eines Menschen, weshalb ihre Toten stark in der Unterzahl sind. Auch in Solitude gibt es deutlich weniger Arzaê als Menschen.

Ich halte in der Bewegung inne, scanne den Grund des Sees nach seinen Opfern. Und tatsächlich. Dort hinten, etwas abseits von den anderen Schatten, kämpft ein Schatten gegen die Ketten an. Zwar trägt er nicht mehr die strahlende Aura seines Volkes, doch kann ich vereinzelte goldene Lichtfetzen wahrnehmen. Ein Licht, das er verlieren wird, wenn ich nicht schnell genug bin.

Mit der linken Hand ziehe ich das Amulett aus dem Kragen meiner Uniform.

In meinem letzten Ausbildungszyklus habe ich in *Magische Artefakte für Fortgeschrittene* gelernt, dass nur ein bestimmter Edelstein dazu imstande ist, die Schatten Verstorbener in sich aufzunehmen. Sie werden in speziellen Höhlen des Schattenreiches abgebaut, wo sich die Ascheüberreste wieder und wieder pulverisierter Schattenwandler zu einer Art Erz zusammentragen. Dieses Erz wiederum wird auf unserer Seite der Barriere mit der Mentalmagie der stärksten Arzaê belegt. Beide Prozesse machen die Artefakte so selten. Denn weder würde das Schattenreich zulassen, dass wir munter Minenarbeit betreiben, noch gehen die Arzaê besonders großzügig mit ihrer Magie um. Meist ziehen sie uns über den Tisch und reißen sich die Edelsteine selbst unter den Nagel.

Was meinem Vorteil dient – schließlich war es Okon Roughcrest höchstpersönlich, der mir einen von ihnen überlassen hat.

Als ich den Anhänger unter den Goldtalern in dem kleinen Lederbeutel fand, wusste ich auf Anhieb, was ich vor mir habe. Den Rest kenne ich aus dem Unterricht.

Gerade steuere ich den Arzaê-Schatten aka Decan Roughcrest an, da wickelt sich etwas um meinen linken Knöchel und reißt mich mit voller Wucht in die Tiefe. Überrumpelt öffne ich die Lippen zu einem stummen Schrei, wodurch mein Dolch aus meinem Mund fällt. Gerade noch rechtzeitig gelingt es mir, nach ihm zu greifen, ehe er in den Tiefen des Sees versinken kann.

Ein zweites *Etwas* wickelt sich um mein rechtes Bein bis hinauf zum Oberschenkel. Ich umfasse den Dolch mit meiner Faust und steche auf die mich um Längen überragenden Pflanzenteile ein, die spontan ein Eigenleben entwickelt haben. Verflucht, warum hat Enean mich nicht gewarnt? Andererseits – habe ich wirklich geglaubt, dass es so einfach sein würde?

Er weiß es, fährt es mir plötzlich durch den Kopf.

Er weiß, dass ich nicht gänzlich blind bin. Anderenfalls hätte er mich niemals allein in den See tauchen lassen.

Das hier ist ein Test. Und ich habe haushoch versagt.

Ein Stechen wie von tausend winzigen Nadeln gräbt sich in meine Beine. Nach und nach weicht jegliches Gefühl aus ihnen. *Heiliger Schattengott!*

Ich stoße fester zu, reiße eine der Algen in Fetzen, während ich mit dem freien Fuß nach der anderen trete.

Ein ohrenbetäubendes Kreischen hallt durch die Finsternis, als plötzlich sämtliche Köpfe in meine Richtung schnellen. Die Schatten stoßen schrille Schreie aus, immer mehr Luftblasen dringen mir entgegen, sie öffnen ihre toten Lippen, um Hilfe suchende Schreie auszustoßen. Ich weiß genau, wonach sie streben, als sie noch stärker an ihren Ketten reißen, ihre gierigen Finger nach mir ausstrecken.

Sie lechzen nach dem Leben, das ich in mir trage.

Ich schneide, trete und schaufle mir meinen Weg zu dem goldenen Leuchten links von mir frei. Nur noch wenige Schwimmzüge, dann habe ich Decan erreicht. Das Amulett um meinen Hals erhitzt sich, brennt sich in meine Haut, giert nach der Essenz des Toten.

Na, die kann es haben.

Einem Schatten gelingt es, sich von einer seiner Ketten zu befreien, sofort stürzt er sich auf mich. Eiskalte Hände umklammern meinen Hals, drücken, pressen, doch ich reagiere instinktiv und ramme ihm meinen Dolch über die Schulter hinweg in die Kehle.

Der Schatten löst sich von mir, kreischt gequält auf. Noch glaubt sein Unterbewusstsein, er würde sterben, was ich mir zunutze mache und so schnell wie möglich in die ihm entgegengesetzte Richtung stoße.

Ich reiße das Amulett hervor und schwimme mit ausgestreckter Hand auf Decans Schatten zu. Nur noch ein kleines Stück, nur noch –

Plötzlich schnellt mein eigenes Ziel auf mich zu und schlingt mir seine Ketten um den Hals. Metallische Kälte drückt mit aller Macht gegen meinen Kehlkopf. Panisch lasse ich den Dolch fallen und umklammere das faustdicke Metall an meiner Kehle. Mein Verstand brüllt mir zu, dem Arzaê das Amulett auf die Stirn zu pressen, ihn zu bezwingen, ehe er mich bezwingt.

Da plötzlich gerät das Wasser hinter mir in Bewegung, als würde sich mir etwas Riesiges, etwas *Gigantisches* nähern. Beim Schattengott. Was zur Hölle lauert hier unten noch? Verfluchter Enean! Das wird er mir büßen.

Noch während ich Decan mit aller Kraft abzuwehren versuche, reißt mich von hinten etwas zurück, Krallen graben sich in das Leder meiner Uniform, sodass sich die Kette um meinen Hals maximal spannt. Ich röchle nach Sauerstoff, umfasse mit zittrigen Fingern das Amulett.

Abermals verschwimmt die Welt um mich herum zu einem Wirbel aus Schwarz, Gold und Blau, vernebelt meine Sinne. Blindlings reiße ich das Amulett durch die Finsternis, bis es endlich gegen das erhoffte Ziel trifft. Mit aller Kraft presse ich den Edelstein gegen den Schatten, während ich zeitgleich um mich trete, um meinen zweiten Angreifer auf Abstand zu halten.

Ein letztes Mal ziehen sich die Ketten enger um meinen Hals. Ein letztes Mal glaube ich hier unten am Grund des Sees zu ersticken. Ein letztes Mal ramme ich das Amulett gegen den Schatten.

Etwas kreischt, *jemand* kreischt. Decan? Abrupt lösen sich die Ketten um meinen Hals. Angst drückt meine Lunge zusammen wie ein Schraubstock. Es ist dieselbe Angst, die ich verspürte, als ich zum ersten Mal realisierte, dass ich mein Augenlicht verloren, und die Dunkelheit mich geholt hat.

Mein Körper agiert instinktiv. Kaum nehme ich das kochend heiße Glühen des Edelsteins in meiner Hand wahr, die Bestätigung der Erfüllung meines Auftrags, da stoße ich auch schon zurück an die Oberfläche. Tauche zwischen prickelnden Algenlagen hindurch, kann meine Beine kaum noch spüren, bete zu einer Göttin, an die ich nicht glaube, sie möge mir eine zweite, eine dritte, eine eintausendste Chance geben. Und mir das Leben retten.

Im Nachhinein würde ich nicht sagen können, wie genau ich es an die Oberfläche geschafft habe oder wie lange ich am Ufer des Sees gelegen habe.

Erst als ich aus dem hinter mir liegenden Gerippe eines Waldgebiets immer näher kommendes Heulen vernehme, streiche ich mir das klatschnasse Haar aus dem Gesicht und richte mich mühsam auf.

Sofort umfasse ich das Amulett auf meiner Brust. Das kaum zu ertragende Glühen versichert mir, dass mein Vorhaben erfolgreich war. Der Schatten ist gefangen. Hastig stopfe ich den Anhänger in den Kragen meiner Uniform, schlüpfe in meine Stiefel und schnappe mir meine Tasche. Noch immer kribbeln meine Beine unangenehm, doch ich ignoriere es, so gut es geht, und stolpere weg vom Ufer des Sees.

Suchend blicke ich mich um. »Enean?«

Vom Schattengott aber ist nichts zu sehen. Dem sich lauter werdenden mehrstimmigen Fauchen nach zu urteilen hat er sich auf in den Wald gemacht, um seinen Leuten ordentlich den Marsch zu blasen. Dennoch verspüre ich eine leise Enttäuschung darüber, dass er sich einfach so verzogen hat. Schließlich hätte mir dort unten weiß Gott was passieren können. Und genau das ist der Punkt: *Dieser* Gott wusste, was im See lauert. Eine Vorwarnung wäre nett gewesen.

Ist er ernsthaft wütend auf mich, weil Wren und ich uns geküsst haben? Unmöglich. Was interessiert es ihn überhaupt?

Ich schnaube. Manchmal vergesse ich, mit wem ich meine Zeit verbringe. Dem Herrn der Finsternis, der Lügen und der Folter. Ich kann von Glück sprechen, dass er mich überhaupt hierhergebracht hat. Jeden anderen hätte er erledigt, kaum hätte er auch nur den großen Zeh über die Barriere gestreckt. Wie Bash.

Was mich wieder zu der Frage drängt: Weshalb hat Enean mir nicht geholfen, als mich seine Leute so schwer verwundet haben? Hat er mich tatsächlich einfach liegen gelassen? Wusste er überhaupt von dem Angriff?

Vielleicht sollte ich aufhören, etwas in ihm sehen zu wollen, das er nicht ist, und mich auf das konzentrieren, *was* er ist: der Tod.

Trotz alldem spüre ich ein schmerzhaftes Ziehen in der Brust, wenn ich daran denke, dass ich nicht nur Solitude, sondern auch Enean zurücklassen werde, sobald Okon mich ausgezahlt hat.

Mein ganzes Leben lang habe ich darauf gewartet, von hier zu verschwinden. Stets in Gedanken weit fort, einen Fuß in einer Welt, die mir allein gehören sollte. Einen Fuß in einem ganz neuen Leben. In einer der unzähligen hinter Solitude liegenden Städte des verlorenen Reiches Verídha meinen Weg finden.

Ich kann kaum in Worte fassen, wie erschöpft ich bin, wie ich in dieser Erschöpfung, die sich Leben schimpft, Sonnenlauf für Sonnenlauf, Nacht um Nacht ertrinke.

Und dann ist da er, das, was die ganze Welt als Monster betitelt. Doch dieses Monster wirft mir Atemzug um Atemzug, Welle für Welle, Herzschlag um Herzschlag erneut einen Rettungsring zu.

Ich wünschte nur, ich hätte den Mut, endlich nach ihm zu greifen.

25. Kapitel

Louve

Ohne Eneans Fähigkeiten brauche ich eine halbe Ewigkeit von den im Westen liegenden Seen bis zur Barriere im Osten. Dabei meide ich den Wald konsequent. Es ist eine Sache, in der Nähe der Barriere Schattenwandler zu jagen. Das Durchstreifen des Westgebiets der Schattenwelt ist etwas ganz anderes.

Obwohl ich mich so weit wie möglich hinter Felswänden entlangschleiche, werde ich auf meinem Weg in regelmäßigen Abständen angegriffen. Sogar aus der toten Erde brechen die Kreaturen, um mich unschädlich zu machen.

Angetrieben von meiner Mission, meiner *Vision*, ragt nach einem schier endlosen Fußmarsch endlich das himmelhohe neblige Schwarz auf, das mich zurück in die Welt der Lebenden bringen wird. Meine Zunge ist geschwollen und staubtrocken, meine Füße sind taub und voller Blasen. Kalter Schweiß steht mir auf der Stirn und lässt mich frösteln. Offenbar bin ich noch immer nicht ganz so fit, wie ich es gern wäre.

Schwer atmend wische ich mir mit dem Handrücken über das Gesicht. Meine Muskeln zittern vor Anstrengung, meine Kehle ist rau wie Schleifpapier. Mein linker Arm hängt nutzlos an meinem Körper hinab, übersät von den Bissen eines Aschegeiers, die ich zwar nicht sehen, sehr wohl aber spüren kann. Obgleich ich das Mistvieh wieder und wieder abgewehrt habe, habe ich eine Dosis seines Gifts abbekommen.

Nicht genug, um mir das Bewusstsein zu rauben, doch ausreichend, um mich auf den Trip meines Lebens zu schicken, bin ich erst einmal auf der anderen Seite.

»*Vive*!«, rufe ich, während ich meine letzten Kräfte sammle, um in einen Sprint überzugehen.

Bislang habe ich es vermieden, meine Geistgefährtin zu rufen, um unentdeckt zu bleiben. Hätten die Schattenwandler eine einzelne Assassinin auf einem übergroßen Grizzly durch ihr Reich preschen sehen, wären sie zu Hunderten auf mich losgegangen. Zudem jagt mir die Sache mit meinem Rücken insgeheim nach wie vor eine Heidenangst ein ...

Da die Ebene entlang der Barriere einer trostlosen Wüstenlandschaft mit nur wenigen Versteckmöglichkeiten gleicht und ich keine Zeit zu verlieren habe, genehmige ich mir ein klein wenig Unterstützung – und Courage.

Ich bäume mich auf, als das vertraute Knistern über meinen Rücken streift. Halte den Atem an, kratze all meinen Mut zusammen, renne weiter, während sich meine Finsternis zu einer hausgroßen Kreatur sammelt. Ich stoße mich von einem niedrigen Vorsprung ab, während sich Thuja im Laufen bückt, und lande auf ihrem Rücken. Ein Stein fällt mir vom Herzen – ich habe sie nicht verloren.

»Lauf«, flüstere ich ihr zu und vergrabe meine Finger in der nebligen, formlosen Kälte ihres Nackens.

Geschickt weicht Thuja einem Schwarm Wühlkrähen aus und rennt brüllend einen Lindwurm über den Haufen.

Freiheit bläst das Haar aus meinem Gesicht, mein Lederhaarband muss ich irgendwo im See verloren haben. Ein zufriedenes Grinsen verirrt sich auf meine aufgeplatzten Lippen und ich schmecke mein eigenes Blut. Die Zwillingssonnen stehen bereits tief am Himmel, die größere wird dem Stand nach zu urteilen in wenigen Rå-Uhrenflüssen untergehen. Die

Wanderung durch Eneans Reich hat mich ohne seine Fähigkeiten beinahe einen ganzen Sonnenlauf gekostet. Das bedeutet, dass kaum Zeit bleibt, mir den Dreck vom Körper zu schrubben, ehe ich Okon meine Aufwartung mache. Wren und die anderen müssen längst gemerkt haben, dass ich nicht zum Training erschienen bin. Doch das spielt keine Rolle mehr – sobald ich Decans Schatten abgeliefert habe, zahlt Okon mich aus und ich bin frei.

Wir passieren die Barriere, etwas daran fühlt sich nach Abschied an. Wie eine Erinnerung aus Sand, die zwischen meinen Fingern verrinnt.

Könnte ich Enean je Lebewohl sagen, von Angesicht zu Angesicht unser fragiles *für immer und niemals* zerstören?

Ich blicke nicht zurück, als wir die beiden Schattenassassinen auf unserer Seite der Barriere beinahe unter uns begraben. Sollen sie mich doch verpfeifen – bis dahin bin ich auf und davon.

Die Vorfreude auf ein neues Leben pulsiert neben der Nervosität gegenüber dem Unbekannten in meinen Adern. Rückt den Schmerz meiner frischen Wunden in den Hintergrund, während sich mein Körper ganz langsam zurück ins Leben manifestiert.

Als wir die Daller Höhlen erreichen, mache ich einen Salto von Thujas Rücken. *»Morte«*, rufe ich, sodass ihr Schatten in mein Innerstes zurückkehrt.

Ein schmerzhaftes Gefühl reißt an meinen Eingeweiden, als würde eine unter dem Bett versteckte, verschlossene Schachtel voller tiefschwarzer Erinnerungen mit einem Ruck geöffnet. Wie immer, wenn ich es meinem Trauma erlaube, sich zu zeigen – ehe ich es, ohne schlechtes Gewissen, zurück an sein mit Unkraut überwuchertes, ungepflegtes Grab namens Verdrängung schiebe. Ich stürze mich in den siebten von mehr als fünfzig unterirdischen Daller Tunneln, folge jenen schmalen Gängen, die keine Armspanne breit sind. Einige wenige Mæscån kommen mir entgegen, ausgelaugte Mischungen aus trüben Gold-, Blau- und Schwarztönen. Die Vergessenen, Verstoßenen. Die nicht in Solitude geduldet werden, weil sie nicht reiner Abstammung sind.

Obwohl ich mein Schicksal nicht einmal ansatzweise mit dem ihren vergleichen kann – verbannt von Sonnenschein, Freiheit und frischer Luft –, verstehe ich im Ansatz, wie sie sich fühlen. Gefangen in sich selbst, aufgrund ihrer Herkunft, niemals dazu imstande, ihren Ketten zu entkommen.

Ich zähle die Abzweigungen nach links, nach rechts, lasse meine Finger über die staubigen Sandsteinwände gleiten. Laufe vorbei an Hunderten in die Wände geschlagene Schlafnischen, an winzigen höhlenartigen Wohnräumen für all diejenigen, die sich einen Hauch Privatsphäre leisten können. Der Gestank nach Erbrochenem, Krankheit und Fäkalien mischt sich unter den von würzigen Kräutern, Räucherstäbchen, abgestandenem Rauch, billigem Fusel und Bratfett.

Gut. Das bedeutet, ich bin richtig.

Ich ducke mich unter mehreren zwischen den schmalen Gängen gespannten Wäscheleinen und weiche zahllosen zerschlissenen Kleidungsstücken aus.

Plötzlich greift jemand von der Seite nach meinem Arm und reißt mich durch einen runden Wohneingang. Automatisch ziehe ich den Kopf ein. Ein als Tür dienender, nach Staub riechender Stoffvorhang schlägt mir ins Gesicht.

Ich brauche nicht nach meinen Waffen zu tasten. Diese Aura würde ich überall wiedererkennen.

»Deine Klamotten schreien geradezu nach einer Runde Schlammwrestling mit Enean«, witzelt Gría. Ihre tiefindigoblaue, ins Schwarze gehende Silhouette flackert, als sie lacht.

»So ähnlich.«

Ich will sie packen und auf Thuja schnallen und von diesem Drecksloch wegbringen. Stattdessen habe ich nur eine feste Umarmung für sie. Und die wenigen Zimtkekse aus meinem Lederbeutel, die Wren neulich Nacht nicht zerquetscht hat.

Meine Finger ertasten Grías magere Arme, die heraussstehenden Rippen, weil sie das wenige, was sie zu essen hat, ihrer Schwester überlässt. Ich blinzle mir aufsteigende Tränen aus den Augen, weil ich sie so sehr liebe und sie furchtbar wütend wird, wenn sie mich ihretwegen weinen sieht. Die Pasteten von unserem letzten Dinner auf Iron Claw liegen schwer in meinem Magen, eine Erinnerung an die Ungerechtigkeit dieser gottverdammten Stadt. Würden wir Schattenassassinen für unsere offizielle Tätigkeit bezahlt, ich würde Gría und Nadija jede einzelne verdammte Bàs-Münze geben. So bleibt mir nur, für sie auf die Jagd zu gehen und meine Beute im Anschluss auf dem Schwarzmarkt gegen das Überleben meiner besten Freundin einzutauschen.

»Louve!«

Ich entdecke eine zweite, wesentlich kleinere Aura in einem helleren Blau, die schwarze Flecken birgt. »Hey, Nadija«, begrüße ich die kleine Schwester meiner besten und einzigen Freundin und wedle grinsend mit der Tüte Zimtkekse.

Nadija lässt irgendetwas fallen, das der Kontur nach zu urteilen ein runzliger Apfel oder eine Kartoffel sein könnte, und rennt auf mich zu. »Louve!« Überschwänglich stürzt sie in meine Arme.

Zärtlich streiche ich durch das verfilzte Haar, das genau wie das ihrer Schwester kurz rasiert ist, um Läuse zu vermeiden. Meine Fingerspitzen fahren über ihre herausstehenden Knochen, über die kalten Schuppen, die sich ihren Nacken bis hinab zum Steißbein abzeichnen und sie ohne Zweifel als Mæscån, halb Mensch und halb Schattenwandler, ausweisen.

Gría zupft den kratzigen Baumwollschal ihrer Schwester zurecht. »Lass Louve erst mal Luft holen.«

An mich gewandt fügt sie hinzu: »Du siehst aus, als könntest du eine Tasse Tee vertragen. Ich glaube, ich habe irgendwo noch ein paar getrocknete Sínkablätter herumliegen.«

Hastig schüttle ich den Kopf. »Ich bin nicht durstig«, lüge ich, obgleich meine Kehle schmerzt, als hätte man sie mit Kieselsteinen bearbeitet. Dennoch würde es mir nie in den Sinn kommen, Gría und Nadija das wenige zu nehmen, das sie haben.

Wenn ich nur daran denke, ohne die beiden aus Solitude zu verschwinden, wird mir speiübel. Doch die Wahrheit ist, ganz gleich, wie weit sie laufen, wohin sie auch gehen, keine Stadt der Welt würde sie mit offenen Armen empfangen. Zumindest keine mir bekannte. Was bedeutet, dass ich ihnen Münzen geben muss. Verflucht viele Münzen.

Das schlechte Gewissen nagt an mir. Habe ich wirklich das Recht, mich für mich zu entscheiden?

»Ist eure Mutter zu Hause?«, lenke ich vom Thema ab.

Gría legt von hinten ihre Arme um die zehn Zyklen junge Kleine, die wegen ihrer Größe kaum als acht durchgehen würde. Obwohl Gría ihr den Großteil ihrer eigenen Rationen abgibt, habe ich das Gefühl, dass ihre Rippen bei jedem meiner Besuche stärker hervorstechen.

»Haben sie seit einem ganzen Mondzyklus nicht mehr gesehen«, erwidert Gría nüchtern.

Ich kenne sie gut genug, um zu wissen, dass es in ihr brodelt. Dennoch würde sie vor Nadija nie die Fassung verlieren, sondern gute heile Welt heucheln, an die ihre Schwester schon lange nicht mehr glaubt.

Wir sollten definitiv aufhören, Kinder zu unterschätzen – selbstverständlich ahnt Nadija längst, dass ihre Mutter so gut wie alles tun würde, um an Geld zu kommen. Nicht, um ihre kleine Familie durchzufüttern oder ihren Töchtern ein besseres Leben zu ermöglichen, sondern um ihre Schattenwandlergiftsucht zu befriedigen. Aus einer dieser *Einnahmequellen* gingen Gría und später Nadija hervor.

Ich kann nicht mehr zählen, wie oft ich Gría dabei geholfen habe, ihre Mutter in dem verwinkelten Labyrinth Dalls zu suchen und nach Hause zu zerren. Meist ist sie gar nicht richtig bei Bewusstsein. Es ist nur eine Frage der Zeit, bis eine Überdosis ihr Schicksal besiegelt. Es ehrt Gría, dass sie ihre Mom nicht aufgegeben hat, schließlich hat Gría Nadija mehr oder weniger allein großgezogen.

»Kann ich euch um einen Gefallen bitten?« Ich streiche mir das kurze Haar hinter die Ohren. »Ich habe keine Zeit, zurück nach Iron Claw zu laufen, habe aber ein Treffen mit einem wichtigen Auftraggeber in Solitude. Könnt ihr mir eine Tunika leihen?«

Besser, ich trage Flicken als Blut und Schlamm, wenn ich in das Penthouse des wohlhabendsten Arzaê von ganz Solitude spaziere.

»Du hast Glück«, entgegnet Gría und kramt in einer Ecke des winzigen und einzigen Raumes durch ihre wenigen Halbseligkeiten. »Erst gestern wollte ein Solituder seine Shoppingtüte mit mir teilen.« Sie drückt mir ein ungewöhnlich weiches Stück Stoff in die Hand. »Die Typen sollten eben besser auf ihren Kram aufpassen, wenn sie meinen, auf dem Schwarzmarkt abhängen zu müssen«, erklärt sie amüsiert.

»Ganz deiner Meinung.« Ich breite die Tunika zwischen meinen schmutzigen Fingern aus. »Du bekommst sie so schnell wie möglich zurück.«

»Weiß ich doch. Du hast schon so viel für uns getan, Louve. Glaubst du wirklich, auf das bisschen Stoff kommt es an?«

So ist sie eben. Sie teilt und sie gibt und hat doch selbst so wenig. Und die dort oben, vor allem die Arzaê, sammeln und horten, obwohl sie bereits im Überfluss leben.

Ich will das System zermürben, es von innen heraus infiltrieren, es vierteilen und hängen und bei lebendigem Leib verbrennen.

Stattdessen entscheide ich mich für Flucht.

Gría drückt meine Hand, ihre sanfte Berührung lässt mir ganz schwer ums Herz werden. Gesten wie diese habe ich außerhalb dieser halb eingefallenen vier Wände nie kennengelernt. Nicht einmal von Wren.

»Nadija, sieh nach, ob wir noch etwas Wasser im Waschbottich haben, und hol einen Lumpen.« Sie nimmt mir die Tunika aus der Hand und legt sie in ihre gemeinsame Schlafnische, ehe sie sich erneut mir zuwendet. »Sorgen wir dafür, dass dein Gesicht mehr Göttin denn Massaker schreit.«

26. Kapitel

Louve

Nur wenig später verlasse ich Dall mit frisch gewaschenem, noch feuchtem Haar, sündig weichem Stoff auf meinem Oberkörper und einem Bündel mit den zerschlissenen Resten meiner Uniform in der Hand, für deren Anfertigung eine Blutboa umsonst ihr Leben gelassen hat.

Die Lederhose – na schön, den abgeschnittenen unteren Teil meines Overalls – habe ich aus Mangel an Alternativen anbehalten, ebenso die dreckverkrusteten Stiefel. Beides benötige ich, um meine Waffen zu verstauen. Schließlich bin ich nicht so naiv, schutzlos in die Höhle des Löwen zu marschieren.

Ein Lächeln hebt meine Mundwinkel, als ich daran denke, dass Gría schon bald den Beutel Bàs-Münzen in ihrer Schlafnische finden wird, den Okon mir als Vorauszahlung gegeben hat.

Mittellos, wie der Tod mich schuf, schlage ich den Weg in das wohlhabende Viertel Solitudes ein.

Der Duft nach teurem Parfum mischt sich unter die verlockenden Gerüche, die mir aus den Nobelrestaurants der Stadt entgegenwehen. Letztere sind ausschließlich den Reichen der Reichen vorbehalten.

Heute führt mich mein Weg in den Norden der Stadt. Im Gegensatz zu Serpentine Shell (vor Sonnenuntergang) wird man hier weder als Frau belästigt noch als Schattenassassine angespuckt. Stattdessen gehen mir sowohl die Arzaê als auch die wenigen Menschen aus dem Weg, wechseln teilweise sogar die Straßenseite. Was okay ist, schließlich habe ich keinerlei Interesse an einem netten kleinen Pläuschchen über Mord, Schutzgelderpressung und Korruption.

Ich kann nicht mehr zählen, wie vielen Mitgliedern der selbst ernannten High Society ich in der Vergangenheit bereits einen kleinen Gefallen getan habe. Sie selbst vermutlich auch nicht. Sie machen nicht deshalb einen Bogen um mich, weil sie meine Dienste abstoßend finden, ganz im Gegenteil. Sie haben eine Heidenangst, ich könnte ihre kleinen Geheimnisse ausplaudern.

Nichtsdestotrotz wird nur selten ein Auftragskiller auf mich angesetzt. Was soll ich sagen? Leben eben nicht genug korrupte Assassinen in der Zitadelle oder zumindest keine mit meinen besonderen Fähigkeiten und … Verbindungen.

Okon Roughcrests Tower liegt im Zentrum des Viertels, weshalb er nicht verfehlt werden kann. Er ist riesiger, imposanter und unverschämter als jedes andere Gebäude Solitudes. Nun, bis auf die Zitadelle der Assassinen. Nichts in ganz Solitude überragt die eisernen Mauern unserer Festung, die im Volksmund zu Recht als Iron Claw bezeichnet wird. Die eiserne Klaue, in der unser aller Schicksal pocht.

Wie aufs Stichwort lodert der gefangene Schatten in dem Erzanhänger an meiner Brust auf. Obwohl er die Hitze der Schattenwelt in sich trägt, wage ich nicht, ihn abzunehmen. Nicht, wenn meine Freiheit, mein Ausweg aus diesem Leben, dieser Stadt, auf dem Spiel steht.

Ich beschleunige meinen Schritt, bis ich endlich die in den Tower führende Drehtür mit einer Selbstverständlichkeit passiere, als würde ich nie etwas anderes tun. Die Kälte des Glases dringt mir unter die Haut. Etwa vierzig bis fünfzig Auren huschen durch das Erdgeschoss, drängen sich zu den fünf Aufzügen, warten bei der Rezeption auf Gehör oder stehen sich in gedämpften Gesprächen gegenüber.

Obwohl Silverline Square von Arzaê dominiert wird, begegnen mir fast ausschließlich Menschenauren in unterschiedlichen Blautönen. Diejenigen, die die niedrigen Arbeiten verrichten, von Kaffeekochen über Aktensortieren bis hin zum Scheuern der teuren Granatfliesen – kurzum: all das, wofür die Arzaê keinen manikürten Finger rühren würden.

Über zwanzig Stockwerke zählt der Roughcrest-Tower, wobei die ersten fünfzehn zu Geschäftszwecken, als Büro- und Besprechungsräume herhalten, während in den oberen fünf die Familie wohnt. Mein Ziel ist das exquisite Penthouse, das Okon mit seiner Frau Donna bewohnt.

Die Schritte, das Flüstern, das Gedränge schwellen an zu einer ohrenbetäubenden Geräuschkulisse, durch die ich mich tasten muss wie durch ein Labyrinth. Die vielen Silhouetten überlagern sich zu einem grell schimmernden Brei, machen mich schwindelig. Dass passiert mir immer, wenn ich mich in einer Masse bewege, deren Auren mehr oder weniger gleich aussehen. Alles ist bunt und laut und eng, eine Jahrmarktexplosion auf Schattenwandlergift.

Zielstrebig schleuse ich mich durch eine fünfzehnköpfige Menschengruppe, weiche einem Ellbogen aus, indem ich meinen zuerst einsetze, und quetsche mich an der wartenden Schlange vorbei zu den Aufzügen.

»Miss! Sie können hier nicht einfach so herumspazieren«, ruft mir eine Frau von der Rezeption zu. »Sie müssen sich anmelden. Haben Sie einen Termin?«

Ich ignoriere sie und steuere auf den fünften und letzten Aufzug zu. Den einzigen, vor dem niemand wartet, da er ausschließlich die Wohnetagen anfährt und der Familie Roughcrest vorbehalten ist.

»Das ist sie«, höre ich eine tiefe Stimme nur unweit abseits von mir flüstern. »Die weiße Assassinin.«

Weiße *was?* Ich schmunzle in mich hinein. Das ist neu.

»Bist du dir sicher?«, entgegnet eine höhere, vermutlich weibliche Raucherstimme. »Sie trägt keine Uniform.«

Die ist absolut nicht mehr zu gebrauchen. Nur gut, dass ich drei weitere besitze, Bedarf nach oben offen.

»Siehst du nicht ihr weißes Haar und diese ... Augen?« Die ich unmittelbar verdrehe. »Sie ist es.«

Jemand schnaubt. »Was bildet sie sich ein, hier aufzukreuzen? Haben Auftragskiller neuerdings nicht einmal mehr den Anstand, den Hintereingang zu benutzen?«

Hintereingang? Ich? Also bitte.

Mit einem breiten Lächeln drehe ich mich zu dem Sprecher um. »Interessant, wie sie *Auftragskiller* und *Anstand* in einem Satz verwenden. Ich bedanke mich im Namen aller Mörder und Straftäter für das herzerweichende Kompliment.«

Der Mann zieht scharf Luft ein, eine andere Person wendet sich von mir ab und geht. Ich knirsche mit den Zähnen, meine Fingernägel graben sich in meine Daumenballen. Diese arroganten, selbstherrlichen –

»Da bist du ja, mein Erdbeertörtchen!«

Ich brauche eine ganze Weile, ehe ich realisiere, dass der Satz mir gilt. Genauer genommen bis zu dem Augenblick, in dem sich von hinten ein Arm um meine Taille schlingt. Im selben Moment drücke ich ein Messer an seine Kehle.

Achĕş Roughcrest lacht. Laut und widerwärtig einfältig. Ohne seine Hand von meinem Körper zu lösen, schiebt er mit der freien den Dolch von seinem Hals.

»Aber, aber, Erdbeertörtchen. Hatten wir nicht besprochen,

uns ohne Safeword und außerhalb des Schlafzimmers nicht mehr an die Gurgel zu gehen?«

Erdbeer-*was?*

Jemand räuspert sich. »Verzeihen Sie, Mr Roughcrest. Ich fürchte, wir haben Ihre … Freundin beleidigt.«

Achĕş winkt ab. »Ach was. Verzeihen ist Louves liebstes Hobby. Nicht wahr, Erdbeertörtchen?«

Ich weiß, was er da tut. Er möchte einen Aufstand vermeiden, damit ich auf direktem Weg zu seinem Vater komme.

So ungern ich es auch zugebe, doch die Schnepfe von vorhin hatte recht. Hätte ich bloß den Hintereingang benutzt.

Ich drehe mich in Achĕş' Klammergriffumarmung, stelle mich auf die Zehenspitzen, als würde ich ihm einen Kuss auf den Kiefer hauchen, und flüstere in sein spitz zulaufendes Arzaê-Ohr: »Nenn mich noch einmal Erdbeertörtchen und ich schneide dir die Zunge ab.«

Wieder ist da dieses amüsierte Lachen, als er erwidert: »Nicht jeder scheint zwangsläufig gut in seinen Hobbys zu sein.«

»Ich bin in *allem* gut«, schnaube ich, was lediglich zur Folge hat, dass er mich noch fester an sich zieht, während er mich gut gelaunt zum fünften Aufzug zerrt und auf irgendetwas herumdrückt.

»Beweis es mir, wenn wir in meinem Apartment sind«, ruft er übertrieben laut und bugsiert mich durch die sich mit einem *Pling* öffnenden Glastüren.

»Oh, glaub mir«, zische ich, kaum haben sich diese hinter uns geschlossen. Gelassen lasse meinen Dolch in meiner rechten Hand kreisen. »Das werde ich.«

»Warum so feindselig, Assassinin?« Mit erhobenen Händen weicht er zurück.

Ich hasse es, ganze zwanzig Stockwerke lang allein mit

diesem überheblichen Drecksack auf engstem Raum zu stecken. Schon jetzt erfüllt sein Geruch nach Moschus, Macht und Reichtum jeden Winkel.

Ich wünschte, ich könnte den Ausblick, welchen die gläsernen Wände auf die kaufhausgleichen Rolltreppenserpentinen bieten, genießen. Dass ich mehr sehen würde als die hochkantigen minimal glimmenden Konturen der Fahrstuhlwände, mehr als Achĕş' goldenes Leuchten.

Ich hasse es, dass ich Achĕş ausgeliefert bin, dass ich nicht die verdammten Stockwerke zählen kann, weil der Fahrstuhl sie nicht akustisch ankündigt, und weil er das Tastenfeld bedient hat, obwohl ich den Zugangscode kenne. Dass ich darauf vertrauen muss, dass dieser eingebildete Arzaê mich nicht geradewegs ins nächstbeste Verlies dirigiert.

Manchmal bedeutet Freiheit Einsamkeit. Und manchmal ist diese Einsamkeit so laut, dass ich schreien will. Stattdessen ertrinke ich in der Stille, bis die Sonne wieder aufgeht, weil sie sich einen Dreck darum schert, dass ich an ihrem Licht ersticke.

Ein Schnippen unweit meines linken Ohres lässt mich aufschrecken. »Und ich wette, die Sonne ruft: Erde an Louve!«

Voller Zorn balle ich die Hände zu Fäusten. Der Mistkerl hat schon wieder in meinem Kopf gewühlt!

Achĕş ist mir so nah, dass ich den weichen Stoff seines Hemdes an meinem Unterarm spüren kann, so nah, dass mich sein Geruch umgibt wie eine Schutzhülle, um die ich nie gebeten habe.

Plötzlich zucke ich zusammen. »Dein Parfum ...«

27. Kapitel

Louve

»Gefällt es dir?«

Idiot. »Ehrlich gesagt kam es mir bereits bei unserem Dinner vertraut vor. Also sind wir uns tatsächlich neulich im *Rain 'n Sorrow* begegnet?«

»Sagte ich doch.« Er lehnt sich mit dem Rücken gegen die Aufzugwand, beide Hände der Pose nach zu urteilen in den Taschen seiner Hose vergraben, und sieht mich an. »Du warst ziemlich weggetreten, als du mit deinen Assassinen-Kumpels abgehauen bist. Dennoch schmerzt es mein Ego, dass du unsere kleine Unterhaltung vergessen hast.«

Ich runzle die Stirn. »Unterhaltung?«

Worum ging es dabei? Etwa um Decan? Nein, unmöglich. So lange ist sein Bruder noch nicht tot. Möglicherweise ist er entführt worden? Ich habe nie gefragt, wie genau er gestorben ist.

Doch ehe ich fragen kann, öffnet sich die Aufzugtür mit einem zweiten hellen *Pling.*

»Nach dir«, sagt Achĕş, ohne mir tatsächlich den Vortritt zu lassen.

Obwohl ich nicht mehr zählen kann, wie oft ich bereits hier war, durchfährt mich jedes Mal ein winziger Stich. Zu gern würde ich hinaustreten auf die Dachterrasse und meine Heimatstadt von hoch oben betrachten. Klar, könnte ich richtig sehen, könnte ich genauso gut von meinem (ehemaligen) Turmzimmer in Iron Claw einen Teil der Stadt überblicken, vermutlich sogar weitaus mehr, da unser Stützpunkt im Zentrum der Stadt liegt, hoch oben auf einem nicht einnehmbaren Felsgebiet. Doch das hier ...

Der Gedanke, keine Schattenassassinin zu sein, sondern eine ganz normale junge Frau, die nach einem langen Sonnenlauf hinaus auf ihre Terrasse tritt, ein Glas Honigwein in der Hand, den Duft der Stadt im Haar ...

»Gefällt es dir hier, kleine Assassinin?«, fragt Achĕş und legt eine Hand zwischen meine Schulterblätter, um mich durch einen breiten Gang zu lotsen. Warum zum Henker behält der Kerl seine Hände nicht bei sich?

»Die eigentliche Frage lautet doch vielmehr: Weshalb hast du deine Hände nicht an mir?«

»Verschwinde gefälligst aus meinem Kopf!« Unsanft schlage ich seine Finger weg, ehe ich den vor mir liegenden Raum scanne. Und die Anordnung der Möbel. »Das ist nicht das Penthouse«, stelle ich monoton fest. »Was soll das?«

Will der Typ mich verarschen? Ist das etwa sein Apartment, in das er mich geschleppt hat? Oh dieser ...

»Ruhig, Kätzchen.« Er geht auf Abstand. Kluger Mann. »Mein Vater und Donna bewohnen, wie du weißt, die obersten zwei Etagen. Darunter folgt das Apartment meines älteren Bruders Cirron, darunter meins. Und hier, im sechzehnten und untersten der Wohnstockwerke, wo wir uns jetzt gerade befinden ...«

Ich hebe den Kopf. »Wir sind in Decans Apartment? Aber ich dachte ...«

»Was, dass sie ihn zeremoniell aufgebahrt haben, bis du den Exorzisten spielst? Ich bitte dich. Mein Bruder ist in seinem Schlafzimmer. Oder besser gesagt das, was von ihm übrig ist.«

Er stockt für einen Augenblick. Interessant. »Ich nehme an, du hast, worum mein Vater dich gebeten hat?«

Unabsichtlich wandern meine Finger zu dem Amulett an meinem Hals. Mittlerweile habe ich mich an die von ihm ausgehende Hitze gewöhnt. Ein Teil von mir möchte Okon den darin konservierten Schatten nicht übergeben. Sondern ihn ... behalten.

Verwirrt schüttle ich den Kopf. Wie absurd ist das?

»Sehr.« Achĕş stößt die letzte von einem Dutzend Zimmertüren auf, die am hintersten Ende des Ganges. »Da wären wir. Willkommen im Schlafzimmer meines kleinen Bruders Schrägstrich seinem persönlichen Mausoleum.«

Zögernd folge ich ihm in einen Raum, größer als zehn unserer Schlafzimmer zusammen. Wie die meisten Wände der Wohnetagen müssen auch diese aus Glas bestehen, jedenfalls sperren flusslange Schraffierungen wie Vorhangbahnen die Welt aus. Ein riesiges Bett erregt meine Aufmerksamkeit. Ich weiß sofort, dass er tot ist. Weil er keine Aura besitzt, sondern kaum wahrnehmbar glimmt.

Diesmal berührt Achĕş mich nicht. Weder zerrt er mich auf das Zentrum des Mausoleums namens Schlafzimmer zu, noch macht er Anstalten, zu verschwinden und seinen Vater zu holen.

»Ich hoffe, du machst deine Sache gut, kleine Assassinin.«

Ich habe bereits mehrere Tote zurückgebracht. Doch das ...

»Wie ist er gestorben?«, will ich wissen.

Achĕş schnaubt. »Spielt das eine Rolle?«

Langsam schüttle ich den Kopf. »Nein. Gibt es ... Wunden?«

»Er ist versorgt, Louve«, drängt Achĕş, diesmal eine Spur harscher. »Bringen wir es endlich hinter uns. Deinen Gedanken nach zu urteilen, findest du das ebenso morbide wie ich.«

Wieder nicke ich, wenngleich sein Mental-Mist einen bitteren Nachgeschmack auf meiner Zunge hinterlässt. »Also dann …«

Vor dem Bettkasten bleibe ich stehen, das Amulett fest in meiner Faust umschlossen.

»Mach jetzt keinen Fehler, Assassinin.«

Prompt bin ich diejenige, die eine Klinge an der Kehle spürt. Schnaubend blinzle ich. Geht's noch?

»Du drohst mir?« Gelassen nehme ich den Anhänger von meinem Hals. Das heiße Pulsieren nimmt zu, so als wollte der Schatten sich nicht von mir trennen, als würde er aufbegehren gegen das, was als Nächstes mit ihm geschehen wird. Was, wenn er nicht am Leben sein will?

Ungehalten schlage ich Achĕş' Hand zur Seite. »Nimm deinen Zahnstocher weg. Ich habe zu tun.«

Meine Finger gleiten über das Gesicht des Toten, seinen Kiefer. Der Roughcrest-Emporkömmling hat ebenmäßige Züge.

Seidenweiche Strähnen umspielen die spitz zulaufenden Ohren. Ich glaube, Enean sagte, es sei von einem tiefen Dunkelbraun? Ich muss mich zusammenreißen, um ihm nicht wie eine Verrückte durch das Haar zu streichen. Hastig drücke ich seine volle Unterlippe auf und öffne seinen Mund. Alles an ihm ist weich und zart, gleichzeitig markant und stark, und plötzlich wünsche ich mir, er wäre nicht gestorben, sondern am Leben. *Hier.*

»Komm her, Arzaê«, befehle ich Achĕş, ohne mich nach ihm umzudrehen. »Grab dich in seinen Verstand und sieh zu, dass sich sein Schatten mit seinen Synapsen verbindet. Wir wollen doch, dass dein Bruder den Tod unbeschadet überlebt.«

Und wie wir das wollen. Nur … warum? Ich meine, Achĕş will seinen Bruder zurück, und Okon seinen Sohn, schon klar. Aber weshalb schreit alles in mir danach, einem völlig Fremden das Leben zu retten?

Ich schlucke. Das hier ist ein Auftrag, mehr nicht.

»Du hast das wirklich schon oft gemacht, was?«, fragt Achĕş und tritt neben mich. »Die Toten zurückgeholt.«

Ich zucke mit der Schulter. »Der Handel mit Toten ist ein lukratives Geschäft.«

Ich löse das Erz von der Kette, taste nach Decans Kiefer und lege ihm den Gegenstand vorsichtig auf die Zunge.

»Der Anhänger, er ... glüht«, flüstert Achĕş schon bald andächtig an meiner Seite.

Ich nicke »Gut. Dann leg los.«

Schweigend zähle ich meine eigenen Herzschläge, beobachte, wie sich ein rabenschwarzer Wirbel gleich verschütteter Tinte dort ausbreitet, wo ich das Erz abgelegt habe. Während Achĕş konzentriert verknüpft und verknotet, breitet sich der Schatten nach und nach im Körper des Toten aus. Verbindet sich mit ihm, wird zu ihm.

»Übrigens soll ich dir von meinem Vater ausrichten, dass er nicht nur dich, sondern auch diejenigen, die du liebst, abschlachten wird, sollte das hier nicht funktionieren. Du weißt zu viel.«

Ich stöhne auf. Was für eine bemerkenswert langweilige Durchschnittsdrohung.

»Mach einfach deinen Job, Achĕş.«

Die Zeit dehnt sich wie Gummi, meine Zellen kribbeln und ich muss mir auf die Zunge beißen, um nicht vor Ungeduld mit dem Fuß aufzustampfen. Was zum Schattengott ist nur los mit mir?

»Ich glaube, das war's«, stößt Achĕş nach einer weiteren kleinen Ewigkeit hervor. »Woher weiß ich, dass es funktioniert hat?«

Als ob er nicht haargenau wüsste, dass ich die gottverdammte Aura seines Bruders sehen werde, sobald dieser wieder unter den Lebenden weilt.

Nie war mir jemand ein größerer Dorn im Auge als dieser verfluchte Mental-Arzaê.

Ich begutachte den Körper des Toten, warte darauf, dass der tiefschwarze Schatten zu honigfarbenem Arzaê-Gold erblüht. Doch nichts dergleichen geschieht.

Was zum ... Ich beiße mir auf die Unterlippe, warte, denke, fluche. So sollte das nicht laufen. Braucht es noch etwas Zeit, bis der Schatten wieder zum Arzaê wird? Für gewöhnlich –

»Sieh mal, Louve, seine Finger zucken! Wir haben es geschafft.«

Ich keuche auf, als die triefend schwarze Aura ihren Kopf hebt.

Irgendetwas stimmt nicht.

28. Kapitel

Enean

Mir brummt der Schädel, als hätte mir ein Neandergrizzly eins mit seiner Keule übergebraten. Grelle Lichtblitze zucken durch meinen Verstand, stöhnend werfe ich den Kopf hin und her. Alles ist eng und klein und … *eng*. Das Gegenteil von der Weite, der Macht, dem Gefühl absoluter Grenzenlosigkeit, mit dem ich für gewöhnlich erwache. Probehalber bewege ich meine Klauen, die sich merkwürdig leicht anfühlen.

Zwei Gestalten beugen sich über mich, ich blinzle, begreife nicht –

»Sieh mal, Louve, seine Finger zucken! Wir haben es geschafft.«

Louve.

Ich erstarre, als die Erinnerungen wie Hagelkörner über mich einprasseln. Louve. Der See. Der Schatten. Dieser dämliche Verlobte. Und meine glorreiche Idee, ihm dazwischenzufunken.

»Decan? Kannst du mich hören?«

Eine Stimme, die ich noch nie zuvor gehört habe, quasselt auf mich ein. Gleichzeitig schiebt sich eine Hand unter meinen Nacken und hilft mir, mich aufzusetzen. Und wer zur Schattenbarriere ist überhaupt dieser Decan?

Ach ja. Ich bin Decan.

Oder sollte es zumindest sein.

Das Erste, was ich sehe, als ich die Augen öffne, ist sie. Es ist immer sie gewesen. Ihr herzförmiges Gesicht mit den Sternenbildern auf der bronzefarbenen Haut. Das schneeweiße Haar mit den blutroten Spitzen, Feuer und Eis, das ihre Schultern nicht erreicht. Der schief geschnittene Pony, der ihr in die milchig blauen Augen hängt. Die kleine Nase, die zuckt, als würde ihr irgendetwas gewaltig gegen den Strich gehen. Und diese perfekten, pfirsichfarbenen Lippen.

»Decan?« Irgendein Idiot schnippt vor meinem Gesicht mit den Fingern. Ich werde sie ihm alle einzeln abtrennen. »Alles klar, Mann?«

Glasklar, sofern du dich endlich verziehst und mich mit der Frau meiner Träume allein lässt.

Ich nicke. »Sicher, ich ...«

Beim Klang meiner Stimme zucke ich zusammen. *Meiner* Stimme? Definitiv nicht. Sie ist tief, aber nicht so tief wie meine, und ein bisschen rau, kratzig, weil sie schon lange nicht mehr zum Einsatz kam, schwieg.

Und jetzt gehört sie mir.

»Warum kann ich seine Gedanken nicht lesen?«, will der nervige Kerl neben Louve wissen. Was ist das überhaupt für eine Frage?

»Weil er ... tot war?«, rät Louve ganz offensichtlich ins Blaue. »Kollateralschaden?«

Der Kerl mit dem dunkelblonden Zopf und den spitz zulaufenden, ihn als Arzaê auszeichnenden Ohren runzelt einen Augenblick die Stirn.

Er ist groß, hat breite Schultern und die für Arzaê typische *Du bist den Dreck unter deinen Fingernägeln nicht wert*-Ausstrahlung. Ich kann ihn auf Anhieb nicht ausstehen.

»Gut gemacht, Erdbeertörtchen.« Der Schnösel mit den stahlgrauen Augen legt Louve anerkennend eine Hand auf die Schulter.

Er wagt es, meine Frau anzufassen? Das wird er nicht überleben.

Das scheint die Sonne meines Universums genauso zu sehen.

Sichtlich gelassen zieht Louve einen Krummdolch aus dem Gürtel ihrer ozeanblauen Tunika. Sofort durchdringt Stolz meine Brust.

»Wie möchtest du deine Zunge haben?«, fragt sie den Arzaê irritierend höflich. »Gebraten oder gekocht? In mehreren kleinen Häppchen mit Käse und Trauben serviert, oder doch lieber am Spieß?«

Ich mache mir nicht die Mühe, mein Grinsen zu verbergen.

Der Arzaê stößt ein leises Lachen aus. Dann kramt er einen prall gefüllten Lederbeutel hervor und drückt ihn Louve in die Hand. Sein neugieriger Blick jedoch ruht dabei durchweg auf mir, als wäre ich sein neuestes kleines Spielzeug.

Missmutig wiegt Louve den Beutel in ihrer perfekten kleinen Hand. »Das ist alles?«

»Fürs Erste.« Da endlich wendet sich Blondie ihr zu. »Warten wir einmal ab, wie unser kleines Experiment hier ausgeht.«

Er deutet auf mich. *Experiment.* Drecksack.

»Wenn Decan Decan bleibt und sich das hier nicht als Intrige von euch Halbtoten herausstellt, bekommst du den Rest. Sagen wir ... in genau sieben Sonnenläufen, am selben Ort?«

Louves Miene verfinstert sich, die Klinge zuckt einsatzbereit in ihrer Faust. »So war das nicht abgesprochen, Achêş.«

Der Arzaê, Achêş, streicht sich das ohnehin makellose Haar glatt. »Mein Vater mag dir vertrauen, aber ich, meine liebe Louve, weiß, wie es in deinem hübschen kleinen Köpfchen wirklich aussieht.« Louve und ich erstarren zugleich. »Ich gebe zu, was sich im Schattenreich abspielt, ist sogar für mich als Litíjr nur ein verschwommener schwarzer Gedankenbrei, dort gelten andere Regeln. Und um ehrlich zu sein, interessiert es mich auch nicht, was du da drüben treibst oder was du dafür tun musst.« Mistkerl. »Aber selbst auf unserer Seite der Welt rauscht kein Name so oft durch deinen Verstand wie der des Schattengottes höchstpersönlich.«

Ich rechne es Louve hoch an, dass sie trotz der vor ihren Augen hochgejagten Bombe Haltung bewahrt. Achtlos hebt sie eine Schulter. »Und wenn schon. Enean ist der größte Feind der Schattenassassinen. Wir lernen von klein auf, ihn zu hassen und gegen ihn und seine Leute vorzugehen. Klar taucht sein Name permanent in meinem Kopf auf.«

Achĕş' Mundwinkel heben sich leicht. Louve hat ihm genau die Bestätigung gegeben, nach der er gesucht hat. »*Enean* also …« Ein flaches, gieriges Lachen entkommt seiner Kehle.

Louve presst den Lederbeutel mit ihrer Bezahlung so fest an ihre Brust, dass ihre Knöchel weiß hervortreten. »In sieben Sonnenläufen also«, presst sie zwischen zusammengebissenen Zähnen hervor.

Für Außenstehende mag es den Anschein erwecken, es hätte sich nichts in ihrer Haltung verändert. Ich hingegen sehe ihr Blut förmlich kochen.

Ohne ein weiteres Wort macht sie auf dem Absatz kehrt und steuert auf die offen stehende Milchglastür zu. Verflucht. So sollte das ganz und gar nicht laufen.

»Warte!«, rufe ich so laut, wie es meine malträtierten Stimmbänder erlauben.

Zeitgleich drehen sich Louve und Achĕş zu mir um.

»Ähm …« Ich richte meinen Oberkörper vollständig vom Bett auf. Meine Muskeln fühlen sich schlapp und gerädert an, als fehlte ihnen jegliche Kraft. »Du hast mich zurückgeholt, richtig? Meinen Schatten?«, stammele ich wie ein Idiot herum.

Langsam nickt sie. »Habe ich.«

»Dann …« *Denk nach, komm schon, denk nach!* »Erzähl es mir.«

Achĕş verschränkt die Arme vor der Brust. »Du erinnerst dich nicht an deine Zeit als Toter?«

»Das ist normal«, lenkt Louve ein. Ist es das? »Schatten ist es nicht vergönnt, sich an das Leben nach dem Tod zu erinnern.« Sie lügt. Warum lügt sie?

Achĕş scheint ihre Worte abzuwägen. »Na schön. Sag ihm, was er hören will. Beantworte seine Fragen. Und dann verschwinde, Assassinin.«

Er dreht sich um und verdünnisiert sich – endlich! – aus dem Zimmer. »Ich hole in der Zwischenzeit meinen Vater und setze ihn über die neusten Entwicklungen in Kenntnis.«

Sowohl Louve als auch ich sind wie erstarrt. Mit angehaltenem Atem warten wir, bis sich die Schritte entfernen, irgendein *Pling* in der Ferne ertönt.

Keinen Wimpernschlag später sitzt dieser niedlich unzurechnungsfähige Wurfstern auf meiner Brust und drückt mir ihren Krummdolch an die Kehle. Langsam lasse ich den Blick über ihre muskulösen Oberschenkel gleiten, über die Kurven ihrer Hüften, ihre Taille hinauf bis zu dem stolz gereckten Kinn. Ausgehend von der Stelle, an welcher ihr Körper auf meinen trifft, entfesselt sich eine nie da gewesene Hitze, gegen die die Feuer des Schattenreiches ein Witz sind. Nicht die Klinge an meinem Hals bringt mich zum Schlucken, sondern die Frau, die sie führt.

»Sag mir sofort, was nicht mit dir stimmt! Warum ist deine Aura schwarz, weshalb verfärbt sie sich nicht golden? Du bist ein verdammter Arzaê!«

Meine Mundwinkel zucken. »Du fragst, was mit mir nicht stimmt, wo du doch diejenige bist, die mich ohne ersichtlichen Grund mit ihrem Buttermesser bedroht?«

Allmählich habe ich das Gefühl, Louves Dolche dienen ihr als zweite Hände, so oft wie sie zum Einsatz kommen. Nichts hat die Kleine so oft in den Fingern wie ihre Messerchen.

Noch nicht.

»Warum schnaubst du so dreckig?«

Ihre Brauen sind vor Wut und Misstrauen verzerrt, ihre milchblauen Augen lodern förmlich, trotz ihrer Blässe.

Als Louve klein war, hielt sie den Kopf stets gesenkt. Heute trägt sie ihre Blindheit mit Würde. Und diese Würde, ihr hart antrainierter Stolz, macht sie unbeschreiblich schön.

Wie benommen strecke ich eine Hand nach ihr aus. Sie spannt jede Faser ihres zierlichen Körpers an, als erwarte sie, ich würde ihr die Kehle zerquetschen. Stattdessen tue ich das, worauf ich seit unzähligen gemeinsamen Abenden mit ihr warte.

Ich lege meine Hand an ihre Wange, ohne sie mit meinen Krallen zu verletzen. Einfach so, als wäre es nichts. Winzige unsichtbare Blitze elektrisieren meine Fingerspitzen. Louve muss es auch spüren, denn sie zuckt unweigerlich zusammen, ihre Lippen öffnen sich zu einem leisen Keuchen. Die Klinge an meinem Hals zittert.

Quälend langsam senkt sie den Oberkörper zu mir herab, bis unsere Nasen nur Zentimeter voneinander entfernt sind. Ich kann ihren kalten Atem auf meiner Haut spüren, jede noch so winzige Regung, die durch ihren angespannten Körper jagt. Fühle, wie mein Herz aus meiner Brust zu springen droht, als sie sich Atemzug um Atemzug nähert. Warmes Blut fließt meinen Hals hinab, ich ignoriere es, sehe nur sie, kann den Blick nicht von ihr abwenden.

Ihre Worte sind schneidend, fast still, als sie flüstert: »Du bist nicht Decan Roughcrest.«

Ehe ihre Klinge mich erneut ins Schattenreich jagen kann,

packe ich ihre Hüften, drehe uns mit einer einzigen Bewegung und presse sie unter mir auf die Matratze. Der Dolch gleitet ihr aus der Hand. Nicht, weil sie mich nicht töten könnte, sondern weil die Zahnräder in ihrem Verstand zu arbeiten beginnen. Ist verflixt clever, meine zukünftige Frau. Ihr Blick ist mit meinem verhakt und obwohl sie mich nur ertasten kann, so spüre ich doch mit jeder Faser meines Seins, dass sie mich wahrnimmt.

»Wer bist du?«, flüstert sie.

Obgleich sie mit einer einzigen gezielten Bewegung meine Unverfrorenheit zertrümmern könnte, hebt und senkt ihr Brustkorb sich unregelmäßig, verwebt sich mit ihrem leisen Keuchen. Kurz warte ich ab, gebe ihr die Chance, sich mir zu entziehen. Als sie jedoch keinerlei Anstalten macht, mich spontan abzustechen, drücke ich ihre Handgelenke an ihren Seiten tief in die Matratze. So, wie ich es tausendmal und mehr in meiner Vorstellung tat. Ihr rasender Puls zeichnet sich an ihrer Halsschlagader ab, ihr Herz hämmert im Takt mit meinem.

Mein neuer Körper verdeckt sie fast vollständig, trotzdem geht eine Präsenz von ihr aus, die mich in die Knie zu zwingen droht. Ich verbrenne in ihrem Feuer, liebe ihre Flammen, verliere mich in ihrer Hitze. Wenn Achĕş und seine Sippe jetzt zurückkommen, werden sie glauben, ich könnte mich nach meinem vorübergehenden Tod nicht zurückhalten und würde mein neues Leben genießen, indem ich meine Retterin ... genieße.

»Wer bist du?«, wiederholt sie mit zitternder Stimme. *Sie weiß es.*

Obwohl meine Nerven bis zum Reißen gespannt sind, gebe ich mich gelassen. »Was glaubst du, wer ich bin, Love?«

Louve schluckt, ihre Hüfte zuckt unter mir. »Wie ... wie hast du mich gerade genannt?«

Ruckartig entzieht sie ihre Arme meinem Griff und starrt mich mit einer Intensität an, die mich nur ahnen lässt, ob sie mich küssen oder erdolchen wird.

»Du weißt, wer ich bin.«

Louve stößt einen Fluch aus, stemmt ihre Hände gegen meine Brust und stößt mich grob von sich. Vorbei ist der Moment. Und mit ihm meine irrsinnige Hoffnung auf … uns.

»Nein. Nein, nein, nein, nein, nein. Verdammt, nein!«, schreit sie und springt mit einem Satz aus dem Bett. »Das hast du nicht getan!«

Stirnrunzelnd streiche ich mir Decan Roughcrests Haar aus dem Gesicht. Okay, das hätte besser laufen können. So habe ich mir unser Wiedersehen ganz bestimmt nicht vorgestellt.

Louve aber hört nicht auf, mich entgeistert anzustarren. *Fuck.* Zögernd stehe ich auf und gehe auf sie zu, meine Beine wacklig und neu, fremd. Louve stolpert rückwärts. Ein nie da gewesener Schmerz jagt durch meine Brust. Dann rennt sie ohne Vorwarnung aus dem Apartment.

Jap. Das hätte definitiv besser laufen können.

29. Kapitel

Louve

Ich fasse es nicht! Dieser egozentrische, rücksichtslose, unbedachte –

»Woa, Louve! Willst du mir den Arm brechen?«

Ich blinzle. Ich sitze rittlings auf Wrens Rücken, drücke ihm die Knie zwischen die Schulterblätter und habe seinen Arm so verdreht, dass die Bänder kurz vorm Reißen sind.

Erschrocken über mich selbst springe ich auf und halte ihm eine Hand hin, um ihm aufzuhelfen. »Tut mir leid, ich war mit den Gedanken woanders.«

Neben zahllosen anderen Schattenassassinen, sowohl ausgebildeten als auch Neulingen, halten wir uns seit dem Morgengrauen auf den südöstlich liegenden Trainingsplätzen Iron Claws auf. Staub wirbelt von allen Seiten auf, Blut vermischt sich mit Sand und Gras, vom Schweiß durchtränkt kleben unsere Uniformen unangenehm auf unserer Haut. Sechs von acht Kommandanten sind anwesend, Pearse ist einer der fehlenden. Die anderen achten darauf, dass ihre Schützlinge sich nicht gegenseitig zerfleischen und nicht aus Trotz und Ungeduld ihre Geistgefährten rufen. (Das Geistgefährtentraining ist erst nach dem Zenit der zweiten Sonne an der Reihe.) Ihr Fokus liegt primär auf den Rekruten, von welchen den Kommandanten mehrere Gruppen in unterschiedlichen Altersklassen von etwa sechs bis zwanzig Zyklen (Ausnahmen vorbehalten) zugeteilt sind. Was so viel bedeutet wie, dass unsere Kommandanten uns am Hals haben, bis wir einen ihrer Plätze einnehmen oder uns in einer anderen Stadt eine freie Kommandantenstelle suchen.

Nachdenklich kaue ich auf meiner Unterlippe. Ein kleines Mädchen kickt neben mir einem Gleichaltrigen den linken Fuß weg, sodass dieser schimpfend mit dem Gesicht voran im Dreck landet. Ich recke ihr meinen Daumen entgegen und hoffe, dass die Anerkennung sie noch mehr anstachelt.

»Sollen wir eine Pause machen?«

Ich schüttle den Kopf. »Nein. Ich ... vielleicht.« *Verdammt.*

Wren und ich gehören zu den wenigen, die lange vor Aufgang der ersten Sonne auf den Beinen sind, um mehrere Runden entlang der Mauern der Zitadelle zu drehen. Ich schätze, unter anderem deswegen wurden wir als Partner gewählt. Wir besitzen die gleiche Verbissenheit, den gleichen unerschütterlichen Kampfeswillen, leben für unser Dasein als Schattenassassinen. Was einerseits verdammt mutig, andererseits einfach nur traurig ist.

Wren umfasst meine ausgestreckte Hand und zieht sich hoch, ich drücke sie fester als gewollt, ehe ich sie so hastig loslasse, als hätte ich mich verbrannt. Wren gibt vor, meinen kleinen Aussetzer nicht bemerkt zu haben.

Gestern Abend habe ich mich aus einem Drang nach Ablenkung heraus zu unserem *Pommes-und-Süßkartoffel*-Date auf dem Marktplatz am Hafen von Old Marble überreden lassen. Wir haben geredet und gelacht, es gab keine Pommes und wir haben uns nicht noch einmal geküsst, weil meine Gedanken permanent bei Enean und den Roughcrests waren, und jetzt ist es anders komisch zwischen uns. Was mir nur recht sein soll angesichts der *Ich-töte-deinen Liebsten*-Nummer der Arzaê. Wren kann von Glück sprechen, nicht ganz oben auf Achêş' Liste zu stehen.

Aufgewühlt stochere ich mit meiner Stiefelspitze in dem feinen Onyxsand herum. Wie immer absolvieren Wren und ich unser Nahkampftraining in dem uns zugeteilten Bereich der Übungskampfplätze. Weder nehmen wir uns zurück, noch schonen wir uns, weshalb ich seit Sonnenaufgang bereits etliche Hiebe kassiert habe, nicht dazu imstande, mich auf das vermaledeite Hier und Jetzt zu konzentrieren.

Melyn und Kendric sind bislang nicht aufgetaucht. Seit dem ... *Unfall* im Schattenreich hat keiner von ihnen auch nur ein Wort mit mir gewechselt. Als wären sie im Stillen zu der Übereinkunft gekommen, ich trüge die Schuld an Bashs Tod. Und vielleicht liegen sie damit auch goldrichtig.

Sâl spricht zwar mit mir, ist aber noch vor dem gestrigen Abendappell abgehauen, um ihre *supersüßen neuen Boots einzulaufen* und seither verschwunden. Wren ist stinksauer auf die drei, weil sie nicht nur die Versammlungen, sondern auch die Trainingseinheiten schwänzen.

Seine Schulter knackt ungesund, als er sie mit einem Ruck einrenkt. »Wenn es noch immer um den Kuss geht ...«

Hastig schüttle ich den Kopf. »Das ist es nicht. Ich meine, es war nur ein Kuss, oder?«

Angesichts Achĕş' Drohung ist dieser wirklich irrelevant. Und dass der Schattengott höchstpersönlich im Körper von Okon Roughcrests Sohn steckt, ist auch keine Lappalie.

Was hat Enean sich nur dabei gedacht? Hat er überhaupt gedacht? Was, wenn das Schattenreich herausfindet, dass ihnen ihr *Gott* abhandenkam?

Ich trete einen Schritt auf Wren zu, senke die Stimme. »Wren, hör mal ... Wenn es dir nichts ausmacht, wäre es mir lieber, *das da*« – ich mache eine verbindende Handbewegung zwischen uns – »erst mal auf Eis zu legen. Dieser Kuss, ich meine ... Es war so viel los in letzter Zeit und ...«

Oh Mann. Ich bin es nicht gewohnt, munter Körbe zu verteilen, sondern vor Morgengrauen aus fremden Fenstern zu klettern.

»Klar, ich meine ...« Er räuspert sich. »Klar.«

»Klar ...«, wiederhole ich lahm.

Viel lieber würde ich jetzt gegen einhundert Schattenwandler zugleich kämpfen, als dieses Gespräch zu führen. Ich kann ihm ja schlecht auf die Nase binden, dass ich vorhabe, Solitude in einer Nacht-und-Nebel-Aktion zu verlassen, sobald Okon mich bezahlt hat. Oder dass ich ein unheimliches Faible für den Schattengott habe, den ich *ganz aus Versehen nebenbei* befreit und auf unsere Stadt losgelassen habe. Was soll ich sagen? Ich stehe nicht so auf die Sache mit der Todesstrafe.

»Ähm, Louve?« Wren schnippt in die Finger. Lästig. »Nimm es mir nicht übel, aber geht es dir gut? Du bist so grün ... weiß ...« Wren klopft sich den Sand von seiner Ledermontur. »Ist es wegen Kendric und den anderen? Du weißt, dass du nicht für Bashs Tod verantwortlich bist, oder? Er ist ein ausgebildeter Schattenassassine. Er sollte es besser wissen, als sturzbetrunken ins Schattenreich zu spazieren.«

»Genau wie ich«, knirsche ich missmutig. »Und doch warst du derjenige, der mir geholfen hat. Bash kam niemand zu Hilfe.«

Die Schreie der anderen Kämpfenden, die Anfeuerungsrufe der Zuschauenden, das unterdrückte Schluchzen der Neuankömmlinge vermischen sich zu einem Strudel all dessen, was in dieser Welt zu laut, zu viel, *zu alles* ist.

Ich presse mir den Handballen gegen die Stirn, als die Kopfschmerzen zurückkommen. »Sei mir nicht böse, Wren, aber ich glaube, für mich ist heute Schluss.«

Auf einer Skala von zehn bis zehn, wie auffällig wäre es, nach unserem kleinen *Handel* vor wenigen Sonnenläufen heute erneut in Okons Tower zu spazieren – nur, um herauszufinden, was Enean treibt?

Ich beiße mir so fest auf die Unterlippe, bis ich Blut schmecke. Ob er wohl sämtliche Angestellten ausgerottet hat? Oder gemütlich mit einem Glas Erdnussbutter auf dem Sofa lümmelt?

Es treibt mich in den Wahnsinn, nicht zu wissen, was er gerade tut. Ich kenne niemanden, der impulsiver, unzurechnungsfähiger und schneller gelangweilt ist als der Schattengott!

Na ja, außer mir vielleicht.

»Du gehst schon?«

Desinteressiert drehe ich mich um. Eine Silbergestalt nähert sich mir. Eine Gestalt, die anklagend auf mich deutet. »Ich fordere dich zum Nahkampf heraus, Louve.«

Ich straffe die Schultern. Der hat mir gerade noch gefehlt. Ausgerechnet *jetzt* beschließt er, wieder mit mir zu reden? »Wenn es dabei um Bash geht …«

»Wage es nicht, seinen Namen in den Mund zu nehmen!«, keift Kendric.

Als hätte ich seinem Cåraidt höchstpersönlich den Kopf von den Schultern gerissen. Wenn er wüsste, dass der Täter plötzlich verdammt greifbar ist …

»Hast du gerade vor ihre Füße gespuckt?« Wren macht einen Schritt auf Kendric zu. »Wie alt bist du, fünf?«

»Du weißt, dass du verpflichtet bist, die Herausforderung anzunehmen«, erinnert Kendric mich.

»Du bist nur angepisst, weil du jetzt nicht mehr mit Bash zu einem Super-Assassinen verschmelzen kannst«, werfe ich ihm vor. »Dir geht es gar nicht um ihn!«

Das ist die Wahrheit. Zwar hingen die beiden andauernd zusammen ab, doch war Bash viel mehr Kendrics wortkarges Anhängsel. Er tat alles, was dieser von ihm verlangte.

»Du hast keine Ahnung, wie es ist, jemanden zu verlieren, mit dem du seit deiner Kindheit trainiert hast!«, blafft er. »Bash war mein bester Freund, du verlogene …«

»Bash hätte sowieso so gut wie nichts von eurer Verbindung gehabt«, trete ich nach. »Du hast ja nicht einmal einen Geistgefährten, der mit Bashs Keiler hätte fusionieren können!«

Weil Kendric ein Soziopath ist, den sein eigener Suizid derart wenig gekratzt hat, dass er kein Trauma davontrug. Er hat sich das Leben genommen, um einer von uns zu sein, und verachtet mich für meine vermeintliche Schwäche. Wer außer einem Arzaê würde auf eine solch irrsinnige Idee kommen?

»Louve, lass gut sein.« Wren legt eine Hand auf meine Schulter. »Wenn du diejenige wärst, die an Bashs Stelle im Kampf gefallen wäre …«

Ach so. *Im Kampf gefallen* nennen wir einen sturzbetrunkenen Abstecher in ein metaphorisches Tretminenfeld jetzt also.

»Ich habe gehört, in eurem Regelwerk steht, dass man Nahkampfherausforderungen anzunehmen hat.«

Sofort stellen sich mir die Nackenhaare auf, meine Finger tasten nach meinen Dolchen, ein *Vive* liegt mir auf den Lippen.

Ich verschlucke mich an meinem eigenen Speichel, als ich vollkommen perplex zu einem noch schlimmeren Ekelpaket als Kendric herumreiße. »Was zum Schattengott willst du denn hier?«, fahre ich Achẽş Roughcrest an.

Der Arzaê schnalzt mit der Zunge. »Begrüßt man so etwa seine Freude, Erdbeertörtchen?«

Im Hintergrund höre ich einen Jungen weinen, einer der Kommandanten lässt die Standpauke seines Lebens ab und jemand ruft ein unerlaubtes »*Vive*«. Die Hintergrundgeräusche verschwimmen zu einer Kakofonie aus Lauten.

Nein. Das kann nicht wahr sein. Er kann nicht herausgefunden haben, was ich getan habe. Noch nicht.

Ich presse die Lippen so fest aufeinander, dass sie taub werden. Bis meine Aufmerksamkeit plötzlich auf die alles andere als goldene Aura neben Achěş fällt. Etwa einen halben Kopf kleiner als sein *Bruder* schlendert eine triefendschwarze Gestalt neben diesem auf uns zu. Die Zeit steht still, mein Leben friert zu Eis, mein Puls rauscht in meinen Ohren

Ich schnappe nach Luft, bin derart überrumpelt von *seiner* Anwesenheit, dass ich sogar vergesse, Achěş für seine Wortwahl zu beleidigen.

Nicht so Wren. »Freunde? Erdbeertörtchen?«, wiederholt er mindestens so perplex, wie ich mich fühle. »Habe ich etwas verpasst?«

Ich räuspere mich, um meine Fassung wiederzugewinnen.

»Um dich kurz auf den neuesten Stand zu bringen«, raune ich Wren laut genug zu, dass alle mich hören können. »Achěş Roughcrest muss sich vor Kurzem heftig den Kopf gestoßen haben.«

Kendric ist plötzlich verblüffend still geworden. Weiß er etwas? Weiß er, dass der Mörder seines Kampfpartners und (angeblich) besten Freundes keine sieben Fuß von ihm entfernt steht?

Achěş stößt sein gruselig amüsiertes Lachen aus. »Eigentlich sind wir hier, weil mein Bruder ein paar Fragen an dich hat«, erwidert Achěş gelassen. »Aber wir sehen uns gerne zuvor einen der berüchtigten Schattenassassinen-Trainingskämpfe an.«

Decan aka Enean knirscht sichtlich genervt mit den Zähnen. Genau wie ich hat er vermutlich absolut keinen Nerv für Kendrics Ego-Getue, und würde es vorziehen, mit mir allein zu sprechen. Wobei es ein recht breites Spektrum von Anbrüllen bis Erdolchen wohl besser treffen würde, denn eine höfliche Unterhaltung ist das Letzte, was dieser Vollidiot verdient hat.

Dass seit seinem Erscheinen dennoch jede einzelne meiner Poren vor Nervosität kribbelt, macht den Schlamassel keinen Deut besser. Zum ersten Mal, seit ich ihn vor drei Sonnenläufen habe stehen lassen, wird mir etwas bewusst. Ich meine, richtig bewusst: Enean ist hier. Er ist *hier.*

»Arzaê ist es nicht erlaubt, Iron Claw ohne offizielle Einladung zu betreten, geschweige denn, unseren Trainingsplatz aufzusuchen«, ermahnt Wren Achĕş und Enean.

Wow. Ich schätze, das *Erdbeertörtchen* hat ihn ganz schön mitgenommen.

»Zwei Zuschauer mehr machen keinen Unterschied«, lenke ich ein, hauptsächlich, um zu vermeiden, dass Enean verschwindet. Weil ... weil ich ihm gehörig die Meinung geigen werde.

Zu meiner Überraschung ist es Kendric, der einen Rückzieher macht. »Also eigentlich ... Vielleicht verschieben wir den Kampf auf später?«

Mir klappt die Kinnlade hinab. »Dein Ernst? Erst einen auf dicke Hose machen und kaum tauchen zwei von Okon Roughcrests Söhnen auf, scheißt du sie dir ein?«

»Louve«, stöhnt Wren.

»Hast du Angst, gegen jemanden wie sie zu verlieren?« Eneans Tonfall trieft nur so vor unterdrücktem Zorn. *O-kay?* Habe ich etwas verpasst?

Es ist das erste Mal, dass er seit seinem Erscheinen spricht. Seine Stimme hat ein tiefes, leicht raues Timbre, bei dem sich meine Nackenhaare aufstellen. Auf eine gute, sündige ... Nein, halt! Doch mein verräterischer Körper schreit regelrecht danach, einen Schritt auf ihn zuzugehen, meine Finger um seinen verfluchten Hals zu legen, um ihn zu mir hinabzuziehen und ... Hastig schüttle ich den Kopf. Und ihn zu erwürgen!

»Was meinst du mit *jemanden wie sie?*«, frage ich in einem

drohend leisen Tonfall. »Jemanden, der blind ist? Ein *Handicap* hat? Willst du das damit sagen?«

Enean legt den Kopf leicht schief. »Jemanden, der viel kleiner und zarter gebaut ist als er.«

Ich spüre, wie sich meine Wangen rot färben. »Oh.«

Mein vermaledeites Herz schlägt wie verrückt in meiner Brust. Seine Anwesenheit treibt mich in den Wahnsinn. Während mein Verstand die neue Situation noch gar nicht richtig verarbeitet hat, ist irgendein unsichtbarer Damm in mir gebrochen. Und der entfesselte Tsunami schwämmt mich mit der Macht des gesamten Universums in Eneans Richtung.

Ich balle die Hände zu Fäusten. Enean, der mich verraten hat. Der mir in den Rücken gefallen ist. Der mit seiner Aktion unser aller Leben riskiert!

»Schluss mit dem Geplänkel.« Achĕş klatscht in die Hand, als würde der gesamte Trainingsplatz seinem Kommando unterstehen. *Lachhaft.* »Kämpft ihr jetzt oder nicht?«

Ich schüttle meine Schultern aus und entferne mich ein Stück von den anderen. Mit einer Hand gestikuliere ich Kendric, es mir gleichzutun. »Wir kämpfen.«

»Wundervoll! Wie lauten die Regeln?«, fragt Achĕş.

Mit verschränkten Armen stellt sich Wren an Achĕş' und Eneans Seite, um uns Platz zu machen. »Wer aufgibt, verliert. Wer stirbt ...« – er hebt den Kopf, richtet seine volle Aufmerksamkeit auf meinen Gegner – »... verliert.«

»Schon klar, schon klar.« Mann, wie dramatisch. »Was ist jetzt, Kendric?«, rufe ich dem anderen Assassinen zu, der keine Anstalten macht, sich zu mir zu gesellen. »Wird das heute noch was?«

Kendric zögert ein, zwei Wimpernschläge lang. Dann dreht der Drecksack sich doch allen Ernstes um und sprintet so schnell er kann vom Trainingsplatz.

Mit offenem Mund sehe ich ihm nach. »Ähm ... gewonnen?«

»Nicht so schnell.« Achĕş' Aura flackert bedrohlich, während er sich mir wie ein Raubtier nähert. »Kann jeder eine Herausforderung aussprechen?«

Vor Schreck stockt mir der Atem. Er wird doch nicht ... Ich würde keine zwanzig Herzschläge mit einem Mental-Arzaê auf dem Kampffeld durchstehen!

Ginge es um reine Körperkraft und Geschick, wäre ich dem verzogenen Emporkömmling meilenweit überlegen. Sobald er allerdings anfängt, in meinem Verstand zu wühlen, kann er mich ausknocken, ehe ich auch nur meinen ersten Zug getan habe.

Was hat dieser Mistkerl vor? Fürchtet er, ich könnte etwas verraten? Herausposaunen, dass ... ja, was? Decan tot war? Wer würde mir, einer Schattenassassinin, Schwarzmarkthändlerin und Auftragsmörderin glauben? Und schlimmer noch: Wer würde einer mittellosen jungen Frau statt einem Haufen stinkreicher Männer glauben?

Achĕş' hantiert an seinen Armen, vermutlich schiebt er sich die Hemdsärmel hoch. Instinktiv taste ich nach meinen Dolchen.

Doch bevor der Arzaê seine Drohung in die Tat umsetzen kann, kommt ihm ein anderer zuvor.

»Ich fordere dich zum Zweikampf, Schattenassassinin«, ruft Enean über den Platz.

30. Kapitel

Louve

»Was glaubst du, dass du da tust?«, raune ich dem Schattengott zu, als er vor mir zum Stehen kommt.

Unmittelbar verfällt mein verräterisches Herz in ein nie da gewesenes Beben. Alles in mir schreit danach, den Mistkerl in meine Arme zu reißen. Gleichzeitig will ich ihm eben diese am liebsten zertrümmern.

Enean dehnt besagte Arme. Wie sie sich wohl unter meinen Fingern anfühlen würden? Sind sie schlank oder muskulös, athletisch, sehnig? Warm? *Mein?*

Ungläubig über meine eigenen stumpfsinnigen Gedanken schüttle ich den Kopf. *Reiß dich zusammen, Louve*, ermahne ich mich. *Das ist nicht einmal sein Körper, er hat kein Anrecht auf ihn. Und du schon gar nicht!*

»Was glaubst *du*, was ich tue?«, erwidert er mit seiner fremden, gestohlenen Stimme. »Ich rette dir den hübschen Hintern.«

Meine Gedanken verirren sich zu den unzähligen Nächten, in welchen ich mich heimlich in seine Burg stahl. Unsere zahllosen Gespräche, die missglückten Versuche, Kekse über Höllenfeuer zu backen. Meine Tränen auf seinen Pranken. Sein Lachen, das die Erde zum Beben und ganze Felswände zum Einsturz brachte. Die Gewissheit, ein Zuhause gefunden zu haben, zum denkbar schlechtesten Zeitpunkt, am unmöglichsten Ort der Welt.

Er versteckte mich und ich bewahrte unser kleines Geheimnis am tiefsten Punkt meines Wesens. Weil ich wusste, dass unser Glück von kurzer Dauer sein würde, solange wir auf entgegengesetzten Seiten kämpfen.

Und plötzlich ist er hier. Ein Traum, der sich klammheimlich in meine Realität stahl.

»Und, wie läuft es so mit deinem gestohlenen neuen Körper in deinem gestohlenen neuen Leben?«, knirsche ich angriffslustig.

Sich keinerlei Schuld bewusst, zuckt er mit der Schulter. »Kann mich nicht beklagen.«

Ich verenge die Augen zu drohenden Schlitzen. Wie er jetzt wohl aussieht? Für mich ist er nach wie vor nicht mehr als eine nachtschwarze Silhouette – nur eben erheblich geschrumpft, quasi in Take-away-Größe. Und wie gerne würde ich ihn mitnehmen, fern von all den Schaulustigen, um ...

Ich beiße mir so fest auf die Zunge, bis ich Blut schmecke. Ich habe Wren geküsst und dann habe ich Wren noch einmal geküsst und dann habe ich Wren gedatet und jetzt ... ist das passiert? Himmel ... Was soll ich nur tun? Ich bin nicht in Wren verliebt und ziemlich wahrscheinlich liebt er auch mich nicht, jedenfalls nicht auf diese Weise. Aber er ist mein Cåraidt, seit Zyklen an meiner Seite.

»Wird das heute noch was?«, ruft Achĕş uns aus sicherer Entfernung zu. »Ich habe nicht ewig Zeit.«

Seinem Tonfall nach zu urteilen, ist er ziemlich angepisst, dass Enean seinen Plan durchkreuzt hat.

»Ich kann nicht gegen dich kämpfen«, flüstere ich dem Schattengott zu, während ich gleichzeitig vorgebe, mich aufzuwärmen. Nach zahllosen Trainingskämpfen mit Wren absolut unnötig. Doch sollte Wren mein merkwürdiges Verhalten hinterfragen, spricht er es nicht aus.

»Wäre dir dieser Irre lieber?«, erwidert Enean trocken. »Der Kerl hatte es doch von Anfang an auf dich abgesehen.«

»Weil er glaubt, ich könnte ihn A reingelegt haben oder B verpfeifen!«, feuere ich zurück.

»Na, ganz unrecht hat er ja nicht. Schließlich paddelt der Schatten seines Bruders noch immer irgendwo ...«

Mit einem wütenden Schrei stürze ich mich auf ihn. Enean reagiert schneller als gedacht und nutzt meinen Schwung, um mich mit dem Rücken an seine Brust zu ziehen.

»Hey, mein neuer Avatar ist gar nicht so schlecht.« Sein warmer Atem haucht eine Gänsehaut über meinen Nacken. Ich hasse es, dass er diese Wirkung auf mich hat.

»Avatar? Hast du sie nicht mehr alle? Das ist ein Arzaê-Körper, den du dir da gemopst hast, und weder eine deiner Romanfiguren noch ein Science-Fiction Kinofilm!«

»Was ist *Kino?*«

Ich stöhne auf. Die bessere Frage lautet wohl eher: Weshalb brennt meine Haut, als stünde sie unter Starkstrom, während Enean solchen Schwachsinn von sich gibt?

»Eine Strafanstalt für unverschämte Kerle wie dich!«

Allmählich beschleicht mich das Gefühl, ich hätte ihm besser Sachbücher und Ratgeber anstatt Belletristik ins Schattenreich schmuggeln sollen.

Ich ramme ihm meinen Ellenbogen in den Magen und reiße mich los. Nicht schnell genug, denn Enean hakt seinen Fuß unter meinen Knöchel, sodass ich vornüberkippe. Verdammter Mist. Der Kerl hat mich mein halbes Leben lang dabei beobachtet, wie ich seine Leute abschlachtete! Er kennt jede meiner Kampfbewegungen im Schlaf.

»Und was meinst du überhaupt mit *gemopst?* Ich präferiere den Begriff *annektiert.*« Ehe ich mich fangen kann, packt er meine Hüften und reißt mich abermals an sich. Mein Körper reagiert sofort. Nur nicht so, wie er sollte. Hitze schießt durch die Stelle, an der er seine Hände gelegt hat.

Oh, nein, Enean, damit kommst du nicht durch.

Ich schlage meine Fingernägel in seinen Hals. Dabei streife ich sein Haar, das sich anfühlt wie Seide und irgendetwas mit mir macht, das es definitiv *nicht* mit mir machen sollte. Hastig ziehe ich meine Hand zurück, sein Blut an meinen Fingern.

»Es ist mir scheißegal, was du *präferierst!*«, fahre ich ihn an und zücke zwei von drei Dolchen zugleich. »Hast du nicht gehört, was dein neuer großer Bruder gesagt hat? Er hat gedroht, alle, die ich liebe, umzubringen, sollte Decans Wiedererweckung schieflaufen!« Ich schlage mit meiner rechten Faust auf ihn ein, er kassiert einen Schnitt am Unterarm, ehe er einen weiteren Hieb meiner Klinge mit eben diesem pariert. »Das, was du getan hast, ist die Definition von *schieflaufen!*«

Beim Versuch, mein Handgelenk zu fassen zu bekommen, um mich zu entwaffnen, verpasse ich ihm einen weiteren Schnitt, diesmal in der Handfläche. »Warum ist dein Glas immer halb leer, Louve?«, stöhnt er.

»Weil du es, ohne mit der Wimper zu zucken, geext hast!«, schreie ich. »Jetzt will ich es dir nur noch gegen deinen verdammten Schädel werfen!«

Als würde er ernsthaft über meinen Vorschlag nachdenken, streicht er sich über das verrucht weiche Haar. »Arzaê werden im Allgemeinen als äußerst attraktiv beschrieben. Bist du sicher, dass du dir das entgehen lassen willst?«

Ohne Vorwarnung springe ich auf ihn zu, schlinge meine Beine um seine Hüften und ramme ihm je einen Dolch in die Schultergelenke. »Was interessiert mich dein Aussehen?«

Muss ich ihn wirklich daran erinnern, dass ich auch von seiner neuen Gestalt nicht mehr wahrnehme als eine nachtschwarze Silhouette mit dem Herzen am falschen Fleck?

Er könnte wenigstens den Anstand besitzen, zu zucken, als ich meine Messer tiefer in seine Muskeln grabe. Stattdessen umfasst er meine Taille und presst mich noch fester an seinen ... *Decan Roughcrests* Körper.

Schlagartig beginnen meine Hände zu zittern, mein Puls rast, klirrt, scheppert in meinen Ohren und ein erstickter Laut entkommt meiner Kehle.

Natürlich entgeht Enean meine Reaktion nicht. Zum wiederholten Male bin ich heilfroh, das siegessichere Grinsen der Familie Roughcrest nicht sehen zu können. Anderenfalls würde meine Klinge jetzt an einer ganz anderen Stelle seines Körpers stecken.

»Du könntest stattdessen mit den Händen sehen«, bietet er mir gönnerhaft an.

Hitze explodiert in meinem Körper, als seine Finger über meinen unteren Rücken gleiten. Dieser verdammte ...

»Hey, Decan!«, ruft der nervtötende Arzaê von der Seitenlinie. Sowohl Enean als auch ich brauchen eine ganze Weile, um zu begreifen, dass Achĕş ihn meint. »Du sollst die Kleine umbringen und sie nicht auf dem Kampffeld flachlegen.«

»Wer sagt, dass man eine Form von Genuss nicht mit einer anderen verbinden kann?«, ruft Enean völlig unbeeindruckt zurück. *Du meine Güte.*

Dann beugt er den Kopf hinab, um mir etwas zuzuflüstern. Sein warmer Atem streicht die empfindliche Stelle unterhalb meines Ohres und ich muss mich an meine eigenen Dolchhefte klammern, die noch immer in seinen Schultern stecken, um nicht den Halt zu verlieren. »Bieten wir dem Sprössling eine Show, die er noch lange im Gedächtnis behalten wird.«

Ich kann regelrecht spüren, wie meine Wangen knallrot anlaufen. »Ganz bestimmt werde ich nicht mit dir ... hier, vor allen …« Ich breche ab, räuspere mich unbehaglich. Ist es heiß geworden?

Enean stößt ein leises, ehrliches Lachen aus. Eines, das weder Felsbrocken regnen lässt noch den Erdboden zum Erzittern bringt. Mein Herz jedoch sehr wohl.

»Ich meinte eigentlich das Nahkampf-Theater. Aber mir gefällt, wie du denkst. Dafür, dass du angeblich so wütend auf mich bist, scheinst du Gefallen an Decan 2.0 zu finden. Oder weshalb klammerst du dich seit geschlagenen fünfzig Atemzügen an mir fest?«

Fluchend reiße ich meine Dolche aus seinen Schultern, heißes Blut rinnt über meine Hände. »Ich hoffe, du hast zumindest anstandshalber das Gesicht verzogen«, ermahne ich ihn. »Enean mag der Gott über Finsternis, Folter und sinnlose Schlachten sein. Decan allerdings findet Schmerz sicher nicht ganz so prickelnd.«

»Decan ist ein Waschlappen. Warum sonst würde er noch immer im See der Erinnerung paddeln, anstatt sich zusammenzureißen und, wie es sich gehört, zum Schattenwandler zu mutieren?«

Nun, da würden mir einige Gründe einfallen. Gründe, die zu eruieren wir jetzt keine Zeit haben. »Erinnerst du dich an meinen Kampf mit der Höllenwölfin vor einem halben Zyklus?« Er nickt. »Selbe Choreo. Jetzt!«

Blitzschnell springe ich von ihm, trete ihm mit voller Kraft mein ausgestrecktes Bein in die Lenden, sodass er vermutlich nicht einmal vorgeben muss, zu Boden zu gehen. Ich stürze mich auf seinen Rücken, presse ihm die Knie in die Nieren, wie vorhin Wren.

Enean bäumt sich unter meinem Gewicht auf, genau wie die Wölfin damals. Automatisch rutsche ich weiter nach oben, umschlinge seine Taille mit meinen Beinen, doch er wirft sich so abrupt auf den Rücken, dass mir sein Gewicht die Luft aus den Lungen presst. Irgendwo im Hintergrund höre ich Achĕş begeistert applaudieren und Wren meinen Namen schreien.

An dieser Stelle würde ich nun meine Dolche nutzen, um sie ihm in die Seiten seines Halses zu rammen, bis er röchelnd an seinem eigenen Blut erstickt. Natürlich tue ich das nicht, schließlich würden wir uns niemals ernsthaft schaden, ganz gleich, wie oft wir uns auch gegenseitig an den Rand des Wahnsinns treiben.

»Mach schon«, presst Enean ungeduldig hervor. »Halt mir deine Dolche an die Kehle, damit ich aufgeben kann.«

Meine Hände bewegen sich auf ihn zu, um unsere kleine Vorführung zu beenden, doch halte ich im letzten Moment inne.

Niemals würde Achĕş mich ungeschoren davonkommen lassen, würde ich seine Familie in aller Öffentlichkeit derart bloßstellen. Ganz zu schweigen von Wren, der das Schauspiel mit ihm verfolgt.

»Planänderung.« Unauffällig schiebe ich Enean einen meiner Dolche zu. »Selbes Messer, andere Kehle.«

»Aber ...«

»Jetzt mach schon. Und anschließend versuch gefälligst, dich bedeckt zu halten.«

Einer der Vorzüge an einer etliche Mondläufe langen heimlichen Verbindung ist, dass man einander im Laufe der Zeit zu hinterfragen aufhört.

Ohne zu protestieren, wirbelt Enean mit mir herum, sodass nun nicht mehr ich seinen Rücken, sondern er meinen Körper in den feinen Sand presst. Finster glimmt seine Aura über unseren Körpern, hüllt uns ein in etwas, das ebenso süß wie verboten ist. Unsere Nasenspitzen berühren sich, sein warmer

Atem trifft auf meinen kalten. Ich bin wach wie nie zuvor und war gleichzeitig niemals paralysierter. Ich nehme jeden noch so minimalen Impuls seines Körpers auf meinem wahr. Eine Supernova an Rausch und Verlangen explodiert in meinen Venen, ich drohe den Verstand zu verlieren in seinem verfluchten *zu viel und viel zu wenig.*

Viel zu schnell legt er meine eigene Schneide an meinen Hals, doch die Kälte des Stahls kann mich nicht erreichen.

»Ich gebe auf!«, höre ich mich selbst über den Platz rufen.

Zu meiner Überraschung ist es Enean, der sich so ruckartig zurückzieht, als begreife er erst jetzt unsere Lage. Besser spät als nie, richtig? ... richtig?

Ich rühre mich nicht, als Enean sich gänzlich von mir löst. Ignoriere ich die grölende Schattenassassinen-Traube, die sich im Laufe des Kampfes um uns versammelt haben muss. Kann nicht umhin, der lodernden Dunkelheit zu folgen, als Achĕş den Arm seines Bruders in die Luft reißt und dessen Sieg verkündet. Kann nicht aufhören, mich nach der einen Sache zu verzehren, die niemals hätte existieren dürfen.

Und auch in Zukunft nicht existieren wird. Weil ich meinen Fehler korrigieren werde, ehe der Schaden ein nicht auszumalendes Ausmaß erreicht.

»Bist du verletzt?«

Für einen Moment erfasst mich ein quälender Schwindel, als Wren mich auf die Füße zieht. Ich schmecke Galle und es kostet mich alle Überwindung, die ich nur aufzubringen weiß, mich nicht aus Wrens Armen zu reißen und hinter Enean herzulaufen, der sich widerwillig mit Achĕş vom Trainingsplatz entfernt.

»Louve?«

»Alles in Ordnung«, versichere ich Wren und lasse meinen Nacken kreisen.

Zumindest wird es das sein, sobald ich meinen Irrtum wiedergutgemacht habe.

Ich muss zurück ins Schattenreich.

Ich muss Decan Roughcrest retten.

Um Enean für immer zu verlieren.

31. Kapitel

Louve

»Kannst du mir mal erklären, was da gerade passiert ist?« Wütend folgt Wren mir wie ein Drogenspürhund über den Trainingsplatz. Hoffe, er findet welche. Und teilt. »Der Kerl hätte dich umbringen können!«

»Als ob. Decan Roughcrest ist nicht wie wir. Pumpen im Fitnessstudio tötet keine ausgebildete Assassinin.« Ein Gott hingegen schon.

»Louve …«

Ich reiße zu ihm herum. »*Wren*, Verfechter der Traditionen der Schattenassassinen, selbst ernannter Anführer unserer Einheit, der unsere Regeln in- und auswendig kennt und nie müde wird, uns daran zu erinnern, dass wir Herausforderungen anzunehmen haben!«

Das hat gesessen. Für einen Augenblick ist Wren tatsächlich still.

Ich habe nicht damit gerechnet, dass er nur Anlauf nimmt.

»Es geht nicht um Decan, sondern um Achĕş. Es war offensichtlich, dass er dich hat herausfordern wollen. Weshalb? Was hast du angestellt, Louve, sag schon!«

Hm, lass mich mal nachdenken. Erpressung, Bestechung, Mord, zwangloses Bettgeflüster mit Menschen, Arzaê und Mæscån, die eindeutig nicht meine Zwangs-Verlobten sind. Diebstahl, das unerlaubte Wiederbeleben von Toten, illegaler

Handel auf dem Schwarzmarkt und eine enge Freundschafft mit dem Schattengott. Habe ich etwas vergessen?

Unbeeindruckt zucke ich mit den Schultern. »Dies und das.«

Die silbrige Silhouette seines linken Armes bewegt sich gen Kopf, vermutlich massiert er seine Schläfen oder Nasenwurzel, vielleicht bereite ich ihm wieder einmal *Migräne.* Witzig. Und absolut unnötig, schließlich hat er von sich aus beschlossen, an mir zu kleben wie Kaugummi, in den man getreten ist – man kann kratzen und pulen, so viel man will und bekommt ihn doch nicht los. Also bleibt er kleben.

Ich sollte dringend ein neues Paar Stiefel kaufen.

»Können wir uns darauf einigen, dass es doch alles in allem recht positiv ist, dass ich *nicht* ermordet wurde?«, versuche ich es noch mal.

Ich glaube, er reckt seinen Daumen empor, bin mir aber nicht ganz sicher. »Made my day.«

»Na, siehst du?«, übergehe ich seinen Sarkasmus mit der doppelten Ladung.

Wir haben schon fast einen der Seiteneingänge des Hauptgebäudes erreicht, da drehe ich mich noch einmal unauffällig um und suche den hinter uns liegenden Trainingsplatz nach einem goldenen oder einem verräterisch schwarzen Leuchten ab.

»Hast du eine Ahnung, wohin die beiden verschwunden sind?«, frage ich stirnrunzelnd. Schließlich tauchten sie mit der fadenscheinigen Ausrede auf, Decan hätte Fragen zu seiner Wiederauferstehung.

Was wollte Enean? Der Schattengott ist genauso fies, wie die Solituder ihren Kindern weismachen – der Mistkerl hat mich doch tatsächlich auf den Grund seines Monster-Sees tauchen lassen, weil er A mehr über den Status meines Augenlichts herausfinden wollte, und mich B richtig dreckig ausgetrickst hat, um die Barriere zu überqueren. Weil er egoistisch ist und hinterhältig und ein Verräter und ... und weil er mich sehen wollte, mich berühren, weil er ...

Hastig schüttle ich den Kopf. Schwachsinn. Ganz bestimmt werde ich keinen Vertrauensbruch Level 11 von 10 romantisieren!

Er ist hier, weil er das Schattenreich hasst. Weil ihm langweilig ist, er es satthat, weil er mehr will vom Leben und auf Erdnussbutter steht. Jawohl!

»Louve?«

»Wren?«, knirsche ich und folge ihm ins Innere der Zitadelle. Sofort sinkt die Temperatur um einige Grade, Gänsehaut küsst meinen Nacken. Dutzende Schattenassassinen huschen durch die steinernen Gänge, um irgendetwas *Superwichtiges* zu tun. Ich könnte kotzen.

»Du siehst aus, als würdest du jeden Moment etwas verdammt Dummes tun.«

»Das ist mein Standardgesicht. Wo sind sie denn jetzt hin?« Wirke ich nervtötend ungeduldig? Gut.

»Keine Ahnung«, erwidert Wren nicht minder genervt – zur Abwechslung jedoch nicht meinetwegen. »Arzaê ist es nicht erlaubt, sich ohne autorisierte Begleitung in Iron Claw aufzuhalten«, fachsimpelt er. Mit Sicherheit fühlt er sich überaus *autorisiert*.

»Hörst du das?«, fragt er plötzlich.

»Du meinst das lästige Zwitschern in meinem linken Ohr?«, erwidere ich mit zuckersüßer Stimme. »Klar, immer wieder, muss sich um einen fiesen Tinnitus handeln. Ich glaube, das nennt sich *Verlobter*.«

»Haha, sehr witzig.«

»Nicht wahr?« Aber dann höre ich es auch. Achěş' widerlich perfekte, einlullende Stimme, die aus einiger Entfernung etwas von *eigensinnig*, *Schwachkopf* und *blauäugig* faselt.

Ich beiße mir auf die Unterlippe, um nicht laut aufzulachen. Offenbar teilen sich Achĕş und Wren ihre Notizzettel mit der Überschrift *Gaslighting für Fortgeschrittene.*

»He, Roughcrest!« Wren stürmt hochdramatisch an mir vorbei.

Mehrere Assassinen bleiben stehen, beschließen jedoch recht schnell, dass die Probleme anderer sie einen feuchten Dreck interessieren, und trollen sich.

Ich beeile mich, Wren zu folgen, verliere ihn zweimal zwischen einer Gruppe Silbersilhouetten, kann dann jedoch glücklicherweise den Umriss seines Falken in der Menge ausmachen.

Mit den Ellbogen schiebe ich mich zwischen Assassinen-Trauben hindurch, werde zweimal ziemlich heftig und viermal noch heftiger beleidigt, drohe wahllos mit dem Tod, und mache dann endlich jene nachtschwarze Aura aus, die mein Herz gleichermaßen höherschlagen wie zum Stillstand kommen lässt.

»Hast du vergessen, dass du mir etwas schuldest?«, boxt Achĕş Wren soeben verbal unter die Gürtellinie.

Ich runzle die Stirn. Wovon spricht er?

»Die Schattenassassinen und die Arzaê ...«, setzt Wren an, wird jedoch prompt von Achĕş unterbrochen.

»Die Schattenassassinen und die Arzaê scheren sich einen feuchten Dreck umeinander«, erinnert er ihn schroff. Na, wo er recht hat ... »Wir sind wegen Louve hier, nicht deinetwegen. Also mach dir mal nicht in dein spitzenbesetztes Assassinenhöschen.«

Ich weiß nicht, ob ich nach Luft schnappen oder lachen soll, auf welcher Seite ich stehe, weil die Optionen unterirdisch sind.

»Können wir reden?« Eneans, nein, Decans rauchige Stimme reißt mir den Boden unter den Füßen weg. Und plötzlich, ob ich will oder nicht, weiß ich, auf wessen Seite ich stehe.

Doch ehe ich den Mund öffnen kann, um ihm zu antworten, kommt Wren mir zuvor.

»Wenn du Louve etwas zu sagen hast, sag es jetzt«, ermahnt dieser ihn. Wenn er wüsste, wem er da gerade passiv gedroht hat, würde er sich wohl tatsächlich einnässen. »Alles, was du ihr zu sagen hast, kannst du auch vor mir aussprechen.«

Ich falle vom Glauben ab. »Ach, und diese Entscheidung steht dir zusammen mit meiner Mitgift zu, oder was?«

Wütend balle ich die Hände zu Fäusten. Wren ist so ein ... *argh!* Ich kann es nicht fassen, dass ich ihn geküsst habe. Dass ich allen Ernstes auf seine durchschaubare Weißer-Ritter-Masche hereingefallen bin. Ich hätte es besser wissen müssen. Ja, Wren war für mich immer so etwas wie eine Familie, hat mich von klein auf unterstützt, mir beigestanden. Doch nur, um mich zu seiner kleinen perfekten Marionette heranzuzüchten. Verzeihung, zu seiner *Verlobten.*

Er hat sich absolut nicht geändert.

Wie durch ein Wunder scheint er seinen Fehler namenspatriarchale Bevormundung selbst bemerkt zu haben, denn er rudert sofort zurück. »Louve, so war das nicht gemeint. Natürlich kannst du selbst entscheiden, mit wem du sprichst.«

»Wie großzügig«, sagen Achĕş und ich zugleich. Nun, zumindest in diesem Punkt scheinen der Arzaê-Sprössling und ich uns einig.

»Ich werde mich mit Louve allein unterhalten, Assassine«, sagt Enean mit einer düsteren Ruhe, die selbst mir eine Gänsehaut beschert.

»Wie auch immer. Ich habe ohnehin etwas mit dem Kommandantenblut zu besprechen«, entgegnet Achĕş, was mich erneut aufhorchen lässt. Was zum Schattengott hat Wren mit Achĕş Roughcrest zu schaffen?

»Komm schon.« Ich umfasse Eneans Arm. Sofort ist da wieder dieses Beben, tausendundein Schmetterling, die mit Überschallgeschwindigkeit gegen die so hart errichtete Eismauer in meiner Brust hämmern.

Wie wir wohl aussehen würden, wäre das über Zyklen angestaute Chaos in unserem Inneren für alle Welt sichtbar. Würden wir einander überhaupt noch erkennen zwischen all den Scherben, den nicht zusammenpassenden Puzzleteilen und zerfetzten Schmetterlingsflügeln? Würde *er* mich erkennen?

»Dec?«, ruft Achĕş seinem vermeintlichen Bruder nach, als dieser drauf und dran ist, mit mir in einem der zahlreichen trostlosen Korridore zu verschwinden. »Wir treffen uns draußen, sobald du und die Kleine neue Safewords festgelegt habt.«

Arsch.

»Männer wie er bräuchten gar keine Safewords, wenn man in ihrer Kindheit nicht die Seite mit *nein* aus ihrem Wörterbuch gerissen hätte«, murmle ich an Eneans Seite, hauptsächlich, um das unangenehme Schweigen zu durchbrechen.

Das ist … neu. Und ich hasse es. Können wir bitte zurück auf Anfang spulen? Enean und ich verbrachten unzählige Sonnenläufe schweigend, aber wir schwiegen gemeinsam. Jetzt schweigt jeder für sich. Als würden wir uns gar nicht kennen, als würde der Meteoritenschauer namens Vertrauensbruch urplötzlich über uns beide hereinbrechen, kaum sind wir allein.

Ich beiße die Zähne zusammen, um nicht frustriert aufzuschreien. Ich will dem Schattengott den Kopf abreißen – oder ihn in meine Arme ziehen.

»Ich denke, Marshmallow wäre ein gutes Safeword«, reißt er mich aus meinen Gedanken.

Und bringt mich damit gegen meinen Willen zum Lächeln. »Absolut. Ich glaube nicht, dass es ein Wort gibt, das jeglichen Sinn von Erotik so in sich zusammenfallen lässt wie das Wort *Marshmallow.*«

Ich führe Enean entlang der im Süden der Zitadelle liegenden Versammlungsräume, passiere Treppenhaus um Treppenhaus, ohne mich auch nur einmal nach ihm umzudrehen.

Alles an dieser Plänkelei klingt aufgesetzt und falsch und *normal.* Aber das ist es nicht. Nichts zwischen ihm und mir wird je wieder normal sein.

»Wie wäre es mit dem Wort Roughcrest?«, wirft er ein.

Ich hasse es, was der Klang seiner Stimme mit mir macht. Wie er mich zerreißt, mich vor die Wahl stellt, mir eine Entscheidung abverlangt, die ich nicht zu treffen bereit bin.

Ja, Enean. Wie wäre es mit dem Wort Roughcrest.

Ich spüre die fünf winzigen Einkerbungen im Treppengeländer, die ich mit sechs Zyklen verbissen mit einem scharfkantigen Stein hineingeritzt habe. Zu meiner Orientierung und weil ich es leid war, mich immer wieder zu verlaufen, nur weil einige der anderen Kinder es witzig fanden, mich beim Zählen der Treppenstufen mit laut dazwischengerufenen Zahlen zu verwirren.

Hat mich eine ganze Nacht gekostet und als ich fertig war, hat es mir eine ordentliche Tracht Prügel durch Banister eingebrockt. Nicht genug, um mich davon abzuhalten, auch sämtliche anderen Trakte zu markieren.

Sowohl das vierte als auch das fünfte Stockwerk im Westtrakt sind vollgestopft mit Büchern, die ich nie werde lesen können. Während im vierten Stock Rekruten stapelweise Wälzer über die Geschichte der Schattenwandler und -assassinen, Solitude oder diverse Kampftechniken durchkauen, ist das fünfte so gut wie immer wie ausgestorben. Weshalb es neben meinem Turm zu den Top Fünf meiner Rückzugsorte gehört.

Hier oben stapeln sich verstaubte Werke, die entweder niemanden interessieren oder keinen etwas angehen. Einige sind unter Verschluss und ausschließlich bestimmten Rängen vorbehalten.

»Louve, hör mal …«

Kaum haben wir die Bibliothek betreten und ich zwei Halbstarke mit einem finsteren »Raus!« vertrieben, hat Enean meinen Dolch an der Kehle.

»Gib mir einen guten Grund, weshalb ich dich nicht auf direktem Weg zurück ins Schattenreich befördern sollte.«

Ein guter Grund wäre möglicherweise das Zittern meiner Finger, das meine Drohung Lügen straft. Das Hämmern meines Herzens, das meinem Verstand so etwas Überbewertetes wie Gefühle einzubläuen versucht.

»Bekommst du Extrapunkte für jedes Mal, wenn du mir einen Dolch an die Kehle hältst?«, fragt er mit einer Ruhe, die mir den blanken Zorn in die Adern treibt. Weil er weiß, dass ich ihn nicht töten werde. Natürlich weiß er es, verflixt, er kennt mein Innerstes wie ein altes zerlesenes Journal!

»Nur Karmapunkte«, knirsche ich und gebe mir redlich Mühe, die Luft anzuhalten, um mich nicht in seinem Duft nach Magie, frischer Minze und (*würg*) einem Sonnenlauf am Strand zu verlieren.

Ich würde sterben, wäre er dazu imstande, wie Achĕş meine Gedanken zu lesen.

Gelassen schiebt er den Dolch von seinem Hals, wobei seine Fingerspitzen meine Hand streifen und dabei kleine elektrische Impulse entfachen.

Und wieder spielen sich jene drei Worte vor meinem inneren Auge ab, die alles verändern. Ob zum Guten oder Schlechten, weiß ich nicht.

Er ist hier.

Enean ist hier.

Ich beiße noch fester auf meine Lippe. Enean tritt auf mich

zu, seine Präsenz begräbt mich gleich dem rabenschwarzen Fluch, den er mit seinem Verrat über uns beide gelegt hat.

»Du wirkst, als hättest du einen Geist gesehen.«

»Habe ich auch.« Ich trete einen Schritt zurück, vielleicht zum ersten Mal in meinem Leben. »Er hat sich den Körper eines attraktiven Arzaês unter den Nagel gerissen und behauptet, mein bester Freund zu sein.«

»Du findest mich attraktiv?«

»Ist das alles, woran du denkst? *Alle* Arzaê sind physisch makellos. Aber sie sind nicht ihr Körper. *Du* bist nicht dein Körper. Du hast einen Körper, aber du bist nicht er. Wenn du also fragst, ob ich dich physisch anziehend finde – was weiß ich.« Mein Rücken trifft auf harte Bücherkanten. Keuchend hebe ich das Kinn, kralle meine Finger um die schmalen Regalbretter hinter mir, um mir Halt zu geben. Sauge sein Versprechen nach Leben und Tod auf, nach allem und nichts.

»Wenn du wissen willst, ob ich *dich* anziehend finde …« Ich presse das letzte bisschen Stolz aus meiner bebenden Brust und flüstere: »Dann grüble weiter.«

Dieser Mann wird mein Ende sein. Irgendwann in nicht allzu ferner Zukunft wird sein Leben auf einer Waagschale neben meinem stehen. Und ich werde fallen.

»Es bringt mich um, wenn du wütend auf mich bist, Love.« Enean verringert den Abstand zwischen uns auf ein Minimum, kein Blatt Papier würde zwischen unsere Körper passen. Mein Brustkorb hebt und senkt sich in einer Geschwindigkeit, die mich ganz seekrank macht.

Sein Arm ruht angewinkelt über meinem Kopf, sodass ich gefangen bin zwischen den staubigen Lederbänden und seiner überdeutlichen Präsenz. Sofort hüllt mich der Duft seines Duschgels ein, Minze und etwas Dunkles, Rauchiges, das mein Herz höherschlagen lässt, weil es mich an den Mann erinnert, der er war, der beinahe mein ganzes Leben lang an meiner Seite stand. Darüber liegt der Geruch nach Erde, Sand und Blut von unserem vorgetäuschten Zweikampf.

Ich weiß nicht, wie ich letztlich meine Stimme finde, um ihm zu antworten. »Kannst du es mir verdenken?«

Das Blut rauscht mir durch die Schläfen, mein Puls hämmert so unberechenbar, dass er es unmöglich nicht bemerken kann.

»Dass du wütend bist, weil ich einen Weg gefunden habe, wie wir zusammen sein können, ohne auf verschiedenen Seiten eines Krieges zu stehen? Ja.«

Seine freie Hand umfasst meine Taille, sein Daumen zieht nur minimale Kreise. Dennoch ist es, als würde sich seine Berührung durch den Stoff meiner Uniform brennen gleich dem Höllenfeuer, aus dem er kam.

Es ist das erste Mal, dass er mich berührt. *Richtig* berührt. Und es macht etwas mit mir. Verdammter Schattengott – es macht *alles* mit mir.

»Ich erinnere mich daran, dass du diejenige warst, die mich darum gebeten hat, an meiner Seite über das Schattenreich zu regieren.«

Ich kräusle die Nase. »Wann soll das denn gewesen sein?«

Enean stößt einen tiefen Seufzer aus. Sein Atem an meinem Ohr jagt mir einen Schauder über den Rücken, als er sich zu mir hinabbeugt. »Das erkläre ich dir ein andermal. Jetzt würde mich viel mehr interessieren, ob du es ernst meinst, dass du mich zurück im Schattenreich haben willst. Im Körper eines Monsters.« Das letzte Wort spricht er mit einem solchen Selbsthass aus, dass es mir das Herz bricht.

»Enean, ich habe dir schon einmal gesagt, dass es mir gleichgültig ist, in welchem Körper du steckst.« Ich lege eine Hand an seine Wange, die sich glatt und warm und nach zu Hause anfühlt, obwohl ich sie nie zuvor berührt habe.

Er nimmt seinen Arm von meiner Taille, was meinen Körper empört protestieren lässt. Stattdessen löst er meine Hand von seinem Gesicht und haucht einen Kuss auf mein Handgelenk, der mir die Knie weich werden und mich für mindestens einhunderttausend Herzschläge vergessen lässt zu atmen. Die Selbstverständlichkeit, mit der er mich hält, als würde ich ihm gehören, als hätte ich immer ihm gehört –

Und vielleicht habe ich das auch. Vielleicht tue ich das auch. Für diesen einen, wunderschönen, brennenden Augenblick.

»Du weißt genauso gut wie ich, dass wir nicht zusammen sein können, wenn ich wieder zum Herrscher des Schattenreichs werde. Nicht auf diese Weise.«

Dabei zieht er mich abermals an sich. Meine Hände landen von ganz allein auf seiner Brust, krallen sich in sein leicht offen stehendes Hemd. Er senkt den Kopf, unsere Nasenspitzen stoßen aneinander, seine Lippen sind nur einen Windhauch von meinen entfernt und ich schwöre, in diesem Augenblick das Schicksal der ganzen Welt gegen einen einzigen Kuss von ihm einzutauschen.

Meine Unterlippe zittert. Enean und ich teilen ein Geheimnis: einander. Wann habe ich die roten Flaggen des Teufels weiß gefärbt? Noch nie zuvor habe ich gefühlt, was ich in diesen wenigen kostbaren Augenblicken empfinde.

Es bringt mich um, meine Lider zu senken und vor Enean zurückzuweichen. Viel zu langsam löse ich meine Finger von seinem Hemd und lasse die Arme sinken.

»Ich kann nicht«, wispere ich, auch wenn es mir alles abverlangt. Und noch mehr. »Du hast mich verraten, Enean, du bist mir in den Rücken gefallen. Und hast damit unzählige Leben gefährdet, ganz zu schweigen davon, was aus dem Schattenreich wird, wenn niemand mehr für Ordnung sorgt.« Ich drehe das Gesicht zur Seite. »Du hast dich nicht für mich oder für uns entschieden, Enean. Du hast dich für dich entschieden. Du hast dich für *dein* Leben entschieden und dieses über alles andere gestellt.«

Enean tritt so abrupt von mir zurück, als hätte ich ihm meinen Dolch direkt ins Herz gejagt. »Natürlich entscheide ich mich für mein Leben«, entgegnet er trocken, heiser. »Ich würde mich immer für mein Leben entscheiden. Weil *du* mein Leben bist, Love.«

Damit dreht er sich um und verlässt die Bibliothek.

32. Kapitel

Enean

»Die Kleine wird uns verraten, Dec«, sinniert dieser Achĕş ohne Punkt und Komma, seit wir Iron Claw verlassen haben. Und Louve.

Mich beschleicht das ungute Gefühl, unsere Beziehung erleidet eine rapide Abwärtsspirale. Habe ich mich so sehr getäuscht? Habe ich ihren rasenden Puls in meiner Nähe mit Leidenschaft verwechselt? Das Zittern ihrer Finger als Verlangen missdeutet?

Und dann war auch noch dieser spitzohrige, zukünftig tote Mistkerl aus ihrer Einheit bei ihr auf dem Trainingsplatz. Der, der ihren Rücken zerfetzt, sie bewusstlos ins Schattenreich gezerrt und mit einem Tritt in die Rippen eiskalt zurückgelassen hat. Am liebsten hätte ich ihm an Ort und Stelle den verlogenen Schädel von den Schultern gerissen.

Von dem *Verlobten* gar nicht erst anzufangen.

Aber nein, *Decan Roughcrest* schlitzt nicht scheinbar wahllos Kehlen auf. Oder etwa doch?

»Dec?«

»Wird sie nicht«, erwidere ich zum gefühlt zweihundertsten Mal. »Was hätte sie davon, uns zu verraten? Dein ... *Unser* Vater ist einer ihrer größten Auftraggeber«, rattere ich die Infos meiner vergangenen Konversationen mit Louve hinunter. »Gib ihr einfach die restliche Bezahlung für meine

Rettung und sie lässt Solitude schneller hinter sich, als du Arzaê sagen kannst.«

Wir überqueren eine der zahllosen Brücken, die von der Zitadelle nach … in welchem Stadtteil wir auch immer wohnen führen. Es kostet mich sämtliche Überwindung, nicht wie ein Idiot in die Sonnen zu glotzen, jede einzelne architektonische Auffälligkeit mit den Fingern zu betasten und die Luft der Lebenden gierig in meine Lunge zu saugen, zu rennen, zu springen, zu *leben* und alles anzutatschen wie ein unterbelichtetes Kleinkind. Seit Hunderten Zyklen habe ich nichts anderes zu Gesicht bekommen als Einöden, Blut, Trostlosigkeit und Mutanten. Doch das hier … Ich verpasse mir eine mentale Ohrfeige, um nicht genießerisch aufzustöhnen.

»Schattenassassinen ist nicht zu trauen«, murmelt mein Pseudo-Bruder und wirft einen finsteren Blick über die Schulter.

Obwohl wir Iron Claw bereits seit geraumer Zeit hinter uns gelassen haben, erheben sich die rabenschwarzen Außenfassaden noch immer hinter unseren Rücken. Keine Ahnung, aus welchem Material die vier Türme bestehen. Dem Namen und dem äußeren Erscheinungsbild nach zu urteilen, muss es sich um eine Mischung aus Eisen und irgendeinem robusten schwarzen Edelstein handeln. Kaum zu glauben, dass Louve an einem Ort wie diesem aufgewachsen ist. Das ewige Schwarz lässt mein Reich leuchten wie den Laden zu meiner Linken. Den mit dem *Candys & Sweets*-Schild. Wenn ich mir die gerade einmal vier Zyklen junge Louve vorstelle, die, die verletzten Augen von Leinen bedeckt, durch die kargen Gänge der Zitadelle tapst, rumort mein Magen vor Übelkeit.

»Dein Mörder könnte ihr einen besseren Preis bieten«, wirft Achêş ein.

Ich halte in der Bewegung inne. Mein *was?* Ach ja, Decan

Roughcrest wurde ermordet oder so. Hab nicht genau zugehört, als Louve mir davon erzählt hat, weil ich sowieso längst beschlossen hatte, ihr zu helfen.

»Als Vater von deiner Entführung erfuhr, hätten wir niemals damit gerechnet, dass sie ihre Drohungen wahr machen.«

Meine sehr sterbliche Hand umfasst den unteren Sockel der über den linken der beiden Flüsse ragenden Steinbrücke. Ich betrachte die blauen Venen auf meiner hellen Haut, vergleiche sie mit dem honigfarbenen Fluss unter mir.

»Jemand droht mit meiner Ermordung und ihr tut ... nichts?« Louve hat wahrlich nicht übertrieben. Diese Arzaê sind der egozentrischste, widerwärtigste Haufen Scheiße, der auf dieser Erde weilt. Und das sage ich als Oberhaupt einer Horde blutrünstiger Berserker.

Achĕş winkt ab, als wäre das alles nichts. »Du musst zugeben, Bruder, bislang blieben derartige Drohungen auch immer leer. Konnte ja keiner ahnen, dass sie dich zu Tode foltern.«

Zu Tode ... *was?* Weshalb genau habe ich noch gleich die Hölle gegen die Hölle getauscht? Ach ja. Wegen der Erdnussbutter. Nicht, dass ich davon bislang sonderlich viel gesehen hätte.

»Nein, nein, wer macht denn auch so was«, pflichte ich ihm augenrollend bei.

Und was meint er überhaupt mit *zu Tode foltern?* Äußere Wunden hat mein Körper keine. Hat man Schnittwunden und Hämatome geheilt? Oder sind die Sterblichen eher Team Waterboarding?

Schlecht gelaunt und doch insgeheim staunend über die Wunder des Lebens folge ich dem Narzissten durch einen Stadtteil, der bespickt ist mit riesigen Wolkenkratzern, die ganz und gar aus Spiegel- und Milchglas zu bestehen scheinen. An diesem Ort wimmelt es nur so von Schönlingen in maßgeschneiderten Anzügen und goldgepuderten Frauen mit merkwürdigen Frisuren. Die ganze Sippe sieht aus, als hätte man sie in einem ... wie nennt man das noch gleich ... *Katalog* bestellt.

Doch wer bin ich, zu urteilen? Mein ganzes Leben lang hatte ich die Rolle des Mächtigsten, des Unantastbarsten, des Stärksten inne. Und ich spielte sie perfekt. Ich tötete nicht aus Verpflichtung, sondern aus Vergnügen. Ich ließ meine Untertanen in meinen eigenen Flammen um Gnade betteln und hasste sie für den Geruch der Asche, zu der ihre Körper zerfielen.

Wenn es jemals etwas in meinem Dasein als Gott der Schatten gab, das nicht von Gewalt, Terror, von Egozentrik und Machtmissbrauch dominiert wurde, wenn es jemals etwas gab, das echt war und durch diese Echtheit wahrlich vollkommen, dann war *sie* es. Wir anderen, die wir Vollkommenheit vorgaukeln, allen voran uns selbst, sind das exakte Gegenteil dessen, was wir sein könnten. In einer Welt voller Schauspieler ist sie die Einzige, die keine Maske trägt.

»Ich werde die Schattenassassinin im Auge behalten«, schlage ich selbstlos, wie ich bin, vor, ehe Achẽş auf die Idee kommt, eine Horde Spione auf Louve anzusetzen.

Achẽş nickt einer Gruppe junger Frauen zu, begrüßt irgendeinen Hünen mit Krawatte und überfliegt das Angebot eines Restaurants mit diamantenbesetzten Fensterrahmen. Der Duft nach gegrilltem Gemüse, süßem Gebäck und *Ich bin viel zu reich, um zu hungern* liegt in der Luft und lässt mir das Wasser im Mund zusammenlaufen.

Es gibt so viel, das ich nicht kenne und lediglich aufgrund von Louves Erzählungen zuordnen kann. Ich habe keine Ahnung, was die rechteckigen Platten ganz oben auf den Gebäuden bedeuten, die die Sonnenstrahlen einfangen. Weder weiß ich, was die in bunten Papieren schillernden Dinger sind, die

die Kinder auspacken und sich haufenweise in den Mund stopfen, noch, wie man die Brillengestelle mit den verdunkelten Gläsern bezeichnet. Ich kenne die aktuelle Mode mehr oder weniger von den Schatten, die in mein Reich fahren – sie ist zu eng, zu schrill, zu unbequem. Von Louve weiß ich, was Hochhäuser sind und *Nobelrestaurants* und Zuckerwatte und Science-Fiction.

Die Lebenden sind merkwürdig, weil sie nicht schreien oder betteln, sondern *starren*, tuscheln, werten. Sie ignorieren das Blut und den Dreck auf meiner Kleidung, mein zerzaustes Haar, Louves Handschrift auf meiner Haut. Für sie bin ich nichts als ein Name, dem man Respekt zollt. Dabei scheint es gleichgültig, wessen Körper ich benutze. Ich war immer nur ein Name.

Es dauert eine ganze Weile, ehe Achĕş schließlich fragt: »Und warum solltest du das tun? Warum solltest du Louve persönlich im Auge behalten wollen?«

»Ich will herausfinden, was sie über meine Zeit im Schattenreich weiß«, bleibe ich bei meiner Lüge.

»Vermutlich nicht allzu viel, schließlich ist sie blind«, schlussfolgert Achĕş in einem solch widerwärtig abfälligen Tonfall, für den ich ihm am liebsten die Zunge herausreißen und vor seinen Augen auf den Grill werfen möchte. Dann aber erinnere ich mich an Louves Bitte, mich bedeckt zu halten. Was wohl oder übel abgetrennte Gliedmaßen ausschließt. Noch nicht.

Als ginge ihn das Ganze gar nichts an, wechselt er fast gelangweilt die Straßenseite, um auf das imposante Gebäude im Zentrum des Stadtteils zuzusteuern. Wie die anderen Hochhäuser bestehen auch die Wände dieses Gebäudes ausschließlich aus einer Art Glas, allerdings ist jede einzelne in sattes Gold gefasst. Wie es architektonisch möglich ist, dass die obersten fünf Stockwerke die restlichen beinahe um die doppelte Breite überragen, ohne über ihnen zusammenzubrechen, ist mir ein Rätsel. Ich glaube, mich daran zu erinnern, dass Louve es Roughcrest-Tower genannt hat.

Hinter Achĕş betrete ich das Gebäude. Eine Reihe Menschen und Arzaê macht uns Platz, verbeugt sich, schleimt sich in Grund und Boden und bleibt hoffentlich genau dort stecken.

Das Foyer ist so steril, dass ich am liebsten auf dem Absatz kehrtmachen würde. Ein schwarz-weißes Schachbrettmuster pflastert den penibel gesäuberten Marmorboden, von dessen Fliesen man vermutlich essen könnte. Würde ich auch gern, ich habe einen Bärenhunger. Allerdings bezweifle ich, dass ich da unten auch nur einen Krümel finde.

Als sich die *Aufzugtüren* hinter uns schließen, entwickle ich spontan Klaustrophobie. Als mein Beinahe-Bruder mich zum ersten Mal in diesen gläsernen Sarg bugsiert hat, kannte ich noch nicht einmal den Begriff dafür. Mein Magen dreht sich wie im freien Fall, meine Fingernägel graben sich vor Anspannung in meine Daumenballen und wieder einmal bin ich heilfroh, keine Klauen mehr zu besitzen. Irgendein chemisches Reinigungsmittel durchlöchert meinen Geruchssinn.

»Weißt du, Vater hat tatsächlich darüber nachgedacht, ihr als Preis für deine Wiederauferstehung ihr Augenlicht zurückzugeben«, sagt Achĕş, als hätte er meine Gedanken erraten.

Ich erstarre. »Hast du meine Gedanken gelesen?« Weiß er von dem Zungen-Barbecue?

Achĕş hebt die perfekt geschwungenen Brauen. »Deine mentale Schutzmauer ist wie immer oben.«

Ist sie das? Wie praktisch. Trainiert diese Brut etwa von klein auf, sich voreinander abzuschirmen? Da ich nicht die geringste Ahnung habe, wie man ein mentales *Irgendwas* hochfährt, nehme ich an, er kann meine Göttlichkeit nicht knacken. Zwar bin ich im Besitz eines sterblichen Körpers, doch gehört mein Schatten und damit mein Geist noch immer mir.

»Moment mal.« Ich balle die Hände an meinen Seiten zu Fäusten, um mich davon abzuhalten, den Mistkerl zu schütteln. »Soll das heißen, Louve hätte wieder sehen können?«

Misstrauen flackert in Achĕş' stahlgrauen Augen auf. »Wieso weißt du das nicht?«

Verdammt. »Ich ...«

Achĕş' winkt ab. »Du solltest dich wirklich wieder einkriegen, bevor wir dich erneut auf die Öffentlichkeit loslassen. Ich hätte nicht gedacht, dass es so ein Aufwand ist, Schatten zurück in ihre Körper zu pflastern.«

Nein, weshalb auch? Macht doch jeder Normalsterbliche im Schlaf. Mit Nadel und Faden, den Schatten im Handumdrehen an den großen Zeh gespickt. Hat der Kerl sie nicht mehr alle?

»Ich ... Ich habe wohl vergessen, wie mächtig du wirklich bist«, schleime ich zwischen zusammengebissenen Zähnen. »Dass du ... Kranke heilen kannst.«

»Haben die dir dort unten eine zu viel verpasst?«, fragt er entnervt. »Die Assassinin sieht nicht, weil ein Litíjr in ihrer Kindheit in ihrem Verstand herumgepfuscht hat. Hat wohl etwas gesehen, das so tief sitzt, dass nicht einmal ein Profi die Erinnerung aus ihrem hübschen Köpfchen fischen konnte. Sein Gestöber hat ihre Nervenbahnen zwar stark beschädigt, doch die Kleine ist eine nicht zu knackende Walnuss.« Er legt eine theatralische Pause ein. »Also hat man sich anderweitig beholfen.«

Mir stockt der Atem, vielleicht zum ersten Mal in meinem Leben.

Ist es das, was sie tun? Erinnerungen stehlen, neu verknüpfen? Bildet sich Louve deshalb ein, dieser ominöse Verlobte hätte sie gerettet? Weil jemand wollte, dass der Kerl als Ritter in goldener Rüstung erscheint?

Und dann ist da noch die Sache mit ihrem Augenlicht ... Mir wird speiübel. Und das ist noch nicht einmal das größte unserer Probleme. Wenn Achĕş die Wahrheit sagt, hat Louve im Augenblick ihres Todes etwas gesehen, das sie nicht hätte sehen dürfen. Etwas, das sich so tief in ihr Wesen grub, dass es in Form eines magischen Mals auf ihrem Rücken erschien und für immer ein Teil von ihr wurde. Kein Mentaler der Welt könnte ein Trauma wie dieses jetzt noch von ihr nehmen. Dennoch hielt es jemand für unabdingbar, dass sie nicht mehr sehen kann. Weshalb?

»Du machst dir definitiv zu viele Gedanken um diese Frau.« Achĕş lehnt sich an eine der Glaswände. Ob sie wohl bricht, wenn ich sein privilegiertes Köpfchen dagegenschmettere? »Von mir bekommt sie ihr Augenlicht jedenfalls nicht zurück – sofern es nach all der Zeit überhaupt noch wiederherstellbar ist. Ich dachte, nach all dem, was dir widerfahren ist, seist auch du der Ansicht, ein Stapel Druckmittel in jedem Hemdsärmel wäre unabdingbar.«

Langsam nicke ich, als der Aufzug endlich im sechzehnten Stockwerk hält. Meinem Stockwerk, wie ich kürzlich erfuhr.

»Wer steht nicht auf Druckmittel«, murmle ich.

»Ich lasse dir einen Heiler kommen. Wir sehen uns dann später beim Dinner«, ruft mir Achĕş hinterher. »Und tu etwas gegen das Blut auf deinem Hemd. Du stinkst nach Tod.«

Ein zufriedenes Grinsen hebt meine Mundwinkel. Sehr gut.

Zugegeben, im Körper eines Gottes wirkte ich deutlich eindrucksvoller, mächtiger, imposanter. Doch weder hätte ich mich mit ihm durch Solitude bewegen noch Louve auch nur über die Wange streichen können, ohne mit meinen Klauen ihre Haut zu zerfetzen. Es ist nicht so, als hätte ich meinen

Körper im Schattenreich zurückgelassen, denn ich besaß niemals einen. Zumindest nicht, seit ich zu einem Gott wurde. Alles, was ich bin, was ich war, steckt hier drin. Ein Schatten, gefangen im Körper eines jungen Arzaê.

Das Apartment hat mehr Räumlichkeiten, als eine Person jemals benötigen könnte. Am besten gefällt mir das Wohnzimmer, von dem aus ich nicht nur den gesamten Stadtteil überblicken, sondern bis zur Zitadelle sehen kann. Fehlt nur noch ein magisches, auf Louves Turm ausgerichtetes Fernrohr.

Zugegeben, die dicken cremefarbenen Perserteppiche und die in Halbkreisen aufgestellten Stoffsitz...bank...dinger aus weißem Leder werde ich vermutlich in Windeseile mit wer weiß was besudelt haben. Aber das von der Decke baumelnde Grünzeug ist ganz nett, so ... unverkokelt. Teil des Apartments ist auch eine gigantische Küche, in der mindestens fünfzehn Spitzenköche Platz fänden, die aber wirkt, als hätte sie noch nie jemand anderes als die Reinigungskraft betreten. Vermutlich würden die Roughcrests sie ohne Landkarte nicht einmal lokalisieren können. Es gibt einen Fitnessraum mit allerhand bizarren Gerätschaften, um Decans ungenügende Muskulatur zu stärken, etliche Schlafzimmer und ein ziemlich imposantes Badezimmer.

Ob Louve auch so viele Zimmer bewohnt? *Sicher nicht*, denke ich, als ich an das rabenschwarze Gefängnis zurückdenke. Ich hätte sie mir über die Schulter werfen und von dort wegbringen müssen. Enean hätte die darauffolgende Rache der Schattenassassinen mit Sicherheit überlebt, Decan jedoch ...

Ein eindringliches Klopfen lässt mich den Kopf heben. Irgendetwas scheint gegen Glas zu hämmern. Was zum Galgenstrick ...

Ich lasse meine Schultern kreisen, um einzuschätzen, wie stark Louves kleiner Aussetzer meine Muskulatur beeinträchtigt hat. Ärmel und Kragen meines Hemdes kleben feucht auf meiner Haut und haben schon bessere Zeiten hinter sich. Der einzige Grund, aus dem die Solituder auf unserem Rückweg zum Tower keinen Bogen um mich gemacht haben, ist der Tatsache geschuldet, dass das kleine Blutbad dank des schwarzen Stoffs nahezu unsichtbar ist. Mein Gesicht und meine Hände sehen vermutlich genauso aus, wie ich mich fühle: zerschlagen, verloren, verflucht wütend.

Obwohl das kleine Biest reichlich Schaden angerichtet hat, ist der Schmerz minimal, was vermutlich eher meiner hohen mentalen Toleranzgrenze denn der Regenerationsfähigkeit des Arzaê-Körpers geschuldet ist.

Abermals hallt ein Klopfen und Schaben durch die Grabesstille des Apartments. Kurz spiele ich mit dem Gedanken, mir ein Fleischermesser von der Küchenanrichte zu schnappen, entscheide mich dann aber dagegen. Weißer Teppich und so. Das Geräusch führt mich zur Tür jenes Schlafzimmers, in welchem Louve mich zum Arzaê gemacht hat. Das Kratzen nimmt zu. Ganz langsam drücke ich die goldene Klinke hinab –

Und falle vom Glauben ab, als sich an der zimmerlangen Fensterfront ein blutrotgefiederter, goldäugiger Rauchadler mit dem Durchmesser zweier Menschenlängen abzeichnet.

»Quitt?!« Ungläubig stürme ich auf die Glasfront zu. Die breiten Flügel des Schattenwandlers verschwimmen an den Rändern zu diffusem Rauch, als er aufgeregt auf und ab flattert.

»Endlich habe ich Euch gefunden, Herr!«, krächzt mein Späher.

Fuck. Wie hat er unbeschadet die Barriere durchbrochen? Und woher weiß er, dass ich in Decan Roughcrests Körper stecke?

»Herr, Ihr müsst zu uns zurückkommen!« Die nachtschwarzen, unterarmlangen Krallen des Adlers hinterlassen tiefe Furchen im Glas. »Das Schattenreich braucht einen Herrscher. Ihr müsst …«

Hastig ziehe ich von beiden Seiten die schweren azurgrauen Vorhänge vor. Nicht, dass das den Späher davon abhalten würde, weiter auf das Fenster einzuhacken. Glücklicherweise befinden wir uns in der sechzehnten Etage. Die Chance ist nicht besonders hoch, dass in dieser Höhe jemand Quitt als Schattenwandler identifiziert.

Ich massiere mir den angespannten Nacken. »Wie hat dieses Mistviech mich nur finden können …«

»Was glaubst du?«, fragt eine Stimme, die eindeutig nicht dem Schattenwandler vor dem Fenster zuzuordnen ist.

Ich reiße derart abrupt herum, dass meine Schulter ein ungesundes Knacken von sich gibt. Obwohl die Schlafzimmertür offen steht, habe ich niemanden eintreten gehört. Irritiert sehe ich mich um, kann aber niemanden entdecken. Bis auf eine Vitrine, in der allerhand unsinnige Pokale und Auszeichnungen drapiert wurden, und dem viel zu großen weißen Bett ist das Zimmer leer. Ich glaube kaum, dass sich jemand unter dem cremefarbenen Teppichboden verschanzt hat.

Spielt mein Verstand mir einen Streich?

»Hier oben, du Idiot! Ich meine, *mein Schattengott*«, setzt die Stimme mit jenem triefenden Sarkasmus nach, die nur einer Kreatur zuzuordnen ist.

Zum Höllenwolf.

Ich suche die Decke nach akrobatisch kletternden Toten ab, kann aber bis auf die potthässliche Deckenlampe nichts entdecken.

Gleichzeitig treibt mich das Gehacke des Adlers in den Wahnsinn.

Um sicherzugehen, werfe ich wie ein Idiot einen Blick unter das Bett, wo selbstverständlich kein Monster lauert. Wie auch? Es schläft seit Kurzem auf der Matratze darauf. Von einer bösen Vorahnung getrieben, hebe ich abermals den Kopf. Und presse einen erstickten Fluch hervor.

»Freut mich auch, dich zu sehen.« Zwei spitze Fangzähne schieben sich über ihre Unterlippe, als sie mich triumphierend von oben herab angrinst.

»Prejudice?!«

33. Kapitel

Enean

Ich steige aufs Bett, den Blick nicht von der Zimmerdecke wendend, wo ein gigantischer rechteckiger Spiegel in der Größe der Matratze hängt. Ein Spiegel, durch den mich dunkle, schrägliegende Raubtieraugen aus einem feingeschnittenen, braunen Gesicht spöttisch mustern. Der Großteil ihres schwarzgeschuppten Schlangenleibes windet sich in dem Bildnis hoch über mir.

»Was um alles in der Welt treibst du in einem Spiegel?«, rufe ich ihr zu.

»Viel mehr würde mich interessieren, was du im Körper eines jämmerlichen Arzaê treibst – auf der falschen Seite der Barriere!«, fährt sie mich an, wobei ihre vor Gift triefende Zunge angriffslustig über ihre vollen Lippen zuckt. Vermutlich wäre ein Kuss von ihr für meinen neuen Körper tödlich und hätte rein gar nichts mehr mit dem neckischen Prickeln von früher gemein.

»Ich habe zuerst gefragt.«

Ich lehne mich an das Kopfende des Bettes und starre nach oben. Da hatte der Kerl die Auswahl für alle erdenkliche Reiche-Leute-Deko und er entscheidet sich für Pokale und einen Spiegel? *Da oben?* Keine Ahnung, welche unglücklichen Frauen oder Männer der Sprössling hier abgeschleppt hat, aber ich bezweifle, dass es irgendjemand darauf anlegt, zusätzlich zu seinem peinlichen Gehechel noch seinem nackten Hintern begegnen zu wollen.

Prej verdreht die mit dunklen Kohlstrichen geschminkten Augen. »Du fragst dich gerade, wie dein Allerwertester von oben aussieht, habe ich recht?«

Ich hasse sie.

»Viel mehr frage ich mich, weshalb ich stattdessen deine Visage erblicken muss. Hast du von nun an vor, mich jeden Abend beim Schlafen zu bespannen?«, gebe ich kalt zurück.

»Durchaus«, antwortet sie nicht minder bitter. »In *deinem* Bett. In *deinem* Palast. In deinem gottverdammten Reich!«

Ich schnaube. »Ich lebe jetzt hier. Finde dich damit ab und verschwinde, Prejudice. Und nimm gefälligst den Späher mit, bevor ich an Migräne zugrunde gehe!«

»Migräne?«, lacht sie spöttisch. »Hörst du dir überhaupt zu?«

»Wenn es sonst niemand tut«, knirsche ich übel gelaunt. Wozu bin ich abgehauen, wenn meine Dämonen mir buchstäblich überallhin folgen? »Wie machst du das überhaupt? Und wieso weiß ich als Herrscher des Schattenreiches nicht, dass man …« Ich gestikuliere zwischen mir und dem Spiegel hin und her. »Das da machen kann.«

»Möglicherweise liegt es daran, dass du dich eher für eine gewisse weißhaarige Schattenassassinin interessierst als für die Vorzüge deines eigenen Reiches.«

Ich rolle mit den Augen. Und wenn schon.

Prejudice schlängelt ein Stück rückwärts, sodass die Sicht frei wird auf donnergrauen Gewitterhimmel, verkohlte Wälder und nachtschwarze Pfützen.

Moment mal.

Ich stelle mich aufs Bett. Die Matratze wackelt unter meinem Schwanken. Ist sie etwa mit Wasser gefüllt? Wer kommt auf solche Schnapsideen?

»Prej, bist du bei den Seen der Erinnerung?«

»Besser.« Sie streckt ihren riesigen schuppigen Schlangenleib und fischt irgendwas leblos Treibendes aus dem Wasser. Ein Kopf kommt zum Vorschein, gefolgt von einem wässrig aufgedunsenen Leib, der den Eindruck erweckt, als hätten schon allerhand Piranhas davon gekostet. An seinen Armen und Beinen sind schwere Metallketten befestigt, die den Schatten mit dem Grund des Sees verbinden.

»Lass den Unsinn«, ermahne ich die Schattenwandlerin. »Er muss sich aus eigener Kraft befreien, seine Erinnerungen müssen am Grund des Sees zurückbleiben, das weißt du doch.« Wo sie über die Zyklen hinweg zu Asche, Vergessen und nichts verrotten.

»Oh, ich habe keineswegs vor, ihn zu befreien. Solange die Ketten nicht gelöst sind, kann ich mir auf der Oberfläche des Sees seine Erinnerungen ansehen.« Triumphierend hebt sie den Kopf, sodass ihr das aalglatte Haar über die nackten Schultern fällt. »Und diese Erinnerungen haben mich direkt zu dir geführt.«

Mit weit aufgerissenen Augen starre ich das kläglich durchnässte Schattenwesen an, das Prejudice grob am Hinterkopf über der Wasseroberfläche hält.

Das hat sie nicht getan.

Meine Hände ballen sich zu Fäusten, meine Muskeln spannen sich von ganz allein an. Ich bin drauf und dran, diesen verdammten Spiegel mit bloßen Händen zu zertrümmern.

»Prejudice«, presse ich zwischen zusammengebissenen Zähnen hervor. »Willst du mir gerade ernstlich weismachen, du bist nach Decan Roughcrests Schatten getaucht und hast in seinen Erinnerungen herumgepfuscht, bis der See meinen Aufenthaltsort ausgespuckt hat?«

Unbeeindruckt zuckt sie mit den schlanken Schultern.

»Musste durch ziemlich viele Spiegel linsen, bis ich dich gefunden habe.«

»Du hast einen Fernseher im Schattenreich gebaut! Ohne mich!« Ist das die Möglichkeit! Unendlich viele Zyklen und niemand sagt mir, dass ich da drüben Filme schauen kann?!

Ihre schwarze Unterlippe schiebt sich vor. »Was ist ein Fernseher?«

»Beim Nachtschatten, Prejudice! Jemand hätte dich bemerken können! Woher wusstest du überhaupt von Decan?«

Plötzlich starrt sie überall hin, nur nicht in meine Richtung. »Möglicherweise – und ich sage nicht, dass es so passiert ist – habe ich dich und die kleine Assassinin beobachtet, verfolgt und ausspioniert.«

»Du hast *was?* Schon mal etwas von Grenzüberschreitung gehört?«

»Du etwa?«, donnert sie zurück. »Die weiße Assassinin scheint es jedenfalls nicht auf *deinen* Schatten abgesehen gehabt zu haben! Dennoch steckst du jetzt in diesem scheußlichen, schwachen Körper! Als mir klar wurde, dass du ihr nachtauchst und sie überlistest, war es bereits zu spät. Sie hatte dich in diesem ... *Talisman* und ich hatte keine Ahnung, wie zum Galgenstrick ich dich da wieder herauskriegen sollte! Also wartete ich ab. Und suchte. Um dich davon zu überzeugen, aus freien Stücken zu uns zurückzukehren.« Sie schleift Decans Schatten so weit aus dem See, dass die Erinnerungsketten gefährlich spannen. »Das Schattenreich braucht einen Herrscher!«

»Mit wem redest du da?«

Verflucht.

Mein Blick schnellt zur noch immer offen stehenden Zimmertür, wo mir ein nicht ausgewachsenes menschliches Wesen misstrauisch entgegenstiert. Nein, kein Mensch. Er hat die gleichen spitzen Ohren wie jeder in diesem Mafiaverein, die gleichen stahlgrauen Augen wie mein Ekelpaket von falschem Bruder, nur etwas heller. Und die gleiche dunkelbraune Haarfarbe wie mein Golem.

»Mit mir selbst.« Bewusst vermeide ich es, seine Aufmerksamkeit auf den Spiegel zu lenken, und steige vom Bett, wobei ich beinahe kopfüber auf dem Teppichboden lande. Mal ehrlich, wer kommt auf die miserable Idee, eine Matratze mit Wasser zu füllen?

Der Junge, der möglicherweise mein Bruder ist, hebt eine dunkle Braue. »Du führst Selbstgespräche?«

»Was einen grandiosen Gesprächspartner voraussetzt.« Ich gehe auf ihn zu, der Kleine reicht mir höchstens bis zur Brust. »Was willst du?«

Was ich eigentlich fragen will, ist: Wer bist du?

Instinktiv tritt der Junge einen Schritt zurück. Meinetwegen oder wegen Decan?

»Achȩ̌ş schickt mich. Ich soll dir ausrichten, der Heiler wird in Kürze eintreffen.«

»Ich brauche keinen Heiler«, erkläre ich ihm und greife nach der Milchglastür, um sie ihm vor der Nase zuzuknallen.

Wenig überzeugt mustert er mich von oben bis unten und schiebt einen Fuß in die Tür. »Dein Hemd sabbert.«

Achselzuckend zupfe ich an dem mittlerweile antrocknenden Stoff. »Das ist die allgemeine Reaktion auf meinen Körper.«

Der Junge schielt auf seine Füße, nestelt am Saum seines marineblauen Pullovers. Abwartend hebe ich eine Braue. »Ist sonst noch was?«

»Warst du wirklich tot?«, platzt es plötzlich aus ihm heraus.

Daher weht also der Wind. Langsam nicke ich. »Jap.«

»Und du … konntest einfach so zurückkommen?«

»Jap.« Genervt laufe ich auf die Vitrine zu, schnappe mir den erstbesten Goldpokal und drücke ihn ihm in die Hand. »Hier, spiel damit.«

Mit einer Hand schiebe ich den Jungen aus dem Türrahmen, da hackt dieses verdammte Federvieh zum wiederholten Mal von außen gegen meine Fensterfront. Vor Schreck taumelt der Kleine rückwärts, der Pokal gleitet aus seiner Hand und landet scheppernd auf den Fliesen vor dem Schlafzimmer. Gleichzeitig schnellen unsere Augen zu den Bruchteilen. Dem undefinierbaren abstrakten Irgendwas ist ein undefinierbares abstraktes Irgendwas abgefallen.

Die grauen Iriden des Dreikäsehochs werden wässrig, als er sich mit zitternden Fingern den Pulloverärmel hochschiebt und mir mit gesenktem Kopf und hochgezogenen Schultern den nun nackten Arm hinhält.

Verwirrt sehe ich von dem Jungen zu dem Pokal und zurück zu seinem Arm. Und kapiere rein gar nichts. Wird irgendein neumodisches Ritual von mir verlangt, von dem wir im Schattenreich noch nicht gehört haben? Soll ich ihm ... die Hand schütteln?

»Ähm ...« Ohne die geringste Ahnung, was zum Aschegeier ich da tue, umfasse ich seine kleine Hand mit meiner großen. Sein Zittern erreicht ein ungesundes Maximum. Friert er? Louve sagt, Sterbliche frieren häufig.

Da fällt mein Blick auf die unzähligen Narben, die seinen schmächtigen Arm bedecken wie Ausschlag. Es sind keine Schnitte oder Haustierkratzer, sondern ... Brandwunden.

Ich lege die Stirn in Falten (das tue ich jetzt öfter). Was zum ...

»Wer war das?«, frage ich geradeheraus.

Der Junge zuckt bei meinem finsteren Ton zusammen. »D-du?«

Wie vom Donner gerührt lasse ich ihn los und stolpere ein, zwei Schritte rückwärts. »Wie bitte?«

Nun ist er derjenige, der mit gerunzelter Stirn zwischen mir, seinem Arm und dem zerbrochenen Pokal hin- und herschaut. »Du … erinnerst dich nicht?«

Etwas in mir zerbricht. Etwas, das ich nur zu gerne diesem verfluchten Decan Roughcrest brechen würde. Der Kerl hat seinem eigenen Bruder Dutzende Brandwunden zugefügt? Als … *Strafe?* Und ich dachte, das sinnfreie Foltern spiele sich lediglich auf unserer Seite der Barriere ab.

»Es tut mir leid, dass ich deinen Pokal kaputt gemacht habe«, sagt dieser schnell. Plötzlich klingt er gar nicht mehr so wagemutig. »Ich weiß, wie viel sie dir bedeuten.«

»Ach ja?« Schnaubend drehe ich mich um und nehme zwei weitere Pokale aus der Vitrine, ehe ich den ersten krachend in den Flur katapultiere.

Der Junge schreckt derart zusammen, dass sich mir der Magen umdreht. »Hier.« Ich reiche ihm den zweiten. »Ich hab's nicht so mit materiellem Besitz.« Anderenfalls würde ich wohl kaum in einer halb verfallenen Burgruine ohne Strom und fließend Wasser hausen. Nicht einmal Pay-TV haben wir!

Fragend blinzelt der Junge mir aus dichten dunklen Wimpern entgegen.

»Na, mach schon.« Ich hole drei weitere Pokale. »Wenn alle kaputt sind, kannst du in Zukunft keine mehr zerbrechen. Richtig?« Ich werfe einen zweiten Pokal gegen die gegenüberliegende Wand im Flur. Meine Logik ist wie immer bestechend.

Da kommt mir eine noch viel bessere Idee. »Komm her, steig auf das Bett.«

Den goldenen Unsinn fest umklammert, stapft der Junge hinter mir auf die Wackel-Matratze. Rasch überprüfe ich, ob Prej sich eine andere Beschäftigung gesucht hat. Hat sie. Lediglich der Junge und ich spiegeln uns an der Decke.

»Siehst du den Spiegel da oben?« Er nickt. »Ich will, dass du mir hilfst, ihn zu zerschlagen.«

Ich übergehe sein misstrauisches Stirnrunzeln, hole aus, und schleudere den Sockel mit voller Wucht in die Mitte des Spiegels. Tausende Risse breiten sich über unseren Köpfen aus wie Spinnweben.

»Na los«, ermutige ich den Jungen, bis dieser mir zögernd nacheifert. Was soll ich sagen? Ich bin stets bereit, dem Nachwuchs ein gutes Vorbild zu sein.

Ein Grinsen breitet sich auf seinen zerkauten Lippen aus, als die ersten Splitter auf uns rieseln. Das hat Prej nun von ihrem Gestalke! Ich hole eine weitere Handvoll Reiche-Leute-Schnickschnack und drücke dem Kleinen seinen Anteil in die Arme. Nacheinander werfen wir unsere Ausbeute nach oben, weichen den Bruchstücken aus und lachen uns krumm. Bis die Spiegelscheibe plötzlich nachgibt.

Gerade noch hechte ich vom Bett und reiße den Jungen dabei mit mir, als Dutzende scharfkantiger Scherben von der Decke rieseln wie fallende Sterne. Ich knalle mit der Schulter gegen die Wand, den Jungen schützend an mich gedrückt. Gleichzeitig kneifen wir die Augen zusammen, als sich die Einzelteile in die Matratze graben und das Bett mit einem gewaltigen *Wusch* … davonschwimmt. Prustend lasse ich den Kleinen los, als das Wasser unsere Füße erreicht, und rette mich mit ihm auf den Flur, ehe ich die Zimmertür hinter uns zuknalle.

Der Junge lacht Tränen, als sich eine feine Pfütze unter der Milchglastür durchschiebt. Oh weia. Das sollten wir dringend … ignorieren.

»Willst du Pancakes?«, frage ich ihn, das Chaos ignorierend, und steuere auf die noch nie benutzte Küche zu. »Ich liebe Pancakes.«

Zwar habe ich noch nie selbst welche gebacken (riesige Klauen und so), Louve hingegen schon. Ich habe sie unzählige Male dabei beobachtet, wie sie Mehl, Butter und Eier geschickt zusammenmixte, ehe sie die daraus entstandenen Teigpfützen in der Pfanne über einer der Schattenflammen briet. Suchend reiße ich einen Küchenschrank nach dem anderen auf. Ob der Kerl hier zufällig irgendwo Erdnussbutter hamstert?

Neugierig trabt mein neuer kleiner Kumpel mir hinterher. »Du … kochst?«

»Ich backe«, korrigiere ich ihn. »Allerdings garantiere ich für nichts. Wo ist eure Feuerstelle?«

Eine ganze Weile herrscht Schweigen. Als ich zurück in den Flur trete, fixieren mich stahlgraue Augen, die Lippen des Jungen sind zu einem nachdenklichen Strich verzogen.

Tapfer reckt er das Kinn, als er sagt: »Ich weiß, dass du nicht Decan bist.«

34. Kapitel

Louve

»Und Pearse ist sich absolut sicher, dass ein Schattenwandler in *Solitude* gesichtet wurde?« Hintereinander drücken wir uns durch einen der schmalen Labyrinthgänge der Untergrundstadt. Die Luft ist schal, es riecht nach feuchter Erde und Verwesung.

Wren nickt. »Sofern man den Zeugenaussagen Glauben schenken kann, ja.«

Das ist nicht gut. Das ist ganz und gar nicht gut. Noch nie seit Beginn der Aufzeichnungen ist es einem Schattenwandler gelungen, die Barriere auf solche Distanz zu überwinden. Zum einen, weil wir uns in Dall positionieren, um sie erst gar nicht in die Nähe Solitudes zu lassen. Zum anderen, weil ihre Schattenkörper meist binnen weniger als einem Rå-Uhrenfluss zu Rauch und nichts verpuffen (sollten?), sobald sie in die Welt der Lebenden einkehren. Wofür also den endgültigen Tod riskieren?

Enean, schießt es mir durch den Kopf. Suchen sie nach ihrem … Gott?

»He, kotz mir bloß nicht auf die Stiefel«, warnt Kendric mich und schiebt sich grob an mir vorbei.

Es ist das erste Mal seit seinem peinlichen Aussetzer auf dem Trainingsplatz, dass er mit mir spricht. Er gibt mir noch immer die Schuld an Bashs Tod.

»Ist dir nicht gut?«, fragt Melyn.

Seit ich mich von meinen Verletzungen erholt habe, schwankt sie zwischen unzurechnungsfähiger Überfreundlichkeit und blanker Ignoranz. Es ist fast, als wüssten die beiden etwas von besagter Nacht, das meinem Gedächtnis entglitten ist. Ganz ehrlich? Ich traue ihnen keine Handbreit.

Ich hebe einen Daumen. »Ging mir nie besser.«

Eine weitere Silbersilhouette drängt sich in mein Sichtfeld. »Gehen wir endlich rüber?«, drängt Sâl. Ist wohl auf Mord aus. Ich verstehe sie gut.

Während wir anderen zumindest offiziell damit klarkommen, unsere Familien verloren zu haben, leidet Sâl bis heute unter der Trennung von ihrer Schwester Cas. Von Pearse weiß ich, dass die Mädchen von ihren Eltern schwer misshandelt wurden und Sâl lebensgefährlich verletzt war, als ihr der Eid abgenommen wurde. Ihre Schwester hat sie nie wieder gesehen, obwohl sie über Zyklen hinweg nach ihr gesucht hat. Nach Sâls Beinahe-Tod tauchte ihre Familie unter, vermutlich fürchteten sie, man könnte sie nach Sâls Wiederauferstehung für ihre Taten zur Rechenschaft ziehen. Die Gewissheit jedoch, ihre Schwester könnte den Misshandlungen nach wie vor ausgesetzt sein, bricht ihr das Herz. Genau wie Melyn, in der sie seit ihrem Zusammenschluss eine eher einseitig interessierte Ersatzfamilie fand. Melyn ist seit jeher Sâls Leuchtfeuer. Doch hat sie bis heute nicht ein einziges verdammtes Mal ihre Lichter für sie entzündet.

»Wren?«, drängt sie erneut und schnappt sich einen Pfeil aus dem Köcher auf ihrem Rücken, um damit unter ihren schwarz lackierten Fingernägeln zu pulen.

Mittlerweile haben wir die drückende, schwarzwallende Barriere erreicht, die sich in endlos erscheinenden Nebelschwaden durch den hintersten Teil der Untergrundstadt schiebt. Die Kälte des Schattenreichs geht mir durch Mark und Bein, obgleich die Barriere noch mindestens zehn Menschenlängen vor uns liegt. Es ist totenstill, niemand wagt sich bis hierher. Niemand außer uns.

»Noch nicht«, entgegnet Wren an meiner Seite. »Die Kommandanten haben bereits vier Einheiten hinter der Barriere stationiert, was den Schattenwandlern natürlich nicht in den Kram passt.« Natürlich nicht, ist schließlich nicht Teil des *Jeder-bleibt-auf-seiner-Seite-des-Kuchens*-Deals. »Neben uns durchkämmt eine zweite Einheit Dall auf der Suche nach weiteren Schattenwandlern. Eine Einheit wurde sogar in Zivilkleidung nach Solitude geschickt, um dort auszuschwärmen und diskret nach Hinweisen zu suchen«, klärt er uns auf. »Offenbar gab es Tote.«

»Das bedeutet, neben den Rekruten befindet sich aktuell nur eine einzige Einheit auf Iron Claw? *Sechs* fertig ausgebildete Schattenassassinen?«, fragt Sâl ungläubig.

»Die Kommandanten folgen wie immer ihren Einheiten, Pearse stößt auch gleich zu uns«, bestätigt Wren. »Wir rechnen aktuell nicht mit Angriffen auf die Zitadelle.«

Ich hebe eine Braue. Wie beruhigend. *Nicht.*

»Kendric, Melyn, Sâl. Ihr durchsucht die Tunnel rund um die Wohngebiete. Teilt euch hierfür auf«, befiehlt Wren, obwohl ihm nie jemand das Kommando gegeben hat. »Louve und ich übernehmen den Schwarzmarkt.«

Mist. Hat mal jemand eine Kapuze in Übergröße parat?

»Ah, ihr seid noch hier.« Pearse nähert sich unserer Gruppe aus einem der zahllosen Erdtunnel. Im Schlepptau hat er einen golden leuchtenden Arzaê, der mir kaum bis zum Kinn reicht. Und ...

»Hey, Louve!«

Stocksteif starre ich die zweite, sich in geschmeidigen Bewegungen nähernde tiefschwarze Silhouette an Pearses Seite an. Mein Herz vergisst zu schlagen, mein Gehirn stellt abrupt das Denken ein. *Bei den Göttern ...*

»Was haben die beiden Arzaê hier zu suchen?«, höre ich Sâl Melyn zuflüstern. »Beim Nachtwolf ... Ist das nicht der Kerl von den Plakaten? Einer der Roughcrest-Söhne?«

Moment. Es gibt Decan-Roughcrest-*Plakate? Heiliger ...*

Melyn zieht scharf Luft ein. »Er ist noch attraktiver als auf den Werbebannern. Siehst du diese Muskeln?«

Moment. Was?

Sâl stößt einen Pfiff aus. »Stände ich auf Männer, würde ich sofort meine Fingernägel in seinem Rücken vergraben.«

Melyn kichert wie eine betrunkene Heranwachsende. »Glaubst du, er zieht sein Hemd aus, wenn ich versehentlich eine Flasche Honigwein darüberkippe?«

Frustriert fahre ich mir mit der Hand über das Gesicht. Einen noch auffälligeren Toten hätte Enean sich wohl kaum aussuchen können. Das ist nicht gut. Das ist verdammt noch mal nicht gut.

Und überhaupt. Keiner vergräbt hier die Finger in irgendwelchen seiner Körperregionen! *Geht's noch?*

»Louve, kennst du den Kerl?«, wispert Sâl mir zu. »Er starrt dich an, als wärst du das Dessert seines Desserts.«

Ich reiße die Augen auf. Hastig schüttle ich den Kopf, nicke, zucke mit den Schultern. »Also, na ja ... eigentlich ...«

»Versteh schon.« Verschwörerisch legt Sâl einen Arm um meine Schulter. »Was im *Rain 'n Sorrow* passiert, bleibt im *Rain 'n Sorrow.*«

Resigniert stöhnt Melyn auf. »Ich bin so neidisch auf dich!«

Moment. Halten sie Enean ... *Decan* etwa für einen meiner One-Night-Stands? Andererseits ... Sieht er mich wirklich so an, wie Sâl sagt? Hitze strömt mir in die Wangen. Verdammt seist du, Gott der Schatten!

Kendric grummelt irgendetwas Unverständliches, vermutlich ist ihm *Decans* Erscheinen nach der Sache auf dem Trainingsfeld mehr als unangenehm. »Ich leg dann mal los«, nuschelt er und verzieht sich in einen der Daller Wohntunnel, ehe Pearse vor uns zum Stehen kommt.

»Okon Roughcrest hat von der Schattenwandlersichtung erfahren.« Unser Kommandant verschwendet keine Zeit mit Höflichkeitsfloskeln. »Er setzt seine Leute unter Achëş' Führung in Silverline Square ein.«

»Müsste der Rauchadler nicht längst ins Schattenreich zurückgekehrt oder pulverisiert sein?«, frage ich nach. Dabei betone ich das Wort *pulverisiert* bewusst, um Enean daran zu erinnern, was mit ungezogenen Schatten passiert.

Was treibt er überhaupt hier?

Moment. Hat er etwa vor, die Barriere zu passieren, um ins Schattenreich zurückzukehren?

»Louve, du siehst schon wieder aus, als würdest du gleich loskotzen«, wispert Melyn mir eine Spur zu amüsiert zu.

Plötzlich tritt Enean auf sie zu, greift sie am Arm und zieht sie zur Seite, um in gedämpftem Ton auf sie einzureden. Melyn lacht und dann, ganz plötzlich, wird sie totenstill. Keine Ahnung, was er zu ihr gesagt hat, und um ehrlich zu sein, interessiert es mich auch nicht.

Stattdessen konzentriere ich mich auf meine Atmung, gebe mir redlich Mühe, nicht den Verstand zu verlieren, während ich meinem kreischenden Herzen mit aller Macht einzureden versuche, dass es so am besten ist.

Enean gehört nicht hierher. Er gehört nicht … zu mir. In Decans Körper. Das alles ist so verflucht falsch. Warum nur hat er das getan? Jetzt ist alles noch viel komplizierter. Als hätte man mir für einen Wimpernschlag das Licht der Sonne gezeigt, nur um mich sofort wieder zurück in völlige Finsternis zu stoßen. Seine Berührungen ... Zu wissen, wie es sein könnte, *wenn* es sein könnte, bringt mich um.

»Gibt es schon etwas Neues bei euch?«, fragt Pearse in die Runde.

Wren verneint. »Wir wollten uns gerade aufteilen, um in Dall nach Hinweisen zu suchen. Die Barriere wurde überprüft.«

»Hervorragende Idee«, wirft Enean prompt ein. »Ru und ich gehen mit Louve.«

Ich blicke zwischen Enean und dem kleinen goldenen Etwas neben ihm hin und her. »Wer ist das?«

»Das ist mein kleiner Bruder, Rumían«, stellt Enean das Kind vor. Also gibt es tatsächlich einen vierten Sohn. »Er ist ziemlich clever für seine zwölf Zyklen, deshalb habe ich ihn mitgebracht.«

Zwölf? Arzaê-Zyklen? Das ist ... nichts. Was hat er sich dabei gedacht, ein Kind mit auf Schattenwandlerjagd zu schleppen? Was denkt er sich bei *irgendwas?!*

Das bedeutet, er ist nicht hier, um zurückzukehren, schießt es mir durch den Kopf. Sondern ...

»Um was genau zu tun?«, bringe ich gepresst hervor.

»Decan und Rumían haben angeboten, uns in Dall zu unterstützen, während ihr älterer Bruder ein Auge auf Solitude hat«, springt Pearse ein.

Klar. Zumindest auf den reichen Teil der Stadt. Als ob es Achĕş interessiert, was im westlichen Stadtgebiet, den Wohnbezirken, Märkten und dem Hafen von Old Marble geschieht. Ganz zu schweigen von den Feierwütigen Serpentine Shells.

Doch Pearse ist längst nicht fertig, sondern zückt prompt die nächste verbale Handgranate. »Beiden ist es erlaubt, Iron Claw nach Belieben zu betreten und zu verlassen, als Vertreter der Arzaê. Sie werden Okon und Achĕş regelmäßig Bericht erstatten und wiederum deren Berichte an uns weitergeben.«

Ich öffne den Mund, doch dringt kein Laut aus meiner Kehle. Alles, was ich sagen will, was in geballter Ladung durch meinen Kopf rast, verklebt zu einem verhedderten Buchstabenknäuel.

Ich kann es nicht fassen. Dieser impulsive, egoistische, unnachgiebige, unzurechnungsfähige Mistkerl!

Meine Wut auf Enean hat mittlerweile das Ausmaß einer Sturmflut erreicht. Und das Schlimmste von allem? Niemals war ich erleichterter als in dem Moment, als man mir verkündet hat, dass der Schattengott auf unbestimmte Zeit an meiner Seite sein wird.

»Habt ihr euch im Guten getrennt oder bist du bei Morgengrauen aus seinem Fenster geklettert?«, flüstert Sâl mir mit einem Ellbogenhieb in die Rippen zu. »Letzteres könnte nämlich ziemlich peinlich werden.«

»Aus dem sechzehnten Stock?«, entgegne ich, ohne nachzudenken. »Wohl kaum.«

Plötzlich liegt alle Aufmerksamkeit auf mir. Zum Glück hat Pearse nichts mitbekommen, er redet ohne Punkt und Komma auf Enean und Rumían ein.

»Das mit dem One-Night-Stand war wirklich kein Scherz, was?«, fragt Sâl interessiert, während Wren fassungslos hervorbringt: »Du warst bei Decan Roughcrest zu Hause? Wann genau war das?«

Was er eigentlich wissen will, ist die temporale Verortung auf einem Zeitstrahl zwischen pre- und post-Kuss.

Ich senke den Kopf wie ein Kind, das beim Diebstahl frischer Kekse erwischt wurde. »Ist doch nichts dabei.«

»Eben«, kommt mir sogar Melyn zu Hilfe. »Wie ich dir schon einmal sagte, Wren: Noch ist eure Zeremonie nicht gelaufen. Louve gehört dir nicht.«

Louve wird dir auch nach dem Dòchaş nicht gehören, denke

ich, während sich mein Verstand an jenen Abend zurückerinnert, an dem Melyn Wren die Vorzüge des Singledaseins nähergelegt hat. Derselbe Abend, an dem ... Wieder durchzuckt mich dieser stechende Schmerz. Ich kneife die Augen zusammen und presse mir den Handballen gegen die pochende Stirn.

»Wenn du ausgerechnet jetzt stirbst und ins Schattenreich ziehst, bin ich echt sauer.« Plötzlich liegt eine weiche, warme Hand auf meiner und schiebt sie sanft von meiner Stirn. Ohne den Kopf zu heben, weiß ich, dass sie von wallendem Schwarz vernebelt ist.

»Was machst du hier?«, wispere ich Enean zu.

Ohne meine Hand loszulassen, streicht er mir mit den freien Fingern eine lose Strähne hinter das Ohr.

Sein warmer Atem streift über meinen Hals, als er sich zu mir hinabbeugt und nicht gerade leise erwidert: »Das wollte ich schon so lange tun.«

Es gelingt mir nicht rechtzeitig, das Zittern zu verbergen, das seine Nähe in mir auslöst. Einen Moment zu lange verweilt sein Daumen an meiner Wange, lässt mich sämtliche Feuer und Eisstürme dieser Welt zugleich spüren, ehe er sich mit einem resignierten Seufzen von mir löst.

Wann genau ist *das* mit uns passiert? War es immer da, war ich zu ignorant, nicht bereit, an etwas zu glauben, das über unzählige Zyklen hinweg die Aufschrift *unmöglich* trug? Und doch ist er hier. Und aus dem Unmöglichen wurde ... eine Chance. Eine Chance, die nicht nur uns das Leben kosten könnte.

»Enean«, wiederhole ich gedämpft. »Was machst du hier?«

Als wäre das offensichtlich, legt er den Kopf leicht schief. »Bei dir sein.«

Ehe ich ihm antworten kann, dass das die grauenhafteste

und zugleich süßeste Schnapsidee ist, die ich je gehört habe, löst Pearse unsere kleine Gruppe auf.

»Louve, da du die Roughcrest-Söhne bereits zu kennen scheinst« – in seinem Unterton liegt ein gefährliches *Darüber sprechen wir noch* – »würde ich dich bitten, die beiden unter deine Fittiche zu nehmen. Sowohl auf dieser Mission als auch später in der Zitadelle wirst du ihre Kontaktperson sein.«

»Klar ...« Oh Mann. Wren wird mich umbringen.

»Eigentlich wollten Louve und ich gerade in Richtung Schwarzmarkt aufbrechen«, wirft dieser auch schon ein. Nichts ist so verlässlich wie die Sticheleien eines verschmähten Mannes.

»Sehr gut«, entgegnet Pearse gelassen. »Wren geht zum Schwarzmarkt. Louve, Decan und Rumían laufen die Barriere ab und schließen sich im Anschluss Wren an. Melyn und Sâl? Unterstützt Kendric bei den Wohngebieten«, befiehlt er, was längst besprochen war. »Und, Louve? Dich erwarte ich heute Abend in meinem Büro. Ich glaube, wir beide haben einiges zu besprechen.«

Auch das noch. Der Schattengott stehe mir bei ... Oder besser nicht.

Nachdem die anderen sich nach und nach von uns entfernt haben (manche mit einem besonders missmutigen Grummeln), wage ich es endlich, mich abermals Enean zuzuwenden. »Was hast du dir dabei gedacht, einfach so ...«

»Er weißt es«, unterbricht er mich.

Verwirrt blinzle ich. »Wer weiß was?«

»Ich«, ertönt eine klare Stimme neben mir. Rumían. »Ich weiß alles.«

Perplex keuche ich auf. »Was meinst du mit *alles?*«

Mit dem Selbstbewusstsein, das ausschließlich der High Society der Arzaê in die Wiege gelegt wird, strafft die Silhouette die Schultern. »Ich weiß, dass du den falschen Schatten über die Barriere geschleust hast. Und dass mein Vater dich umbringt, wenn er davon erfährt.«

Enean schiebt seine Hand in Rumíans Gesicht, vermutlich auf seine Lippen. *»Shhhh!«*

Erdboden, tu dich auf. Werde ich gerade allen Ernstes von einem *Kind* erpresst?

Fassungslos starre ich den Jungen an – als plötzlich ein Beben hinter uns ertönt und die Barriere über unseren Köpfen in Fetzen reißt.

»Runter!«, brülle ich und werfe mich gerade noch rechtzeitig über den Jungen, ehe uns binnen eines flüchtigen Blinzelns Dunkelheit, Kälte und Chaos verschlingen.

35. Kapitel

Enean

Ein Tsunami aus Finsternis bricht über uns herein. Breitschultrig stelle ich mich vor Louve und Ru, nicht bereit, im Antlitz meiner eigenen Untertanen auch nur zu zucken. Ein zerfleddertes Flügelpaar in der Spanne eines Einfamilienhauses rast auf uns zu. Der Kopf der Kreatur ist klein und gerupft, der Schnabel scharfkantig und nach unten gebogen. Die Wirbel an seinem langen Hals werden lediglich von vereinzelten Fleischfetzen zusammengehalten. Asche rieselt von seinem Körper, der den Eindruck erweckt, in unsichtbaren Flammen aufzugehen. Letzterem verdankt der Aschegeier seinen Namen.

Plötzlich erinnere ich mich an Prejudices Warnung: *Die Aschegeier kapieren selbst nach Hunderten Zyklen nicht, dass sie in der Barriere krepieren.*

Ungläubig blicke ich dem grässlichen Vieh entgegen. Sie begreifen es nicht, weil sie es nicht länger müssen. Weil die Barriere plötzlich … durchlässig wird?

»Enean!« Louve springt auf die Füße, während die Nebel noch feucht an uns vorbeirauschen. Dort, wo der Geier die Barriere durchbrochen hat, klafft ein riesiges finsteres Loch, das sich nur langsam wieder schließt. »Was ist los?«

»Versteck dich, Ru!«, rufe ich dem Jungen zu, der noch immer bäuchlings im Staub kauert. »Lauf!«

Der Kleine zögert nicht. Er sprintet an uns vorbei, jedoch

nicht, ohne mir einen letzten verzweifelten Blick zuzuwerfen. Ich bin so ein Idiot. In der Absicht, ihn zu beschützen, habe ich ihn in noch größere Gefahr gebracht.

Ich schenke ihm ein siegessicheres Grinsen und recke den linken Daumen. Unter keinen Umständen werde ich mich von meinen eigenen Leuten vermöbeln lassen!

Wie aufs Stichwort fetzen zwei weitere Aschegeier durch die Barriere, noch größer als der erste.

Louve verliert keine Zeit. Sie zieht zwei ihrer Dolche aus den Halterungen ihrer unverschämt eng anliegenden Ledermontur und bleckt die Zähne.

»Wirf mich!«, ruft sie im Sprint, bevor sie einen dritten Dolch zwischen die Lippen schiebt.

Fast zeitgleich drehe ich mich zu ihr um, gehe in die Knie und verschränke meine Finger ineinander. Keinen Atemzug später setzt Louve ihren linken Stiefel auf meine Hände. Ich nutze ihren Schwung, um mich rasch aufzurichten und sie im hohen Bogen hinter mich in die Höhe zu katapultieren. Kurz schwanke ich, weil ich mich noch immer nicht an meinen neuen Körper gewöhnt habe. Louve vollführt einen perfekten Salto, ehe sie geradewegs auf dem Rücken des am niedrigsten fliegenden Geiers landet.

Ohne zu zögern, schlingt sie ihre Beine um seinen Hals und wirft sich vornüber, sodass ihr Oberkörper frei in der Luft baumelt. Kreischend versucht der Geier auf ihren Brustkorb einzuhacken und kassiert einen Stich unter die weiche Stelle seines Schnabels, ehe Louve ihm die beiden anderen Dolche kopfüber an die Stelle rammt, hinter der sein aschfahles Herz schlägt.

Ich hebe die Brauen. Das war ... beeindruckend. Und verflucht heiß.

Ein zweiter Geier wird auf sie aufmerksam und macht kehrt, um sich auf sie zu stürzen. Da explodiert ihr erstes Opfer zu einem feinen Ascheregen. Kalt und trist rieseln die Überbleibsel des Geiers auf mich herab.

Das Zerbersten der Kreatur sorgt dafür, dass sich Louve abermals im freien Fall wiederfindet, was den Angriff des zweiten Schattenwandlers gerade recht kommen lässt. Geschickt greift sie mit einer Hand nach seinen faulen Halswirbeln und rammt ihm mit der anderen ihren Dolch in die Brust. Der Geier hat keine Chance, sich zu wehren, alles geht viel zu schnell.

Abermals rieseln aschgraue Flocken auf mich hinab, verweben sich mit meinem Haar, meiner Kleidung.

Nicht mit mir.

Mit einem Kreischen, bei dem meine Trommelfelle vibrieren, stürzt sich der dritte Geier auf mich. Ein zufriedenes Grinsen auf den Lippen, hebe ich die linke Hand. Meine Haut kribbelt willkommen, als sich meine Eisschatten auf meiner Handfläche ausbreiten. Ich rühre mich nicht vom Fleck, weiche dem in rasantem Tempo auf mich zurasenden Schattenwandler nicht aus.

Unsere Blicke treffen sich und für den Bruchteil eines Wimpernschlags glaube ich, Erkennen in seinen glühend roten Augen aufflammen zu sehen. Doch da durchstößt meine Faust auch schon seinen Brustkorb. Die Finger um sein eiskaltes Herz geschlossen, verpufft die Kreatur zu Staub und nichts. Eine Ladung Asche pustet mir ins Gesicht und ich senke die Hand mit dem nicht mehr existenten Herzen just in dem Augenblick, als Louve von oben auf mich herabstürzt und mit einem leisen Keuchen auf den Lippen in meinen Armen landet. Instinktiv fange ich ihren Fall ab, umfasse ihre Taille und lasse sie, fest an meinen bebenden Körper gepresst, vor mir zu Boden gleiten.

»Das war …«

»Beeindruckend«, vollende ich ihre stockende Atmung, die Hände noch immer fest um sie geschlungen.

Fühlte sie sich einst klein und zerbrechlich in meinem Griff an, so ist sie nun das exakte Gegenteil: Stark, selbstbewusst, unzerstörbar, so unendlich mutig und wunderschön. Sie ist ... perfekt. Das war sie immer.

»*Du* bist beeindruckend«, füge ich hinzu und fahre mit den Fingern ihre Wirbelsäule hinauf, was ihr einen bittersüßen Schauder entlockt. Instinktiv drängt sie sich enger an mich, plötzlich gibt es nicht mehr nur sie und mich, sondern ein aus Schicksal, Bestimmung und Wahnsinn gewobenes Wir. Meine Finger wandern über ihre Schulter, den schlanken Hals hinauf, umfassen ihr Gesicht, das sie mit leicht geöffneten Lippen in meine Handfläche schmiegt. Es hat etwas magisch Grausames an sich, das Ungezähmte zu lieben. Du willst es schützen, aber kannst es nicht fassen. Willst es in deine Arme schließen, aber vermagst es nicht zu halten.

Louve schließt die Lider, nur für einen Moment, bis sie bemerkt, was sie soeben im Inbegriff ist zu tun. Erschrocken reißt sie die Augen auf. Ich müsste lügen, würde ich behaupten, dass mich ihre Reaktion nicht mit einem gewissen Stolz erfüllte (die erste, nicht die Sache mit der anstehenden Panikattacke).

»Und du bist ein Mistkerl.« Doch anstatt sich von mir zu lösen, wandern ihre Hände meine Brust hinauf. Okay, das ist ... unerwartet.

Ihre kühlen Finger streifen die nackte Haut unter meinem an den oberen Knöpfen offen stehenden Hemd, woraufhin ich sie noch fester an mich ziehe. Ihre Fingernägel kratzen tiefe Furchen auf meinen Schlüsselbeinen, als sie zischt: »Du solltest auf der anderen Seite sein und dafür sorgen, dass dein Streichelzoo bleibt, wo er hingehört!«

Amüsiert streiche ich über ihre Krallen. »Um genau zu sein,

sollte ich als Schattengott für Chaos sorgen und es euch so unangenehm wie möglich machen.« Ich umfasse ihre Finger und führe sie an meine Lippen. »Sag mir, Love, ist das hier für dich so unangenehm wie möglich?«

»Ist es«, erwidert sie nach kurzem Zögern trocken und entzieht sich meinem Griff.

Ihr innerer Widerstreit bleibt mir nicht unbemerkt. Viel zu schnell fängt sie sich. Ihre geballte Faust trifft auf meinen Rückenbogen. »Mein bester Freund, mein engster Vertrauter, die wichtigste Person in meinem Leben rammt mir ein Messer in den Rücken, und ihm fällt nichts Besseres ein, als sich durch seine Berufung als Herr der Finsternis zu rechtfertigen! Deinetwegen durchbrechen mehr Schattenwandler die Barriere als je zuvor!« Ungehalten wischt sie die Schneiden ihrer Dolche an ihren Oberschenkeln ab und verstaut sie in den Halterungen an ihren Hüften.

»Das wissen wir doch gar nicht.«

»Eins und eins ergibt *immer* zwei«, entgegnet sie kalt. »Rechne nach.«

Gespielt nachdenklich tippe ich mit dem Zeigefinger auf mein Kinn, ehe ich meinen Blick über ihren kampfbereiten zierlichen Körper wandern lasse. »Soll ich dir zeigen, wie eins und eins *eins* ergibt?«, necke ich sie.

»Du bist unmöglich!« Louves Wangen glühen, ich weiß nicht, ob vor Wut oder Erregung, fürchte jedoch wegen Ersterem. »Wenn du die ganze Welt in Flammen aufgehen lässt, dann tue es gefälligst aus den richtigen Gründen. Wenn du das Universum brennen lässt, hab die Eier zuzugeben, dass du sie um deinetwillen angezündet hast und benutz nicht mich als Ausrede!«

Ich schnaube. »Und du brennst aus den richtigen Gründen?«

Sie senkt das Kinn, zuckt zusammen, als hätte ich sie geschlagen, ehe sie ungewohnt resigniert die Schultern hängen lässt. »Ich brenne bereits mein ganzes Leben lang, Enean. Die Flammen sind mein Dach, die Hitze ist meine Nahrung. Und die Brandblasen in meinem Herzen die Erinnerung, dass ich trotz allem am Leben bin.«

Ich öffne die Lippen, weiß nicht, was ich sagen soll. Ein Stich aus loderndem Eis bohrt sich tief in mein Herz. Zögernd trete ich einen Schritt auf sie zu. »Louve ...«

Plötzlich zieht jemand an meinem Arm. »Boah, wie cool war das denn!« Große stahlgraue Kinderaugen funkeln mich begeistert an. Den habe ich ja ganz vergessen. »Ihr saht aus, als würdet ihr jeden Sonnenlauf zusammen kämpfen!«

Ertappt verberge ich die Hände hinter dem Rücken, um nicht zu riskieren, dass sie abermals in Schatten verschwinden. Um ehrlich zu sein, war ich mir nicht sicher, ob ich meine Kräfte in dieser Gestalt behalten würde. Doch das lodernde Eis, das von innen heraus an meinen Fingern leckt, spricht vom Gegenteil. »Also, eigentlich ...«

»Sag mal, Louve, kennst du seinen Schatten schon länger? Hast du ihn deshalb in den Körper meines Bruders gepflanzt?«, wendet sich Rumían in keiner Weise schockiert an Louve. Mann, er muss seinen Bruder wirklich gehasst haben.

»Glaub mir, Kleiner. *Versehen* ist noch harmlos ausgedrückt.« Ihre Gedanken schreien quasi: Für wen zum Aschegeier hält der Junge dich?!

»Ru ist ziemlich clever«, erkläre ich ihr schnell, was mir ein grummeliges »Na, wenigstens einer« einbrockt. *Autsch.* »Hat keine zwanzig Atemzüge gebraucht, um mich zu durchschauen. Er wusste sofort, dass du den falschen Schatten mitgebracht hast.« Das Wort *Schatten* betone ich bewusst, um sie wissen zu lassen, wie viel der Junge wirklich weiß. Und Louve wäre nicht Louve, würde sie mich nicht auf Anhieb verstehen.

»Decan war nicht einmal ansatzweise so cool wie du«, erklärt Ru mit stolzgeschwellter Brust und nicht im Geringsten betrübt. »Ich bin froh, dass du jetzt mein Bruder bist.«

Leicht überfordert kratze ich mich am Hinterkopf. »Also, was das angeht …« Da erst fällt mein Blick auf Louves auf den Bauch gepresste Hand, über die tiefrote, fast schwarze Schlieren rinnen.

»Du wurdest verletzt?« Ich will ihre Finger beiseiteschieben, doch sie drückt nur fester zu, wodurch ein kräftiger Blutschwall über ihr Handgelenk rinnt.

»Ist nicht der Rede wert. Erstatten wir den anderen Bericht und verschwinden von hier.« Noch einmal dreht sie sich zu der Barriere um, scannt Zentimeter um Zentimeter nach einem Hinweis auf weitere Angriffe.

Was genau sieht sie? Sieht sie die Dunkelheit? Spürt sie sie lediglich und ich bilde mir all das nur ein? Hätte sie Decans Schatten im See überhaupt erkannt?

»Du musst deine Wunde versorgen«, wirft Ru pseudo-fachmännisch ein. »Sonst bekommst du eine Infektion.«

Bei dem Gedanken daran, woher er das so genau weiß, dreht sich mir der Magen um. Das ist einer der Gründe, weshalb ich nicht mit meinem Gewissen vereinbaren konnte, ihn allein bei den Roughcrests zu lassen. Keine Ahnung, welche Synapsen in Decans Gehirn falsch verknüpft waren, doch plötzlich verspüre ich bei dem Gedanken an Prejudices neues Spielzeug Genugtuung.

»Ru hat recht. Wir sollten …«

»Pass auf!«

Mit der Wucht eines Ambosses werde ich im Rücken getroffen und in Richtung Barriere katapultiert.

36. Kapitel

Louve

»Enean!«

Wenn sein Körper die Barriere berührt, wenn er –

Sofort reiße ich einen meiner Dolche aus der Scheide und hechte auf den sich von hinten aus den Tunneln schießenden Schattenwandler. Das Vieh muss bereits vor geraumer Zeit sein Reich verlassen haben, anderenfalls hätte es es nicht derart eilig, zurückzukehren, um seinen Verfall zu verhindern.

Aber nicht mit mir.

Krächzend hebt die Kreatur ihre feuerroten Federschwingen über den sich fluchend aufsetzenden Enean. Wieder rufe ich seinen Namen, doch rührt dieser keinen Finger, um sich zu verteidigen, geschweige denn anzugreifen.

Der Griff meines Messers ist glitschig von meinem eigenen Blut, sodass ich ihn kaum halten kann, während die Wunde an meinem Bauch mit jeder Bewegung schmerzhafter pocht. Frisches Blut sammelt sich im Inneren meiner Ledermontur, es ist kalt und feucht und tödlich. Trotzdem halte ich nicht inne. Mit einem Kampfschrei auf den Lippen rase ich auf Enean und den Rauchadler von mehr als zwei Menschenlängen Höhe zu, hebe im Laufen den Arm –

Als Enean plötzlich unerwartet aufspringt und mein Handgelenk packt. Vor Überraschung rutscht mir der Dolch aus der Hand.

»Lass mich sofort los!«, fahre ich ihn an. »Willst du uns umbringen?«

Der Adler richtet sich hinter ihm zu seiner vollen Größe auf, legt den Kopf in den Nacken und stößt einen fürchterlichen Schrei aus.

Augenblicklich hangle ich nach einem zweiten Dolch, doch Enean hält mich auch diesmal ab, indem er meine Schultern umfasst. Obwohl ich seine Augen nicht sehen kann, spüre ich seinen eindringlichen Blick in jeder Faser meines Seins.

»Nicht ihn.«

Verwirrt blinzle ich. Erst glaube ich, er meint meinen Dolch. Dann erst begreife ich, dass er von dem Schattenwandler spricht, der just in diesem Augenblick träge die gigantischen Schwingen öffnet.

»Was meinst du mit *nicht ihn*?«

Eneans Finger drücken fest in meine Haut. »Bitte. Töte ihn nicht.«

Ich brauche mehrere Atemzüge, bis ich begreife. »Du willst, dass ich ihn … gehen lasse?«

Enean löst sich von mir, schiebt sich zwischen mich und den merkwürdig stillen Schattenwandler.

Langsam nähert sich Rumían uns. »Warum greift er uns nicht an?«

»Er ist erschöpft«, entgegnet Enean mit einer Ruhe, die mich beinahe aus den Stiefeln kippen lässt. »Er muss zurück über die Barriere.«

Bitte *was?*

»Verstehe ich das richtig?«, bringe ich gedämpft hervor. »Drei Schattenwandler schlachten wir ohne Skrupel ab und der vierte ist dein Joker?«

»So ähnlich.« Seiner Stimmlage nach zu urteilen, ist ihm das Gespräch gleichermaßen unangenehm wie ernst.

Dann dreht er sich zu der hinter uns lauernden Bestie um. »Schaffst du es allein, Quitt?«

Mit offenem Mund starre ich meinen besten Freund an, während Ru ungläubig an meinem Arm zerrt. »Spricht er gerade mit einem Schattenwandler?«

»Ich fürchte ja.«

Ru keucht überrascht auf. »Wie cool ist das denn! Darf ich auch mal?«

»Nein«, sagen Enean und ich gleichzeitig.

Der Schattenwandler zögert einen Moment, ehe er sich, ohne uns anzugreifen, von uns abwendet und auf die Barriere zuschlurft.

»Louve, ich weiß, es ist viel verlangt«, wendet sich Enean erneut an mich. »Aber könntest du vielleicht ... na ja, mit ihm gehen und sicherstellen, dass er lebend auf der anderen Seite ankommt? Er war schon viel zu lange hier. Ist irgendwie ... meine Schuld«, druckst er herum.

Das schlägt ja dem Fass den Boden aus! »Hast du sie nicht mehr alle?«, rufe ich fassungslos. »Ganz bestimmt helfe ich meinem Feind *nicht* zurück ins Krankenbett! Was noch, Enean? Soll ich ihm ein Wiegenlied vorsingen und heiße Suppe kochen?«

»Na, wenn du so fragst ...«

»Ich fasse es nicht.« Außer mir laufe ich vor ihm auf und ab, während mein Bauch vor Schmerz pulsiert, sodass mir übel wird, und mich der Schwindel beinahe in die Knie zwingt. »Was unterscheidet diesen Schattenwandler von den anderen?«

»Findest du etwa alle Assassinen gleich beschissen?«, stellt er mir die Gegenfrage, jetzt etwas grober.

»Na ja ... ja!«

»Allmählich frage ich mich ernsthaft, was das Schattenreich von dieser Seite der Barriere unterscheidet.« Damit wendet er sich von mir ab und geht auf Letztere zu. »Wenn du ihm nicht helfen willst, übernehme ich das eben.«

»Was? Nein!«, schreie ich.

Panik erfasst mich, als ich mit klopfendem Herzen hinter ihm herhumple und ihn gerade noch rechtzeitig am Ellbogen zu fassen bekomme, ehe er einen folgenschweren Fehler begehen kann.

»Enean, du bist jetzt ein Sterblicher, Herrgott noch mal!«, erinnere ich ihn. »Sobald du auch nur einen Fuß über die Barriere setzt, löst sich dein Schatten von Decans Körper und ich werde einen Dreck tun, um dich zurückzuholen!«

Viel zu langsam nimmt er die Finger von meinem Arm. »Ist es nicht das, was du wolltest, Louve? Mich aus Decans Körper werfen? Mich zurück auf der anderen Seite wissen? Ein Leben ohne mich führen?« Kummer schwingt in seinen Worten, ein feines Schneegestöber aus Unsicherheit, Resignation und … *Aufgeben.* Ich schlucke.

»Ich …« Langsam schüttle ich den Kopf. Plötzlich fühlt sich mein Herz an, als hätte es sich an dem Papier eines alten Liebesbriefes geschnitten.

Er hat recht. Genau das ist es, was ich seit seiner Täuschung von ihm verlangt habe. Dass er seinen Fehler korrigiert. Und damit den meinen. Dass alles wieder seine Ordnung hat, ich meinen Auftrag korrekt ausführen kann, bezahlt werde und Solitude ein für alle Mal den Rücken kehren kann. Ohne ihn. Ohne den Mann, der mir mehr eine Heimat war als jeder vor und nach ihm. Weil er alles für mich war. Weil er … alles für mich *ist.*

Enean verringert den Abstand zwischen uns auf ein Minimum, sein Atem streift meine Stirn. Ich müsste nur die Hände heben, mich nur ein winziges Stück nach vorne beugen, um alles, was war, alles, was vielleicht sein wird, alle Konsequenzen seines dummen, naiven Handelns in seinen Armen zu vergessen, in seinen Küssen zu ersticken, in meinen ungeweinten Tränen zu ertränken.

Als würde er dasselbe fühlen, dasselbe denken, streicht er sanft die widerspenstigen Haarsträhnen aus meinem Gesicht und hinterlässt ein winziges Feuerwerk auf meiner Haut. »Sag mir hier und jetzt, dass ich gehen soll, und ich verspreche dir, ich tue es.«

»Ich …« Zögernd presse ich die Lippen zusammen, beiße mir auf die Unterlippe. Kraftlos senke ich die Arme. »Ich kann nicht.«

Seine Finger an meinen Schläfen halten inne und es kostet mich alles, mein Gesicht nicht in seine warme Handfläche zu schmiegen. »Was kannst du nicht?«, fragt er gedehnt. »Mir sagen, dass ich gehen soll? Oder das, was auch immer das zwischen uns ist?«

Plötzlich brennen meine Augen, seine Worte sind das Salz auf den Wunden meines Schattens. »Ich …«

»Louve!« Rumíans Stimme reißt mich scharf zurück in die Realität. Seine ausgestreckte Hand zeigt auf meinen nachtschwarzen Feind. »Wir müssen ihm helfen.«

»Nicht du auch noch«, stöhne ich.

Der Rauchadler wankt wie unter Alkoholeinfluss auf die Barriere zu, seine Flügel hängen schlaff an seinen Seiten hinab.

»Ach, verdammt.« Ich suche den Boden nach dem glimmenden Umriss meines Dolches ab, schnappe ihn mir und marschiere entschlossen auf den Adler zu.

»Tu das bitte nicht, Love«, fleht Enean hinter mir.

Klar, ist ja auch sein Untertan, der halb tot vor uns kriecht. Wobei mir noch immer schleierhaft ist, was ihn zu etwas Besonderem macht.

Ich komme neben dem Adler zum Stehen, so nah, dass er

mir die Beine abhacken könnte. Stattdessen reagiert er kaum, sondern schleppt sich zaghaft weiter geradeaus, bis der kalte Nebel ihn nach und nach einhüllt. Seufzend stecke ich meinen Dolch weg und folge meinem größten Feind in die Dunkelheit.

»Gewöhn dich nicht daran«, ermahne ich ihn aus reichlich Abstand, während Enean, Rumían und Dall hinter mir verschwinden. »Ich tue lediglich einem Freund einen Gefallen.«

»Du meinst, du tust dem Schattengott einen Gefallen, *Assassinin*«, kommt die Antwort aus dem Nebel.

Überrascht hebe ich den Kopf. Die wenigsten Schattenwandler halten sich mit Plaudereien auf, besonders die geflügelten sprechen so gut wie nie zu uns, sondern greifen instinktiv an.

Ich halte inne. »Du weißt, dass dein Gott im Körper eines Arzaê steckt?«

Die Finsternis ist so dicht, dass ich die Konturen des Rauchadlers kaum wahrnehmen kann. »Was glaubst du Gör, weshalb ich mir die Mühe mache, in eurer hässlichen Stadt nach ihm zu suchen?«

Moment. Er hat Enean *gesucht?* Bei den Göttern ...

»Wissen alle Schattenwandler davon?«

Wie haben sie davon erfahren? Wenn ich mir vorstelle, dass dieses Exemplar nicht das einzige bleiben wird, das nach Enean sucht ... Kalter Schweiß bricht mir im Nacken aus.

Um mich abzulenken, spähe ich nach links und rechts, auf der Suche nach *meinen Leuten*, die *meinen Feind* töten könnten, bevor er unbeschadet auf der anderen Seite der Barriere ankommt. Ich fasse nicht, was ich gerade tue.

»Nein«, krächzt der Adler.

Mittlerweile ist es so dunkel, dass seine Aura vollständig mit der Barriere verschmolzen ist. Lediglich das Schleifen seiner Flügel und Rascheln der Federn lassen ihn mich ungefähr lokalisieren.

Sowohl für Schattenassassinen als auch für Schattenwandler muss die Barriere unwahrscheinlich einschüchternd sein, ein nicht enden wollendes Gebiet aus klammer, feuchter Dunkelheit. Niemand weiß, wer oder was einem in diesem triefenden Nichts auflauert. Ob er es lebend hinein oder hinaus schafft, vor allem ohne entsprechende Ausbildung. Ich persönlich bin der Ansicht, das Leben kann dich nicht darauf vorbereiten, in der Dunkelheit zu verschwinden. Ich selbst kann nicht zählen, wie oft ich mich in der ewigen Leere verlor, nicht wusste, wo vorne, wo hinten, oben und unten ist. Wo *ich* bin.

Bis meine Tränen versiegten, sich mein Herzschlag beruhigte und ich lernte, dass die Dunkelheit nicht mein Feind war, sondern mein Freund, ein stillschweigender Begleiter, der mich hielt, wenn ich fiel, mich vor den gierigen Blicken meiner Kameraden schützte. Und ich begriff, dass ich seit meinem Tod unbewusst gelernt hatte, auf meine Instinkte zu horchen, meinen Sinnen zu vertrauen, während sich die ganze Welt auf nichts als ihr Augenlicht verließ. Und plötzlich, inmitten all der Finsternis und Einsamkeit, entdeckte ich etwas Entscheidendes: mich selbst. Und von da an habe ich mich nie mehr verloren.

Erst, als sich der Schmerz in meiner Bauchregion langsam verflüchtigt, merke ich, dass wir das Schattenreich fast erreicht haben. Mein Körper beginnt, sich nach und nach zu demanifestieren. Und mit ihm der Schmerz.

»Hinter der Barriere sind mehrere unserer Einheiten stationiert«, gebe ich dem Schattenwandler widerwillig einen Rat. »Sobald du auf der anderen Seite bist, musst du so schnell und so hoch wie möglich fliegen. Sonst bist du Geschichte.«

»Warum hilfst du mir?«

»Warum greifst du mich nicht an?«

»Für den Schattengott. Du bist seine weiße Assassinin.«

»Für Enean«, wiederhole ich leise. »Weiter kann ich dich nicht begleiten, ohne als Verräterin gerichtet zu werden.«

Ich gebe ihm nicht die Zeit, mir zu antworten. Stattdessen verschwinde ich in die entgegengesetzte Richtung.

Schon jetzt weiß ich, dass mich meine Verletzung wie ein heftiger Schlag auf den Hinterkopf einholen wird, sobald ich zurück in Dall bin. Dieser dämliche Enean. Warum nur habe ich ihm geholfen?

»Ich habe gehört, dass schon wieder zwei unserer Leute verschwunden sind«, vernehme ich plötzlich eine tiefe Stimme aus einiger Entfernung. Ein Schattenassassine?

»Abgehauen?«, fragt eine zweite, höhere Stimme. Ich kenne sie, sie gehört Yaran aus der vierten Einheit. Die mit dem Schmetterlingstattoo, die neulich Wren umgenietet hat.

»Auf keinen Fall«, entgegnet der andere überzeugt, den ich nun als Bó, den Kerl mit dem Alligator, kontextualisieren kann. »Waren im letzten Zyklus ihrer Ausbildung. Man haut doch nicht kurz vor dem Abschluss ab.«

Da ist was dran. Mit der flachen Hand auf dem Bauch ducke ich mich tiefer in die Dunkelheit und lausche.

»Ich habe gehört, innerhalb der letzten zehn Mondläufe sind sieben Rekruten verschwunden«, höre ich den Schattenassassinen sagen.

Ich runzle die Stirn. Sieben binnen kaum eines Zyklus? Das muss ein Irrtum sein.

»Man sagt, sie hätten sich in der Barriere verirrt und wären von Schattenwandlern gefressen worden.«

Ich unterdrücke ein Lachen. Bullshit. Schattenwandler greifen an, töten, verstümmeln und foltern sogar. Aber noch nie in der Geschichte des Schattenreiches haben sie uns *gefressen*.

»Müssten dann nicht, na ja, Knochen gefunden worden sein?«, fragt Yaran zögernd.

Guter Punkt. Gespannt horche ich auf die Antwort des jungen Mannes. Diese allerdings sollte nicht mehr kommen. Ein markerschütternder Schrei, der mich instinktiv zurück in Richtung Dall weichen lässt, beendet das Gespräch. Und nicht nur das. Als Yarans panisches Kreischen mit einstimmt, gefolgt von einem schmatzenden Geräusch, Klingen, die Fleisch zerfetzen, und sich sämtliche meiner Muskeln im Gleichtakt anspannen, mache ich mich instinktiv zum Kampf bereit.

Doch anstatt es mit einem Schattenwandler aufnehmen zu müssen, herrscht plötzlich Stille.

»Das reicht«, höre ich eine zweite männliche Stimme sagen. Eine Stimme, die mir mehr als vertraut ist.

Ein Schleifen durchbricht die Dunkelheit, Körper, die durch feuchten Sand gezogen werden.

Pearse flucht. »Sie müssen am Leben bleiben, wenn wir bezahlt werden wollen.«

37. Kapitel

Enean

Leicht vornübergebeugt stolpert Louve aus den Nebelschwaden. Sie ist leichenblass, hat beide Hände auf den Bauch gepresst und die Zähne so fest aufeinandergebissen, dass ihr schmerzhaftes Aufstöhnen etwas Animalisches hat. Sofort laufe ich auf sie zu und fange sie gerade noch rechtzeitig auf, als ihre Knie nachgeben und sie stürzt.

Beim Nachtwaran.

Dunkelrotes Blut benetzt ihre Hände bis zur Unkenntlichkeit, das Schattenwandler-Leder ihrer Uniform ist so klamm, als hätte sie sich in den nächstbesten See geworfen.

»Verdammt, Love, du sagtest doch, es wäre nicht so schlimm.«

»Ist es auch nicht«, knirscht sie und versucht mich abzuschütteln. »Und wage es ja nicht, mich wie ein zerbrechliches Prinzesschen durch Dall zu schleppen, solange ich meine Uniform trage.«

Meine Mundwinkel heben sich zu einem Grinsen, das jedoch nur von kurzer Dauer ist. Schlechter Zeitpunkt, ihr vorzuschlagen, ihre Uniform auszuziehen, schätze ich.

»Würde ich nie wagen«, lüge ich.

Dennoch lasse ich es mir nicht nehmen, einen Arm um ihre Taille zu schlingen, um sie zu stützen. Weil es mich umbringt, sie nicht berühren zu können.

Mittlerweile wünschte ich, ich hätte sie in mein Vorhaben eingeweiht. Ich hasse es, dass sie wütend auf mich ist. Und ich hasse es, dass sie weiß, dass ich weiß, wie wütend sie auf mich ist.

»Ru?«, rufe ich meinen neuen kleinen Bruder. »Würdest du auf Louves andere Seite gehen, falls sie fällt? Aber sei diskret. So, als würdest du rein zufällig neben ihr herschlendern, während sie mit erhobenem Haupt und blutendem Bauch durch Dall marschiert.«

»Haha«, knurrt Louve. »Wir machen einen Abstecher zu Gría und ihrer Schwester, flicken mich zusammen und schließen uns dann wieder den anderen an.«

»Du meinst, wir tun so, als wären wir nicht von drei Schattenwandlern angegriffen worden, während du einen vierten zurück nach Hause begleitet hast?«, fragt Ru schelmisch. Ich glaube, ich mag ihn.

»Genau das.«

»Wer ist Gría?«, will der Kleine wissen.

Trotz der Schmerzen heben sich Louves Mundwinkel zu einem Lächeln. »Gría ist meine beste Freundin.«

Ich liebe sie dafür, dass eine Mæscån ihre beste Freundin ist. Dass sie die spießigen, größenwahnsinnigen Arzaê nicht mit dem Hintern ansieht, aber Quitt das Leben gerettet hat.

Ru kräuselt die Nase. »Welchen Weg sollen wir nehmen?«

Neugierig sehe ich mich um. Hinter uns tun sich mehr Höhleneingänge auf, als ein Nachtwaran zählen kann. Keine Ahnung, durch welchen ich gekommen bin.

Louve löst sich von mir, als sie zielstrebig in Gang Nummer drei marschiert. Ru und ich wechseln einen skeptischen Blick.

»Wie kannst du dich hier unten zurechtfinden?« Mit wenigen Schritten habe ich sie eingeholt.

»Du meinst, weil ich blind bin?« Sie sagt es nicht verächtlich oder spöttisch, sondern, als hätte sie sich seit langer Zeit damit abgefunden, für ihre Blindheit verurteilt zu werden.

»Auch«, gebe ich ehrlich zu. »Vor allem aber, weil alle Gänge gleich aussehen.«

Unbeeindruckt zuckt sie mit der Schulter. »Reine Übungssache.«

Ihre Finger gleiten über die rechte Höhlenwand und hinterlassen blutverschmierte Abdrücke. Der Gang ist so eng, dass wir uns nur hintereinander bewegen können, wobei ich nach Ru das Schlusslicht bilde. Der Geruch nach Moder, Feuchtigkeit und Schimmel tränkt die stickige Luft. Wie halten die Daller es hier unten nur aus?

Ich schweige einen Moment, nehme einen tiefen Atemzug und muss würgen. »Love, sag mal ... würdest du es wissen wollen, wenn jemand heimlich in deinem Kopf herumgeschraubt hat? Ich frage für einen Freund.«

Wenn man Achĕş' Worten Glauben schenkt (tut man nicht), ist er sich nicht sicher, ob Louve jemals wieder ihr Augenlicht zurückbekommen kann. Ist es fair, ihr Hoffnung zu machen, nur um sie dann letztlich zu enttäuschen? Und selbst, wenn es möglich wäre – wie um alles auf der Welt sollen wir den Arzaê dazu bringen, ihr zurückzugeben, was ihr einst gestohlen wurde? Würde die Wahrheit alles nur schlimmer machen?

Möglicherweise sollte ich ihr mit der Portion Hoffnung auch gleich einen Lösungslöffel servieren, also zuerst einmal selbst nachforschen, wie viel an Achĕş' Behauptungen dran ist.

»Du hast keine Freunde«, erinnert Louve mich sachlich.

Das ist ... korrekt. Na ja, sofern man mein toxisches Verhältnis zu einer gewissen Schlangenfrau ausklammert.

»Autsch.« Ru kichert, als ich mir gespielt entrüstet an die Brust greife. »Jetzt hast du Pinki, meinen imaginären rosa Hoppelhasen, aber knallhart unter der Gürtellinie getroffen.«

»Pinki trägt einen Gürtel?«, lacht Ru, während Louve vor uns genervt stöhnt.

»Na klar doch, passend zu seinen unsichtbaren Stiefeln«, antworte ich so ernst, dass Ru in schallendes Gelächter ausbricht. »Also, Love ...«

»Herrgott, Enean!«

»Ja?«, frage ich höflich nach. »Pinki würde gern wissen ...«

»Enean!«

Ehe ich mich's versehe, habe ich ihren Dolch an der Kehle. Verflixt schnell, die Kleine, das muss ich ihr lassen. Sollte ich es derart attraktiv finden, wenn mir eine Frau ein Messer an den Hals hält? Wohl kaum. Tue ich es dennoch? Definitiv.

Zu meiner Überraschung ist es Rumían, der mit beiden Händen Louves Arm umklammert. »Bitte tu ihm nichts«, fleht er mit großen Augen. Süß, als könnte sie ... na ja, gut, als *würde* sie – würde sie doch nicht, oder etwa doch?

Verblüfft steckt Louve ihren Dolch weg. »Du verteidigst ihn? Obwohl er sich den Körper deines Bruders geschnappt hat?«

Ru grinst mir verschmitzt zu. »Enean ist jetzt mein Bruder.«

Ich kann regelrecht spüren, wie Louve und ich zeitgleich den Atem anhalten. Bei der Finsternis des Schattenreichs ...

Mit weit aufgerissenen Augen starre ich ihn an. »Du weißt, wer ich bin?«

Ru hebt die dunklen Brauen, als wäre ich komplett verblödet.

»Louve sagt deinen Namen in jedem zweiten Satz?«

Da ist was ... dran. »Vielleicht gibt es mehrere Eneans auf der anderen Seite?«, versuche ich mich herauszureden.

»Gibt es?« Klugscheißer. Ich liebe ihn.

»Nein.«

Louve senkt ihre Stimme. »Und … es macht dir nichts aus, mit dem Schattengott … abzuhängen?«

Gute Frage.

»Na, dir macht es doch auch nichts aus, mit dem Schattengott abzuhängen.«

Noch besserer Punkt.

Wieder überrascht Rumían mich. Strahlend wie die Zwillingssonnen verkündet er: »Enean ist der beste Bruder, den ich je hatte.«

Beim Nachtwaran. Während Louve diesem Hunderte Zyklen alten Steinklotz in meiner Brust erst Leben einhauchte, bringt Ru ihn mit seinen Worten zum Bluten. Verdammt. Ich fürchte, ich habe mein Herz an die Lebenden verloren.

»Decan war also nicht … das Gelbe vom Ei?«, fragt Louve ehrlich interessiert und schiebt sich zurück an die Spitze unserer kleinen Kolonie, um uns den Weg zu weisen. Sie schwankt wie eine Betrunkene, tiefrote Sprenkel bedecken den Boden unter ihr.

Wir folgen mehr Gabelungen, als ich zählen kann, biegen kreuz und quer ab, schieben uns durch spärlich beleuchtete Höhlengänge, Staub und Sauerstoffmangel. Dass wir uns hier unten nicht heillos verlaufen, ist allein meiner cleveren Schattenassassinin zu verdanken.

»Das Gelbe vom Ei? Decan war der Schimmel unter der Eierschale«, entgegnet Ru ungehalten. »Ich hoffe, dass sein Schatten dort drüben genauso verrottet, wie er es im Inneren immer war.«

Okay, das ist … heftig. Nicht, dass ich es ihm verübeln würde. Rus Verletzungen nach zu urteilen, war sein Bruder ein richtiger Psychopath. Dass Achĕş und Okon nichts dagegen unternommen haben, zeugt entweder von der bodenlosen Ignoranz der Arzaê oder Grausamkeit.

»Keine Sorge«, versichere ich ihm mit einem schadenfrohen Grinsen. »Meine Leute wissen, was sie tun.«

»Merkt man«, ruft Louve. »Vor allem, wenn sie meinen, mit ihrem Gott Teeparty auf der falschen Seite der Barriere spielen zu können.«

»Können wir Tee bekommen?«, erkundigt sich Ru. »Ich habe Durst.«

»Können wir, Love?«, bohre ich nach, der nervtötendste Gott der Welt.

»Wir müssen sowieso zum Markt, sobald Gría mich zusammengeflickt hat«, erklärt sie. »Wren wartet sicher schon.«

Meine Laune sinkt in den Keller. Und tiefer. Viel tiefer. Quasi Erdkern. Alles in mir schreit danach, Louve an den Schultern zu packen und wach zu rütteln. Ihr zu erklären, dass die vermeintliche Heldentat dieses Idioten eine Lüge ist, die ihr irgendein Mentaler ins Gedächtnis gebrannt hat. Vermutlich sogar auf *Wrens* Geheiß.

Dennoch zögere ich. Ich stecke erst seit wenigen Sonnenläufen in Decans Körper. Niemand von uns weiß mit Sicherheit, wie das hier ausgehen wird. Ob mein Schatten zu viel sein wird für diese sterbliche Hülle. Womöglich überlebe ich das nicht. Louve allein zurückzulassen in einer Welt, die ihr nichts als Verachtung und Schmerz beschert hat, ist das Letzte, was ich will. Deshalb kann ich auf einen provisorischen Plan B alias Wren nicht verzichten. Auch, wenn ich weiß Gott hoffe, dass es niemals so weit kommen wird, kann, nein, *darf* ich es nicht ausschließen. Um ihretwillen.

Vielleicht bringe ich die beiden anderen aus ihrer Einheit dennoch um, den ehemaligen Arzaê und die Frau. Habe beide vorhin an der Barriere getroffen und – wie selbstlos kann man sein?! – keine Kehlen zerfetzt. Noch nicht. Vermutlich bekomme ich jetzt Minus-Karmapunkte. Dennoch konnte ich mir nicht verkneifen, der Blondgelockten eine Warnung ins Ohr zu flüstern, dass ich Bescheid weiß.

»Sieh mal, Enean!«, ruft Ru nach einer schieren Ewigkeit. *Endlich.*

38. Kapitel

Enean

Mittlerweile klebt mir mein Hemd unangenehm auf dem verschwitzten Rücken, die Luft hier unten ist drückender und sauerstoffärmer als im verdammten Schattenreich.

Endlich weitet sich unser klaustrophobischer Albtraum so weit, dass wir nebeneinander hergehen können. Ich werfe einen flüchtigen Seitenblick auf Louve, die trotz unserer Endloswanderung keinerlei Anstalten macht, sich über ihre Verletzung zu beklagen. Das Leben hat ihr das Durchhaltevermögen eines Roboters eingeprügelt.

Abermals spricht Ru mich an und deutet geradeaus. Kurz darauf dehnt sich die Höhle zu einem breiten Gang. Stimmen ertönen, ein wirres Durcheinander aus Schreien, Lachen und Wimmern. Sofort stechen mir Dutzende ausgebleichte Stoffe ins Auge, die kreuz und quer an langen Leinen zum Trocknen aufgehängt wurden. Laken, Hosen und Röcke, die einmal farbig gewesen sein müssen, nun aber lediglich geflickte Beige- und Grauschattierungen aufweisen. Schmutzige Wasserlachen benetzen die staubige Erde.

Mit gerunzelter Stirn ducke ich mich unter dem abstrakten Kunstprojekt hinweg, während Ru skeptisch an dem einen oder anderen Kleidungsstück zupft und Louve das Ganze ignoriert.

»Ist das nicht … *hart?*« Ru nickt auf mehrere hinter der

Wäsche in die Wände geschlagenen Nischen von kaum mehr als einer Menschenlänge zu.

Manche von ihnen sind nicht besonders tief, andere wurden so weit in die Höhlengänge geschlagen, dass sich sogar ein Nachtwaran darin verkriechen könnte. Dann erst begreife ich, was Rus Aufmerksamkeit erregt hat. Zahllose Personen kauern in den Nischen. Manche haben die Knie angezogen, um sich Platz zu schaffen, andere haben ihre winzigen Köpfe auf die Bäuche ihrer Mütter gebettet und wieder andere liegen wie tot auf dem Rücken und starren die niedrige Sandsteindecke an. Unter teils gehörnten, geschuppten oder kahlen Schädeln wurden dreckige Lumpen gestopft, wieder andere Mæscån haben sich direkt auf dem harten Gestein ausgestreckt.

»Äh ... Love?«, frage ich verwirrt.

Sie muss nicht nachfragen, um zu wissen, worauf ich hinauswill. »Sie schlafen hier«, erwidert sie nüchtern.

Wieder wechseln Ru und ich einen überraschten Blick. »Aber ... wo sind ihre Betten?«, will der Kleine wissen.

Louve stößt ein zynisches Schnauben aus. »Vermutlich dort, wo all ihre Habseligkeiten, Münzen und Frühstücksflakes feststecken: in ihren Träumen.«

Ru wird langsamer, holt jedoch schnell wieder auf, als eine junge Frau mit hohlen Wangenknochen und aufgerissenen Lippen ihn regungslos anstarrt. Schwarze Schuppen bedecken ihre Stirn und die Hände, ansonsten wirkt sie vollkommen menschlich. Eine pechschwarze, an der Spitze gespaltene Zunge schnellt zwischen ihren gelben Zähnen hervor, was Ru erschrocken zusammenzucken lässt. *Was zum ...*

»In Dall leben die Ausgestoßenen«, erklärt Louve Ru leise. »Hauptsächlich Mæscån, die aus illegalen Verbindungen zwischen Menschen, Arzaê und Schattenwandlern entstanden. Solitude will sie nicht haben.«

Ru streckt seine Hand nach Louves aus, als wollte er sie berühren, zieht sie dann aber zurück. »So ... wie dich?«

Louve stößt ein ersticktes Lachen aus. »Solitude fürchtet Schattenassassinen, feiert aber dennoch nachts inoffiziell an ihrer Seite. Würde ein Mæscån auch nur einen Fuß in die Stadt setzen, würden sie ihn auspeitschen, hinrichten oder Schlimmeres.«

Schuld frisst sich wie ein Virus durch mein Blut, als mein Blick über die leeren Augen, dürren Körper und gespenstisch stillen, in Lumpen gehüllte Babys und Kleinkinder schweift. Nicht wenige von ihnen weisen unmissverständliche Anzeichen einer Schattenwandler-Mutation auf.

Als würde sie meine Gedanken erahnen, fällt Louve zu mir zurück. Im Gegensatz zu Ru zögert sie nicht, ihre mit getrocknetem Blut verschmierten Finger um meine zu legen. Sofort überkommt mich eine wohlige Wärme, die ich nicht verdient habe.

Louve an meiner Seite zu haben, sie auf diese Weise berühren zu können, ist ... *alles.* Als würde ihr Geist in die tiefsten Abgründe meines Schattens hinabsteigen und mich dort lieben, wo das Leben mich über Hunderte Zyklen hinweg zu den Ruinen all dessen zerschlug, was einst gut und warm und echt war. Ist es das, was sie Liebe nennen?

Sie sagt nicht, es sei nicht meine Schuld. Sie sagt auch nicht, ich hätte meine Untertanen besser im Auge behalten müssen. Sie geht einfach nur neben mir her, hält meine Hand und demonstriert mir mit dieser stummen Geste, dass sie an meiner Seite ist, trotz allem. Oder gerade deswegen.

Manchmal wünschte ich, seelische Wunden könnten sich gegenseitig neutralisieren. Ich würde sie retten und sie würde mich retten und wir wären *okay* anstelle von Blutsbrüdern. Louves Berührung brennt Sternschnuppenlöcher in meine

Haut. Ich sollte sie loslassen, stattdessen umklammere ich ihr verglimmendes Licht mit allem, was ich bin.

»Können wir ihnen irgendwie helfen?«, fragt Ru.

Langsam schüttelt Louve den Kopf. »Tut mir leid, Kleiner. Dazu müsstest du deinen Vater bis auf die Unterwäsche ausrauben.«

»Oh …« Frustriert senkt er den Kopf. Bis er etwas Neues entdeckt, das nach seiner Aufmerksamkeit verlangt. »Und was sollen diese Bastelarbeiten in den Wänden?«

Ich nähere mich einem von Dutzenden kopfgroßen Löchern in der Wand, in die man halb verrostete Gebilde mit kaum noch brennenden Kerzenstummeln und verwelkten Blütenblättern gestopft hat. Manche bestehen aus Kupfer, andere aus Holz, wieder andere bergen lediglich einen festgenagelten Zeitungsfetzen, auf den jemand mit Kohle ein Gesicht gezeichnet hat. Eines aber haben sie gemeinsam: Sie zeigen das Bildnis einer jungen Frau mit langen goldenen Locken, gütigen Augen und einer unserer beiden Sonnen in jeder Hand.

»Sind das Schreine?«, frage ich perplex. So viele? *Hier?* Warum?

Louve nickt. »Sie beten zu der Göttin des Lichts. Meine Freundin Gría sagt, die Mæscån bringen ihr Opfer dar und verbrennen ihre Wünsche in den Flammen ihrer Sonnen.«

Mit gerunzelter Stirn betrachte ich die Blütenblätter, an deren Seiten Überreste von Asche welken.

Ungewöhnlich, zumal niemand die Göttin des Lichts je zu Gesicht bekommen hat. Im Gegensatz zu mir, ihrem finsteren Pendant.

Moment mal. »He, warum beten sie nicht mich an?«

»Vielleicht, weil du nicht mehr alle Tassen im Schrank hast?« Louve lacht ungehemmt.

»Nur, dass das klar ist«, gebe ich ernst zurück. »Das ist *mein*

Schrank. Und in *meinem Schrank* entscheide ich selbst über die Auswahl des Geschirrs.«

Ru boxt mir mit der Faust gegen den Unterarm. »Wenn es dir so wichtig ist, starte doch eine Umfrage.«

»Gute Idee!«, rufe ich begeistert aus. »Ich werde …«

»Niemand startet irgendeine Umfrage!«, stöhnt Louve frustriert auf. »Wir …«

»Louve? Was machst du denn schon wieder hier? Bringst du mir meine Tunika zurück?«

Louve lässt meine Hand los (unhöflich), als eine junge Frau durch die Lakenwände bricht.

»Gría! Wie schön, dich zu sehen.« Sie tritt zwei Schritte vor, um ihre Freundin zu umarmen.

Interessiert beobachte ich die beiden. Das ist also Gría, Louves heimliche beste Freundin aus Dall. Sie hat mir von ihr erzählt.

Neugierig mustere ich sie. Gría überragt Louve um etwas mehr als einen halben Kopf. Ein schmutziges Band hält ihr knielanges staubiges Kleid zusammen, das auch ein geflickter Mehlsack sein könnte. Lange, spindeldürre Beine enden in nackten, aufgeschürften Füßen. Mit Kohle umrandete eisblaue Augen bilden einen atemraubenden Kontrast zu ihrer dunkelbraunen Haut und dem kurz geschorenen schwarzen Haar. Ihre Nagelhaut ist von verkrustetem Blut bedeckt, die Fingernägel eingerissen, als hätte sie in harter, trockener Erde gegraben. Trotz ihrer Armut strahlt die junge Frau eine Lebensfreude und Güte aus, die instinktiv Vertrauen einflößt. Ich verstehe auf Anhieb, was Louve in ihr sieht.

Plötzlich fällt ihr Blick auf mich und Ru, der sie so fasziniert ansieht, als hätte er sich spontan schockverliebt. Interessiert wandern ihre Augen meinen Körper hinab, bleiben eine ganze Weile an meinen Oberarmen hängen, ehe sie ohne jegliche Regung zu meinen spitzen Ohren wandern. »Gehören die Jungs zu dir?«

»Gría, darf ich vorstellen.« Sie legt eine Hand auf Rus Rücken und zwangs-schiebt ihn auf sie zu. »Das ist Rumían.«

»Äh ... hi.« Der Bengel läuft knallrot an, als Gría ihm freundlich zulächelt, was mir ein schadenfrohes Grinsen entlockt.

Zumindest, bis Louve, ohne mit der Wimper zu zucken, verkündet: »Und das ist Enean. Der Schattengott.«

Mir fällt beinahe die Kinnlade zu Boden. Das hat sie gerade nicht wirklich gesagt.

Gría allerdings scheint wenig beeindruckt. Die einzige physische Reaktion, die von ihrer Überraschung zeugt, ist das minimale Heben der linken Braue.

Wow. Plötzlich fühle ich mich gar nicht mehr so beeindruckend.

»Ich habe mir dich irgendwie ... größer vorgestellt«, sagt sie schließlich. »Mehr so ...« Sie krümmt ihre Zeigefinger an der Stirn, um Hörner zu gestikulieren.

Oh Mann. »Wollte mal was Neues ausprobieren.«

Abschätzend lässt sie noch einmal den Blick über meinen neuen Körper wandern. »Offensichtlich.«

»Gría, ich muss so schnell wie möglich zurück zu unserer Einheit«, unterbindet Louve das peinliche Gestarre. »Ich brauche deine Hilfe. Ich darf nicht wirken, als hätte ich gegen drei Schattenwandler gekämpft, die alle zeitgleich über die Grenze kamen, um ihren Gott zu suchen.«

Sie sagt drei, nicht vier. Interessant.

Gría legt Louve einen Arm um die Schulter und schiebt sie den Höhlengang entlang. »Ich schätze, du hast mir einiges zu erzählen ...«

Schnaubend schlage ich mir eine riesige Unterhose aus dem

Gesicht, als Gría hinter sich eine der Wäscheleinen zurückschnallen lässt. Ru prustet wie verrückt, während ich mir schwöre, den Saftladen in Flammen aufgehen zu lassen, sollte ich noch ein einziges Mal Bekanntschaft mit fremder Unterwäsche machen. (Louves ausgeschlossen.)

Louve biegt soeben mit Gría in ein ... Loch mit Vorhang ein. Ich hebe das staubige Tuch hinter ihnen, Ru drängelt sich an mir vorbei. Wir betreten eine Höhle. Oder besser gesagt, eine Ausbuchtung, die den Eindruck erweckt, als hätten sie Kinder per Hand und Strandschaufel ausgehoben. Die Wände des winzigen Raumes sind zum größten Teil eingestürzt und die Decke so niedrig, dass ich den Kopf einziehen muss. Man kann von Glück reden, wenn man nicht im Schlaf begraben wird.

»Fühlt euch wie zu Hause«, sagt Gría an niemand bestimmten.

Äh, ja ... nein. Danke.

»Wo ist die Fernbedienung?«, fragt Rumían – Höflichkeit ist nicht seine Stärke.

Ich schnippte ihm gegen den Kopf. »Aua!«, schimpft der verzogene Bengel. »Was soll das?«

»Das war der An-Schalter deiner Fernbedienung«, erkläre ich ihm grinsend. »Für das Fernsehprogramm namens Fantasie, das du dir nun gerne leise in einer Ecke deines Kopfes reinziehen darfst.«

Mürrisch starrt er mich an. »Verarschen kann ich mich auch.«

»Wunderbar!«, erwidere ich mit einem noch breiteren Grinsen. »Dann tu doch stattdessen das in deiner Ecke.«

Gría schnaubt belustigt, wohingegen Louve uns mittlerweile anscheinend mental auf lautlos gestellt hat.

»Hast du Alkohol da?«, fragt sie ihre Freundin.

Na, den werde ich auch gebrauchen können, wenn wir noch

länger hier unten bleiben müssen. Der Sauerstoff ist rar. Außerdem fühle ich mich von Wrens bloßer Existenz chronisch gestresst.

Mit spitzen Fingern macht Louve sich daran, sich aus ihrer blutverschmierten Uniform zu schälen. Offenbar hat der Alkohol vorwiegend medizinische Zwecke. Mist.

Gría kramt einen ramponierten Karton hervor und drückt ihn mir in die Hand. »Das deponiert Louve hier für Notfälle«, erklärt sie mir. »Gehst du ihr zur Hand? Ich wollte gerade nach meiner Schwester suchen.«

Verwirrt nehme ich den Karton entgegen. Warum will sie ausgerechnet jetzt nach ihrer Schwester sehen?

»Rumían«, ruft sie den Jungen, der wie ein Kleinkind mit einem Stock in einer Wandritze pult. »Hilfst du mir? Zu zweit finden wir Nadija schneller.«

Sie zwinkert mir zu, nickt hinüber zu Louve, die sich noch immer mit dem Leder abmüht. Ah. *Ahhhh.*

Plötzlich hoch motiviert platziere ich den Kram in etwas, das vermutlich eine Schlafnische ist.

Ru allerdings rümpft die Nase und tritt harsch gegen einen Haufen Geröll. »Ne.«

»Raus hier!«, ermahne ich ihn, was ihn amüsanterweise sofort spuren lässt. Der Status Schattengott hat doch noch etwas.

Mit hochgezogenen Schultern schlurft er hinter Gría durch den zerfledderten Vorhang.

»Das hat sie absichtlich getan«, murmelt Louve.

»Gut.«

39. Kapitel

Louve

Ich war nie jemand, der an die Zukunft glaubt. Schattenassassinen können es sich nicht leisten zu träumen. Wenn es etwas Gutes hat, stets mit einem Fuß am Rande des Todes zu stehen, dann, dass man den Moment lebt. Voll und ganz, mit allem, was man ist. Weil man nie weiß, wann es der letzte sein wird.

Ich kann nicht zählen, wie oft Gría mich zusammengeflickt hat, wie oft ich nach einem Kampf mit einem Schattenwandler aussah wie durch den Fleischwolf gedreht. Schon vor unzähligen Mondläufen habe ich bei ihr das nötigste Verbandsmaterial für derartige Fälle deponiert. Um mit erhobenem Haupt zurück nach Iron Claw marschieren zu können, unangreifbar, unantastbar, unverwundbar.

Weshalb es mir gar nicht in den Kram passt, dass meine beste Freundin einfach abhaut und es dem Schattengott überlässt, meine Verletzungen zu versorgen.

Da meine Uniform ein lederner Einteiler ist, muss ich komplett aus dem oberen Teil schlüpfen, um die Wunde an meinem Bauch zu nähen. Nachdem ich eines von Grías Wundermittelchen ausgetrunken habe, ist der stechende Schmerz einem dumpfen Pochen gewichen.

Gleichzeitig nagen Pearses Worte in der Barriere an mir wie ein Haufen fleischfressender Öltermiten. *Sie müssen am Leben bleiben, wenn wir bezahlt werden wollen.* Wovon hat er gesprochen? Liege ich falsch und Yaran hat gar nicht seinetwegen geschrien? Sprach er vielleicht sogar von Schattenwandlern, ist er genau wie ich insgeheim auf dem Schwarzmarkt tätig?

»Darf ich?«

Eneans warme Finger streifen meine, die zitternd an meinem Rücken nach dem Reißverschluss tasten. Für gewöhnlich habe ich kein Problem mit Letzterem – für gewöhnlich sind meine Hände jedoch auch nicht glitschig von meinem eigenen Blut, der Verschluss nicht dreckverkrustet. Resigniert nicke ich.

»Rumían scheint dich zu mögen«, murmle ich, um mich von dem Verlangen abzulenken, das seine Berührungen in mir auslösen. Es ist falsch, so falsch. *Das alles.*

Enean tritt näher an mich heran, seine Präsenz umhüllt mich wie der Schatten, der er ist. Obwohl er hinter mir steht, nehme ich ihn mit jeder Faser wahr. Seinen Geruch nach Zitronengras, Minze und Sonnenlicht. Ein Geruch, der neu ist, genau wie sein Körper. Decans Geruch.

Frustriert es mich, dass Enean den Körper des Roughcrest Emporkömmlings gestohlen hat? Definitiv. Liebe ich jeden Atemzug, den ich seither mit ihm verbringen darf, ohne dass ich fürchten muss, seine Klauen würden meine Haut aufreißen, seine Schattenwandler meine Fährte wittern, meine Einheit mitbekommen, dass ich mich wieder einmal auf der falschen Seite der Barriere herumtreibe? Und wie.

So ist das mit dem Schicksal. Man weiß nie, wann es einen ergreift – oder wann es einen wieder fallen lässt wie eine beschissene heiße Kartoffel.

Sanft streicht Enean mir das gelöste Haar zurück, seine Fingerkuppen streifen meinen Hals, treiben meinen Herzschlag in die Höhe.

»Rumían hat verdammtes Pech mit seiner Familie«, sagt er schließlich. Seine Stimme klingt rau und zögernd, abgelenkt.

»Deswegen dachte ich, es wird Zeit für eine neue.«

Mir wird das Herz schwer bei seinen Worten. Darum geht es also? Er hat den Jungen unter seine Fittiche genommen, weil die Roughcrests Arschlöcher sind?

Einen Augenblick ruht seine Hand auf meiner Schulter, ehe er langsam den Reißverschluss bis zu meinem Steißbein hinabzieht. Er stößt ein leises Zischen aus, vermutlich macht er soeben Bekanntschaft mit den unzähligen Narben auf meinem Rücken. Narben, die von Kämpfen zeugen, von Überleben, von *meinem* Überleben. Und die der Welt ins Gesicht lachen: Sieh dir das an, du Miststück, ich stehe immer noch, und meine verdammte Krone sitzt verflucht gerade!

»Thujas Mal ist fast vollständig verheilt«, staunt er. Behutsam gleiten seine Fingerspitzen über die schwarze Schattentinte, die meinen ganzen Rücken bedeckt und die Gestalt eines aufgebäumten Grizzlybären zeigt, der vor Wut und Schmerz um all das brüllt, was ich verloren habe.

Wenn man das Gefühl eines Feuerwerkskörpers beschreiben müsste, der hoch oben am Nachthimmel die Sterne küsst, so wäre es *seine* Berührung. Ich vergesse zu atmen, beiße mir mit geschlossenen Lidern auf die Unterlippe – als plötzlich die Bedeutung seiner Worte zu mir durchdringt und mich innehalten lässt. »Woher weißt du, dass mein Mal zerstört war?«

Enean zuckt so heftig zusammen, als hätte sich meine Haut spontan in einen Strom glühender Lava verwandelt. »Ich ...«

In Gedanken gehe ich unsere letzten Gespräche durch. Habe ich ihm davon erzählt? Vielleicht auf dem Weg zum See, als ich Decans Schatten herauszufischen versucht habe? Vermutlich, schließlich habe ich ihm noch nie etwas verschwiegen.

»Den Rest schaffe ich allein.«

Über die Zyklen hinweg habe ich mich damit abgefunden, mental nicht dazu imstande zu sein, eine solide Beziehung zu einem anderen Menschen aufrechterhalten zu können. Enean aber war noch nie ein Mensch, nicht einmal jetzt. Und doch ist er das Menschlichste, dem ich je begegnet bin.

Mühsam schäle ich mir das hautenge Leder von der Schulter und schließlich über die Arme. Es klebt scheußlich und gibt widerwärtige Schmatzgeräusche von sich, weil das Blut darunter nicht trocknen konnte. Ich muss furchtbar aussehen.

»Liegt hier irgendwo ein Putzlappen herum?«, bitte ich Enean.

»Sofern du vorhast, dich in einen dreckigen Küchenboden zu verwandeln, klar.« Trotzdem entfernt er sich von mir, wühlt sich durch Grías und Nadijas Sachen. Was einerseits verdammt unhöflich ist, andererseits keine der beiden auch nur im Entferntesten interessieren würde. Bald werde ich ihnen einen ganzen Haufen neuer Kleider und Handtücher kaufen können. Zumindest, wenn dieser verflixte Okon endlich mein Geld herausrückt.

Enean muss fündig geworden sein, bleibt aber in großem Abstand zu mir stehen, als ich das Oberteil des Bodys an den Hüften baumeln lasse und im Sport-BH vor ihm stehe. Obwohl die mir bei meiner Ermordung als Kind zugefügte Narbe über meinem Herzen freigelegt ist, weiß ich, dass er nicht sie anstarrt. Meine Mundwinkel zucken amüsiert. »Kommst du nicht näher, weil du spontan Anstand entwickelt hast oder weil meine Verletzung so übel aussieht?«

»Letzteres«, erwidert er in einem sündig rauen Tonfall, der ihn Lügen straft.

Vorsichtig taste ich meinen unteren Bauch ab und zucke schmerzerfüllt zusammen. Mist. Die Wunde ist größer, als ich dachte. Es fühlt sich an, als würde ein Schnitt von meinem

Hüftknochen schräg über meinen Bauchnabel bis zu den unteren Rippen verlaufen. Verfluchte Schattenwandler.

»Das muss genäht werden«, seufze ich. »Wie gut bist du im Zusammenflicken?«

Er schluckt, scheint über irgendetwas nachzudenken, als würde ihm etwas zu schaffen machen.

»Wenn du willst, können wir Gría bitten ...«

»Nein!« Mit langen Schritten überbrückt er den Abstand zwischen uns und nimmt meine Hand, um mich auf Gría und Nadijas Schlafnische zuzuschieben. »Komm, leg dich hin. Ich helfe dir.«

Trotz dem schmerzhaften Pulsieren meines Körpers muss ich lächeln. Das hat noch nie jemand zu mir gesagt. Seit ich denken kann, musste ich alles allein hinbekommen. Es ist schön, dass jemand seine Hilfe anbietet. Ungewohnt, aber schön. Und nichts, an das ich mich zu gewöhnen wage.

Mir dreht sich der Magen um, als ich mich ungeschickt auf dem harten Gestein ausstrecke. Keine Ahnung, wie die beiden das Nacht für Nacht aushalten. Es macht mich unbeschreiblich wütend, dass sie keine andere Wahl haben. Am liebsten würde ich sie zu mir nach Iron Claw schmuggeln. Allerdings würde man sie hinrichten, würde man sie entdecken.

»Es gibt hier kein frisches Wasser«, meint Enean, nachdem er eine ganze Weile lang durch den kleinen Raum gepilgert ist. »Nur irgendetwas, das wirkt, als wäre eine Horde geteerter Ratten darin ertrunken.«

»Nimm den Alkohol.« Ich schiebe meine kleine Notfallkiste an den Rand der Nische. »Hast du die Nadel gefunden?«

Ich drehe den Kopf zur Seite. Eneans nachtschwarze Silhouette sinkt neben mir auf die Knie, hüllt die Dunkelheit in noch finsterere Nacht. Trotzdem ist er das hellste Licht, das je für mich strahlte.

Er schnappt sich die Flasche Whiskey, beschwert sich über mein *Barbarentum* und macht sich daran, die Wunde mit dem einzigen halbwegs sauberen Handtuch zu säubern. Später werde ich es mitnehmen und mit kochendem Wasser auswaschen.

Ich zucke zusammen, beiße mir auf die Zunge, spanne meine Muskeln an, während Enean schweigend arbeitet. Geschickt tupft er das Blut von meinem Bauch. Jedes Mal, wenn der feuchte Stoff auf meine Haut trifft, wünschte ich, es wären seine Hände. Wann ist unsere Schneeflockenfreundschaft zu diesem Eissturm geworden?

Es ist schon merkwürdig. Das Leben kann dir alles entreißen, was du jemals geliebt hast. Binnen eines einzigen Atemzugs, binnen einer Nacht, eines Feuers. Und dann gibt es dir diese Liebe zurück – auf eine Weise, die du nie für möglich gehalten hast.

Ich schlucke schwer. *Ist es das? Ist es … Liebe?* Und wenn ja, welche Art? Freundschaft? Verlangen? *Für immer?*

Enean räuspert sich. »Das wird jetzt gleich verdammt wehtun.« Keine Ahnung, warum Menschen glauben, es würde weniger wehtun, wenn du vorgewarnt bist. Tut es nicht.

»Es ist nicht tief, kein Organ wurde verletzt«, fachsimpelt er, obwohl er ziemlich sicher keine Ahnung hat. »Ist einfach nur ein sehr langer Schnitt«, erklärt er. *Einfach nur.* Pah. »Sieh es positiv.«

Jetzt entfährt mir doch ein verächtliches Schnauben. »Ich liege in einer steinharten Nische in der Untergrundstadt, wo mich der Schattengott mit Händen, mit denen er noch gar nicht richtig umzugehen weiß, bei vollem Bewusstsein zusammenflickt. Inwiefern ist das positiv?«

»Erstens«, erwidert er und kramt in der Schachtel nach dem Faden, »hat dich sein Gift so gut wie nicht erwischt. Und zweitens weiß ich sehr wohl mit diesen Händen umzugehen. Es ist nicht meine Schuld, dass du ihnen nur unschöne Aufgaben zugestehst.«

Ich rolle mit den Augen. »Flirtest du gerade mit mir, während mein Blut über deine Finger rinnt?«

»Ich flirte *immer* mit dir.«

»Ich bin noch immer wütend auf dich«, erinnere ich ihn, was er mit einem viel zu amüsierten »Ich weiß« quittiert. *Mistkerl.*

Enean muss mehrmals ansetzen, bis er den Bogen raushat. Vermutlich, weil er unnatürlich große Pranken und Säbelkrallen gewohnt ist und nicht die weichen Pianistenfinger eines verwöhnten Arzaês. Ich beiße die Zähne zusammen, während er mich zusammenflickt, dafür sorgt, dass meine Träume und Sehnsüchte aufhören, aus meinen offenen Wunden sickern und stattdessen dort bleiben, wo sie hingehören.

»Danke. Wirklich.«

»Wir sollten uns beeilen, bevor noch mehr von ihnen auftauchen.«

Ich taste nach seiner Hand auf meinem Bauch, stoppe seine Bewegung. »Werden sie dich holen kommen?« Die Schattenwandler, die Roughcrests, die Assassinen. Das Schicksal, wer weiß.

Enean senkt das Handtuch und dreht seine Hand, sodass meine in seiner liegt. Ein Gefühl von tausend Sonnen durchströmt meinen Arm und ein Teil von mir wünscht sich, ihn niemals wieder gehen lassen zu müssen. Ein anderer, finsterer, tief verletzter jedoch weiß, dass Nähe wie diese flüchtiger ist als eine einzelne Schneeflocke, die im Winter auf meiner erhitzten Haut schmilzt.

»Ich werde nicht zulassen, dass uns jetzt noch etwas trennt, Love.« Sanft hebt er meine Hand und führt sie an seine Lippen.

»Ich verspreche dir, bei dir zu sein, bis irgendein Narr jeden Stern in diesem Universum gezählt hat, bis jedes Sandkorn in jedem Ozean zu Asche zerfallen ist und jede einzelne Scherbe eines jeden gebrochenen Herzens dieser Welt wieder zusammengesetzt wurde.«

Er beugt sich über mich, seine Präsenz ein schwindelerregender Höhenflug kurz vor dem Fall aus dem Himmel. Seine Finger streichen über mein Haar, die Stirn, die Schläfen hinab und meinen Kiefer entlang, ehe sie an meinem Mundwinkel zum Liegen kommen. Mein Herz rast und schreit und erkämpft sich seinen Weg aus den Trümmern einer Mauer, die Enean mit einer einzigen Berührung, einem Wort, einem Versprechen zum Einsturz bringt. Sonnenlauf für Sonnenlauf, Lächeln um Lächeln.

Die Spitzen seines Haars kitzeln mir auf der Stirn, sein Atem haucht winzige elektrisierende Wellen auf meine Lippen. »Ich verspreche dir, mich selbst dann noch an deinen Namen zu erinnern, wenn Abertausende Sonnen- und Mondläufe ins Land gezogen sind und von all dem hier nicht mehr übrig geblieben ist als Sternenstaub.« Er umfasst mein Gesicht, gibt mir die Möglichkeit, mich zurückzuziehen. Doch wie könnte ich? »An diesen Moment. Und an dein Lächeln, immer dann, wenn du glaubst, ich würde nicht hinsehen.«

Er ist mir jetzt so nah, dass ich sein eigenes Lächeln auf meinen Lippen spüren kann. »Und ja, du hast recht, ich hätte dich nicht täuschen dürfen. Ich hätte dir die Wahrheit sagen sollen. Darauf vertrauen, dass du genauso entscheidest wie ich. Oder mir zumindest nicht *sofort* den Kopf abreißt. Ich hätte auf eine bessere, ehrlichere Weise um dich kämpfen sollen, auf eine Weise, wie du sie verdienst. Aber ganz gleich, wie oft du die Zeit zurückdrehst, Love, ich hätte zu keinem Zeitpunkt meines ewigen Lebens mehr für dich empfinden, niemals mehr den Wunsch verspüren können, bei dir zu sein, als in diesem Augenblick.«

Seine Lippen schweben so hauchzart über meinen wie der Kuss eines Schmetterlings. »Glaubst du mir?«, fragt er zögernd.

Meine Finger gleiten durch sein Haar, das weich ist wie Seide und sich anfühlt wie der Himmel bei Nacht, ehe ich ihn als Antwort zu mir hinabziehe und der Abstand zwischen uns in Schall und Rauch und Ewigkeit aufgeht.

Enean zu küssen ist, wie in Überschallgeschwindigkeit aus einem Traum zu erwachen, von dem du nicht wusstest, dass du ihn träumst. Seine warme Hand umfasst meine Taille, die andere mein Gesicht. Sanft streifen seine Lippen über meine, sein ganzer Körper bebt, als müsse er alle Kraft aufbringen, sich zurückzuhalten. Ein Uhrwerk aus verwunschenen Zahnrädern, Schatten und Magie.

»Warte kurz.« Ich ziehe den Kopf ein, um mich aus der niedrigen Nische zu zwängen, bis ich nur noch auf der vorderen Kante sitze, vor der Enean noch immer kniet.

Die Ewigkeit zerspringt zu Glas, als ich meine Beine um seine Hüften schlinge und meine Lippen abermals auf seine presse. Der Gott der Schatten schmeckt weder nach Asche noch nach Tod oder Dunkelheit. Er schmeckt wie der Himmel.

Erneut vergrabe ich meine Finger in seinem Haar, presse mich so fest an ihn, dass kein Wort mehr zwischen unsere Körper passt. Eneans letzter Funke Kontrolle geht in Flammen auf, als er mich küsst, als würde die Welt untergehen. Meine Hände gleiten über seinen Hals, hinab zur Brust, unter der sein Herz, Decans Herz, vor Sehnsucht und Verlangen zu bersten droht. Ich weiß genau, wie er sich fühlt. Wie tausendmal zerbrochen und tausendundeinmal geheilt.

Es kostet mich mehr Überwindung, als ich aufbringen kann, meine Lippen von seinen zu lösen. »Die anderen könnten jeden

Moment wiederkommen«, keuche ich. Mein Atem geht stoßweise, mein Körper ist ein einziges Beben.

»Was kümmern mich die anderen?« Er beugt sich zu mir hinab, küsst sich einen Weg von meinem Mundwinkel über meinen Kiefer. »Verflucht, du ahnst ja nicht, wie lange ich das schon tun wollte.«

Ich schließe die Augen, sinke in seine Umarmung. »Ich hoffe, dieser Kuss war dir die potenzielle Vernichtung ganz Solitudes wert«, raune ich, nur halb im Scherz.

Sein Lächeln an meinen Lippen wird breiter. »Dieser Kuss war mir die potenzielle Vernichtung der ganzen verfluchten Welt wert, Love. Ich bin der Schattengott, kein Wunschkonzert.«

»Wie schade«, flüstert Louve und streicht mit dem Daumen über mein Kinn. »Anderenfalls würde ich mir jetzt wünschen, diesen Kuss zu widerh…«

»Louve! Enean!«

Mit einem leisen Schrei reiße ich mich von Enean los. Hintereinander stürmen drei Silhouetten in den Wohnraum, eine goldene und zwei schwarz-blaue.

»Beim Nachtwaran, Gría! Ihr habt mich zu Tode erschreckt!«

»Ein weiterer Schattenwandler konnte durch die Barriere entkommen und hat drei Assassinen ausgeknockt«, ruft Rumían, wobei mir sein Tonfall nicht verrät, auf wessen Seite er steht – oder ob er das Ganze ohnehin nur für einen real gewordenen Actionfilm hält.

Schnell richte ich mich auf und ziehe mein Oberteil über die frische Naht. Das Leder ist noch immer feucht und kaum über meine Arme zu bekommen, weshalb ich bei dem Versuch beinahe den Reißverschluss abbreche.

»Nur einer?«, frage ich unbeeindruckt, während meine Gedanken noch immer um Enean und unseren Kuss kreisen.

»Und keiner meiner Leute schafft es, ihn aufzuhalten? Wie peinlich.«

»Dito«, murmelt meine Lieblingsstimme hinter mir.

»Louve, du verstehst nicht.« Gría schiebt ihre wimmernde kleine Schwester so weit wie möglich in den kleinen Raum, weg vom Eingang. »Das Ding ist so riesig, dass es die Höhlendecken teilweise zum Einsturz gebracht hat. Der Schwarzmarkt liegt in Trümmern! Der Schattenwandler hinterlässt eine Spur aus Leichen und Chaos. Ihr müsst ihn aufhalten!«

Ich schnappe nach Luft. *Wren.* Wren ist auf dem Marktplatz. »Rumían, bleib hier. Bleibt alle hier, verstanden? Enean, wir müssen uns beeilen. Komm schon!«

»Louve!«, ruft Gría mir nach, als wir schon halb aus ihrem Zuhause gestürzt sind.

Gleichzeitig drehen wir uns zu ihr um.

Ihre Stimme ist dünn, brüchig, als sie sagt: »Das ist noch nicht alles. Er droht, Solitude zu vernichten, sollten wir ihm nicht geben, was er will.«

Verwirrt runzle ich die Stirn. »Was soll das heißen?«

Gría schluckt hörbar. »Louve, der Schattenwandler verlangt nach seinem Gott. Er … er verlangt nach Enean.«

40. Kapitel

Enean

Noch vor Louve stürme ich in den Höhlengang. Diesmal ist es nicht schwer, sich zurechtzufinden. Man braucht nur den Schreien zu folgen. In dem Wissen, dass Louve mir dicht auf den Fersen ist, sprinte ich durch die sich windenden Serpentinen, dränge mich vorbei an unzähligen panischen Mæscån, die mich wie eine Flutwelle zurückzureißen versuchen. Frauen, Männer und Kinder mit blutigen Schuppen und verrenkten Gliedern, zerfetzten Flügeln, abgebrochenen Hörnern, allesamt gehüllt in die gleichen zerschlissenen, ausgefransten Stoffe, alle den gleichen entsetzten Schrei auf den Lippen. Ein Gestank nach Kupfer, Schweiß, Asche und Fäkalien weht uns entgegen.

Ich werfe einen kurzen Blick über die Schulter, wo Louve versucht, sich nahe der seitlichen Höhlenwand nach vorne zu drücken, ehe ich geradeaus stürme.

Nach mehreren qualvollen Biegungen, in denen sich der Mob zu einer kreischenden grauen Masse verdichtet, weitet sich der Gang endlich und spuckt uns in einen riesigen unterirdischen Platz. Gigantische Rundbögen formen die Decke zu mehreren Kuppeln, die krachend auf den Höhlenboden stürzen. Unzählige Karren, Tische und Zelte sind von Grund auf zerstört. An den Seiten reihen sich zahllose mit ausgewaschenen Vorhängen verdeckte Räume, aus denen sich nicht nur

Mæscân, sondern auch zahlreiche Menschen und Arzaê drängen.

Plötzlich bricht ein weiterer Torbogen am anderen Ende des Platzes ein, Feldbrocken krachen von der Decke und hüllen uns in einen undurchsichtigen Staubnebel. Sand brennt mir in den Augen und ich presse mir die Hand auf Nase und Mund. Die Schreie nehmen zu, werden übertönt von herzzerreißendem Schluchzen, als Mæscân versuchen, ihre Angehörigen unter dem Geröll hervorzuzerren. Blut- und dreckverkrustete Gesichter und Körperteile bedecken den Erdboden, verdrehte Arme und Beine ragen unter zerrissenen Stoffbahnen, zerbrochenen Tongefäßen und Kisten hervor.

Beim Schattenreich. Das hier ist ein Massaker.

»Dort!« Louve drängt sich an meine Seite, ihr Zeigefinger deutet auf etwas vor uns, doch ist die Staubwolke zu dicht, um Genaueres erkennen zu können. Außer ... außer man nimmt nicht mit den Augen wahr.

»Was ist da vorne, Louve?«, frage ich und atme prompt eine ordentliche Ladung Sand ein. Was ich eigentlich wissen will ist: *Wie* erfährst du unsere Welt?

Eine Antwort bleibt in beiden Fällen aus. Hustend klopfe ich mir auf die Brust. Verdammter Mist. »Wir müssen hier raus!«

»Wir kämpfen«, ruft sie mit der Entschlossenheit einer Kriegerin. »Sie haben die Schattenassassinen allesamt abgezogen und nach Solitude geschickt, sie haben Dall einfach aufgegeben! *Wren* hat aufgegeben.«

Ich recke den Hals, suche vergeblich in dem Chaos nach schwarzen Uniformen. Gleichzeitig hallt ein ohrenbetäubendes Grölen durch die Halle, die Wände beben, noch mehr Sand und Dreck wirbelt auf. »Unser Gott! Wir wollen unseren Gott!«, brüllt die Bestie, die all das hier zu verschulden hat.

»Enean ...« Louve schluckt schwer. »Was haben wir getan?«

Ich beiße die Zähne zusammen, als ich mit erhobenem Haupt auf die Ursache des Brüllens zugehe. Schatten aus tödlicher Kälte züngeln auf meinen Händen, die Arme hinauf, über die Schultern, erfüllen mich bis in den Grund meines Seins. Weil sie ich sind. Zumindest waren sie das, denn sie fühlen sich mittlerweile weniger mächtig, weniger stark an. Meine Kräfte schwinden, je länger ich mich auf der falschen Seite der Barriere aufhalte. Ich sollte gar nicht erst dazu imstande sein. *Decan* sollte nicht dazu imstande sein.

Und das ist er auch nicht. Mit geweiteten Augen starre ich auf meine offenen Hände oder besser gesagt auf die langsam erblühenden Eisrosen auf meiner Haut. Erfrierungen. Ich stoße einen Fluch aus. Dieser nichtsnutzige Arzaê-Körper erträgt meine Macht nicht. Nicht, dass ich sie in diesem Zustand voll entfalten könnte. Ich bin nur noch ... Ich schlucke schwer. Wer bin ich ohne meine Götterkräfte?

»Pass auf!« Louve reißt mich grob zur Seite, als sich ein weiterer Steinregen auf uns ergießt.

Instinktiv presse ich sie an mich, meine sterbenden Eisschatten pulverisieren das Geröll über uns. Da bemerke ich, dass sich das Eis nicht nur in die Höhle, sondern auch in Louves Uniform und ihre Hände frisst.

Zischend stößt sie mich von sich. »Heb dir das gefälligst für *ihn* auf!«

Ich kneife die Augen zusammen, versuche durch die Lawine aus Sand und Qualm zu dringen. »Wenn ich wüsste, wo ...«

»Enean, vor dir! Er kommt direkt auf uns zu!«

Ohne zu zögern, sprinte ich durch den Sandsturm, Louves Stimme dirigiert mich in die richtige Richtung. Gleichzeitig sammle ich die letzten Spuren meiner Macht in meinen vor Kälte brennenden Händen.

»Unser Schattengott! Gebt uns unseren Gott!«, brüllt der

Schattenwandler aus voller Kehle. Er muss wie wild um sich schlagen, in jedem erdenklichen Winkel schreit, klirrt, stirbt es. Wenn Gría die Wahrheit gesagt hat, ist er größer, als die Decke hoch ist. Es grenzt an ein Wunder, dass er sich von der Barriere durch die Tunnel hat quetschen können, vermutlich liegt halb Dall in Trümmern.

»Vive!«

Ich reiße in dem Augenblick herum, als sich Louve vornüberbeugt. Finsternis befreit sich aus ihrem Körper, flammende Schatten, die aus ihrem Rücken in die Realität stoßen. Ein ohrenbetäubendes Brüllen erschüttert die Höhle, als Thuja sich an Louves Seite in den Sandsturm stürzt. Obwohl ihre Geistgefährtin größer ist als ein Fels, ein Baum, ein Haus, verschwindet sie in dem graubraunen Gestöber, als wäre sie nie da gewesen. Genau wie Louve. Fluchend folge ich den beiden, vor mir ist alles stockdunkel. Ist es dieses Gefühl, das Louve Sonnenlauf für Sonnenlauf durchlebt? Diese ... Ohnmacht? Meine Kehle brennt, ich weiß nicht, ob vor Staub oder Kummer.

»Gebt uns unseren Gott!«, brüllt der Schattenwandler und das Echo hallt von überall.

Ich drehe mich um, wende mich wie ein Volltrottel nach links, nach rechts, ich weiß nicht wohin. Wenn ich doch nur etwas sehen könnte ... Plötzlich verändert sich das Brüllen, es wirkt beinahe ... schmerzerfüllt. *Louve*, schießt es mir durch den Kopf, als etwas ohne Vorwarnung auf mich zustürzt und mich mit voller Wucht umwirft. Mein Rücken knallt gegen den harten Sandsteingrund, für einen Moment blitzen weiße Punkte vor meinen Augen auf. Arme pressen sich auf meine Brust, ein Gesicht vergräbt sich in meiner Halsbeuge. »L-Louve?«

Ehe ich zuordnen kann, was da gerade passiert ist, fegt über uns eine nie da gewesene Hitzewelle hinweg. Instinktiv presse ich die Lider aufeinander, drücke Louve so fest wie möglich an mich und damit weg von der enormen tiefschwarzen Flammenwand. Ich keuche auf, als ich es endlich begreife. Beim Schatteng... Bei *mir.* Ich weiß, um welche Art Schattenwandler es sich handelt. Das ist nicht gut. Das ist ganz und gar nicht gut.

Louves Körper glüht vor Hitze, ihre zusammengepressten Lider flattern, das Leder ihrer Uniform platzt auf. Ich versuche mich zu konzentrieren, die letzten erbärmlichen Reste meiner einstigen Gottheit zusammenzukratzen und meine Eisschatten zu beschwören. Louve wimmert an meiner Brust, als die Kälte von meiner Haut auf ihre nackten Hände kriecht. Dennoch bin ich gezwungen, meinen Körper vollständig mit der für Sterbliche tödlichen Kälte zu umhüllen, ehe ich uns so umdrehe, dass Louve unter mir liegt und ich sie vollständig von den Flammen des Schattens abschirmen kann.

»Enean ...« Ihre Hände krallen sich in den angebrannten Stoff meines Hemdes.

Ich lege all meine Konzentration in die Überreste meiner Eisschatten, verstärke sie an meinem Rücken, den Beinen, meinen Armen, während ich sie so gut es geht von meiner Vorderseite und damit von Louve fernhalte. Abermals züngelt atemraubende Hitze über uns hinweg, in unmittelbarer Nähe stößt Thuja einen Schmerzensschrei aus, ehe sie auf Louves Kommando zurück in ihren geschundenen Körper kriecht. Louve bäumt sich unter mir auf, als Thujas Schmerz zu ihrem wird, während ich sie mit aller Kraft zurück auf den Boden presse. Eine Träne schimmert in ihrem Augenwinkel, als sie die Zähne zusammenbeißt. Ein Rinnsal Blut sickert aus ihrem Mundwinkel. Ich will sie beruhigen, ihr sagen, dass alles gut wird, irgendwie, doch wage ich meine Konzentration nicht von meinen Eisschatten zu lösen.

Zum ersten Mal in achthundert Zyklen spiele ich keine Rolle. Und um ehrlich zu sein, fürchte ich mich vor dem, was von mir übrig bleibt, wenn die Maske eines Gottes fällt und ich allein auf einer Bühne stehe.

Als meine Schatten schwächer werden, Schweiß von meiner Stirn tropft, sich meine Muskeln verkrampfen, mein Atem nicht mehr als ein flaches Schnaufen ist, und ich schon glaube, diesen sterblichen Körper ein für alle Mal verlassen zu müssen, ist die Hitze plötzlich fort. Und einen winzigen, brüchigen Herzschlag lang fürchte oder hoffe ich, wir beide wären tatsächlich gestorben. Im nächsten Moment stürzt die Welt über uns zusammen.

»Er versucht, die Decke zu zerstören!« Ich reiße uns beide auf die Beine, greife nach Louves Hand, während wir auf wackeligen Beinen im Zickzack den auf uns herabregnenden Felsbrocken ausweichen.

Meine Gliedmaßen zittern, die Macht der Eisschatten, die einem Arzaê nicht zusteht, ist zu viel für diesen Körper. Abermals tanzen weiße Punkte vor meinem Blickfeld, doch ich wage nicht, klein beizugeben. Ihretwegen. Sand dringt in meine Lungenflügel, lässt meine Augen brennen, während Louve sich unbeirrt vorwärts kämpft. Selbstverständlich habe ich sie bereits öfter kämpfen sehen, als ich zählen kann, unter härtesten Konditionen, unermüdlich, ohne Unterlass. Doch das hier ... Der Körper eines Schattenassassinen ist zwar robuster als der eines Arzaê oder Menschen, doch wird mir erst jetzt bewusst, was diese Frau Sonnenlauf für Sonnenlauf leistet. Nicht, dass sie das müsste, hätte sich ein gewisser Schattengott nicht über die Barriere gestohlen und damit seine Brut erst angelockt ... Wenn Louve etwas zustößt, werde ich es mir nie verzeihen.

»Wir müssen ihn erledigen, bevor er Dall komplett zerstört!

Gría, Nadija und Rumían brauchen unsere Hilfe«, höre ich Louve schreien. »Erinnerst du dich an meinen Kampf vor zwei Zyklen gegen den Rauchadler? Gleiches Manöver – jetzt! *Vive!*«

Ich will ihr zurufen, dass selbst ein Rauchadler mit seiner imposanten Körpergröße nicht einmal ansatzweise an *das hier* herankommt. Doch es ist bereits zu spät. Thuja bricht aus Louves Rücken, offenbar hat die kurze Erholung für eine zweite Runde gereicht. Grölend senkt der Grizzly Vordertatzen und Kopf, sodass Louve, die nicht einmal ein Viertel einer ihrer Vorderläufe misst, an ihr hochklettern kann. »Komm schon!«, ruft sie mir zu, ohne meine Antwort abzuwarten.

Mit angemessenem Respekt nähere ich mich ihrer Geistgefährtin, die mich keines Blickes würdigt und lediglich ein tiefes Schnauben von sich gibt, als ich hinter Louve auf den riesigen Schattenrücken klettere. Meine Finger greifen in nichts und doch in *etwas*. Etwas, das kalt ist und nicht wirklich beständig und mich vermutlich binnen eines Atemzugs von seinem Rücken wirft.

»Ist sie nicht darauf trainiert, mich als ihren Feind zu betrachten?«, frage ich Louve, als ich kurz darauf hinter ihr zum Sitzen komme. Schatten züngeln um unsere Beine, lassen unsere Stiefel vollständig in Thujas Körper verschwinden. Ich schlucke.

»Thuja wurde aus meinem tiefsten Trauma geboren.« Sie legt den Kopf in den Nacken, ehe sie ihn auf meine Schulter sinken lässt. »Sie betrachtet als Feind, was dieses Trauma nährt, nicht, was es beschwichtigt.«

Stirnrunzelnd lege ich von hinten einen Arm um ihren Oberkörper und ziehe sie an mich. »Ich beschwichtige dein Trauma?«

Doch ehe sie antworten kann, richtet sich der Grizzly auch schon in seiner vollen Größe auf. Mit der freien Hand greife ich in die Schatten, während gleichzeitig eine mittelgroße Steinplatte haarscharf an meinem Kopf vorbeirauscht. Ganz gleich, wohin ich den Blick wende, ich erblicke nichts als Tod, Geröll und Staubwolken. Das Grölen des Schattenwandlers untergräbt das der Geistgefährtin, als diese zum Sprung ansetzt.

»Was hast du vor?«, schreie ich in den Lärm. Wenn ich angenommen habe, sie wolle uns so schnell wie möglich aus der einstürzenden Untergrundstadt herausholen, liege ich mehr als daneben. Denn anstatt sich so weit wie möglich von dem Schattenwandler zu entfernen, hechten wir direkt auf ihn zu. Hausfenstergroße Schuppen blitzen vor meinen geweiteten Augen auf, während ein weiterer Steinhagel auf uns niedersaust. Ich löse meine Hand von Louve, um unsere Köpfe so gut wie möglich zu schützen, während heiße Luft mir das Haar aus dem Gesicht peitscht.

»Bereit?«, ruft Louve und zieht ihre Beine an, um auf Thujas Rücken in die Knie zu gehen.

»Nein?« Was zum Nachtwaran hat sie vor?

»Gut!« Sie geht in die Hocke, gleitet ein Stück rückwärts, hält sich gleichzeitig geschickt im Nacken der Bärin fest. »Dann ... spring!«

41. Kapitel

Enean

Es grenzt an ein Wunder, dass ich im Sprung den flusslangen Schwanz des Schattenwandlers zu fassen bekomme. Meine Muskeln brennen, als ich mich mit aller Kraft an dem sich windenden Schuppengeflecht des Sturmdrachen hinaufziehe. Diesem Decan hätte es wirklich nicht geschadet, hin und wieder ein paar Felsbrocken zu stemmen ...

Louve muss ihre Geistgefährtin zurückbeordert haben, jedenfalls ist Thuja nirgendwo zu sehen. Ebenso wenig wie Louve. Hastig ziehe ich mich auf den Rücken der Kreatur, was in diesem nichtsnutzigen Körper weitaus schwieriger ist als gedacht. Vor allem, wenn man gleichzeitig darauf achten muss, dass die herabrieselnde Höhlendecke einen nicht erschlägt.

Schließlich gelingt es mir, mich an den baumstammlangen Stacheln die Wirbelsäule entlangzuhangeln und in der Kuhle zwischen den riesigen Schulterblättern zum Sitzen zu kommen. Schon mache ich mich daran, abermals meine Eisschatten zu beschwören, da stößt der Schattenwandler sich ohne Vorwarnung ab und durchbricht mit dem Kopf voran den verbliebenen Rest der Höhlendecke Dalls. Ich ducke mich, Geröll rieselt auf meine Arme und lenkt mich ab, sodass ich der mittelgroßen Steinplatte zu spät ausweiche. Sämtlicher Sauerstoff wird aus meinen Lungen gepresst, als sie mich mit voller Wucht in der linken Niere trifft. Mir wird schwarz vor Augen, der Schmerz droht mir das Bewusstsein zu rauben, doch ich kralle mich mit letzter Kraft an die Stacheln. Ich blinzle mir den Staub aus den Augen, schaue mich suchend nach Louve um, stets den kleinen Rumían im Hinterkopf. Da schießt der Schattenwandler senkrecht aus den Ruinen Dalls. Fluchend umklammere ich einen der gebogenen Stacheln, während mein Körper der Gravitation unterliegt und in der Luft baumelt. Ich kann nur hoffen, dass Louve sich gut festhält.

Ich presse die Augen zusammen, so unverhofft bricht das gleißende Sonnenlicht über mich herein. Gierig sauge ich die saubere Luft ein. Ich hebe den Kopf, öffne langsam die staubverklebten Lider, und erblicke zum ersten Mal seit achthundert Zyklen aus der Nähe die Zwillingssonnen der Oberwelt: Athaír und Sôl. Ich halte den Atem an. Und mir wird klar, dass die irreversible Abfolge aus schlechten Entscheidungen und Gewissensbissen mit einem Mal belanglos ist. Dass all das, was ich bereute, verlor, fand, keine Rolle mehr spielt, ob gut oder schlecht. Weil ich nicht mehr *er* bin. Nicht länger die Dunkelheit der ganzen verfluchten Welt.

»Heilige Scheiße!« Frisches Blut rinnt über Louves Stirn, während sie sich zähneknirschend an dem gigantischen tiefschwarzen Flügel vorbeizwängt. »Das Vieh hat versucht, mich mit seinen Krallen aufzuschlitzen.« Ein sadistisches Grinsen zuckt über ihre aufgeplatzten Lippen. »Jetzt hat es eine weniger.«

Ich beuge mich zur Seite, fasse nach ihrem Arm und ziehe sie zu mir. »Du siehst aus, als hättest du mit einem Drachen gekämpft.«

»Witzig.«

»Ansichtssache.«

Ihr sonst weißes Haar ist vom Staub dunkel verfärbt, die roten Spitzen glimmen wie Blut durch den Dreck. Auch ihre

Kleidung hat schon bessere Tage erlebt, und zwei ihrer heiß geliebten Dolche fehlen. Dennoch ist sie mit ihrem erhobenen Kinn, dem Stolz auf ihren Lippen, der aufrechten Haltung einer Kriegergöttin mit Abstand das Schönste, das ich jemals erblickt habe.

Nun, bis auf die beiden Sonnen, die eine mir bis dato unbekannte Wärme auf uns werfen. Die größere der beiden nimmt einen enormen Teil des Himmels ein und vereint die kräftigen Farben einer ganzen Gelb-, Orange- Rotpalette, als würde sie ihren eigenen kleinen Sonnenuntergang in sich tragen. Die zweite, wesentlich kleinere gleicht einer Kugel aus reinem Gold.

Als ich an Achêş' Seite zum ersten Mal Solitude durchschritt, hätte ich am liebsten nonstop gen Himmel gestarrt.

»Warum wirkst du nicht angespannt?«, reißt Louve mich aus meinen Gedanken. »Wir sitzen echt tief in der Scheiße.« Höher und höher steigt der Schattenwandler auf, wobei Staubreste auf die Erde fallen wie feiner Schnee.

Ich schlinge einen Arm um Louves Hüften und ziehe sie an mich, während sie mit beiden Händen einen der breiten Stacheln umklammert hält. »Das ist das erste Mal, dass ich Solitude erlebe, ohne dass mir dieser Arzaê-Verschnitt im Nacken klemmt und ich vorgeben muss, nichts Besonderes an der Welt der Lebenden zu finden.«

Louve dreht den Kopf zu mir und schmunzelt. »Wir fliegen gerade auf einem Schattenwandler, der größer ist als mehrere Häuserblöcke zusammengenommen und der in absehbarer Zeit zu Asche verpuffen wird, während Solitude unter uns Streichholzschachtelgröße hat. Und du fängst an zu philosophieren?«

»Gibt es einen besseren Augenblick, über das Leben zu philosophieren als auf dem Rücken eines Drachen, mit der Frau im Arm, die man ...« Ich stoße einen Fluch aus, als der Schattenwandler eine Linkskurve dreht und uns beide beinahe von seinem kalten Rücken katapultiert.

Louves Finger umfassen meine Hand auf ihrem Bauch, als sie mir ein für sie ungewohnt schüchternes Lächeln zuwirft. »Stirb einfach nicht, okay?«

Ich senke mein Gesicht, nur eine schlechte Entscheidung trennt unsere Lippen voneinander. Sie ist alles, was ich je wollte, alles, was ich je werde haben wollen. Sie und das Leben in meinen Lungen.

»Was wird das?«

»Hier oben gibt es nur dich und mich.«

Die Flügelaufschläge wehen ihr das Haar aus dem Gesicht, ihre feinen Sternbildersommersprossen sind dreckverkrustet.

»Ich weiß ja nicht, wie das im Schattenreich mit Mathematikkenntnissen läuft, aber vielleicht möchtest du noch mal nachzählen?« Sie deutet auf das Monstrum unter unseren Schenkeln.

»Ich tue jetzt einmal so, als hättest du den Moment nicht totgeklugscheißert.« Grinsend senke ich den Kopf noch ein klein wenig weiter zu ihr hinab, den Daumen an ihrem Kinn. »Was ich sagen will ... Hier oben gibt es nur uns beide. Kein Schattenreich, kein Solitude, keine Assassinen. Nur dich und mich. Also lass mich dich bitte einfach küssen, bevor du einem gigantischen Sturmdrachen die Kehle aufschlitzt, wir buchstäblich aus den Wolken fallen und die Zahnräder der Welt knarzend eins und eins zusammenzählen.« Ich spüre ihren kalten Atem auf meinen Lippen, beobachte den rasenden Puls ihrer Halsschlagader. »Tust du mir den Gefallen?«

Als Antwort überbrückt sie ihr letztes Zögern und legt mit einer Sanftheit ihre Lippen auf meine, bei der mein Herz blutet. Manchmal begreift man zu spät, dass man hat überleben wollen. Manchmal äußert sich dieses Überleben in einem

Rettungsring oder einer helfenden Hand oder einem Lächeln auf einer Brücke. Und manchmal muss man *über* das *Leben*, das man kennt, hinwegfliegen, um zu begreifen, dass bei dem Sprung lediglich ein Paar Schuhe zurückblieb, das einem schon viel zu lange zu klein war.

Louve zu küssen ist wie dieser Sprung in ein neues Leben. Vergessen ist das Schattenreich, vergessen seine Bewohner, vergessen der Gott, zu dem ich vor vielen Hundert Zyklen gemacht wurde. Ich umfasse ihren Hinterkopf, schlinge meinen Arm fester um ihre Taille. Mein Herz schlägt tausend Tode, gebiert tausendundeine neue Chance, erinnert mich an das, wonach ich mich viel zu lange sehnte: Leben. Liebe. *Sie.* Unsichtbare Blitze tanzen zwischen unserer Haut, ihre Fingernägel graben sich fest in meinen Unterarm, während Vergangenheit, Gegenwart und Zukunft zu einer Feuerwerksexplosion verschmelzen.

Es ist, wie ich sagte: Hier oben, über den Dächern Solitudes, gibt es nur sie und mich. Na gut, und den riesigen schwarzen Drachen im Raum. Unsere Zähne schlagen gegeneinander, als das Mistvieh zum Sturzflug ansetzt.

»Merk dir, wo wir aufgehört haben«, flüstere ich ihr zu.

Louve seufzt tief, ihr Daumen wandert ihre geschwollene Unterlippe entlang. Verdammt.

»Auf einem Drachen? Kurz vor dem Tod? Besser nicht. Eigentlich wollte ich ihn abschlachten, als wir festen Boden unter den Füßen hatten. Meinst du, Gría und die anderen sind in Sicherheit?« Nachdenklich lässt sie ihren letzten Dolch zwischen ihren Fingern tanzen, die andere Hand noch immer auf meiner, ein unausgesprochenes *Wir* auf den Knöcheln. »Hier draußen kannst du nicht mehr deine Eisschatten einsetzen. Jemand könnte dich sehen. Oder – und ich weiß nicht, welche Variante mir schwerer im Magen liegt – sie könnten uns verbrennen.«

Missmutig streiche ich mir durchs Haar. »Ehrlich gesagt weiß ich nicht, wie lange meine Fähigkeiten noch standhalten.« Ich stoße ein höchst angebrachtes Seufzen aus. »Ohne meine Kräfte bin ich doch nichts als ein hübscher Arzaê, der auf einem Drachen fliegt.«

Louve hebt die Brauen. »Besser als ein hässlicher Mensch, der auf einem Huhn reitet.«

Ich verkneife mir ein Grinsen. »Schätze, dann werde ich uns jetzt mal den Arsch retten.«

Nicht gerade anmutig klettere ich an ihr vorbei, mein Knie gräbt sich in ihre Taille, mein Ellbogen stößt gegen ihren Kiefer. Trotz ihrer unvorteilhaften Sitzposition schafft sie es, mir zur Strafe ordentlich gegen das Schienbein zu treten. Ich glaube, ich liebe sie noch ein kleines bisschen mehr als gerade eben.

Immer wieder rutsche ich ab, während ich mich Stück für Stück den langen Hals des Sturmdrachen entlanghangle. Decan Roughcrests *nur-zum-Anglotzen-zu-gebrauchen*-Muskeln ächzen bei jeder meiner Bewegungen. Die messerscharfen Schuppen reißen blutige Schnitte in meine Hände. Die rötliche Färbung deutet auf ein Weibchen. Keine Ahnung, ob sie begreift, dass sie unfreiwillige Passagiere auf ihrem Rücken trägt. Vermutlich sind wir für sie nicht mehr als lästige Fliegen.

Neugierig spähe ich auf die unter uns liegende Stadt. Finster pulsiert Iron Claw, das rabenschwarze Herz Solitudes, im Zentrum. Das im Süden liegende honigfarbene Topasmeer fließt um die schwarzen Mauern und trennt die drei Stadtteile.

Im Norden erstrecken sich die Wolkenkratzer der Arzaê. Von hier oben sehen ihre hochnäsigen Bewohner aus wie die Schaben, die sie sind. Zu meiner Rechten leuchten die zahllosen Buntglasfenster jenes Viertels, in welchem sich Louve Nacht für Nacht die Sterne in die Adern strömen lässt. Als der Schattenwandler eine weitere Kurve dreht, erblicke ich im Westen Wohnsiedlungen mit blühenden Wildgärten, die bunten Stände eines Marktes und einige Schiffe im Hafen.

Am liebsten würde ich vom Rücken der Drachin springen und mir jeden Winkel Solitudes so tief ins Herz brennen, dass ich nie wieder vergesse, was Leben bedeutet. Louve ahnt ja nicht, was für ein Glück sie hat, in diesem Wunder existieren zu dürfen. Und als ich so hoch oben schwebe und hinabblicke auf all das, was ich nie hatte, aber hier und jetzt, in diesem Körper, haben könnte, fasse ich eine folgenschwere Entscheidung. Ich werde nicht zurückkehren. Ich werde nicht länger ihr Gott im Schattenreich sein.

Ich werde die Barriere ein für alle Mal vernichten. Und den Rest meines Lebens damit verbringen, Louve davon zu überzeugen, dass mein Platz das Leben ist, nicht der Tod, niemals wieder der Tod.

»Hey!«, brülle ich, als ich endlich den riesigen Schädel des Drachen erreicht habe.

Das Schattenreich beheimatet etliche Drachen, jedoch zählen sie quantitativ weitaus weniger als die übrigen Kreaturen. Obwohl ich ihr Gott bin, habe ich nicht die geringste Ahnung, was der Schatten eines Verstorbenen mit sich bringen muss, um über die Dutzende, vielleicht sogar Hunderte Zyklen hinweg von einem menschlichen Äußeren zu einem wolkenhohen Drachen mit dem Atem der Hölle zu mutieren. Spiegelt es ihr Inneres wider? Waren sie in ihrem irdischen Leben besonders stark, besonders mächtig, besonders *besonders?* Wie würde sich Louve verändern, wäre sie keine Schattenassassinin, sondern ein gewöhnlicher Mensch? Würde auch sie nach ihrem Tod hoch oben am Himmel meines Reiches ihre Schwingen ausbreiten? Ich weiß nicht, ob es beruhigend oder verstörend ist, dass ihr Schatten niemals Teil meines Reichs sein wird.

»Du.«

Die Stimme der Drachin scheint von überallher zu kommen. Gräbt sich durch meinen Verstand, donnert in den Wolken, pulsiert in meinen Adern. *Verdammt.*

»Ja, ich.« Ich lege meinen Oberkörper flach auf die Schuppen, nähere mich dem Teil ihres riesigen Schädels, der eines der beiden winzigen eng anliegenden Ohren birgt. »Weshalb hast du die Barriere überquert? Du weißt, dass es dir verboten ist!«

Zugegeben, ich gehe mit glänzendem Beispiel voran – in die falsche Richtung. Irgendein uraltes langweiliges Abkommen zwischen mir und einem sehr toten Assassinenoberhaupt untersagt es uns, über Solitude herzufallen. Keine Ahnung, was der Kerl mir im Gegenzug versprochen hat. Ein Erdnussbutter-Sandwich?

»Ich bin gekommen, um Euch zurückzuholen«, raunt der Drache. »Das Schattenreich braucht einen Gott.«

»Gut, dass du es erwähnst.« Fluchend schüttle ich die linke Hand aus, als eine Schuppe tief in mein Fleisch schneidet. »Wollte die Stellenausschreibung gerade wieder freigeben.«

Ein Grollen donnert tief, wütend, drohend durch die Wolken und lässt die kühle Luft vibrieren. Angeberin.

»Na gut, dann eben nicht!«, versuche ich sie zu besänftigen. »Ich weiß, viele von euch sterben bei dem Versuch, die Barriere zu durchbrechen. Und ich weiß, ihr klebt dennoch an mir wie die Kletten. Scheint durch meine Abwesenheit etwas porös zu werden, das gute Stück.«

Das Grollen wird tiefer, erschüttert meinen Körper bis in die Fußsohlen, während ein Tsunami aus finsteren Flammen die Wolken durchstößt. »Schon gut! Also, was ich eigentlich sagen wollte: Was hältst du davon, wenn ich die Barriere zerstören würde? Und ich nicht nur das Schattenreich, sondern auch die Welt der Sterblichen regieren würde?«

Das Grollen wird sanfter, fast nachdenklich. »Zwei Reiche, eines Gottes würdig.«

Ich nicke anerkennend. »Ich sehe, wir verstehen uns. Ich schlage also vor, du verschwindest von hier, flatterst zurück ins Schattenreich und überbringst den anderen die frohe Kunde.«

»Die da lautet?«

»Na, sie sollen verflucht noch mal ihre Füße, Krallen, Hufe und Flossen stillhalten, während ich einen Weg suche, zu expandieren.«

Eine ganze Weile herrscht Stille und ich fürchte schon, die Drachin würde mich unfreiwillig mit zurück ins Schattenreich befördern. Da stößt sie ein nach Schwefel und Tod stinkendes Schnauben aus. »So sei es.«

Mit einem siegessicheren Grinsen tätschle ich ihren gewaltigen Schädel. »Wunderbar! Dann würde ich sagen ...«

Ein ohrenbetäubendes Kreischen lässt meinen Kopf nach oben schnellen. Ein überdurchschnittlich großer Falke mit diffus auslaufenden Schwingen schießt über uns hinweg. Ein Falke aus Schatten, Rauch und nichts.

Hastig drehe ich mich zu Louve um, die das Vieh ebenfalls bemerkt hat. »Das ist Wrens Falke«, ruft sie mir zu. »Sie haben uns gefunden.«

Einen Moment lang starre ich sie an. Keinen Atemzug später verdeckt eine nie da gewesene Finsternis die Zwillingssonnen. Ich kneife die Augen zusammen, erkenne einen gigantischen schlangenartigen Schädel. Schatten weben Knochenflügel, deren Spannweite selbst denen der Schattenwandlerin überlegen ist. Was ist das für eine Kreatur? Sie scheint nicht beständig, mehr Rauch als Lebewesen, was bedeutet ...

»Runter!«, schreit Louve.

Eiseskälte schießt über unsere Köpfe hinweg, als der Geistgefährte eines Assassinen zum Angriff übergeht. Gleichzeitig wirft unsere Drachin den Kopf in den Nacken und speit ihr eigenes tödliches Feuer aus triefendem Schwarz. Aus dem Augenwinkel heraus nehme ich eine ganze Heerschar geflügelter Geistgefährten wahr. Greife und Adler, Raben und merkwürdig fusionierte Mischwesen. *Großer Schattengott.*

»Sie verteidigen Solitude«, ruft Louve mir zu. »Und glaub mir, wenn ich dir sage, die Leben einer einzelnen Schattenassassinin und eines Arzaê werden später nicht einmal als Kollateralschäden in die Geschichte eingehen.«

Ich schlucke schwer, als ich mich mit aller Kraft an den stählernen Stacheln festkralle. Keinen Herzschlag später prallt die geflügelte Riesenschlange gegen die Flanke der Schattenwandlerin. Louve schreit hinter mir, als die Drachin hart zur Seite gestoßen wird. Wolken, Schatten und Geistgefährten schießen an uns vorbei, werden zu einem Wirbel aus pulsierendem Schwarz und Grau. Die Dächer zahlloser Hochhäuser erstrecken sich weit unter uns, die klaffenden Zähne einer sterbenden Stadt. Niemals würden wir einen Sturz aus dem freien Fall überleben.

Ich beiße die Zähne zusammen, während ich mich abermals zum Kopf der Schattenwandlerin schiebe. »Kämpfe!«, brülle ich ihr zu. »Bei deinem Gott, töte sie!«

42. Kapitel

Louve

Der Sturmdrache bäumt sich auf, reißt zur Seite, speit Feuer, kämpft. Es ist mir nahezu unmöglich, mich auf seinem Rücken zu halten, schließlich ist es ja nicht so, als hätte ich sonderlich viel Erfahrung darin, auf Drachen zu reiten. Eneans Aura flackert in einiger Entfernung vor mir, nahe dem Drachenschädel, wo er unermüdlich Befehle brüllt.

»Enean, nicht!«, schreie ich, als dieser mit seinen Eisschatten, auf die er in Decans Körper eigentlich gar nicht zugreifen dürfen sollte, einen Greif vom Himmel holt. In meiner Wahrnehmung sind sie Teil seiner Aura, aus erster Quelle weiß ich jedoch, dass sie ziemlich eindrucksvoll sind. Und tödlich. Die Gestalt des Geistgefährten zerbröselt zu Schatten, Rauch und nichts, als er mit einem Aufschrei zurück zu seinem Herrn fährt. Töten kann man sie zwar nicht – wie auch soll man ein Trauma töten? –, aber man kann sie kurzzeitig unschädlich machen.

Plötzlich kratzt von hinten etwas über meinen Arm. Ich fahre herum, die Hand an meinem Dolch. Entsetzt reiße ich die Augen auf. Beim Schattengott. Nein, nein, nein! Rhyn landet auf meiner Schulter, sein Schnabel schabt mir vertraut über die Wange. Erleichterung durchströmt mich gleichermaßen wie bodenlose Panik und Zorn. Erleichterung, weil Rhyns Anwesenheit bedeutet, dass Wren nach wie vor am Leben ist.

Zorn, weil sie allesamt Dall und den Mæscån ihrem Schicksal überlassen haben. Panik, weil er, sobald sein Falke zurück in seinen Körper rauscht, weiß, was dieser weiß. Nämlich, dass ich A soeben auf der falschen Seite kämpfe und B Enean nicht nur Tricks abzieht, die kein Arzaê beherrschen sollte, sondern zudem munter auf einen Schattenwandler einquasselt wie in einem beschissenen Buchclub. Fluchend schlage ich nach dem Falken, versuche ihn zu verscheuchen. Wie viel hat er gesehen? Hat er überhaupt etwas gesehen?

»Mir geht es gut«, knurre ich schließlich, was dem Vieh einen zufriedenen Schrei entlockt. »Flieg zurück zu Wren. Hol Hilfe! Sag ihm, ich werde abstürzen, wenn sie den Sturmdrachen …« Weiter komme ich nicht. Plötzlich erhebt sich diese verfluchte geflügelte Schlange in Übergröße aus den Wolken und geht erneut zum Angriff über. Das Mistvieh ist das Schlimmste, das uns passieren konnte. Die mutierten Geistgefährten von General Irquan und Generalin Dråga, eine namenlose Verschmelzung aus Drache und Anakonda.

Schon prallen die Feuerschwaden der Giganten gegeneinander. Eine unerträgliche Hitzewelle schießt über mich hinweg und treibt mir den Schweiß auf die Stirn. Gleichzeitig drohe ich an dem meine Lungen füllenden Rauch zu ersticken, Qualm frisst sich in meinen Rachen. Ich presse den Kopf zwischen die Arme, meinen Körper fest auf den Rücken des Schattenwandlers.

»Wir müssen von ihr runter!«, höre ich Enean brüllen.

Ich öffne den Mund, um ihm zuzurufen, ob er noch mehr solch glorreiche Ideen aus dem Hemdärmel schütteln möchte, bekomme aber nicht mehr heraus als eine Mischung aus Husten und Krächzen.

Plötzlich stößt der Schattenwandler ein messerscharfes Kreischen aus, das mich die Hände auf die schmerzenden Ohren pressen lässt, meinen Brustkorb vibrieren. Der mächtige kalte Körper bebt, schüttelt sich.

Und dann fallen wir.

Kalte Luft prescht mir ins Gesicht, als die Kreatur der Generäle sich im Hals des Sturmdrachen verbeißt, sich schüttelt, *uns* schüttelt. »Kämpfe!«, höre ich Enean ihn anbrüllen. »Du musst kämpfen!«

Von allen Seiten strömen die geflügelten Geistgefährten auf uns zu, hacken und schlagen und kratzen. Töten. Eine Kralle wischt so haarscharf über mein linkes Ohr, dass mir das Blut über das Kinn fließt, ein Flügel drängt mich zur Seite. Ich weiß, dass sie nicht mich gezielt angreifen. Genauso wie ich weiß, dass Kollateralschäden für die Schattenassassinen so irrelevant sind wie ein im Topasmeer verschüttetes Glas Wasser.

»Enean!«, rufe ich dem Schattengott zu. Ich hasse es, wenn er recht hat. Und noch mehr hasse ich es, wenn er weiß, dass ich weiß, dass er recht hat. Dennoch bleibt uns keine andere Wahl. »Wir müssen springen!«

Der plötzlich erschlaffte Drachenkörper kippt zur Seite. Für einen kurzen Moment finde ich mich im freien Flug, ehe jemand mein Handgelenk packt und mich in Arme zieht, die das Ende der Welt auf eine nie da gewesene Weise versüßen. Mit bebendem Herzen lege ich den Kopf in den Nacken, die Finger in Eneans zerschlissenes Hemd gekrallt, während wir uns weiß Gott wie an die messerscharfen Schuppen klammern. »Sollte das hier schiefgehen …«

Seine Muskeln spannen sich an, pressen mich so fest an sich, dass ich um Atem ringe. »Du meinst, wenn wir auf einem Sturmdrachen aus der Untergrundstadt preschen, von einer Meute Geistgefährten attackiert werden und uns im freien Fall über Solitude befinden?« Mir entgeht das leichte Zittern seiner Hände nicht, auch wenn er seine Furcht hinter Sarkasmus und den an meinem Rücken zu Fäusten geballten Händen zu verstecken versucht.

»Sollte das hier schiefgehen«, wiederhole ich mit bebender Stimme, den fauchenden, sterbenden Drachenkörper unter meinen Knien, »will ich, dass du weißt, dass nichts davon deine Schuld ist.«

»Dass Schattenwandler auf der Suche nach mir die Barriere durchbrechen, weil meine Abwesenheit diese porös macht, ist also die Schuld deines *Verlobten?*«, spottet er. »Gut zu wissen.«

Anstatt mich auf seine Spielchen einzulassen, lege ich die Hände an seine Wangen und ziehe ihn in einen tiefen Kuss. Mein Körper passt so perfekt in seine Arme, dass es mir Tränen in die Augen treibt. Wenn er mich jetzt loslässt, falle ich auf so undenkbar viele Weisen, dass mir der bloße Gedanke den Atem raubt. »Sollte das hier schiefgehen …«, presse ich zum dritten Mal hervor.

Enean zieht mich so fest an sich, als wäre ich sein größter Schatz, sein Leben, sein Sauerstoff. Ich weiß genau, was er fühlt. Denn mein Herz schlägt seit jeher in seiner Brust.

»Ich weiß«, flüstert er.

Und dann springen wir.

Entgegen aller Erwartung zieht in meinen letzten Augenblicken nicht mein Leben an meinem inneren Auge vorbei. Stattdessen ist da nur *ein* Schatten, *ein* Wort, *ein* Name.

Stattdessen ist da nur *er.*

Es war immer nur er.

Selbst als mein Hinterkopf hart auf Widerstand stößt und mir der Aufprall das letzte bisschen Sauerstoff aus den Lungenflügeln presst, bleibt das Gefühl, in all der Dunkelheit, den Kriegen, dem Blut etwas unendlich Wertvolles gefunden zu haben.

Er und ich, ein unsterbliches Wir, im Leben wie im Tod.

»Louve?« Sanft wird mein Kopf angehoben, dann mein Oberkörper. »Das Vieh hat uns unfreiwillig gerettet.«

Enean keucht und hustet, seine Arme zittern vor Anstrengung. Vermutlich hat er auch in Bezug auf Decan recht und der Arzaê hätte wirklich öfter zur Hantelstange greifen sollen.

Stöhnend klammere ich mich an seine Schulter, die Welt dreht sich und dreht sich, eine unendliche Spirale des Fallens und Verlierens.

»W-welches Vieh?« Meine Zunge ist dick und geschwollen, ich kann kaum schlucken. Meine Finger tasten über nebelfeuchtes Nichts. *Ein Geistgefährte.* Irquan und Drâgas Geistgefährte. Wir sind erledigt.

»Der Assassinen-Drache … Schlange … *Ding.* Sie haben den Schattenwandler buchstäblich zerfetzt. Kein schöner Anblick, das kannst du mir glauben.« Als er sich an mich drängt, vermag ich nicht zu sagen, ob er damit mich oder sich beruhigen will. »Sie … sie hat versprochen zurückzukehren, verstehst du? Sie hat mich doch nur gesucht. Sie hat gesagt …«

Ein Kloß bildet sich in meinem Hals, als Eneans Kummer zu meinem wird. Langsam strecke ich eine Hand nach dem Schattengott aus und lege sie an seinen Hals. Sein Puls geht unregelmäßig, seine Anspannung ist mit Händen zu greifen.

»Du musst eine Seite wählen, Enean«, dränge ich ihn. »Anderenfalls streben beide nach deinem Tod. Glaub mir, ich weiß, wovon ich spreche.«

Er umfasst meine Hand mit seiner, zieht sie an seine Lippen, bricht mir das Herz, als er sagt: »Ich wähle dich. Dich und mich. Ich wähle uns. Glaub mir bitte, wenn ich dir sage, dass …« Weiter kommt er nicht.

Die Kreatur, auf deren Rücken wir offenbar gelandet sind, bäumt sich auf, zuckt, fliegt im Zickzack. Da sie im Gegensatz zum Schattenwandlerdrachen keine Rückenstacheln hat, kann ich mich nur an Enean festklammern, während wir im Sturzflug Richtung Solitude schießen.

»Das Mistvieh versucht uns abzuschütteln«, knurrt Enean. »Ich wette, es spürt irgendwie, dass ich der Feind bin.«

Plötzlich dematerialisiert sich die geflügelte Anakonda, wird zu Rauch und Schatten, als wüsste sie, dass dies der einfachste Weg ist, uns loszuwerden.

Und genau so ist es auch.

»Louve!«

Wir befinden uns im freien Fall. Ich strecke meine Hände nach Enean aus, berühre seine Fingerkuppen und erreiche ihn doch nicht. Es ist, als würde das Leben durch meine Finger rinnen, all die Augenblicke zwischen meinen Atemzügen, die *er* füllte, einzelne Sandkörner, die ich nicht zu fassen weiß, eine zerbrochene Sanduhr, überquellend von tausendundeinem unerfülltem Versprechen. Ich stoße einen verzweifelten Schrei aus. Ich will nicht sterben. Ich wollte nie weniger sterben. Weil ich plötzlich etwas zu verlieren habe, *jemanden* zu verlieren habe.

»Enean!« Doch als ich schon glaube, das Schicksal hätte mich auf die hinterhältigste Weise hintergangen, macht es mir ein Geschenk. Eine riesige geflügelte Gestalt fegt unter uns hinweg, bremst unseren Sturz just in dem Augenblick, als wir unten aufschlagen. Nur, dass wir nicht in Solitude landen, sondern der sterbende Schattenwandler unseren Schwung genutzt hat, um uns in Richtung Hafen zu schleudern.

Instinktiv halte ich die Luft an, sammle das letzte bisschen Sauerstoff, als die salzigen Tränen des Topasmeeres mich verschlingen. Mein Hinterkopf trifft auf etwas Hartes. Ein stechender Schmerz durchzuckt meinen Kopf. Süße Dunkelheit greift nach meinem Geist, während die Welt der Lebenden über mir verschwimmt. Ich strecke eine Hand aus, versuche mich zurück an die Oberfläche zu kämpfen, doch die Finsternis ist stärker.

Und wieder ist da nur dieser eine Name, dieses eine Gefühl, diese eine Stimme, dieser eine Herzschlag, der mich nicht einmal im Augenblick meines Todes loslässt.

Enean.

43. Kapitel

Enean

Wellen in bizarren Gold- und Cognactönen brechen über mich herein. Der erschlaffte Körper der Sturmdrachin, die uns mit ihrem letzten Atemzug abgefangen hat, verursacht einen gigantischen Meeresstrudel, der mich mit aller Kraft mit sich reißt. Ich werde herumgewirbelt, weiß nicht mehr, wo oben, noch unten ist, schlucke Salzwasser und den Tod. Ich schlage um mich, während ich immer tiefer und tiefer gezogen werde. Ich blinzle in das zunehmend dunkler werdende Gold, mache weit über mir ein helles Leuchten aus. Die Oberfläche. Ich strample mit den Beinen, um mich aus dem Sog des toten Drachenkörpers zu befreien, stoße mich ab von seinem leblosen Leib, da sehe ich nicht weit von mir etwas Weißes aufblitzen.

Louve.

Obwohl meine Lungenflügel brennen und rebellieren, zwinge ich mich, noch einmal tiefer zu tauchen. Meine Sicht verschwimmt und abermals unterliege ich dem Sog des immer kleiner werdenden nachtschwarzen Sturmdrachen, der verschwindet wie ein Nachtstern inmitten der aufgehenden Sonne. Genau wie Louve.

Ich kämpfe mich durch meinen wattierten Verstand, zwinge meinen Körper, *Decans Körper*, zu funktionieren. Sterbe ich jetzt, wird mein Schatten erneut ins Schattenreich fahren.

Aber Louve nicht. Sie ist schon einmal gestorben, verfügt nicht mehr über einen vollständigen, intakten Schatten. Sie wird verschwinden, als hätte sie niemals existiert.

Nicht heute.

Ich tauche tiefer, bekomme endlich ihr Handgelenk zu fassen. Hektisch ziehe ich ihren regungslosen Körper an mich, presse meine Lippen auf ihre, teile das verbliebene bisschen Sauerstoff mit ihr.

Ich habe keine Ahnung, ob es geholfen hat, ihr Dasein um ein paar wenige Herzschläge verlängert, pausiert. Nichts an ihr erweckt auch nur den geringsten Anschein von Leben. Ich schwimme nach oben, bewege mich Richtung Oberfläche, als ich aus dem Augenwinkel ein seltsames Leuchten wahrnehme. Was zum ...

Ich werfe einen Blick über die Schulter. Keine Armlänge von mir entfernt blickt mir das Antlitz einer Fremden entgegen, einer jungen Frau, einer alten Frau, einer zeitlosen Frauengestalt, ich kann es nicht sagen. Züge wie aus Stein gemeißelt, im Wasser wallende Locken wie geronnene Sonnenstrahlen. Unnatürliche Augen blicken mir ruhig entgegen, ein goldener Finger legt sich auf geschlossene Lippen, ehe sie die freie Hand fordernd nach Louve ausstreckt.

Ich reiße die Augen auf, schüttle eindringlich den Kopf.

Intuitiv weiß ich, dass sie sie holen will, mit sich nehmen, in den Tod. Aber nicht mit mir. Niemals werde ich Louve sterben lassen. Ich schwimme schneller, strample wie ein Wahnsinniger, Louve fest an meine Brust gepresst. Als ich die Oberfläche fast erreicht habe, blicke ich ein letztes Mal zurück. Die Frau leuchtet noch immer in der Tiefe, blickt stumm zu mir auf. Ist sie der Tod? Sollte das der Fall sein, macht sie jedenfalls keinerlei Anstalten, mir zu folgen. Stattdessen legt sie den Kopf leicht schief, als würde sie nachdenken.

Da durchstoße ich endlich die Wasseroberfläche und ringe nach Luft. Hustend lege ich Louves Kopf an meine Schulter und schwimme mehr schlecht als recht in die Richtung, in der die meisten Schiffe angelegt haben. Schneeweiße, rostrote und schwarze Segel spannen sich im Wind. Ich schiebe uns durch die goldenen Fluten, noch nie zuvor habe ich Wasser wie dieses gesehen.

Zahllose rabenschwarze Schattengestalten durchpflügen die Luft über uns, kreisen am Himmel, verdecken beide Sonnen, greifen uns jedoch nicht an. *Geistgefährten.* Vermutlich wollen sie nur sichergehen, dass die Drachin tatsächlich tot ist. Bei dem Gedanken an sie reißt mein Inneres auf vor Wut. Sie wollte zurückkehren, verflucht! Sie hat nur nach mir gesucht, anderenfalls hätte sie die Barriere nie überquert, genau wie Quitt und die anderen. Klar, die niedrig entwickelten oder diejenigen, die erst kürzlich mutiert sind, hören ausschließlich auf ihren Instinkt und griffen mich deshalb an, hatten keine Ahnung, wer ich bin.

Nicht so die Drachen. Sie hätte nicht sterben dürfen. Sturmdrachen sind verdammt selten und ich habe sie umgebracht. Das ist alles nur meine Schuld, ihr Tod ist meine Schuld. Ich bin ein Monster.

Ich presse die Lippen aufeinander, zwinge mich, mich auf das Wesentliche zu konzentrieren, nämlich uns so schnell wie möglich an Land zu bringen. Nach einer schieren Ewigkeit erreiche ich endlich eine seitlich des Anlegeplatzes liegende Bucht und schleppe uns mit letzter Kraft auf wundervoll hartes Gestein. Schwer atmend ziehe ich Louve hinter mir aus dem Wasser und knie mich mit zitternden Beinen über sie. Ihre Lippen sind leicht geöffnet und bläulich verfärbt. Ich streiche ihr die klatschnassen Haare aus dem Gesicht, schüttle sie. Sie ist kalt, so verflucht kalt.

»Wach auf, komm schon, wach auf!« Doch sie wacht nicht auf und ich schwöre bei allem, was ich bin, wenn Louve jetzt stirbt, gehe ich mit ihr.

Ich habe keine Ahnung, wie man jemanden wiederbelebt, seit Hunderten Zyklen nehme ich Leben und rette sie nicht, im Gegenteil. Hilflos sehe ich dabei zu, wie das Sonnenlicht auf die viel zu blasse Haut der Liebe meines Lebens fällt, ihr die Wärme schenkt, zu der ich nicht imstande bin. Verzweifelt blicke ich auf meine offenen Hände, sehe nichts als Tod und Verwüstung und beinahe eintausend Zyklen alte Grausamkeit. Zitternde, nichtsnutzige Finger, die nicht dazu imstande sind, ihr zu helfen.

Ich lege den Kopf in den Nacken, blinzle zu Athaír, den größeren der ungleichen Zwillinge, derjenige, der den Horizont in die Farben von Flammen taucht. »Bitte«, bete ich zu einer Göttin, an die ich nicht glaube. »Rette sie. Und ich schwöre dir, deinen Platz einzunehmen, in welchem Reich du auch immer regierst, damit du an meiner Stelle frei sein kannst. Wenn es dich gibt ... *rette sie!*«

Sandkörner fallen, Wellen brechen, Herzschläge verblassen. Doch nichts geschieht. Ich reiße herum, rufe nach Hilfe, verfluche alles und jeden, den ich gleichzeitig aus dem tiefsten Winkel meines nachtschwarzen Wesens anflehe, mir zu helfen, ihr zu helfen. Mein Körper bebt von der Anstrengung der vergangenen Ereignisse, meine Muskeln ächzen, meine Kehle fühlt sich an, als hätte ich Säure gegurgelt.

»Du bekommst sie nicht!«, schreie ich wie ein Wahnsinniger den Sonnen entgegen. »Gib sie mir zurück! Gib sie mir zurück, Göttin des Lichts und des ewigen Lebens. Und wenn meine Zeit gekommen ist, nimm mich an ihrer statt!«

Salzige Tropfen fließen über mein Kinn, ich kann nicht sagen, ob es das Meereswasser oder meine Tränen sind. Jeder

Atemzug, den ich tun darf und sie nicht, spült meine Hoffnung ins Meer.

Da unterbricht ein ächzendes Keuchen die Stille und das darauffolgende Husten wird zum wunderschönsten Geräusch dieses gottverdammten Universums. »E-Enean?« Louves Lippen zittern, als ihr Oberkörper zur Seite kippt und sie einen Schwall Wasser erbricht.

Sämtliche Sanduhrengläser dieser Welt erstarren. Und ich tue es ihnen gleich. Mit noch immer zitternden Händen streiche ich über ihren Rücken, wage sie kaum zu berühren. Atme ich? Ich weiß es nicht.

Japsend wischt sie sich mit der flachen Hand über das Gesicht, winzige Kieselsteine fallen von ihrem zerschlissenen Overall, als sie hustend nach mir greift. »Sind wir … bin ich …«

Ich schüttle den Kopf. »Noch nicht. Aber ich fürchte, ich habe mich soeben an die Sonne verkauft«, bringe ich mit einem trockenen Lachen hervor.

»Was?«

»Ich rede nur Unsinn.«

Erschöpft reibt sie sich die Augen. »Daran werde ich dich wiedererkennen, solltest du mir einmal verloren gehen.«

Dann hebt sie den Kopf. Unsere Körper bewegen sich von ganz allein aufeinander zu, zwei Magnete, die keine Kraft des Universums zu entzweien vermag. Ich reiße sie in meine Arme, gleichzeitig schlingt sie ihre um meinen Hals und vergräbt das Gesicht an meiner Halsbeuge. Ihr kalter Atem streift meine nasse Haut, bläst Dutzende winzige Lebenszeichen zurück in meinen steifen Körper. Vorsichtig nehme ich ihr Gesicht in die Hände, streiche mit den Daumen über ihre Wangenknochen, beobachte gebannt, wie die Farbe nach und nach zurückkehrt. Triefend vor Meereswasser schiebt sie sich auf meinen

Schoß, klammert sich an mich, als wäre ich alles, was zählt – oder bin ich derjenige, der mich an sie klammert? Und plötzlich wird mir die unumstößliche Wahrheit bewusst: Das ist er. Das ist der Augenblick, in dem das Band zwischen uns unwiderruflich verschmilzt. Kein Anfang, kein Ende, nur wir, und all die kostbaren Momente dazwischen.

»Versprich mir, niemals ohne mich zu sterben«, wispere ich in ihr Ohr, obwohl ich weiß, wie verdammt sinnfrei und jämmerlich ich klingen muss.

Dennoch nickt sie an meinem Hals. »Ich verspreche es. Versprich du mir auch, niemals ohne mich zu sterben, okay?«

Obwohl sich bei ihren Worten mein Innerstes zusammenzieht, schenke ich ihr ein Lächeln. »Ich verspreche es. Ich glaube sowieso nicht, dass ich frei von meinem Herzen leben könnte.«

Irgendwo in der Ferne vernehme ich das Trampeln unzähliger Paar Stiefel. Die letzten Geistgefährten verlassen den Himmel, haben ihren Auftrag erfüllt. Über den Horizont gleitet eine geflügelte Seeschlange, deren Länge die ganze Welt zu umspannen imstande scheint. Für mich ist nichts von all dem von Belang. Nichts außer der Frau in meinen Armen. Ich beuge mich zu ihr hinab und streiche ihr mit dem Daumen die letzten Wassertropfen von den Lippen. Meine Finger wandern ihren Kiefer entlang, über den Hals, wo ich ihren Puls im selben Takt hämmern spüren kann wie meinen.

»Ich liebe dich, Louve.« Niemals habe ich etwas ernster gemeint, niemals war etwas wirklicher als dieser Moment.

»Ich verspreche dir, dich zu lieben, bis irgendein Narr jeden Stern in diesem Universum gezählt hat, bis jedes Sandkorn in jedem Ozean zu Asche zerfallen ist und jede einzelne Scherbe eines jeden gebrochenen Herzens dieser Welt wieder zusammengesetzt wurde.«

Ich fahre so sanft mit den Lippen über ihre, dass wir uns kaum berühren. Trotzdem reicht dieser winzige Hauch von nichts aus, um uns beide nach Luft schnappen zu lassen.

»Ich verspreche dir, mich selbst dann noch an deinen Namen zu erinnern, wenn Abertausende Sonnen- und Mondläufe ins Land gezogen sind und von all dem hier nicht mehr übrig geblieben ist als Sternenstaub«, wiederhole ich. »An diesen Moment. Denn ich hätte dich zu keinem Zeitpunkt meines ewigen Lebens mehr lieben können.«

Tränen schimmern in ihren Augen, sie schluckt, atmet so schwer, dass ich fürchte, sie hätte das Schlimmste noch nicht hinter sich, hätte sich doch schlimmer verletzt als angenommen. Da presst sie ihren Mund auf meinen und verwandelt im selben Moment mein Herz in einen glühenden Kometenschauer.

»Ich liebe dich«, flüstert sie an meinen Lippen. »Ich liebe dich so sehr, dass ich nicht atmen kann, wenn ich nicht weiß, dass du in Sicherheit bist. Verstehst du, du starrköpfiger, egozentrischer Wahnsinniger? Ich brauche dich, nein, ich *will* dich in jedem einzelnen Augenblick meines Lebens an meiner Seite, und wenn dieses gottverdammte Solitude deshalb in Schutt und Asche aufgeht und alle Schattenassassinen mit sich in den Abgrund reißt, dann soll es mir nur recht sein. Soll die Welt meinetwegen brennen, solange du nur bei mir bist.«

Stiefelspitzen stoßen gegen das steinige Ufer, ein Schatten fällt über uns und entblößt das Grinsen eines Monsters. Ich erstarre. »Interessant«, sagt Achĕş Roughcrest mit einer Ruhe, die mir das Blut in den Adern gefrieren lässt.

Instinktiv ziehe ich Louve fester an mich. Gleichzeitig trifft mein Blick auf den des Arzaês. Genugtuung liegt in seinen stahlgrauen Iriden, Gewissheit. Grausamkeit. Keuchend fährt Louve herum, ihre Finger tasten nach ihren Dolchen, die sie längst nicht mehr bei sich trägt. Ich aber kann nicht aufhören, Achěş Roughcrest anzustarren, seinem siegessicheren, überheblichen Blick standzuhalten, während sich die Truppen dem Strand nähern.

Er weiß es.

Achěş Roughcrest weiß, dass ich nicht Decan bin.

44. Kapitel

Louve

»Louve!« Muskulöse Arme reißen mich auf die Beine, fort von *ihm*, pressen mich an einen Körper, nach dem ich mich weder sehne noch verzehre, und der dennoch das ist, was einer Familie für mich stets am nächsten kam. »Was ist passiert? Was hattest du auf dem Schattenwandler zu suchen? Geht es dir gut?«, quasselt Wren ohne Punkt und Komma auf mich ein.

Die Abbildungen von Rhyns Flügeln zucken an seiner Brust. Das bedeutet, Wren weiß, dass ich nicht allein dort oben war.

Ich löse mich aus seiner Umarmung und gestikuliere zu Enean, der sich langsam erhebt. Seine Anspannung ist mit Händen zu greifen und ich kann nur hoffen, dass er Wren nicht an Ort und Stelle eine verpasst. Denn welchen Grund hätte Decan Roughcrest, einer der wohlhabendsten und angesehensten Arzaê Solitudes, auf einen Schattenassassinen eifersüchtig zu sein?

»En… äh …« Ich täusche einen richtig schlechten Hustenanfall an. »Decan und ich sind der Erschütterung zum Marktplatz gefolgt, wo der Sturmdrache halb Dall zerstörte. Als wir mit ihm kämpften, riss er uns mit sich. Hätten wir ihn im Flug getötet, wären wir mit ihm abgestürzt.« Wow, die Lüge kommt mir wie erwartet leicht von den Lippen.

Wren tastet meine Arme ab, als hätten sich meine Marionettenfäden gelöst. »Bist du verletzt?«

Ich rolle mit den Augen, will ihm aber vor Achěş Roughcrest keine Szene machen, sondern vor dem Arzaê als geschlossene ungeschlossene Einheit auftreten. Die bloße Anwesenheit des Litíjr treibt meinen Stresspegel auf ein Maximum.

»Nicht schlimmer als sonst«, erwidere ich mit einer Ruhe, die ich nicht im Geringsten verspüre. Nicht, solange alles in mir danach schreit, mich in Eneans Arme zu werfen und zu überprüfen, ob *er* verletzt ist. Doch in den Augen der anderen sind wir so gut wie Fremde. Dabei ist es einerlei, ob er ein Gott ist oder ein Arzaê, denn eines ist er mit Sicherheit nicht: Ein Schattenassassine und damit einer von uns.

Stiefel knirschen im Kies. »Wie konnte das passieren?«, ertönt Pearses Stimme hinter uns. »Habt ihr auch nur die geringste Ahnung, was der Schattenwandler in Solitude hätte anrichten können?«

Ich ziehe scharf Luft ein. *Klar. Dasselbe, das er Dall angetan hat.* Warum nur interessiert das hier niemanden? Heißer Zorn formt meine Hände zu zitternden Fäusten.

Mit Pearse nähern sich Dutzende unserer Leute, zahllose silberne Auren, die nicht um mein Wohlergehen besorgt sind, sondern sich sensationsgeil die Stelle ansehen wollen, an der der Sturmdrache abgestürzt ist.

»Habt ihr gesehen, wie er die Barriere überwand? Was ist mit den Einheiten im Schattenreich, kamen sie lebend heraus?«

Langsam schüttle ich den Kopf. »Da waren nur … wir.« Als ob er das nicht wüsste. Als ob er nicht derjenige gewesen ist, der seine Einheiten abgezogen hat.

Als Pearse einen Schritt auf mich zugeht, kostet es mich alle Überwindung, nicht zurückzuweichen.

»Ich habe gehört, innerhalb der letzten zehn Mondzyklen sind sieben Rekruten verschwunden.«

»Abgehauen?«

»Auf keinen Fall. Waren im letzten Zyklus ihrer Ausbildung. Man haut doch nicht kurz vor dem Abschluss ab.«

Ein markerschütternder Schrei, das Kreischen einer Frau, ein Schmatzen – Klingen, die Fleisch zerfetzen.

Und Pearse, der sagt: *»Sie müssen am Leben bleiben, wenn wir bezahlt werden wollen.«*

Warmer Atem streicht über meinen Nacken. »Ich fürchte, Achĕş weiß etwas«, flüstert Enean mir zu.

Mit klopfendem Herzen drehe ich mich zu ihm um, nutze die Gelegenheit, als Pearse an meiner statt auf Wren und Achĕş einredet. »Alles, was der Kerl weiß, ist, welche Parfummarke in Solitude am teuersten ist«, erwidere ich gedämpft. »Meintest du nicht, er könnte nicht in deinem Verstand herumpfuschen? Dass du als Gott zu mächtig bist, ihn irgendwie abschirmen kannst?«

»Ich weiß nicht, ob ich noch ein Gott bin, Louve.« Ich könnte mich täuschen, doch liegt da eine Spur Bedauern in seinem Tonfall? Bereut er seine Entscheidung plötzlich doch?

»Und was, wenn er in Decans Kopf bislang sehr wohl herumbasteln konnte?«, fragt er weiter.

»Dann schieb es auf deine Wiederauferstehung«, rate ich ihm. »Der Tod verändert Menschen. Glaub mir, ich weiß, wovon ich spreche.«

»Er hat gehört, wie sein angeblicher Bruder einer Schattenassassinin seine Liebe gestanden hat.«

Er grinst und ich grinse und ich boxe ihm spielerisch gegen die Schulter. »Denk gefälligst an tote Katzenbabys. Wir sind offiziell niedergeschlagen, hörst du? *Todunglücklich.*«

Enean verringert den Abstand zwischen uns auf ein Minimum, mein Körper reagiert mit einem sündigen Prickeln. »Ich bin so niedergeschlagen, ich könnte mein *Un*glück vom höchsten Gebäude der Stadt brüllen.«

»Das wäre Iron Claw und eine Szene wert.« Ich denke nach. »Und was Achĕş angeht ...« Ich kaue auf meiner Unterlippe. »Schieb deine Worte an mich auf den Adrenalinkick deines Beinahe-Todes.«

Für einen Moment wirkt er wie erstarrt. Ungewohnt zögerlich fragt er: »War es das für dich? Ein Adrenalinkick?«

Ach, daher weht der Wind. Ich schmunzle, versuche gleichzeitig, eine ernste Miene aufzusetzen, was vermutlich grandios misslingt. »Du meinst, auf den Rücken zweier Drachen über Solitude zu fliegen und anschließend im freien Fall ins Topasmeer zu knallen? Definitiv.«

Schweigen. Dann: »Verstehe.«

Ich muss mir ein Lachen verkneifen. »Enean, ich ...«

»Louve, Decan, kommt ihr? Wir sollten euch zu einem Heiler bringen. General Irquan und Generalin Dråga erwarten euren Bericht in Iron Claw.«

Ich will mich noch einmal Enean zuwenden, ihn nicht unnötig zappeln lassen, doch da rauscht er bereits an mir vorbei.

Wenig später erstatten wir Bericht. Neben General Irquan und Generalin Dråga waren auch Leutnant Ferrah, Clow, Zehír und Banister sowie die acht Kommandanten anwesend, unter ihnen Pearse. Wir wurden nacheinander befragt, *Decan*, ich, Wren, Melyn, Sâl, Kendric und diejenigen Einheiten, die sich während des *Angriffs* nicht auf Iron Claw aufhielten. Da das fast alle Schattenassassinen betraf, zog es sich entsprechend in die Länge.

Sie fragten nach dem Zeitpunkt des ersten Grenzübertritts, wie viele durch die Barriere gebrochen waren, wie viele wir ausschalten konnten, dem chronologischen Ablauf. Und weshalb ich den Sturmdrachen nicht tötete, obwohl ich als Einzige die Möglichkeit dazu gehabt habe. Letztlich war es

Pearse, der mich entließ, indem er mich mit seinem Neffen auf die Krankenstation schickte, um meine Wunden behandeln zu lassen.

Ich weiß nicht, ob sie mir glauben. Und ich weiß auch nicht, ob ich ihnen glaube. Pearses Worte in der Barriere gehen mir nicht aus dem Kopf. Gleichzeitig habe ich furchtbare Angst vor Eneans Verhör. Dass sie ihn festnehmen würden, ihn ... *anders* befragen als uns. Und plötzlich kann ich nicht mehr sagen, ob Enean der Wolf im Schafspelz ist oder wir. Er begibt sich in Lebensgefahr, nur um mir nicht von der Seite weichen zu müssen. Zudem macht mir die Tatsache zu schaffen, dass Decan Roughcrest damals ermordet worden ist. Mittlerweile muss sich herumgesprochen haben, dass er (zumindest offiziell) am Leben ist. Was, wenn die Täter nach ihm suchen? Wenn sie nur darauf warten, erneut zuzuschlagen?

Und dann ist da noch die nagende Sorge um Gría, Nadija und Rumían. Konnten sie sich in Sicherheit bringen? Sind sie am Leben? Hätte ich sie beschützen können?

»Bist du dir sicher, dass du dich nicht ausruhen willst?« Wren schiebt sich auf den freien Platz neben mir, als wir später, nach Untergang der ersten Sonne, im Versammlungsraum antanzen. »Du bist kalkweiß.«

Ich stoße einen tiefen Seufzer aus. »Ich ruhe mich aus, sobald ich in einem Sarg liege.«

Ausnahmsweise ist unsere Einheit vollständig. Jeder, der nicht schwer verwundet ist, ist hier.

Wren legt seine Hand auf meine, wie immer entziehe ich sie ihm. Unser erster und letzter Kuss verstaubt in einem spinnwebenüberzogenen Abstellraum, dessen Schlüssel wir irgendwo zwischen *vielleicht* und *nicht in diesem Leben* verloren haben müssen. »Entschuldige«, murmle ich. »Ich brauche etwas Zeit für mich, okay? Das heute war … viel.« Wenn er doch nur um das wahre Ausmaß von *viel* wüsste …

»Schon gut. Ich habe deine Sachen übrigens zurück ins Turmzimmer bringen und die Sicherheitsvorkehrungen verstärken lassen«, überrascht er mich.

Verblüfft drehe ich den Kopf in seine Richtung. »Ach ja?«

»Es tut mir leid, dass ich deine Grenzen überschritten habe, Louve, das war nie meine Absicht. Ich wollte dich nur beschützen.«

Nun bin ich diejenige, die nach seiner Hand greift und sie drückt. »Das bedeutet mir viel, Wren. Wirklich.« Selbst, wenn das Respektieren meiner Grenzen im Grunde genommen das Normalste der Welt sein sollte. Ich müsste lügen, würde ich behaupten, ein winziger Teil von mir würde ihn nicht verstehen. Wir sind Krieger, stets mit einem Bein im Reich der Toten, sind Kinder, denen man die Welt zu Füßen legte, nur um sie ihnen mit einem breiten Grinsen wieder zu entreißen. Und nach der Sache mit der Bärenfalle begreift nun wohl auch er, dass der Feind in unseren eigenen Reihen lauert.

Wren schweigt einen Moment. »Als ich heute dachte, ich würde dich verlieren … Als Rhyn zu mir zurückkam und ich seine Erinnerungen sah …«

»Ich bin am Leben«, erinnere ich ihn. »Ich überlebe *immer*, Wren.«

Sâl beugt sich über Wrens Schoß. »Sie kommen.«

45. Kapitel

Louve

Mittlerweile sind die Kirchenbänke vollständig besetzt, eine ganze Menge Schattenassassinen muss stehen, lungert an den Steinwänden. Die Leutnants haben sich bereits oben auf der Empore, seitlich der Throne stationiert, die Kommandanten haben sich unterhalb der Tribüne aufgereiht wie Aufziehsoldaten. Es wird mucksmäuschenstill, als General und Generalin die Empore betreten. Sie lassen sich Zeit, Platz zu nehmen. Suchend sehe ich mich nach einer schwarzen Aura inmitten all dem Silber um, kann Enean aber beim besten Willen nicht entdecken.

Verzweifelt balle ich die Hände zu Fäusten. Es gibt eine einzige Sache, die ich der Welt nicht verzeihen würde: Wenn sie ihm etwas antut. Mit allem anderen kann ich mich arrangieren. Aber nicht damit.

In meiner Anfangszeit auf Iron Claw habe ich versucht, mir die Flügel eines Engels zwischen die Schulterblätter zu schneiden, so zu sein wie sie. Stattdessen habe ich von den Schnitten Narben davongetragen, die allein die Gefallenen zeichnen. Doch damit ist jetzt endgültig Schluss. Wenn es sein muss, brenne ich die Zitadelle bis auf ihre Grundfesten nieder, bis ich Enean gefunden habe. Die Gesellschaft der Schattenassassinen ist nichts weiter als ein übergriffiger Kult, der mit unserem Verstand Pingpong spielt. Und damit werden sie durchkommen, so lange, bis ihnen jemand den verdammten Schläger aus den Händen reißt.

Generalin Dråga beginnt mit einem endlosen Monolog über Zusammenhalt bla, bla, bla, ehe sie all die Infos aufzählt, die ich längst kenne. Begonnen bei der Sichtung von Eneans Rauchadler in der Stadt über das stellenweise Durchbrechen der Barriere bis hin zum Tod des Sturmdrachen.

»Glücklicherweise konnten wir die Gefahr bannen, ehe sie in Solitude erheblichen Schaden anrichten konnte«, berichtet Dråga mit einem Stolz in der Stimme, der uns alle wissen lassen soll, dass die Lorbeeren ihr und ihrem Bruder gelten. Ach ja, und ihrer gruseligen geflügelten Riesen-Wasserschlange.

Zögernd hebe ich eine Hand. »Louve«, zischt Wren. »Warte doch, bis wir Fragen stellen dürfen.«

Ich rolle mit den Augen. »Würde ich jedes Mal darauf warten, bis mir irgendein selbst ernannter Hierarch die Stimme erlaubt, würde ich für immer schweigen.«

»Frag nach extra Käsesoße in der Kantine«, flüstert Sâl mir über Wren hinweg zu.

»Frag, ob du Einheit tauschen kannst«, gibt Kendric ungefragt seinen Senf dazu.

»Louve?« Pearse tritt vor. Cheetah, sein Gepardenmal, zuckt seine linke Wade entlang bis über seinen Hüftknochen. »Kann die Frage warten?«

Ich schüttle den Kopf und stehe auf. Ich spüre sämtliche Blicke auf mir haften, klebrig wie Spinnenweben. Das heimliche Flüstern hinter vorgehaltener Hand, das über die Zyklen zu meinem Wiegenlied wurde. Ich hebe das Kinn. »Ihr spracht von der Rettung Solitudes. Was ist mit Dall? Der Schattenwandler sorgte für den Einsturz einiger größerer Gebiete der Untergrundstadt, darunter der Marktplatz, Wohngebiete und ganze Tunnelsysteme.« Seit unserer Rückkehr nach Iron Claw suchen mich die Gesichter Grías und Nadijas heim. Wo stecken sie, geht es ihnen gut? Wann kann ich zu ihnen? Und was ist mit Rumían, Decans und Achĕş' jüngerem Bruder? Konnte er dem Einsturz entkommen? Hätten wir bleiben müssen, sie beschützen? Ich würde mir niemals verzeihen, wenn ... Ich beiße mir so fest auf die Zunge, bis ich Blut schmecke.

Gría.

Nadija.

Rumían.

Und Enean, immer nur Enean.

Ihre Namen kreisen in meinem Kopf wie Aasgeier, drehen und winden sich. Langsam sinke ich zurück auf die Bank. Mein linkes Bein beginnt unruhig auf und ab zu wippen, mit den Schneidezähnen kaue ich auf meinem Daumennagel. Das Flüstern wird zu leisem Gekicher und auch Pearse scheint peinlich berührt, dass eine derartige Frage ausgerechnet aus seiner Einheit kommt.

»Unser Schutz gilt Solitude«, ist alles, was Dråga erwidert, ehe sie mit ihrer pathetischen Ansprache fortfährt.

»Schattenliebhaberin«, spottet Kendric, was ihm ein kurzes Auflachen Melyns einbringt. Ich kann nicht fassen, mit diesen Idioten feiern gewesen zu sein. Was habe ich mir dabei gedacht?

»Du solltest dich nicht öffentlich zu Dall bekennen«, erinnert Wren mich im Flüsterton. »Es könnte einen falschen Eindruck erwecken.«

»Ach, und welchen bitte?« Ich entziehe ihm meine Hand. »Dass ich mich nicht nur um das Überleben der Oberschicht sorge? Dass ein Leben für mich ein Leben ist, ganz gleich, welchen Stempel unser System ihm aufdrückt?« Heißes Blut schießt mir durch die Adern, wie jedes Mal, wenn unsere Gesellschaft ihre Waagschale zinkt. »Verflucht, Wren, du warst doch dabei! Wer hilft ihnen, ihre Verletzten zu versorgen? Woher bekommen sie Medikamente und Verbandsmaterial? Wie sollen sie schnell genug zu den Verschütteten gelangen? Unsere Geistgefährten könnten helfen, das schwere Gestein wegzuschaffen und ihre Wohnsiedlungen wiederaufzubauen. *Wir* könnten helfen!«

»Ich finde, sie hat einen Punkt«, wirft Sâl ein.

»Und ich finde, die Schattenliebhaberin sollte lernen, ihren Platz zu kennen«, faucht Kendric.

»Und du, Kendric?«, fährt Wren ihn harscher an, als ich ihn kenne. »Kennst du deinen Platz?«

»Ich kann mir das nicht länger anhören.« Ich rutsche von meinem Platz. »Sie stehen dort oben, tischen uns Lüge um Lüge auf, um uns gefügig zu machen und ihre Stellung innerhalb einer Hierarchie zu sichern, um die nie jemand gebeten hat.«

»Verdammt, Louve, bleib sitzen!« Abermals packt Wren mich, diesmal mit Sâls Unterstützung. »Warte zumindest ihre Rede ab, bevor du eine Rebellion anzettelst. Oder willst du dich noch heute vor Gericht verantworten?«

»Sie *sind* das Gericht«, knurre ich, setze mich jedoch wieder, als abermals Wellen von Gemurmel und Gelächter in meine Richtung schwappen. Auch wenn ich es ungern zugebe, Wren hat recht. Wenn ich jetzt noch mehr auffalle, kann ich später nicht nach Enean suchen.

Abermals ergreift mich beim Gedanken an ihn Übelkeit. Was, wenn sie ihn wirklich gefasst haben? Was, wenn er recht hatte und Achĕş ihn verpfiffen hat? Ich denke zurück an unser letztes Gespräch. Was, wenn er glaubt, meine Gefühle entsprangen tatsächlich unserem Beinahe-Tod, und er deswegen ins Schattenreich zurückgekehrt ist?

»Verdammt, Louve, muss ich dich festbinden?«, raunt mir Wren beinahe verzweifelt zu, als meine Beine erneut zucken.

»Keine Fesselspiele, solange wir im Dienst sind«, gebe ich trocken zurück. »Wo warst du überhaupt, als Dall starb?«

»Wir wurden abgezogen, Louve. Das wüsstest du, wenn ...«

Ich schnippe ihm gegen die Stirn, er schnippt zurück und Melyn öffnet raschelnd eine Tüte nach Zwiebeln stinkender Snacks.

General Irquan übernimmt das Wort. Seine Anakonda schlängelt sich von seinem linken Bein über seinen Torso bis hinauf zur Schulter. Ein Schauder läuft meinen Rücken hinab.

»Auch wir haben heute Opfer zu verzeichnen«, erhebt er die Stimme. »Etliche Schattenassassinen verloren ihr Leben beim Versuch, den Sturmdrachen aufzuhalten.«

Ich kräusle die Nase. Wie das? Ehrlich gesagt habe ich außer Enean und einem Haufen Leichen niemanden auf dem Daller Marktplatz wahrgenommen. Haben sie gegen ihn gekämpft, ehe wir dort ankamen, und sich im Anschluss zurück an die Oberfläche geschleppt, um die anderen zu warnen? Nein, Schattenassassinen fliehen nicht. Sie kämpfen bis zum Tod. Außer, man zieht sie dort ab, wo sie am dringendsten benötigt werden ...

»Besonders die vierte Einheit erlitt Verluste«, spricht er weiter. »Kommandantin AnDwa meldete mehrere Tote.«

Plötzlich werde ich hellhörig. Die vierte Einheit? Sie war im Schattenreich stationiert, gleich hinter der Barriere. Enean konnte sie nicht zur Rechenschaft ziehen, schließlich war er in Dall. Natürlich erinnere ich mich an die Stationierten. Diejenigen, die ich unbeabsichtigt belauscht habe. Also hat Yaran tatsächlich mit ihren eigenen Leuten gesprochen, ehe Pearse auftauchte.

»Wren, siehst du Yaran aus der vierten Einheit?«, flüstere ich ihm zu.

Es dauert eine Weile, ehe ich eine Antwort erhalte, offenbar hat er sich gründlich umgesehen. »Sie scheinen nur noch zu zweit zu sein. Yaran ist nicht unter ihnen.«

Eiseskälte krallt sich um mein Innerstes. Yaran wurde nicht von einem Schattenwandler getötet, ich habe sie schreien gehört. Gehört, wie eine Klinge ... Hastig schüttle ich den Kopf. Das kann doch nicht sein. Ich halte den Atem an, als ich an Pearses Worte denke: *»Sie müssen am Leben bleiben, wenn wir bezahlt werden wollen.«*

Bei der Göttin des Lichts ... Wissen Irquan und Dråga Bescheid? Tarnen sie das, was auch immer Yaran und den anderen zugestoßen ist? Was geht hier vor?

»Da wir den Grund für die plötzliche Instabilität der Barriere noch nicht kennen und schwere Verluste erlitten haben, ist es unabdingbar, unsere eigenen Reihen zu stärken«, spricht die Generalin weiter.

Nachdenklich kaue ich auf der Unterlippe. Lügt sie? Oder darf ich es mir erlauben, erleichtert aufzuatmen, weil sie Enean tatsächlich nicht entlarvt haben?

»Aus diesem Grund werden wir die letzten beiden Ausbildungszyklen bis auf Weiteres kürzen.«

Ich runzle die Stirn. Klingt, als würde sie die Rekruten als Kanonenfutter vorschicken wollen. Was sie dann sagt, reißt mir den Boden unter den Füßen weg.

»Abgesehen davon wird es eine weitere Veränderung zur Stärkung unserer noch intakten Einheiten geben.« Dråga nimmt erneut auf ihrem Höllen-Thron Platz, ihr Bruder tut es ihr gleich. »Sämtliche Cåraidt-Partnerschaften werden frühzeitig rituell gefestigt werden. In zwei Sonnenläufen wird eine kollektive Zeremonie stattfinden, im Zuge derer sämtliche ausstehenden Verbindungen besiegelt werden. Die Verschmelzung eurer Geistgefährten während des Dòchaş wird unseren Fronten die nötige Stärke zum Schutz Solitudes verleihen.«

Melyn klatscht erfreut in die Hände, Sâl murmelt irgendetwas von wegen Übergriffigkeit, und Kendric verflucht jedes Atom dieser Welt für Bashs Tod, obwohl er selbst gar keinen Geistgefährten besitzt, den er mit einem anderen verschmelzen könnte. Wie erwartet hat er auf Bashs Teil des Kuchens gebaut. Ich schätze, die verbliebenen Einheiten werden neu gemischt, neue Bande geschmiedet, ich weiß nicht. Ich kann keinen klaren Gedanken fassen, starre stumm geradeaus. Irgendetwas muss in meinem Gehirn gerissen sein, denn statt dem nervösen Gemurmel der anderen ist da nur noch ein monotones Pfeifen. Wren legt eine Hand auf meine Schulter, seine Worte gehen im Rauschen meiner nahenden Panikattacke unter. Ich habe nicht einmal mehr die Kraft, seine Hand abzuschütteln.

Eine Hand, die binnen zweier Sonnenläufen um meine anhalten wird.

46. Kapitel

Enean

»Rumían? Ru, bist du hier?«

Nachdem ich den restlichen Sonnenlauf und die halbe Nacht damit zugebracht habe, Dall nach dem Jungen zu durchforsten, hatte ich es endlich zu der Stelle geschafft, an der ich Rumían, Gría und ihre Schwester (mit soliden siebzig Prozent Wahrscheinlichkeit) das letzte Mal gesehen habe. Endlos musste ich mich durch Trümmer, zerbrochene Leben, Schutt und Asche graben, und hätte mir viermal beinahe das Genick gebrochen. Sah in der Untergrundstadt für mich zuvor schon alles gleich aus, ist mittlerweile kaum noch etwas wiederzuerkennen. Obwohl der Ausbruch der Drachin zeitlich weit zurückliegt, bergen die Daller noch immer Verletzte. Und Tote. Tränen ziehen Aschespuren auf ihren eingefallenen Wangen und brennen die heutigen Geschehnisse für immer in ihre zerbrochenen Splitterherzen. Das Leid, all das Chaos und die Verwüstung, sind unvorstellbar. Wenn ich nur daran denke, dass das alles auf meine Kappe geht, dass die Sturmdrachin kam, um *mich* zu suchen, *ihren Gott*, dreht sich mir der Magen um. Nicht ein Mal in achthundert Zyklen habe ich mich schuldiger gefühlt. Nicht wegen der Schreie, der Folter, den Schatten, die sich in meiner Welt in Monster verwandeln. Ich meine, es ist ihr Schicksal, das Schicksal aller, nach ihrem Tod ins Schattenreich zu fahren. Ich weiß das und sie wissen das, so läuft es nun einmal.

Doch das hier … Ich kann nicht zählen, wie viele Mæscån ich aus den Trümmern zog. Kann nicht zählen, wie viele Unschuldige durch meinen egoistischen Wunsch, einen menschlichen Körper zu besitzen, den ihren verloren.

Weder Ru noch die beiden Mädchen waren unter ihnen. Also mache ich mich auf den Weg zum Tower der Roughcrests, betend, Rumían dort wohlauf zu finden. Schließlich würde die reiche Arzaê-Sippe ihren Jüngsten nicht sterben lassen. An diese Hoffnung klammere ich mich, als ich Dall verlasse, um mich in das von Louve als Silverline Square bezeichnete Nobelviertel Solitudes aufzumachen. Hinter mir ragen die Türme Iron Claws finster gen Nachthimmel, die Mauern glänzen in einem silbrigen Schwarz, trostlos und kalt, ein Mausoleum in Übergröße. Am liebsten würde ich auf der Stelle umdrehen und Louve auf Knien anflehen, diesem Gefängnis ein für alle Mal den Rücken zu kehren. Dann aber erinnere ich mich an ihre Worte am Ufer des Meeres.

Was, wenn ich ihr Verhalten mir gegenüber in meiner Euphorie, frei zu sein, missinterpretiert habe? Wenn sie in mir nichts weiter sieht als einen guten Freund? Also, einen sehr guten Freund. Den besten Freund. Mit dem man schlafen würde, weil er einfach unheimlich gut aussieht. Aber den man auch bei der nächstbesten Gelegenheit zurück ins Schattenreich stopfen würde, weil das Ausmaß an Kollateralschäden allmählich ungemütlich wird? Oder bin ich die Art guter Freund, für den man seinen Job an den Nagel hängen, die Roughcrests ausrauben und in einer Nacht-und-Nebel-Aktion die Stadt verlassen würde? Und wie zum Schattenreich soll ich diese beiden Varianten für Louve auf ein Stück Papier mit Kästchen zum Ankreuzen quetschen? Mir raucht der Kopf. Schlecht gelaunt halte ich auf den Roughcrest-Tower zu.

Auf der anderen Seite der Welt würde sich jetzt hoch oben

ein Meer aus schicksalsschwangeren Sternen ergießen. In Solitude aber dominieren schrille Neonfarben und ohrenbetäubende Bassbeats die Nacht. Die Stadt, die niemals schläft, da sie kontinuierlich am Träumen, am Sterben ist, verschluckt jene Schauspiele der Natur, die ich mir oftmals bis zum Morgengrauen ansah. Weil sie die einzige Form von Frieden waren, die mir zuteilwurden. Zyklus um Zyklus habe ich zum Nachthimmel geblickt, mich gefragt, ob es mehr gibt. Mehr als das, was ich habe. Mehr als das, was ich bin. Und dann kam Louve. Und mit ihrem ersten Lächeln in der trostlosen Hölle, in die man mich geschickt hatte, brach etwas in der Dunkelheit auf, das Philosophen wohl als Hoffnung abtun würden.

Im Gehen werfe ich einen Blick über die Schulter, mustere aus der Ferne die schillernde Partymeile jenes Viertels, das die Solituder als Serpentine Shell bezeichnen. Ein farbenfrohes, lebloses Pulsieren, das all das kaschiert, was sie der Welt nicht zu zeigen bereit sind. Das Narben in Glitzerstaub taucht und die Augen innerlich Toter ein letztes Mal im Rausch leuchten lässt, ehe sie verglühen wie fallende Kometen im All. Ist Louve jetzt gerade unter ihnen? Feiert sie ihr Überleben? In wessen Armen tanzt sie durch die Nacht, welche Lippen flüstern ihr tausendundeine süße Lüge zu?

Ich beschleunige meinen Schritt, durchkämme nachtgetränkte Gassen, ignoriere die vergnügt-gebrochenen Schreie der Lebenden, überquere eine goldpolierte Brücke. Im Gegensatz zu Serpentine Shell ist Silverline Square nahezu ausgestorben. Zwar leuchten die imposanten, vollständig verglasten Wolkenkratzer wie Glühwürmchen auf Drogen, doch sind die Straßen leer. Nur hin und wieder begegnet mir der eine oder andere Arzaê, der mit eingezogenem Kopf Richtung Partymeile huscht.

Es ist das erste Mal, dass ich den Eingangsbereich des

Roughcrest-Towers nahezu leer stehend vorfinde. Lediglich eine Handvoll gewöhnlicher Menschen in anthrazitfarbenen Anzügen und verkabeltem Schnickschnack in den Ohren flankieren Türen, Fahrstühle und die selbst um diese Zeit noch von einem älteren Herrn besetzte Rezeption.

»Guten Abend, Mr Roughcrest.« Ein Sicherheitsmann drückt mit seiner behandschuhten Hand einen Knopf an dem rechten Aufzug, der sich sogleich mit einem die Stille durchschneidenden *Pling* öffnet.

Ich betrete den verglasten Sarg, wähle die zu meinem Stockwerk führende Nummer sechzehn, bestätige mit einem … wie nennt man das noch gleich … *PIN-Code*, den ich mir zuvor von Achěş Roughcrest abgeschaut habe, und meinem Daumenabdruck. Ziemlich lächerliches System, wenn man mich fragt. Kann ja jeder einem der Sprösslinge den Daumen abhacken und damit munter in den Aufzug spazieren. Man könnte sich eine Kette aus all den Roughcrest-Daumen basteln und sie sich für Notfälle um den Hals hängen. Nur so eine Idee. Oder aber man stiehlt einen ihrer Körper in Gänze (inklusive Daumen, versteht sich).

Bevor der Fahrstuhl im sechzehnten Stockwerk anhalten kann, überlege ich es mir noch mal anders und drücke den Knopf für die oberste Etage.

Selbst nachts ist das Gebäude vollständig beleuchtet. Durch die verglasten Fahrstuhlwände sehe ich zahllose, verwinkelte Marmortreppen, die sich kastenförmig um den Aufzug herum nach oben ziehen. Letzterer bildet das Herzstück des Marmoralbtraums. Alles ist weiß und steril, vermutlich müssten sie eine ganze Wand einreißen, wenn jemand mit dem kleinen Finger einen winzigen Schokoladenabdruck hinterlässt. Es gibt keine Pflanzen, nicht einmal pseudo-dekorative *Kunst*. Es ist leer und einsam und fürchterlich langweilig. Als ich das letzte

Mal in Decans Stockwerk fuhr, wuselten Hunderte Arzaê und Menschen wie Ameisenkolonien dort herum und erzeugten zumindest den Anschein von Leben. Der Herrscher der Nacht jedoch ist die Wahrheit.

Als ich den Aufzug verlasse, rechne ich halb damit, von einer Horde bewaffneter Schönlinge über den Haufen geschossen zu werden. Nichts dergleichen geschieht.

Auch hier ist die Beleuchtung aktiviert, allerdings in einem schalen, einschläfernden Goldgelb und nicht von diesem blindmachenden Weißlicht. Louve sagte mir einst, wie man Letzteres bezeichnet, aber ich habe den Begriff vergessen. Mein gesamtes Wissen um Solitude verdanke ich ihr und den Büchern, die sie mir gab. Die waren so klein, dass ich teilweise einen ganzen Sonnenlauf für drei Seiten benötigte oder sie lediglich mithilfe meiner kleinwüchsigeren Untertanen entziffern konnte – ehe ich sie aus Scham umbrachte. Dennoch sind mir einige der modernen Begrifflichkeiten nicht vertraut. Louve weiß nicht, wer ich vor achthundert Zyklen war. Zu dieser Zeit existierte kein Solitude wie dieses.

»Rumían?« Obwohl Ru der Jüngste ist, bewohnt er das oberste Stockwerk. Nicht, weil er das Herzstück der Familie ist, sondern weil sie ihn dort am besten im Auge behalten können. Will er den Tower verlassen, muss er zunächst an den Apartments seiner gesamten Sippe vorbei.

Ich schlendere durch einen mit rotem Teppichboden ausgelegten Korridor, öffne zahllose Türen, spähe in etliche stinklangweiligen Räume, bis ich ein Zimmer entdecke, das von einem Beinahe-Kind bewohnt sein könnte. Zwar ist der Aufbau nahezu identisch mit meinem Schlafzimmer, weist dieselben nichtssagenden Weiß- und Grautöne auf, doch verraten ihn Kleinigkeiten. Achtlos in eine Ecke gekickte ... ähm ... *Sneakers*, unter dem Kopfkissen hervorlugendes Bonbon-Papier, zerlesene Bilderhefte ... Ich überlege. *Comics.* Ich mustere die Titel einiger in einem Regal über dem Bett aufgereihter anti-kindgerechter Wälzer. *Schattenwandler: Eine Enzyklopädie. Solitude: Ein Imperium schlägt zurück. Die Historie der Arzaê: Das Gesamtwerk.*

Gähn. Kein Wunder, dass Ru keine Lust auf den Blödsinn hat. Ich ziehe einen Lederband mit dem Titel *Das Schattenreich und seine Herrscher* aus der Mitte. Das Ding ist so schwer, dass es dem Jungen im Schlaf den Kopf zerschmettern könnte. Ob es ihn wohl stört, wenn ich ein wenig ... umräume?

Nacheinander ziehe ich die Bücher aus dem Regal und befördere sie mit einem gezielten Tritt unter das Bett, wo sie hingehören. Ich meine, wozu um alles in der Welt benötigt ein zwölf Zyklen junger Arzaê eine Tonne Wissen über Schattenwandler? Ich wette, nicht einmal ich kenne die Hälfte der Fakten in diesem Buch und die andere Hälfte ist ohnehin erstunken und erlogen.

Ich schnappe mir einen dicken schwarzen Stift aus einer Schreibtischschublade und ersetze *Schattenwandler: Eine Enzyklopädie* durch *Schattenwandler: Eine Auflistung der Lügengespinste der Arzaê. Solitude: Ein Imperium schlägt zurück* wird zu *Solitude: Keine Macht den Drogen.* Und *Die Historie der Arzaê* wird mal eben zu einer *Historie arschgepuderter Peinlichkeiten.* Mann, irgendwie habe ich jetzt einen Lauf. Neugierig und mit gezücktem Marker sinke ich rückwärts auf Rus Bett und schlage *Das Schattenreich und seine Herrscher* auf. Wobei ich wohl nicht erwähnen muss, dass ich den Plural sowohl als Blasphemie als auch als persönliche Beleidigung betrachte und daher selbstverständlich durchstreichen muss. Ich blättere zu dem Teil vor, der mich umreißt. Die Abbildung eines Monsters mit gebogenen schwarzen Hörnern, riesigen Pranken und nachtschwarzer, ledriger Haut blickt mir aus rotglühenden Augen entgegen.

Einen Moment lang starre ich mein Bildnis einfach nur an, während meine Hände sich zu Fäusten ballen, zittern. Begriffe wie *gefährlich, gnadenlos* und *unberechenbar* sind noch die freundlichsten Erwähnungen im beigefügten Text. Sie schreiben über Morde, Folter, angebliche Entführungen. Sie schreiben nicht, wie sie mich dazu gemacht haben, wie sie mich in eine Rolle gedrängt haben, um die ich nie gebeten habe. Dass ich keine Wahl hatte als die, ihr Anführer zu sein. Der Gott des Schattenreiches. Dass mich niemand nach meiner Meinung gefragt hat. Oder meinen persönlichen Jobvorstellungen.

Ich blättere zurück zu der Zeichnung. In einer Hand hält mein Bildnis den abgetrennten Kopf eines Schattenassassinen. Mein Gesicht, das Gesicht einer Bestie, ist wutverzerrt. Ich reiße die Seite aus dem Buch und zerknülle sie in meiner Faust. Ein Tsunami wild durcheinanderwirbelnder Gedanken und Emotionen droht mich zu ersticken. Ein Gefühl, das ich als Schattengott nicht kannte. Und über allem schwebt die Frage: Wäre Louve im vollen Besitz ihrer Sehkraft, hätte sie dann versucht, mich zu töten?

Wären wir Freunde geworden, hätte sie das Monster gesehen, das ich bin? Hätte sie mir eine Chance gegeben, mich angehört? Oder wäre sie auf mich losgegangen wie der Rest ihrer Leute? Hätte sie sich … Hätten wir uns je ineinander verliebt? Sofern sie meine Gefühle denn erwidert. Und falls ja, liegt es an meiner neuen Gestalt? Oder sagt sie die Wahrheit, wenn sie behauptet, diese hätte nie eine Rolle gespielt? Denn, Louve, das hat sie.

Ich schätze, das heißt es, sterblich zu sein. Einen Körper zu besitzen, ein Herz, eine Wahl. Tausendundeine Erfahrung, Sehnsüchte, Gedanken, die sich bei lebendigem Leib in deine Seele brennen. Und eine Welt, die dich Sonnenaufgang um Sonnenaufgang, Atemzug für Atemzug, schält wie eine faulige Zwiebel, ohne jemals wirklich bis zu deinem Kern vorzudringen. Sie reißt und zerrt und stiehlt, so wie du reißt und zerrst und stiehlst. Wir bringen uns gegenseitig um, ohne je wirklich zu sterben. Ist es das, was Leben ist?

Vielleicht hat Louve recht. Vielleicht hätte ich das Schattenreich nie verlassen sollen. Gerade will ich meine Suche nach dem Jungen für heute beenden, da lässt mich ein Poltern reflexartig aufspringen.

47. Kapitel

Enean

Ich lege das Buch auf Rus Bett und schleiche mich (okay, stampfe) hinaus auf den Korridor, lausche, warte (niese). Schritte durchschneiden die Stille der Nacht. Sie sind leicht, leise, flink.

Rumían.

Endlich. Ich stoße Atem aus, von dem ich nicht wusste, dass ich ihn gehalten habe. Eilig durchquere ich das Wohnzimmer mit seinen ausladenden Ledergarnituren, potthässlichen *Kunst*werken und noch hässlicheren Lampen. Der Geruch nach teurer Süße, Whiskey und Zigarrenqualm liegt in der Luft. Angewidert verziehe ich das Gesicht.

»Ru?« Ich lande in einem weiteren Korridor, von dem zwölf Türen abgehen. Ich halte inne, lausche in die Stille. Mehrere Herzschläge verstreichen, ehe ich abermals Schritte höre. »Ru, ich bin's.«

Keine Antwort. Ich folge dem Geräusch zur letzten Tür des Flurs. Die einzige, die nicht aus Milchglas besteht, sondern aus dunklem, fast schwarzem Holz. Leise drücke ich die Klinke durch und spähe in den spärlich beleuchteten Raum. Ein Übermaß aus tiefdunklem Holz wird von an mit purpurnem Samt tapezierten Wänden befestigten Leuchtern in mattes Goldgelb getaucht. Schwere blickdichte Vorhänge verbergen die Fensterfronten. Es riecht nach Staub, Tabak und Größenwahn.

»Rumían?« Seufzend durchquere ich den Vorraum, mustere den penibel gereinigten offenen Kamin, die kaum berührten, halb vollen Weingläser. Auf einem furchtbar unbequem aussehenden Designersofa liegt ein aufgeschlagenes Buch, im Kamin glimmen letzte Kohle- und Holzreste. Jemand war hier, vor Kurzem. Der Vater? Mein Blick fällt auf die einzige weitere Tür am hinteren Ende des Raumes. Ist es normal, dass Sterbliche eine Landkarte für ihr eigenes Zuhause benötigen?

Sichtlich gelangweilt betrete ich einen weiteren Raum, der sich vom ersten durch deckenhohe Bücherregale und zahllose Glasvitrinen unterscheidet. Das Zimmer ist durch das Mobiliar derart verwinkelt, dass ich es auf einen Blick nicht vollständig erfassen kann. Von plötzlicher Neugierde gepackt, gehe ich auf eine der in der Zimmermitte stehenden Vitrinen zu und spähe hinein. Goldene Münzen, Schmuckstücke, ein antik aussehendes Buch, Juwelen, Kronen und auf tiefrotem Samt funkelnde Diademe vermitteln mir den Eindruck, geradewegs in die Schatzkammer gestolpert zu sein.

Spontan beschließe ich, den Prunk den Besitzer wechseln zu lassen.

Ein siegessicheres Grinsen huscht über meine Lippen, während ich mit der Faust aushole –

Als plötzlich ein Schmerz von tausendundeinem scharfem Gift durch meine Blutbahnen schießt.

»Das würde ich an deiner Stelle nicht tun.«

Meine Zähne schlagen aufeinander, ich bin nicht länger Herr über meinen ... *Decan Roughcrests* Körper. Meine Knie geben nach, ich sinke auf den Teppichboden, weiße Punkte flackern vor meinem Sichtfeld. Mein Blut kocht. *Was zum Henkersbeil geschieht mit mir?*

»Das solltest du bleiben lassen«, wiederholt eine mir unbekannte Stimme.

Eine Hand, so weiß, dass die Venen gleich winzigen Flüssen über ihre Haut gleiten, streift über die Vitrine. Nur, dass die Adern nicht von hellem Blau oder Grün sind. Sattdessen triefen sie in tiefstem, rotstichigem Schwarz, das sie sofort verrät. Ich weiß, was sie ist, kenne sie aus Louves Erzählungen. Sie ist eine Sanguê. *Die* Blut-Arzaê. Sie kontrolliert mein Blut, in diesem Augenblick, ist meine Puppenspielerin. Sie könnte mich töten, hier und jetzt. Sie müsste sich nicht einmal bemühen.

Es kostet mich alle Kraft, meinen Kopf so weit zu drehen, dass ich meine Peinigerin ansehen kann. Schwere Locken fallen ihr über Brüste und Taille, wodurch ihr herzförmiges Gesicht noch blasser wirkt. Ihre vollen Lippen sind vom selben Blutrot wie ihr Haar, die Augen von einem so dunklen Braun, dass sie wie nachtschwarze Universen wirken. Sie ist schön, keine Frage. Zumindest, wenn man auf den Typ *Fass-mich-an-und-ich-reiße-dir-die-Wirbelsäule-durch-die-Kehle* steht.

»Ich wollte nicht …«, presse ich gequält hervor, komme jedoch nicht weiter. Noch immer gibt sie mich nicht frei, tränkt meine Adern mit rasiermesserscharfem Gift, das mir den Atem raubt. Ich bin kein Gott mehr. Ich bin nichts.

Ich wurde für *sie* zu diesem Nichts. Doch erst, indem ich nichts wurde, wurde ich alles.

Langsam sinkt Okon Roughcrests zweite Ehefrau, Donna, vor mir auf die Knie, hält meinen Blick gefangen wie eine Nebelboa kurz vor dem Angriff. Ihre langen Fingernägel fahren über meine Wange. Ich vermag bei der Berührung nicht einmal zusammenzucken, bin ein Gefangener in meinem eigenen Körper. Aus dem Augenwinkel sehe ich, dass sie am linken Ringfinger anstelle eines Eheringes eine Kralle aus poliertem Silber trägt. Ich spüre meinen Hals kaum, als sie ihn aufschneidet wie eine überreife Frucht, heißes Blut fließen lässt.

»Du wolltest meinen Mann also bestehlen«, stellt sie das

Offensichtliche fest. Ihre Stimme ist hell und klar, fast gespenstisch. Mit dem Daumen fährt sie über meinen Hals und führt ihn anschließend an ihre Lippen, wo sie jeden einzelnen Blutstropfen mit ihrer rosaroten Zunge ableckt. *O-kay*? Ein Rinnsal meines Blutes läuft über ihr Kinn und tropft in ihren Ausschnitt. Wow, das nimmt jetzt eindeutig dezent irre Züge an. Haben ihre Eltern ihr nicht den Unterschied zwischen Erotik und Kannibalismus erklärt?

»Eigentlich war ich auf der Suche nach Rumían. Ich … Ich wollte deinen Mann nicht bestehlen«, lüge ich.

»Ach, und weshalb nicht?«, überrascht sie mich. Ihre Locken berühren den Boden, als sie ihren Kopf leicht zur Seite neigt. Ihr Geruch nach frischen Rosen steigt mir in die Nase. Alles an ihr ist rot und tödlich und verdammt beunruhigend.

Da legt sie ihre Hand an meine Wange, überbrückt den Abstand zwischen uns und presst ihre Lippen auf meine. Vollkommen überrumpelt keuche ich auf, während ich das Kupfer meines eigenen Blutes schmecke. Gleichzeitig löst sich ihre Magie in meinem Körper, als würde mein Innerstes Tausende Fesseln zugleich sprengen. Ihre Zunge fährt über meine Unterlippe, ehe ich perplex auf meine wankenden Beine springe.

Graziler als Prejudices' Schlangenleib erhebt sie sich, ihre Mundwinkel umspielt ein wissendes Lächeln. Ich aber kann nicht aufhören, die junge Frau, die mich gerade noch beinahe umgelegt hat, anzustarren. Vereinzelte rote Tropfen verunstalten ihr schneeweißes Seidennachthemd. Was im Namen der Finsternis ist da gerade passiert?

»Du hast recht, wir sollten es nach einem Einbruch aussehen lassen.« Sie wendet sich von mir ab. Plötzlich durchschneidet ein Klirren die Stille, Glas splittert zu Donnas nackten Füßen. Mit einem fast kameradschaftlichen Lächeln, als hätte sie mir soeben einen großen Freundschaftsdienst erwiesen, tritt sie zur Seite. »Bitte schön.«

Mit offenem Mund starre ich abwechselnd auf die zertrümmerte Vitrine, das Glas in Donnas Locken und das Blut, das ihren linken Arm in einem schwarzen Rot färbt, auf einer Gruselskala 11 von 10 über ihr dünnes Nachthemd tropft.

»Du ... hast da was.« Mit hochgezogenen Brauen deute ich auf ihren Arm.

Donna zuckt mit den Schultern. »Und gleich haben wir noch mehr. Weißt du, zuerst habe ich gedacht, du hättest dich allein aus dem Staub gemacht. Du hast mich warten lassen. Aber jetzt verstehe ich, dass das alles zu deinem Plan gehörte, Decan.«

»Plan?«, wiederhole ich verwirrt. »Ja, klar, der ... Plan.« Wovon zum Aschegeier faselt diese Irre?

»Hast du eine Tasche?«, fragt sie und mustert mich so eindringlich von oben bis unten, als würde sie jeden Augenblick über mich herfallen. Um was genau zu tun, kann ich nicht mit Bestimmtheit sagen.

Ich bemühe mich, keinen Schritt zurückzutreten ... oder zwanzig. »Nein, ich ... Ich dachte, hier oben würde sicherlich eine ... Tasche liegen.« Wozu braucht sie jetzt eine Tasche? *Frauen ...*

»Im Archiv?« Sie runzelt ihre glatte Stirn. »Oh, Decan.«

»Ja, ich Schussel.« Ich presse ein gequältes Lachen hervor.

Abermals kommt sie auf mich zu, mein Körper verkrampft sich instinktiv. Schneeweiße Arme schlingen sich um meinen Hals und ich weiß nicht, ob sie mich küssen oder erwürgen will.

»Du wirkst distanziert.« Mit geschickten Fingern öffnet sie die oberen Knöpfe meines Hemdes, während ich gleichzeitig so subtil wie möglich versuche, sie abzuschütteln. »Es ist keine zehn Sonnenläufe her, da warst du absolut nicht distanziert.«

Ihre blutverschmierten Lippen treffen auf mein Schlüsselbein. *Oh, gütiger Höllenwolf …* »Du warst an dieser Wand dort drüben nicht distanziert«, flüstert sie mit sündig rauer Stimme und saugt sich an meinem Hals fest wie ein verdammter Blutfeueregel. »Und an der Vitrine dort hinten. Du warst auch auf dem Sofa im Vorraum nicht distanziert oder dort drüben bei den Vorhängen und …«

Ich schlucke hart, als ich ihre Handgelenke umschließe und sie von mir schiebe. »Schon kapiert, ich bin ein mäßig distanzierter Mann.« Zumindest scheint das auf Decan Roughcrest zuzutreffen, der ohne Zweifel eine Affäre mit seiner Stiefmutter hatte. Zugegeben, Donna wirkt nicht viel älter als Decan und ist definitiv zu jung für Okon. Aber … *urgh.*

Mit sanften Fingern befreit sie sich aus meinem Griff. Verwirrung spiegelt sich in ihren dunklen Augen. »Was ist dann los mit dir?«

Mit der Faust reibe ich mir ihren Lippenstift von der Brust. »Du wärst also nicht *distanziert,* wenn jemand gerade noch versucht hätte, dich umzubringen?«

Donna stößt ein leises Lachen aus. »Aber mein Prinz, ich wollte dich doch nicht umbringen. Ich wollte dich lediglich ein kleines bisschen dafür bestrafen, dass du mich seit der Rückkehr keines Blickes gewürdigt hast. Du hast ja fast so getan, als würdest du mich nicht kennen.«

Rückkehr, so nennt man das mittlerweile also? Als wäre Decan nur mal eben mit dem Segelschiff in den Urlaub gefahren, und nicht *gestorben.*

Sichtlich betroffen schüttelt sie den hübschen Psycho-Kopf. »Hätte ich geahnt, dass das alles zu deinem Plan gehörte …«

Alles aber, was in meinem Gehirn hängen bleibt, ist ihr Kosename für Decan. *Mein Prinz.* Die Rollenspiele der beiden nehmen damit ein maximal verstörendes Ausmaß an. Donna, wie sie Decans Blut trinkt und ihn ihren Prinzen nennt, während sie …

»Hier, nimm das.« Sie reißt den unteren Teil ihres fast bodenlangen Nachthemdes ab und enthüllt dadurch gleichermaßen kurvige wie muskulöse Beine, die meinem *Decan-und-Donna*-Trauma den letzten Schliff verleihen. Zumindest, bis ich die handtellergroßen Blutergüsse an den Innenseiten ihrer Schenkel entdecke. »Donna, was ist …«

Sie folgt meinem Blick, winkt ab. »Ein Grund mehr, so schnell wie möglich von hier zu verschwinden.«

Ich will sie fragen, wie viele Gründe noch auf ihrer Liste stehen und worauf sie wartet, weshalb sie *auf Decan* wartet und nicht einfach Okon und seine verfluchte Sippe mit einem Wimpernschlag umnietet. Doch je mehr Fragen ich stellen würde, desto verdächtiger würde ich mich machen.

Also schlucke ich schwer, als ich lediglich sage: »Es tut mir leid, wenn sie dich verletzt haben.«

Für einen Augenblick sieht sie mich stumm an, lässt einen einsamen Herzschlag lang ihre Fassade der unbezwingbaren, machthungrigen Sanguê fallen. Wird zu einer jungen Frau, der man verdammt wehgetan hat. Wieder und wieder, vielleicht ihr Leben lang.

»Nicht der Rede wert«, schmälert sie das, was man ihr angetan hat, als wäre es nichts. »Bald sind wir ohnehin fort. Nicht wahr?«

Langsam nicke ich. Nie schmeckte eine Lüge bitterer.

Sie fasst den zerrissenen, blutverschmierten Stoff ihres Nachtkleides zu einer Art Tragetuch zusammen, ehe sie sich daranmacht, reihenweise Gold und Wertgegenstände aus der kaputten Vitrine einzupacken. Als sie fertig ist, reicht sie mir Okons Eigentum. »Ich werde einen Einbruch vortäuschen. Einen Überfall. Ich habe die Täter auf frischer Tat ertappt. Sie haben mich im falschen Moment überrumpelt und verwundet.«

Mit traurigen, unendlich starken Augen sieht sie mich an. Lächelt, als sie einen letzten Kuss auf meine Wange haucht. Ich fühle mich wie ein Stück Scheiße.

Ich drehe mich mehrmals nach ihr um, zögere zu gehen, und kann doch nicht bleiben. Ich will sie hier rausholen, sie und Rumían, obwohl ich weiß, dass sie mich töten wird, sobald sie herausfindet, wer ich bin. Und doch ... Was macht dieses Haus mit seinen Insassen? Was tut diese Familie einander an?

Donna steht da, als ich mich mit einem Gewissen, schwer wie Stein, von ihr entferne. Ihr Kleid zerfetzt, getränkt von ihrem eigenen Blut, das Tropfen um Tropfen auf ihre nackten Füße fällt. Die schweren Locken, die sie jünger wirken lassen, verloren, nie gefunden. Und das sanfte, verletzte, hoffungsvolle Lächeln, das trotz allem oder vielleicht gerade deshalb ihre blutroten Lippen ziert.

48. Kapitel

Louve

Mit geschlossenen Lidern lausche ich in die Stille der Nacht. Nicht mehr lange und der Morgen wird anbrechen. Und mit ihm mein letzter Sonnenlauf in Freiheit.

Letztlich war es Pearse, der in einem Nebensatz erwähnte, Achĕş und *Decan* hätten nach Ablegen ihrer Berichte Iron Claw verlassen. Mehrere Zeugen bestätigten seine Aussage, wenn auch nicht bewusst. Ein Vorteil daran, das schwarze Schaf der Assassinen zu sein, ist die eigene Unsichtbarkeit. Niemand beachtet das seltsame blinde Mädchen, das in den Schatten auf Antworten horcht.

Seither liege ich hellwach unter der Bettdecke, einen meiner Dolche unter dem Kopfkissen, einen zweiten neben der Matratze, einen dritten in meiner geballten Faust. Mein Nachthemd klebt mir schweißnass auf der Haut, alles ist laut und grell und zu viel. Die Erinnerungen an die vergangenen Uhrenflüsse prasseln auf mich ein wie Abertausende scharfkantige Flüche. Enean. Die Schattenwandler. Die Geistgefährten und Assassinen. Ein Krieg, so unnütz und sinnfrei wie Kendrics Existenz. Und zwischen all dem meine beste Freundin Gría und ihre kleine Schwester. Sind sie in Sicherheit? Werde ich sie je wiedersehen?

Und dann ist da noch dieser gottverdammte Dòchaş, der alles nur schlimmer machen wird. Es gab eine Zeit, da fand ich die Idee fusionierter Macht verlockend. Süße Momente der Schwäche, wie ich später begriff. Denn die Wahrheit ist, ich brauche weder die Macht noch die Kampfkraft oder Zugehörigkeit zu einer anderen Person, um stark zu sein. Ich brauche keine Verbindung zu Wren, keine als Tradition getarnte Zwangsheirat, um das volle Potenzial meiner Fähigkeiten zu entfalten. Ich brauche niemanden, um ich zu sein. Alles, was ich brauche, steckt in mir, in diesem Körper, jedem Atemzug, jedem Blinzeln, jedem Wort. Alles, was ich brauche, bin ich. Weshalb will die Welt das nicht begreifen?

Meine Gedanken sind so laut, dass ich die Schritte erst dann bemerke, als die Tür zu meinem Schlafzimmer mit einem leisen Knarren geöffnet wird. Gleichzeitig klirrt etwas, als würden mehrere Objekte gegeneinanderstoßen. Sofort umschließe ich meinen Dolch fester, entschleunige meine Atmung, um meinen Mörder in Sicherheit zu wiegen.

Bis dieser ein tiefes Seufzen ausstößt. »Love, ich weiß, dass du nicht schläfst. Ich kann regelrecht die imaginären Wurfsterne in meiner Schlagader spüren. Lass die Waffen fallen, mein Herz.«

Ein, zwei Atemzüge lang verharre ich in der Position, ehe ich meinen Klammergriff um den Knauf löse. »Wie kommst du hier rein?«, flüstere ich in die Nacht, während zeitgleich die Last dieses ganzen beschissenen Sonnenlaufs von meinen Schultern fällt.

Schwere Schritte nähern sich dem Bett, die Aura des Schattengottes ist schwärzer als die Nacht. »Auf dieselbe Weise, wie du dein halbes Leben lang hinausgekommen bist, schätze ich.«

Meine Mundwinkel zucken. »Und woher wusstest du, wo du mich findest?«

Die Matratze gibt nach, als er sich daraufsinken lässt. »Du hast mir Dutzende Male von deinem Turm erzählt. Ich bin nicht davon ausgegangen, dass dieser Wren mit seiner chronischen Pyjamaparty durchgekommen ist.« Ein blechernes Scheppern und Klirren ertönt, als er irgendetwas neben dem Bett abstellt.

»Ist er nicht.« Ich rutsche ein Stück nach hinten und drehe mich zur Seite, ihm zugewandt. »Wo warst du?«

»Ich habe nach Rumían gesucht«, erklärt er zu meiner Überraschung. »Erst in Dall und anschließend bei den Roughcrests.«

Ich runzle die Stirn. »Du warst noch mal in Dall?«

Er bewegt seine Hand zur Stirn. »Ich habe auch nach Gría und Nadija gesucht. Fehlanzeige.«

Ein ambossschwerer Kloß drückt sich in meinen Magen. Gría ist eine Überlebenskünstlerin, versuche ich mich zu beruhigen. Das war sie immer. Sie kennt jeden Gang, jede Höhle, jede Nische in Dall in- und auswendig und weiß, wo es sich bei Beben und Einsturzgefahr am besten zu verstecken gilt. Weshalb Enean sie unmöglich finden würde – vermutlich würde nicht einmal ich sie finden, wenn sie fortgegangen ist. Und doch ... »Ich hätte sofort zurückkehren müssen, Enean.«

»Deine Leute hätten dich niemals gehen lassen«, erinnert er mich. »Weshalb ich an deiner Stelle ging. Ich habe den restlichen Sonnenlauf damit verbracht, ihre Verletzten zu bergen.«

Mein Herz zieht sich zusammen, vor Rührung und Dankbarkeit.

»Wir könnten jetzt noch mal gehen«, flüstere ich, obwohl ich weiß, wie absurd der Vorschlag ist.

Enean verschränkt meine Finger mit seinen, spendet mir mit dieser simplen Geste Trost. »Es ist mitten in der Nacht, Love, und es ist noch immer so viel verschüttet. Ich denke, dass ich nach Sonnenaufgang wieder gehen werde«, zerstört-entfacht er meine Hoffnung. »Begleitest du mich?«

Eifrig nicke ich. »Sobald ich wegkann.«

Wieder breitet sich diese merkwürdig drückende Stille aus. Eine klebrige Decke aus Schuld, die unsere Körper umhüllt und nicht loslassen will. »Fühlst du dich für das, was geschehen ist, verantwortlich?«, durchbreche ich schließlich die Anspannung, als ich es nicht länger aushalte.

Sein Schweigen dehnt sich so, dass ich fürchte, er würde mir überhaupt nicht mehr antworten. Dann aber gesteht er: »Etwas, ja. Eigentlich sehr. Schließlich haben die Schattenwandler nach mir gesucht.«

Anstelle einer Antwort lege ich meine Hand auf seinen Rücken, widerstehe dem Drang, ihn an mich zu reißen. »Hast du den Jungen gefunden?«

Enean beugt den Oberkörper nach vorne, vermutlich um den Kopf in die Hände zu stützen. »Er war nicht bei den Roughcrests, sein Zimmer war leer. Also habe ich sie ausgeraubt.«

Plötzlich hellwach reiße ich den Oberkörper hoch. »Du hast *was?*«

»Auge um Auge, Love.«

Fassungslos starre ich in seine Richtung. »Du rechtfertigst deinen Diebstahl also damit, dass sie dir Rumían gestohlen haben? Deinen vermeintlichen Bruder? Den Bruder eines Toten?« Schnaubend fahre ich mir mit einer Hand über das Gesicht. »Du weißt schon, dass ihr nicht wirklich verwandt seid?«

»Erstens, ich rechtfertige mich niemals. Ich bin der Schattengott.«

»Ist das deine Ausrede für alles?«, stöhne ich.

»Ja. Und zweitens habe ich recht.«

Ich hebe eine Braue. »Ach ja?«

»Ja.« Enean zieht das klirrende Bündel auf seinen Schoß. »Sie schulden uns das für unsere Unannehmlichkeiten, findest du nicht?«

Ich rolle mit den Augen. »Was hast *du* bitte schön für Unannehmlichkeiten zu ertragen?«

»Eine Menge«, erwidert er mit voller Überzeugung. »Zum Beispiel hatte ich seit mehreren Sonnenläufen keine Erdnussbutter mehr.«

Wow. Einfach nur wow. »Und womit genau lässt du die Roughcrest dieses tiefgreifende, traumatisierende Defizit wiedergutmachen?«

»Gut, dass du fragst.«

Er kippt sein Diebesgut ans Fußende des Bettes. Kalt und hart ergießt es sich auf meinen nackten Füßen, als würde ich buchstäblich in Reichtum schwimmen. Nun doch ein kleines bisschen neugierig, taste ich nach den Wertgegenständen. Ich bekomme einen Kelch zu fassen, um den sich fingernagelgroße Erhebungen abzeichnen, vermutlich Edelsteine. Meine Fingerspitzen stechen sich an den scharfen Kanten eines Diadems oder sehr unbiegsamen Halsschmuckes. Massenhaft Münzen, Ringe, geschliffene Steine und Ketten wandern durch meine Hände und ich taste über etwas Langes, Geschwungenes, das eine Dolchscheide sein müsste. Sogar ein in Leder gebundenes Buch, an dessen eingerissenen Seiten ich mich schneide.

»Wow, du hast echt nichts anbrennen lassen«, staune ich und lecke mir das Blut vom Zeigefinger. Ich taste weiter. Mit den Fingerspitzen fahre ich die Kontur des Rechtecks entlang, eines Kästchens, und befühle eine Art Verschluss. »Was ist das?«

»Ich weiß nicht, ich hatte keine Zeit, mir den Kram anzusehen«, erwidert er. »Ich hatte mehr so das große Ganze im Auge.«

»Ein Diebstahl aus Makroperspektive, wie fortschrittlich. Und größenwahnsinnig.« Ich reiche ihm den Gegenstand. »Sieh nach?«

Er nimmt ihn mir ab, seine warmen Finger treffen auf meine, und ich erschauere trotz der Hitze. Einige Herzschläge lang doktert er daran herum, dann holt er aus. Ein fürchterliches Scheppern ertönt, gefolgt von einem Schleifen, als würde etwas über den Holzboden schlittern.

Ich reiße die Augen auf. »Bitte sag mir, dass du das Kästchen gerade nicht gegen die Wand geworfen hast.«

Die Matratze federt leicht nach oben, als er aufsteht und sich bückt. »Ich habe das Kästchen gerade nicht gegen die Wand geworfen.«

Halb amüsiert, halb skeptisch streiche ich mir das Haar aus dem Gesicht. »Auf deiner Seite der Welt gibt es echt ein Aggressionsproblem.«

Er kommt zu mir zurück, setzt sich erneut. *Er kommt immer zu mir zurück.* »Ich meine mich an eine gewisse Schattenassassinin zu erinnern, die mit neun Zyklen einer Wühlkrähe den Kopf abgetrennt, mit zwölf einen Aschegeier vom Himmel geschossen und mit vierzehn einen Dolch nach mir geworfen hat, weil ich die Brownies habe anbrennen lassen.«

»Es gefällt mir nicht, dass du nicht mit zweierlei Maß misst«, gebe ich beleidigt zurück. »Also? Was ist in dem Kästchen? Hast du den Inhalt auch kaputt gemacht?«

»Gib mir deine Hand.« Seine Finger umfassen meinen Unterarm.

Plötzlich spüre ich etwas Kühles auf meiner Haut. Ich entziehe ihm meinen Arm und taste aufmerksam über mein linkes Handgelenk. Ich mache die Umrisse zweier Kreise aus, einen kleinen und einen etwas größeren, die sich leicht überlappen und an einem schmalen Armreif befestigt sind. »Schmuck?«

»Gold und Juwelen in Hülle und Fülle«, bestätigt er meine Vermutung.

Ich stoße ein leises Keuchen aus. »Weißt du, was das heißt?«

»Nie wieder Mittelklasseanzüge?« Seine Hand findet meine, wird ernst, fast nervös. »Das heißt, dass wir über die finanziellen Mittel verfügen, von hier zu verschwinden.«

Langsam nicke ich. »Und Gría und Nadija können wir genug Gold geben, um ganz neu anzufangen. So wie ...« Ich schlucke. »So wie wir.«

Ein ganzer Hagel aus Erinnerungsfetzen schießt durch meinen Verstand. Der Tod meiner Eltern, meine Zeit bei den Schattenassassinen. Wren, der spekuliert, wie die Verschmelzung aus Rhyn und Thuja aussehen könnte. Pearse und seine Frau Mandola, die mir wieder und wieder versichern, ich würde durch die Verbindung zu Wren zur Familie gehören. Die Streiche, die Verwünschungen, mein Trotz. All die Kämpfe gegen die Schattenwandler. Der Schwarzmarkt, Dall. Das nächtelange Feiern in Solitude, Männer und Frauen, deren Gesichter ich nur ertasten konnte, und denen ich mich dennoch wieder und wieder mit Freude hingab wie im Rausch, nur um für einige wenige Uhrenflüsse zu vergessen, wer ich bin, was man von mir verlangt, wer ich in ihren Augen zu sein habe. Und zwischen all den höchsten Hochs und tiefsten Tiefs Enean. Immer Enean.

»Morgen Nacht, wenn die anderen schlafen.«

»Morgen Nacht.« Er nimmt meine Hand, haucht einen Kuss auf meine Knöchel.

Nachdenklich kaue ich auf meiner Unterlippe. »Natürlich werden sie uns verfolgen. Sie werden uns jagen. Okon, weil du ihn ausgeraubt hast. Die Schattenassassinen, weil sie nicht besonders gut auf Sektenaustritte zu sprechen sind. Und dann ...«

»Love ...« Er nimmt mein Gesicht in beide Hände, fährt mit den Daumen die Konturen meines Kiefers nach. »Heute ist nicht morgen.«

Ich lache auf. »Was für eine Erkenntnis. Darf ich dich zitieren?«

Anstelle einer Antwort küsst er meine Stirn. »Was ich damit sagen will: Können wir einfach nur hier liegen, die Zeit anhalten und wir sein?«

Seine Worte entfachen eine wohlige Wärme in meiner Brust. Weil er der Einzige ist, der wirklich bei mir sein will. Nicht, weil ich ihm irgendwelche illegalen Artefakte besorgen soll oder eine Reihe Schattenwandler abschlachten oder weil ich an ihn gebunden bin, meine Geistgefährtin mit ihm zu einem unheimlichen Hybriden verschmelzen soll. *Sondern um meinetwegen.*

Ich glaube, sich in jemanden zu verlieben bedeutet, etwas Liebenswürdiges, Wertvolles in jedem schüchternen Lächeln des anderen, jedem verbrannten Keksblech, jedem mutwillig durch das Schlafzimmer geschleuderten Paar Stiefel zu finden. Doch jemanden zu lieben, wirklich zu lieben, heißt, dass deine inneren Dämonen, deine Schatten nach den seinen die Klauen ausstrecken, sich gegenseitig ein Zuhause schenken, weil sie sich verstehen, sich erkennen. Und Frieden finden.

Ich schenke dem Schattengott ein Lächeln, ehe ich zur Seite rutsche, um ihm Platz zu machen. Enean stößt einen Laut zwischen Verzweiflung, Erleichterung und etwas Tiefem, Sehnsuchtsvollem aus. Polternd landen seine Stiefel auf dem Holzboden und der Bewegung seiner Silhouette nach zu urteilen, folgt sein Hemd. Ich strecke meine Hand nach ihm aus, als er endlich zu mir klettert. Sofort umhüllt mich eine nie da gewesene Wärme. Meine Fingerkuppen treffen auf seine nackte Brust, brennen wie Feuer, schreien nach Zuhause. »Ich habe schon befürchtet, auf der Suche nach dir den ganzen Laden in Schutt und Asche legen zu müssen«, witzele ich.

Enean zögert nur einen Herzschlag lang, ehe er seinen Arm um meine Taille legt und mich an sich zieht. Mein Kopf passt perfekt in die Kuhle zwischen seiner Schulter und dem Schlüsselbein und ich schmiege mein Gesicht in seine Hand, als er sie von meinem Haar an meine Wange gleiten lässt. Gleichzeitig pulsiert mit jedem Herzschlag ein einziges Wort in meiner Brust. Ein Wort, das auszusprechen ich bis zur heutigen Nacht nicht wagte. *Angekommen.*

»Ich denke nicht, dass du mich als Ausrede missbrauchen musst, um den Laden abzufackeln. Wenn später jemand nach dem Grund fragt, ist der meiner stark unterschätzten Meinung nach selbsterklärend.«

Ich will ihm sagen, dass wir aus eben diesem Grund so bald wie möglich von hier verschwinden müssen. Allerdings bin ich mir nicht sicher, ob *wir* das können. Was wird geschehen, wenn der Schattengott die Koffer packt und abhaut? Wird die Barriere, die allein durch den Pakt zwischen ihm und den Ur-Generationen der Assassinen besteht, brechen? Werden die Schattenwandler auf der Suche nach ihm über Solitude herfallen wie eine Heuschreckenplage? Wie viele Tote, wie viele Verluste werden die Folge sein? Wie viele Menschen werden ihr Leben im Kampf gegen die Dunkelheit verlieren?

»Du wirkst noch angespannter als sonst, Love, was wirklich eine Leistung ist.« Sein Arm lockert sich an meiner Taille, was mir ein frustriertes Zischen entlockt. »Soll ich ... Ich meine, willst du, dass ich gehe?«

Ich schätze, wenn sich die gesamte eigene Existenz auf eine Frage hin zu einem kolossalen, explosiven NEIN bündelt, sollte man seinem Ruf folgen. »Natürlich nicht.« Ich lege meine Hand an seinen Hals, spüre das Rasen seines Pulses, das meinem gleicht. »Ich würde gern auf deinen Vorschlag zurückkommen.«

»Hm?«, fragt er abwesend, während seine Lippen die Adern an meinem Handgelenk nachfahren und mir eine Gänsehaut bescheren.

»Können wir einfach nur hier liegen, die Zeit anhalten und wir sein?«, wiederhole ich seine Worte von vorhin.

Für einen Moment hält er inne, dann umfasst er mein Handgelenk und drückt es neben meinem Kopf in die Matratze. Kalt liegt das Metall des Armreifs an meiner Haut, verschafft mir die erhoffte Abkühlung und ist doch nicht genug.

»Ist offiziell angehalten«, flüstert er und zieht mich in einen tiefen, nach Feuer und Eis schmeckenden Kuss.

Ich war in den vergangenen Zyklen nicht gerade ein Kind von Traurigkeit. Doch das hier, ihn zu berühren, ihn zu spüren, ist nichts im Vergleich zu *pre*-Enean. Seit er zum ersten Mal in Decans Körper auftauchte, seit er mich in Dall küsste, hat die Zeitspanne meiner Existenz einen rapiden Bruch erlitten. Historiker würden diese Epoche am ehesten in *pre*-Eneans-Kuss und *post*-Eneans-Kuss unterteilen.

»Das wollte ich schon tun, seit ich in diesem Körper erwacht bin«, raunt er, während er eine Spur hauchzarter Küsse meinen Mundwinkel entlang meines Kiefers, meinen Hals hinab haucht, wo mich seine Zähne vor Verlangen aufstöhnen lassen.

»Du meinst, die Klinge an deinem Hals hat dich nicht entmutigt?« Mit den Fingerspitzen fahre ich die Konturen seiner Brust nach, taste nach der Stelle, hinter der meine ganze Welt pulsiert. Sein Körper zuckt unter meiner Berührung, sein Keuchen an meinem Hals lässt mich die Zähne in die Unterlippen graben. In Augenblicken wie diesem macht es mir weniger aus, nicht mit den Augen zu sehen. Stattdessen gebe ich diese Aufgabe nur zu gern an meine übrigen Sinne ab. Und fühle, taste, schmecke.

»Nichts, was dich betrifft, könnte mich jemals entmutigen, Love.« Seine Hand findet ihren Weg unter mein Nachthemd und gleitet meine Taille hinauf. Ich schnappe nach Luft. Er muss seine letzten Reserven kaum noch lebendig pulsierender Eisschatten beschworen haben, denn urplötzlich wechselt die Hitze seiner Fingerkuppen zu einer hauchzarten Kälte, die mir den Atem raubt und feine Linien auf meine prickelnde Haut zeichnet.

»Fühlt sich das zu kalt an?«, haucht er in mein Ohr.

Ich presse die Lippen aufeinander. Mein Atem geht stockend, als ich aufmerksam den Bewegungen seiner kühlen Finger zu folgen versuche. Seine andere Hand scheint keine Eisschatten zu tragen. Stattdessen jagt sie heiße Schauder über meinen Arm, sodass ich keuchend den Rücken durchbiege.

»Das fühlt sich an«, presse ich hervor und vergrabe meine Hände in seinem seidigen Haar, »als würdest du mich in den Wahnsinn treiben. Hör bloß nicht auf!«

Er stößt ein leises Lachen aus, ehe er mich erneut küsst, diesmal heftiger, unerwartet. Gleichzeitig schiebt er sich über mich, drückt mich mit seinem Gewicht tiefer in die Matratze, hüllt mich ganz ein in seine Präsenz von Schatten, Schicksal und Verbundenheit. Und bringt damit irgendetwas in mir zum Bersten.

Enean schnaubt an meinem Kinn. »Ich wette, deine offenkundige Hingabe liegt allein an den Juwelen.«

»Enean …« Ich mache meine Arme frei, um sie um seinen Hals zu schlingen, den Abstand zwischen uns auf ein Minimum zu reduzieren. Meine Fingernägel fahren seine Wirbelsäule hinab, vergraben sich in seinen Muskeln, was auch ihm ein Keuchen entlockt. Ich brauche kein Augenlicht, um in diesem Augenblick Hunderte Reize zugleich zu spüren und zu empfinden. Zum ersten Mal in meinem Leben lasse ich mich fallen in das mir bis dato unbekannte Gefühl von Vertrauen, und übergebe jemand anderem die Kontrolle. Feine Funken aus Feuer und Eis jagen Schauder über meine Arme, den Hals, das Schlüsselbein, die Rippen hinab, ehe sie sich in meinem Bauch zu einem Orkan sammeln. Ich beiße mir so fest auf die Lippen, dass ich Blut schmecke.

Da hat er doch tatsächlich die Nerven, innezuhalten. In qualvoller Langsamkeit stützt er sich auf einem Arm ab, ist plötzlich viel zu weit entfernt. Sofort strecke ich die Hand aus, um ihn zurück zu mir zu ziehen, doch er verschränkt unsere Finger miteinander und haucht einen Kuss auf jeden einzelnen Knöchel. Mir ist heiß und kalt und alles dazwischen und, Enean, ich schwöre, solltest du nicht sofort –

»Ist es merkwürdig, dass das hier Decans Körper ist?«, fragt er geradeheraus.

Vollkommen überrumpelt schüttle ich den Kopf, versuche mich zu sammeln, zu denken, was gar nicht so einfach ist, wenn die gesamte Existenz soeben unter Starkstrom steht. »Wie oft soll ich dir noch sagen, dass ich mich in *dich* verliebt habe und nicht in deinen Körper, ganz gleich, wie er aussieht?«

Einige Atemzüge lang erwidert er nichts und ich glaube schon, irgendetwas Falsches gesagt zu haben. Da schluckt er und flüstert: »Hast du gerade gesagt, dass du dich in mich verliebt hast?«

Bei seinen Worten muss ich schmunzeln. »Wie kannst du auch nur für einen Herzschlag daran zweifeln? Ich liebe dich, Enean. Ich liebe dich so sehr, dass es sich anfühlt, als würde ein Teil von mir fehlen, wenn du nicht im selben Raum bist. Es bringt mich um den Verstand. *Du* bringst mich um den Verstand.« Sanft streiche ich über die leichten Bartstoppeln an seiner Wange. »Ich liebe es, wie du dich bemühst, mir in all den kleinen Dingen eine Freude zu bereiten, und seien es auch nur über Höllenfeuer verbrannte Marshmallows. Ich liebe es, wie du mir zuhörst und mit mir lachst und wie du an meiner Seite kämpfst, weil du jeden einzelnen meiner Schritte in- und auswendig kennst. Ich liebe, wie du ein guter Mensch bist, wenn niemand hinsieht, und trotz deines Status als Gott der Schatten so viel besser bist als wir alle zusammen.« Mit dem Zeigefinger fahre ich seinen Kiefer hinauf, über die Strähnen an seiner Schläfe, bis hinauf zu den leicht spitz zulaufenden Ohren. »Ich liebe es, dass du mir stets das Gefühl gibst, eine richtige Person zu sein, jemand, der es wert ist, geliebt zu werden, und nicht nur eine Funktion in einem kaputten System. Ich liebe dich für dein Wesen, deine Existenz, für alles, was du bist, *wie* du bist, und nicht wegen der gestohlenen Verpackung. Und ja, ich weiß, ohne *diese* Verpackung wären wir jetzt nicht, wo wir sind.« Ich lege die freie Hand an seine Wange, ziehe mit dem Daumen kleine Kreise, gebe ihm das Gefühl, bei ihm zu sein, *immer.* »Um deine Frage zu beantworten: Nein, es ist nicht merkwürdig. Natürlich war ich zu Beginn wütender als ein Panthergreif auf Streifzug, doch ich muss gestehen, mittlerweile hast du mir die Vorzüge deiner Kurzschlussreaktion recht schmackhaft gemacht.«

Fast erleichtert atmet er aus. »Louve, du weißt, ich würde mein Leben für dich geben. Wenn du willst, dass ich zurück ins Schattenreich gehe, dann gehe ich. Aber wenn auch nur die winzigste Möglichkeit besteht, eine andere Lösung zu finden …«

»Wir werden eine Lösung finden«, unterbreche ich ihn. »Gemeinsam.«

Als hätten meine Worte die Last der ganzen Welt von seinen Schultern gefegt, sinkt er zurück auf die Matratze, zurück zu mir. Ich schlinge ein Bein um seine Hüfte.

Abermals findet seine Hand zu meiner Taille, wo er neckisch am Stoff meines Nachthemds zupft. »Kann ich das haben?«

Grinsend lecke ich mir über die Lippen. »Was mein ist, ist dein, *mein Schattengott.*«

»Du warst schon immer so großzügig beim Teilen«, sagt er

sarkastisch. »Also was ist? Einfach nur hier liegen, die Zeit anhalten und wir sein?«, wiederholt er.

Ich nicke, ehe ich ihn erneut in einen tiefen Kuss ziehe. »Halten wir die Zeit an.«

Und das tun wir auch. Wieder und wieder, bis zum Morgengrauen. Und ich glaube, in dieser Nacht tatsächlich zu erfahren, was es bedeutet, zeitlos und ewig zu leben.

49. Kapitel

Enean

»Warum geht dieses dämliche Mistding nicht mehr ab?!«

Louves Gezeter reißt mich unsanft aus dem Schlaf. Mit geschlossenen Lidern taste ich neben mich, greife jedoch ins Leere. Seufzend drehe ich mich auf die Seite und blinzle gegen das viel zu helle Sonnenlicht an, das es wagt, ohne meine Erlaubnis durch das offene Fenster des Turmzimmers zu scheinen. Sofort findet mein Blick die Gestalt meiner kleinen Serienmörderin, die, voll angekleidet, mitten im Raum steht und an ihrem Handgelenk zerrt. Die Erinnerung an die vergangene Nacht hebt meine Laune binnen eines Wimpernschlags und ich lächle wie der glücklichste Volltrottel unter den Sternen.

»Wenn du meine Geschenke ab jetzt immer auf einer Skala von *Dämliches Mistding* bis *Darf in meinem Mausoleum nicht fehlen* einstufst, werde ich sie gezielter wählen.« Gähnend reibe ich mir die Augen. »Was treibst du da überhaupt? Und vor allem: Was treibst du da *angezogen?*«

Louve sieht mich nicht an, ist viel zu fokussiert auf ihren Arm. Oder besser gesagt, auf das goldene Schmuckstück, das ich ihr vergangene Nacht angelegt habe, weil sie alle Juwelen dieser und jeder anderen Welt verdient.

Endlich reagiert sie. »Ich versuche, den Armreif abzunehmen. Der Verschluss klemmt.«

»Und weshalb solltest du das tun?«

»Weil die anderen Fragen stellen werden, wenn ich damit im Frühstückssaal auftauche?«

Ich verschränke die Arme hinter dem Kopf und lehne mich zurück ins Kissen. »Dann sagst du ihnen die Wahrheit.«

Louve stößt ein spöttisches Lachen aus. »Was, etwa, dass der Schattengott die Roughcrests ausgeraubt hat?«

Ich grinse. »Nein. Dass du viel zu reich bist, um mit ihnen zu frühstücken. Weil deine Nahrung ab jetzt mit Blattgold veredelt sein wird und du den Fraß, den die anderen sich reinziehen, nie anrühren würdest. Igitt!«

Nun ist ihr Lachen echt, was mich ein kleines bisschen mit Stolz erfüllt. »Und wenn ich schon dabei bin, sage ich ihnen auch gleich, dass ich viel zu reich bin, um die Treppen von meinem Turm nach unten selbst zu gehen und sie jemanden schicken sollen, der mich trägt. Dass sie meine Initialen mit Goldfäden in meine Uniform zu nähen haben und ich ab heute meine Zähne mit Juwelenstaub putze.«

Mein Grinsen wird breiter. »Gefällt mir, wie du denkst.«

Sie zieht die Ärmel ihrer Uniform so tief wie möglich. Es ist eine neue, nicht die, die gestern in Dall bis in die Unkenntlichkeit zerfetzt wurde. »Wie geht es deinen Verletzungen?«

»Ein Heiler hat sich darum gekümmert.« Als sie den Armreif gut genug verborgen hat, streicht sie sich das offene Haar hinter die Ohren. Mit angehaltenem Atem verfolge ich jede ihrer Bewegungen, betrachte die winzigen Sommersprossen auf ihrer Nase, das kaum schulterlange, schneeweiße Haar mit den tiefroten Spitzen, die bronzefarbene Haut, die durch das Sonnenlicht geradezu zu strahlen scheint.

»Ich brauche nicht sehen zu können, um regelrecht zu spüren, dass du mich anstarrst.« Sie kaut auf ihrer Unterlippe, wie immer, wenn sie nervös wird.

Einladend strecke ich meinen Arm aus. »Komm her.«

Zu meiner Überraschung nähert sie sich tatsächlich dem Bett, ehe sie sich auf die Decke kniet und sich zu mir hinabbeugt. Sofort pumpt mein Herz Sehnsucht in Überschallgeschwindigkeit, rast bis ins nächstgelegene Universum, ehe es mit einem gigantischen Knall in ihren kleinen Händen landet. Ich lege meine Arme um ihre Taille, fahre ihre Silhouette nach, die mir mittlerweile vertrauter ist als die meines eigenen Körpers. Ihr Schaudern macht mich auf einer Ebene glücklich und stolz, die ich bis zur letzten Nacht nicht kannte. Es ist nicht so, als wäre ich achthundert Zyklen lang abstinent gewesen, nicht einmal ansatzweise. Schließlich hat man im Schattenreich kaum etwas Besseres zu tun als seine Untertanen zu pulverisieren oder sie sich ins Bett zu holen (nicht in der Reihenfolge). Besonders nicht, wenn man unsterblich ist. Die Ewigkeit kann wirklich verdammt langweilig sein, wenn man immer nur dieselbe graue Ödnis vor Augen hat und man sich selbst der interessanteste Gesprächspartner ist. Doch letzte Nacht war … anders. Es war alles. *Sie* ist alles.

Ich schlucke schwer. »Was du am Hafen gesagt hast …«

Ihre Mundwinkel zucken. »Arbeitet der Schattengott seit Neuestem wieder an seinen Kommunikationsfähigkeiten?«

»Tut er.«

Louve senkt den Kopf, ihre Finger streichen über meinen Kiefer, das Kinn, den Hals hinab, ehe sie auf meiner Brust liegen bleiben und den Donnerschlag meines endlich, nach all der Zeit zum Leben erwachten Herzschlags spürt.

»Du weißt, dass es nur für dich schlägt, nicht wahr?«, flüstere ich nahezu andächtig, weil ich noch nie zu jemandem etwas Derartiges gesagt habe.

Sie nimmt meine Hand und legt sie wiederum auf ihre Brust. »So wie meines für dich.«

Ihre Worte lösen etwas in mir aus, für das ich keinen Namen weiß. Sehnsucht und Frieden, Hoffnung und Verlangen, Ewigkeit und Verbundenheit. Unendliche, zeitlose, unsterbliche Liebe. Ich lege die Hand um ihren Hinterkopf und ziehe sie in einen tiefen Kuss. Das Feuer tausendundeiner Sonnen explodiert in meiner Brust, als sich unsere Lippen treffen. Wie ein Ertrinkender sauge ich ihren Geschmack, ihre Präsenz, ihr ganzes Sein in mich auf, kann nicht genug von ihr bekommen, werde niemals genug bekommen.

Mit einem zufriedenen, sehnsuchtsvollen Seufzen sinkt Louve in meine Arme, um den Kuss zu vertiefen. Ihre Finger vergraben sich in meinem Haar, ihre andere Hand liegt an meinem Hals.

»Ich werde so was von zu spät zum Frühstück kommen«, murmelt sie an meinen Lippen.

»Du wirst so was von zu spät zum Frühstück kommen«, wiederhole ich grinsend, ehe wir die Welt um uns herum hinter einen Vorhang schieben und eine weitere süße Ewigkeit lang aussperren.

Wir kommen so was von zu spät zum Frühstück.

Glaubte ich, auf dem Weg hierher angestarrt zu werden, so scheint auf unserem Tisch im Speisesaal eine riesige unsichtbare Zielscheibe zu prangen. Da ich bislang nur Augen für Louve hatte, ist mir die drückende Kargheit im Inneren der Zitadelle noch gar nicht richtig aufgefallen. Vom Turm aus liefen wir durch die im Süden liegenden Korridore, die zu irgendwelchen ominösen und furchtbar langweiligen Versammlungsräumen führten, ehe wir eine scharfe Kurve Richtung Osten einschlugen. Wir passierten mehrere Klassenzimmer, in denen die Opfer eines absolut überholten Systems mit irrelevantem Blödsinn indoktriniert werden. Schattenwandler seien pauschal schlecht und das schmutzige Dall sollte man nicht einmal mit dem kleinen Zeh betreten, während Solitude zum Urlaubsparadies Nummer eins erhoben wird, *blabla*. Erbärmlich. Dennoch ist mir bewusst, dass die Rekruten keine andere Wahl haben, als hier zu lernen. Sie legten einen Eid ab, bekamen ihr Mal und überlebten den Tod. Als Gegenleistung fungieren sie als die Marionetten zweier geblendeter Generäle. Hunderte Existenzen, die zweien folgen. Genau wie bei mir. Nur dass im Schattenreich Tausende einem folgen ... Und dieser eine über die Moral einer Glühbirne verfügt. Zumindest, wenn man fehlgeleiteten Außenstehenden Glauben schenkt.

»Beachte sie gar nicht.« Louve rührt in irgendeinem klebrigen Brei, auf den man für das gute Gewissen ein paar Deko-Obststücke drapiert hat. Kein Wunder, dass sie so gern mit mir kocht.

»Warum starren dich alle an?« Mit gesenkten Brauen und zu einer unausgesprochenen Warnung zusammengepressten Lippen starre ich die Konkurrenz nieder.

Louve schmunzelt in ihren Löffel. »Nicht ich bin diejenige, die sie anstarren.«

Mit erhobenen Brauen sehe ich mich um. Genau wie der Rest des Gebäudes bestehen auch hier die Wände aus grauem Stein und Stahlplatten. Die wenigen bodenlangen Fenster vermitteln den falschen Eindruck von Freiheit. Die Tische sind schachbrettartig aufgereiht, abwechselnd aus dunklem Holz und Metall. Mindestens zweihundert Schattenassassinen sitzen beim Frühstück, genau wie Louve in Ledermontur gekleidet, sodass ich ihre Male nicht sehen kann. Ein ziemlicher Vorteil im Kampf, schätze ich. Meine Leute haben keine Ahnung, was sie erwartet.

Ein kleines Mädchen mit schwarzen Zöpfen und hellblauen Augen starrt mich auf diese super unheimliche Grusel-Kids-Weise an und lässt mich, *den Schattengott*, mit einer Gänsehaut den Blick abwenden. Mehrere Gruppen haben sich gebildet, es wird leise getuschelt, anti-unauffällig gestarrt, und ein Kerl leckt sich sogar allen Ernstes über die Lippen, als sich unsere Blicke treffen. *Okay?*

Die verschiedenen Ausbildungsstufen scheinen nur diesen einen Speisesaal zu nutzen. Vermutlich essen sie in Schichten oder der Großteil hat Morgentraining oder spielt in Solitude Superheld. Jedenfalls ist von Kindern bis zu jungen Frauen und Männern alles vertreten. Die Quersumme mich anstarrender Gesichter ist somit recht vielfältig.

Da plötzlich bemerke ich einen Tisch weiter die beiden zukünftigen Leichen aus Louves Einheit. Den dunkelhäutigen Kerl mit den Arzaê-Ohren und das Miststück mit den honigblonden Locken. Bei ihnen sitzt eine weitere junge Frau mit glattem, dunkelblauem Haar, und kichert über irgendetwas, was die Blondine faselt. Ich glaube, Louve nannte sie Sâl.

Wie immer, wenn ich die anderen beiden sehe, wandern die Gedanken zurück an jene Nacht an der Barriere. An all das Blut, Louves Verletzungen. Und dass sie beinahe gestorben wäre. Meine Hände ballen sich zu Fäusten, meine Beine zittern. Alles in mir will aufspringen und die Verräter vor versammelter Mannschaft bloßstellen. Und sie anschließend für ihr Verbrechen an der Liebe meines Lebens bezahlen lassen. Dann aber sehe ich Louve an, blicke in ihre entspannte Miene, die so selten unbekümmert wirkt, dass es mir unwillkürlich die Fäuste lockert. Heute Nacht werden wir von hier verschwinden, erinnere ich mich. Ich muss mich zusammenreißen, darf nicht unnötig Aufmerksamkeit auf uns ziehen.

»Du bist der Elefant im Raum.« Louve schiebt sich ein hauchdünnes Apfelstück in den Mund.

»Wen nennst du einen Elefanten?«

Sie stöhnt auf, kann das amüsierte Zucken ihrer Mundwinkel jedoch nicht verbergen. »Du bist – rein theoretisch – der Sohn der angesehensten, wohlhabendsten Familie Solitudes. Du bist der einzige Arzaê auf Iron Claw und angeblich hängen *Plakate* von deinem Gesicht im Stadtzentrum. Melyn und Sâl sagen, die *reich-berühmt-und-zeitlos*-Gene machen dich verdammt attraktiv. Du bist auf einem Drachen geflogen. Und du sitzt bei der blinden Außenseiterin.« Sie streicht sich eine lose Strähne hinter das Ohr. »Wenn dir die Gründe nicht ausreichen, klettre doch auf den Tisch und stell dich als Schattengott vor.« Mit der flachen Hand klopft sie auf das Holz.

»Guter Punkt.« Ich runzle die Stirn. »Sag mal, isst du immer allein? Was ist mit den Idioten aus deiner Einheit?«

Ihr Lächeln erstirbt. »Tue ich nicht. Manchmal esse ich mit dir im Schattenreich.«

Mein Herz verkrampft sich, ich strecke meine Hand nach ihrer aus. »Love …«

»Decan Roughcrest.« Ein Schatten fällt über uns.

Langsam hebe ich den Kopf. Der Störfaktor mit dem Falken steht viel zu nah an meiner Louve. Kantiger Kiefer, nussbraunes, am Hinterkopf zusammengebundenes Haar, grüne Augen. Und absolut nichts Besonderes. Kann wahrscheinlich nicht einmal Eisschatten beschwören, der arme Kauz.

»Guten Morgen, Plan B«, begrüße ich diesen *Wren*. Dabei ziehen weder Louve noch ich unsere Hände zurück – obwohl ich ihr die Gelegenheit gebe –, was mich mit Erleichterung und einer winzigen riesigen Prise Besitzanspruch erfüllt.

»Ihr könnt euch um die restlichen Buchstaben des Alphabets streiten, so viel ihr wollt. Mein Plan A sitzt hier.« Dabei zeigt sie mit beiden Daumen auf sich selbst. Zustimmend drücke ich ihre Hand und grinse.

Der Falkenjunge räuspert sich. »Roughcrest. Hätte nicht erwartet, dich nach allem, was vorgefallen ist, hier anzutreffen.«

Unbeeindruckt zucke ich mit der Schulter. »Weißt du, mein Bett im teuersten Penthouse der Stadt war so furchtbar groß und leer …« Ohne den Blickkontakt zu ihm zu brechen, führe ich Louves Handrücken an meine Lippen.

Was mir einen kräftigen Tritt gegen das Schienbein einbrockt. »Was Decan so subtil zu vermitteln versucht, ist, dass er sich in Iron Claw überaus wohlfühlt.«

Falkenjunge knirscht mit den Zähnen. Gut. »Das sehe ich.«

Mit einem schadenfrohen Grinsen lehne ich mich in meinem Stuhl zurück. »Willst du raten, wie oft ich mich letzte Nacht wohlgefühlt habe?«

Louve verschluckt sich an ihrem Deko-Obst, ihr gefeuerter Partner wechselt in ungesundem Tempo zwischen leichenblass und knallrot. Oh nein. Habe ich den Sprössling wütend gemacht?

Seine Hände ballen sich zu Fäusten, zittern vor Anstrengung, sie mir nicht gegen den Kiefer zu schmettern. Witzig.

Zumindest, bis er sagt: »Genieße dein Frühstück, Roughcrest. In weniger als zwei Sonnenläufen wirst du dir deine Laken selbst wärmen müssen.«

»Ach?«, entgegne ich gespielt gelangweilt, obwohl mich die Neugier in den Wahnsinn treibt. Wovon zum Aschegeier spricht der Kerl?

Die Tische um uns herum verstummen zusehends, vermutlich schließen sie bereits Wetten ab auf *Kommandatenblut vs. Roughcrest*. Nur die drei Schattenassassinen aus Louves und Wrens Einheit bleiben mit gespitzten Ohren, wo sie sind. Miststücke. Louve senkt den Kopf so tief, dass ihre feuerroten Haarspitzen nur knapp über ihrer Müslischale baumeln. Ihre Finger verkrampfen sich um meine Hand und ich spüre, dass sie sie nur deshalb nicht loslässt, weil sie dem Kerl irgendetwas beweisen will.

»Du hast es ihm nicht gesagt?«, schmettert dieser seine Trumpfkarte auf den Tisch.

Die plötzliche Wendung des Gesprächs gefällt mir ganz und gar nicht. Was weiß der Drecksack, was ich nicht weiß? »Natürlich hat sie es mir gesagt«, bluffe ich, um ihm den imaginären roten Teppich unter den Füßen wegzureißen.

Louve jedoch hat recht. Ich bin ein miserabler Lügner. Triumphierend grinsend wackelt der überflüssige Sauerstoffverbrauch mit den Brauen, ehe er die Dreistigkeit besitzt, eine Traube aus Louves Schale zu fischen. Angespannt starrt diese auf unsere verschränkten Hände. Sollte es mir Sorgen bereiten, dass sie ihm für die Obstsache nicht an Ort und Stelle die Finger abhackt? Definitiv.

»Dann weißt du sicher auch, dass Louve zu mir ziehen wird, sobald unsere Zeremonie abgeschlossen ist«, sinniert er mit einem süffisanten Unterton, der mir beinahe den Kragen platzen lässt. »Nur noch eine Nacht und diese bezaubernde junge Lady gehört mir.«

50. Kapitel

Louve

»Und, Louve? Mach dich bereit. Es gab erneute Grenzübertritte. Irgendetwas stimmt mit der Barriere nicht. Unsere oberste Priorität gilt jetzt Solitude.«

Wrens Worte gehen im Pochen meines panisch trommelnden Herzens unter. »Und ... was wird mit Dall geschehen?«, höre ich mich fragen, obwohl gerade all meine Gedanken Enean gelten. »Wie viele Bergungstrupps wurden ausgesandt?«

Wren schweigt einen Moment. »General Irquan und Generalin Dråga haben heute Morgen verkündet, dass Dall aufgegeben wird. Wir werden von nun an an anderer Stelle auf die Barriere zugreifen.«

»Was? Aber ...«

»Es ist beschlossen, Louve.« Damit löst sich Wrens Silhouette von unserem Tisch und verschwindet. Kaum ist er außer Hörweite, gleitet Dall zu meiner Schande auch auf meiner Prioritätenliste ein ganzes Stück nach hinten.

Unsicher rutsche ich näher zu Enean, umfasse seine Hand nun auch noch mit meiner zweiten. »Dreh jetzt bitte nicht durch.« Ich kann spüren, wie sich seine Muskeln anspannen. Jeder Atemzug, der ohne eine Antwort seinerseits verstreicht, reißt einen weiteren Krater in mein Herz.

Schließlich stößt er ein leises Keuchen aus. »Warum sollte ich durchdrehen? Die Frau, die ich liebe, wird am kommenden Sonnenlauf an einen Mann gebunden, der definitiv nicht ich bin. Keine große Sache, passiert mir jeden zweiten Abend.«

»Enean ...« Ich will sein Gesicht umfassen, seine Lippen küssen, ihm die ganze Welt versprechen. Stattdessen zwinge ich mich, meine Hände von ihm zu lösen, als das Flüstern um uns herum auf das Summen eines Bienenschwarms anschwillt. »Enean, es spielt doch gar keine Rolle«, erinnere ich ihn mit gedämpfter Stimme. »Bereits heute Nacht liegt Solitude weit hinter uns.«

»Louve, du wusstest nicht, dass ich mit einem Sack Juwelen zu dir kommen würde. Du konntest nicht wissen, dass wir über die Mittel verfügen, noch vor der Zeremonie von hier zu verschwinden!«, zischt er.

»*Shhh*! Willst du etwa, dass die ganze Zitadelle von unserem Plan erfährt?«, ermahne ich ihn.

»Und wenn schon!« Obwohl er seine Stimme senkt, klingt sie nicht minder wütend. »Hattest du überhaupt vor, mir davon zu erzählen?«

Ich könnte meinen Kopf gegen den Esstisch donnern. Was habe ich mir nur dabei gedacht, ihm dieses dämliche Ritual zu verheimlichen?

Unsicher beiße ich mir auf die Unterlippe. »Ich ...«

Er schnaubt. »Dachte ich mir.« Sein Stuhl kratzt quietschend über den Boden, als er abrupt aufsteht. »Ich werde jetzt wieder nach Rumían suchen gehen. Gib mir Bescheid, wenn du weißt, auf welcher Seite du kämpfst.«

»Du sprichst von Seiten?« Ich presse die Faust gegen mein wild pochendes Herz. »Hast du nicht gehört, was Wren gesagt hat? Enean, die Schattenwandler jagen dich, sie wollen ihren Gott! Was, wenn sie Solitude auf der Suche nach dir völlig zerstören? Wie viele Tode haben wir zu verschulden, wenn wir jetzt einfach so abhauen?«

Ich werde den Mörder meiner Eltern niemals stellen, schießt es mir völlig unvorbereitet durch den Kopf. Ein Unterfangen, das ich nach Eneans Auftauchen in Solitude vollends verdrängt habe. *Wenn ich jetzt gehe, werde ich meine Eltern nicht rächen können.*

»Also willst du doch, dass ich zurückkehre.« Enean stößt ein fassungsloses Schnauben aus. »Weißt du was? Wir treffen uns, wenn der Mond am höchsten steht, am Hafen. Bring das Gold mit. Wenn du nicht auftauchst, akzeptiere ich deine Entscheidung.«

»Enean ...«

Noch einmal beugt er sich zu mir hinab, seine Worte kitzeln an meinem Ohr. Nur, dass sie mir diesmal keine wohlige Wärme über den Nacken küssen, sondern mir eine Scheißangst einjagen. Plötzlich sind seine Worte viel zu laut, mehrere Köpfe drehen sich in unsere Richtung. Doch ehe ich ihn warnen kann, knurrt er: »Willst du wissen, weshalb du dich nicht an jene Nacht im Schattenreich erinnerst, Louve? Willst du wissen, weshalb du nicht weißt, wie ich dich nächtelang pflegte, Uhrenfluss um Uhrenfluss über deinen Schlaf wachte, während meine Untertanen kurz vor der Meuterei standen? Willst du wissen, weshalb du vergessen hast, wie deine eigenen Leute dich buchstäblich den Wölfen zum Fraß vorwarfen, während ich um dein Leben kämpfte?«

Jedes seiner Worte schlägt mit der Präzession eines Folterkünstlers eine weitere tiefe Kerbe in mein Herz. Ich kann nicht atmen, kann nicht klar denken. Ich schlucke trocken, als ich langsam das Kinn hebe. »W-wovon sprichst du?«

Doch anstelle einer Antwort wendet er sich von mir ab. »Frag doch deinen ach so tollen *Verlobten*. Frag den Kerl, der andauernd heimlich mit einem gedankenmanipulierenden Mental-Arzaê flüstert, Louve.«

Meine Augen weiten sich, teils vor Schreck, teils vor Unglauben. »En... *Decan*, warte!«

Meine Hand greift ins Nichts, als er sich schwungvoll zur Seite dreht und aus dem Speisesaal marschiert.

Mit klopfendem Herzen starre ich zum Ausgang, doch Eneans schwarz flackernde Silhouette ist längst verschwunden. Soll ich ihm nachgehen? Ihm Zeit geben? *Was zur Schattenbarriere ist gerade passiert?*

»Du tauchst kurz vor dem Dòchaş mit einem anderen Mann auf? Und dann auch noch mit *Mr-super-hot*-Roughcrest?«, ertönt Sâls hohe Stimme, ehe sie sich Eneans Stuhl schnappt und sich setzt. »Finde ich gut. Hat etwas Rebellisch-Feministisches. Bist du mit der Verbindung zu Wren überhaupt einverstanden?«

Ich schiebe meine Frühstücksschale von mir. Der Appetit ist mir endgültig vergangen. Eneans Worte fegen wie ein Wirbelsturm durch meinen Verstand. Was hat er damit gemeint, meine eigenen Leute hätten mich in jener Seite seinen Untertanen zum Fraß vorgeworfen? Und was ist mit Wren?

Hastig schüttle ich den Kopf, zucke mit den Schultern, nur um doch wieder den Kopf zu schütteln. »Ist ja nicht so, als hätte mich jemand nach meiner Meinung gefragt.«

Sâl schnappt sich meine Schale und schaufelt schmatzend einen Klumpen Haferflocken auf ihren Zeigefinger. Ohne mit der Wimper zu zucken, schiebt sie sich die widerliche Klebemasse in den Mund. »Ich frage dich nach deiner Meinung.«

Mit einem spöttischen Lachen mustere ich das Kolibrimal, das selbst durch das dicke Leder ihrer Uniform silbrig flattert. »Seit wann?«

Sie wischt sich den Finger an ihrem Ärmel ab. »Seit ich von dir wissen will, was in jener Nacht wirklich geschehen ist.«

Irritiert blinzle ich. Nicht sie auch noch. Hat sie etwa gelauscht? Und wenn ja, was genau hat sie gehört? »Von welcher Nacht sprichst du?«, mime ich die Unwissende.

»Von welcher wohl? Ich habe gehört, was Roughcrest zu dir gesagt hat, bevor er dich so unhöflich hat sitzen lassen. Melyn und Kendric übrigens auch, tun aber so, als hätten sie es *nicht.*« Ihre Fingernägel trommeln unruhig auf die Tischplatte, während mir das Herz in die Hose rutscht.

»Was … hast du noch von unserem Gespräch mitbekommen?«

»Nichts, Louve, deine Techtelmechtel könnten mich nicht weniger jucken. Ich will, dass mir endlich jemand sagt, was im *Rain 'n Sorrow* vorgefallen ist!«, faucht sie. »Melyn hat mehrere Sonnenläufe lang die Schlafzimmerdecke angestarrt, Kendric war außer sich vor Zorn, hat mehrere Boxsäcke vernichtet. Und du wirst von einem ganzen Trupp Assassinen halb tot aus dem Schattenreich geborgen. Und jetzt behauptet Decan Roughcrest, *deine eigenen Leute* hätten dir das angetan und anschließend deine Erinnerungen manipuliert?« Ihr Kopf schnellt in meine Richtung, ihr Starren sticht wie Tausende winzige Nadeln auf der Haut. »Was. Ist. Passiert?«

»Ehrlich?« Ich verschränke die Arme vor der Brust und lehne mich in meinem Stuhl zurück. »Ich weiß es nicht.«

»Du weißt es nicht?«, fragt sie ungläubig.

Langsam schüttle ich den Kopf. »Ich habe absolut keine Erinnerung an den Abend. In einem Moment breche ich mit Melyn ins *Rain 'n Sorrow* auf, im nächsten krepiere ich beinahe an schwersten Verletzungen. Ich weiß nicht, was passiert ist, Sâl. Ich erinnere mich nicht einmal daran, ins Schattenreich gegangen zu sein. Es ist, als …«

»Als hätte jemand deine Erinnerungen gelöscht.«

Wieder nicke ich, wieder ist da dieses grauenhafte Stechen zwischen meinen Schläfen. Und Eneans Warnung. »Ich weiß, das klingt absurd. Wir …«

»Tut es nicht.«

Ich lege die Stirn in Falten. »Ach nein?«

»Nimm es mir nicht übel, Louve, aber Kendric und Bash würden niemals mit dir in einem Club feiern gehen. Und selbst bei Melyn kommt es mir merkwürdig vor. Was, wenn Roughcrest die Wahrheit sagt?«

»Du meinst …«

»Ja. Du warst Kendric schon immer ein Dorn im Auge und Melyn lechzt nach seinen vermeintlichen Ex-Arzaê-Privilegien.« Sie streckt ihre Hand nach mir aus, lässt sie jedoch sinken, ehe sie mich berühren kann. »Ich glaube, dass sie dich absichtlich ins Schattenreich gebracht haben, um dich loszuwerden. Irgendetwas mit deinem Kopf angestellt oder dir etwas in die Drinks gemischt. Und dass dort irgendetwas ganz gewaltig schiefgelaufen ist. Und jemand das alles später durch Gehirnwäsche vertuscht hat.«

Ich beiße die Zähne zusammen. Ich habe ganze Sonnenläufe damit verbracht, mir einen Reim auf das zu machen, was Sâl in wenigen Sätzen zusammenfasst. Sie hat vollkommen recht, weshalb hätte Kendric den Abend mit mir verbringen sollen? Er *hasst* mich. Es würde mich nicht überraschen, wäre die Bärenfalle neulich in meinem Bett sein Werk gewesen.

Eines aber verstehe ich nicht. »Nimm *du* mir das jetzt nicht übel, Sâl, aber weshalb sorgst du dich plötzlich um mich?«

Sie stößt einen tiefen Seufzer aus. »Weil ich, wenn meine Vermutungen sich als Wahrheit herausstellen, morgen unmöglich mit Melyn den Dòchaş durchziehen kann.«

»Was sagst du da?«, rufe ich, weniger erstaunt darüber, dass sie sich gegen ihre Càraidt entscheidet, als dass sie die Zeremonie genau wie ich boykottieren will. »Ich meine, ich bin die Letzte, die …«

»Bist du Louve?«

Sâl und ich drehen uns um, als ein mir unbekannter, tätowierter Mann einen rechteckigen, hutschachtelgroßen Gegenstand vor uns auf den Tisch stellt.

»Was ist das?«, kommt Sâl mir zuvor.

Der Schattenassassine schüttelt den Kopf. »Irgendein Kerl aus Solitude hat mir drei Bàs-Münzen dafür gegeben, dass ich dir das so schnell wie möglich liefere.« Damit dreht er sich um und verschwindet.

»Okay?« Misstrauisch taste ich das Objekt ab und mache es als Karton aus. Ob Enean ihn mir geschickt hat? Nein, unmöglich. Schließlich war er bis gerade eben noch hier. Zudem steht er darauf, die Lorbeeren für seine in seinen Augen überaus spendablen Geschenke einzuheimsen. Mittlerweile spüre ich den Armreif gar nicht mehr richtig.

»He, willst du das nicht öffnen?«, drängelt Sâl.

»Damit mir eine Bombe mit Zeitzünder um die Ohren fliegt?«, erwidere ich trocken. »Danke, kein Bedarf.«

»Wenn du nicht willst, dann mach ich es eben auf.« Ehe ich reagieren kann, springt Sâl auf, hebt den Deckel –

Und stößt einen markerschütternden Schrei aus.

Die Welt hält ihren Atem an und ich tue es ihr gleich. Fast alle Schattenassassinen nehmen Kampfhaltung ein, zücken ihre Waffen, ein unausgesprochenes *Vive* auf den Lippen. Einige laufen zu uns an den Tisch, ihre Stimmen verschwommener Gedankenbrei in meinem Kopf. Sâl taumelt rückwärts zurück auf ihren Stuhl. »Oh, bei der Göttin …«

»Sâl?« Plötzlich gilt meine gesamte Aufmerksamkeit dem Karton. Ich weiß nicht, weshalb meine Beine zittern, als ich in qualvoller Langsamkeit aufstehe, um hineinzublicken.

Dutzende Stimmen prasseln auf uns ein, jemand versucht mich zur Seite zu schieben, um vor mir in die Schachtel spähen zu können. Wie eine Ertrinkende klammere ich mich an deren Ränder. Sämtliche rabenschwarze Vorahnungen der Hölle krampfen sich in meinem Magen zusammen, verharren dort mit gezogenen Dolchen, als Warnung, Drohung, Realität. Mein Atem geht flach, falls ich denn überhaupt noch atme.

»Louve, nicht …«

Ich ignoriere Sâls halbherzigen Versuch, mir den Karton abzunehmen. Stattdessen beuge ich mich über ihn, als wäre er der kohlrabenschwarze Abgrund der Welt. Blicke auf ihn hinab. Und er blickt zu mir zurück. Ich erkenne ein hell glimmendes Oval, verstehe nicht, was es bedeutet, will es nicht verstehen. Mit zitternden Händen fasse ich in die Hutschachtel. Meine Fingerspitzen streifen etwas Weiches, Flaumartiges. Ich verstehe nicht, taste weiter. Spüre wulstige Erhebungen … Narben. Und mehrere kalte Rundungen wie … Schuppen. Das Zittern geht von meinen Fingerspitzen in meine Arme über, legt sich um mein Herz wie Klauen aus Eis, drückt und presst und saugt mir die Luft aus den Lungen.

Ich ertaste die geschlossenen Lider weniger, als dass ich sie instinktiv erkenne. Die kleine, leicht nach oben geneigte Nase. Die geöffneten, trockenen Lippen. Und die drei Ringe in ihnen. Einer links, zwei rechts.

Meine Knie geben nach, die Ewigkeit schlingt ihre knochigen Krallen um meine Taille, friert die Zeit ein, nur um sie kurz darauf mit der geballten Wucht eines Tornados auf mich niederprasseln zu lassen. Ich ertrinke und ersticke und verbrenne und erfriere zur gleichen Zeit.

Mehrere Arme stoßen mich zur Seite. Nicht, um mir zu helfen, sondern um selbst einen Blick auf den Inhalt des Kartons zu erhaschen. Jemand schreit. Erst schrill, unerkennbar, dann atemlos, unendlich wie der Tod. Es dauert eine ganze Weile, bis sich Worte aus dem Schrei formen, Buchstaben. Ein Name, der hauswanddicke Eisschichten durchdringt, die Kälte in meinem Inneren – nur um sich irgendwo zwischen den Sternen in der Unsterblichkeit zu verlieren.

Die Stimme, sie schreit: »Gría. *Gríaaa*!« Wieder und wieder, hört nicht damit auf. Sie wird ihn ihr Leben lang schreien. Und da erst begreife ich, dass ich diejenige bin.

51. Kapitel

Enean

War das alles für sie nicht mehr als ein Witz? Bin *ich* für sie ein Witz? Ich kann nicht fassen, dass sie mich derart hintergangen hat. Wie lange wusste sie von dieser verfluchten Zeremonie? Sie wird nicht kommen. Heute Nacht. Ich weiß, dass sie nicht kommen wird. Vermutlich spricht es nicht gerade von Vertrauen, dass ich ein paar Sachen aus dem unter ihren Bodendielen versteckten Schatz habe mitgehen lassen. Nichts Wichtiges, nur das Buch, das Louve ohnehin nicht wird behalten wollen, sofern sie nicht vorhat, uns an Dritte zu verraten, eine Handvoll Ringe und einige Münzen, falls … Falls sie nicht auftaucht. Und ich ohne sie … Allein bei dem Gedanken steigt Übelkeit in meiner Kehle auf. Es war richtig, ihr die Wahrheit zu sagen. Sie sollte wissen, auf wen sie sich einlässt – und auf wessen Seite sie zu stehen glaubt. Weshalb nur liegt ihr dieses verdammte Solitude derart am Herzen? Geht es ihr wirklich um die Stadt oder steckt mehr dahinter?

Vermutlich zeugt es von *noch weniger* Vertrauen, dass ich noch mal zurücklief, mir den gesamten restlichen Schatz schnappte, und ihn an einen sicheren Ort brachte, um – und allein bei dem Gedanken kommt mir Galle hoch – ohne Louve zu fliehen. Missmutig setze ich mich an eine der Steinmauern am Hafen, unter mir das honig- und goldfarbene Wasser des Topasmeeres. Ich wünschte, sie könnte sehen, was ich sehe.

Die Gallionen mit den Schnitzereien von Drachen mit ausgebreiteten Schwingen, stolzen Greifen und wunderschönen Sirenen. Die sanft im Wind tanzenden Segel. Die farbenfrohen, über die sich hinter mir erstreckenden Marktstände gebreiteten Leinentücher. Die vielen Menschen und Arzaê, die um frischen Fisch, Obst und Gemüse feilschen. Die ungleichen Zwillingssonnen Athaír und Sôl, die genauso aussehen wie die filigranen Formen ihres Armreifs.

Ich schätze ... Sie *könnte* es sehen. Zumindest, wenn ein Kern Wahrheit in Achĕş Roughcrests Worten steckt. Ich meine, er könnte es versuchen. Was aber, wenn er durch sein Herumgestochere ihrem Gehirn irreparablen Schaden zufügen würde? Würde sie das Risiko eingehen, hätte sie die freie Wahl? Nachdenklich lasse ich eine der gestohlenen Silbermünzen durch meine Finger tanzen, bemerke zu spät das kleine Menschenmädchen, das sich auf nackten Füßen anschleicht und mit großen Augen mein Kunststück beobachtet. »Bist du ein Zauberer?«, staunt sie.

»Etwas viel Besseres.« Ich schnippe ihr die Münze zu. »Hier, für dich.«

Ihre trockenen Lippen verziehen sich zu einem breiten Grinsen. Ohne ein Wort des Dankes schnappt sie sich das Silber und rennt zurück in Richtung Marktplatz. Lächelnd schaue ich ihr nach, als sich ein warmes Kribbeln in meiner Brust breitmacht. Ich wusste nicht, wie gut es sich anfühlt, etwas für andere zu tun. Nicht einmal, als ich Louve kennenlernte, da sie von Anfang an Hilfe ablehnte und stets alles allein schaffen wollte, als wollte sie der Welt irgendetwas beweisen. Ich kenne das Gefühl nur zu gut.

Stöhnend vergrabe ich das Gesicht in den Händen. Was bin ich für ein gottverdammter Vollidiot. Soll ich sie wirklich aus verletztem Stolz mit diesem Falkenbubi in den Sonnenuntergang reiten lassen? Ich sollte zu ihr gehen, mit ihr sprechen. Sofort. Doch als ich mich gerade aufrichten will, rutscht dieses dämliche Buch aus meiner hinteren Hosentasche. Seufzend hebe ich es auf und will es zurückstecken, da fällt mein Blick zum ersten Mal auf die beiden in das vergilbte Leder geprägten Sonnen. Eine kleine und eine große. Athaír und Sôl, die Zwillingssonnen Solitudes.

Stirnrunzelnd setze ich mich wieder auf die Mauer und schlage die ersten Seiten auf. Die Schrift ist so klein und eng gefasst, dass ich sie kaum entziffern kann. Wieso hat Okon es in eine Vitrine gesperrt? Die winzigen, kaum entzifferbaren Daten in den oberen rechten Ecken legen nahe, dass es als eine Art Journal genutzt wurde. Wessen Aufzeichnungen sind das?

»Interessant, nicht wahr?« Eine kalte Hand legt sich in meinen Nacken.

Vor Überraschung zucke ich so heftig zusammen, dass das Buch beinahe im Wasser landet. Rote Lackschuhe mit den höchsten Absätzen, die ich je gesehen habe, schieben sich neben meine Oberschenkel. Es folgen in transparente Strumpfhosen gehüllte Beine, ein kurzer, eng anliegender Rock und hüftlange, blutrote Locken.

»Donna?«, frage ich verblüfft. »Was tust du hier?«

»Ich habe dich gesucht.« Tiefbraune Augen blicken mir stumm entgegen. Ich vermag sie nicht zu lesen.

»Hast du das.« Verdammt. Erwartet sie etwa ernsthaft, dass ich denselben Fluchtplan, den ich heute Nacht mit Louve durchziehen wollte, mit ihr …? Plötzlich nimmt die Phrase *zweigleisig fahren* eine ganz andere, verflucht unangenehme Ebene an.

Spitze rote Nägel fahren über meinen Hals. Ich schlucke. »Ich wollte dir sagen, dass ich Rumían gefunden habe«, überrascht sie mich erneut. »Du hast doch nach ihm gesucht?«

Langsam nicke ich. »Er war in Dall, als die Schattenwandler die Barriere … gestürmt haben.« Oder so.

»Okon hat unseren kleinen Diebstahl bemerkt. Seine Leute suchen nach dem *Einbrecher.*« Sie lacht ihr perfektes einstudiertes Perlenlachen.

Das ist nicht gut. »Ist er in Sicherheit? Ich meine, geht es ihm gut?«

Sie schnaubt. »Plötzlich so besorgt um deinen kleinen Bruder?«

Mist. »Weißt du, was das ist?«, lenke ich hastig vom Thema ab. Ich deute auf das Journal.

»Oh ja. Mein Mann gibt am laufenden Band damit vor seinen Geschäftspartnern an.«

Meine Brauen schnellen nach oben. »Ach ja?«

Donna beugt sich zu mir hinab, die Spitzen ihrer Locken kitzeln meinen Oberarm. »Man sagt, die Göttin des Lichts hätte es verfasst, als sie noch ein Mensch war.«

Ungläubig stoße ich Luft aus. Ich weiß aus erster Quelle aka mir, dass Sterbliche nach ihrem Tod zu Göttern erhoben werden können. Auch ich war ein Mensch, ehe mich der vorherige Schattengott auswählte. Der Preis war nicht mehr als meine Erinnerungen. War ich besonders grausam, wählte er mich deshalb, war ich ein Mörder? Die Gesichter meiner Liebsten sind nicht mehr als verschwommene Tuscheskizzen, die über die Zyklen hinweg anderen Platz machten. Die schönsten von ihnen tragen Louves Lächeln.

»Ihr Name war Luría, siehst du?« Donna blättert auf die letzte Seite des ersten Eintrages. »Sie schreibt über ihr Leben. Sie war eine Schattenassassinin, wusstest du das?«

Wissen? Ich habe ja nicht einmal an ihre Existenz geglaubt, genau wie der Großteil der Solituder. Schließlich hat sie nie jemand zu Gesicht bekommen.

»Moment. Sie war eine Assassinin?«, frage ich irritiert. »Ich dachte, Schattenassassinen haben kein Leben nach dem Tod. Ihre Schatten wurden bei ihrem ersten Tod zerstört, sie sind nicht mehr vollständig.«

Donna nickt. »Allerdings gibt es einen Ort, an dem selbst die zerbrochensten Schatten eine Heimat finden. Zumindest erzählt man sich das.«

»Und der wäre wo genau?« Hoffentlich in direkter Nachbarschaft zum Schattenreich, denn ich bezweifle stark, dass Louve und ich der Typ für eine schmachtende Mausoleums-Fernbeziehung sind. Oder dass ich bereit bin, ohne sie zu leben.

Donnas Zeigefinger zeigt ... nach oben? Blinzelnd folge ich ihrer Gestik und blicke hinauf zu den Sonnen. »Das ist nicht dein Ernst.«

Donna zuckt mit den Schultern. »Ich gebe nur wieder, was hier geschrieben steht. Luría war eine Forscherin, wenn man ihren Aufzeichnungen glaubt. Sie hat eine Menge über das Leben nach dem Tod, Unsterblichkeit, das Schattenreich und die Barriere herausgefunden.« Ihr Finger tippt auf die aufgeschlagenen Seiten. »Und genau hier notiert.«

Plötzlich werde ich hellhörig. »Sagtest du, die Barriere?«

Desinteressiert kämmt sie sich die schweren Locken zurück. »Okon würde die ganze Stadt in die Luft jagen, um diesen kleinen Schatz zurückzubekommen.«

Ich starre sie an. »Und du überlässt ihn mir einfach so?«

Diesmal ist ihr Blick leicht zu lesen, als sie meine Hand mit ihrer umfasst. Ein Windhauch zerrt an den antiken Seiten. Ich stehe kurz vor einem Herzanfall, als eine vergilbte Zeichnung von Louves Armreif aufgeblättert wird. Was zum ...

Donnas Fingernägel graben sich in mein Handgelenk und lenken meine Aufmerksamkeit zurück auf ihren nicht zu deutenden Blick. »Natürlich, Decan. Ich liebe dich. Ich würde alles für dich tun.«

Oh, verdammt. »Donna, ich ...«

Ein Schatten fällt über uns. Reflexartig reißt sie mir das Buch aus der Hand und schiebt es, verborgen von ihrem langen Haar, hinter ihren Rücken.

»Und wie sie das würde«, sagt eine mir widerwärtig vertraute Stimme. »Weshalb es ein Kinderspiel war, dich aufzuspüren, *Bruderherz*.«

Achĕş stahlgraue Augen bohren sich in mein Innerstes wie Widerhaken. »Und wenn dir im Gegenzug etwas an dieser bezaubernden jungen Dame und deinem kleinen Bruder liegt, wirst du mir jetzt ohne Widerstand folgen.«

Ohne ihn aus den Augen zu lassen, stehe ich auf. Ein Dutzend schwer bewaffnete Arzaê reihen sich in einigem Abstand hinter ihm auf. »Weshalb bekomme ich allmählich das Gefühl, dass du an meiner Ermordung nicht ganz unbeteiligt warst?«, spreche ich das Offensichtliche aus.

Zur Antwort erhalte ich nicht mehr als das angedeutete Zucken seiner Mundwinkel, doch erst das triumphierende Funkeln seiner Augen ist es, das meine Annahme letztlich bestätigt. Nicht sein Ernst. »Donna ist eine Sanguê«, erinnere ich ihn. »Sie kann euch alle mit einem Fingerschnippen in Matsch verwandeln.« Nur, dass besagte Sanguê ... irgendwie schuldbewusst auf ihre Hacken starrt. Was zum ...?

»Aber das würde sie nicht«, erwidert Achĕş mit einer Ruhe, die mir eine Gänsehaut beschert. »Nicht wahr, Donna?« Warum zum Nachtwaran schüttelt sie den Kopf? Was hat diese Familie nur gegen eines der mächtigsten Wesen dieses Planeten in der Hand? »Außerdem wäre es doch wirklich schade, wenn klein Rumían etwas passieren würde, denkst du nicht?«, bringt er das Fass zum Überlaufen.

Meine Hände ballen sich von ganz allein zu Fäusten. »Er ist auch dein Bruder!«, fahre ich ihn an.

Doch Achĕş schüttelt nur lachend den Kopf. »Oh, Decan. Es gibt so viel, was du nicht weißt.« Er hebt das Kinn, ein siegessicheres Blitzen in den Augen. »Oder sollte ich besser sagen, Enean?«

52. Kapitel

Louve

»Warum sollte dir jemand den Kopf einer toten Mæscån schicken?«

Schweigend starre ich auf meinen Drink. Dass die Aura eines Glases, eines leblosen Objektes, dieselbe Farbe aufweist wie der abgetrennte Kopf meiner besten Freundin, lässt mich Galle schmecken. Denn genau zu dem haben sie Gría gemacht: einem leblosen Objekt. Meinetwegen.

»Warum sollte irgendjemand irgendjemandem irgendeinen Kopf schicken?«, zischt Sâl Wren zu Recht an.

Die Assassinin musste mich vorhin buchstäblich aus dem Speisesaal Iron Claws zerren. Ich habe getreten und geschrien und mir den Schmerz aus dem Leib gekotzt. Innerlich. Immer nur innerlich. Obwohl ich dort bei lebendigem Leib brannte, muss es für Außenstehende den Eindruck erweckt haben, ich sei zu einer Salzsäule erstarrt. Ich erinnere mich kaum daran, wie Sâl ihre Arme um meine Taille schlang und mich zwischen den flüsternden Schaulustigen hindurchdirigierte. Wie sie Gría wegbrachten. Und ich glaubte, nie wieder richtig atmen zu können.

Wren hat uns erst eingeholt, als wir längst auf dem Weg nach Serpentine Shell waren. Seinen einstudierten Monolog über Vernachlässigung von Pflichten, dem Versäumen unserer Trainingseinheiten und dem unbefugten Verlassen des

Geländes stellte er exakt in dem Augenblick ein, als er vor uns zum Stehen kam. Irgendetwas in meiner Miene muss ihn zum Schweigen gebracht haben. Nach all den Zyklen hat es also nur den abgetrennten Kopf meiner besten Freundin gebraucht, damit Wren endlich den Mund hält.

Seither sitzen wir in einem der zahllosen Pubs Serpentine Shells und starren unsere vollen Gläser an. Da noch keine der beiden Sonnen ihren Zenit erreicht hat, ist es relativ leer, nur vereinzelte blaue und goldene Auren leuchten hier und dort in einer Sitznische auf. Der gewohnte Lärm ist nicht mehr als ein Flüstern, als hätte die Welt zu Grías Gedenken die Stimme gesenkt. Und auch die Musik zeugt nicht von den üblichen Techno- und Bassbeats, sondern ist melodisch, hintergründig, irrelevant.

Wren ist anzumerken, dass er zum ersten Mal nicht weiß, was er sagen, wie er mir helfen kann. Weil er mich nie zuvor so gesehen hat. So … verloren. In meiner Brust herrscht zeitlose Leere, ein schwarzes Loch, das sich mit jedem weiteren Atemzug ausdehnt und mich zu verschlingen droht. Und zum ersten Mal in meinem Leben stehe ich kurz davor, dem nachzugeben.

»Louve, bitte sag uns die Wahrheit. Kanntest du die Mæscån?«

Sâl schiebt mir ihr Glas hin. »Natürlich kannte sie sie. Beim Schattengott, Wren, sieh sie dir doch an!« Dass ihre Worte wie ein erneuter Schlag auf mich wirkten, ahnt sie nicht.

Wrens Finger trommeln unruhig auf der Kunststofftischplatte. »Sollen wir … Ich meine, willst du, dass wir sie … ihren Kopf … beerdigen?«

Sâl stößt ein frustriertes Schnauben aus. »Schätzchen, du hast das Taktgefühl einer Wassermelone.«

»Nenn mich nicht Schätzchen«, knirscht Wren ungehalten.

»Ach, aber Wassermelone ist okay?«

Ihr Wortgefecht zieht an mir vorbei, schwebt hoch oben über dem bodenlosen Abgrund, in den ich gestürzt bin. Dort, wo die Lebenden weilen. Ich fühle nichts, verstehe nichts, *bin nichts.*

Plötzlich spüre ich etwas Kaltes an meinen Lippen. Reflexartig schlucke ich die Flüssigkeit, die mir Sâl gnadenlos in die Kehle schüttet. Der Geschmack von karamellisierten Äpfeln und Shia-Beeren benetzt meinen Gaumen, gefolgt von einem willkommenen Brennen in meinem Magen.

»Noch einen«, bestimmt Sâl. Diesmal bin ich diejenige, die das Glas mit einem Zug leert.

Sâl schnippt in die Finger. »Hier, Süßer, noch eine Runde!«, ruft sie, vermutlich der Bedienung, zu.

»Sei mir nicht böse, Sâl, aber weshalb bist du hier?«, fragt Wren, während auch er mir widerstandslos seinen Drink rüberschiebt. »Louve und du seid keine Freundinnen. Oder habe ich etwas verpasst?«

Ob er etwas verpasst hat? Wo soll ich anfangen ... »Sie glaubt, aus mir herausquetschen zu können, was in jener Nacht im *Rain 'n Sorrow* geschah«, kläre ich ihn monoton auf. »Es gab ... Gerüchte, Melyn und Kendric würden hinter alldem stecken.«

Noch halte ich den zweiten Teil von Eneans Anschuldigung zurück. Denjenigen, der meinen Cåraidt bezichtigt, Teil des abgekarteten Spiels zu sein. Nicht, weil es mir besonders am Herzen liegt, Wren zu schützen. Vielmehr geht es mir darum, *mein Herz* zu schützen. Ich bin nicht bereit, Enean, Gría und Wren zugleich zu verlieren, fühle mich gleichzeitig, als hätte eine gigantische unsichtbare Faust namens Schicksal mit einem Schlag sämtliche meiner Figuren vom Schachbrett gefegt.

»Ich denke darüber nach, die Seiten zu wechseln«, bekräftigt Sâl meine Aussage.

Eine hellblau leuchtende Silhouette, ein Mensch, stellt drei große und sechs kleine Gläser auf unseren Tisch. Wren wartet, bis der Kellner verschwunden ist, ehe er mit gesenkter Stimme fragt: »Was meinst du, Sâl? Du weißt doch, was geschah. Was haben Melyn und Kendric damit zu tun?«

Wren ist der Typ Untoter, für den eins und eins immer exakt die Zahl ergibt, die ihm für seine Argumentation gerade in den Kram passt.

»Wren, nicht einmal ich weiß, was in dieser Nacht passiert ist«, erinnere ich ihn. »Sag Sâl einfach, woran du dich erinnerst.«

»Ähm …« Wren schnappt sich bemerkenswert schnell zwei der Shot-Gläser. »Als Melyn und Kendric auspackten, fühlte ich mich …«

»Spul vor!«, unterbricht Sâl ihn. »Du fühltest dich scheiße, weil dir deine Cåraidt abhandengekommen ist, vetternwirtschaftest dir eine kleine Armee, *und dann*?«

Trotz den Umständen grinse ich leicht.

»Wir wurden angegriffen, kämpften uns durch Hunderte Schattenwandler.«

Ich rolle mit den Augen. Hunderte? Also bitte.

»Der Schattengott tauchte auf, warf die bewusstlose Louve seinen Untertanen zum Fraß vor!«

Ich schlürfe an meinem Cocktail.

»Glaub mir, Sâl, etwas Beängstigenderes als dieses gehörnte, gigantische Monstrum hat niemand von uns je zuvor gesehen.«

Ich schon. Es nennt sich der erste Sonnenaufgang, nachdem du deine Eltern verloren hast. Es nennt sich jedoch keinesfalls *erdnussbutterfutternde beleidigte Leberwurst.*

»Ja, ja, schon kapiert. Der Schattengott ist gruselig.«

Ich liebe es, wie Sâl Wrens Ego-Ballon in eine schrumpelige Rosine verwandelt. »Und dann?«

»Als wir Louve gerettet hatten, brachte ich sie natürlich sofort über die Barriere.«

Natürlich. Wie sonst würde ein anständiger Held agieren?

»Dort habe ich sie …« Plötzlich bricht er ab. Warum bricht er ab?

»Dort hast du sie *was?*«, bohrt Sâl nach.

Nun hebe auch ich den Kopf. »Dein Schweigen ist ziemlich verdächtig«, raune ich Wren zu und leere einen weiteren Cocktail, weil es mein Herz so wundervoll betäubt und ich dann nicht an Enean, den Dòchaş und die vergangene Nacht denken muss. Cocktails packen dein Herz in Watte, deshalb lieben wir sie. Weil wir es hassen, uns mit der Realität zu konfrontieren, mit der Wahrheit, dem Schmerz. Dafür ist Serpentine Shell da. Um zu vergessen. Manchmal verabscheue ich mich dafür, wie sehr ich es liebe, zu vergessen.

»Louve, du wurdest im Schattenreich schwer verletzt«, wendet er sich nun direkt an mich.

»Ist mir nicht entgangen. War dabei«, lüge ich, obwohl ich mich überhaupt nicht erinnern kann. An Thuja und mein Mal und die Wunden an meinem Rücken.

Willst du wissen, weshalb du dich nicht an jene Nacht im Schattenreich erinnerst, Louve?

Eneans Worte brennen sich wie Säure durch meine Synapsen.

Willst du wissen, weshalb du vergessen hast, wie deine eigenen Leute dich buchstäblich den Wölfen zum Fraß vorwarfen, während ich um dein Leben kämpfte?

»Was ich euch jetzt sage, muss unter uns bleiben«, ergänzt Wren mit gesenktem Ton. Oho, jetzt wird es spannend. »Außer meiner Familie weiß niemand davon.«

»Jetzt spuck's schon aus!«, fordert Sâl, was wir beiden denken.

Wieder seufzt Wren tief. *Gütige Göttin des Lichts …* »Manchmal, wenn die Verletzungen in unseren Reihen zu schwer sind … Dann verständigen wir einen Mental-Arzaê.«

Ich blinzle, der Glasstrohhalm fällt mir aus dem Mund, Sâl verschluckt sich an unseren Deko-Kirschspießen.

»*Bitte?* Und wieso wissen wir davon nichts?«, ruft sie aus.

»Weshalb wir es nicht an die große Glocke hängen, dass Arzaê in unseren Köpfen herumpulen?«, fragt Wren eine Spur zu gelassen.

»Äh, ja?«

»Diktatur und so«, werfe ich monoton ein.

»Louve, deine Verletzungen waren so gravierend, dass sie dich nach dem Materialisieren in Dall womöglich umgebracht hätten.«

Oh, wow. Fuck. Was?

»Deshalb bat ich einen Litíjr, dir die Schmerzen zu nehmen, bis die Heiler dich zusammengeflickt hätten.«

Warte. Was?! »Du hast jemanden in meinem Kopf herumschnüffeln lassen? Zum Aasdrachen, Wren!«

Ich knalle das Glas so heftig auf den Tisch, dass es in meiner Hand zerspringt. Scherben bohren sich in meine Handfläche und sind doch nichts im Vergleich zu dem Gefühl, das Wren mit seinem Geständnis in mir hervorruft. Schmerz, Enttäuschung, Wut, so verdammt viel Wut.

»Wie konntest du das tun?«, brülle ich ihn an. Ich bin mir sicher, dass sich soeben zahllose Köpfe nach uns umdrehen. Es könnte mit nicht gleichgültiger sein.

»Louve, du musst verstehen …«

»Wer?«

»Louve, komm schon!«, versucht er es erneut. »Wir sitzen doch alle im selben Boot …«

Das ist ja die Höhe! Ich lehne mich zu ihm vor und packe den Kragen seiner Montur. »Ich will aber nicht im selben Boot sitzen wie ihr, kapiert? Ich will nicht einmal denselben verfluchten Hafen ansteuern! Ich will weder euer Paddel noch euer Steuer noch euer beschissenes Segel sein!«

Sâl lehnt sich in ihrem Stuhl zurück. Keine Ahnung, ob sie entsetzt ist über meinen Wutausbruch oder grinst oder es sie schlichtweg nicht interessiert. Und wenn schon. »Allmählich beschleicht mich das Gefühl, ich würde auch lieber das Boot wechseln, Wren-*Schätzchen*«, gibt sie ihren Senf dazu. »Euer Boot ist scheiße.«

Und ob. Dieses Boot ist der allerletzte Rostkutter!

Vorsichtig löst Wren meine Finger. »Louve ...«

»*Wer?*«, schreie ich ihn an.

Wrens Schweigen dehnt sich zu einer kleinen Ewigkeit, in der ich ihn köpfen, vierteilen, oder aufschlitzen könnte. Als er die folgenden Worte ausspricht, wünschte ich, ich hätte alles davon zugleich getan.

»Achĕş Roughcrest.«

Ich schnappe nach Luft.

Kriech in mein tiefstes Inneres, schneide dich durch all die Eisplatten, Schlingpflanzen und Dämonen der *was wäre wenns* und vielleicht, wenn du gut genug bist, findest du dort das blanke Entsetzen, das mich zerreißt, als mein bester und einziger Kindheitsfreund mir gesteht, mich an die Finsternis verkauft zu haben.

Mein Blut vermischt sich auf der Tischplatte mit dem verschütteten Alkohol und all meinem Frust, als ich meine Faust auf die Scherben schlage.

»Louve, er hat dir nur die Schmerzen genommen!«, versucht sich Wren zu rechtfertigen. Vielleicht meint er wirklich, was er sagt, vielleicht ist er dieser naive, gutgläubige, dämliche Mistkerl, für den er sich ausgibt. Es könnte mir nicht gleichgültiger sein.

Achĕş Roughcrest hatte an jenem Sonnenlauf Zugriff auf meine Erinnerungen. Erinnerungen, die mir seither durch die Finger gleiten wie Sand. Die mir die Migräne meines Lebens bescheren, immer dann, wenn ich sie zu fassen versuche.

Achĕş hat mich bestohlen. Er hat etwas mit meinem Kopf gemacht, etwas ausradiert, verdreht, ich weiß es nicht.

Doch es gibt jemanden, der es weiß.

Der dort war. Der immer da ist.

Enean.

Ich muss ihn finden, muss mit ihm sprechen, herausfinden, was er weiß, und wenn er etwas weiß – und das tut er, denn er ist der verdammte Schattengott –, weshalb er schwieg.

»Louve, jetzt bleib doch hier!«

Ich wische mir Blut und Scherben von den Handflächen, schmiere mir Erinnerungen und Schmerz und Verrat an das Leder meiner Uniform, und springe auf. Ich muss ihn finden, ich muss –

»Ah, genau die Schattenassassinin, nach der ich suche.« Eine von einer Moschus-Duftwolke umgebene Hand legt sich klamm auf meine Schulter. »Louve, ich verhafte dich wegen Einbruch und schweren Diebstahls an Okon Roughcrest.«

53. Kapitel

Louve

Schwarze Flecken pulsieren zwischen meinen Schläfen, als mein Blick langsam die golden glimmende Aura jener Person hochgleitet, die für all das hier verantwortlich ist.

»Ihr könnt sie nicht einfach so mitnehmen, Roughcrest!« Wren springt auf. Weder fragt er, wovon Achĕş spricht, noch stellt er mich zur Rede. Stattdessen baut er sich an meiner Seite auf, ganz der *bis über den Tod hinaus* loyale Cåraidt, und zischt drohend: »Du hast keine Befugnis.«

Ich persönlich bin da schon etwas weniger diplomatisch veranlagt. »Gib mir sofort meine Erinnerungen zurück!« Mit einer Hand packe ich das maßgeschneiderte Hemd der Arzaê-Pestbeule, mit der anderen presse ich einen meiner Dolche an seinen linken Oberschenkel, in dem Wissen, wie nah seine Schlagader ist. Ein stechender Tinnitus schrillt in meinen Gehörgängen, heißer Zorn kocht in meinen Adern und meine Finger zittern. Ich beiße die Zähne so fest aufeinander, dass ich meine eigenen Schmerzen kosten kann. Nicht mehr lange und es werden die seinen sein.

»So wie ich das sehe, ist keiner von euch beiden in der Position, Forderungen zu stellen«, entgegnet Achĕş mit jener hochmütigen Gelassenheit, für die man ihn kopfüber in die Toilette stopfen sollte.

»Sagt der Kerl mit der Klinge im Schritt«, zische ich.

Hinter Achĕş drängen mehrere Personen in den Pub, vier Arzaê, zwei Menschen. Meine Mundwinkel zucken vor Stolz, weil er davon ausgeht, dass sie mich unter sieben Mann nicht schnappen werden. Spoiler Alarm: Nicht einmal siebzig wären genug.

»Wessen wird sie konkret angeklagt?«, mischt sich Wren erneut ein.

»Angeklagt?«, schnaube ich. »Der Schönling ist kein gottverdammter Richter, Wren. Er hat nur zu viel Kohle und Langeweile.«

Das verdächtige Knarren und Schleifen zurückgeschobener Stühle und Barhocker erfüllt den Raum, gefolgt von hastigen Schritten und Gemurmel. Wäre ich der Inhaber, würde ich bei Achĕş Schadensersatz verlangen.

»Ich stehle öfter etwas, als du dir deinen Hintern puderst, also mindestens siebzig Mal täglich«, raune ich Achĕş mit einem süffisanten Grinsen ins Ohr. »Beispielsweise den Schatten deines Bruders, wenn ich dich erinnern dürfte. Was also soll der Mist?«

»Wärst du so freundlich, deine Spielzeugwaffe sinken zu lassen, Erdbeertörtchen?«, beantwortet er meine Frage mit einer Gegenfrage. »Ich dachte, wir hätten uns darauf geeinigt, das Ausleben deiner Neigungen auf das Schlafzimmer zu beschränken.«

»Meine *Neigungen* befördern dich gleich auf direktem Weg ins Schattenreich, Arzaê.« Ich bin derart wütend, dass ich über mich selbst erstaunt bin, den Mistkerl nicht an Ort und Stelle umgelegt zu haben. Allerdings hat er Antworten. *Meine* Antworten. Und meine Erinnerungen.

Unverhohlen schlürft Sâl an unserem Tisch an ihrem Cocktail, als ginge sie das Ganze überhaupt nichts an. »Zwei von drei Roughcrest-Brüdern, Louve? Ernsthaft? Schlag ein!«

Ich ignoriere ihre erhobene Hand. »Ich würde den Kerl nicht einmal mit einer Kneifzange anfassen, Sâl«, knirsche ich stattdessen.

Achĕş bedenkt mich mit einem spöttischen Schnauben. »Donna hat Louve dabei erwischt, wie sie die Sicherheitsvorkehrungen im Tower überwand und einige unserer wertvollsten Besitztümer aus den Privatgemächern meines Vaters stahl.«

Ich hasse ihn dafür, wie er *Privatgemächer* sagt, dieser versnobte, abgehobene –

»Ach, ist das so?« Weder weicht Wren von meiner Seite, noch bittet er mich, meine Waffen sinken zu lassen. »Du willst mir also weismachen, eine einzige junge Frau wäre dazu imstande, die stärksten Sicherheitsvorkehrungen von ganz Solitude lahmzulegen, ohne von euren Leuten aufgehalten zu werden, fast zwanzig Stockwerke zu passieren, und so mir nichts, dir nichts mit den Armen voller Diebesgut zurück nach Iron Claw zu spazieren, während eine Sanguê tatenlos zugeschaut hat?«

Beeindruckt von Wrens Eloquenz lege ich den Kopf schief. Nicht besonders beeindruckt hingegen bin ich von der Tatsache, dass er mich wieder einmal unterschätzt. Er tritt einen Schritt auf Achĕş zu. »Ich nehme an, du hast Beweise für deine Anschuldigung? Vielleicht ein paar nette Videoaufnahmen, die uns zeigen, weshalb eine der mächtigsten Geschöpfe dieser Welt eine unbefugt eintretende Schattenassassinin weder zur Rede gestellt noch aufgehalten hat?«

»Vielleicht war sie geblendet von Louves Charisma«, wirft Sâl wenig hilfreich von ihrem Tisch aus ein und bestellt sich einen weiteren Drink.

Zum ersten Mal bemerke ich ein Zögern in Achĕş Roughcrests Auftritt. Ich kann seine Zähne knirschen hören, seine

Wut schmecken. »Wenn ihr derart von Louves Unschuld überzeugt seid, habt ihr sicher nichts dagegen, wenn wir ihr Zimmer durchsuchen.«

Übergriffiger Perversling. »Natürlich nicht«, entgegnet Wren zu meiner Überraschung. Gerade will ich den Mund aufmachen, um zu protestieren, da fügt er mit der Ruhe eines gefallenen Engels hinzu: »Sobald du unseren Generälen Beweise für deine Behauptung lieferst.«

Ein, zwei Herzschläge lang ist Achĕş wie vor den Kopf gestoßen, offenbar wiegt er seine nicht vorhandenen Optionen gegeneinander ab. Dann senkt er sein dummes Gesicht zu mir hinab, wodurch meine Klinge automatisch seine oberste Hautschichten durchtrennt. Ein feines Rinnsal Blut fließt auf meine Finger, als er flüstert: »Wir sind noch nicht fertig miteinander, Louve. Ich weiß genau, dass du es hast.«

Verwirrt runzle ich die Stirn. Dass ich was habe? Versteckt sich unter Eneans Juwelenhaufen etwa versehentlich Achĕş' goldene Beißschiene? Sein juwelenbesetzter Schnuller, ohne den er nicht einschlafen kann?

Gerade will er sich abwenden, da packe ich ihn so grob an der Kehle, dass selbst ein Achĕş Roughcrest röchelt. »Du gibst mir jetzt auf der Stelle meine Erinnerungen zurück, Roughcrest. Oder ich schwöre dir, ich reiße dich hier und jetzt vor Publikum in Stücke.«

»Wir wissen, dass zwei Personen aus unserer Einheit etwas mit der Sache zu tun haben.« Endlich lässt Sâl von ihrem Cocktailglas ab und kommt auf uns zu. »General Irquan und Generalin Dråga werden nicht erfreut darüber sein, dass ein Arzaê *ganz aus Versehen* mal eben mit Louves Schmerzen das Wissen um potenzielle Täter in den eigenen Reihen ausradiert hat. Es ist mir scheißegal, ob du zu blöd bist, deine Kräfte zu zügeln, oder ob du Louve aus persönlichen Gründen eins auswischen wolltest.« Äh, danke? »Aber wenn du ihr nicht die Erinnerungen an jene Nacht zurückgibst, wirst du dich vor der gesamten Gemeinschaft der Schattenassassinen rechtfertigen müssen«, zischt sie ihn mit etwa 0,001 Prozent von Wrens aufgesetzter Gelassenheit zu. »Du wirst dich vor Gericht verantworten müssen. Und dann kannst du deiner Sippe selbst erklären, weshalb sämtliche Bündnisse mit uns schneller verpuffen als du *Daddy* plärren kannst.«

Überrascht und ein kleines bisschen stolz blinzle ich. Wow, ich hätte nie gedacht, dass Sâl wirklich derart viel daran liegt, Melyn bloßzustellen. Andererseits verstehe ich sie. Wenn ich wüsste, dass der Mann, mit dem ich in wenigen Rå-Uhrenflüssen unweigerlich verbunden werden soll, ein unheimliches Superschurken-Doppelleben führt –

»Ihr habt es nicht anders gewollt.« Ehe ich mich's versehe, hat Achĕş beide Hände an meine Schläfen gepresst.

Mir bleibt kaum Zeit, nach Luft zu schnappen, da bricht die Welt mit dem ohrenbetäubenden Tosen eines Tsunamis über mir zusammen. Kochende Schwärze verschluckt mich, verbrennt mich bei lebendigem Leib, während mehr und mehr Klangbilder in meinem Verstand aufblitzen, durcheinanderwirbeln, mir die Luft abschnüren. Ich spüre, wie meine Knie unter mir nachgeben und sich watteartig ein Arm um meine Taille schlingt, mich stützt. Irgendwo in der Ferne höre ich jemanden meinen Namen rufen. Es ist Sâl, es ist Wren, es sind Melyn und Kendric und Enean. Ist Vergangenheit, Gegenwart, Zukunft, ein Brei aus *alles und nichts.* Ich kann nichts zuordnen, kann nicht *sehen*, was passiert ist, nur *hören.* Und fühlen. Da sind Stimmen und Auren, silberne Auren, die Silhouetten dreier Assassinen. Meine eigenen Leute, die mich in eine Falle locken, mich auf Drogen setzen, mir den grausamsten physischen Schmerz meines Lebens zufügen, während die

Verbindung zu meiner Geistgefährtin abbricht. Schreie, Grölen, Schattenwandler, die Barriere. Starke, vertraute Arme, die mich hochheben. Eine Stimme, die mir Leben und Tod und alles dazwischen bedeutet, und mich irgendwie im Hier und jetzt hält. Enean, der mich fortbringt. Enean, der mit jemandem streitet. Enean, den ich beknie, für immer bei ihm bleiben zu dürfen, an seiner Seite zu herrschen. Enean, der um mein Leben bangt, mich anfleht, zurückzukehren, zu leben, zu *überleben.* Und ich, in seinen Armen, das drückende Gefühl, dass sich alles in mir dagegen sträubt, ihn zu verlassen, um mich dem zu stellen, was mich beinahe zum zweiten Mal umbrachte.

Als ich zu mir komme, sind meine Lider geschwollen, feuchtes Salz verklebt mir die Wimpern, meine Kehle ist trocken, als hätte ich über mehrere Rå-Uhrenflüsse hinweg geschrien. Ich spüre den weichen Stoff einer Matratze unter mir, meine Beine strampeln ein Leinentuch von meinem verschwitzten Körper. Mir ist heiß und kalt und so übel, dass ich kurz davor stehe, mir die Erinnerungen, die Achĕş mir mit der Grobheit eines Metzgermeisters zurück in den Verstand gepresst hat, in einem Schwall zu meinen nackten Füßen zu erbrechen. Zwar mag mein Kopf bereit für die Wahrheit gewesen sein, doch mein Herz war es ganz ohne Zweifel nicht.

»Du bist wach.«

Noch immer benommen taste ich über meine schmerzende Kehle. Da erst bemerke ich die auf einem Hocker neben dem Bett sitzende Silbersilhouette. »W-Wren?« Ich muss mich konzentrieren, um sein Falkenmal zu identifizieren, so benebelt bin ich von den vergangenen Ereignissen. »Wo bin ich? Was ist passiert?«

Wren beugt sich vor und drückt meine Hand. Tränen steigen mir bei der mein halbes Leben lang geliebten, vertrauten wie verhassten Berührung in die Augen.

»Du bist in Sicherheit. Ich habe dich in mein Zimmer gebracht, weil es fünfzig-fünzig stand, ob sie deines auseinandernehmen würden.« Er stößt ein frustriertes Schnauben aus. »Dieser Mistkerl Achëş scheint wirklich deine Erinnerungen gestohlen zu haben. Du musst mir glauben, Louve, dass ich rein gar nichts von der Sache wusste! Ich habe ihn lediglich beauftragt, dir die Schmerzen zu nehmen, um dein Überleben zu sichern. Du weißt ja nicht, wie es sich angefühlt hat, dich so vorzufinden, all das Blut, die Wunden ...«

Ich umschließe seine Hand fester. »Ich glaube dir, Wren.« Das tue ich wirklich. Wren hätte keinen Grund, mir die Erinnerungen an die Nacht zu nehmen, ganz im Gegenteil, liegt doch kaum jemandem mehr an Wahrheit und Gerechtigkeit.

»Achëş behauptet, es gäbe immer Risiken bei Mental-Arbeit. Dass die Schmerzen unweigerlich mit den Erinnerungen an die Ursache verknüpft waren und so schwerwiegend waren, dass er etwas tiefer graben musste als gewöhnlich.«

Ich schnaube. »Und du glaubst ihm?«

»Ich weiß nicht, was ich glauben soll, Louve. Ich habe keine Ahnung, was du mit den Roughcrests zu schaffen hast oder weshalb Achëş persönlichen Groll gegen dich hegen sollte, verstehst du?«

Oh, mir würden da sehr wohl ein paar Gründe einfallen ... Ich beiße mir auf meine aufgeplatzte Unterlippe. »Es waren Melyn, Bash und Kendric. Sie haben mir das angetan.«

»Ich weiß, Kleines.« Er streckt seine Hand nach mir aus, vielleicht, um mir das Haar aus der Stirn zu streichen, entscheidet sich jedoch im letzten Moment dagegen. »Sâl hat sie direkt konfrontiert. Melyn packte ziemlich schnell aus und verriet uns alles, was wir wissen wollten. Kendric ging auf sie los und jetzt sitzen beide in Untersuchungshaft und warten auf ihr Urteil.«

Langsam nicke ich, noch immer nicht dazu imstande, das Ausmaß an Gewalt und Verrat gegen mich auch nur ansatzweise zu verarbeiten.

»Die Sache mit dem Diebstahl ist auch mehr oder weniger vom Tisch«, wechselt er abrupt das Thema. »Es tut mir leid, Louve, aber ich habe dein Zimmer durchsucht. Du warst nicht ansprechbar und Achĕş drohte, dich vor Gericht zu zerren, sollte er auch nur eines seiner Besitztümer bei dir finden. Ich musste das tun, verstehst du? Ich weiß, wir hatten bereits mehrfach Gespräche über Privatsphäre und Grenzen, aber es ging um dein Leben, verstehst du?«

Ich weiß nicht, was ich sagen soll, weil er recht hat, ohne recht zu haben, und ich gleichzeitig sauer und dankbar bin.

»Ich wollte den Kram verschwinden lassen, sollte ich etwas finden, bevor Achĕş auftaucht.«

»Wie unehrenhaft und systemunkonform von dir, Wren.« Ganz leicht zucken meine Mundwinkel nach oben.

»Ich muss dir noch etwas gestehen.« Seine Hand fährt zu seinem Gesicht. »Anstelle irgendwelcher Roughcrest-Juwelen habe ich etwas anderes gefunden. Ich habe … Louve, wie lange suchst du schon nach dem Mörder deiner Eltern?«

Ich erstarre, beiße mir so fest auf die Zunge, dass ich Blut schmecke. Nur einen schmerzenden Herzschlag lang, dann sinke ich erschöpft tiefer in die Matratze. »Ich habe nie damit aufgehört.«

»Ich verstehe.«

Schweigen breitet sich zwischen uns aus, während meine Muskeln nach und nach wieder ihren Dienst antreten. So auch mein Gehirn. Nervenenden schnellen zusammen, verrostete Zahnräder kommen in Bewegung. Plötzlich bin ich hellwach.

Mein Oberkörper reißt nach oben, mit einem Satz springe ich aus dem Bett. Was meint er damit, er hätte keine Juwelen gefunden? Enean packte sie unter die Dielen, zu den Sachen meiner Eltern, Zündholz eines nie verebbten Racheschwurs. Das weiß ich genau, weil er mich auf die wenigen Habseligkeiten ansprach, die Pearse damals für mich aus den Überresten meines einstmaligen Zuhauses rettete. Es war nicht viel. Das Medaillon, das mein Vater meiner Mutter zu meiner Geburt schenkte. Seine Taschenuhr. Eine Handvoll schwer beschädigter Fotos, die ich niemals wieder werde ansehen können. So was eben. Besonders Letzteres wiegt noch heute schwer in meinem Magen.

Doch wenn Wren nur diese Dinge entdeckt hat ... Bedeutet das, Enean kam noch mal zurück? Und nahm die Juwelen? Weshalb?

»Louve, was tust du da? Du bist gerade erst wieder zu dir gekommen«, ruft Wren, als ich bereits vor der Zimmertür stehe.

»Tut mir leid, ich muss etwas Dringendes erledigen.«

»Louve ...« Plötzlich steht er hinter mir, sein kalter Atem streift meinen Nacken. »Ich werde dich nicht fragen, was du vorhast, diesmal nicht. Aber ich bitte dich inständig, mich morgen Abend nicht hängen zu lassen.«

Ich brauche eine ganze Weile, bis ich realisiere, dass er von der Zeremonie spricht. Schuldbewusst presse ich die Lippen aufeinander. Wenn die So-was-wie-eine-Braut bereits im Vorfeld weiß, dass sie den So-was-wie-einen-Bräutigam vor dem Altar stehen lassen wird, es ihm aber einfach nicht sagen kann, nicht sagen darf, ist es ... brutal. Für beide Seiten, Tendenz zu seiner.

Dann aber sagt er etwas, das meinen Widerstand nicht zum ersten Mal ins Wanken bringt. »Louve, nach unserer Vereinigung wirst du nie wieder in eine Situation wie diese geraten. Die anderen werden Respekt vor dir haben und viel zu viel Angst, um dich jemals wieder auch nur schief anzusehen. Deine Macht wird nahezu grenzenlos sein. Und du wirst andere vor dem beschützen können, was dir angetan wurde. Auch …« Er räuspert sich, senkt die Stimme. »Auch in Dall.«

Sofort blitzt Grías Name in meinem Verstand auf, ein von nun an auf ewig währendes Pulsieren zwischen all den Narben und Kerben, die der Tod meiner Eltern in meinem Wesen hinterlassen hat. Und dann ist da noch ihre kleine Schwester Nadija. Wo ist sie, ist sie am Leben? Haben sie sie mitgenommen? Und wer sind *sie?*

Wren umfasst meine auf der Türklinke liegenden Finger. Er muss bemerkt haben, dass sie leicht zittern. Er bemerkt es *immer.* »Louve …«

Doch ich reiße mich los, schüttle den Kopf. »Wir sehen uns später.« Damit stoße ich die Tür auf und stürme davon.

54. Kapitel

Louve

In meinem kurzen Leben bin ich bereits auf tausendundeine Weise gestorben. Innerlich. Vor Trauer, aus Angst, vor Schmerz, unter dem Gewicht der Welt, die etwas aus mir hat machen wollen, das ich nicht sein konnte. Doch noch nie bin ich aus Liebe gestorben. Ich schätze, es gibt für alles ein erstes Mal.

Ich rannte direkt von Wren zu meinem Turmzimmer und riss die Dielenbretter zur Seite. Wie eine Wahnsinnige tastete ich den Hohlraum ab, doch Wren hatte die Wahrheit gesagt. Keine Münzen, keine Juwelen. Nichts.

Enean hatte alles mitgenommen. Er muss es gewesen sein, niemand sonst kennt mein Versteck, und selbst wenn es jemand gefunden hätte, wäre er mit einem Sack voller Diebesgut mittlerweile längst aufgeflogen.

Also lief ich zu unserem Treffpunkt an Old Marbles Hafen.

Und wartete.

Und wartete.

Ich wartete den Zenit beider Sonnen ab, wartete, während der Mond seine Bahnen zog, wartete noch lange, nachdem Athaír und Sôl längst wieder am Horizont erblühten und einen neuen Morgen ankündigten. Und damit die Vereinigungszeremonie, den Dòchaş. Meine Finger wurden taub vor Kälte, frischer Morgentau benetzte mein offenes Haar, während ich regungslos auf die Silhouetten unserer Handelsflotten blickte.

Doch Enean kam nicht. Genau wie ich hatten die Schiffe ihre Segel eingeholt, genau wie ich lagen sie vor Anker in einer Stadt, die sie Sonnenlauf um Sonnenlauf fesselte, stets ein niemals verklingendes Ziehen im Rumpf, das einen hinaus in die Weite des Horizonts zieht, während schwere Ketten einen unbarmherzig an Ort und Stelle halten. Kaufleute priesen ihre Waren an. Sie bauten ihre Stände ab. Kinder lachten, kühler Wind strich mir liebevoll das Haar aus der Stirn, die von den im Zenit stehenden Zwillingssonnen erhitzten Hafenmauern verloren an ihrer Wärme.

Am Morgen wurden die Markstände wieder aufgebaut. Doch noch immer blieb die Liebe meines Lebens fern.

Und ich wartete.

Und wartete.

Man sagt, Tote würden mehr Blumen empfangen als die Lebenden, mehr Tränen, mehr Liebe. In dieser Nacht merkte ich nichts davon. Ich saß einfach nur da, mein Innerstes gleich einem tiefen Brunnen, mein Fühlen und Denken das Wasser tief auf seinem Grund. Hin und wieder schwappte ein Echo davon an die Oberfläche, doch ich wusste es nicht zu greifen. Und wenn ich ehrlich bin, wollte ich es auch nicht.

Enean war ohne mich gegangen, das war mir mit unwiderruflicher Sicherheit bewusst. Ich spürte die Wahrheit bis in die Tiefen meiner Knochen, jeder einzelne meiner Atemzüge schrie seinen Namen. Und ich verfügte über keinerlei finanzielle Mittel mehr, es ihm gleichzutun. Also sammelte ich die letzten Ascheflocken meiner Hoffnung zusammen und machte mich schweren Herzens auf den Weg ins Schattenreich.

An die wenige Zeit dort erinnere ich mich kaum, sie ist die Zeichnung eines Kindes, über die ein Erwachsener unbedarft ein Glas Wasser verschüttet hat. Ich weiß noch, dass ich gegen eine Handvoll Schattenwandler kämpfte, kaum hatte ich die Barriere übertreten. Da war Blut und Tod und Verwüstung, doch ich spürte nichts davon. Ich hatte keine Ahnung, wie ich es bis hinauf in den Norden schaffen sollte, bis zu seiner Burg. Doch das musste ich auch gar nicht. Noch bevor ich Thuja rufen konnte, stellte sich mir eine überdurchschnittlich große Schattenwandlerin in den Weg. Die Silhouette ihres peitschenden Schlangenschwanzes löste rein gar nichts in mir aus.

Bis sie ihre Stimme erhob.

Weder griff sie mich an, noch machte sie Anstalten, mich zu töten. Stattdessen verharrte sie nur wenige Menschenlängen von mir entfernt und zischte mit einer Härte, die mir Eiseskälte in die Glieder trieb: »Er ist nicht hier. Unser Gott hat uns verlassen. Er wird nicht zu uns zurückkehren, Assassinin. Deinetwegen.«

Ich verharrte noch eine ganze Weile, als sie sich längst von mir entfernt hatte und irgendwo in der Einöde von Eneans einstigem Reich verschwand.

Was hatte ich getan? *Was habe ich nur getan?* Enean hat mich gepflegt, als meine eigenen Leute mir den Tod brachten. Er hat mein Leben gerettet, auf so undenkbar viele Arten, wie Sterne am Himmel stehen. Und ich? Ich habe ihn in dem Glauben gehen lassen, einen anderen Mann ihm vorzuziehen. Als könnte ich, als würde ich jemals –

Doch das spielt jetzt keine Rolle mehr.

Auf dem Rückweg griff mich niemand an. Ich wünschte, zumindest einer von ihnen hätte versucht, mich zu töten. Denn hätte es keinen Unterschied gemacht. Innerlich war ich in jenem Augenblick gestorben, als ich begriffen hatte, dass Enean nicht zurückkommen würde.

Er hatte nicht nur das Schattenreich und Solitude verlassen.

Er hatte mich verlassen.

Und mit sich genommen hatte er nicht mehr als mein blutendes, in Trümmern liegendes Herz.

55. Kapitel

Louve

Ein hübsches Kleid, ein weißer Lilienstrauß und ein Schleier aus Spitze machen keine Braut aus. Die Kampfmontur einer Schattenassassinin noch weniger.

Es hat etwas Absurdes an sich, als ich in der darauffolgenden Nacht den kalten Kirchengang entlangschreite. Ein Geist, schwerelos, da, und doch irgendwie nicht. Zu meinen Seiten reihen sich dieselben steinharten Holzbänke auf, auf denen Melyn mir an mehreren Abenden pro Mondlauf rote Gummibärchen zusteckt, während sie Sâl beobachtet, ohne sie offiziell zu beobachten. Während dieser Uhrenflüsse, auf jenen Bänken, während dem Appell geben wir vor, es gäbe ein Wir, eine Gemeinschaft, ein großes Ganzes, während doch jeder Einzelne von uns zeitgleich in seiner eigenen kleinen großen Einsamkeit, in seiner ganz persönlichen Hölle ertrinkt.

Ich trete einen Schritt nach vorne und sehe nur *ihn*.

Ich trete einen weiteren Schritt nach vorne, doch *er* ist nicht hier.

Hunderte silbrig leuchtende Auren erheben sich von ihren Plätzen, Hunderte Vogelwesen, Säugetiere, Reptilien aus Schatten und Schmerz tanzen um die erwartungsschwangeren Körper ihrer Besitzer.

Ich habe keine Ahnung, ob sie Blumen ausstreuten oder Kerzen anzündeten oder ob es aussieht wie immer. Der schwere

Geruch nach Weihrauch liegt in der Luft, genau wie sonst auch. Doch es riecht nicht nach Wachs oder Pollen oder Rosenwasser. Es ist einfach nur verdammt einsam. Vielleicht zum ersten Mal in meinem Leben nach dem Leben heiße ich meine Blindheit willkommen. Ich will nichts sehen, will nichts fühlen, nicht sein.

Ich stolpere den Gang der Kirche entlang und *er* ist nicht hier. Wird nicht da sein, um meine Hand zu nehmen, dort oben, vor Hunderten Zeugen. Wird nicht hier sein, um den Schleier zu lüften, den ich gar nicht trage. Wird nicht an meiner Seite stehen, um mich zu küssen, vor aller Welt, für alle Ewigkeit unseren Bund zu besiegeln. Stattdessen ein Silberfalke, vorne am Altar, wartend, lauernd, noch Teil seines Herrn.

Ich laufe zu auf mein Schafott, meinen Henker mit dem Falkenmal, und tue rein gar nichts, um meinem Schicksal zu entkommen. Nicht Enean, sondern Wren hält mir seine Hand entgegen, und jedes Sandkorn, das zerrinnt, während ich meine Finger in seine lege, reißt eine Narbe in mein Herz, die auf ewig bestehen bleiben wird.

Zwischen jedem ersten und zweiten Herzschlag hoffe ich, *er* wird finden, wonach er sucht, das Leben führen, das er verdient hat.

Zwischen jedem dritten und vierten Herzschlag bete ich zu einer Göttin, an die ich nicht glaube, ich möge niemals davon erfahren.

Ich war nie der Typ Frau, der auf seinen Retter wartet, den Ritter in goldener Rüstung, seinen Erlöser. Wusste mich stets selbst zu verteidigen, mit Klauen und Zähnen und dem Rachedurst einer Kriegerin, der man alles genommen hat. Wusste, dass Erlösung nicht mehr ist als ein Ammenmärchen.

Und dann habe ich mich verliebt. Langsam, sanft, wie ein Wiegenlied für Sterne. Und plötzlich wurde ich zu diesem

Stern, der das steinerne Herz des Herrn der Schatten erhellte. Ein Wiegenlied, das schneller zu einer Arie reifte als mir bewusst war. In meiner Brust explodierte, heranwuchs zu einem gottverdammten Kometenschauer. Und sich unwiderruflich in den tiefsten Winkel meiner Existenz brannte.

Ich liebe den Herrn der Finsternis, während ich mit beiden Händen die meines Verlobten umfasse. Verschreibe mich mit Leib und Seele einer ganz anderen Form der Dunkelheit, als ich die Worte der Generalin rezipiere.

»Von heute an …«

Was unmöglich sein kann, weil es sticht und faucht und kratzt und blutet. Dort, in meiner Brust, wo sie mir das Versprechen an einen anderen Mann einzuritzen versuchen.

»Von heute an gelobe ich, an deiner Seite zu stehen. Ich werde fallen, wenn du fällst. Werde atmen, wenn du atmest. Werde sein, solange du bist.«

Etwas brennt in meinen Augäpfeln. Ich glaube, es ist der Schmerz der ganzen Welt.

»Vive«, verkündet Wren bestimmt.

Sofort breitet Rhyn ihre Schwingen aus, erhebt sich aus der Dunkelheit, stößt einen schrillen Schrei aus.

Angespanntes Schweigen, mutmaßendes Murmeln, aufgeregtes Flüstern. Ich kann Wrens Onkel Pearse geradezu lächeln hören.

»Louve«, wispert Wren. »Louve!«

Einen Herzschlag lang erlaube ich mir, die Augen zu schließen.

Einen Herzschlag lang erlaube ich mir, mir selbst zu gehören. *Ihm* zu gehören.

Wumm. Enean. *Wumm.* Ich.

Dazwischen nichts als Leere und Realität und der Irrglaube, dem Mädchens ohne Eltern würden tatsächlich die Sterne in die Brust regnen und all jene Schnitte mit Himmelslicht füllen, die das Leben ihm seit jeher ins Herz riss.

Wumm.

Aber das tun sie nicht.

Wumm.

Nicht mehr.

Also lege ich den Kopf in den Nacken, blicke hoch zu dem Mann, der niemals *mein* Mann hätte sein sollen und doch seit jeher dazu bestimmt war.

Flüstere: *»Vive. Vive!«*

Ein vertrautes Kribbeln fließt meine Wirbelsäule hinab. Ein Graben und Bohren und das Sprengen meiner winzigen Existenz in einem unendlichen Universum.

Thujas Schatten fällt über meine Schultern, mein gebeugtes Haupt, als der Grizzly sich erhebt. Wrens silbergetränkte Silhouette bewegt sich auf mich zu, während er mir den Himmel verspricht und mir die Hölle zu Füßen legt.

Ich ertrinke in einem Ozean aus ungeweinten Tränen. Rezipiere *seinen* Namen, wieder und wieder, ein stummes Gebet, das bis zu meinem letzten Atemzug auf meinen Lippen haften wird. Und wenn ich ihm folge, wohin er auch gelaufen sein mag? Und wenn ich ihn suche, mein Leben lang, und alle Leben danach?

Dråga führt meine freie Hand der Wrens zu, doch ich spüre seine Finger nicht auf meiner Haut, weil sie nicht *die seinen* sind. Die rituelle Klinge schneidet in meine Handfläche, ich bin wie betäubt und war doch niemals präsenter. Wrens Blut wird zu meinem Blut und er ruft mit erhobener Stimme: »Mein Blut ist dein Blut und dein Blut ist mein Blut.«

Aber ich will nicht, dass mein Blut sein Blut ist, weil es nicht *sein* Blut ist, und ich ertrinke ein kleines bisschen mehr, während ich Wrens Worte monoton wiederhole. Ich kann spüren, wie sich etwas in mir verändert. Wie sich ein Teil von mir erhebt, auf ihn zusteuert, zwei ungleich gepolte Magnete, die niemals dafür bestimmt waren, einander zu lieben, und doch zu einer Person verschmelzen, zu einem Wesen, das nicht Ich ist und nicht Du, sondern eine Waffe.

Thuja bäumt sich auf, stößt ein atemraubendes Brüllen aus, das die Zuschauenden aufkeuchen und zusammenfahren lässt. Sie weiß genauso gut wie ich, wie verdammt falsch das hier ist, das ich hätte rennen müssen, als ich noch die Möglichkeit hatte, aber die eine Person, zu der ich hätte laufen wollen, mein sicherer Hafen, nicht mehr hier ist. Jeder meiner Herzschläge gehört Enean, und in jeder einzelnen Pause zwischen den Schlägen schreie ich seinen Namen.

Plötzlich zerspringt etwas mit einer solchen Heftigkeit in meiner Brust, dass ich den Halt verliere und mit einem Stöhnen auf den Lippen nach vorne taumle. Wren umfasst meine Hand fester, gibt mir nicht die Blöße, mich zu halten, bis meine Knie nachgeben und ich in seine Arme stolpere. Etwas in mir reißt und zerrt und bricht. Und ich breche mit ihm.

Ein Strudel aus tosendem Schwarz bricht über uns herein, umhüllt unsere beiden Körper, dreht sich, wendet sich, umschlingt uns, *ver*schlingt uns. Wren hält meine Hand fest an seine Brust gedrückt, während wir beide innerlich bersten. Zwei implodierende Sonnensysteme, schwarze Löcher. Verdammte. Thujas Brüllen erfüllt jeden Winkel meines Seins, Rhyns Kreischen droht mein Trommelfell zu zerfetzen. Mein Blut kocht, mein Körper brennt, als würde sich jeden Augenblick meine Haut abschälen, und ich schreie und flehe und brülle mir den Schmerz der ganzen verfluchten Welt aus dem Splitterherzen. Wrens Schreie werden zu meinen Schreien, als Rhyns Kreischen plötzlich nicht mehr außerhalb meiner Ohren zu vernehmen ist, sondern *in mir.* Thuja stellt sich auf die

Hinterläufe, schnappt nach Rhyn, und der Falke umkreist die Bärin mit ausgebreiteten Schwingen. Sie kämpft, er stiehlt.

Plötzlich schnellt Rhyn gleich einem grellen Blitz in Thujas Brust. Etwas explodiert, wird schwarz und weiß und alles und nichts. Es biegt sich und dreht sich und verbiegt sich und wächst und wird zu etwas, das niemals war, niemals hätte sein sollen.

Thujas Schnauze verformt sich zu einem spitzen Schnabel, die Klauen an ihren Pfoten wachsen, biegen sich und sie brüllt, oh Gott, sie brüllt vor Schmerz. Federn gleiten ihren Hals hinab, werden zu Fell und wieder zu Federn, ein ewiges Flackern, ein nie da gewesenes Flimmern. Ihre Ohren schrumpfen, ihr Schädel verformt sich, als gigantische Schwingen aus den Schatten ihrer konturlosen Existenz brechen. Sie nehmen mir alles, was ich bin, alles, was ich war, formen es zu etwas Fremden, zu etwas Anderem, zu etwas, das mir niemals gehören wird. Und Wren drückt meine Hand ein kleines bisschen fester. Meine Lider flattern, mein Verstand flutet mein Licht mit Finsternis. Erinnerungen wirbeln in meinem Kopf, verschmelzen zu einem Orkan aus Angst und Furcht und Hoffnung und Schmerz.

Ich bin einundzwanzig, als sie mir alles nehmen. Einundzwanzig, als ich zum letzten Mal meine Hände nach den verblassenden Erinnerungen an den Gott der Schatten ausstrecke, in dem Wissen, dass ich ihn niemals wiedersehen werde. Dass es an jenem Morgen das letzte Mal war, neben der Liebe meines Lebens zwischen zerwühlten Laken zu erwachen, gebettet in den Duft nach frischer Minze, Magie und Dunkelheit, einhundert und einen Stern durch mein Fenster im Turm am Himmel zählend.

Tiefer und tiefer gleite ich in bodenloses Nichts, falle, falle für immer ...

»Louve, bleib bei mir, du musst wach bleiben. Hörst du? Louve!«

Meine Lippen bewegen sich, doch dringt kein Laut aus meiner Kehle. Ich schmecke Blut und Rauch und Einsamkeit.

»Sprich den Schwur, Louve, und du wirst Teil einer der mächtigsten Schöpfungen unter den Sonnen. Du wirst für Gerechtigkeit leben, für die Gemeinschaft der Schattenassassinen. Du wirst bleiben, wenn alle anderen gehen.«

Ist es das, was ich will? Bleiben?

Das Lachen Eneans perlt über mein gebrochenes Herz, süße Tautropfen voller Schmerz, und einem einzigen, alles überschattenden Wunsch: *Ihn.*

»Sprich mir nach, Louve.« Jemand hebt meinen Kopf an, rüttelt mich, hält mich wach, am Leben. »Leben für Tod, Tod für Leben. *Unité.*« Einheit.

Nur halb bei Bewusstsein realisiere ich kaum, wie mich jemand vornüberbeugt, mein schneeweißes Haar, das Haar einer Toten, beiseiteschiebt, die von Blut und Rauch und Kriegen gezeichnete Uniform zerreißt, meinen Rücken freigibt.

»Sprecht mir nach, Louve, Wren, und ihr werdet auferstehen. Für uns.«

Ich öffne die Lippen, schreie *seinen* Namen, schreie mir seinen Verlust aus der Brust, nicht bereit, sein Lächeln in meinen Tränen zu ertränken. Ich schreie, als ich den Schwur ablege, der mich zur Frau eines anderen machen wird, zu etwas Großem, Allmächtigen. Was das genau bedeutet, verstehe ich zu diesem Zeitpunkt noch nicht.

Gleichzeitig brennt sich etwas mit der Gewalt eines verglühenden Kometen in meinen Rücken. Wieder und wieder brülle ich den Namen des Schattengottes. Lautlos, im Stillen.

Enean. *Liebe meines Lebens.*

Heißer Schmerz explodiert in meiner Brust. Ich weiß nicht,

ob es mein Schmerz ist oder seiner, der meine Seele, *meinen Schatten,* in demselben Feuer brennen lässt, das mir einst meine Eltern nahm.

Oder eine zeitlose Ewigkeit später neues Leben in meine Lungen sauge, die eiskalten Steinfliesen des Kirchenbodens unter meinen erkalteten Fingern ertaste. Als ich einfach so in einer Welt erwache, in der Enean nicht mehr hier ist, einer Welt, in der die Rosensträucher meiner Mutter vor vielen Zyklen in Flammen aufgingen. Und mit ihnen mein eigenes Leben.

Draußen, vor den stählernen Fassaden Iron Claws, drängt Athaír, die erste Sonne, gen Morgenhimmel, als hätte die Welt in dieser Nacht nicht aufgehört, sich für mich zu drehen.

Ich aber erhebe mich wie ein Phönix aus der Asche eines früheren Lebens.

Nicht lebend, nicht tot.

Als eine von ihnen.

Epilog

Enean

Man könnte die ganze Welt mit Grabsteinen pflastern und doch würden sie nicht einmal ansatzweise ausreichen für all das, was in dieser Nacht in mir starb.

In jener Nacht, in der Louve am Hafen Solitudes womöglich auf mich wartete und ich nicht zu ihr stieß. In jener Nacht, in der wir ein neues Leben hätten beginnen sollen, Seite an Seite, nur sie und ich gegen den Rest der Welt. Stattdessen hat eben diese Welt unser *für immer* an sich gerissen, es mit Haut und Haar und Hoffnung und Schmerz verschlungen. Zurück bleibt ein Gott im Körper eines Mannes, gefangen hinter Gittern, die er sich selbst erschuf und die ihn nun mehr von dem einen Herzen trennen, für das er durch die Hölle ging.

Unter geschwollenen Lidern beobachte ich die Kondenstropfen, die am dunkelgrauen Gestein herabrinnen. Der Gestank nach Fäulnis, Fäkalien, Blut und Schweiß ist mir nicht unbekannt und dreht mir in meiner sterblichen Hülle doch seit vielen Uhrflüssen den Magen um. Zeit verrinnt zwischen meinen angeketteten Händen zu Staub. Ich habe nicht die geringste Ahnung, wie lange ich bereits hier bin, noch, wo genau dieses *hier* ist.

Nachdem Donna, Achĕş und seine Leute mich zum Roughcrest-Tower bugsiert hatten, knipsten sie mir buchstäblich das Licht aus. Eine verlorene Liebe später fand ich mich in dem bizarrsten Verlies, das mir je untergekommen ist. Ich gehe nicht davon aus, dass es sich um den Standard-Kerker der Roughcrests handelt, außer mir scheint nur eine weitere Person hier unten. Zumindest höre ich hin und wieder ein leises Wimmern. Drei von vier Wänden sind mit weinrotem Samt verkleidet, lediglich die sich hinter mir auftuende besteht aus massivem grauem Gestein. Meine Handgelenke sind mit Metallriemen über meinem Kopf an einem aufrecht stehenden ... Seziertisch gefesselt. Meine Lunge röchelt bei jedem Atemzug, meine Nervenenden sind zum Zerreißen gespannt und der Geschmack nach Kupfer und Erbrochenem lässt mich würgen. Und obgleich ich meinen Verstand kaum wach zu halten vermag, umkreisen meine Gedanken doch nur *sie*.

Ist sie ohne mich geflohen, konnte sie verschwinden? Oder blieb sie, nicht dazu imstande, den Faden um ihren Knöchel zu lösen, den sie unerklärlicherweise mit eisernen Ketten verwechselt und der sie an Iron Claw und die Schattenassassinen bindet? Ist sie wirklich den Bund mit Wren eingegangen?

Werde ich sie jemals wiedersehen?

Nie in meinem unsterblichen Dasein als Gott der Finsternis fühlte ich eine solche Ohnmacht. Die Dunkelheit umhüllt mich wie ein Mantel – ich glaubte sie stets als einen Freund an meiner Seite, doch seit jener Nacht weiß ich, dass sie mich Lügen straft. Die Dunkelheit war nie mein Verbündeter. Sie war einfach nur verdammt einsam.

Die schweren Metallstäbe vor meinem in Mitleidenschaft gezogenen Körper verhöhnen mich. Vor nur wenigen Sonnenläufen hätte ich sie mit einem bloßen Blick zerfetzt. Wieder und wieder habe ich versucht, meine Eisschatten zu beschwören, doch gehorchten sie mir nicht mehr, waren zu lange getrennt von dem Gott, der ich einst war.

Etwa zu dieser Zeit begannen die Träume. Wirre Bilder in verschwommenen Farben, lange verblasste Gefühlsfetzen, die ich zunächst nicht zuordnen konnte. Bis ich begriff, dass es sich um Erinnerungen handelt. Erinnerungen an ein Leben, das sich vor mehr als achthundert langen Zyklen abspielte. Und sie jagten mir eine Heidenangst ein

»Noch immer am Schmollen, Schattengott?«

Ich hasse diese Stimme. Sie ist ein Fluch, ist das Einzige, was mich von der Liebe meines Lebens trennt. Und von meiner Freiheit.

»Wie oft soll ich dir noch sagen, dass du dich irrst.« Meine Stimme ist blechern, dumpf von all den Schreien, die Achĕş Roughcrest mir seit meiner Gefangenschaft zu entlocken versucht. »Ich bin nicht Enean.«

Achĕş tritt aus den Schatten des Kerkers. Seine stahlgrauen Augen wirken um einige Nuancen dunkler, als sie mich fast bemitleidenswert anblitzen. »Ich habe mehrmals gehört, wie Louve dich genannt hat. Dort am Strand. Ihr hättet den Sturz niemals überleben können.«

Ich stoße ein frustriertes Lachen aus. »Und du glaubst, wäre ich ein Undercover-Gott mit magischen Superkräften, würde ich noch in deinem langweiligen kleinen SM-Studio herumlungern? Ich bitte dich.«

Er zieht die Brauen zusammen, das tut er jetzt öfter. Ein Teil von ihm glaubt mir, das sehe ich ihm an. Ein anderer, weitaus größerer Teil jedoch ist verflucht angefressen, weil er nach wie vor zu blöd ist, eins und eins zu addieren.

»Ich kann deine Gedanken weder lesen noch beeinflussen«, knurrt er und tritt auf die Gitter zu. Er wirkt beinahe lächerlich fehl am Platz in seinem hellgrauen Maßanzug, mit dem glatt frisierten, am Hinterkopf zusammengebundenen Haar, den perfekten Gesichtszügen.

»Du tust so, als wäre das etwas Schlechtes.« Ich lege den Kopf in den Nacken, ein Rinnsal nach Schimmel stinkender

Feuchtigkeit fließt in den Kragen meines zerschlissenen Hemdes. »Du sagtest selbst, ich würde meine mentale Barriere stets nach oben gefahren haben.« Dass ich nicht die geringste Ahnung habe, was das bedeutet, muss ich ihm ja nicht unbedingt auf die Nase binden.

Seine Finger schießen vor, umschließen die Gitterstäbe. Er trägt Handschuhe aus schwarzem Leder, ist sich offenbar zu fein für jeglichen physischen Kontakt mit *all dem hier.* Als er jedoch die folgenden Worte ausspricht, verspüre ich zum ersten Mal so etwas wie reelle Angst. Doch nicht meinetwegen. Niemals meinetwegen.

Ein sadistisches Grinsen umspielt seine Lippen, als sich unsere Blicke treffen. »Niemals war es leichter, einen Gott zu töten. Nicht, solange sein Herz in der Brust einer Sterblichen schlägt.«

GLOSSAR

Athaír und **Sôl** [Athär und Sol]: Zwillingssonnen Solitudes
Arzaê [Arsae]: selbst ernannte Elite Solitudes, erkennbar an spitz zulaufenden Ohren und makellosem Äußeren, oft mit besonderen Fähigkeiten geboren; werden bis zu 200 Jahre alt
Cåraidt [Koraid mit kurzem o]: Kampfpartnerschaft der Schattenassassinen; ein zeremonieller Treueschwur bindet die sich im Zweikampf als ebenbürtig erweisenden Assassinen im Kindesalter sowohl aneinander als auch an die Gemeinschaft
Dall: unterirdische, verwahrloste Labyrinth-Stadt unter Solitude; für die meisten Solituder ein Ammenmärchen; Heimat der **Mæscån**; Zugangspunkt zur **Schattenbarriere**
Dòchaş [Dochasch]: Ritual, in dem die **Geistgefährten** der **Cåraidt** zu einer einzigen mythischen Kreatur verschmelzen
Geistgefährte: Das personifizierte Trauma des gewaltsamen Todes eines Schattenassassinen, manifestiert in einem tierförmigen Mal auf dessen Körper; sein Besitzer ruft ihn im Kampf
Iron Claw: Zitadelle und Ausbildungsstätte der Schattenassassinen; Zentrum von Solitude
Lichtlose: aus dem Schattenreich entkommene Seelen Verstorbener, die noch nicht zu Schattenwandlern wurden und versuchen, im Diesseits die Körper der Lebenden zu besetzen
Mæscån [Mäscon]: artenübergreifende Mischwesen zwischen Menschen, Schattenwandlern und Arzaê; unerwünscht in Solitude, verbannt nach Dall
Litijr [Litier]: Mental-Arzaê; mit 5 % die zweitseltensten Arzaê;

sind dazu imstande, Gedanken zu lesen, telepathisch zu kommunizieren und Erinnerungen zu manipulieren
Sanguê [Sangue]: Blut-Arzaê; mit nur 1 % stellen sie die seltensten und mächtigsten Arzaê dar; können ohne Berührung das Blut eines jeden lebendigen Organismus kontrollieren und ihn dadurch gefügig machen
Schatten: Seelen Verstorbener
Schattenassassinen: Beschützer Solitudes; ein Eid im Augenblick ihres gewaltsamen Todes verwandelt sie in Wesen zwischen Leben und Tod, die dazu imstande sind, beide Seiten zu betreten
Schattenbarriere: nebelartige Grenze zwischen Diesseits und Jenseits; trennt Solitude/Dall und das Schattenreich; kann von Schattenassassinen in Dall unterirdisch passiert werden
Schattengott: Herrscher über das Schattenreich und die Schattenwandler
Schattenreich: Reich der Toten; Eneans Herrschaftsgebiet; Heimat der **Schattenwandler**; nur von Schattenassassinen betretbar
Schattenwandler: über viele Jahrzehnte, manchmal sogar Jahrhunderte nach ihrem Tod zu animalischen Dämonen mutierte Verstorbene; da sie über keinen physischen Körper verfügen, können sie die Schattenbarriere ins Diesseits nur für kurze Zeit überqueren, ehe sie sich in Asche auflösen
Verídha: Solitude ist die Hauptstadt des Verlorenen Reiches Verídha, in dem primär Anarchie herrscht

<u>Zeitangaben:</u>
Rå-Uhrenfluss: etwas mehr als 1 Stunde
Sonnenlauf: 1 Tag; 30 Rå-Uhrenflüsse
Mondlauf: 1 Monat
Zyklus: 1 Jahr

DANKSAGUNG

Ich habe meiner Agentin Simone Sammer immer höchst euphorisch versprochen, sie würde in jedem einzelnen meiner Romane ganz oben auf meiner Danksagung genannt werden. Here we go: Simone, das ist für dich. Ehrlich gesagt gelten ihr auch die nachfolgenden zehn Stellen auf meiner Liste. In vielen Danksagungen lese ich, jemand hätte an das Manuskript geglaubt. Simone aber hat an *mich* geglaubt.

Wir sind uns nicht ganz einig, wo genau in der Danksagung ich selbst folge. Aber irgendwo dazwischen flattert meine wundervolle Lektorin Stefanie Liske, die sich sofort für das Projekt begeistert hat, sich ein bisschen mit Enean und Louve verliebte und meine poetischen Ausschweifungen zurück auf einen gut sortierten Boden der Tatsachen zerrte.

Danke, liebe Simone, danke, liebe Stefanie, danke, lovely Me – ohne euch wäre *Devour the Light* nicht, was es ist.

Auch gilt mein Dank dem wundervollen Loomlight-Presseteam, Svenja und Lissi, und natürlich Christin für das wunderschöne Cover. Und all den lieben Menschen, die ziemlich sicher Heinzelmännchen für dieses Buch spielen, ohne dass ich es mitbekomme.

Ich danke dem ersten Menschen, der, als ich dreizehn oder vierzehn Jahre alt war, meinen ersten fertigen Roman gelesen und geliebt hat. Aus deren Wohnung ich kurz darauf meinen Manuskriptausdruck abholen musste, weil sie verstarb, ohne dass wir richtig darüber sprechen konnten. Der ich kurz vor ihrem Tod versprach, meine Publikationen würden irgendwann ihren Namen tragen. Und das tun sie nun, ein ganzes Leben nach diesem Versprechen. Ich habe nie aufgehört an mich und meinen Traum, Schriftstellerin zu sein, zu glauben – weil sie an jenem Tag daran glaubte.

Genauso wie meiner Mama, die, seit ich einen Stift in der Hand halten kann, jedes einzelne Manuskript tausendundeinmal mit mir gelesen, diskutiert und geliebt hat. Dafür werde ich euch auf ewig dankbar sein.

Ein riesiger Dank gilt auch der zauberhaften Yasmin Shakarami, deren Liebe zu diesem Buch mich schon vor Erscheinen überwältigt hat. Du bist einer der wundervollsten Menschen dieser Welt, liebe Yasmin, vielleicht sogar der beste – vergiss das nie ♥

Als ich Ende 2024 die Widmung für *Devour the Light* schrieb, war ich mir ziemlich sicher, im Sommer 2025 würde kein Mensch mehr die Verknüpfung zu der *Bear-vs.-Man*-Frage ziehen.

Dann aber ging im selben Monat Gisèle Picot an die Öffentlichkeit. An jenem Tag, als eine der mutigsten Frauen ihre Stimme erhob, wurde plötzlich aus *»but not all men«* der Querschnitt einer ganzen Bevölkerungsgruppe. Tausenden war der Fall bewusst, niemand zeigte den Täter an.

Zu dieser Zeit wurde afghanischen Frauen verboten, in der Öffentlichkeit zu sprechen. Selbst in Deutschland gibt es beinahe jeden Tag einen Femizid und jede dritte Frau wird mindestens einmal in ihrem Leben Opfer von psychischer und/oder sexualisierter Gewalt. 80 % der Opfer von Menschenhandel sind weiblich. Global leben etwa 200 Mio. genitalverstümmelte Frauen und Mädchen. Weltweit werden jährlich ca. 12 Mio. Mädchen vor ihrem 18. Geburtstag zwangsverheiratet.

Wenn ich mir also heute die Frage stelle, ob sich im Sommer 2025 noch jemand an die Wahl *»Bear vs. Man – mit wem wärst du lieber allein in Wald?«* erinnert, wünschte ich tatsächlich, sie wäre nicht mehr von Belang. Stattdessen ist sie prägnanter denn je. In *Devour the Light* entscheidet sich Louve für das optische Biest. Weil sie, von Kindesbeinen an blind, weiß, dass als *schön* bezeichnete Menschen nicht immer die Engel sind, für die sie gern gehalten werden. Anstatt sich mit der Frage nach der Passform eines gläsernen Märchenschuhs zu beschäftigen, kämpfen von der Gesellschaft oft als *nicht weiblich genug* betitelte Frauen mitsamt ihren Ecken und Kanten für Repräsentation und Gleichberechtigung in der ganzen Welt. Louve steht für jede einzelne von ihnen.

Wir diskutieren nicht gern über *»Bear vs. Man«*. Wir wählen den Bären, weil wir oft gar keine andere Wahl haben. Weil wir genug davon haben, flaschenweise Gift zu schlucken, nur weil in irgendeinem Gefäß Limonade sein könnte. Ich wünsche mir, dass *»but not all men«* eines Tages zu einem *»what can* all men *do to make you feel save«* werden kann. Bis es so weit ist, haben wir uns. Wir haben unsere Stimme, unsere Community, unsere Verbundenheit und vor allem haben wir eine Wahl. Wir haben die Wahl, unsere Stimme zu erheben für diejenigen, die es selbst nicht können. Für unsere Mütter, unsere Schwestern, unsere Töchter, für Fremde, für Nachbarinnen – und natürlich für uns selbst. Die Wahl für den Bären ist kein Rachefeldzug. Viel mehr ist sie eine Wahl für uns selbst. Für Feminismus, für Emanzipation, für Gleichberechtigung und eine Stärke, die sich unsere Ahninnen über Jahrhunderte hinweg hart erkämpft haben und die wir uns heute nicht mehr nehmen lassen werden.

Dieses Gesehenwerden, für das Louve ihr Leben lang kämpft, möchte ich jeder einzelnen Person schenken, die dieses Buch in Händen hält. Ihr seid wundervoll ♥

Content Note

Tod (u. a. naher Verwandter)
Gewalt
Blut
Mobbing
Ableismus
Alkohol- und Drogenmissbrauch
Versuchter Mord
Suizid (i. d. Vergangenheit, nicht explizit beschrieben)
Sexueller Missbrauch (i. d. Vergangenheit,
nicht explizit beschrieben)

Winkel, F. M.
Solitude 1 – Devour the Light
ISBN 978 3 522 50886 5

Umschlaggestaltung: Giessel Design unter Verwendung
von Bildern von Shutterstock.com:
Weerachai Khamfu/Chaikom/Ilina93/VRVIRUS/
HappyRichStudio/ivan_kislitsin/wutuobang1
Illustration Karte: © Copyright F. M. Winkel
Satz: Tanja Haaf
Reproduktion: DIGIZWO Kessler + Kienzle GbR, Stuttgart
Druck und Bindung: CPI books GmbH

FSC
www.fsc.org
MIX
Papier | Fördert
gute Waldnutzung
FSC® C083411

in der Thienemann-Esslinger Verlag GmbH,
Blumenstraße 36, 70182 Stuttgart
Bei Fragen zum Produkt: service@thienemann.de
1. Auflage 2025

www.thienemann.de